中国语言文学"一流学科"建设项目成果

古代文学与文献论考

GUDAI WENXUE YU WENXIAN LUNKAO

贾三强◎著

人民出版社

序言　归来仍是少年

葛　岩

贾三强教授结集出版学术论文,邀我写篇序言,我应了下来。其实,我对论文中所研究的问题没有多少知识,而序总该对被序做出些比较专业的评价。这即便不是硬道理,也该算得上软规则。

1972年,三强和我第一次见面。在安康大山里修铁路的他回西安探家,还在念初中的我和一个我们共同的朋友正站在七十一中学的门口。那天阳光耀眼,他推着自行车走过来。

那时的我们,还是那种除了"舍我其谁"的自以为是之外,对世界知之甚少的少年,喜欢敏感的政治话题,阅读被禁的书籍,热爱新奇的知识,敬佩巴黎街垒上的公社社员,一日兴起,也会逃票搭火车去登山,紧张却兴奋。从一开始,我们的交往就不怎么守规矩,或许守的不是大家服从的那种规矩。后来,我们都上了大学,找工作,娶亲生子,被人情世故不断锤打,在各种规矩的夹缝里营营为生,从来没觉得如鱼得水,却也活到了该退休的年龄。不过,想起早年的交往,相信三强也初心不泯,我自认为得到了许可,可以写一篇不那么规矩的序言,翻览他的文集时,那些不请自来、抚今思往的感受。

从文集中,除了寻章摘句却不失明白流畅,藏典雅于朴真的写作风格之外,我还感受到三强的"执"。在佛学术语里,"执"的解释挺复杂,但整体上,似乎不是个好词。《唯识论》讲过"执皆为障"之类的话,"执念"差不多就是"妄念"的意思。但在日常生活中,说谁"执着",通常指对事、对理不弃不离的态度,多数时候,褒多于贬。在我眼里,三强的"执",是他的锲而不舍。

我们在一个不正常的年代长大。不正常的表现之一,是学校里没几个人学习,社会上文艺青年很多。我始终没有真的弄明白,为什么那时少年,如在大山

1

里打风钻、修铁道的三强,在工厂里搬运钢筋的我,喜欢大谈雨果或巴尔扎克,喜欢紧闭窗户(怕被人听到),似懂非懂地听贝多芬或德沃夏克。一个或许过于简单的解释是,即便在那些日子里,几本翻烂了的小说相对容易得到,读过,就有了想象自己成为作家或批评家的资本,而实验室是什么样子,却只能借助课本上的零星描述去猜想,即便想了,也很难激起对科学发现的雄心。不知道三强和我能否算作真正的文学青年,我们都从未写出过可称为文学作品的东西。但"文革"后,高考重开,我们都报考了中文系,多少说明没有躲过那个时代常见的青春偏好。

一直知道三强在中文系教书,但对他具体研究什么却知道得不多。翻看这个文集,我了解到明清小说和历代戏曲是他的大项,间杂也做了远溯秦、汉、唐的文史研究。他的研究有的从文学理论入手,有的批评或评价的气味更浓些,更多的是文献考证,考古代文人事迹,史上闻名的地点,以及古籍版本的流传。祖籍陕西,又生于斯,长于斯,三强还有不少文章谈论陕西和长安古代文化,这该是与他对故土的情感和丰沛的地方知识有关,猜想也与他服务的西北大学和当地政府的支持有关。无论原因如何,三强一路文学地走过了职业生涯。

几十年来,思想潮流,如时尚变化,让人眼花缭乱,利益诱惑,花样翻新,诱人不断纠结,怎样才能不沦为"虏涩"(loser)。在大众那里,说到不打粮、不赚钱的文学青年,半是不屑,半是调侃,也许还多少有些怜悯。严肃的或雅致的文学只是小圈子里的话题,如果还算是话题的话。即便在那些以文学研究为业者的学术人中,前天存在主义,昨天现象学,今天后现代,游戏概念常常比解决问题更引人关注,媒体聚光灯当然比书房里的青灯更夺目耀眼。

我好奇的是,多年来,无论是电话闲聊中,还是把酒对饮时,三强总是从美国选举到中国改革,谈的大多是经世致用、忧国忧民的大话题,但论到研究,他却一直盯住已显冷僻的学问,颇有些"咬定青山不放松"、"任尔东西南北风"的倔强。想当年,他也曾是思唯求新,行唯求变的人物。此谓执一。

从文集中我还知道,三强在文献考据中投下许多气力。去中文系念书,我最初的理想是成为作家,不出一年,我明白中文系没打算训练作家,或许作家其实没法儿培养,研究文学才是真目标。而在几个研究方向中,文献考据是(我当时觉得)最为枯燥、辛苦的行当。自知耐不得那份寂寞,除了必修课程如古代汉语之类,我没有任何考据方面的训练,毕业后也迅速离开了文学研究。

那时,我从没有听说三强乐于此道。不知何时何缘,他开始兴致勃勃地锻炼起这种古典研究中最见功力的技能,多次告诉我他考证完这个,又考证那个的故事。退休在即,他还主持了一项巨大项目,考订历代陕西文献。记得某次在他居所附近的小馆中对饮,他讲起对下马陵旧址的考证。背诵过白居易的《琵琶行》,又在西安长大,我自然也想知道"蛤蟆陵"的究竟,于是饶有兴味地听三强旁征博引,左寻右觅地引出结论。由于无知,我不敢妄评他的对错,但听他步步为营的论证,外行如我也会一步一叹,感受条分缕析、不懈求真的乐趣。想起前几年去西安参加研讨会,听说文献版本考据的研究方向已颓态尽现。张岂之师曾专门就此致函有关部门,吁请领导们留意这一关涉文化传承的大事。如此情势下看三强,说"虽万人,吾往矣"或为过,说逆势而行该算确切。此谓执二。

我的记忆里,三强虽举止温文,内心却从来倔强。遇到争论,他很是较真,能不惜力气地找出根据,捍卫己见。遇到质疑,他乐得显示博闻强记的禀赋,引经据典。如每议论时政阴晴,人物沉浮,他会从这个文件到那个文献,有时一气跨越几十年,背诵出某中全会到某中全会的公报,从概念、口气和语境的差别中,丝丝入扣地勾勒变化的蛛丝马迹,析解其中的玄奥。若听者仍不信服,三强还有过事后补报新证据的时候,颇有不明对错便不鸣金的气概。行文至此,我还会想起他津津乐道的大学往事。遇上犯浑的家伙,那时的三强绝不退让,对方撒野,他更是惧意全无,几年下来,竟也有了鲜衣怒马、侠行校园的威名。

这种执着,在把中庸当作处世原则,"差不多先生"(胡适语)到处可见的环境中,的确是佛典所说的"障"。据我知,三强曾为此惹过麻烦,有几次,还是"摊上大事儿"了。人及耳顺之年,三强早已是和眉善目、笑口常开,但从他对古典文学的专注,对考据之学的投入,我仍感受到他一生不变的倔强和较真,对玩世不恭的拒斥与轻蔑。

我还想说,这种"执"是我们缺少的东西,对人格养成和风气建设都是如此。倘若人们都执持如此,作伪和无耻便会在学术界无处可遁,浮躁喧嚣便难成为光荣的符号。倘若人们都执持如此,社会信义便可能重建,真相将有更多机会扫荡谎言。在自己的专业工作中,倘若许多人都是如此,世界应该会变得好些。

这是我读三强文集时所想到的。

用一句网红俗话结束这篇序言:"愿你出走半生,归来仍是少年"。

目　　录

序言　归来仍是少年 ……………………………………… 葛岩 1

一、王安石文系年

王安石文系年考 ………………………………………………… 3

王安石文系年续考 ……………………………………………… 15

《王安石文系年》辨误 ………………………………………… 27

二、元杂剧与陕西戏曲研究

论元杂剧的本色派 ……………………………………………… 31

论元杂剧的案头派 ……………………………………………… 44

《陕西戏曲史》"引言" ………………………………………… 60

秦汉六朝陕西戏剧类表演述论 ………………………………… 67

明代陕西戏曲创作与表演述论 ………………………………… 76

王九思《碧山乐府》现存版本考述 …………………………… 88

《王九思研究》"序" …………………………………………… 96

三、明清文学丛谈

略论明代文学思潮 ……………………………………………… 103

禅门心法——也谈《西游记》的主题 ·················· 114

吴伟业仕清辨 ··· 123

《谐铎》面面观 ·· 127

四、凌濛初生平事迹及其佛教观

凌濛初是何年绝意仕进的 ····························· 143

凌濛初晚年二事考 ······································· 145

凌濛初之从佛与《硬勘案大儒争闲气》中的佛教平等观 ·········· 153

凌濛初"二拍"中的因果报应观 ······················· 168

五、《红楼梦》探析

论贾宝玉的双重异化 ····································· 177

论贾宝玉双重异化的文化意义 ························· 193

析《红楼梦》的宿命结构 ······························· 199

《红楼梦》写实层面结构新说 ························· 210

不求善,唯求真——《红楼梦》的人物塑造原则探析 ·········· 221

六、地方文献整理述考

略论地方志在文史研究中的作用 ····················· 237

《陕西古代文献集成》编纂手记 ····················· 252

张治道《嘉靖集》诗歌系年 ························· 263

张治道嘉靖二十三年诗作考论 ····················· 275

清雍正《陕西通志·经籍》著录文集订误 ··········· 279

清雍正《陕西通志·经籍》所收东汉魏晋南北朝别集考述 ·········· 289

清雍正《陕西通志·经籍》所收隋唐五代集考述（上） …………… 302

严如熤《三省山内风土杂识》述考 ………………………………… 331

七、长安学与长安文化

长安学、长安文学和民族文学——《长安文化与民族文学研究》"序言" …… 341

汉唐长安的表演艺术 ………………………………………………… 344

词与三秦和长安文化 ………………………………………………… 358

明代西安下马陵方位变迁考——兼论董仲舒墓所在地之争………… 364

后　记 ………………………………………………………………… 373

一、王安石文系年

王安石文系年考

近年从事《唐宋八大家文钞》中《临川文钞》的整理，颇用心于文章系年。主要参考书有宋詹大和《王荆文公年谱》、清顾栋高《王荆国文公年谱》、清蔡上翔《王荆公年谱考略》（以下简称《年谱考略》）和今人李德身《王安石诗文系年》（以下简称《系年》）①。前贤之功，固不可没，然遗珠瑕疵之憾，亦所在多有。本文仅就《八大家文钞》卷六十二之札子、疏、状，卷六十三之表、启中，《系年》等失考或不当者略陈己见，就教于方家。其先后仍按《八大家文钞》之序，偶有未收入《文钞》，然与《文钞》之文相关的王氏之文，亦系之于前后。

一、《上时政疏》

《系年》以文中自称"从官"，断为嘉祐四年（1059）末王安石任三司度支判官时作。

《疏》中言当朝天子"享国日久"若晋武帝、梁武帝和唐明皇。考安石所事仁宗、英宗、神宗诸帝，唯仁宗堪当此说，故必作于仁宗晚年。然"从官"一说，似可斟酌。

从官，指天子侍从之官。据《汉书·元帝纪》应劭注："从官，谓宦者及虎贲者。"颜师古注曰："应说非也。从官，亲近天子，常侍从者皆是也。"颜说是。《史记·武帝纪》："遂东幸缑氏，礼登中岳太室，从官在山下闻若有言'万岁'云。"此

① 《王荆公年谱考略》，见《王安石年谱三种》，北京：中华书局1994年版；《王安石诗文系年》，西安：陕西人民教育出版社1987年版。

即常侍从者。从官分内外。《宋书·志第四·礼一》："帝若躬亲射禽,内外从官以及虎贲悉变服,如校猎仪。"内从官指宦官之属。《新唐书·陆贽传》："帝欲以内外从官普号定难元从功臣。贽曰:'宫官具寮,恪居奔走。劳则有之,何功之云;难则尝之,何定之云?'"宫官即宦官。外从官指朝官得侍从者。《隋书·宇文述传》："述因奏曰:'从官妻子多在东都,便道向洛阳,自潼关而入可也。'"

宋·洪迈《容斋续笔》卷一:"自观文殿大学士至待制,为侍从官,令文所载也。"徐度《却扫编》卷上:"国朝创立诸阁以藏祖宗御制,每阁皆置学士、直学士、待制,谓之侍从官。"其所含诸官,据《宋史·礼十九》"正衙常参"条:"观文殿大学士、资政殿大学士、观文殿学士、三司使、翰林资政侍讲、侍读学士、直学士、知制诰、待制。"未见度支判官。据《宋史·职官志二》,度支为三司之一,"掌天下财赋之数,每岁均其有无,制其出入,以计邦国之用";"三部(另两部为盐铁、户部)判官各三人,分掌逐案之事"。原注:"旧以朝官充。国初承旧制,每部判官一人。乾德四年,三部各置推官一人。太平兴国三年,诸案置推官或巡官,以朝官充。四年,三司止置判官一人,推官三人。及分十道,二计各置判官一人。五年废十道,三部各置判官二人。"明·沈德符《万历野获编》卷十"侍从官"条:"宋朝两府执政以下,最贵近者,名侍从。自六部尚书、杂学士,以至龙图等阁待制是也。"故度支判官无论一人、二人或三人,其职事不为"贵近"之从官明矣。

故此文之作,必于嘉祐六年六月戊寅(二十七日)之后,不晚于八年二月癸未(初十)仁宗"不豫"。《续资治通鉴长编》(以下简称《长编》)载,前者是曰:"度支判官、直集贤院、同修起居注王安石知制诰……初,安石辞起居注。既得请,又申命之。安石复辞,至七八月乃受。于是径迁知制诰。安石遂不复辞矣。"此后方可称为"从官"。仁宗患病不豫,旋于是年三月辛未(二十九日)崩。

二、《辞集贤校理状》

《年谱考略》系于至和元年(1054),《系年》同,云:"状一于三月上,余三状于四月上。"然书后所附索引系于嘉祐四年(1059)。皆误。

必作于至和二年三月。《临川集》收《辞集贤校理状》四,此文其一。文首曰:"右臣今月二十二日,准中书差人赍到敕牒一道,除臣集贤校理。"其二曰:

"右臣三月二十二日准中书差人赍到敕牒一道,除臣集贤校理。臣以分不当得,已具状陈列,乞追还所授。"所陈列诸理由,俱见此文。可见此文作于三月二十二日。《长编》引《会要》:"至和二年三月己卯(二十一日),翰林学士、群牧使杨伟等言,判官、殿中丞王安石文行颇高,乞除职名。中书检会,安石累召试不赴。诏特授集贤校理。安石又固辞不拜。"此正与二十二日敕到事榫合。

另,文中言:"又见新制,近臣荐举官吏,非条诏指挥,不得用例施行。令出已来,未能十日。"此事亦见载于《长编》至和二年:"二月丙午(十八日),宰臣刘沆言:'面奉德音,凡传宣内降,其当行者自依法律赏罚外,余令二府与所属官司执奏。盖欲杜请托侥幸之路也。'因陈三弊:'近臣保荐辟请,动逾数十,皆浮薄权豪之人,交相荐举,有司以之贸易,遂使省府、台阁华资要职,路分、监司边防寄任,授非公选,多出私门。又,职掌吏人迁补有常,而或减选出官,超资换职,堂除家便,先次差遣之类,乃是近臣保荐官吏之弊一也;审官、吏部、铨三班当入川、广则求近地,入近地则求在京,并堂除升陟省府、馆职、检讨之类,乃是近臣陈乞亲属之弊二也;其叙钱谷管库之劳,捕贼雪活之赏,有司虽存常格,已经裁定,尚复有侥幸之请。以法则轻,以例则厚。执政者不能守法,多以例与之。如此之类,乃是叙劳干进之弊三也。愿诏中书、枢密,凡三事毋得用例。余听如旧。'事既施行,而众颇不悦。未几复故。"所陈第一弊,即近臣违例保举之事,正与安石辞集贤校理之缘由相合。其余二弊,亦关用人。《长编》李焘自注云:"《实录》既于二月丙午书刘沆面奉德意云云,又于三月丙子(十八日)书刘沆所言三弊。按,三弊即面奉德音所禁者,不应重出。今删削附此。复故,在五月辛酉(初四)。"按:参以安石所言"令出已来,未能十日",当以《实录》三月丙子诏禁刘沆所奏三弊为是。二月丙午面奉仁宗德音,三月丙子依旨上奏。李焘误。

三、《贺南郊礼毕肆赦表》二道

录于《临川文集》。《年谱考略》、《系年》失考。《文钞》所收为后《表》。

《宋史·礼志一》:"冬至,圆丘祭昊天上帝。"《礼志二》:"南郊坛制:宋初始作坛于东都南熏门外。"《礼制一》:"故事:三岁一亲郊,不郊辄代以他礼。"

前《表》:"十一月二十五日南郊礼毕,大赦天下。"王安石从政及罢相期间,十一月二十五日祭天仅有熙宁七年（1074）一次。《长编》："十一月己未（二十五日）冬至，合祭天地于圜丘，以太祖配，赦天下。"时距安石首次罢相仅半年余，文中提及本人云："臣夙叨宠奖，亲值休成。虽无与于骏奔，实不胜于窃抃。"尚无衰颓之象。

后《表》："臣夙荷慈怜，方婴衰瘵。"老迈之态毕显，玩其语气，当作于晚年罢相之后。故其必晚于前《表》。文中唯有日期："伏睹今月初五日南郊礼毕大赦天下者。"考熙宁七年后祭天为初五日者，仅有元丰六年（1083）。《长编》："十一月丙午（初五），祭昊天上帝于圜丘，以太祖配。"安石时年六十三岁，距其去世仅余三年，确可称为既衰且瘵。

四、《贺正表》七

《王文公文集》①收贺正表七道，前六《表》下均注有年份，唯此表无。《系年》断为元丰八年（1085）冬日作。是，然未言何据。

《表》二（元丰二年）谓己"久婴衰疾"，《表》三谓"尚婴衰疾"，《表》四同《表》三。而此表谓"桑榆晚景"，当迟于诸《表》。文中曰："体一元而敷惠"，"敛诸福以代新"，可知写于哲宗即位后。《宋史·哲宗纪》："元丰八年三月戊戌（初五日），神宗崩，太子即皇帝位。"故此文必作于哲宗元祐元年（1086）元旦（公历为1月18日）前约十日。《哲宗纪》："元祐元年四月癸巳（初六日），王安石薨。"

五、《赐生日礼物谢表》

《系年》断为元丰七年（1084）。然《临川文集》中有《表》凡五，未详何指。

此《表》为第五道。吴曾《能改斋漫录》卷九"王公进退自安"条："王介甫辛酉（真宗天禧五年，1021）十一月十二日辰时生。"

---

① 唐武标据南宋龙舒本点校，上海：上海人民出版社1974年版。

此文言："伏蒙圣慈特差入内内侍省内东头供奉官冯宗道传宣抚问。"此事载于长编："熙宁七年十月丙辰（二十二日），上批：王安石生日，可差入内东头供奉官冯宗道依在外使相例取赐，盖特恩也。"时安石首度罢相，居于江宁。《长编》："熙宁七年四月丙戌（十九日），礼部侍郎、平章事、监修国史王安石罢为吏部尚书、观文殿大学士、知江宁府。"故文中言"臣外叨寄属"云云。因安石并未除授使相衔，故《长编》谓"盖特恩也"。可知此文作于是年十一月。

六、《甘师颜传宣抚问并赐药谢表》

《系年》失考。

从文中"载华原隰"，"加贲丘园"，"尚留簪履之矜"可见，必作于晚年罢相之后。

甘氏与安石相关事可考者有二。其一出自晁说之《景迂生集·论神庙配享札子》："神宗闻安石之贫，命中使甘师颜赐安石金五十两。安石好为诡激矫厉之行，即以金施之定林僧舍。师颜因不敢受常例，回，具奏奏之。上谕御药院牒江宁府于安石家取甘师颜常例。"未言何年。因有御药院牒故，或即此时赐药。《系年》系此事于熙宁十年（1077）十月，未详何据，当不可信。因甘氏活动在元丰中期。《长编》其人三见。其一为元丰四年（1081）九月壬子（二十九日），遣东头供奉官甘师颜往熙河行营传宣抚问；其二为元丰六年正月壬寅（二十六日），减其磨勘一年；其三为同年闰六月己卯（初五日）获罪除名。均与赐药安石事无关。

按，《长编》："元丰七年六月戊子（二十日），集禧观使王安石请以所居江宁府上元县园屋为僧寺，乞赐名额。从之，以'报宁禅院'为额。"据祝穆《方舆胜览·建康府》"半山寺"条："今名保宁寺，即王介甫故宅。自东门往蒋山，至此半道，故以为名……后请以宅为寺，因赐今名。"以保宁较胜，报宁似不确。"定林寺"条："定林寺有上下二寺，旧基在蒋山应潮井后。王介甫读书处。"二寺相距不远，安石赐物于寺二事亦相仿。然甘氏于六年失宠并遭除名，故不可能晚于是年。

其二出自王安石《进〈字说〉札子》之"甘师颜至"。《字说》作于何年不详。

《宋史·王安石传》:"初,安石训释《诗》、《书》、《周礼》。既成,颁之学官,天下号曰'新义'。晚居金陵,又作《字说》。穿凿附会,其流于佛老。"晁公武《郡斋读书志》:"《字说》,王安石介甫撰。晚年闲居金陵,以天地万物之理者,著于此书。"王安石《进〈字说〉表》"退复自力",《进〈字说〉札子》"赖恩宽养,外假岁月,而桑榆愈晩,久不见功",可知确实作于晚年。《年谱考略》置于元丰三年(1080),然未言何据。柯敦伯曰:"安石退居江宁后,与谭掞、蔡肇等共撰《字说》,至元丰五年告成,凡二十四卷。《临川集》有绝句一首,题作《成〈字说〉后与曲江谭掞、丹阳蔡肇同游齐安》。此诗次于庚申(元丰三年)、壬午(元丰五年)数游齐安之后,故可证《字说》系成于元丰五年。"①按,此说失于武断。《临川文集》中之诗并非按年编就。然谓《字说》成于元丰三年至五年之间,不致大错。或即此次师颜赐药。

综上所引,此文最有可能作于元丰五年。

七、《乞罢政事表》二道

《系年》引安石《谢手诏慰抚札子》"今日吕惠卿至臣第具宣圣旨……自与闻政事以来,遂及期年",谓熙宁三年(1070)二月因韩琦上疏乞罢青苗,帝以琦说见疑,安石求出。帝遣吕惠卿谕旨慰留。又谓其说见于《长编》。以此《札子》作于安石熙宁二年二月参知政事期年之后,故断为熙宁三年二月;又引《答手诏封还〈乞罢政事表〉札子》:"今日具表乞罢政事……而吕惠卿至臣第,传圣旨趣臣视事……今待罪期年,而法度未能有所立,风俗未能有所变。"谓与前文先后作。又谓《乞罢政事表》作于上文前不久。

按,其说大体为是。然小疵者有五:

其一,今本《长编》熙宁一年至三年上半年阙如,故其说不当出自是编。

其二,"期年"说需补充。《宋史全文》:"熙宁二年二月庚子(初三日),王安石参知政事。先是,安石见上论天下事……上曰:'卿所施设,以何为先?'安石曰:'变风俗,立法度,最方今所急也。'"故曰"今待罪期年,而法度未能有所立",

---

① 柯敦伯:《王安石》,商务印书馆1945年版,第93页。

时当为熙宁三年二月。

其三，若云两《札子》"先后"作指前后日，则非。因其均言吕惠卿"今日"至第，故必作于同日。

其四，乞罢政事，事见《宋史纪事本末·王安石变法》。熙宁三年二月，河北安抚使韩琦上疏，请废青苗法。"帝袖其疏，以示执政曰：'琦真忠臣……'终以琦说为疑。安石遂称疾不出……帝命司马光草答诏，有'士夫沸腾，黎民骚动'之语。安石抗章自辩，帝为巽词，辞谢之，且命吕惠卿谕旨。"据《宋史全文》，韩琦上疏事为壬戌朔（初一日），神宗以示执政事为癸亥（初二日），翌日，安石称疾不出。丙寅（初五日），安石求去。而司马光草诏，安石抗章自辩，神宗手诏，吕惠卿至第，均为此日事。壬午（二十一日），安石出视事。

其五，此二《表》中之前者，亦非作于二《札子》前，必为同日。即《答手诏封还〈乞罢政事表〉札子》所言"今日具表乞罢政事"云云。

考前《表》列举己之仕宦经历止于"诹以万机之事"，当作于初任宰执时。据《宋史全文》等，此段时期安石乞辞位有二，一是熙宁二年五月丙戌（二十一日）因受吕诲劾奏。然其间并无他人劾奏，显与《表》中所谓"构谗诬而并至"事不合。二是熙宁三年二月事。安石至此，已屡遭中伤。据《宋史纪事本末·王安石变法》，有五月吕诲，八月范纯仁、刘述等六人及苏辙，九月司马光，十一月李常、程颢，次年二月韩琦。且《表》中所云"乃罹疢疾之加"，"赐以分司一官"正与诸史书中之"称疾求分司"事相合。故此《表》作于是年三月丙寅。

后《表》中有"近具表乞罢政事分司，伏奉手诏封还，不允所乞者"字样，味其语气，当作于前《表》后之一两日。

八、《乞出表》二道

《系年》断为熙宁七年，误。

前《表》言"窃以丞相之职"，"岂意眩昏，甫新年而寝剧"，故可知此文之作须具条件二：一是由参知政事擢升平章事之后，二是必在新年后不久。考之《长编》等书，安石虽多次辞位，然符合此二条者仅两次，一为熙宁六年（1073），一为熙宁九年再度入相后。

按，此事必非后者。因其一，《长编》载此事曰："二月癸巳（初七日）。是日，诏管勾东府使臣不得令王安石家属行李出府，以安石固辞机务也。"此事前后均无照应，当视为孤证。《长编》作者李焘亦觉蹊跷，故自注："此据《中书时政记》，当考。"实则此事断无可能。当朝宰相如何可未经皇帝允许不辞而别？安石之忠，时人口碑颇佳。其政敌司马光在安石故后亦坦言："介甫文章节义过人处甚多。"（《与吕公著书》）尚且不论贵为宰相者有无可能行此举。其二，据《长编》："熙宁八年十一月丙戌（二十七日）。先是，王安石以疾家居，上遣中使劳问，自朝至暮十七反……既愈，复给假十日。将安，又给三日。"此为上年底事，与本文"甫新年而寝剧"之说不合明矣。

《长编》："熙宁六年二月壬寅（二十八日）。先是，王安石以病谒告弥旬，乃求解机务。且入对，上面还其章。安石固求罢，上不许……安石曰：'陛下盛德日跻，非臣所能仰望……臣前所以求罢，皆以陛下因事有疑心，义不敢不求罢。今求罢真以病……且又病，若昧冒，必致旷败……犹病昏暗烦愦。'"与本《表》中"方当图政之忧勤，难以养疴而昧冒"、"岂意眩昏"、"闵其积疢"之用语，如出一辙。故茅坤评语亦曰："此必因病而乞者。"而参以《乞出表》二中"今月十一日辄输情素，仰丐恩怜"句，此《表》必作于是年二月十一日。

《表》二："岂图忧患之余，更值清明之始。"查是年清明为二月乙未（二十一日）①，故必作于是日之后。

九、《乞退表》三道

《系年》均失考。

《表》一、《表》二当作于数日之内。由两《表》"具《表》乞解机政（务），伏奉手诏未赐俞允者"之相同用语，以及前《表》曰"服劳安可以独贤"、"矧疾疢之相攻，且事为之寝废"，后《表》曰"有均劳之乞"、"况于抱病，浸以瘝官"的相同意思可看出。

据《长编》等书，王安石之再相，神宗之宠信大不如前，加之体弱多病及爱子

王雱早夭,故对政事益倦,多次求去。罢为使相判江宁府后,屡次具表乞免差遣闲居。与前《表》中"中外迭居"之求为地方官,后《表》中"弃席未忘,或再施于华幄"之希望再相的心情大相径庭。故二《表》非作于此期间。

前《表》有"品制百为,总裁万物",后《表》有"后惟时乂,相亦有终",可知必作于拜相之后。前《表》云"某于多故,实以难支",后《表》云"乘权而久处","勤劬日久",又知此时必已任相较久。据《长编》等,此段时期王安石乞辞相位罢机政者有二:一为熙宁六年(1073)二月,因体弱多病故,已见《乞出表》二道之考;一为熙宁七年三四月罢相前夕。二《表》作于此时。前《表》曰"任怨盖难于持久","故任怨特多于前辈";后《表》曰"忠或不足以取胜","义或不足以胜奸",均说明此次乞退盖因受政敌攻讦故。忠不足胜奸,义不足取胜,皆系针对失宠于神宗而发。

缘于二事。其一为神宗下《责躬诏》。《长编》载三月乙丑(二十八日,郑侠《西塘集·自记》言为四月初一),神宗亲降《责躬诏》,将久旱不雨归咎于"朕之听纳不得于理欤,狱讼非其情欤,赋敛失其节欤,忠谋谠言郁于上闻而阿谀壅蔽以成其私欤?"明显流露出对王安石等宰执之不满。无怪乎安石政敌判西京留守、司御史台司马光读诏后"喜极而泣"。其二为郑侠作《流民图》并上疏于神宗。据《长编》等,侠曾从安石学。郑侠《西塘集·自记》云,其于三月二十六日上疏,将天之大旱归咎于新法激怒上天所致,并附其手绘《流民图》。神宗看后"长嘘者数四","是夜,上于寝殿中不复眠寐"。"(四月)初六日早朝,上出侠所进《状》并《流民图》,宣示宰执,责以'所奏皆云"法度修明,礼乐兴行,民物康宁,虽三代、尧舜无以过",今来外事如此!'王安石而下各谢罪"。所言细节未必可信,但此事使神宗深有感触确属事实。《长编》:"夏四月甲戌(初七日)。先是,监安上门、光州司法参军郑侠言:'⋯⋯去年大蝗,秋冬亢旱,以至今春不雨⋯⋯臣伏愿陛下开仓廪以赈贫乏,诸有司掊敛不道之政,一切罢去⋯⋯谨以安上门逐日所见,绘为一图。'于是上出侠疏并图以示辅臣。(安石)乞避位,上不许,乃诏开封府劾侠擅发马递之罪。"事至于此,安石诚如后《表》所言"人人与之为敌",因固请避位。《长编》:"甲申(十七日),王安石恳求去位,上即许之。"故两《表》当作于熙宁七年四月初七至十七日之间。

《乞退表》三,其中云"四年黾勉",可知作于参政四年之后。《长编》言熙宁六年(1073)二月王安石固请辞相(参见《乞出表》二道考),"壬寅(二十八日),

上又令冯京、王珪谕旨。于是安石复入视事。"《表》当作于此前。《长编》载其入见神宗，"安石曰：'陛下至仁圣，臣岂有他！但后世风俗皆以势利事君，臣久冒权位，不知避贤，即无以异势利之人；况又病，必恐有旷败。'"《表》中亦谓："适遭欲治之盛时，实预扶衰之大义。事或乖于众口，而陛下力赐辩明；言有逆于圣心，而陛下常垂听纳。此臣所以履艰虞而不忌，服勤苦而不辞。虽百度抢攘，未就平成之叙；然四年黾勉，非无夙夜之劳。今特以心气之衰疲，目力之昏耗，哀祈外补，冀幸小休。"与奏中用语如出一辙。

故此文作于熙宁六年四月。

十、《手诏令视事谢表》

《系年》曰：系于熙宁六年（1073），"是年二月上，盖缘宣德门之事"。按，据《长编》，宣德门事发生于是年正月十四日。王安石从驾观灯，乘马入宣德门，因在西偏门内下马，为卫士挝伤马及从人。安石大怒，请送卫士于开封府，并罢勾当院御药院内侍一人，神宗皆从之。而是日，宣德门亲从官王宣等，与安石家人喧竞，为开封府判官梁彦明、推官陈忱等决杖。御史蔡确为此二事先后上奏，以为宰相下马非其处，卫士所应呵止。而开封府不应观望宰相，曲意奉迎其家人。安石连上三札子，均只言此事，不及其他，以为自己依旧年惯例，合于门内下马，并论奏宰相于门内或门外下马理须根究，乞付所司定夺，使人有所遵守。并未言及将为此而辞相避位。而此《表》却无一言及于宣德门事，反而有"人习玩于久安，吏循缘于积弊"，"因请避众贤之路，庶以厌异议之人"之类与此事无关之语，显然系为变法事遇阻有关。故《系年》所言不当甚明。

其一，此《表》文风犀利凌厉，一派虎虎生风，自强不息之意气，与其任相后期之衰暮颓唐有天壤之别。《表》曰："惟圣人之时不可失，而君子之义必有行"，"君臣之时，尝千载而难值；天地之造，岂一身之可酬？敢不自忘形迹之嫌，庶协神明之运"诸语，均可见其意气风发之状。

其二，熙宁三年二月始，王安石多次辞位均以"疾疢"为由（参见《乞罢政事表》《乞出表》《乞退表》考）。而此《表》无一言及之，故当作于熙宁三年之前。

其三，《表》中列己之"越从乡郡，归直禁林"至"重叨殊奖，忝秉洪钧"之仕历，明显系执政初期之口吻。

其四，此次"请避"，盖缘于"谤议升闻"，即受到政敌攻击。考此时之受谤，并与《表》中所言相关涉者，唯熙宁二年五月吕诲上疏论安石奸诈事。《表》曰："伏蒙宣示言者所奏，辄具札子，乞博延公议，改用贤人，伏奉诏奖励令视事如故者。"《宋史全文》："熙宁二年五月癸未（十八日），郑獬知杭州，王拱辰判应天府，钱公辅知江宁府。獬与滕甫相善，王安石素恶之……议者皆疑安石行其私意。御史中丞吕诲即奏曰：'王拱辰不闻过，迁谪出外；郑獬在三班院，皆称公当，权府亦甚平允，遽然补外；钱公辅先因营救滕甫，遂罢谏院，今又被逐。盖甫与王安石素所不足，今无罪被黜，甚伤公议。'上出诲奏示执政。安石曰：'此三人者出，臣但愧不能尽理论情，暴其罪状，使小人知有所惮，不意言者乃更如此。'是月丙戌（二十一日），安石以吕诲劾章乞辞位。上即封还其奏，令视事如故。"《续资治长编拾补》："赐安石诏曰：'昨已曾面谕朕意，谓悉谅也。今得来奏，甚骇朕怀。今还卿来奏。天下之事当变更者非止一二，而事事如此，奚政之为也！卿其反思职分之当然，无恤非礼之横议，视事宜如故。'"与《表》中所言颇符。吕诲劾章，即《上神宗论王安石奸诈十事》[①]。诲谓："安石自居政府，事无大小，与同列异议。或因奏对留身进说，多乞御批，自中而下，以塞同列沮议。"而《表》中驳之曰："以物役己，则神志有交战之劳；以道徇众，则事功无必成之望。"诲谓："及居政府，才及半年，卖弄威福，无所不至……意示作威，耸动朝著。然今政府，同列依违，宰臣避忌，遂专恣而何施不可，专威害政……畏之者勉意俯从，附之者自鬻希进；奔走门下，唯恐其后。背公死党，今已盛矣。怙势招权。"《表》驳曰："比闻独断，谓合金言；但输承命之忠，遂触招权之毁。"诲谓："大奸得路，则贤者渐去，乱由是生。"《表》因曰："因请避众贤之路，庶以厌异议之人。"两相印证，无不榫合。

故此《表》当作于熙宁二年五月二十一日后一两日。

---

① （宋）赵汝愚编：《宋名臣奏议》卷一百九《财赋门·新法一》。

十一、《上杭州范资政启》

  《系年》因《长编》谓本年正月范仲淹自邓州移知杭州,并据《启》曰"某近游淛(古"浙"字)址,久揖高风……"谓此《启》必作于王安石知鄞,而范仲淹知杭不久时,因断为庆历八年。误。

  按,查《长编》,庆历八年正月未有仲淹自邓州移知杭州事。其曰是年"二月戊寅(初十日),改新知荆州范仲淹复知邓州"。而"皇祐元年(1049)七月癸卯(十二日),资政殿学士、给事中、知杭州范仲淹为礼部侍郎"。此为迁官而不换差遣。宋楼钥《范文正公年谱》"皇祐元年"条:"年六十。正月乙卯(二十二日),公知杭州。""皇祐三年"条:"年六十三。是岁,公以户部侍郎知青州。"可知王安石当于皇祐元年至皇祐三年期间赴杭。《年谱考略》"皇祐二年"条:"年三十。是年公归临川。五月二十五日,作《抚州祥符观三清殿记》。又,抚州金峰,公有题字云:'皇祐庚寅(二年),自临川如钱塘过宿此。'"

  故可知此文必作于皇祐二年王安石解知鄞县事,返归故乡临川,又赴杭州后。

(原载中国唐代文学学会编:《中华传统文化与新世纪国际学术研讨会论文集》,三秦出版社 2001 年版)

王安石文系年续考

笔者曾著文《王安石文系年考》，考证《唐宋八大家文钞·临川文钞》二、三卷文之系年。本文续考四、五卷之文。

一、《上相府书》

清顾栋高《王荆国文公年谱》（以下简称顾《谱》）系于庆历二年（1042）①，当以文中云"某幸以此时窃官于朝，受命佐州"，故指安石于是年登第，旋任淮南路签书判官事。清蔡上翔《王荆公年谱考略》（以下简称《考略》）卷三列入庆历七年（1047），云："据子固（曾巩）作《都官志》云：'安石知鄞县，庆历七年十一月，上书乞告葬公，明年某月，诏曰可。'"②今人李德身《王安石诗文系年》（以下简称《系年》）亦置入该年，并沿蔡说，以《书》中谓"故辄上书阙下，愿殡先人之丘冢"，按以曾巩《尚书都官员外郎王公墓志铭》"庆历七年十一月上书乞告葬公"，断言"即指此书而言"③。皆误。

按：顾说并无特指某时之意，仅是直陈此时正任官职之谦词耳，"受命佐州"亦非指签判淮南事也。李说亦不确。本文主旨并非是"乞告葬公（父）"，而是因"受命佐州"，故托诸多理由极力推辞，"殡先人"即其一；曾巩原文"上书乞告葬公"后有"明年某月日诏曰可"句，可知曾巩所云必非此篇上相府者，而必为上皇帝书。其有特殊之格式用语，如自称为"臣"，例有"臣罪该万死，诚惶诚恐"之类

---

① （宋）詹大和等撰，裴汝诚点校：《王安石年谱三种》，北京：中华书局1994年版，第29页。
② （宋）詹大和等撰，裴汝诚点校：《王安石年谱三种》，第29页。
③ 《王安石诗文系年》，西安：陕西人民教育出版社1987年版。

套话。依旧时官场规则,此事断无可能;"殡先人之丘冢"句文义不通。"殡"本义是入殓停枢待葬,一般无"葬"义。虽可勉强训为下葬,但与"之"字搭配不当,当用"于"字。《临川集》诸本皆为"殡"字,《王文公文集》却为"滨"。若此,全句为:"愿滨先人之丘冢,自托于管库,以终犬马之养焉",意谓只愿守着父亲的坟,当个管库房的小官,为祖母谢氏养老送终。于文意无丝毫扞格。故此文与中第签书淮南判官及请葬父而上书皇帝事均无关。

文中言及"大母春秋高",即祖母谢氏尚健在,故必作于皇祐五年(1053)其卒之前。曾巩《永安县君谢氏墓志铭》,明言"其卒皇祐五年之六月十四日"①。

文中又言"受命佐州",并以亲老家贫而辞。佐州之官,必为通判也。宋制外官之例,知县擢通判,通判擢知州。《宋史》卷一百六十《选举》四《铨法》上:"(庆历)八年,诏近臣论时政。翰林学士张方平言:'……祥符之后,朝益循宽大,自监当入知县,知县入通判,通判入知州,皆以两任为限。'"②王安石知鄞县(今宁波)为庆历七年(1047)事③,满三年北归京师④,此后方可任通判。故文必作于皇祐二年(1050)之后,且为推辞某州通判之任命而作。王安石只任过舒州通判,皇祐三年秋季到任。《续资治通鉴长编》(以下简称《长编》)卷一百七十:"皇祐三年(1051)五月庚午(二十一日),宰臣文彦博等言:'殿中丞王安石进士第四人及第。旧制:一任还,进所业求试馆职。安石凡数任,并无所陈……恬然自守,未易多得。如安石赴阙,俟试毕,别取旨。'安石辞不就。"未提其差遣。而彦博同时举荐之工部郎中、直史馆张瓖则明言其差遣为"差知颍州",故可知安石头年解知鄞县后,至此尚在等待任用。本集有《到舒州次韵答平甫》诗,其中有"秋城气象亦潭潭"句⑤,可见到舒州时已至秋季;又有《题舒州山谷寺石牛洞穴》诗,自注曰:"皇祐三年九月十六日,自州之太湖。"则为已至任上之确证。

---

① 《元丰类稿》卷四十五,《四库全书》本。
② 《二十五史·宋史》上,上海:上海古籍出版社、上海书店影印武英殿本1986年版。
③ 王安石《胡君墓志铭》谓,庆历七年丁亥胡舜元父丧,逾五月来告,而此时已知鄞已三月。而所作之铭,欲以十月"藏之墓中"。故知安石之知鄞,最早亦当在是年三月以后。
④ 王安石《登越州城楼》诗:"可怜客子无定踪,一梦三年今复北。"见顾《谱》,见《王安石年谱三种》,第40页。
⑤ 《临川文集》卷二十四,《四库全书》本。

而至和元年(1054),王安石入京任群牧判官,嘉祐二年(1057)知常州。此后则与通判一差无缘。

故可知此文必作于皇祐三年夏秋之交前后。

二、《上执政书》

《系年》以书云"某在廷二年",而安石至和元年(1054)九月除群牧判官,故云"当在嘉祐元年(1056)"。是,然失之于简略。

文中言己"此时备使畿内",当于初任京畿地方官员期间。安石平生任京畿地方官员见于《长编》所载者仅有一事,嘉祐元年"十二月己未(十二日),群牧判官、太常博士王安石提点开封府界诸县镇公事"。此恰合文中"以京师千里之县","吏兵之众,民物之稠",事机万端之情状。

故《书》当作于是年十二月十二日得官后至年底。

三、《上杜学士书》

《系年》以欧阳修撰《杜杞墓志铭》言,杞于庆历六年徙为两浙转运使,明年(庆历七年)又徙河北转运使,"是岁夏,拜天章阁待制,充环庆路兵马都部署、经略安抚使,知庆州"。本集中有《上杜学士言开河书》,明言上于"运使学士",故其人必时任两浙转运使,自言撰于十月十日。而与此文为前后,作于庆历七年。顾《谱》则径言为庆历八年作,未知何据。

欧《铭》误。安石于庆历七年知鄞(见《上相府书》所考),十月十日上书杜杞,杞如何能于是岁夏即已知庆州?考诸《长编》卷一百六十四,杜杞改任事在庆历八年:"夏四月甲戌(初六),河北转运使、兵部员外郎杜杞为天章阁待制、环庆路都部署、经略安抚使,兼知庆州。"此文言"窃闻(杜杞)受命改使河北",则必于庆历七年十月十日上书后。此事之时间,诸史书均据欧《铭》误。然可推知。《长编》卷一百六十一:"庆历七年十一月辛未朔(初一),判大名府贾昌朝、河北转运使皇甫泌等乞募人……庆历八年春正月甲戌(初五),度支副使、工部郎中郑骧权河北转运使。"杜杞之使河北,必在贾、郑二人之后。是年"闰正月丁未(初八),祠部员外郎、秘阁校理张瓌为两浙转运使"①。杜之离任,或在此时。

故此文之作,当在庆历八年闰正月。

四、《上田正言第二书》

本集中有《上田正言书》二,其一与此《书》旨同,皆诘难田况以谏官之责,未能建言于朝,切望对方以国事为重,"且自赞以植显效,酬天下属己之意"。故两《书》当写有先后。前《书》、《系年》以为庆历三年(1043)八月作,是。然系此《书》于该年,径谓"作于上《书》之后",则失之简略。

田正言,田况。文中言:"恭惟旦暮辅佐天子秉国事。"故可知,况此时职任应为近侍,随从仁宗左右,非惟谏官"正言"耳。安石有《太子太傅田公(况)墓志铭》谓:"为右正言、判三司理欠凭由司、权修起居注。遂加知制诰,判国子监。"知制诰为帝之侍从。况任此职之确日,《长编》失载,然可推知。《长编》于卷一百四十庆历三年三月乙酉(十八日)提及田况,称其官职为"右正言、直集贤院";而五月癸酉(初七),则谓其为"知制诰",其任职必于两者之间。文必作于此后。文中言:"复边人于安,称主上所以命之之意,使天下举首戴目者,盈其愿而退,则后世之书,可胜传哉?"味其语气,田况此时正事安边之务。据《长编》,田况是年八月丙申(初二)任陕西宣抚副使出朝,十一月庚寅(二十六日),"诏陕西宣抚使韩琦、副使田况赴阙"。据《长编》卷一百五十一,次年"秋七月辛未(十二日),命知制诰田况提举河北便籴粮草"。此后,田况不再"旦暮辅佐天子",而长期任地方官,直至"皇祐二年(1050)十一月戊戌(十五日),召枢密直学士、给事中、知益州田况权御史中丞","闰十一月己未(初六),改命田况为枢密直学士、权三司使"。此时田况已居高位,亦不复事安边之务矣。

故此文当作于庆历三年十二月田况返朝后至次年七月随侍期间。还朝后,田况多次就边防事建言。据《长编》卷一百四十五,是岁末,"田况乞选诸路军不堪战者为厢军";卷一百四十六,"庆历四年二月乙未(初二),是时,韩琦为枢密

副使,与知制诰田况皆请用(范)祥策……庚子(初七),枢密副使韩琦、知制诰田况等言,窃知张子奭曾谕西界,令尽还所侵延州",不一而足。

五、《上运使孙司谏书》

《系年》以文中言"鄞于州为大邑,某为县于此两年",断为庆历八年作。安石庆历七年春知鄞,至八年一年耳。味其"两年"之语,似已满二周年。故应系于皇祐元年(1049)。运使孙司谏,指右司谏、两浙转运使孙甫,《宋史》有传。其出任两浙转运使之日,《长编》、吴廷燮《北宋经抚年表》均失载,然可大略考知。《长编》:"庆历八年闰正月丁未(初八),祠部员外郎、秘阁校理张瓌为两浙转运使。"孙甫之任,必在此后。《宋史》本传:"范仲淹知杭州,多以便宜从事。甫曰:'范公,大臣也。吾屈于此,则不得伸于彼矣。'一切绳之以法。"范仲淹知杭州,在皇祐元年初至皇祐三年。宋楼钥《范文正公年谱》:"皇祐元年己丑,年六十。正月乙卯(二十二日),公知杭州……皇祐三年辛卯,年六十三。是岁,公以户部侍郎知青州。"①故本传所言事,必在皇祐元年后。本文之旨,在劝诫孙甫不可下令出钱购人缉捕营私盐者,以免引发事端。与本传范公多以便宜从事,孙氏一切绳之以法之说甚合。

六、《与参政王禹玉书》

本集中有《与参政王禹玉书》二道,均为辞相事也。此为其二。《系年》系两书于熙宁九年(1076),谓是年二月癸巳诏管勾东府使臣不得令安石家属行李出府,以安石固辞机务也。又是年六月辛卯知陈州吕惠卿上奏攻讦安石,安石数求去,神宗不允,故安石乞王珪代为达意也。

安石辞相,《长编》等载凡五次。熙宁五年六月因神宗回护李评,熙宁六年二三月间因政敌攻讦及患病,熙宁七年四月因郑侠劾奏而终至罢相;二度入相后

---

① 《四部丛刊》影明本《范文正公集·附录》。

熙宁八年十一月因病谒告,熙宁九年十月因病及失宠而罢。前期辞相多为受政敌攻讦后以退为进之政治手段,以辞相要挟神宗从己之政策;中期既有迫政敌让步,亦有健康原因;晚期则为老病矣。熙宁七年之罢,为突发事件。神宗忽示郑侠所绘《流民图》于宰执,实则为迫安石辞相,于安石之辞未加挽留,故安石亦不会乞王珪转达去意事。

品二《书》之旨,有所区别。前《书》当从《系年》为熙宁九年作。一、文中有"久尸宰事"句,当于首度任相后期或二度任相时;二、丝毫未提政敌事,只言"忧患之余,衰疹浸加","疾病日甚",无法履任;三、"况自春以来,求解职事,至于四五","必无复任事之理",可见去意甚坚,与其前中期之辞相比显有不同。故必作于二度任相时。然《系年》之据有误。是年二月安石固辞机务,《长编》谓此事仅有上引"是日(初七)诏管勾……固辞机务也"一句,前后均无照应,可视为孤证。《长编》纂者李焘亦觉蹊跷,故加注:"此据《中书时政记》,当考。"实则此事无可能。其政敌司马光《与吕公著书》中亦承认,"介甫文章节义过人处甚多",故其作为一国之相断不会不辞而别。

而后《书》则为己之施政辩护,并以"意气衰而精力敝"为由,欲"得优游里间",辞意在有无之间。故与前《书》当非一时所写。其谓:"且据势众而任事久",当作于久任宰执后。文中所言之内证外证,唯与熙宁六年二月辞相事甚合。其一,文中言"某既不获通章表",必指辞相未能获准,与王珪"继蒙赐临,传喻圣训"事,并见于《长编》卷二百四十二:"熙宁六年二月壬寅(二十八日)。先是,安石以病谒告弥旬,乃求解机务,且入对,上面还其章。安石固求罢,上不许……又令冯京、王珪谕旨,于是安石复入视事。"珪奉旨劝安石视事,《长编》仅见于此。本集中写于此时之文有《谢中使抚慰表》、《乞出表》一、《乞退表》三等。其二,此文言:"智不足以知人,险陂常出于交游之厚。"《长编》卷二百三十七:"熙宁五年八月癸卯(二十七日),贬太子中允、同知谏院、同判吏部流内铨唐坰为潮州别驾。坰初以王安石荐得召见,骤用为谏官。数论事不听,遂因百官起居越班叩陛请对……坚请上殿读疏,论王安石用人变法非是……以安石比李林甫、卢杞。"其三,此《书》言:"顾自念行不足以悦众,而怨怒实积于亲贵之尤……意气衰而精力敝,有旷失之惧……历观前世大臣,如此而不知自弛,乃能终不累国者,盖未有也……庶几天下后世,于上拔擢任使,无所讥议。"受政敌攻讦与健康不佳,为王安石中期辞相常用的理由。《长编》卷二百四十二:"熙宁六年二月壬寅,安石曰:'臣所以前求罢,皆以陛下因事有疑心,义不敢不求罢。今求罢真以病故,非有它。且古今事异,久任事积怨怒众,一旦有负败,亦累陛下知人之明。且又病,若昧冒,必致旷败。'"则与《书》中用语颇相一致。

故此文之作,当在熙宁六年二月。

七、《与王子醇书》

本集中有《与王子醇书》四,此为其三。《考略》系于熙宁六年(1073)二月王韶收河州后。《系年》同,并据《长编》,谓"是年三月'壬寅王安石白上,对诸羌不宜多杀,惟务存恤。上以为然,令速谕王韶。'即此书也"。当以此《书》中有"且王师以仁义为本,岂宜多杀敛怨耶"者。

然此《书》主旨在"方今熙河所急在修守备,严戒诸将勿轻举动"。考之《长编》,河州收复后,神宗与安石之意在乘胜追击,扩大战果。《长编》卷二百三十四:"熙宁六年三月丁未(初四),时河、洮、岷州虽为一路,而实未复。韶方图进兵,上手诏令所议不须申覆,及上奏亦不必过为详谨妨事。"与此文中"上固欲公毋涉难冒险"之意显有不合。

《长编》卷二百五十一:"熙宁七年三月壬寅(初五),王安石白上:'将帅利以多杀为功。熙河诸羌但能存恤,结以恩德,全惜兵力,专事董毡(毡),即诸羌自为我用。若专务多杀,乃驱之使附董毡,令敌愈强而自生患;不惟非计,亦非所谓仁义之师也。'上以为然,令速谕王韶。"此议与本文之旨全无二致。故《书》当系奉旨而撰。《系年》误"七年"为"六年"。

故本文作于熙宁七年三月。

八、《上邵学士书》

《系年》以文中曰"郡庠拘率,偶足下有西笑之谋,未获亲交谈议,聊因手书以道钦谢之意,且贺乐安公之得人也",谓:"此乃安石论文之作,当作于知常州郡时。"故系之于嘉祐二年(1057),误。

"郡庠拘率",意谓为府(州)学事务所牵。王安石任教府学,于史无考。据邓广铭先生言,安石在为母守丧期间和服除之后(嘉祐八年秋至熙宁元年),均在江宁家中收徒讲学,陆佃、龚源、李定、侯叔献、蔡卞等人,即在此期间从其学①。其间治平四年(1067)九月知江宁府。故其去府学授课,亦在情理之中。《书》中谓邵学士岳丈为"乐安公"蒋某,必为蒋堂也。宋胡宿《蒋公神道碑》云②,蒋堂爵位为"乐安县开国侯",碑文记其知越州时疏浚鉴湖事,与本文所云"复鉴湖"事合。其婿邵必,字不疑。《宋史》卷三百十七《邵亢传》附《邵必传》:"编《仁宗御集》成,迁宝文阁直学士,权三司使,加龙图阁学士。"其为直学士,事在治平四年。《宋史》卷一百六十二《职官》二:"直学士,治平四年初置,以邵必为之。"《宋史全文》卷十:"治平四年五月乙巳(二十八日),置宝文阁直学士、待制,以翰林学士吕公著兼宝文阁学士,右司郎中邵必为宝文阁直学士。"故本《书》之撰不早于此时。次年四月,安石赴京入对。《宋史》卷十四《神宗纪》:"熙宁元年夏四月乙巳(初四),诏翰林学士王安石越次入对。"故文不晚于此时。《书》谓:"偶足下有西笑之谋,未获亲交谈议。"典出汉桓谭《新论·祛蔽》:"人闻长安乐,则出门西向而笑。"谓渴慕帝都也。或在安石受召之后。元陈桱《通鉴续编》卷八"诏翰林学士王安石越次入对"下注:"安石受命,历七月始至京师。"则受召在其年九月。"西笑",即指此事欤?

故此文之作,当在治平四年六月至次年三月之间。

九、《与王逢原书》

《系年》未录。本集收《与王逢原书》七,此为其一。王安石《王逢原墓志铭》、《王令集》附刘发《广陵先生传》③,谓王令字逢原,初字钟美,为安石妻吴氏之从妹丈,元城(今河北大名东)人。少贫,拒应科举,以授徒为业,长居广陵(今

---

① 邓广铭:《王安石——中国十一世纪时的改革家》,北京:人民出版社 1975 年版,第 26—27 页。

② 《文恭集》卷三十九。

③ 沈文倬校点:《王令集》,上海:上海古籍出版社 1980 年版,第 384—387 页。

江苏扬州)。文中谓:"比得足下于客食中,窘窘相造谢……而舟即东矣。"故此文写于乘船东下途中相遇之后不久。沈文倬先生《王令年谱》考定,二人定交之始,在至和元年(1054)王安石奉召入朝任群牧判官,北上途经高邮时①。此后至嘉祐四年(1059)王令卒,安石移舟东下唯有嘉祐二年五月自京差遣改任知常州。时王令在润州(今江苏镇江),为京师至常州水路必经之地。正与文中"比得足下于客食中"之说合。

故文作于嘉祐二年五六月间。

十、《答曾公立书》

《系年》系于熙宁三年。谓:"此书乃讨论青苗法贷谷于民应否取二分之息事,必作于初行青苗法不久时。"是,然失之简略。

据《宋会要·食货四》,熙宁二年九月四日,制置三司条例司言,"依陕西青苗钱例,取民情愿豫给……仍先行于河北、京东、淮南三路,候其有绪,即推之诸路"②。此即行青苗法之始。此举受阻甚大,据《长编》,较著者有同年十一月司马光言"朝廷散青苗,兹事非便",次年正月"言者既交攻之",二月,韩琦言行青苗法后,"上下惶惑"等。然据本文中"始以为不请,而请者不可遏;终以为不纳,而纳者不可却"之说,必当在一个完整之放贷还贷过程结束后。依青苗钱例,每年分二期贷款,每期半年,取息二分,分别随夏秋两税交还。故当作于是年夏季完税后。据宋梁克家《淳熙三山志》卷二十六《人物类一》:曾公立,名伉,皇祐五年(1053)进士,官终朝散郎、左司员外郎。《资治通鉴后编》卷七十六:"熙宁二年四月丁巳(二十一日),遣刘彝、谢卿材、侯叔献、程颢、卢秉、王汝翼、曾伉、王广廉八人行诸路,察农田水利赋役,从条例司请也。"此文之作,当为平息曾伉对青苗法之疑。

当作于熙宁三年六七月间。

---

① 沈文倬校点:《王令集》,第434页。
② (清)徐松辑:《宋会要辑稿》,北京:中华书局1957年版,第4854页。

十一、《答曾子固书》

《系年》未录。

王安石晚年罢居江宁，老弱多病，心归佛门。《诏以所居园屋为僧寺及赐寺额谢表》："永惟宏愿，岂忘香火之因缘……乃尘长者之园，遽如佛许。仰凭护念，誓毕重修。"正与此文中自言久病及为己读佛经辩解事合。故必作于其晚年。《书》谓"久以疾病不为问"，"连得书"，度曾巩之居所当在附近。其弟曾肇《子固先生行状》谓，曾巩元丰五年（1082）九月丁母忧返江宁，次年四月卒①。文中言"苦寒"，故当作于年末岁初。文中又谓"比日侍奉，万福自爱"，当是劝对方连日守丧中应宝爱身体。

此《书》应作于元丰五年末或六年初闲居江宁时。

十二、《答李资深书》

《系年》未录。为答覆对方"教我以义命之说"作。李资深，名定，扬州人，少受学于王安石。《宋史》有传。

《书》谓"天下之变故多矣……岂以夫世之毁誉者概其心哉"，并为自己行事辩护，"有以待物，故其心未尝有悔也"，当指力行新法招致天下毁谤之后；又言"多病无聊"，故当作于无所事时，当在首度罢相之后。二度罢相后，安石懒言世事，《示元度》诗："老来厌世语，深卧塞门窦。"与此文之旨不合。

故当作于熙宁七年（1074）四月至熙宁八年首度罢相期间。

---

① 曾肇：《曲阜集》卷三，《四库全书》本。

十三、《答段缝书》

《书》驳段氏对曾巩之诘难。《系年》以文中有"（曾巩）父在困厄中，左右就养无亏行"，谓"此指曾子固父丧而被谤之事。子固父卒于庆历七年。子固于庆历七年、八年及元祐元年服丧"。而又以《书》有"家兄未尝亲巩也，顾亦过于听耳"句，谓安石之兄安仁卒于皇祐三年（1051），故系之于皇祐二年。误。

"父在困厄"云云非指"父丧而被谤"。度其语意，必指曾巩之父遇诬遭贬在家，而巩在家侍养事。安石有《太常博士曾公墓志铭》："知信州钱仙芝者，有所丐于玉山（时巩父易占知信州之玉山县），公不与，即诬公。吏治之，得所以诬公者……仙芝盖有所挟，故虽坐诬公抵罪，而公亦卒失博士，归不仕者十二年。"

《书》中为曾巩之处世为人多方回护。且详述与曾交往之历史，然止于安石还江南时二人相见耳①。味其语气，为在临川相会分别后不久："某在京师时，尝为足下道曾巩善属文，未尝及其为人也。还江南，始熟而慕焉友之……此则还江南时尝规之矣。"则此时已离临川。本集有《同学一首别子固》，言二人之定交："江之南有贤人焉，字子固……淮之南有贤人焉，字正之……予在淮南，为正之道子固，正之不予疑也；还江南，为子固道正之，子固亦以为然。"其文又曰："二贤人者……予考其言行，其不相似者何其少也！曰：学圣人而已矣。学圣人，则其师若友，必学圣人者。圣人之言行岂有二哉？"而此《书》谓己曾"作文粗道其行"，当指《别子固》文。《系年》以为《别子固》作于任签书淮南判官期间还江南临川故乡，与曾巩分别时，是。《书》谓："其（曾巩）作《怀友书》两通，一自藏，一纳某家。"据宋吴曾《能改斋漫录》谓："王荆公初官扬州幕职，曾南丰尚未第，与公甚相好也。尝作《怀友一首》寄公，公遂作《同学一首》别之。《荆公集》具有其文，其中云'（子）固作《怀友一首》遗予'。"曾巩《怀友一首寄介卿》谓："介卿官于扬，予穷居极南，其合之日少而别之日多，切劘之效浅而愚无知易懈，其可怀且忧矣……为作《怀友书》两通，一自藏，一纳介卿家。"②曾巩为安石终生之友，

---

① 李震谓，王安石与曾巩定交在庆历元年秋，双方均在京师时。见李震：《曾巩年谱》，苏州：苏州大学出版社1997年版，第45—46页。

② 《能改斋漫录》卷十四。

双方往来频繁,然此《书》毫未提及双方此次相会于临川后之交往,可证作于再次相会之前。

顾《谱》、《考略》、《系年》均据《忆昨诗示外弟》等,考安石离扬还家在庆历三年(1043)三月。《系年》引安石《上徐兵部书》、《上田正言》书,谓五月还家,八月抵官。甚是。

据《系年》,安石于庆历五年三月韩琦知扬州后,旋满秩解淮南官,暂归临川,又与叔父会于京师。考之甚当。而此间当与巩再度会面矣。文既未提及,故必作于此前。

故此《书》之撰,当在庆历三年八月至庆历五年四五月间。应在从临川探亲归扬州后不久。故系之于庆历三年。

然顾《谱》、《系年》均谓安石曾至南丰谒曾巩,则非。按,曾巩此时侨寓临川也。其《上齐工部书》云:"巩世家南丰,及大人谪官以还,无屋庐田园于南丰也。祖母年九十余,诸姑之归人者多在临川,故祖母乐居临川也,居临川者久矣。进学之制:凡入学者不三百日,则不得举于有司,而巩也与诸弟循侨居之,又欲学在临川……"①此文为乞对方"一言转牒,而明之有司",以使其能就近入临川之学。可见其确已"居临川者久矣"。据前文,曾巩于庆历七年父丧之前十二年始,"左右就养无亏行",并未离家,故此时亦应随大母及父侨居临川。

(原载章培恒主编:《中国中世文学研究论集》下,上海古籍出版社 2006 年版)

---

① 《元丰类稿》卷十五。

《王安石文系年》辨误

近日翻阅李德身先生《王安石诗文系年》(陕西人民教育出版社出版,以下简称《系年》)一书,见其偶有未妥之处,特撷取二例作一辨识。

一、《太子太傅田公况墓志铭》。《系年》据本《志》中有"妻富氏,今宰相河南公(指富弼,其郡望河南)之女弟也",并考出富弼首度任相时墓主尚健在,富氏二度入相在熙宁二年(1069)二月至十月,而《志》中谓墓主卜葬于某年四月甲午,故断此文必作于熙宁二年四月左右。误。1.《志》中言"四月甲午"葬,然其月无甲午。2.《志》中尚言"以公副今宰相枢密副使韩公(琦)宣抚",而韩琦早在治平四年(1067)即已罢相,出判相州。3. 范纯仁有《田公况神道碑》,明言:"公以嘉祐八年四月葬。"另古制,墓志铭一般随棺入土,文中亦言"掩诗于幽"。故此文必作于嘉祐八年(1065)二月乙酉(十三日)墓主之卒至四月甲午(二十三日)其葬之间。

二、《上相府书》。《系年》据文中有"愿殡先人之丘冢",参以曾巩《王公(安石父益)墓志铭》"安石庆历七年(1047)十一月上书乞告葬公"之句,认为此云所上之书即此文,故将本文断于庆历七年。误。1. 曾巩所云之书,非此文也,必指安石给仁宗所上之书。《王公墓志铭》亦明言"明年某月诏曰'可'"。皇帝岂能在他人给宰相的私人书启上批复? 2. 王安石如因父丧未葬而辞命,依旧时守孝之义,必在文中列于首位,何以本文中毫无提及。3. 文中所言"愿殡先人之丘冢",于语法未通。"殡"可训为"殡葬",故只能云"殡先人之枢"或"殡先人于丘冢",而"愿……之丘冢"为何语! 笔者手边有"王集"三种,两者为"殡",一者为"滨"。以"滨"为是,"愿滨(滨临)先人之丘冢,自托于管库,以终犬马之养",即愿在家庭所在之江宁府任职养亲,于文意绝无扞格。文中言及"大母春秋高",故其必作于皇祐五年(1053)祖母谢氏之卒前;而又云"受命佐州",并推辞此命,可知必为推辞某州通判之任命而作。王安石只任过舒州通判,皇祐三年(1051)秋季到任。《长编》皇祐三年五月庚午条,载宰臣文彦博等建言召安石赴阙,俟试毕别取旨,安石辞不就事,未提其通判舒州之差遣。而文彦博同举之工部郎中、直史馆张瓌则言其差遣为"差知颍州",故可知此时王安石于头年解知鄞县后,尚未委用。王安石有"秋城气象亦潭潭",又有《题舒州山谷寺石牛洞泉穴》,自注:"皇祐三年九月十六日,自州之太湖。"可见其到舒州已在秋季。据此,可知此文作于皇祐三年夏秋之交,蔡上翔《王荆公年谱考略》断为庆历七年,亦误。

(原载《陕西师范大学学报》1995 年第 6 期)

二、元杂剧与陕西戏曲研究

论元杂剧的本色派

一、本色派与案头派之界说

元杂剧中的本色派是与案头派对举的概念,因此,可将两者作一比较,以便对其有个清晰的学术定位。

本色派与案头派,是元杂剧在发展过程中形成的两大流派。

"本色"一词,在魏晋南北朝时就有人使用,指物体本来的颜色①,成为戏剧概念,是在明代后期。沈德符以本色评论前世和当时包括戏剧在内的曲家作品,崇尚本色:"吴中词人如唐伯虎、祝枝山,后为梁伯龙、张伯起辈,纵有才情,俱非本色。"②王骥德将传奇分成本色与文词两家,褒扬本色而贬抑文词:

> 曲之始,止本色一家,观元剧及《琵琶》、《拜月》二记可见。自《香囊记》以儒门手脚为之,遂滥觞而有文词家一体……夫曲以模写物情,体贴人理,所取委曲婉转,以代说词;一涉藻缋,便蔽本来,然文人学士,积习未忘,不胜其靡,此体遂不能废。③

臧晋叔将杂剧分成名家与行家,其名家相当于文彩派,行家相当于本色派,并且认为,当行即适合舞台演出是戏曲创作的根本原则:

---

① 《晋书·天文志中》:"凡星有五色,大小不同,各依其行而顺时应节……不失本色而应其四时者,吉。"
② 沈德符:《万历野获编》卷二十五《词曲》,北京:中华书局1958年版,第640页。
③ 王骥德:《曲律》卷二《论家数第十四》,长沙:湖南人民出版社1983年版,第118页。

曲有名家,有行家。名家者,出入乐府,文采灿然,在淹通阂博之士,皆优为之。行家者,随所装演,无不摹拟曲尽,宛若身当其处而几忘其事之乌有;能使人快者掀髯,愤者扼腕,悲者掩泣,羡者色飞,是惟优孟衣冠,然后可与于此。故称曲上乘,首曰"当行"。①

当时学者分戏曲作品为本色派与文采派不是凭空杜撰,而是在戏曲创作实际中概括出来的。他们认为,所谓本色派,就是基本上按照现实生活的面貌来进行描摹,以朴素无华、生动自然为其语言特色;所谓文采派,则更多地在语言色彩上下工夫,词句华美、文采灿然是其主要的语言特色。这种主要从语言风格上界定本色派与案头派的观点,有很大影响,今人亦有持此见者。有学者谓:"本色:指曲文质朴自然,接近生活语言,而少用典故或骈俪语词的修辞方法和风格。"②便仍是主要从语言风格角度来对本色派风格进行概括的传统思维。

然而上引臧晋叔的看法较其他学者更高一筹。他注意到了这一派在演出时,以描摹真切,感情充沛,富于艺术感染力为其特征,并且首先用"当行"来对"本色"作为补充,从而丰富了对这一派的理论概括,将这一派的本质特征,即适合舞台演出,为观众所喜闻乐见,进行了准确的表述。

王季思的《元人杂剧的本色派与文采派》,是有关这个问题研究中最全面的文章,王文突破前人以是否忠实于生活和语言风格划分流派的做法,从作品题材、思想倾向、艺术结构等诸方面给了本色派与文采派较为全面的诠释③。但是,由于其撰作已经将近半个世纪,又限于时代的限制,故很多相关问题的研究还有待深入,而接续研究的成果还很少见,故本文不揣冒昧,拟在王季思先生研究的基础上作进一步的拓展,将本色派和案头派作为两种具有不同审美风格的戏剧流派来深入探析。

美国美学家艾布拉姆斯将文学分为模仿、实用、表现和客观四类,并分别做了说明④。我们可以用以下图式来表示:

① 臧懋循:《元曲选》第一册《序》二,北京:中华书局1977年版,第4页。
② 上海艺术研究所、中国戏剧家协会上海分会编:《中国戏曲曲艺词典》,上海:上海辞书出版社1981年版,第34页。
③ 刊于《学术研究》1964年第3期。
④ M. H. 艾布拉姆斯:《镜与灯——浪漫主义文论及批评传统》,北京:北京大学出版社1989年版,第5—34页。

作者　作品

表现　艺术

作品

再现　传达

现实　受众

娱乐　教育

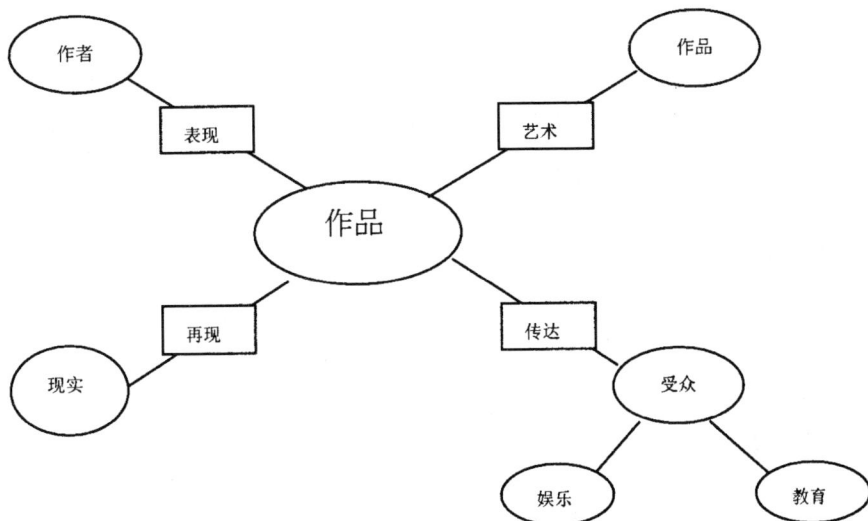

艾氏是以作家创作意图为出发点,以作品为中心,考查其与相关因素的关系,来进行分类的。作品是为表达作者情绪或理念的属表现类;为了再现社会生活的,可归入模仿类;为受众而创作,可归入传达类,这类又可继续分为两个亚型,他虽未明确说明,但是书中言及此类作品在愉悦受众时往往有教导性,故我们可将其分为娱乐型和教育型;而作品不与外界发生关系,其创作只追求本身精美,将作品视为一自足的结构,不考虑外界因素,艾氏称之为客观类,也就是人们常说的为艺术而艺术者。但是,艾氏强调他的分类并不具绝对性质,因为任何一种倾向都必会兼有其他种类的某些特点。同时他也强调,艺术品中必会有一种倾向占主导地位,其他因素为从属者。因此他的分类法颇具实际的操作意义。

对本色派的分析还可更进一步。因为本色派并非只具娱乐一途,诚如艾氏所云,还应兼有他种因素。本色派的主要特征显然是为娱乐受众的,因此,分析其特征应从是否适合舞台表演处入手。但是,这一流派也兼有他类创作倾向的特点,分别是与现实关系紧密和抒情性强烈等,这些因素亦不应忽视。元代杂剧的本色派可以说是以舞台为中心,也就是说,是追求尽可能热闹有趣的演出效果,因此可以说是娱乐型的。但是要取悦观众,就必须尽可能地与观众的生活贴近,尤其是与主要的观众群下层市民生活贴近,所以如实地再现社会生活的真实场景也就成为重要的特点。这一派以自己的创作顽强地向人们宣示,作家在戏曲作品中应该有意识地与自身形象疏离,而向观众和现实靠拢。用郑振铎谈到关汉卿的话来说,就是在作品中找不到作者的影子。作家的个人身世甚至本身的好恶都不是最重要的,如果他的好恶与观众不一致,在作品中就淡化本人倾向。关汉卿的杂剧中写到了当时社会的三六九等,但是却很少写到知识分子,使想从他的杂剧中了解作者生平的学者枉费心机。但这并不等于说作品没有作者的思想和感情,而是作者的主观评价已经与他所属的下层人民一致化,作者本人不直接站出来说话。同时,为了赢得受众的认可、认同,作品还要在相当大程度上保持与民众相通的道德评价。

大略而言,在元代前期,杂剧倾向于本色,然案头派出现并成就斐然;到了元代后期,则二者各擅其长,案头派渐成上风,而本色派亦带有案头派之风。延至明代,杂剧贵族化的趋势越发明显,故渐入衰境。这也是中国文学史上任何一种文体普遍的发展过程,即由俗到雅,逐步失去生命力。

按艾布拉姆斯模型来对本色派定位,为了让作品拥有尽可能多的受众,本色派的作品在以下四个方面的努力相当自觉:一是写民众最关心的问题题材;二是依据观众群的道德观念与审美习惯对题材进行处理;三是采用一般观众最喜闻乐见的形式因素;四是往往寓有作者的道德训诫,特别是因为传统文人多属儒生,故其说教往往是儒家信条,由于作品产生于理学思想出现以后的特定时代,故这种说教的封建道德寓意更为显著,而在说教时,也往往与民间普遍认同的价值观相通。下文具体分析。

二、本色派杂剧的内容特点

总体来说,注重受众关注的社会现象和问题,写人们最关心的题材和主题,并自觉认同受众的价值观念,以之作为评判是非曲直的主要标准,这样才能得到观众读者的关注和喜爱,这是本色派杂剧能够在舞台上生存的基本原因。

在本色派的杂剧中,重大的社会问题有比较准确的反映,这是新中国成立以来的研究者最津津乐道的。正如艾布拉姆斯所说,模仿类作品是现实社会的镜子,而巴尔扎克也说过,他这样的作家是社会的书记官。这样,作家的责任就是制造镜子,其美学追求不在于作品中体现了自己主观上的多少理念,而是要看作品在多大程度上准确地反映社会现象和社会问题。本色派的作品在反映社会问题中诸现象时相当自觉,但前期杂剧和后期杂剧的真实性有差别。在元代,社会问题呈现出非常复杂的形态,以 14 世纪初为界,前后期社会的特点明显有别,其在杂剧中的体现也有不同。要言之,前期社会冲突空前尖锐复杂,而后期社会冲突相对缓和。

前期的作家大都生活在社会的底层,因此在反映社会现实时,一般是站在人民的立场上,反映社会的黑暗和人民的心声。

元代前期最突出的社会冲突是以蒙古贵族和色目人为主体统治者与广大汉民族和其他少数民族民众之间的冲突。《元典章》里记载,在成吉思汗初兴时,他便与众部落的头领互称兄弟,约定取得天下之后,各分土地,共享富贵①。这样,从最高的统治者大汗到各个部落的奴隶主,形成了一个严密的政治统治之网。"他们后来始终遵守这个原则,虽然形式上权力和帝国归于一人,即归于被推举为汗的人,然而实际上所有儿子、孙子、叔伯都分享权力和财富。"②而随着战争的扩大,统治集团也在扩大。一方面是成吉思汗及其后人大量分封同姓王,另外还产生了一大批靠军事起家的功臣。这些人的数量越来越多。而这些贵族勋臣都是世袭承荫,其子孙后代即便是一无所长,都与其先人一样享有种种特权。蒙古贵族入主中原以后,这种奴隶制的残余又与原有的封建制度结合起来,从而使诸王驸马等权势之人,到处横行。这些人在当时统称为"权豪势要"。权豪势要无法无天,随意残害百姓的问题,是元代最突出的社会问题之一。本色派杂剧作家,当然不会放过这一社会热点问题的。因此,《鲁斋郎》中的鲁斋郎无法无天、《救风尘》里的周舍对风尘女子的恣意凌辱、《陈州粜米》里的大小刘衙内对百姓的任意戕害、《望江亭》里的杨衙内对民女谭记儿的强占,集中地反映了当时整个统治集团上下一气的严重腐败,以及与民众的尖锐冲突,从中可以看出当时的权豪势要的气焰。诚然,杂剧作家也不只是写出统治者对于民众残酷的经济剥削和政治压迫,而且也写了人民在这种严酷的政治环境下以各种方式求得生存,特别是以斗争的方式争取生存权利的现实。《水浒》戏在这个时期的大量出现,虽叙写重点各有不同,然宣示"官逼而民不得不反",却是共同的主题。

---

① 《元典章》卷九《吏部》三:"太祖皇帝初起北方时节,哥哥兄弟每商量定,取天下了呵,各分地土,共享富贵。"

② [伊朗]志费尼:《世界征服者史》上册,北京:商务印书馆 2004 年版,第 46 页。

　　元代社会统治严酷,在长夜如磐的黑暗现实中,贫苦无依的下层民众战胜强大的统治者,只能是杂剧作家们的良好愿望,而实现的可能性则微乎其微。于是杂剧作家们只好搬出亡灵来帮助自己。大量的以包公为代表的清官便成了戏曲舞台上的活跃分子。公案戏的兴盛,便成了元代前期戏曲舞台上的一大景观。中国传统观念中,评价官员的标准主要不是才干,而首先是廉洁,即刚正不阿,执法如山,一尘不染。在公案戏中,清官的形象除了传统的这一要求之外,还有了另一层,即描写他们的智慧。因为人们知道,仅仅依靠官员的清正廉洁,并不能保证他们在代表下层百姓与恶势力斗争中的战无不胜,所以这种从现实政治斗争中产生出的智慧就成为他们中一部分人必备的能力了。包公戏也是元杂剧中的一个重要题材。在大量的包公戏中,大都突出的是包公的刚正和智慧,而在《陈州粜米》中,则突出了包的凡常幽默一面,使人感到亲近可信。

　　民族问题在元代不仅与阶级归属相关,实则古今中外,民族问题始终是个高度敏感的问题。其不仅与物质生活的丰啬联系在一起,而且在大多数情况下是个人格的归属问题。一般来说,在民众物质生活极度贫困时,这个问题或是通过阶级冲突的形式表现出来,或是隐而不见,故其本身的特性并不明显。但温饱问题一旦解决或近于解决时,这个冲突就不可避免地凸显出来,从而以其本身的形式直接表现出来。在文人士大夫为主的案头派作家的作品中,这一点体现得较为明显。如果说白朴的《梧桐雨》中所感慨的故国之思令人沉重压抑,而马致远《汉宫秋》中的王昭君在汉匈交界黑河的投水自尽,其宁为汉家鬼,不当异族后的寓意,则近乎一目了然。

　　这样,在接近下层的本色派作家的作品中,所反映的社会冲突是以下层人民与权豪势要的冲突为主,而民族冲突往往掩盖在善恶斗争的主题之下。他们的创作倾向主要隐藏在作品描写的故事和人物后边,重在反映社会的普遍情绪,而不像那些案头派作家那样重视个人的表现,是借他人的酒杯浇自己的块垒。纪君祥的《赵氏孤儿》中出现了一群有情有义、不惜献身的志士仁人。韩厥、公孙杵臼和程婴等人,不惜牺牲身家性命,为旧主赵家保留下了复仇的种子。这种存亡继绝的描写,应当寄托有渴望宋室恢复的寓意。这个戏写得很精彩,故事大起大落,情节紧凑,而且有一种感人至深的悲剧力量。由于当时统治者对民族问题的敏感和统治的残暴,所以这一类作品对民族冲突的反映,采取的是一种隐晦的方式。故多用历史剧来影射现实。

　　爱情是永恒的主题,早已是陈词滥调,但各个时期的爱情是有着各自特色的,这也是不争的事实。元代前期的爱情戏,有着一些民主性因素。主要是反映了在男性为中心的社会中女性所遭受的痛苦,表现了下层社会对妇女问题的认识要远较上层人士进步。无论是大量的妓女戏还是家庭戏,大都有这种潜台词。《救风尘》中所写到的妓女从良之难,作者并没有把这种社会底层的女子当作玩物,而是承认她们与正常的好人家女子一样,有过正当正常生活的权利。联系到作家关汉卿是一个长期与歌妓朝夕相处,并且对她们怀有深切同情的下层作家,所以他反映出社会生活这一角的真实性,是毋庸置疑的。而秋胡戏妻之后,作者写了妻子罗梅英的不依不饶,这种得理不让人的描写应该是妇女在一定程度上得到了与男子接近的权利,才会出现的。当然妇女的地位提高并非是达到了现代意义上的高度,这从此类作品最后总不外是女子妥协而告终,也可看出。

　　也正是因为作品要以观众的道德评价和审美理想为目标,所以在反映现实时,作品也就不能完全像镜子那样一点不走形,而是要符合观众的要求。因此,作品往往有个美好的结局,甚至有些结局给人以不协调的感觉,即便是最杰出的作品也无法免俗,比如《窦娥冤》的窦天章出面,窦娥冤案昭雪,坏人各罹其罚的大团圆,便是显例。

　　元代后期,社会冲突出现了某种程度的缓和,因此本色派杂剧所反映的社会冲突也远不如元代前期尖锐。这是因为蒙元统治者对于尖锐的社会冲突采取了一些手段加以调解,最重要的莫过于限制贵族特权,重开科举,吸收汉族知识分子参与政权,因此造成了杂剧作家对社会现实的疏离。这一时期有相当一部分杂剧作家本身就是元政权的官员。元代后期的杂剧在反映这种社会的现实,一般不再像元代前期那样真实生动,社会的光线在经过他们的镜子时发生了带有作家本人价值观的折射。因此这一时期总的创作倾向是本色派作家对于作品如实反映社会现实兴趣的淡化,对于下层人民的道德理想和审美要求的漠视。出现了杂剧的伦理化倾向。元代前期杂剧中的勃勃生气被死气沉沉的道德说教或为统治者的粉饰所取代,出现了"与元统治者妥协的姿态和呼声"①。其本色的特点,也就多少有了变味。

　　后期元杂剧的失去民众基础,逐步衰落,与其思想的正统化即封建伦理化,

---

　　① 张庚、郭汉城主编:《中国戏曲通史》上册,北京:中国戏剧出版社1980年版,第148页。

有着不可分割的关系,这与元杂剧的艺术形式,关系并不太大。实则元后期的杂剧在关目安排,语言提炼上还有发展。本色派之所以成为本色派,就在于情感上与观众的融合,而失去了这一点,也就意味着其生命力的枯竭。这是个教训。

本色派杂剧中的人物多属下层。尤其是市民或被市民化的人物。这一派作家创作出来的戏不是孤芳自赏或为权贵人家击案叫绝的,而是为了在公共场所演出的,所以一定要写观众喜闻乐见的,并且活动在身边,甚至是观众从其身上可以看到自己的影子的人物,因此各种下层社会,尤其是市民社会中活动的小人物,便堂而皇之地登上戏剧舞台。无论是权豪势要、泼皮无赖、商贩工匠、下层官吏、乌龟老鸨、妓女孤老、乡老村姑等,举凡下层社会所熟知的人物,无不在其中活生生地行动着。本色派作家的代表人物关汉卿现存杂剧十八种(有几种著作权尚有疑问),现实题材占了三分之二强。作品中的人物大多是市井中常见的角色,其中相当一部分已经成为典型。他的戏常演不衰,与这些人物形象的生动鲜明,因而受到观众的高度认可是分不开的。

学界注意到元人写的历史剧不伦不类,与史实出入颇大。元代前期的历史剧多寄托有作者的故国之情,而后期至明初出现的历史剧不仅数量非常大,而且有着独特之处。更多地表现了古代人民的英雄主义精神。"一般来说,文学性较差,但性格鲜明,富有戏剧性,适合舞台演出。其内容重在表现古代历史人物的斗争经验和智慧,虚构的成分很大。对历史事件、历史人物的描写是不准确的。"①尽管作者没有提出这种历史剧与本色派的关系,但是从其所说性格鲜明,适合舞台演出,可以看出其与本色派的关系。而历史事件与人物的失真,只能说明它们被按照观众的口味作了改造。因此,舞台上的这些历史人物不再是历史上的真实人物,而成了下层民众中的成员,并且是带有一定理想色彩的成员。

三、本色派杂剧的情节关目安排

本色派杂剧是依附于舞台而生存的,因此它的戏剧艺术都是围绕着舞台这个中心来设定和组织的。也就是说,只要有利于增强演出效果的手段,无不在本

---

① 张庚、郭汉城主编:《中国戏曲通史》,第 146 页。

色派作家的考虑之列,调动一切舞台手段来增强舞台演出的效果。

首先,情节性的因素受到了特别的重视。这有一整套成熟的经验。一是体现在选材上。本色派作家的选材,首先考虑是否有戏。因此,富于冲突的事件是他们首先注意的。这种冲突,必须要具有道德上的意义,形成善恶两方。只有这样,才能引起观众的关注。而同时,正反两方要处于激烈的斗争,即冲突必须有一定的力度。并且在最后,要以一方胜利一方失败而告终,有个结局。

二是戏剧不是纪实性的作品,而是要高于生活。作者加工的过程也就是个创作的过程。不仅要继续提炼事件,要删去无关的枝节,要将生活冲突加工提炼成戏剧冲突,使冲突单纯化,而且要使冲突强化,同时还要使冲突有一定的顿挫,即不能一览无余,而要有张有弛,这就要吊观众的胃口,要有悬念。关心悬念,即满足好奇心,是温饱问题解决以后的人都有的惯性思维。已故著名文学批评家冯牧喜欢读新武侠小说,说金庸、梁羽生等人的小说是"成年人的童话"。看戏"外行看热闹,内行看门道",任何时候,看热闹的都比看门道的多。看门道的必定是有钱有闲的人,而这种人在中国社会里是极少数。所以,如何把戏写得热闹一些,就成了本色派作家的要务。在元杂剧本色派的成功作品中,无论是窦娥与张驴儿等人,还是程婴与屠岸贾等人之间的冲突,都有强烈的道德意义和足够的力度。而爱情题材的作品,作者则固守好事多磨的模式,争取爱情自由与婚姻自主的青年男女代表着正面理想,而扼杀他们爱情的势力则是可憎的。《红楼梦》中将此贬为俗套,但这正是一般低文化的人,尤其是理学思想淡漠的市民最喜闻乐见的。这主要是在悲剧、正剧和讽刺性喜剧之中体现。而在轻喜剧中,往往冲突的双方都是正面人物,于是作者在对冲突进行处理时,往往采用误会性手法。即让一方在对方的误会中暂时充当反面角色,让双方如同正反人物一样处于激烈的冲突之中,最后以误会消除,皆大欢喜而告结束。《李逵负荆》中,强人宋刚和鲁智恩冒充梁山泊头领宋江和鲁智深,抢走山下开酒店老者王林的女儿满堂娇。李逵知道后,抱打不平,欲杀宋江和鲁智深。宋、鲁强辩,李与他们以人头相赌。后误会弄清,李逵负荆请罪,极力赔礼道歉,加之众头领一致求情,宋江方赦免之。无论是正反冲突还是误会性冲突,作者都有意识地让冲突的发展呈九曲连环之势,只要观众一入场,就不由得不一气看完。

其次,关目的安排也受到重视。这在中国古代戏剧中是有着丰富传统的,元代本色派杂剧贡献良多。

第一,充分地利用元杂剧特有的四大套结构形式来把戏写足。四折一本的结构对杂剧来说,限制颇多,犹如带着镣铐跳舞。虽然这种四大套的形式具体什么时候产生还不清楚,但从它产生不久就得到了几乎所有元杂剧作家的认同,可见剧作家们普遍认为这种形式是当时能找到的最好的形式。

这种形式最大的好处就是其表面上的刻板和过度严谨之中暗合着戏剧的规律。四大套是四个基本均衡的音乐单元,正好合乎作者构思的戏剧冲突的过程。作者在创作过程中,可以在这四折之中安排戏剧冲突的开端、发展、高潮和结局。这种以音乐为单元的折,正可以兼顾到情节性和抒情性。唱词主要用来抒情,而科白则集中用来推动戏剧冲突,表现剧情。而如果还有意犹未尽之处,完全可以用加楔子或另折的办法来解决。这些都使严整的四大套形式有了一定的灵活性。

第二,喜剧性的穿插是本色派杂剧的通例,通常被称为"插科打诨"。而在案头派中,这是可有可无的。毫无疑问,这也是为了招揽观众的。其来源是春秋的俳优艺术,中经南北朝和唐代参军戏与宋代宫廷杂剧、民间杂剧。可谓源远流长。宋代在成都演出的杂剧,以观众笑声的多少来判定演出的效果①。在元代杂剧,除了喜剧之外,正剧和悲剧中都有净、副净、丑、搽旦等之类逗笑式的角色。这种角色大都是反角,在剧中不仅参与戏剧冲突,如《窦娥冤》中的净扮演的张驴儿,而且还要起一种活跃场上的气氛的作用,如赛卢医就是一个副净,《陈州粜米》中的妓女王粉莲就是搽旦。他们的一言一行、一举一动,都充满了笑料。可以想见,他们的出场,能给观众带来多么大的享受。要能留住观众,笑声是不可缺少的。这种穿插,在剧情平静沉闷时出现,可以活跃气氛;在高潮迭起时出现,可以让人稍松一口气;而在情节紧张时出现,可以埋下包袱,吊观众的胃口。正因如此,本色派作家没有不重视喜剧性的穿插的。

第三,重视道具的运用。金圣叹在评《水浒传》中武松打虎时用的那根哨棒的作用时提出了"草蛇灰线法",指的就是如果道具用得妙,恰如草中之蛇、灰中之线,寻常看不见,但一经点动,便通体皆活。这类道具的运用,大体上有两个方面。

一是用其来推动情节,让其成为一个包袱,用这种办法来制造悬念,紧紧吸

---

① (宋)庄绰《鸡肋编》:"成都自上元至四月十八日,游赏几无虚辰……自旦至暮,唯杂戏一色。坐于阅武场,环庭皆府官宅看棚,棚外始作高凳,庶民男左女右,立于其上如山。每诨,一笑须筵中哄堂,众庶皆噱者,始以青红小旗各插于垫上为记。至晚,较旗多为胜。若上下不同笑者,不以为数也。"北京:中华书局 1983 年版,第 20—21 页。

引观众的注意力。典型的例证是《西厢记》中围绕着信简而产生那些令人捧腹的误会性喜剧冲突。这本戏虽说是个案头派的代表性作品，但是偏偏这几场戏却是舞台上最经常演出的保留节目，可见其确实受到了历代观众的喜爱。一般人了解《西厢记》，也主要是通过这几场戏的。而最为文人墨客所激赏的那些诗情画意的场面，如长亭送别等，反而很少直接在舞台上出现。即便演出，也多少要经过一些改编。所以也可以说，这是带有本色意味的几个折子。

二是用其来作为结构的线索，将剧本写得集中严谨。如《陈州粜米》中的御赐紫金锤，几乎已经成了戏中的一个有血有肉的重要角色。它在不同场子中出现，被作者赋予了不同的意义，时而是天子颁赐的圣器，时而是滥杀无辜的凶器，时而是作为嫖资的当器，时而是惩罚奸恶的武器。这个道具作用的变化，就是戏剧情节进展的过程，一个道具简直浓缩了一部大戏。这种成功地运用道具的例子，在元代本色派杂剧中是很常见的。《生金阁》、《魔合罗》、《金凤钗》、《玉镜台》、《虎头牌》、《金钱记》、《留鞋记》、《勘头巾》等，都是以道具作了剧名，并贯穿全剧。

四、本色派杂剧的语言特色

本色派杂剧语言方面与案头派作品相比，有三个突出的特点：一是人物语言的性格化；二是通俗化、生动化；三是重视对白的作用。

性格化的语言的运用是本色派作品的一大特色。作家一旦进入创作状态以后，就不再是本人，而是变成笔下的人物，写谁就是谁，无论言语行为，都要有严格的性格依据。通过作家在写人物时的典型化处理，要让台下的观众在舞台上看到自己周围的熟人甚至自己。而戏剧不像小说那样，可以通过客观叙事描写来刻画人物，主要是通过语言的直接交流来表现人物性格，因此个性化的语言就成为人物性格表现的最重要手段，观众也就主要是通过语言来了解人物，分辨善恶。正因如此，本色派作家在创造个性化的语言方面总是呕心沥血，苦心孤诣，我们隔了近千年后，仿佛还能听到剧中人的声口。康进之的《李逵负荆》中李逵一人下山游玩赏青的独白：

（唱）俺这里雾锁着青山秀,烟罩定绿杨洲。（云）那桃树上一个黄莺儿,将那桃花瓣儿唉阿唉阿的下来,落在水中,是好看也。我曾听的谁说来,我试想咱,哦,想起来了也,俺学究哥哥道来,（唱）轻薄桃花逐水流。（云）俺绰起这桃花瓣来,我试看咱,好红红的桃花瓣儿!（做笑科,云）你看我好黑指头也!（唱）恰便是粉衬的这胭脂透。①

看似闲笔,但写出了李逵这个没有什么文化,却对梁山充满了无限热爱的义军将领的鲜明性格。一般关涉梁山水泊的古代文学作品的读者,都会认为李逵价值序列中顶尖的是对于宋江的忠贞不贰。但是由这个戏和《水浒传》中相应的故事可见,在宋江与梁山事业二者鱼与熊掌不可兼得时,在李逵心中后者才是上位价值。正因有这样的性格,才会无比热爱义军事业,才会眼里容不得一点沙子,哪怕是他随时准备为之献出生命的哥哥宋江做了破坏义军事业的事,他也不答应,要拼个你死我活。这一段正是闲笔写出了人物对梁山一草一木的热爱,因此才能爱屋及乌。不同性格以及由此决定的生活目的的碰撞,便形成了戏剧情节,反过来说,情节是性格的历史。所以,这段描写为以后他与宋江之间的误会性冲突作了铺垫。

语言的通俗化和生动化是依舞台而存在的本色派杂剧不可或缺的。语言的通俗化的意义在于要让一种信息被受众清晰准确地理解,不至于因不能或误读而使得信息的意义白白浪费或被扭曲。因此,语言的通俗对于文化程度不高的以市民为主体的杂剧观众就显得尤为重要。听不懂,就走人,剧作家徒劳无益。但仅此还不够,因为受众所接受的信息要产生足够的刺激强度,才能达到一定的阈值。淡乎寡味的没意思的语言,也无法留住观众。因此,语言的通俗性和生动性是每一个本色派杂剧作家的自觉追求。随手拈来一例。《秋胡戏妻》中秋胡外出从军十年回来后,在桑园碰见自己的妻子,双方已不认识。秋胡上前调戏,遭到女子的拒绝,秋胡恼羞成怒,扬言要打对方。这时,旦(秋胡妻)唱道:

你瞅我一瞅,黥了你额颅;扯我一扯,削了你手足;你汤我一汤,拷了你那腰截骨;掐我一掐,我着你三千里外该流递;搂我一搂,我着你十字街头便

上木驴。哎,吃万剐的遭刑律! 我又不曾掀了你家坟墓,我又不曾杀了你家
眷属。①

　　一个大胆泼辣、刚正不阿、正气堂堂的农家妇女的形象,通过这几句唱词,活
灵活现地展现在我们面前。为了增强语言的生动性,本色派的作家往往喜欢使
用本地或本民族的方言或语言。孟汉卿的《魔合罗》的第一折中吉丢古堆、失留
疏刺、希留急了、乞纽忽浓、疋丢扑塔、赤留出律等语词,都是一些生动的方言或
少数民族词汇。当然这种方言或民族语言的使用,在加强作品生动性的同时,却
以牺牲掉广大的观众面作为代价,可谓有利有弊。

　　对白在元杂剧本色派的作品中起着非常重要的作用。对白直接表现情节,
推动剧情进展。对于下层市民观众来说,对剧情的关注往往要高于欣赏唱腔,但
是更关注的显然是情节。因此,本色派作家不像案头派那样,喜欢大量使用唱腔
来抒情,而是多用对白,唱词相对较少。公认为案头派的代表作《汉宫秋》中,四
折一楔子共用了 46 支曲子,而本色派的《李逵负荆》四折只用了 32 支曲子;即
便是用曲子较多的本色派的作品,也相对更重视道白。《汉宫秋》除了自报家门
式的独白外,唱与白的字数之比约为 1∶1;如果考虑到唱腔远比道白用时要多,
那么这个戏的大部分时间都用在了唱的方面。而出自民间艺人之手的《陈州粜
米》用了 38 支曲子,比《汉宫秋》少不了多少,但是唱与白的文字之比约为 1∶2,
这就使情节因素远比《汉宫秋》为重,演出时可以避免繁冗沉闷拖沓之弊。这也
会赢得更多观众。

　　　　　　　　(原载日本东亚汉学研究学会会刊《东亚汉学研究》2011
　　　　　　　　年创刊号)

---

① 　王季思主编:《全元戏曲》第三卷,第 541 页。

论元杂剧的案头派

一

美国美学家艾布拉姆斯将文学分为模仿、实用、表现和客观四类,并分别做了说明①。

我认为,文采派或文词派不足以概括与本色派对举的元杂剧中的另一大流派之风格特色,故以案头派名之。吴梅云:"尝谓元人剧词,约分三类:意豪放者学汉卿,工锻炼者宗实甫,尚轻俊者号东篱。"②吴梅的这种分法主要着眼于作品的语言风格,故将马致远的典雅清丽与实甫的精工绮艳分而为二。但是,他将传统的文采派析出宗东篱与宗实甫两家,为进一步的分析提供了思路。在我看来,东篱的抒情浓郁似更应纳入艾氏所云"表现"一类,实甫则因语辞华美,列入"客观"则更为恰当。故用"案头派"来取代传统的文采派的概念更名副其实。即这一流派的创作意图,并非是为舞台表演,而更着重于读者案头的细致阅读。这样一来,吴梅所说的元杂剧之三派,依美国美学家艾布接姆斯氏所分,就应分别归入实用的娱乐受众、客观(为艺术)和表现三类。但是如果就作品的整体美学风格来看,关汉卿与马、白、王的区别是显而易见的,故可以将关与马、白、王分别划分为本色派与案头派。而案头派也可以分为重表现的和重文采的,前者追求内心情绪的宣泄,而后者更重视作品本身的精雕细刻。

从现存元杂剧考察,这派杂剧应称作文人戏。其鼻祖是白朴和马致远。其

---

① M. H. 艾布拉姆斯:《镜与灯——浪漫主义文论及批评传统》,北京:北京大学出版社 1989年版,第 5—34 页。

② 吴梅:《中国戏曲概论》,长春:时代文艺出版社 2009 年版,第 26 页。

中马致远的影响更大一些,他是个跨越元代前后两期的作家,但一般文学史认为他的主要创作期在元代前期,所以称他是元前期作家。在元代前期,这一流派的影响远不能同本色派相比。因为这个时期杂剧作家的创作主流是杂剧的舞台化,以为谋生之用。但是白朴和马致远都是不为衣食发愁的汉族士大夫,所以他们可以不必过分地考虑舞台因素,而是更尊重自己的思想感情。在元代后期,随着统治集团对汉族士人政策的松动,大批知识分子的生活状况和社会地位有了明显的提高,不再为衣食处心积虑,所以更多地追求一种高雅的格调和体现自己内心的感受,所以案头派的贵族化和典雅化,更向传统的士大夫文学靠拢了。周德清以关、郑、白、马并称①,后三人都是公认的文采派的代表作家。《中原音韵》成书于1324年,可见在这时案头派已经俨然与本色派分庭抗礼,甚至其影响已经有凌驾于本色派之上之势。王国维也注意到了这种现象,说元代中叶以后,"曲家多祖马、郑"②。而到了明代初年,案头派成为文人杂剧创作中的主流。贾仲明为马致远所作的挽词中称马致远是"战文场曲状元,姓名香贯满梨园"。这还是文学作品中略带夸张。而在朱权的严肃的学术著作《太和正音谱》中,将马致远列为元曲家187人之首,说他是"有振鬣长鸣,万马皆喑之意。又若神凤飞鸣于九霄,岂可与凡鸟共语哉"!这当然有他与马同为道教信徒之故,但也确实代表了明代初年戏剧研究界的共同看法。《中国戏曲通史》也说:"明清的一些文人作杂剧、传奇,重文词,重抒情,不注意人物的塑造,遂成为一种倾向。"③这是符合实际的。

　　顾名思义,案头派即适宜于放在案头细细阅读的,不太适合在舞台上演出的作品。当然,这里的读者不是指一般的粗识文字的下层民众,而是指文人士大夫。因此,案头派与本色派最大的不同之处就在于其创作主要不是为了演出,而主要是为了表达作者的某种理念、情感或者艺术追求。当然这包括对主观世界和客观世界的感受。其中既包括对社会人生的体验,也包括对艺术的见解。因此其所写的重点,不在情节如何紧张曲折,关目如何巧妙,也不在于如何切中社会的热点问题,总之,所考虑的不是舞台演出的效果,而是要传达出作者内心的独特感受。它是以细微的感情变化和作者内心的复杂体验为其突出的特色。对

---

①　周德清著,陆志韦校勘:《中原音韵·自序》,北京:中华书局1978年版。
②　《王国维戏曲论文集·宋元戏曲考》,北京:中国戏剧出版社1957年版,第112页。
③　张庚、郭汉城主编:《中国戏曲通史》上册,北京:中国戏剧出版社1984年版,第204页。

于心灵敏感的文人士大夫来说,这一派的戏剧不是以热闹取胜,而是看作品是否拨动了自己的心灵之弦,于我心戚戚然焉有同感;或者用优美的艺术形式为人所激赏,不由拍案叫绝。

因此,可以将案头派作品定位于为表现的和为艺术的。这两类其实有很多近似之处。正如艾布拉姆斯所说,各类别的绝对区分只在理论上存在,而在实际创作中,每一类别势必会兼有其他类别的一些特点,因此只能以其主导倾向来做类的区分。在元杂剧的实际创作中,重表现与重文采两者之间有相通之处:强烈的表现性并不等于艺术,这是因为其为艺术,在抒情时就不能不讲艺术。表现派的情绪,往往是复杂微妙的,所以这也就需要用曲折尽致的方式来加以表达。为了表现内心曲折微妙的情绪或理念,找寻恰当的方式就成为必然,所谓"吟安一个字,拈断数茎须",因此会在形式上追求尽善尽美。所以,表现派的艺术家经常有唯美的倾向;而对形式的追求者来说,唯美并非是唯一的追求,甚至难说成是至上的,因为对形式因素的追求,对应的是内心难以言表的情绪体验,要尽可能贴切地表现之。因此这两种类别兼有对方的特点,不仅是可能,甚至简直是无法避免。

在现代文学史中,创造派在抒发狂飙烈火似的感情时,对艺术的苦心追求也是有目共睹的。郭沫若就曾多次提出为艺术而艺术的口号。前人在将元杂剧中的案头派与文采派混而为一时,实际上也就是因为这两种类别有诸多相同之处,以至于认为没有必要再详加区别了。

但是,正如艾氏所说,各种类别之间的兼通,并不等于说分类的无意义,而是要在承认其主导倾向的同时,再看其兼通。所以,元杂剧的案头派中可以具体分为两类:一类倾向于表现,另一类倾向于文采。这恰与吴梅的实甫和东篱对应。但我不同意吴梅的说法,即这两派的区别仅在于语言的精工绮艳与清丽典雅,而是应按其基本倾向分为重文采和重表现两类。

以上阐述了案头派的总体面貌,下面再分析其具体特点。

二

作者的主体性非常突出,是案头派最引人注目的特点。与本色派恰恰相反,案头派所追求的不是镜子般的写实,在作品中要尽量隐藏作者本人的身影,而是作者似乎无处不在。作者创作的目的,主要不是为了讲述故事和描摹现状,而是为了抒发感情。作者们借他人的酒杯,浇自己的块垒,采取"六经注我"的创作态度。作者不太关心作品是否在细节方面真实地反映社会现实,以及观众的反应如何,而是"我手写我口,我口言我心"。

就文学的发展来说,这一派较之本色派更值得重视。不管有的文学家自欺欺人地怎样企图割裂文学与社会生活之间的关系,但是都无法否认,整个人类历史,就是人的自身价值逐步实现的历史。文学就是人学,文学观念的演进过程,就是文学中人的主体意识觉醒和张扬的历史。从社会的发展和文学的发展过程中,可以清楚地看出这个观念的对应发展的过程。从对神到对人,从人的外在的到人的本质的探索。因此,虽然案头派的作者们也许没有自觉地意识到,他们的创作已经参与了人类的从必然到自由的进程,他们的作品作为戏剧作品来说,也并非符合戏剧的规律,即代言体的特点,但无疑代表了历史前进的方向。与此同时,这一派的创作与传统的士大夫文学如诗文词等情感体验、价值投向,以至于结构形式方面,都有着内在的沟通,因为两者都是士大夫文学。

"我手写我心"的这个基本特点,决定了这一派作者在表现各种主题时的一系列特点。

首先是作品的取材和作者所写的内容。由于这一派成员大都是不为衣食所困的文人士大夫,生活不像关汉卿的那类本色派作家,完全要依赖观众的好恶来决定自己的笔触所及。他们不把作品作为谋生的基本手段,所以一般不太关心下层民众所关心的各种具体问题,而关注的是自我价值在作品中的体现,内心情绪的宣泄与表现,因此必然决定了他们对现实的关注度的下降。但是这并不等于说作品与现实无关。作者既然没有生活在真空世界中,所以现实多少还是会体现于其作品中。只不过不像本色派作品那样,而是以一种曲折的方式来与现实发生关系。从题材上看,作品多写一些带有人类普遍性的或在马斯洛需求模式上居于较高层次的情感需求和理性倾向。而对一些带有一定社会阶段或地方性的特定的社会现实的反映,则降到了次要的地位,对下层民众的较低的情感需求的重视程度则相对较低。

汉民族的民族意识受到了较多的关注。与本色派相比,不像是在演述故事的同时隐晦地反映出作者的倾向。本色派是通过故事情节的发展,善与恶的斗争来反映出民族的意识。纪君祥的《赵氏孤儿》大气磅礴,以程婴为代表的正义力量前赴后继,誓死为赵氏留下复仇的种子①;郑廷玉的《楚昭王》(又名《疏者下船》)写楚昭王兵败,携兄弟妻子,一行四人乘小船逃走。他的妻、子为保护他们兄弟,均跳水自杀。上帝派龙神相救。后楚大夫申包胥请来秦兵,助楚王复国,全家亦得团聚②。这类作品,都是巧妙地将作者的民族感情寓于情节的发展之中。这类作品,其主题不是直接宣扬民族感情,而是将其包孕在一般意义上的道德善恶之争。读者、观众欣赏后不经过认真地思索,难以领悟到作者的苦心。甚至我们可以怀疑,也许作者本人就没有这种考虑,而是我们解读后一厢情愿附着上去的。

而案头派作家则是以借剧中的人物之口,曲折但又鲜明地抒发故国之情为其特色。在作品中,人物成为作者的喉舌,人物就是作者,他们唱出自己心中的郁愤不平之情,就是作者在抒发自己的磊落不平之气。案头派的两大当家作家马致远和白仁甫分别写了这类剧本,一是《汉宫秋》;二是《梧桐雨》,两部戏很像,都是借写爱情而抒发故国之情。在《汉宫秋》中,作者一改历史的真实。如昭君出塞事,《汉书》、《后汉书》均有载,后者较详:

> (王)昭君字嫱,南郡人也。初,元帝时,以良家子选入掖庭。时,呼韩邪来朝,帝敕以宫女五人赐之。昭君入宫数岁,不得见御,积悲怨,乃请掖庭令求行。呼韩邪临辞大会,帝召五女以示之。昭君丰容靓饰,光明汉宫,顾景裴回,竦动左右。帝见大惊,意欲留之,而难于失信,遂与匈奴。生二子。及呼韩邪死,其前阏氏子代立,欲妻之,昭君上书求归,成帝敕令从胡俗,遂复为后单于阏氏焉。③

看来昭君当初请嫁并非是由于宫廷内的小人作怪,也不是为和亲而主动下地狱,而是不满于宫内的监狱一般的生活,渴望能够像其他女人一样比较自由地享受生活。历代文学作品中以此为题材的作品很多。但是马致远写来别具一格。宫廷画师毛延寿向昭君索贿不得,故将其画得极丑,致其被打入冷宫。但汉

---

① 王季思主编:《全元戏曲》第三卷,北京:人民文学出版社 1990 年版,第 601—634 页。
② 王季思主编:《全元戏曲》第四卷,第 88—115 页。
③ 范晔:《后汉书》卷八九《南匈奴列传》第七十九,北京:中华书局 1965 年版,第十册第 2941 页。

元帝巧遇昭君,识破毛之伎俩,昭君因得宠幸。毛因之投奔匈奴。向呼韩单于形容了昭君之美貌。呼韩单于于是向汉帝索之,不与则发兵南侵。元帝只好割爱。但昭君行至北黑江毅然投水自杀以明志。元帝自失昭君以后,痛苦不堪。作品的情节非常简单,在第三折就已完结。作者不仅以昭君宁死不受异族凌辱来表现汉民族人的气节,而且以作品中汉元帝在第三折和第四折中长段的抒发失去昭君之痛苦心情曲折地表达了自己失去故国和人格归属的心情①。作品的主题非常复杂,多年来研究者也费了不少劲儿探究。但不管怎么说,曲折地传达了民族感情是不可否认的。《梧桐雨》是写爱情的名作,但是这个作品正像李商隐的《无题》诗一样,有着深切的寄托。作者在写唐明皇对美好爱情的追忆和失去爱妃的痛苦,似乎正对应着作者对早已消失的故国的向往,以及失去故国的痛苦。这是隐秘的故国之情。由于元代民族问题是个高度敏感的话题,所以他们在写作时,都未能较为直接地表达出主题,但作品中的民族感情不难被读者把握到。

由此可见,在两派作家对民族问题的关注程度与处理方式方面都有着较为显著的差异。这反映了两派作家心理的一种差异。元代社会,尤其是前期,下层社会的成员普遍生活在一种连起码的生存权利都受到极大威胁的状态中,生活的贫困化是空前的,而且缺乏起码人身保障。这种社会现实源于蒙元帝国入主中原和南方造成的人祸。在本色派杂剧中,这类社会问题得到了集中的反映。但是这个问题在案头派的作品中,反映得相当贫弱。诚如学界公认的,元代的社会矛盾是以阶级斗争形式表现出的民族矛盾。这也就是说,骨子里是民族矛盾,但下层民众感觉到的往往是阶级矛盾,即权豪势要对下层百姓的压迫、凌辱、剥削。在生存权利受到严重威胁时,对于民族矛盾感受的强度会相应下降。人们常说的"有奶便是娘",用在想满足最低生活需要,以争取生存的人们身上,自有一定的道理。拒绝嗟来之食只能是将一些精神性的东西看得重于物质的传统士大夫文人,不能视为一般人的通例。民族问题主要体现在一种维系本民族人们的感情和人格的自尊方面。而民族感情在需求层次上,远较吃饭的问题要轻,往往与生存权利并不直接关联,所谓衣食足而知礼仪。因此,作为一官二吏的汉族士大夫们,或不为衣食问题担忧的文人,对这种生存迫切性的感受并不像下层百姓那样直接,相反,作为长期受儒家思想熏陶的汉族文人,倒是夷夏之大防思想

---

① 王季思主编:《全元戏曲》第二卷,第107—128页。

造成的民族优越感受到的凌折更让他们觉得屈辱。民族自豪感的丧失造成的心理创伤是任何具有传统文化背景的人都会有的,受传统文化影响越深,感受越强烈。而相对来说,"只为稻粱谋"的下层百姓,这种心理要求反倒要弱一些。在中国传统中,民族的脊骨是真正的知识分子,而下层百姓是肌肉。正因如此,整个中华民族在元代的陆沉对于汉族士大夫心灵造成的创伤,这种当了亡国奴的耻辱,便如同沉重的十字架,压得他们喘不过气来。反映这种民族屈辱的自卑和回忆祖宗要阔多了的自尊,就是这类作品产生的社会心理基础。案头派作品中这类作品所占的地位,远较其在本色派作品中的所占地位更重要。

其次,爱情题材较为集中。几个代表性的案头派作家,都对这个题材比较偏爱。当然除了他们有时要借这种题材宣泄心中的难言之隐外,这种题材本身往往涉及人类最普遍、最独特,也是最细微的心理和生理活动,所包含的感情也最丰富。本色派作家在写这类题材时,多注重其好事多磨,两人如何相爱,而后又如何在客观或主观的因素影响下无法成双,双方身虽分离而心在一处,历经磨难而后终得团圆。这是一种典型的童话模式,在舞台上演出,往往有很好的效果。

与本色派作品重在渲染情节本身的曲折有趣截然不同的是,案头派作品重写心路历程,写内在感情的曲折发展过程。作者本身并未想让其故事赢得观众的相信,而是要对于这种人生最美好的事物抒发出一种感受,甚至借此传达出另外的人生体验,所以体现出抒情性浓郁,而生活真实性相对贫弱的特点,并且在题材中有大量的非现实性因素。郑德辉的《倩女离魂》堪称是杰作。本事出自唐人陈玄佑传奇小说《离魂记》。写张倩女与书生王文举双方父亲指腹为亲,后父亲双双身亡。王文举赴京赶考途中来到倩女家,倩女之母以不招白衣为由,让倩女拜文举为兄。此举为倩女所不满,故其魂脱窍,追上文举,结为夫妻①。作品正是通过这一非现实的情节,要表现的不再是生活中实有的矛盾斗争,而是借以表现那种真正的,超脱一切非爱情的世俗因素的,具有超越生死,感天动地的强大力量。如果说,本色派的作品更多地倾向于以紧张热闹的情节吸引人,那么,案头派的作品则倾向于以强烈真挚的感情来打动人。换言之,作者主要的创作意图在于抒情。这个戏虽说是在前人创作的基础上进行再创作的,但是,陈玄佑的小说写于礼教相对薄弱的唐代,而《倩女离魂》剧则作于"理学独尊"的元代

---

① 王季思主编:《全元戏曲》第四卷,第581—602页。

后期,因此作者大胆赞颂这种"野合"之事,以反抗封建礼教的企图,也是不言而喻的。

再次,宗教题材的分量较大。在宗教题材的处理方面,本色派与案头派作家的差别远不如其他题材那样突出。这一是因为,宗教虽然就其本身来说是虚幻的,但是对于信徒来说,情愿以此为真,因为这寄托了他们的一种价值。因此,人们往往可以将各种宗教所说的奇迹显灵,作为一种现实生活中实有之事来对待。这种情况古今一理。信仰宗教的人在日常生活中,可以是富于情感或幻想的人,也可以是冷静现实的人,但是一旦进入狂热的宗教情绪体验,他们之间的区别便微乎其微了。作为信仰宗教的剧作家,也是如此。虽说在处理其他题材时可以看出显著的区别,但是在处理宗教问题时,两者同样为虔诚的信仰所驱使,因此在作品中表现出来的就有很多的相同之处。二是因为,对于重写实的作家来说,这种题材本身就是非现实的,往往就可以不太重视写实,有较大虚构和想象的空间。这样,他在处理这个题材时就成为了理想主义者,借包含着一些非现实因素的题材为自己信仰的宗教唱赞美歌,因而在表现内心世界方面更为突出;而对于长于表现的作家来说,他们为了让人相信自己写的题材是生活中实有或可能发生的,像真的一样,所以故事一定要编圆。这样,案头派的作者为了达到自己的目的,就不能不考虑舞台演出的效果,所以也就比较重视写实,有细节的真实性,并且有较多的情节性因素。这就有意无意地向本色派靠拢了。正因如此,两派的差别就缩小了。

但是,这并不等于没有差别。总的来看,一是案头派作者对宗教题材似乎更偏爱一些。这是因为,他们关注的社会问题不如本色派作家多,所以可以更多地把注意力放在自己的心路历程上,而宗教就是个人内心的一种重要感情和价值。马致远在这方面尤为突出。他是个道教的忠实信徒。其存目杂剧共十五种,直接以宗教或宿命思想为主旨的有七种,宣扬穷通寿夭皆由命定以及出世成仙的思想。其基本模式是某人迷恋世俗生活,后经神仙点化,虽然其间尚有各种磨难,受到酒色财气的诱惑,但最终战胜了主观和客观的诸种障碍而成仙。二是案头派作品中表现性的成分较多,特别是在描写人物在面临出世入世时的矛盾心态时更为突出。

最后,流露出传统知识分子的情趣。如前所述,这一派作家多是深受传统思想影响的汉族士大夫,并且在创作中多重视个人心理世界的表露,所以作品带有他们特有的思想情调。在元代前期,这种思想情绪多是因仕途不畅而愤世嫉俗或其变种归隐山湖之想。"这壁拦住贤路,那壁又挡住仕途。如今这越聪明越受聪明苦,越痴呆越享了痴呆福,越糊涂越有了糊涂福。"①流露出强烈地对现实不满的情绪。《陈抟高卧》写了陈抟不为功名利禄美色所诱,归隐山林②,这既是传统汉族文人士大夫一种生活情趣,也反映了一种无奈之中的选择。而到了元代后期以至明代前期,这种文人情调主要体现在对封建礼教的认同、留恋酒色以及入道成仙上,并且唯美主义的倾向更加明显。如乔吉的《扬州梦》、《金钱记》等,华丽艳美的词句,大写才子佳人的艳情,而明初的贵族杂剧,则点缀升平,神仙道化,都是内容无足可道,而形式工美。

三

在具体的表现方面,元杂剧案头派作品有两种基本倾向。

第一,作品重在抒情。中国戏曲的抒情性强烈是个通例,主要就是因为作品中有大量的抒情性的唱腔。但是案头派与本色派相比,这一点更为突出。这首先从其特有的结构形式可以明显看出。情节性的因素下降为次要因素,而主要以感情的波澜和发展作为结构的线索。这表现在,一是作品中科白与本色派的作品相比,明显得要少,而唱腔则占了很大的比重。在戏曲中,科白是直接推动剧情进展的,而唱腔则主要是抒情的。但是仅以这种数量关系来作为一种理论的主要支持,则未免流于简单化,还需要作进一步的分析。二是与上述情况相关,在考虑作品的结构时,作者很少考虑将戏剧情节放在首要的位置。情节不再是作者构思作品时首先要考虑的条件,也就是说,作者不像本色派戏剧那样,以戏剧冲突作为构思的线索,在《汉宫秋》和《梧桐雨》中,作品出现的后半部分都是男主人公思念女主人公的唱腔,与戏剧情节无甚关涉。三是作者在设计唱腔时,不太考虑情节性的因素,而多是想准确地表现情绪本身。在本色派的作品中,唱词在承担抒情的同时,也往往参与戏剧冲突的进展,成为推动情节的手段。

---

① 马致远:《荐福碑》第一折,见《全元戏曲》第二卷,第82页。
② 王季思主编:《全元戏曲》,第3—22页。

也就是说,作者在设计唱腔时,更多考虑的是人物与外界的冲突矛盾。在本色派的扛鼎之作《窦娥冤》第三折中,窦娥因被错判斩刑,发出了感天动地的悲愤的控诉,是抒情之作的经典。但是我们在其中可以看到,这种窦娥内心情感有个明确的对立面,即她被冤杀的社会力量的总根基,成为张驴儿、桃杌之类的社会邪恶势力靠山的所谓的天地鬼神,因而两者之间的冲突,也就是戏剧冲突。在她大段大段抒情的时候,我们还是可以明显地感受到情节之流的涌动,戏剧冲突的另一方,似乎在紧紧地逼迫着她,从各方向压过来,她在与一个强大的对手进行着殊死的搏斗。而在案头派作品中,不再强调情节性因素,而是强调人的内心世界的活动。人的内心的情感波澜成为作者刻意叙写的对象。作者在设计唱腔时,很少考虑它们是否要参与推动剧情的发展过程,而注意力主要集中在抒发的情绪本身上。如《倩女离魂》第一折在张文举饯行离去后,倩女唱道:

> 【上马娇】竹窗外响翠梢,苔砌下深绿草,书舍顿萧条,故园悄悄无人到。恨怎消,此际最难熬!
> 【游四门】抵多少彩云声断紫鸾箫,今夕何处系兰桡。片帆休遮,西风恶,雪卷浪淘淘。岸影高,千里水云飘。①

前一支曲子借景言情。竹子在窗外的响声,既似渐远渐无穷的离人之马蹄声,又乱响一气,扰得人心焦意乱;绿草横阶遮没了人的行迹,寂寥的书舍,又给人以人去台空之深重的感触。总之,耳闻目睹,无不与此际的离愁别恨相关,故顺势带出"恨怎消"二句。而第二支曲子,则全系对离人行踪的悬想,萧飒的秋风,送得孤帆远影碧空尽,离人的身影也消失得无影无踪。只剩拍岸的激浪,卷起千堆雪,云水遥遥,楚天空阔……真所谓,不见景物、不见文字,只见真情从笔底源源涌出。而倩女正是在这种心境下,灵魂随郎去也。由此可见,这种抒情更多的是以其本身的方式出现的,而对于推动情节的发展,只起一种相当间接的作用。所以王国维在《宋元戏曲考》中说到元人杂剧的风格时,用了这样的评价:

> 彼以意兴之所至为之,以自娱娱人。关目之拙劣,所不问也;思想之卑

---

① 王季思主编:《全元戏曲》,第587页。

陋,所不讳也;人物之矛盾,所不顾也。彼但摹写其胸中之感想与时代之情状,而真挚之理与秀杰之气,时流露于其间。①

这一评价用来概括元代杂剧的整体风貌,不免有失以偏概全,但是用来形容案头派的创作,倒是颇为合适的。

其次,从抒情的方式来看,本色派的抒情多倾向于直抒胸臆。作品中的人物将自己胸中的磊落不平之气,用洪流一泻千里之势倾吐出来,较直露,少含蓄。《陈州粜米》中,张撇古老汉在被紫金锤打倒后,有一段抒情唱段:

> 【青哥儿】虽然是输赢输赢无定,也须知报应报应分明。难道紫金锤就好打杀人性命?我便死在幽冥,决不忘情,待告神灵,拿到阶庭,取下招承,偿俺残生,苦恨才平。若不沙,则我这双儿鹊邻也似眼中睛应不瞑。②

将自己对那两个害民贼的痛恨与自己誓要斗争到底的精神,抒发得淋漓尽致。

而案头派在抒情时,一是注重"心灵辩证法",能够细腻地写出人物的内心的多种价值的冲突斗争,此消彼长的过程。这在《汉宫秋》中的汉元帝身上体现得非常充分。在毛延寿投敌献图后,匈奴单于拥兵来讨昭君。时元帝与昭君新婚燕尔,如胶似漆,佳期如梦。所以一听信后,第一反应是:"我养军千日,用兵一时。有满朝文武,哪一个与我退得番兵……怎生叫娘娘前去和亲!"坚决不与。手下文武马上搬出了两条不出昭君的害处:一条是大兵攻入,国家破亡,祖上留下的几百年基业毁于一旦;一条是在历史上留下一个宠幸美人而误国的千古恶名。他虽然嘲讽道,如此"久以后也不用文武,只凭佳人平定天下罢了",但显然已经理不直气不壮,不像先前那样坚决了。而当王昭君表示要以国事为重,情愿作出自我牺牲以退敌兵。元帝于是不得不同意,但内心却异常痛苦,直截了当地对自己这个人人叹羡的天子之位发出了诅咒:

> 虽然是昭君般成败都皆有,谁似这做天子的官差不自由!情知他怎收

---

① 《王国维戏曲论文集·宋元戏曲考》,第105页。
② 王季思主编:《全元戏曲》第六卷,第97页。

那朦满的紫骅骝。往常时翠轿香兜，兀自倦朱帘揭绣，上下处要成就。谁承望月自空明水自流，恨思悠悠。①

其一，开始如何不顾一切的爱情至上，而后又有国事为重与爱情至上的思想交锋，而最终在昭君的说服下，为了家天下而不得不牺牲爱情，只好忍痛割爱。与此同时，又于心有不甘但又无可奈何，对爱情不能忘怀的复杂的心态，都被迁曲尽致地表现了出来。作者将这一复杂的内心冲突，写得令人信服。

其二，是写出人物心理变化的发展过程。《西厢记》写到莺莺在老夫人赖婚后，唱道：

> 【雁儿落】荆棘怎动那！死没腾无回豁！措支剌不对答！软兀剌难存坐！
>
> 【得胜令】谁承望这即即世世老婆婆，着莺莺做妹妹拜哥哥！
>
> ……
>
> 【月上海棠】而今烦恼犹闲可，久后思量怎奈何？有意诉衷肠，争奈母亲侧坐，成抛越，咫尺如间阔。
>
> ……
>
> 【殿前欢】恰才个笑呵呵，都做了江州司马泪痕多。若不是一封书将半万贼兵破，俺一家儿怎得存活。他不想结姻缘想什么？到如今难着莫。老夫人谎到天来大；当日成也是恁个母亲，今日败也是恁个萧何。
>
> 【离亭宴带歇指煞】从今后玉容寂寞梨花朵，胭脂浅淡樱桃颗，这相思何时是可？昏邓邓黑海来深，白茫茫陆地来厚，碧悠悠青天来阔……白头娘不负荷，青春女成担搁，将俺那锦片也似前程蹬脱。俺娘把甜句儿落空了他，虚名误赚了我。②

将崔莺莺始则如天打雷轰般的震惊，继则对张生刻骨铭心的爱，再则对母亲怨恨而又不敢言的苦恼，这一细微的心理变化活动过程，层次分明而又婉转细腻地表

---

① 王季思主编：《全元戏曲》第二卷，第118—119页。
② 王季思主编：《全元戏曲》第二卷，第254—256页。

达出来。

第二,作品具有华美的文采。

一般来说,对词章优美的追求带来的必然后果就是牺牲掉通俗易懂性,从而拉开文学创作与生活和普通读者的距离。但是,凡是刻意追求华美文风者本身就不是为普通读者准备创作的。正如现在电影界中的专家叫好的作品往往在放映时是门前冷落车马稀。以至于出现了一个新词"艺术片"。这种艺术现象早在两千多年前就被认识了,因此出现了"阳春白雪"和"曲高和寡"这样的成语。案头派的作品,并不是为了在舞台上演出因而将阅读观看群定位于下层民众,而是将预读者群指向于具有传统文化修养的文人士大夫,推而极端,甚至是孤芳自赏。正因为参透了作品与读者的这种特殊关系,这一派的作者根本就不用考虑到读者面的宽狭,所以便可以集中考虑艺术上的追求了。因此这一派的作品都或多或少地存在着唯美主义的倾向,即为艺术而艺术。在西方文学艺术中,典型的唯美主义者的理论和创作体现出来的追求是系统的,在结构、符号的隐喻性以及语言的风格等方面,都有完整的一套。但是中国古代文学艺术似乎过分地重视了语言本身,因此在有唯美倾向的艺术家那里,凡讲艺术追求,几与讲究语言成了同义语。比如在传统中国绘画的唯美主义者讲究的就是"笔墨趣味",即绘画语言的高雅。在案头派杂剧作家中,正如前边引用过王国维所说的,不计关目的拙劣、思想的卑陋和人物的矛盾,但是"秀杰之气"是不可或缺的,华美的语言是绝对不能忽视的。这也就是为什么这一派往往被称为文采派的原因。案头派的作家,特别重视字、词、句的锤炼,虽说不像本色派的作品那样自然通俗,富于生气,但是书卷气极浓,耐人寻味。其有以下几个特点:

1. 特别重视典故的运用

典故在中国宋代以后的士大夫文学的创作中,成为一种衡量作品成就的标准。流风所及,在士大夫化了的案头派杂剧中,也成为作家们普遍的追求。《梧桐雨》第二折唐明皇听李林甫惊惶失措地奏报安禄山造反后,唱道:

> 【剔银灯】止不过奏说边庭上造反,也合着看空便,觑迟疾紧慢;等不的俺筵上笙歌散,可不气丕丕冒突天颜? 那些个齐管仲、郑子产,敢待做假忠孝龙逄、比干?

在李林甫奏道潼关已经失守,安禄出马上就要到长安后,唐明皇又接着唱道:

> 【蔓菁菜】险些儿慌杀你个周公旦。你道我因歌舞坏江山,你常好是占奸,早难道羽扇纶巾,笑谈间破强虏三十万。①

唐明皇开始不当回事,认为忠臣满朝,自会有良策以应,无须惊散自己的筵上笙歌。管仲、子产都是春秋时的能臣,而龙逢、比干则是夏、商时的忠臣。作者让明皇用这两个典故,表示他昏庸到了极点,将李、杨这样的大奸臣误认作管仲、子产,而且还天真地想他们自会为国捐躯。弄清真实情况后,则马上认清了李林甫的真实面目,反唇相讥他是假周公旦,根本不是在辅国,而是已经误国;于是接着反问他不是曾说过可以像周瑜一样,谈笑间,樯橹灰飞烟灭,典故的应用,有两个作用,一是可以增加文化氛围,得到文人的赏识,但是也肯定会失去下层观众读者的。这与我在前边讲的本色派杂剧中用方言相类,在赢得一部分读者观众的同时,也要失去一部分读者观众;但方言的使用是为了增强地方性,而典故的使用是为了增加知识性和文人味。二是可以增加文字符号的容量。典故通常本身有着远比其文字形式要大得多的容量,往往三几个字的成语,就是一个含义丰富、哲理深刻的历史故事。如果用得贴切,可以起到以一当十的作用。如上边所说的齐管仲,就可以使观众读者想到他安北扫南、辅佐齐桓公称霸的丰功伟业;郑子产则使人想到他不毁乡校等事迹,这是唐玄宗“从此君王不早朝”时,以为手下的大臣都是能臣;而此时并非怀疑到李林甫等人的能力,而是怀疑到他们的忠诚,因为他们没有一个像龙逢、比干那样,在危机发生前拼死相谏。这就将这个既自负,又善于透过于人的君主此时的心态传达出来。当然,这对不懂这些历史故事的下层百姓来说,不啻于听天书。但文人完全可以了解,并对作者纯熟地运用典故的能力叹赏。

2. 力戒俚俗,追求高雅的文人格调

有一种很有意思的现象,就是在本色派的作品中,几乎没有哪支曲子能被拿出来作为诗词作品单独欣赏,但是在案头派作品中,这种情况却不胜枚举。著名的《西厢记》中的长亭送别的“碧云天,黄花地”人们早已耳熟能详。再举一例:

---

① 王季思主编:《全元戏曲》第一卷,第498页。

【驻马听】隐隐天涯,剩水残山五六搭;萧萧林下,坏垣破屋两三家;秦川远树雾昏花,灞陵衰柳风潇洒;煞不如碧窗纱,晨光闪烁鸳鸯瓦。①

这是白朴《梧桐雨》第三折中唐玄宗唱的一支曲子。此时的玄宗是个国家破亡的落难天子。所以作者从这样一个特定的人物的心理感受出发,表现了他眼中之景和心中之情。在前六句中,让他用三个工稳的对句,因移情的作用,使眼前的景色无不带上残破的气氛和凄清的色调。触目所及,天边若有若无的山色和时隐时现的水流,已经因国家的破亡而变得残破不全;近处破败不堪的人家和云笼雾罩的树木,在秋风中瑟瑟发抖。对偶的句子最善于用来描摹景物,这我们在读古诗文时足以领会。而结二句用散句来抒情,怀念旧日宫廷中的美好生活,但仍用以景物描写的方式出之,极具特定的诗情画意。马远因善画剩山残水,被称为“马一角”,这种写法正应了辛弃疾所说的“剩山残水无态度”。而这种借残缺的景色来表达自己的故国之情,即国家残破对自己心灵的无可比拟的巨大影响,很明显是有作者的寄托的。而其苍凉悲怆的情调,以及景物描写的工致,又让人想起了马致远著名的小令《天净沙》,但是马的小令表现的是一种浪迹天涯的失意文人的个人感受,而白朴此作有深重的历史沧桑之慨,其负载更大。精美的文字,应当可以在与他有共同感受的汉族士大夫中引起反响。

3. 与以上特点有关,多用高雅的修辞格

在一般常用的有助于增强语言的表现力的修辞格里,有些是下层喜用的,比如歇后语;有些是雅俗共乐的,如比喻;有些则是文人喜用的,如回文、顶真、对偶等。在《陈州粜米》中,有一段张撇古在临死前痛斥小刘衙内和杨金吾的唱段:

【上马娇】你个萝卜精,头上青,坐着个爱钞的寿官厅,面糊盆里专磨镜。哎,还道你清,清赛玉壶冰。②

这种脱口而出的反语、谐音、歇后语,正是本色派戏剧里较喜欢用的修辞格。而在案头派中,这些修辞格的使用要少得多,作家偏重于对文字进行精细的雕

---

① 王季思主编:《全元戏曲》第一卷,第501页。
② 王季思主编:《全元戏曲》第六卷,第96页。

琢,炼字炼句的痕迹非常明显。如为人所激赏的《汉宫秋》中汉元帝送走王昭君后的那段唱词:

> 【七兄弟】说甚么大王不当、恋王嫱,兀良,怎禁他临去回头望! 那堪这散风雪旌节影悠扬,动关山鼓角声悲壮。
>
> 【梅花酒】呀! 俺向着这迥野悲凉:草已添黄,兔早迎霜;犬褪得毛苍,人搠起缨枪,马负着行装,车运着糇粮,打猎起围场。他、他、他,伤心辞汉主,我、我、我,携手上河梁。他部从入穷荒,我銮舆返咸阳。返咸阳,过宫墙;过宫墙,绕回廊;绕回廊,近椒房;近椒房,月昏黄;月昏黄,夜生凉;夜生凉,泣寒螿;泣寒螿,绿纱窗;绿纱窗,不思量。
>
> 【收江南】呀! 不思量除是铁心肠。铁心肠,也愁泪滴千行。美人图今夜挂昭阳,我那里供养,便是我高烧银烛照红妆。①

三支曲子一气呵成。排比,严格的对偶和句句顶真的修辞格交错使用,将此时此际汉元帝难舍难分、又不得不永诀的离情别绪表现得淋漓尽致。充分显示出作者驱文遣字的巨大功力。谁又能说,这种感人的绝唱不是作者为自己的民族唱的挽歌?

综上所述,元杂剧案头派与本色派相较,有着相当不同的美学的和文学的风貌。

(原载《天水师范学院学报》2011 年第 6 期)

---

① 王季思主编:《全元戏曲》第二卷,第 122—123 页。

《陕西戏曲史》"引言"

戏曲艺术来源于歌舞艺术。直到现在,歌舞仍是戏曲表演中的主要组成部分。学界一致认为,歌舞是人类最早期的艺术,但是再追根溯源,歌舞艺术从何而来,这就涉及艺术的起源了。

我国现行的大多数美学和文艺概论之类的教材,在解释艺术起源问题方面,仍旧秉持着所谓马克思主义经典作家的基本观点,认为艺术起源于劳动。就某种意义来说,这种观点是正确的,因为确有一些艺术的起源与人类的劳动生活相联系,但是如果用这种观点囊括所有的艺术起源现象,就有以偏概全之嫌了。因为不管这些经典作家是马克思还是普列汉诺夫,他们对这种观点从学理和逻辑上进行过多么严密的论证,有些艺术现象的起源并不能被这种理论解释说明。因为随着后现代文明的崛起和流行,全世界的人们普遍认识到,人类其实只是动物的一种,人类的很多活动也并非只是人类独有的。例如,动物中也有审美活动,这些审美活动当然可以称为动物的艺术,观察这些活动的表现,探究其起源,就可见劳动起源说的概括是不全面的。例如孔雀开屏之类的炫美,很难用劳动之说来解释。这样,我们需要对艺术的起源问题从一种更宽广的视野下进行观察和思索。

其实,对于艺术起源,从来并非只有劳动一说。古今中外的人们,有着各种各样的看法。

即以我国而论,形形色色,不一而足。主要的有以下几种。

太一说是种哲学学说。太一是中国古代的一种哲学范畴,指先于一切存在的超验的宇宙物质或精神,认为一切物质和精神现象都由太一产生出来,而艺术自不例外。《吕氏春秋》说:"音乐所由来者远矣。生于度量,本于太一……先王定乐,由此而生。"即认为万事万物的本原是太一,而具体的产生却受着数学上均衡法则的支配,而音乐也正是由这种均衡法则派生。这种说法确有一定道理,音乐和其他艺术,其中都有着一定的数学关系,古人发现了这一点,因而自然认为艺术由此而生。

与此相似的是认为艺术是对于自然界的模仿。《吕氏春秋》里就说到黄帝命伶伦制律,尧命质作乐,质于是仿效溪林山谷的声响作歌,伶伦听凤凰之鸣而作音乐中的十二律吕。

圣人创造说一直为儒家津津乐道,即把艺术的起源归功为圣人的创造。《礼记·乐记》里则说:"王者功成而制乐。"圣人完成了各种大的功业后,要载歌载舞歌功颂德,因此便创造出了原始的艺术。

劳动说其实是我国古已有之的一种观点。其代表是《淮南子·道应训》关于"举重劝力之歌"产生的说法:"今夫举大木者,前呼'邪许',后亦应之,此举重劝力之歌也。"上古的人们在劳动中,为了协同的需要,便创造了这种重视一致节奏的歌曲。

巫术之说也不能不提。王国维在《宋元戏曲考》里说:"歌舞之兴,其起于古之巫术乎?"古人对自然和社会中各种奇异现象无法解释,对于灾难无法排解,便有了不问苍生问鬼神的意愿,职业的巫师便应运而生。人们普遍认为,这种人能将人间与鬼神之域沟通。在神灵附体时,他们要借助于歌舞来表现其通神的法力,而这就产生了歌舞艺术。

西方的理论更是众说纷纭,除了著名的劳动说以外,模仿说、游戏说和心灵表现说也都相当流行。模仿说源自于古希腊哲学家德谟克利特与亚里士多德,认为艺术起源于对自然和社会现象的模仿;游戏说是德国哲学家康德提出来的,后来又有席勒和斯宾塞加以补充,认为艺术不带功利性,但人们在现实中又不能不受到各种约束,因此便通过释放对自由的追求,产生了艺术;心灵表现说是由意大利美学家克罗齐提出来的,他认为"直觉即表现",人们看到的事物形象,并非是客观世界固有的,而是由人们的心灵创造的,是情感的表现。

所有这些学说,从某个角度或局部看都是正确的,但是都不够全面。从人类文明的发展史考察,艺术的起源应是多元的,与男女之爱、游戏、生产劳动、巫术祭祀以及模仿等,都有联系。《礼记·乐记》里的一段话也许最接近事实:"诗,言其志也;歌,咏其声也;舞,动其容也。三者皆本于心。"诗歌、音乐和舞蹈都属于艺术,这些艺术只是形式上有差别,而从体现内心世界来看,是一致的,这样看来,《礼记·乐记》的作者似乎是心灵表现说的提出者,但是在此书的另一处又说道:"人心之动,物使之然也。"把两处的意思贯通来看,显然是说,外界事物的刺激,使人有所感,于是有情绪要宣泄,这就形成了文学艺术。这种观点,同样可以说明戏剧艺术的起源。尤其是中国戏曲,几乎就是《乐记》这些说法的形象说明。在中国戏曲中,诗歌、音乐和舞蹈是其构成的主要元素,而其抒情表意的成分,甚至重过其叙事功用,这从中国人欣赏戏曲时更倾向用专用词"听戏"来代替"看戏"便可看出。因为后者主要是指观看场面加上想象来补足情节的过程,而前者则重在通过聆听再用心灵去察情体意。而此情此意,通过表演,渗透到舞台艺术的方方面面。

考察戏曲史的发展,首先要有个正确的修史视角。陕西戏曲史是中国戏曲史的一个组成部分。中国戏曲史又是文学艺术史的一个门类。既然如此,在修戏曲史的时候首先要解决的当然就是修史的视角问题,要弄清戏曲史的独特质素。这也就是以什么文学史观来考察和把握戏曲发展过程的问题。美国学者韦勒克和沃伦在其名著《文学理论》中说道,以往写一部既是文学又是历史的文学史,大体不出三种类型,要么是社会史,即将文学史作为另一种形式的历史教科书;要么是历史上的文学作品中所阐述的思想的历史;要么是大体按编年顺序加以排列的文学作品的印象和评价。前两种文学史的弊病在于,简单地将文学史等同于历史尤其是政治史、思想史,而后一种的弊病是缺乏发展的眼光。他们认为,这三种方式都是片面的。我基本上同意这种看法。戏曲史同样是文学史,所以,在考虑它的发展史时,首先要考虑的是作为一种不同于其他文学样式的文体或结构,它的自身特点发展的过程。所以,我在注意到中国戏曲发展的历史时,首先考虑的是它作为一种与其他文学艺术样式不同的文学艺术自身的特点发展的过程。也就是说,我关心的是戏曲的美学特点的发展过程。

那么,中国戏曲的特点是什么?众所周知,中国戏曲是集音乐、舞蹈、文学、武术、杂技和舞台美术为一体的综合性表演艺术。其综合性之强,在世界上是罕见的。但是它之所以名列戏剧之林,就有其作为戏剧艺术的理由。

王国维在《宋元戏曲考》中说:"现存大曲,皆为叙事体,而非代言体。即有故事,要亦为歌舞戏之一种,未足以当戏曲之名也。"又说:"宋人大曲,就其现存者观之,皆为叙事体。金之诸宫调,虽有代言之处,而其大体只可谓之叙事。独元杂剧于科白中叙事,而曲文全为代言。虽宋金时或当已有代言体之戏曲,而就现存者言之,则断自元剧始,不可谓非戏曲上之一大进步也。"①这里说到了宋代大曲、诸宫调与元杂剧的区别在于,前者是叙事体,后者是代言体,可以概括为叙事文学与代言艺术的差别。其实严格地说,王国维先生说到的代言体和叙事体两者都是广义的叙事文学,都是讲述故事或事件的发生过程,只不过叙事的角度和方式不同而已。因此他说的叙事体,只是狭义的叙事文学。以小说、叙事诗为代表的这类叙事文学作品,无论是以全知视角的第三人称叙事,或是以限知视角的第一人称亲叙经历,都是作者以或实然、或虚拟、或虚实参半的过来人的身份,讲述以往已经发生的事件,不管是实事还是虚拟还是虚实相生之事,这就是王国维所说的叙事体。但是,戏剧中所表现的却是假定中此时此刻正在发生,观众正与之同时经历的事件,而所拟的场景也是虚拟的实际环境,每个角色,不管其在现实中是什么人,但只要一上舞台,就异化为所扮演的人物,演张飞他此刻就是张飞,扮哈姆莱特此刻就是哈姆莱特,正所谓代他人立言,所以称作代言体。这样,我们只要抓住代言性这一关键,考察一种叙事文学艺术中代言因素由无到有,由少到多,由片段到完整,由简单到复杂的发展过程,整个戏剧的历史就豁然开朗了。戏剧艺术区别于他种艺术的本质特点,便是它是适用于舞台表演的一种代言体的艺术。

在这里,判定戏剧是否已与其他狭义叙事文学分道扬镳的重要标志,就是看其代言性是否已居于主导地位。现在国内还有些少数民族戏剧,是代言体与叙事体杂糅在一起的。讲述者同时也是角色。虽然扮相如同角色,但是在舞台上,相当一部分时间是在以第三人称的口吻在叙说所演角色的事迹,有时又转换身份,改换叙事角度,作为角色进行一段代言性的表演。这样的体裁,显然还是摇摆于叙事体与代言体之间,整个剧种也还处于从叙事体向代言体发展的过程中,当然不能说已演化为成熟的戏剧。只有角色在舞台上已全部或主要是代言表演,才能成为我们所说的戏剧艺术。

当然,仅有代言性还不足以完全代表戏剧。换句话说,代言性只是戏剧艺术的必要条件,但不是充分条件,因为还要考虑到戏剧艺术中的情节因素。举个简

---

① 前引《宋元戏曲考》第四章"宋之乐曲",第18页。

单的例子,现实生活中有善于模仿他人的人,但是我们很少把他的片段性的一举一动的模仿,称为演戏,这就是说,戏之所以得名,正是由于其有"戏",也就是有戏剧性的情节。一般来说,古典戏剧中的戏剧情节,是其主要内容。是因为两个或两类不同性格的人,为着各不相同的生活目的,围绕着中心事件,发生矛盾,而矛盾中最主要的一对,就是戏剧冲突。各种各样的戏剧矛盾产生不同的戏剧情节,而戏剧冲突所产生的情节,是中心情节。这一情节要经历冲突的产生,冲突的发展,冲突的高潮和冲突的结束这样一个过程,而且,冲突的产生的背景和后果,往往也要作出交代。在 20 世纪初,现代派无情节戏剧出现以前,世界范围内的戏剧,属于古典戏剧时期。古典戏剧都是有着戏剧情节的。因此,我们在考察古典戏剧的发展时,戏剧情节的完整性是不可不予重视的。

除了戏剧中的代言性,对中国戏曲来说,不能不考虑到它是门综合艺术。举世的戏剧中,很少有其他剧种在综合性上能与中国戏曲相比。在中国戏曲中,音乐、舞蹈、舞美、杂技、武术等,在代言性表演的统领下结合为一体,呈现出美轮美奂、丰富多彩的艺术风貌。但是毫无疑问,其中的声腔居于中心位置,也可以说,我们现在所知的中国戏曲,就是各种各样声腔为基础的各剧种总和,而相对来说,各剧种的表演差距并不太大。

正是基于这样一种考虑,我们可以根据代言性、情节完整性和音乐变化这三个方面的发展,来考察中国戏曲的整体发展过程,而陕西戏曲的发展,也包括在其中。

陕西有着独特的地理特点和文化特性。"陕西"作为行政区划名出现于西周初年。周武王灭商后分封,其弟周公和召公的封邑以今河南省陕州西南的陕原为界,东边是周公的封地,西边是召公的封地,这样历史上有了"陕西"这一地区的称谓。现在的陕西省行政区划,是清代初年确定的。历史上的陕西,地域变动不常,称谓各代不同。总的趋势是,时代越早,地域范围越大,越不明确。但是,即便在上古,这一地区也是可以大概确定的,基本上是函谷关或潼关以西,北方沙漠草原以南,秦岭以北和青海的部分地区。现在的陕西区域东界,与历史上的东界相比变化不大,基本上陕北关中是以黄河与山西为界的。陕西戏曲发生的地域,也随着历朝历代行政区划的变动,有着不同。因此,我们在谈到陕西戏曲时,也必须考虑到这种地域变化造成的其产生和流播地区的相应变化。

华夏民族的传说中的两大始祖炎帝和黄帝,都曾长期在陕西地区活动。

作为后世中华文明源头之一的周文化,也诞生于这一地区。同时,这一地区也是中国北方有代表性的地域。黄河秦岭,是这一地区的地标。北方地理上多雄山大川和草原沙漠,气候严酷,生存环境较为恶劣,因此产生了生活在这里的北方民族的剽悍特性,与南方民族的柔和特性形成鲜明对照。自古以来,北方人和南方人的不同特性,就受到学者们的注意。《中庸》说:"宽柔以教,不报无道,南方之强也,君子居之;衽金革,死而不厌,北方之强也,而强者居之。"近代学术大师刘师培《南北文学不同论》曾说:"大抵北方之地,土厚水深,民生其间,多尚实际;南方之地,水势浩洋,民生其际,多尚虚无。"上古形成的这种北方和南方文化的不同风貌,一直保存下来,也使得表演艺术,北方和南方有着明显的差异。

明代文学家王世贞在《艺苑卮言》中说:"凡曲,北字多而调促,促处见筋;南字少而调缓,缓处见眼。北则辞情多而声情少,发明家则辞情少而声情多。"这里的"曲",包括戏曲和散曲。看过北方戏曲和南方戏曲的人都知道这种差异的明显存在,比如拿秦腔与越剧相比,一个是宽喉大嗓,响遏行云;一个是浅吟低唱,绕梁三日。就是由南北方民风不同特点决定的。

陕西戏曲的历史,几乎就是中国戏曲的一个缩影,与中华民族的文明史同步。在五千年前的新石器后期华夏文明出现的时候,关西地区这一广袤的文化区域内,代言性表演就已萌芽,在当时的彩陶文化中有所体现。这无疑是中华民族戏曲的源头。整个周秦汉唐时代,陕西代言体表演在中华大地上一直是最隆盛昌明的。进入宋元明清时期,随着中国政治经济重心的东移南下,虽然关中和陕西文化风光不再,其戏剧文化也不再起引领整个中国的戏剧文化的作用。作为宋金杂剧院本、北杂剧和明清传奇,陕西戏曲并无特出贡献,但是仍然汇入整个中国戏剧文化的大潮中,是整个中国戏剧文化的重要组成部分。而到了在清代前中期,陕西戏曲再次大放异彩,秦腔异军突起,重执中国戏曲之牛耳,引导整个中国戏曲终结了近千年之久的宫调联曲体的一枝独秀,从而开创了中国戏曲板腔体的新时代。板腔体成为近三百年来中国戏曲的主流,秦腔也因而被称为"花部乱弹之祖",也使中国戏曲在北杂剧和以昆山腔为代表的明清传奇之后,第三次登上了高峰,直到今天,秦腔仍是我国辽阔的西北地区广大民众最喜闻乐见的戏曲剧种。

陕西戏曲在中国戏曲史乃至世界戏剧史上,享有崇高的地位,有着巨大的影响。在周秦汉唐时期,作为中华文化的组成部分,参与了中华文明的建立,而秦腔开创的板腔体,对京剧以及长城内外、大江南北的各个地方剧种的产生,都有直接或间接的影响。可以说,没有秦腔,就没有今天的京剧和祖国各地万紫千红的板腔体地方戏。

(原载《西部学刊》2016 年第 6 期)

秦汉六朝陕西戏剧类表演述论

秦汉时期,在戏曲发展史上是个重要阶段。随着大一统的、具有强大国力的帝国出现,国内外交通的打通,人们来往的便利和文化交流的频繁,表演艺术也出现了新的气象。首先,表演的综合性加强,出现了前所未有地将各种中外表演纳为一炉的大型表演艺术;其次,表演的宗教性和庙堂化的功能弱化,平民化和娱乐性的功能明显增加;最后,在以上基础上,从戏曲史角度考察,有了重大发展,产生了具有纪念碑意义的作品。

百戏即是对这一时期表演艺术的统称。百戏,顾名思义,就是各种各样、包罗万象的表演艺术:

> 百戏起于秦汉。有鱼龙蔓延、高絙凤凰、安息五案、都卢寻橦、九剑、戏车、山车、兴云动雷、跟挂腹旋、吞刀吐火、激水转石、漱雾扛鼎、象人怪兽、舍利之戏。①

其为首的鱼龙蔓延,又叫曼衍之戏。《尔雅翼》:

> 猲:猲,兽之长者,一名蟃蜒,以其长,故从曼从延。云梦有之。《子虚赋》所谓"其下则有白虎黑豹、蟃蜒貙犴"是也。郭璞曰:"蟃蜒大兽,似狸,长百寻。"案《说文》:"猲,狼属也。"……然此戏包物甚多,独名曼延者,以其形模自然奇怪,又增之令极长,最为可玩,故主名之。又谓之"曼衍之戏"。②

---

① (唐)徐坚:《初学记》卷十五引《梁元帝纂要》,北京:中华书局1962年版。
② (宋)罗愿撰,石云孙点校:《尔雅翼》卷十九,合肥:黄山书社1991年版,第199页。

这约略与今天的舞龙相似。总之,秦汉百戏是对当时民间各种表演诸技的统称,其中以蔓延之舞为代表的一些表演,明显是有代言性的。

东汉人荀悦记载道:

> 造甲乙之帐,络以隋珠荆璧。天子负黼黻,袭翠被,凭玉几,而居其中。设酒池肉林,以飨四夷之客。作巴渝都卢、海中砀极、漫演鱼龙、角抵之戏以观视之。①

当然,对秦汉百戏最全面详细的记载,应属张衡《西京赋》中的相关描述。长安是西汉的首都,因此称为西京。作品中写了西汉时一次年节时广场上百戏演出的场景:

> 大驾幸乎平乐,张甲乙而袭翠被。攒珍宝之玩好,纷瑰丽以奢靡。临迥望之广场,程角抵之妙戏。
>
> 乌获扛鼎,都卢寻橦。冲狭燕濯,胸突铦锋。跳丸剑之挥霍,走索上而相逢。

东汉画像石中的杂技

> 华岳峨峨,冈峦参差。神木灵草,朱实离离。总会仙倡,戏豹舞罴。白虎鼓瑟,苍龙吹篪。女娥坐而长歌,声清畅而蜲蛇。洪崖立而指麾,被毛羽而纤襹。度曲未终,云起雪飞。初若飘飘,后遂霏霏。复陆重阁,转石成雷。

① (汉)荀悦《前汉纪》卷十五《孝武六》。

礔礰激而增响,磅磕象乎天威。巨兽百寻,是为蔓延,神山崔巍,欻从背见。熊虎升而拏攫,猿狖超而高援。怪兽陆梁,大雀踆踆。白象行孕,垂鼻辚囷。海鳞变而成龙,状蜿蜿以蝹蝹。舍利飐飐,化为仙车。骊驾四鹿,芝盖九葩。蟾蜍与龟,水人弄蛇。奇幻倏忽,易貌分形。

沂南东汉画像石百戏图

吞刀吐火,云雾杳冥。画地成川,流渭通泾。东海黄公,赤刀粤祝。冀厌白虎,卒不能救。挟邪作蛊,于是不售。

东汉画像石中的东海黄公

尔乃建戏车,树修旍。侲僮逞材,上下翩翩。突倒投而跟絓,譬陨绝而复联。百马同辔,骋足并驰。橦末之伎,态不可弥。弯弓射乎西羌,又顾发乎鲜卑。

于是众变尽,心醒醉。盘乐极,怅怀萃。

描写皇帝亲临一望无际的大广场,观看大型表演的场面。《昭明文选》薛综注中多次指出,"伪所作也",也就是说,这些表演的主角是由人扮演的各种仙界、凡界的人物和鸟兽。

第一单元是杂技的表演,但值得注意的是表演者刻意突出了代言性。乌获扛鼎,与今天杂技中的坛技相当,但是演员要扮演成上古传说中的大力士乌获。橦是高竿,都卢是南海中的古国名,国人善攀竿。可见演竿技的演员,也要扮演成该国之人。钻圈、硬气功顶矛尖、手抛多物和走绳索等与今天的杂技,区别不大。

第二单元《总会仙倡》。这是最热闹,也是气魄最为宏伟的一场演出,表现了西岳华山之巅的一次神仙与仙兽的大会。出场的角色有长龙巨兽、虎豹熊罴,神人仙女。而且不停地变幻,使人眼花缭乱。应该注意的是,其中描写了专业导演的重要作用"洪涯立而指麾"。洪涯是传说中黄帝的乐官伶伦,长于制乐。这样大规模的演出,没有导演的调度是不可想象的。因此导演也扮成神仙,现场指挥演出。这是中国历史记载中第一次出现专业导演的记述,强调了他在大型表演中的中心作用,是很有意义的。这个表演与先秦时的《大武》之类歌舞相比,宗教的色彩淡化了,娱乐色彩增强了。但是从戏剧史的角度考察,进展并不算大。

第三单元是《东海黄公》。大约正因为这段演出的重要,所以张衡才用这段演出的类别指代了整个四个单元的表演,即前边所说的"角抵之妙戏"。李善注:"《汉书》曰:'武帝作角抵戏。'文颖曰:'秦名此乐为角抵。'两两相当,角力技艺射御,故名角抵也。"就是双方比用气力角斗的表演,因此才叫"角抵"。

这种角抵戏的来源,宋代陈旸《乐书》说:

> 角抵戏,本六国时所造,秦因而广之……角者,角其伎也;两两相当,角及伎艺射御也。盖杂技之总称云。

说明角抵戏起源于战国时代,秦代人继承下来,并加以推广。是一种角力摔跤赛武之类的表演。但是《乐书》里又对其起源进行了猜测,所说应有一定根据:

> 或蚩尤氏头有角,与黄帝斗,以角抵人。今冀州有乐名"蚩尤戏",其民两两戴牛角而相抵,汉造此戏岂其遗象邪?

《中国戏曲通史》称这种戏是一种竞技表演,很可能是原始时代祭蚩尤的一种仪式舞蹈①,有着代言的因素。后来不限于只是戴上牛角,而是双方的武术竞技。有的在演化过程中将代言性去除,而有的还保留下来,并且有所发展,也不再限于原来的题材,而《东海黄公》应该就属后者。这是戏剧化了的角抵戏。《西京赋》语焉未详。晋代葛洪(一说西汉刘歆)的《西京杂记》中对这段表演有详细的记载:

> 余所知有鞠道龙,善为幻术,向余说古时事:有东海人黄公,少时为术能制蛇御虎。佩赤金刀,以绛缯束发,立兴云雾,坐成山河。及衰老气力羸惫,饮酒不定期度,不能复行其术。秦末有白虎见于东海,黄公乃以赤刀往厌之。术既不行,遂为虎所杀。三辅人俗用以为戏。汉帝亦取以为角抵之戏焉。②

可见,这起初是民间的一种娱乐活动,而后被宫廷艺术家加工成一种表演艺术。虽然仍不出角抵竞技,但是有两点值得重视:一是它已经有一种固定程序,情节的发展必须是事先规定好的,即黄公一定要被老虎咬死,而不能将老虎打杀。而且它不再是《大武》那样的象征性表演,只取意义而已,而是要模仿生活中人的行为。其服装道具也是规定好的,两个角色中,黄公是绛缯束发,手执赤金刀,而另一人则要扮成虎形。二是它开始表达一个故事,有了一定的情节,虽然它的情节还非常简单,并且在表演中可由表演者任意发挥,可长可短,弄足噱头。但是总的情节已经在演出前规定好,其发生发展和结局是固定的。不允许表演者任意更动。

第四单元与起始一样,又是杂技。不同的是,这次是行进中的表演,一个个艺人在高车的杆上,作出种种高难度的动作。现今陕西关中的农村过年时,还会闹社火,玩芯子,也是在车上摆出种种传说中或戏曲小说中人物的造型,仍可以看出这种表演的影响。西羌和鲜卑是中国古代西部的少数民族,常常会侵入汉民族的居住地区抢掠,造成边患,因此是朝廷防范的重点。这里的表演,仍有代

---

① 张庚、郭汉城主编:《中国戏曲通史》上册,北京:中国戏剧出版社1984年版,第16页。
② (晋)葛洪撰,周天游校注:《西京杂记》卷三,西安:三秦出版社2005年版,第120页。

言性存在。

时至今日,陕西周至一带农村在过年喜庆时,还有人扮"人虎相争"的节目表演。周至正是三辅的心脏地区,这种表演很可能就是当时的遗存。

中国戏曲研究界普遍认为,《东海黄公》的出现是一件具有里程碑意义的大事,是中国戏曲开始形成的一个标志,尽管后边还有漫长的路要走。

角抵之戏在民间也有广泛流行。公元前 81 年,桓宽作《盐铁论》,其中说到关中一带民间表演艺术的状况。

> 玄黄杂青,五色绣衣,戏弄蒲人杂妇,百兽马戏斗虎,唐锑追人,奇虫胡妲。①

其中说到的斗虎,就是《东海黄公》之类的角抵戏。

傀儡戏在这一时期也有了新的发展。

首先,是原始皮影戏的产生。中国戏曲中的重要门类皮影戏,其最初的原型时期出现在都城长安。汉武帝思念已经去世的爱妃李夫人,齐人李少翁知道后,采用了方术:

> 齐人少翁以方见上。上有所幸李夫人,夫人卒。少翁以方盖夜致夫人及灶鬼之貌云。天子自帷中望见焉,乃拜少翁为文成将军,赏赐甚多,以客礼礼之。②

对于这个故事,后来的史学家又有增补:

> 孝武李夫人,本以倡进……李夫人少而早卒,上怜悯焉,图画其形于甘泉宫……上思念夫人不已。有方士齐人李少翁言能致其神,乃夜张灯烛,设帷帐,陈酒肉,而令上居他帐。遥望见好女如李夫人之貌,还幄坐而步,又不得就视。上愈益相思悲感,为作诗曰:"是邪,非邪? 立而望之,偏何姗姗其

---

① 桓宽著,王利器校:《盐铁论》卷六《散不足第二十九》,北京:中华书局 1992 年版,第349 页。
② 《汉书》卷二十五上《郊祀志第五》上。

来迟。"令乐府诸音家弦歌之,上又自作赋以悼之。①

这种利用光线所投之影来模拟人物的举动,并且能做到惟妙惟肖,与后来的皮影戏原理完全一样。因此可以说,陕西地区也是我国皮影戏的发源地。

较之西周周穆王时域外艺人偃师的表演,三国魏国扶风人马钧所做的傀儡表演更上层楼。他前去魏国国都洛阳,在那里表现了惊人的才艺。

> 其后有人上百戏者,能设而不能动也。帝以问先生:"可动否?"对曰:"可动。"帝曰:"其巧可益否?"对曰:"可益。"受诏作之。以大木雕构,使其形若轮,平地施之,潜以水发焉。设为女乐舞象,至令木人击鼓吹箫;作山岳,使木人跳丸、掷剑、缘垣、倒立,出入自在,百官行署,舂磨、斗鸡,变化百端。②

表演中各种背景、道具与角色,角色与角色之间协调,是戏剧逐步发展中必然要面对的问题。一般来说,越往后世,这种关系就越复杂。马钧以一个大圆形木轮,将各种人物、布景、道具置于其上,并且互相配合,用流水作动力旋转运动,产生有动有静、生动逼真的表演,即使现代人完成这样一件作品,都很困难。

从西汉中期汉武帝观赏百戏开始,朝野畜倡优、赏乐舞的奢靡之风盛行,成为长安城中宫庭和贵族之家的普遍现象。汉昭帝时的大臣桓宽中对这种风气很是不以为然:"今乃玩好不用之器、奇虫不畜之兽、角抵诸戏、炫耀之物陈夸之,殆与周公待远方殊。"③上有所好,下必效焉,民间这种风气也在滋生蔓延。"夫家人有客,尚有倡优奇变之乐"④,认为这种浮夸炫富的表现,与周人之尚规范、崇节俭之礼相去甚远。

西汉后期国势衰颓,宫中的演艺活动依然红火热闹。整个动荡的魏晋北朝

① (宋)郑樵:《通志》卷十九《后妃传·前汉》。
② 《三国志·魏志》卷二十九《杜夔传》,裴松之注引傅玄《马钧传》。
③ 《盐铁论》卷六《疾贪第三十三》,第414页。
④ 《盐铁论》卷七《崇礼第三十七》,第437页。

时期,家国多难,生灵涂炭,但是统治者的享乐之习,却一直在延续着,对此史不乏书:汉宣帝为曾祖母、戾太子之母、汉武帝妃卫夫人筑陵园"思后园","置倡优杂役千人,以地为千人乡,即此处"①。

直到北朝末期,各种代言性的表演,始终是娱乐活动中的重要组成部分。北周大统五年(539)"太庙初成,四时祭祀,犹设俳优角抵之戏"②。对北周统治者穷奢极欲的享乐之风,大臣尉迟运上疏道:

> 都下之民,徭赋稍重,必是军国之要,不敢惮劳。岂容朝夕征求,唯供鱼龙烂漫;士民从役,只为俳优角抵。纷纷不已,财力俱竭;业业相顾,无复聊生。③

但是这种享乐之风中,也孕育着中国包括戏剧在内的表演艺术史上的一次新的突破。北朝走马灯似轮替政权统治者,都是来自相对贫瘠的北方和西方的游牧半游牧区的少数民族。他们入主相对富裕的中土,便将原来产生于他们民间的健康硬朗的民间艺术享乐化,与中国原有的表演艺术融合,为中华民族的表演艺术增添了新的元素,这必然揭开中华民族表演艺术史上新的一页。经过多次多波的传入,其具体过程已不可考知。但是有一次的传入却被史家记载下来:

> 周武帝聘虏女为后,西域诸国来媵。于是龟兹、疏勒、安国、康国之乐,大聚长安。胡儿令羯人白智通教习,颇杂以新声。④

这段史料证明,公元568年北周武帝宇文邕娶突厥女子阿史那氏为后,随皇后而来的龟兹、疏勒、安国、康国等其他西域乐舞也一并进入长安,以后又传播到中原地区。"杂以新声"正说明了这是以中国原有的各民族乐舞为主,将新进的异域民族音乐舞蹈元素纳入融合。毫无疑问,这是隋唐时期中国包括代言的各

---

① (宋)乐史:《太平寰宇记》卷二十五《关西道》一《雍州》。
② (唐)令狐德棻等:《周书》卷三十五《崔猷传》。
③ 《周书》卷四十《尉迟运传》。
④ 刘昫:《旧唐书》卷二十九《音乐志二》,北京:中华书局2002年版,1074页。

种表演艺术的大突破和大发展的先声序幕,中华民族的表演艺术将进入新的时代。

（原载日本东亚汉学学会主编:《东亚汉学研究》2014 年
12 月）

明代陕西戏曲创作与表演述论

一

明代前中期的北杂剧,从整体上看,已经走上了贵族化、文人化的道路,日益典雅,失去了民间艺术活泼的生命力,在与南戏系统衍生出的传奇戏的竞争中节节败退,逐步走向没落。但是,这是个历时二百余年的漫长历史过程,在相当长的时间里,仍然足以与传奇分庭抗礼,相争不让。因此,陕西,尤其是关中地区,明代前中期演出的戏曲几乎清一色是北杂剧。

1378 年,朱元璋封次子朱樉为秦王①。据李开先《张小山小令后序》记载:"洪武初年,亲王之国,必以词曲一千七百本赐之。"②据此,秦王受封时应该带来包括杂剧在内的唱本一千七百种。有明一代,陕西地区杂剧演出活动在贵族官府和平民百姓两个层级上都相当炽盛。

明代后期的著名文人袁宏道在其日记《场屋后记》中写道了秦王府中的演戏活动:

> (万历三十七年八月)丙子,宴于(西安)秦藩,乐七奏,杂以院本、北剧、跳舞。③

---

① (清)张廷玉等撰:《明史》(第 11 册),北京:中华书局 1974 年版,第 3560 页。
② (明)李开先著,路工辑校:《李开先集》(上),北京:中华书局 1959 年版,第 370 页。
③ (明)袁宏道著,钱伯城笺校:《袁宏道集笺校》(下),上海:上海古籍出版社 1981 年版,第 489 页。

陕西一百多个府州县在明代前中期普遍建筑了城隍庙。其典型的格局是在庙的前部修筑戏楼,楼下留有大片场地。直到现在,关中民间还留传有谣谚"城隍庙对戏楼",可见城隍庙建戏楼已是通例。起初修建戏楼是为了娱神,在各种节日期间给神演戏,实际上,四里八乡的百姓成为观戏的主体。于是后来演变成娱人,平时也经常演出,成为普通老百姓的休闲娱乐活动。如洪武八年(1375),三原城隍庙落成,杜康祖在《修三原城隍庙戏楼碑》中描述道:"乃造歌楼,演唱杂剧。"①《鄠县新志》载:"周仪,孝义举人。与诸生约,鸡鸣从事,乃鸡未鸣时辄先自起,衣冠而待……邑民有事于城隍庙,声伎繁艳,观者塞途,诸生无一敢延伫者。"②可见当时城隍庙演戏已是常态,凡百姓有事,就可在其处演戏,且"声伎繁艳,观者塞途",可见演戏时之热闹非凡。

明代是北杂剧的变体时期,也有人称这种变体杂剧是南杂剧。即像南戏一样,不循一本四个宫调的惯例。据统计,传世的一百六十七种元杂剧剧本中,五个宫调的只有《赵氏孤儿》、《五侯宴》、《东墙记》、《降桑葚》以及五本二十一折连台本戏《西厢记》中的一本,只占百分之三左右,其余的都是四个宫调③。这种模式被突破的趋势在明代初年就已出现。当时最著名的杂剧作家是明太祖朱元璋的孙子周宪王朱有燉,他的杂剧剧本集为《诚斋乐府》,共收入杂剧作品三十一本。他本人按当时人的做法,并没有对剧本按照套数分折,很多甚至没有分折,但是今天看来,大多数作品还是四个宫调,例外者有《曲江池》、《牡丹园》和《仗义疏财》,占作品总数的十分之一,远较元人为多④。

明代中期以后,文人们不再墨守一本四折的成规。明代中后期杂剧最著名的集子是《盛明杂剧》。这个集子共收杂剧六十种,短的一折,长的八九折,其中四折的有二十一种,只略高于总数的三分之一,而一折的就有二十三本,超过四折的十四本⑤。南戏结构自由的特点也在北杂剧中得到了充分体现。

一般认为,明代杂剧以15世纪后期的成化、弘治年间为界,分成前后两期。明代前期宫廷杂剧为主导,其代表作家是藩王朱权、朱有燉和御用文人贾仲明、

---

① 转引自《中国戏曲志·陕西卷》张庚序,北京:中国 ISBN 中心出版社 2000 年版,第 12 页。

② (清)孙景烈修:《鄠县新志》卷三《官师》第四《教谕·明》。

③ 张庚、郭汉城主编:《中国戏曲通史》,北京:中国戏剧出版社 1992 年版。

④ 戚世隽:《"折"的演变——从元刊杂剧到明杂剧》,《中华戏曲》第 37 辑,第 149 页。

⑤ 张艳艳:《〈盛明杂剧〉研究》,黑龙江大学硕士学位论文,2011 年,第 58 页。

汤舜民、杨景贤等人。陕西地区在这一时期并没有出现有名的作家。明代中期以后,杂剧领域便成为文人戏的天下①。明代前期中国社会大体安定,因此杂剧也同其他文学样式相同,被歌功颂德、说教卫道和神仙道化等主题充斥着。而进入明代中期以后,历史上各朝各代在相应时期出现的各种社会问题在明代也产生了,如土地兼并问题、政治腐败问题、农村剩余人口问题,另外在明代还形成了城市中市民社会崛起,与传统农业社会难以兼容的现象。这些都使社会各阶层之间的矛盾冲突大量发生,如朝臣中的忠奸之争,下层民众与上层统治者的权益之争,等等。这些矛盾使明王朝统治的根基发生动摇。社会矛盾不可避免地体现在这一时期的杂剧内容中。

二

明代中期陕西地区出现了两个享誉全国的著名杂剧作家——康海和王九思。他们以自己的优秀作品,使得杂剧创作在明代前期百年沉寂后异军突起,大放光彩,再次出现了创作的热潮,一直延续到明代后期。正因为他们的出现,令明代陕西杂剧在全国占有重要的地位。

王九思(1468—1551),陕西鄠县人;康海(1475—1540),陕西武功人。两人分别于弘治九年(1496)和弘治十五年(1502)中进士,康海还是状元。两人经历相仿,中进士后都在京城做官,后因与陕西兴平人大宦官刘瑾(1451—1510)同乡,在正德五年(1510)刘瑾案中均受牵连,罢官归乡,终老田园。两人为终生挚友,儿女亲家,在中晚年隐居故乡时,时常往来,诗文词曲相娱,并写作杂剧并指导演出。

> 海、九思同里同官,同以瑾党废。每相聚沜东鄠、杜间,挟声伎酣饮,制乐造歌曲,自比俳优,以寄其怫郁。②

---

① 徐子方:《文人剧和南杂剧——明代杂剧艺术论系列之一》,《东南大学学报(哲学社会科学版)》2003 年第 1 期;丁雅琴:《明代杂剧的类型演变》,《太原大学学报》2007 年第 1 期。

② 《明史》卷二百八十六《列传》第一百七十四《文苑》二《王九思传》。

这些事迹在两人的集子中多有体现。因此,两人的杂剧创作也互有影响。

王九思的四折杂剧《杜甫游春》,亦名《曲江春》,写唐代大诗人杜甫游览唐代长安城南名胜曲江池和鄠县渼陂的故事①。背景是在安史之乱初平后的肃宗至德二载(757)。历史上,杜甫在这一年离京赴肃宗所在的凤翔(在今陕西),有诗《至德二载甫自京金光门出间道归凤翔乾元初从左拾遗移华州掾与亲故别因出此门有悲往事》。而唐军从叛军手中收复长安,是这一年九月二十八日。随后,肃宗回到西京,并在十二月初三将太上皇玄宗迎回到长安。王九思此作中借春游时的杜甫之口说玄宗和肃宗已经回京,并非历史事实。但作者之意并不在要写一段信史,而是借虚构的杜甫游春之事,抒发自己的感慨。

剧中的杜甫曾有过一腔抱负:"两手要扶唐社稷,一心思画汉麒麟。"但是怀才不遇:"只想与朝廷建立大功业,不幸天下有事,蹭蹬到今日,莫非是命也呵!"看来是说安史之乱耽搁了自己的前程,但是话头一转,说到此前李林甫的专权:

【朝天子】他狠心似虎牢,潜身在凤阁,几曾去正纲纪,明天道? 风流才子显文学,一个个走不出漫天套。暗里编排,人前谈笑,把英雄都送了。

"风流才子",指的正是自己这种有才有识之士,但是却在李林甫之流的手中,"一个个走不出漫天套","把英雄都送了"。

但这并非是这个杂剧的主题,作者由衷赞叹的是杜甫的决意归隐。

【东原乐】相映着日色红,恰便似青莲隐约在风前动,瀑布飞来百尺虹。堪题咏。我待要避人来也,住在这紫云深洞。

(副末[饰岑参])先生正当向用之际,何以有此山林之念?(正末[饰杜甫])你不知道:

【棉搭絮】不怕你经纶夺世,锦绣填胸,前挤后拥,口剑舌锋。呀! 眼睁睁难分蛇与龙,烈火真金假铜。似等样颠倒英雄,不如的急流中归去勇!

因此在戏的最后,杜甫受岑参之邀,去游览鄠县渼陂时,朝中宰相房琯派使者持

---

① 亦名《曲江春》。(明)沈泰编:《盛明杂剧二集》卷十八,民国董康覆刻明本。

圣旨前去征召他入朝升任翰林学士,他虽随使者回朝谢了圣恩,但随后表了归隐的决心:

> 【离亭燕带歇拍煞】从今后青山止许巢由采,黄金休把相如买,摩挲了壮怀。想着俺骑马上平台,登楼吟皓月,倚剑观沧海。胸中星斗寒,眼底乾坤大。你看!那薄夫匪才,谁是个庙堂臣?怎做得湖海士?羞惭杀文章伯。紫袍金阙中,骏马朝门外,让与他威风气概。我子要沽酒再游春,乘槎去过海。

这也恰是王九思归隐后对黑暗官场极度失望,因此义无反顾心境的写照。

全剧除结构谨严,情节流畅外,其语言功夫也令人叹赏。写杜甫眼中曲江池一带的风光并抒发他的感慨:

> 【耍孩儿】我则见长空霭霭浓云罩,低压着花梢树杪,纷纷微雨洒南郊,把春光用意妆描。我子见烟横贝阙禅林远,风摆金铃雁塔高。忽听得儿童报,绿莎牛背,赤脚山樵。
>
> 【四煞】蓬莱宫望转迷,斗城门路匪遥,淡烟疏雨频凝眺。林花着雨胭脂湿,岸柳和烟翡翠摇。忽听佳人报,画栏中红残芍药,湖山下绿满芭蕉。
>
> 【三煞】琼卮酒满斟,锦囊诗正好,倚楼对景穷搜掠。叶心润带蝴蝶粉,花片香归燕子巢。忽听得诗人报,吟就这一联佳句,费尽了多少推敲!
>
> 【二煞】坐黄昏,风雨冥,对清灯。庭院悄,梨花无语伤怀抱。彩毫细点城南景,碧殿长怀梦里朝。忽听得游人报,逍遥呵今夜!玩赏在明朝。
>
> 【煞尾】良宵欹枕眠,浮生随处好。霎时酒醒晨钟报,不似那一刻千金怕到晓。

清丽绮靡,有元代著名杂剧作家白朴、郑光祖之风。王九思之曲艺术成就极高,明代前七子领军人物之一的王世贞评价道:

> 敬夫(王九思字)与康德涵(康海)俱以词曲名一时,其秀丽雄爽,康大

不如也。评者以敬夫声价不在关汉卿、马东篱(马致远)下。①

王九思和康海都写过《中山狼杂剧》②,分别为单折和四折。两人所作都本于马中锡(1446—1552)的寓言《中山狼传》,其作述春秋末期晋国赵简子打猎射伤一狼。狼逃跑中遇东郭先生,哀求其搭救自己。东郭先生于是让狼藏在自己的书囊中,骗走了赵简子。将狼放出后,狼要吃他。遇一老人,老人用计将狼骗回书囊,与东郭先生一起将狼杀死。这篇寓言的主题显然是讽刺忘恩负义之辈,并且寓意对这种人一定不能姑息纵容。马中锡曾在陕西督学,是王九思和康海的老师。明代开始,人们多以为康海是为讽刺李梦阳而作。云李梦阳曾为朝中重臣草拟弹劾刘瑾的奏章,被刘瑾下狱,欲置之死地。李求救于康海。康海以同乡名义请求刘瑾放过李梦阳,李得脱罪。然而后来康海因交结刘瑾获罪罢官,而李梦阳则落井下石,故康海作此剧。但据学者们研究,王九思、康海罢官后,与李梦阳关系密切,因此这种说法不是事实③。

可见两人所写的同一题材的《中山狼》杂剧不是针对某个人物,而是针对当时的社会现实。

这的是施恩容易报恩难,做时差错悔时难。你看那世人奸巧把心瞒,空安眉戴眼。他与那野狼肺腑一般般。④

那世上负恩的,好不多也! 那负君的,受了朝廷大俸大禄,不干得一些儿事。使着他的奸邪贪佞,误国殃民,把铁桶般的江山,败坏不可收拾。那负亲的,受了爹娘抚养,不能报答。只道爹娘没些挣挫,便待折骨还父,割肉还母。才得亨通,又道爹娘亏他抬举,却不思身从何来? 那负师的,大模大

①　(明)王世贞:《曲藻》,见《中国古典戏曲论著集成》(四),北京:中国戏剧出版社 1959年版。

②　王九思之作收入《渼陂集》,崇祯张宗孟刊本;康海之作收入《盛明杂剧初集》卷十九。

③　(清)王士禛《池北偶谈》卷十四《谈艺》四《中山狼传》:"见马中锡《东田集》。东田,河间故城人,正德间右都御史,康德涵、李献吉(李梦阳字)皆其门生也。按《对山集》有《读中山狼传》诗云:'平生爱物未筹量,那记当年救此狼。'则此传为马刺空同(李梦阳号)作无疑。今人唐人小说,亦如《天禄阁外史》之类。"但有学者认为王九思是马氏学生,而康海则非。见田守真:《杂剧〈中山狼〉本事与李梦阳、康海关系考》,《西南师范学院学报》1985 年第 1 期;田守真:《康海事略》,《四川师范大学学报(社会科学版)》1995 年第 4 期。

④　王九思:《中山狼院本》。

样,把个师傅做陌路人相看。不思做蒙童时节,教你读书识字,那师傅费他多少心来?那负朋友的,受他的周济,亏他的游扬,真是如胶似漆,刎颈之交。稍觉冷落,却便别处去趋炎赶热,把那穷交故友,撇在脑后。那负亲戚的,傍他吃,靠他穿,贫穷与你资助,患难与你扶持。才竖得起脊梁,便颠番面皮,转眼无情。却又自怕穷,忌人富,划地的妒忌,暗里所算他。你看,世上那些负恩的,却不个个是这中山狼么?①

　　这两部《中山狼》杂剧虽然与李梦阳没什么关系,但是二人在因被诬为刘瑾同党而遭罢官时,朝中没什么人替他们说话却是事实。这种局面,让这两位与刘瑾除同乡以外并没有其他关系,并且对刘瑾所作所为相当鄙夷的传统文人士大夫,感到极度失落。因此各写了这样一部剧作,来对世道人心、世态炎凉作出批判,也是顺理成章的事。因此,也使得他们对忘恩负义行为的批判,具有了更为深广的社会意义。

　　王九思的《中山狼》也是北杂剧史上第一部单折的剧本。从此之后,单折剧成为明人杂剧创作中的一个大宗,最有名的就是徐渭的《四声猿》,可见其影响之大。

　　康海还有一本四折杂剧《王兰卿贞烈传》②。写妓女王兰卿善歌舞,得到书生张于鹏的喜爱,两人相好。张于鹏中举赴青州任推官期间,张母将王兰卿赎身归家,纳为张妾。王孝敬婆母,服侍张妻,贤慧异常。张于鹏任官三年,归家致仕,与兰卿相敬。六年后张得重病不治身亡,王兰卿自杀殉葬。夫妻两人死后均列籍仙班。

　　此剧是根据实事创作的。于鹏是张附翱的字。张是康海故乡武功邻县盩厔人,又与康海同时,在康海中状元之前一年中举,因此两人熟识。据乾隆《盩厔县志》卷七《选举·举人·弘治辛酉科》:

---

　　① 康海:《中山狼》。
　　② 《孤本元明杂剧》第十一册,北京:商务印书馆1939年版。近年一些出版物如新编《周至县志》和一些秦腔史中,称张附翱和王兰卿成立了陕西第一个家庭剧班张家班或华庆班,并得到王九思、康海等人的支持。或云王九思、康海也有家庭戏班,然而这些说法未有史料支持,故对其说不予采用。

张附翱,蔡原里人,俊子,有诗名。任山东青州推官,治狱明允。

其妾王兰卿亦入《鳌屋县志》卷八《列女·明》:

王氏,名兰卿,本娼家女,嫁为青州推官张附翱妾。附翱病卒,氏服毒以殉。

王九思为王兰卿殉情而死创作散曲[南吕一枝花]套数,其题曰:

歌儿王兰卿侍煖泉张子。张子死,王亦饮药死。予闻而异之,为此词传焉。①

这套散曲,还被康海完整纳入剧本的第四折中。全剧与《中山狼》一样,有着康海剧作流畅自如、结构严谨、人物生动、话语流丽的风格。虽然作者将王兰卿和张于鹏的爱情写得相当动人,歌颂了人间真情的可贵,但是结局却是一桩血淋淋的封建礼教桎梏下妇女的悲剧。特别是作者对王兰卿殉情无保留的讴歌态度,在剧中表现得淋漓尽致。王兰卿在服毒以后唱道:

【尾声】则您这小官人休堕了弓裘志,老夫人好效前贤事体。(云)我如今死了,我夫君在阴司地府里呵,(唱)喜滋滋且并肩行,笑吟吟无半星儿悔。

用今天的眼光审视,可以想见,这个戏起到的社会作用是负面的。康海和王九思家中都有下一辈女子殉夫的事情发生。康海之子康栗的妻子杨氏、杨氏之嫂康海的侄女康氏和王九思的侄媳张氏都殉夫而死。康海和王九思有关王兰卿的作品可能对她们的自杀起了鼓励作用。

关中自宋代大理学家张载之后形成关中理学流派,简称关学。这一学派相对不重视对抽象义理的辨析,而是重视实践功夫。尤其是明清时,关中的文学家

---

① 谢伯阳编:《全明散曲》第一册,浏南:齐鲁书社 1994 年版,第 952 页。

大都身兼理学家,深受人们尊敬。因此,他们的言行具有强烈的导向作用,尤其是王九思、康海这样享誉全国的大文学家。他们对崇高的道德理想的执着是可贵的,但是对这种道德非人性一面的愚忠也会导致现实的人间悲剧。他们未尝没有在情与理之间苦苦挣扎,因此他们在鼓励妇女殉情死节时,并非如同《王兰卿》杂剧中所表现的那样义无反顾,"笑吟吟无半星儿悔"。在儿媳杨氏殉夫死节后,康海给王九思去长信恳求他为此妇撰写墓志,并详细说明了其家里如何防范杨氏殉节等事。"念惟此妇,自五月念二栗死,即坚志死节,荆妻及诸女辈,日夜防卫,已极缜密。乃于其月念九,潜服毒鼠药数七,几不可生。赖觉之颇早,得以投救,至于今日。"然而还是无法防住杨氏的再度自杀。康海言及自己的心情,"予痛哭几死","痛彻心骨,殆何忍言"!然而还是从理学立场,给予了正面评价:"父母劬劳之恩,眷属缱绻之意,颇不能一移其初志,而不迫不怒,从容就死如此,古之达人志士不足与之先也。"①康海还写过两篇哭康栗和杨氏的祭文,同样表现了这两种心情。《祭栗》文云:"新妇则视死如归,若茹脍食蔗,岂故自轻其生、不念父母养育之恩邪?然纲常所系,尤有大于其是者,故新妇乐然就死,以鸿毛视生,非尔父母家族与吾儿履方迪义之效,何以有是?"紧跟着却又哀叹:"於乎痛哉!"②《祭栗与妇文》云:"夫死生亦大矣,妇从容就义,视死如归,烈丈夫亦或难之,妇独易易如是,虽尔父见山先生家教有素,吾儿生前敦义尚行,方正不挠,故天特与之相之,使有此美。二者是邪?非邪?"③最后一句,将康海于情痛彻心扉,于理大义凛然,游走于两者之间,何其难也的心境,传达得真切自然。

看来,康、王也如同后来吴敬梓的小说《儒林外史》中王玉辉老夫子在鼓励女儿自杀殉夫后那样,在事后流下凄凉的滚滚泪珠。明清时代坚持理学理想的人物,大都有这种灵与肉的冲突。

王九思、康海写戏,也排演自己写的戏。友人李开先曾来鄠县,王九思招来戏班招待,演出自己创作的杂剧《杜甫游春》。李开先对此事有生动的记述:

> 渼陂设宴相邀,扮《游春记》。开场唱《赏花时》,予即驳之曰:"'四海讴歌百姓欢,谁家数去酒杯宽'两注脚韵走入'桓欢'韵。"因请予改作"安、

---

① 《对山集》卷二十二《与王敬夫书》,万历刻本。
② 《对山集》卷四十六。
③ 《对山集》卷四十六。

干"二字。至"唐明皇走出益门镇"予又驳之曰:"平声用阴者犹不足取,况用'益'字去声乎?"复请改之。上句乃"太真妃葬在马嵬坡",拘于地名,急无以为应;若用"夷门",字倒好,争奈不曾由此去耳。因戏之曰:"非是王渼陂错做了词,原是唐明皇错走了路。"满座大笑,扮戏者亦笑,而散之门外。①

这种边写边排边演边改,无疑有助于精益求精,将剧作冶铸成精品。

三

明代万历年间以后,南戏发展而来的传奇戏北上,取代了流行四百年的北杂剧,北杂剧的没落,成为不可挽回的趋势。这一过程几乎是瞬时发生的。

> 南都万历以前,公侯与缙绅及富家,凡有燕会,小集多用散乐,或三四人,或多人,唱大套北曲,乐器用筝、瑟、三弦子、拍板;若大席,则用教坊打院本,乃北曲四大套者。中间错以"撮垫圈"、"观音舞",或"百丈旗",或"跳队子"。后乃变而尽用南唱,歌者止用一小拍板,或以扇子代之,间有用鼓板者。今则吴人益以洞箫及月琴,声调屡变,益为凄婉,听者殆欲堕泪矣。大会则用南戏,始止二腔,一为弋阳,一为海盐。弋阳则错用乡语,四方士客喜阅之;海盐多官语,两京人多用之。后则又有四平,乃稍变弋阳而令人可通者。今又有昆山,较海盐又为轻柔而婉转,一字之长,延至数息,士大夫禀心房之精,靡然从好,见海盐等腔已白日欲睡,至院本北曲,不啻吹篪击缶,甚且厌且唾之矣。②

对北杂剧之深恶痛绝,乃至于斯!甚至风气传统保守的宫廷之中,这种变化也在发生。

① 李开先:《词谑》第十四条,见《中国古典戏曲论著集成》(三),北京:中国戏剧出版社1959年版。

② (明)顾起元《客座赘语》卷九"戏剧"条,北京:中华书局1987年版,第302页。

　　到今上(神宗)始设诸剧于玉熙宫,以习外戏,如弋阳、海盐、昆山诸家皆有之,其人员以三百为率,不复属钟鼓司,颇采听外间风闻,以供科诨。①

　　南戏在明代前中期从温州流传到南方各地后,逐步形成了所谓传奇的"四大声腔":产生于江西的弋阳腔,流行于南京、北京、湖南、福建和两广地区;余姚腔虽产于浙江绍兴地区,但主要流行在江苏地区;海盐腔产生和流行于浙江地区;昆山腔即昆曲,不像其他三大声腔产生于民间,而是元代末年苏州昆山镇的一些文人士大夫切磋的产物,因其高雅,在明代中期以前仅流行于苏州地区。但是嘉靖隆庆时经戏曲改革家魏良辅等人改造,大大普及于各地,成为传奇四大声腔之首。

　　在万历年间,传奇进入陕西地区。如前所述,万历三十七年(1609)袁宏道在秦王府看戏,还是院本和北杂剧。但是也就在这一时期,传奇传入陕西,并且有剧作家进行了剧本的创作。

　　王元寿,生卒年不详,明代传奇作家。字伯彭,陕西合阳人。早年中举,终生不仕,家居合阳,潜心戏曲。中年曾游江南,以文会友。晚年生活困苦。与祁彪佳(1602—1645)同时,并为好友。祁氏的《远山堂曲品》中收他创作的剧目达二十三种。依次为:《北亭记》、《玉马坠》、《一轮画》、《击筑记》、《紫骝记》、《将无有》、《申流柱》、《紫绶记》、《石榴花》、《莫须有》、《宝碗记》、《领春风》、《郁轮袍》、《鸳鸯被》、《题燕记》、《异梦记》、《紫绮裘》、《鸾书错》、《梨花记》、《灵宝符》、《玉扼臂》、《空缄记》、《紫台怨》,另有明抄本《景园记》。他是晚明最高产的剧作家之一。现在传世的作品有《梨花记》、《异梦记》与《景园记》。分别收录于《古本戏曲丛刊》初、二、三集。他的剧作多写才子佳人的爱情故事,这也是南戏、传奇的主流题材。艺术上相当精致,善于巧合误会,笔墨穿插;描绘人物,尤其是青年女子。祁彪佳评价道:"伯彭善为儿女传情,必有一段极精惊处,令观者破涕为欢。"其《远山堂曲品》称他"匠心独构",将他的剧作列为"能品"②。晚明大戏剧家汤显祖刊印《异梦记》,并加以评点,可见对他的推崇;冯梦龙、陈继儒晚明戏曲评论家将他的作品刻印发行。王元寿是晚明陕西有代表性的传奇

---

　　① (明)沈德符:《万历野获编》补遗卷一"禁中演戏"条,中华书局1997年版,第798页。
　　② 祁彪佳:《远山堂曲品》,见《续修四库全书》集部第1758册,影印国家图书馆藏明抄本,下文所引同。

剧作家。

王异是另一位卓有成就的传奇作家,生卒年不详,又名王权,字无功,又写作元功,合阳县人。青壮年时,屡试不第,遂改名无功,居家学戏剧创作。晚年遍游江浙一带,不知所终。一生创作大型传奇七种:《弄珠楼》、《检书记》、《花亭记》、《保主记》、《看剑记》、《玛瑙簪》、《灵犀佩》;改编两种:《水浒记》、《种玉记》。另外还创作有一定数量的散曲,收录在《太霞新声》中。杭州凝崇堂在明末刊刻过他的一些剧本,现存《弄珠楼》一种,收入《古本戏曲丛刊》第三辑。其传奇情节离奇多变,有"曲折争奇"之名。与其同乡王元寿多写才子佳人不同,他好写英雄人物,尤其是侠女。即便爱情题材戏的,也多有侠气。祁彪佳在《远山堂曲品》中说他是"无功喜传侠女,故红侠中每有技击者",称赞他的剧作"格善变,词善转",所写生、旦"通本不脱豪侠之气","一洗脂粉之病"。晚明才子佳人小说流行一时,大都是郎才女貌,一派香软之风。他的创作实属难能可贵。《弄珠楼》写阮翰林与霏烟的爱情故事,情节曲折,结构严谨。《花亭记》和《保主记》虽已失传,但却有昆剧、秦腔等改编本,至今仍活跃在舞台上。昆曲中的《赠剑联姻》和《点将斩棘》就出自他的《花亭记》。

四

就在以昆曲为代表的传奇在陕西舞台上取代北杂剧的时候,源自民间的地方戏秦腔等剧也开始出现在戏曲舞台上,明代后期万历年间的抄本传奇《钵中莲》中有一支曲子名叫《西秦腔二犯》,这是秦腔之名首见于文献。这标志着从宋金时代开始的宫调联曲体的戏曲,将要被新生的板腔体戏曲取而代之。中国戏曲注定将要进入花部乱弹百花齐放的新时代了。

(原载《陕西学前师范学院学报》2017 年第 6 期;《人大复印报刊资料·舞台艺术》2017 年第 5 期上全文转载)

王九思《碧山乐府》现存版本考述

王九思,字敬夫,鄠人,居近渼陂,因以为号,别署紫阁山人。明宪宗成化四年(1468)生,世宗嘉靖三十年(1551)卒①,为明代中期前七子中的重要成员。王九思的散曲创作起步较晚。其挚友康海《碧山乐府序》云:"山人旧不为此体,自罢寿州后始为之。"而罢官寿州同知在正德六年(1511),归至乡里在第二年,其时王九思已四十五岁,此后再未出仕。康海称其是发愤所作,"盛年屏弃,无所发怒",不得已才寄情词曲的。

其散曲收于《碧山乐府》中,又有《南曲次韵》一百首,总数达四百余首。在明代散曲作家中,其数量仅次于薛论道、陈铎、冯惟敏三人,堪称是位高产作家。其创作期正值正德、嘉靖年间。后人对其散曲成就评价甚高。明徐渭《南词叙录》将其列于周宪王、谷子敏、刘东升之后,明王世贞《曲藻》谓:"敬夫与康德涵(康海)俱以词曲名一时,其秀丽雄爽,康大不如也。评者以敬夫声价不在关汉卿、马东篱下。"②明吕天成《曲品》列王九思等二十五人为上品,称"王渼陂秦韵铿锵","篇章应不朽,姓字必兼存"③。清朱彝尊《静志居诗话》卷十言:"康王并以乐府擅场……王差胜康,乐府亦尔。"④清李调元《雨村曲话》谓:"九思工词曲。"然而其散曲作品的整理研究相当薄弱,本文仅考证其以《碧山乐府》为核心的散曲集的源流。

---

① 李开先《渼陂王检讨传》:"乃于辛亥(嘉靖三十年,1551)某月日病卒,八十二岁至是又加二矣。"上推八十三年,则为成化四年(1468)。《李开先集》中册,北京:中华书局1959年版,第601页。

② 中国戏曲研究院编:《中国古典戏曲论著集成》四,北京:中国戏剧出版社1959年版,第35页。

③ 中国戏曲研究院编:《中国古典戏曲论著集成》六,第221页。

④ 郭绍虞主编,朱彝尊著,姚祖恩编、黄君坦校点:《静志居诗话》上,北京:人民文学出版社1990年版,第266页。

一、《碧山乐府》不分卷、《拾遗》一卷，明嘉靖八年刻本

此刻为《碧山乐府》初刻本。浙江省图书馆藏。小令一卷，收曲一百八十七支；套数一卷，收曲七阕；《拾遗》一卷，收小令五十五曲，套数二阕。是刻半页十行，行二十一字，宽11.7cm×2，高19.3cm，四周单边，黑口，单鱼尾，版心分刻"碧小"、"碧套"、"拾小"、"拾套"。为《碧山乐府》初刻本。《中国古籍善本书目·集部》下谓为明正德刻，当是因卷首康海正德十四年（1519）序谓"装潢既成，因漫题此"故。误。

书中有五首可证作于嘉靖年间：

1. [水仙子带过折桂令]《六旬自寿》。嘉靖六年（1527），王九思六十岁；

2. [寄生草]《杂咏》谓："万年嘉靖中兴运"，以年号入曲；

3. [沉醉东风]《六十一自寿》，当作于嘉靖七年（1528）；

4. [沉醉东风]《戏作》谓："数花甲重逢戊子"，按戊子为嘉靖七年；

5. [折桂令]《六十二自寿兼喜得第二孙》，是年嘉靖八年（1529）。

全书为一次刻成，版式整饬，绝无正德十四年成书，以后补刻植入嘉靖诸作之可能。

王九思有《碧山续稿》，收《碧山乐府》后诸作。其《自序》云："予为《碧山乐府》，沜东先生（康海）既序而刻诸木矣。四三年来，乃复有作……"序作于嘉靖十二年（1533）。所谓"四三年"，典出《尚书·无逸》："自时厥后，亦罔或克寿；或十年，或七八年，或五六年，或四三年。"四三，犹"三四"。从嘉靖十二年上推三四年，正当嘉靖八九年。而《碧山续稿》收有[醉太平]《六十三自寿》，其必作于嘉靖九年（1530）。

由此可知，王九思《碧山乐府》结集在正德十四年，康海为作序，然久未刊印，后来续有他作增入，直至十年后付梓。故此本刻成于嘉靖八年（1529），当无疑问。

何以辟出《拾遗》一卷？《碧山乐府》中所收均为记事、咏物、赠友、怀人等内容，而《拾遗》诸作无一不言男女情事，有"寄书不见人，画饼难充饭"，"七日床头

一梦君,梦君真风韵"等句。可见作者是有意识将这些不入大雅之堂的作品打入另册的。而后人翻刻《碧山乐府》时,亦有漏刊《拾遗》者。

二、《碧山乐府》二卷、《拾遗》一卷,明嘉靖八年刻清印本

国家图书馆藏。版式、字体同于浙图本。《中国古籍善本书目·集部》下谓为明正德刻清印本。与浙图本不同处唯在《拾遗》中溢出套数《南北越调合套》二阕,为《寿桐城盛封君梅塘八十》和《寿盛梅塘》。

此二阕在是刻八、九、十版,字体大异于别版,当为后来补刻植入。

盛梅塘者,桐城人盛仪也。王九思《渼陂续集》收有《梅塘记》,其云:"夫梅塘者,封监察御史桐城盛翁之别号也,翁尝卜筑于白兔河之滨,有梅塘焉,是故取号云尔。翁嗣监察御史古泉公汝谦奉命按陕,命九思为之记。"①王九思《赠孺人盛母传》云:"赠孺人盛母者,桐城封君梅塘先生仪之配。"②

头阕曲题中之"封君"③,指盛仪父因子贵,得朝廷封官。明万历间人张萱《西园闻见录》有《盛仪小传》,并为康熙《桐城县志·貤封》采录:"盛仪,字克恭,桐城人……以子汝谦贵封监察御史,寿至八十一而终。"④《明史》卷七十二《志》第四十八《职官》云,现任官"诰勅七品以上皆得推恩……曾祖祖父皆如其子孙官"。《桐城县志·仕绩》:"盛汝谦,字亨甫,嘉靖间进士,授行人,擢御史。"盛仪之封官亦如其子之御史也。

故盛梅塘为盛仪,毋庸置疑。

然二阕作于何时? 此与盛仪之子盛汝谦按陕有关。

《桐城县志·选举志》:"盛汝谦,辛丑(嘉靖二十年)进士。"上引《桐城县志·仕绩》言盛汝谦"擢御史"后,有"按关中"语。可知其行人任满后曾以御史

---

① 《续修四库全书》第 1334 册,第 265 页。
② 《续修四库全书》第 1334 册,第 266 页。
③ 谢伯阳编:《全明散曲》第一册,见《寿桐城盛封君梅塘八十》,济南:齐鲁书社 1994 年版,第 949 页。
④ 《续修四库全书》第 1168 册,第 60—61 页。

衔巡按陕西关中。明代设行人司,有行人三十七人,正八品,皆以进士充任,掌传旨册封等事①。盛汝谦以嘉靖二十年中进士,满行人一任三年,则出仕关中最早亦在嘉靖二十三年。雍正《陕西通志》卷二十七《学校志》谓,嘉靖间巡茶(御史)盛汝谦曾修汉阴县学。盛汝谦长驻西安,王九思致仕居家鄠县,相距仅六十余里,两人当在此期间相识。汝谦慕名前往拜访九思,或九思前去西安相见,应无不便。故二阕之作不会早于嘉靖二十三年。

《梅塘记》谓其作"且以为翁寿云",而二阕亦为盛仪祝寿,故所作当大体同时。收有是《记》的《渼陂续集》刻成于嘉靖二十四年(1545),集前有太微山人张治道(1487—1556)作于该年三月庚辰之序,其云:"渼陂先生旧《集》十六卷,监察御史王君惟臣刻之山西,固已海内人人传矣;其《续集》三卷,今抚台东厓翁公又刻之鄠邑,将同前刻并传焉。刻成,命余为序,以纪岁月。"依常理,《梅塘记》当撰成于此时之前。

然事有不然。《梅塘记》与《赠孺人盛母传》分别位于卷下倒数第二与倒数第一。其字体粗看与其上之版相似,然细审之,上版字体横平竖直,笔画类魏碑,而二篇之字体略呈左低右高之势,颇似颜之《多宝塔》体。且其上之版"矣"字中"矢",均缺上之撇画,而下版则否。故不能排除二作补入之可能。

《渼陂续集》卷上为诗集,卷中、卷下为文集。其编排次序颇为混乱,全不以诗文之各体分,这或可说明系以诗文撰写之时间为次。上述二作在卷之末且字体与上版有异,当为嘉靖二十四年书版刻成之后补入。有《赠孺人盛母传》为证。其云传主嘉靖十八年卒,当时权葬浅土,至是"将以己酉四月十日迁葬云"。所言"己酉"为嘉靖二十八年(1549)。依常理,此《传》必作于是年四月十日迁葬前不久。排在此前的《梅塘记》,亦当于稍早时撰作。若推测不错,《寿桐城盛封君梅塘八十》阕当作于嘉靖二十七年,次年又作《寿盛梅塘》阕。李开先《渼陂王检讨传》,撰于嘉靖二十八年,其云:"其(九思)为予作《宝剑记后序》,年已八十二矣,而文思尚如涌泉。"可证王九思此时虽已高龄,仍有撰作之精力。

另有旁证。王九思所作散曲,俱其生前亲手编定,依时间顺序,为《碧山乐府》《碧山续稿》《碧山新稿》。晚出之《碧山新稿》所收诸曲,止于嘉靖二十六

---

① 《明史》卷七十四《志》第五十《职官》三,《文渊阁四库全书》本。

年①,然无此二阕。此亦可说明是时二阕尚未创作。

二阕首见于九思卒后嘉靖三十四年(1555)张书绅刻本②。《江南通志》卷一百二十二《选举志·进士四》"嘉靖癸丑(三十二年,1553)科"谓:"张书绅,常熟人。"此刻韩询《刊碧山乐府序》谓:"乃托上虞令雨山张君刊之以传。"

此书刷印之时,暂从国家图书馆之清代说。

三、《碧山乐府》二册,不分卷,
嘉靖二十六年刻本

国家图书馆藏。上册《碧山乐府》、《碧山续稿》和《乐府拾遗》合订,下册《碧山新稿》、《碧山诗余》及他人和作《柏斋先生乐府四篇》合订。半页十行,行二十字。行宽 12.7 cm×2,高 15.4cm。四周单边,白口,单鱼尾,版心标有书名、卷数和页码。上册前有康海《碧山乐府序》,其《碧山乐府》之小令前有"乐府自注",套数前有"套数自注"。下册卷首有吴孟祺《叙碧山乐府新稿》、王九思《碧山新稿自叙》。

上册《碧山乐府》和《乐府拾遗》所收诸曲,与嘉靖八年刊本同,亦无《寿桐城盛封君梅塘八十》和《寿盛梅塘》二阕。《碧山续稿》收小令四十曲,套数三阕。从其中收有[醉太平]《六十三自寿》和[朝天子]《六十六自寿》可知,为嘉靖九年(1530)六十三岁至十二年(1533)六十六岁之间所制。

下册《碧山新稿》所收小令与套数杂糅不分,小令六十二曲,套数二十阕。其中有[画眉序]《六十七自寿》,必撰于嘉靖十三年(1534)。可知其中诸作,从是年始,止于是书刊刻之嘉靖二十六年。此册卷首有嘉靖丁未(二十六年,1547)二月甲子东郡六泉居人吴孟祺所撰《碧山新稿序》。乾隆《山东通志》卷十五之一《选举志》云,吴孟祺,山东宁阳人,嘉靖八年己丑科进士。雍正《陕西通志》卷十五《公署·西安府》云,嘉靖二十四年吴孟祺在任西安知府,二十六年知

---

① 中国戏曲研究院编:《中国古典戏曲论著集成》六,第 221 页。
② 郭绍虞主编,朱彝尊著,姚祖恩编、黄君坦校点:《静志居诗话》上,北京:人民文学出版社1990 年版,第 266 页。

府已为胡汝辅。故吴《序》当撰于其离任前夕。吴曾于嘉靖二十四年出资刊刻康海《对山集》十九卷。故其为《新稿》撰序,或为出资,或为应九思之索,以为刊印也。是书之刊刻,必在嘉靖二十六年。

四、《碧山乐府》一册不分卷,嘉靖三十四年刻本

扉页有"长乐郑振铎西谛藏书"印。是刻半页十行,行二十一字,宽 15.9 cm×2,高 21.4cm,四周单边,白口,无鱼尾,版心有"碧山"字样。卷首有康海"碧山乐府序"、韩询"刊碧山乐府序"。共收小令 242 曲,即为嘉靖八年本《碧山乐府》之小令与《拾遗》之小令总和;套数 11 阕,含《寿桐城盛封君梅塘八十》和《寿盛梅塘》。二阕入《碧山乐府》,当在此时。是刻国图藏,定为善本。

此本的刊刻时间为明嘉靖三十四年(1555)。有韩询于嘉靖乙卯(三十四年)秋作"刊碧山乐府序",其言:"《碧山乐府》……索者甚众,钞录弗给,乃托上虞令雨山张君刊之以传。"此张君为张书绅也。可知此本是年由张氏刊印。由此亦可推知,嘉靖八年刊本《碧山乐府》与《拾遗》当时传世已相当稀少。

五、《碧山乐府》四卷,崇祯十三年刻本

国家图书馆有《碧山乐府》四卷,四册,定为嘉靖刻本。有"朱希祖印"钤章。是刻半页九行,行二十二字。宽 13.3 cm×2,高 20.6cm,四周单边,白口,单鱼尾,版心有书名、卷数。卷一前有康海《碧山乐府序》、王玭《汇次碧山乐府小叙》,卷二前有吴孟祺《叙碧山乐府新稿》,卷三前有王九思《碧山续稿序》,卷四前有王九思《碧山新稿自叙》。国家图书馆另有同刻"西谛藏书"本,多出张宗孟《重刻渼陂王太史先生全集序》和李开先《中麓山人小令引》二篇序文。

此刻首次将《碧山乐府》、《续稿》、《新稿》原先编目打乱,按照先小令次套数之规则重加编排。卷一为小令上卷,共收小令一百三十九曲;卷二为小令下,共收小令一百八十六曲。其中[步步娇]应析为二曲,《舫斋》一曲他本皆无。此二卷所收小令总和较《碧山乐府》、《拾遗》、《续稿》、《新稿》少二十曲,均为[浪

淘沙]之调。其原因为,此四卷本为张宗孟《重刻渼陂王太史先生全集》二十七卷本的分项,而此二十曲因属词而被划入《碧山诗余》中,纠正了以前诸本之以词为曲之误。

卷三为套数上卷,共收套数二十二阕;卷四为套数下卷,共收套数十阕。无《寿桐城盛封君梅塘八十》和《寿盛梅塘》二阕,并将《新稿》中《七十二自寿》由小令移入。

王珬崇祯十三年(1640)所作《汇次碧山乐府小序》明言:"旧刻《续稿》、《新稿》套、令未分,谨依太史公自注各为更定,以套令□题目,以题目领辞曲,且每曲自为起头,庶几行墨玲珑,见者称快,可告无罪于太史公云尔。"可知将王九思所有散曲按套、令重加编排是王珬在此刻中首创,故四卷本是在崇祯十三年面世的。是年张宗孟主持《重刻渼陂王太史先生全集》二十七卷,此四卷本是其中之一部。此刻四卷本盖由《渼陂全集》析出也。

国图谓为嘉靖本,显误。

六、《二太史乐府联璧》四卷二册,清顺治四年本

此本为康海、王九思散曲合集。传世颇多,西北大学文学院有藏。其中《碧山乐府》二卷一册,与嘉靖八年本不计《拾遗》之《碧山乐府》所收全同,唯溢出《寿桐城盛封君梅塘八十》和《寿盛梅塘》二阕。当为据嘉靖八年本刻,又取嘉靖三十四年本之贺盛仪寿二阕补入。《中国古籍善本书目·集部》录有两种,一种为明刻,一种为明刻清印①。赵俊玠先生谓为明万历本②。皆误。

此本有署名为"东海后学张吉士"之《跋》。谓:"先生(按,指康海)卷帙故富板镌,武功俗吏以征求之烦檄解秦辖……余旁搜旧刻,仅有《沜东乐府》、《碧山乐府》上下两帙,盖渼陂、武功二稿也……因简先生(按,指康海)诸孙康昶、康庶两诸生为之续其末。"味其语气,一是与康海故里武功县有某种关系,二是有财力或权力刊刻是书。

---

① 《中国古籍善本书目·集部》下,上海:上海古籍出版社1998年版,第2164页。
② 赵俊玠:《沜东乐府校注·前言》,西安:三秦出版社1995年版,第4页。

按,清嘉庆《续武功县志》卷二《官师志》五"顺治三年(1646)知县"条:"张吉士,字松霞,进士,山东平原人。"今本《武功县志》载,张吉士为武功县令,南京都察院右御史武功人马鸣世及夫人赴京就任户部侍郎途中,被李自成军杀害,张吉士于顺治三年为撰墓志铭。《山东通志》卷十五之一:"张吉士,平原人。崇祯十三年魏藻德榜进士。"其自称"东海后学",因其为山东籍故也。《续武功县志·官师志》第五载,顺治五年(1648),周日熙任武功县令,取代张吉士。故《二太史乐府联璧》四卷本,只能刊刻于顺治三年至五年期间。姑系之于顺治四年(1647)。

(原载《文献》2008 年第 4 期,第二作者为姜妮)

《王九思研究》"序"

王九思（1468—1551）是我国明代前中期正德嘉靖年间的一位重要文化人物。

秦地文化自宋代以后，在中华文化圈中日益边缘化。宋代关中虽然产生了大理学家张载，但是他在宋明理学中，却是个导夫先路的人物，与其后中原和江南的二程、朱子等人的如日中天以及对明清理学的影响相比，显得稍有逊色。但是在明代前中期，陕西文学和文化突然崛起，成为当时中华大地众人瞩目的焦点。明末清初的大历史学家万斯同曾深有感慨："关中自李梦阳、康海、王九思后，作者迭兴，若吕柟、马理、韩邦奇、邦靖、马汝骥、胡缵宗、赵时春、王维桢、杨爵辈，彬彬质有其文，而（张）治道辈鼓吹之，一时号为极盛。"（《明史·文苑传》）前七子之复古，为明代首次堪称为全国性的文学运动，声势浩大。其领袖人物李梦阳、康海、王九思均为秦人。此一时期陕西文学盛况，起于云南安宁人杨一清弘治四年（1491）入陕任提学副使，督学陕西，拔擢人才，渐成气候，大批陕西籍文人进京登科入仕，蔚成一时大观。

一般认为，李、康、王进士高第入京为官是这一文学运动的起点。而王九思，又先于李、康入京。李梦阳虽于弘治六年登科，王九思晚其三年，然李梦阳由于丁忧数年，到京履事反而迟于王九思。王九思在明代文学中，上承明代前期茶陵诗派，又转为明代中期"前七子"运动的关键人物。而乡籍秦地之大宦官刘瑾被诛，秦地文人亦多受株连，王、康罢官返乡。此后秦地文学转率性，转清逸，转闲致，转通俗，形成别种风貌。王、康在乡间多作乐府杂剧，是"前七子"后期"真诗在民间"之说的开创者和身体力行者。王九思身历明代前中期三个阶段的文学，并成为这些转折的中枢，在文学史上具有这种地位的人物是非常罕见的。可惜对这样一位文学和文化人物，目前的研究是很不够的。几十年来，发表的有关王九思研究的专题学术论文只有 20 余篇,其中的硕士论文只有 3 篇,虽有些博士论文曾有提及,但是论述既乏广度,也缺深度。

摆在我们面前的这部《王九思研究》,是学界研究王九思的第一部学术专著,仅就此一点而言,说其有着开山意义也是不过分的。此书的作者段景礼先生积数十年之心力,对于王九思的生平和文学成就做了全面分析和论述。

有关王九思生平的资料存世甚少,较为完整的仅有其友人李开先的《渼陂王检讨传》,今人研究成果为陈銎宝的硕士论文《王九思年谱》。前者不足 3000 字,只能算是个述生平之大体的传略;后者五六万字,虽对王氏生平做了系年,但是由于完成较仓促,内证多采自王九思本人著述《渼陂集》等署有明确年月者,因此作为履历者可,而作为全面研究王九思一生的思想、文学变迁者,则显有不足。

段景礼先生大作近 40 万字,其中前三分之二评传部分将王九思生平大体分成两个时期。第一时期为王九思早年学习和仕宦生涯。作者将王九思的政治活动放在明代前中期之交朝政日见腐败和大宦官刘瑾专权的背景之下观察,根据大量史料和王九思的著述,不仅对这一时期王九思仕历中的各种事件作了详细描绘,如据《送丰原先生序》考出王九思与刘瑾的关系既非亲昵依附,也非毫无瓜葛,而是止于"桑梓之乐"的乡谊往还而已,而且概括出其一以贯之的思想是忠君、进贤、厚民等。第二时期则是王九思因刘瑾一案罢官归乡后的生活,对这一时期王九思各方面的活动如游山玩水、吟诗作曲、友人交往、田园隐逸、教授子孙、提掖后进等进行了详细的描述,还挖掘出其表面的疏狂不羁、风流放旷之下针砭现实、寄意民生的胸襟。由于引用了大量王九思本人的诗文词曲作为例证,显得厚实而并不浮泛,平允而时有高见。

显而易见,作为长期的忠实研究者,作者对王九思作品相当熟稔,并且有深入的理解,因此在评论王九思的文学成就时,往往是言说切当中的。虽然作者对李梦阳"真诗在民间"的理论有相当正面的评价,但是认为其在诗歌创作方面却很难以突破,因为中国古典诗歌在明代以前已取得极高艺术成就,成为后人难以逾越的高峰。李梦阳本人有仿民歌的作品如《童谣三首》、《长歌行》等,但"只是民歌的表现形式和语言特征,同文人的诗歌传统实在不易融合为一体",故其努力不成功。然后顺理成章地评论道:

　　王九思却避开诗歌一路，以散曲形式踵武李梦阳等的余绪，大力实践"真诗在民间"这一命题，再加上九思长寿，即为"明代文艺主潮由正统诗文到民俗文艺的转向"贡献了力量。其成就即是对民间俗曲广泛搜集、改造。

　　将王九思对"真诗在民间"一说所做贡献的背景、源流、地位和影响交代得清清楚楚。

　　这部著作有个特点值得注意。一般来说，民间学者通常大胆假设有余，而小心求证不足；证据的不够充分，即使得立论不够稳妥。而作者并非学院派的学者，但是这方面的失误，却很少见。王九思、康海是否参加过苏州虎丘曲会，是清人留下的一段公案。清初学者宋直方在其《琐闻录》中首倡王、康"二公来吴中"与曲会之说，并得到近人胡忌、刘致中的赞同。但今人汪超宏认为，王九思返乡后未离开过关中，且宋直方活动期距王、康约有百年之久，故其说不足为信。但作者发现王九思［驻云飞］曲中有"肠断苏州总为君"句，以及《恭谒孝陵》诗，且有证据说明康海曾于嘉靖七年（1528）到南京祭祖。但作者还是说："汪先生的推论大体合情合理，但有可商榷之处……以上这些证据，还不能说明康、王到过苏州虎丘中秋曲会"。并未因拿到一点材料，就将话说死，而留下疑问，待后人解决。

　　我本人研究过陕西地方戏曲，对于乱弹之祖秦腔产生的时代，宁愿往后说。因为无论是先秦说、唐代说还是明代说，都没有铁证支持，因此都不可靠。其中明代说认为，康、王创秦腔，并置戏班。我对此说并不认同，道理很简单，秦腔是板腔体，而康、王所作剧本，均是宫调联曲体，与元代杂剧体制相同。作者虽未涉及康、王与秦腔的关系，但是认为康、王对眉户戏的产生可能起了重要作用。并且说明："眉户演唱至今沿袭曲牌体，以固定的曲牌填进唱词进行演唱，同一曲牌可以反复使用。"我近来正主编《陕西地方戏曲》一书，其中有专节"康海王九思与眉户戏"，并且思路也是从眉户曲牌对康王曲牌的袭用入手说明眉户戏与康、王的关系。看到作者的这些文字，使我顿生"吾道不孤"之概。

　　李白被称为"诗仙"，其《月下独酌》诗云"举杯邀明月，对影成三人"；苏轼被称为"坡仙"，其《水调歌头》词曰"起舞弄清影，何似在人间"。二仙说的都是月、人、影三者相伴相随的关系。王九思、段景礼和我三位都是陕西户县人，三者中,九思约略相当于光映万川的明月,景礼是深得其文心的诗人,我就权当伴诗人起舞的影子。我曾写过一些有关王九思的文字,并得发表之,故自认为当景礼先生的知音,还是有点儿资格的。

(原载段景礼:《王九思研究》,三秦出版社 2014 年版)

三、明清文学丛谈

略论明代文学思潮

一

美国著名文学理论家雷·韦勒克和奥·沃伦说:"应当承认,大多数文学史著作,要么是社会史,要么是文学作品中所阐述的思想史,要么只是写下对那些多少按编年顺序加以排列的具体文学作品的印象和评价。"①新中国成立以来出版的各种文学史,大都是以韦氏所云第三种为主,兼有前两种部分特点者。对这些著作说长道短有些数典忘宗,但是平心静气地说,其也有局限。韦氏评价说:"上述这些文学史家和许多其他文学史家们仅只是把文学视为图解民族史或社会史的文献;而另外有一派人则认为文学首先是艺术,但他们却似乎写不了文学史。他们写了一系列相互连接的讨论个别作家的文章,试图探索这些作家之间的'互相影响',但是却缺乏任何历史进化的概念。"②不能不承认这至少是部分地言中了我们以往的文学史的一些失误。行内人正是有感于斯,所以,十多年前开始有了重编文学史之议。讨论的结果有两点恐怕是共识:一是文学就是文学,不要把它简单地等同于历史学、社会学或思想史;二是重视文学史的整体性,要从宏观上给予把握,注重其"历史进化"。近两年来,出现了一些文学思潮史著作,虽然侧重点不同,但是注重从以上两方面对文学的发展过程进行把握和阐说却是共同的。

对于何谓"文学思潮",现在还没有形成完全一致的看法。"潮"是一种比喻

---

① [美]雷·韦勒克、奥·沃伦著,刘象愚等译:《文学理论》,北京:三联书店1984年版,第290页。

② [美]雷·韦勒克、奥·沃伦著,刘象愚等译:《文学理论》,第290页。

的说法,形容对象有若江海之潮,对此恐怕没有什么异议,主要的问题是如何定位"思"之概念。一般认为,这是文学理论的形态。如游国恩等《中国文学史·前言》:"文学思潮的论述是文艺思想史的专门任务。"陈伯海先生说:"一种特定的文学思潮,必然有其特定的文学观念、创作方法、文本结构、文体风貌乃至批评范式和理论框架,以示区别于之前或之外的其他文学思潮,并把从属于自身的众多文学现象联结成一个整体。在这诸方面特征中,文学观念尤为重要,它决定着创作和批评的路向,规范着文学潮流的渠道,从而呈现为整个思潮的主导性标志。从这个意义上说,一种思潮无非就是一种文学观念的显现。"①他说的"文学观念",实际上是一种前人已经以理论形态固化的对于文学或有关问题的思考,也就是我们通常所说的古代文学理论,或者说是有关文学的理论。因此,他便将那个时代丰富的有关文学的理论成果放在广阔的背景下做了鸟瞰式的考察,总结了文学观念的演进,但是美中不足的是很少再涉及具体的文学现象,阅读起来,多少觉得有点儿"隔"。而在我看来,文学思潮的构成不应只是"文学观念",应该是"有关文学的观念",或者叫"文学所涉及的观念",也就是说,后者指称的范围较单纯的"文学观念"要宽泛得多,约略相当于我们常说的文学主题。但是主题一般偏指伦理学意义上的价值观念,而且更倾向于作者的主观创作意图,亦即所谓通过一定的题材而宣示某种理念。而我这里说的有关文学的观念所包容者也较此为大,除了伦理观念,还应包括审美观念。总之,不仅包括陈伯海所说的文学观念、创作方法等要素,还有从文学作品中所体现出来的文学的内容和形式的诸要素。因此,我所认为的文学思潮,主要是指一定时期内形成的一种文学现象。这种文学现象之所以被称为思潮,应具备以下条件。

其一,它是一定时期内占主导地位或有着重大影响的文学理论和创作现象。在一定历史时期内,由于社会历史或文学自身的种种复杂原因,总会有一个几个文学家或以自己创作的实绩,或以敏锐的洞察力把握住时代文学的脉搏,形成某种创作倾向,或者干脆树起某面文学旗号,提出较为系统的理论,从而影响到一批自觉或不自觉的文学家,有着相同或相似的伦理观念、审美理想、创作方法,甚至文本模式和写作手法,形成同一时期主导的或重要的文学现象,这些现象有时是一个文学流派,有时则是一种创作风格,有时也许是一种伦理观念,从而"把

---

① 陈伯海:《近四百年中国文学思潮史》,上海:东方出版中心1997年版,第4页。

众多的文学现象联结成一个整体"。我国文学史上晚唐的感伤情调、宋初的绮靡之风,欧洲文学史中的文艺复兴、古典主义、启蒙主义即是例证。其形成规模后,往往使同时代的其他文学派别或创作倾向相形失色。从这个意义上说,思潮亦可称为主潮。由此出发,给我的考察带来了相当的便利,因为这不仅对任何时代的文学现象的考察都不可能是巨细无遗的,而且即便对一种主要的文学现象进行考察也不可能胡子眉毛一把抓,对所有作家如同《封神榜》中的姜太公那样全部论功加封。所以我就只好像毛泽东所说的在诸矛盾中抓主要矛盾,在主要矛盾中抓矛盾的主要方面了。

如前所述,"潮"的说法是一种借喻,形容对象如同潮水一样有其生成、发展、高潮和余波的过程。因此,也如海潮一样,任何一种思潮除了其本身的内部结构之外,必然还有与其他思潮的关系,所以,一个时代的文学思潮现象是异常复杂的。其一,文学思潮的涌动往往是套叠式的,呈现出一波未平一波又起的样态。例如在明代初期就有两大文学思潮的同时存在。在革故鼎新、天地翻覆的元明之交时,文人们心中普遍澎湃着豪宕的激情,两大长篇小说名著《三国演义》和《水浒传》,以及一大批怀有修齐治平理想的文人诗文是这一时期文学中的英雄思潮的代表。但几乎与此同时,文学中的颇含奴性的异化之调兴起,很快就成为主旋律,压倒了改朝换代时的短促的英雄交响乐,延绵达一世纪之久。文学思潮在某些情况下,干脆就是此引发彼,彼生之于此。明代中期的理性思潮受明初异化思潮的影响显而易见。

其二,各个思潮之间的关系往往不是泾清渭浊,一目了然的,而是你中有我,我中有你。这是因为,各种文学思潮本身往往不是一种截然的对立关系,尤其是受统治者倡导或为其默许者,它们之间经常有着良好的容受性,或是并行不悖,或是脱胎于斯,或是师道徒继,其间经常存在着千丝万缕的联系。明初异化思潮内部,以程朱理学为内核的尚道倾向在起始时就是颂圣倾向的组成部分,而其在发展过程中也始终没有丢弃颂圣的功能,二藩王(朱权、朱有燉)的杂剧和三杨(杨荣、杨溥、杨士奇)的台阁体在不知不觉间就成了前者向后者转换的枢纽。这也就使得相当多的文学创作者和文学理论家经常扮演着多重角色,可以出现在不同的文学思潮中。异化思潮中,宋濂既是颂圣倾向的干将,也是尚道倾向的奠基人之一。所以在我的论述中,便不可避免地会出现跨思潮的人物。

其三,与以上问题有关,任何一种文学思潮的根源可以说都是复杂的和多元的,并不是简单的一脉相承的关系。后来的有影响的文学思潮总是尽量地汲取前人的创作和理论的成果,作为自己的养料。即便是水火不容的敌对阵营,有时也存在着明显的借鉴甚至是师承。晚明文学中的人本思潮来源之复杂有时甚至让人昏头涨脑。研究者们注意到其有着市民文化、王阳明心学以及佛教禅宗的多重背景。而如果细加分析,就会发现实际上问题还要复杂。例如仅以佛教的影响而言,王学受禅宗的影响是不言而喻的,但是正如黄宗羲《明儒学案发凡》所言,王阳明始学禅,后发现其理论体系存在着致命的缺陷,这才在对其扬弃的基础上创立了自己的心学体系。而王氏心学受着南宋陆九渊心学的巨大影响,而陆氏心学与禅宗也有关系。作为晚明人本思潮中最重要的组成部分王学左派当然会通过王学间接受到佛教禅宗影响的。但是很少有人对于这样两个显而易见的现象予以足够的重视。首先,晚明前卫文学家、思想家对佛教并非像其祖师那样采取激烈的否定立场,而基本是全盘接受。李贽本人是个僧人,而对汤显祖影响最大的人物首推晚明四大名僧之一的达观真可,汤氏可以说是他的在家弟子。两人之间那种亦师亦友的关系现象,在各自的文集中随处可见。公安三袁的佛学造诣,甚至被时人等同于佛教史中有划时代意义的印度佛学家无著、世亲和马鸣、龙树①。其次,他们所接受的佛教影响远不止是禅宗一派,净土、律宗等也时有所见。三袁中成就最高的袁宏道有着一部佛学界视为"明代净土宗的一部重要的著作《西方合论》"②。还有,众所周知,他们是作为以"文必秦汉,诗必盛唐"相倡,红极一时的前后七子的复古思潮的极端对立势力而登场的,但是前七子那种貌似守旧的复古思潮又何尝不是反映了一大批文人对南宋以来理学言道不言文传统的厌弃与反叛?而从这一点审视,以理学传统反对者自命的李贽、汤显祖、公安三袁等,实际正是在前七子开创的道路上的后来者。

这才说了一个时代文学思潮之间的关系,就让人目眩神迷了,而其内部的结构的分析一点也不比这容易。但是,我这样说的目的并不是认为任何文学思潮的构成都是乌七八糟、不可理喻的集合体,因为其中必有主导性的倾向作为其基本特征,使我们可以把握得住。黄宗羲说得好:"天下之义理无穷,苟非定以一二字,如何约之,使其在我? 故讲学而无宗旨,即有嘉言,是无头绪之乱丝也;学

---

① [明]周之夔:《重刻〈西方合论〉序》,转引自郭朋:《明清佛教》,福州:福建人民出版社1982年版,第165页。

② 郭朋:《明清佛教》,第164页。

者而不能得其人之宗旨,即读其书,亦犹张骞初至大夏,不能得月氏要领也。"①
当然,这只是传授了一个方法。治学者没有不想把对象的本质特征用极精辟的
语言概括出来的,但是能否做到准确远非易事,例如,几乎所有的古代文学史学
者都注意到晚明文学中那一种异端思潮,但是对其进行概括,就不免五花八门
了。刘大杰先生称为"反拟古主义的文学运动"②,陈伯海先生称为"个性思
潮"③,而侯外庐先生将明清之际的进步思想统称为"早期启蒙思想"④。学者们
从自己研究的心得出发,力图准确地概括出这一时代文学思潮或与文学有关的
思潮的本质特征,但还是形成了这些差别颇大的说法,可见概括之难。尽管其难
如此,我还是想尽己之所能,将明代各时期文学思潮的基本特征进行概括、描述
和评论。限于学力,能否做到,那是另一回事了。

　　文学思潮与文学流派、文学风格的界定区分,也应予以一定的关注。文学思
潮有一定的时段性,不会无休止地延续,在这一点上,与文学流派相同。文学流
派是同一时期中创作主张和风格相近的文学家们自觉组成或不自觉形成的文学
派别。而文学思潮涵盖的范围远较此为广。它往往可以包括若干个文学派别,
有的是近似的,也有的可能是迥异的。例如晚明文学中的人本思潮的源流,就包
括了诗文中的唐宋派和公安派,戏曲中的临川派,小说中的世情派,而正如前述,
他们的根源,甚至与前七子的复古主张有相承之处。而文学风格同文学思潮有
着相互交叉又互相有别的关系。因为文学流派的缘故,相似风格同一流派的作
家同属于一个文学思潮自不待言,但是一个文学思潮中也完全可以包含不同的
创作风格,《牡丹亭》的雅丽与《金瓶梅》的俗野在倡导以人为本的价值观方面,
就自然被划入了晚明的人本文学思潮。而且,相同或近似的文学风格还可以出
现在不同的时代,南唐李后主与清代纳兰性德这两位相隔 700 年的作家词作风
格的相近,早已不是什么秘密。

　　总之,文学思潮是个可以大体把握但又无法严格界说的对象。在这里我更
倾向于采取一种较为"模糊"的方式来处理。中国古代王维、李商隐的诗作予读
者的是朦胧而不可言说的审美感受,很少有人因此而指责他们;司空图、严羽崇

---

① ［清］黄宗羲:《明儒学案发凡·序》,北京:中华书局 1985 年版。
② 刘大杰:《中国文学发展史》下册,上海:上海古籍出版社 1982 年版,第 918 页。
③ 陈伯海:《近四百年中国文学思潮史》,第 5 页。
④ 侯外庐:《中国早期启蒙思想史》,北京:人民出版社 1956 年版,第 3 页。

尚含蓄的诗歌理论,也自成一家。我经常看到批评家力图对某个作家的创作进行明晰地阐说时而得不到本人认同的尴尬。以明晰见长的数学还有"模糊数学"一派,何况本来就是能够引发读者多方面理性思索和审美感受的文学! 当然,我的意思绝不是把所有的问题都搅成一锅杂烩,想来读者也不会这样认为。

二

现在,我们也许可以对明代文学思潮的发展嬗变进行鸟瞰式的浏览了。不断有中外学者提出,文学的历史,就是一部分人的发现的历史。换言之,人的本位、人的个性、人的价值和人的尊严在文学发展史中是在逐步发展壮大,而到了近代以后,更成为一种主导性的倾向,成为作家批评家为文学思想价值和艺术价值进行定位的最主要的参数。中国文学中,从上古对神灵的崇拜和英雄的敬仰,到元代市民杂剧和明代中期世情小说的出现,再到五四时期文学中那种狂飙突进式的个性迸发,也正印证了这种观点的正确无误。当然,在这样说的同时,并不否认其发展是个九曲弯环的过程,而任何直线的发展,在自然和社会事物中,都只是在理论上才存在。在这里,"前途是光明的,道路是曲折的",不愧是至理名言。

有趣的是,明代文化的发展,是中国从秦代以来封建社会文化发展的缩影。明代初期,奉行的是秦始皇式的严酷的专制主义。而到了晚明,主情主欲的各种学说成为整个思想文化界的主潮。其情其景甚至可以与以反封建为主题的五四时期的文化相媲美。人的发现的过程,在明代似乎得到了高效的催化剂。尤其是进入明代中期以后,呈现出目不暇接、仪态万方之势。而这种发展,在文学中显得特别醒目、集中和浓烈。这更显得对明代文学思潮进行研究,作出理论上的概括的重要意义。

元代统治者是首次统一了全中国的少数民族政权,而且在其统治的前期,对中土文化和汉族文人采取了极端鄙视的态度。这对一直以华夏文明自居、视少数民族为异类的汉族文人心理上造成的创伤是史无前例的。而其统治后期,虽说承认了理学独尊,但是其政权却又陷入了统治危机,各地民变义军蜂起,天下大乱。乱世出英雄,英雄救乱世。在元明之交,文坛上响彻的是壮烈而悲怆的英雄交响乐。这支雄浑乐曲的领唱者之一是刘基。他既是明太祖朱元璋的心腹重臣,明王朝的开国元老,又是当时文坛的领袖人物之一。《明诗别裁》的编选者沈德潜称他是"一代之冠",虽有学者认为"称誉过高",但他在明初文学英雄思潮中的领袖群伦的地位是不可动摇的。而在这股思潮中最雄壮的两大旋律无疑是产生于元明之交的两个长篇《三国志通俗演义》和《水浒传》①。具体而言,两大长篇的主题并不一致。前者表达了乱世之中文人的矛盾心态,既有对"分久必合"、国土统一的企盼,同时也流露出对非正统谱牒中乱臣贼子终掌政权的抱憾。而《水浒传》作者的困惑更为出格,他清醒地认识到封建社会中官僚阶层腐败的不可避免性,并且看到了下层民众的反叛对调整国家机器运行使之归正的作用,因此把梁山好汉们当成了正面的英雄人物加以叙写,这正是他的不同凡响之处。不可否认,作者没有突破传统的忠君观念,但是他毕竟表达了君主昏聩,则天下无法平治,任何想矫正世道的企图都难以奏效的认识。而这两大长篇具有的文本意义也是划时代的。

明王朝的开创者朱元璋并非从一起家就得到了所有具有民族意识的汉族文人士大夫的认同。除了各为其主的因素之外,还因为他出身赤贫,是个半文盲,没有任何显赫背景。但正是这样一个江湖流浪汉却是最后的胜利者。这多少令许多以拯救天下为己任、同时希望明君圣主出世的文人失望。明代开国前后,与朱元璋不一心的文人并非少数,加之他奉行的远远称不上是仁政的政策,所以在明王朝建立以后,许多文人归隐山林,隐士文学兴盛一时。这是明初文学中的英雄思潮的余波。正是因为无法实现兼济天下的抱负,他们才转而独善其身。高启从早年慷慨浩歌到寄情山水的转变,是有代表性的。明太祖不允许存在不合作者,以高启的被腰斩为标志,明初文学的英雄思潮走向了穷途末路。

也许用"异化"这个相当西化的词语来概括明代从元明之交以后100多年的文学思潮是最恰当的。异化这个概念黑格尔、费尔巴哈和马克思都提到过。我在这里赋予它的含义是,个人主体性因为外力的作用,背离了本身自由的天性,被改变成非自身的共性,个性陷入迷失沦亡的境地。说白了就是个人被某种社会力量控制操纵,失去了本性,成为他人精神和肉体上的奴隶。当然,这种情

---

① 两部作品的创作年代尚有争论,见章培恒主编:《中国文学史》下册,上海:复旦大学出版社1995年版。其中的有关章节,我采取的是传统看法。

况并非是明代初期文人所独有,从战国以后,中国历代少有文人能够达到庄子那种不食人间烟火、以翱以翔、自由自在的精神境界。这是历代专制统治的必然结果。但是,明初文人个人主体性的失落,仍是空前的。正如前述,他们甚至丧失了历代文人选择隐居的特权。在一种高压的政治文化环境中,文人或者发自内心地为一统江山的明君圣主高唱赞歌,或者奴颜婢膝地向专制政权顶礼膜拜,或是对氤氲仙氛、清平世界大加渲染。总之,他们除了有意无意培养自己的奴性之外,别无选择。

历来的研究者们都认为,这一时期的文学了无生机,乏善可陈,但是毫无疑问,其文学思潮有着基本特征。在我看来,大体上由三种文学潮流构成:颂圣、崇神、尚道。其中心显然是颂圣之风。主要是因为明代初年的几个有作为的皇帝都坚持奉行了相当严酷的专制主义统治,给予文人们留下的自由思考与创作的空间极为有限,而且也对种种歌功颂德之作有意识地进行褒赏,更由于当时最有才华的文学家们自觉不自觉地纷纷加入,因此,这一派别的创作有着煊赫的声势。从明初的宋濂到三杨的台阁体,其发展的线索相当清楚。从发自内心的为"而今四海为家日"由衷的赞颂到完成公事式的率而挥笔,从尚不失清新自然,到华丽而缺乏生机,这一流派的发展更多地表现在作品数量的庞大积累方面,而有文学意义的突破创新并不多见。而崇神派与尚道派则成为颂圣派的佐翼。崇神一派主要是二藩王和一些宫廷御用文人组成的戏剧创作群体。在他们的创作中,道教比之佛教受到了更多的重视。这是因为佛教宣传的人生是苦,否定今生,向往来世总不如道教那种追求现世成仙,长生不老,将现实的快乐、人生永无休止地延续下去对这些政治上无可作为而生活优裕的文人更有吸引力。这一派作品的宗教性内容对后来影响并不算大,明代中期以后对文学发生重要影响的宗教倾向主要是佛教,尤其是禅宗。如果要说这一派还有什么影响的话,主要是在题材方面开启了神怪小说一路。但是,其艺术方面却因其对传统叙事文学的文本结构继承和发展而在文学史上占有一席之地。尚道之"道"指的是明代官方的意识形态程朱理学。由于明代建国伊始以来,最高统治者的大力提倡以及以官方版本的朱注四书五经作为科举中的法定教材,这一派的创作有着最有力的理论依据。但如历代尚道的文学一样,无论在内容还是艺术方面,都显得刻板有余而生机不足。从受到朱元璋本人大力称道的《琵琶记》始,到《五伦全备记》等,只是这一流派在戏曲方面的表现。而宋濂、方孝孺的重道而相对轻文的文论,又是这一派主要的理论成果。

既然运动和变化是绝对的,那么,文坛上的死气沉沉的局面就必然会被打破。理性思潮在异化思潮仍占统治地位时已悄然生起。这种理性表现为文人个人主体性的觉醒,为自己的心灵保留一片相对自由的空间,对国事、人生和艺术进行相对独立的思索,摆脱奴性的阴影,不再甘当犬马,人云亦云。当然,这种觉醒并非是对各种传统观念进行深刻的反思,以最大限度地发挥个人的能动性,甚至不惜对各种桎梏中国人一千多年之久的儒家学说提出挑战。当时的文人还没有达到这个认识高度。但是,他们已经意识到,明代开国以来百年孤独的思想界和文学界必须有风雷激荡、打破万马齐喑的局面。大体从弘、正年间始,文学的总体走向显然开始背离异化思潮之路。其构成也有三端,一是言文派。这一派对文学的艺术范畴的诸要素特别关注。明代初年,高棅的《唐诗品汇》对唐诗艺术的推崇备至,多少说明了他想绕过理学盛行的宋代,到更早的时代去徜徉,领略美不胜收的诗意,可谓是这一派的先行者。相隔百年,李东阳领导的茶陵诗派兴起,作为台阁体苗裔的这个流派要说真是在文学理论方面有多么杰出的贡献,那是言过其实,但他们毕竟认识到了文学不只是政治的工具和附庸,不必具有自身的特性,而是相反,因此提出宗杜主张,认为诗歌创作中要有格调,尤重严羽,推崇"别材""别趣",积极地探索了古典诗歌的创作规律。这种重道亦不轻文的主张,虽然没有突破异化思潮的藩篱,但毕竟是个有意义的开端,为明代的文坛带来了变革之风。前七子在此基础上继续前进,他们的复古主张并不只是简单地想要逾迈宋人而踉步汉唐文化,而是从侧面对宋代理学的道统文统提出了挑战。在这里,忽视就意味着背离。

这一时期最引人注目的文化现象是作为程朱理学对立物的王阳明心学的产生。理学与心学的区别可以概括为道在心外还是心中这样简单的一字之差。虽然两者都承认孔孟之学的神圣性和儒家的道德原则,但是王学毕竟承认个人在修习儒学时的巨大主观能动作用,而不必亦步亦趋地借助于程朱之徒的解释;认为每个人都可以通过自己的努力,达致圣贤的境界。这实际上已经开启了晚明人本思潮之门径。这种学说一经产生,便倾动一时,以至于有学者认为学界有拨云见日之感。而明代中期以后文学中文人主体性的觉醒与王学的巨大感召力有必然的联系。而在《西游记》中的驯心猿以获正果的主旨上不难看出其与王阳明"致良知"说的关系。

在明代前期,文人迫于高度专制的皇权的淫威,对于燕王朱棣起兵夺正这种大逆不道的事件也采取了匍匐默认的态度。但是到了明代中期,文人们主体性的觉醒表现在对于国事的关注上,他们不再诚惶诚恐地向天子龙廷顶礼膜拜,而起码是敢于抬着头说话了。从正德到嘉靖年间,传统的忠奸之辨又成为中国政坛上的主要话题。按照传统的治国标准,这一时期权臣的作为无疑是一大灾难。刘瑾、严嵩父子等权臣玩国柄于股掌,朝政一败涂地,几不可救。具有正统儒家理念的朝野文人士大夫纷纷挺身而出,与民间人士站在一起,激烈地抨击政敌,因在政治上处于弱势,所以文学成为他们最常用的武器。无论是诗文曲,还是杂剧传奇小说,关心政治,以忠反奸,都成为其主题之一。总之,言文、正心与预政,成为这一时期理性文学思潮的三大组成部分,而这三部分,都源于传统的儒家文化。

晚明文化和文学的绚丽多彩不仅使其成为中国古代文化史上最引人入胜的景观之一,而且成为中国近现代的文化和文学的直接源头。"近世学者如梁启超、胡适、周作人、侯外庐等,在探究近代思想文化的渊源和新文学的源头时,不约而同地将目光投射到这段时空上来,并非出于偶然。"①概言之,情与理的冲突,或者说得更准确一些,是情对理的冲击,成为明代后期文学的主题。我认为,情在这里指的是人本主义思想。其主要内容有二,一是高蹈扬厉的个性观念;二是重民益世的整体意识。尽管前者振聋发聩,但是后者的重要性也一点儿不能忽视。这一思潮有两个派别,虽然表现不尽一致,但是其中有着不可分割的联系。在诗文中主要是性灵诉求,在小说戏曲中是欲望宣泄。正因其将人的感情放在了高峻的位置,所以在美学风貌上也表现出了"不拘格套"的特点。这股文学中的人本思潮,由王阳明心学肇开其端,而绵延至晚明的天启年间,大约持续了百年之久。虽然我不赞成将这股思潮称为启蒙主义,因为他们在人性、民主和自由方面并没有达到西方启蒙主义那样的高度,相反,总难以摆脱社会整体利益大于个性要求的东方传统模式,但是其具有启蒙性质却是毫无疑问的。400年后的今天,他们的许多观点仍有着超前性,可谓惊世骇俗。而理学文化文学的传统,在主情观念的冲击下,虽然还不至于一败涂地,但是处于全面的防守态势却是不容置疑的。这种生机勃勃的局面,在中国两千多年的封建文化的历史上,是

---

① 陈伯海:《近四百年中国文学思潮史》,第5页。

极为罕见的。

以两大教主李贽与真可的遇害为转折,晚明文学中的人本思潮开始跌入低谷。由于内忧外患的加剧和专制统治强化的双重作用,明王朝灭亡前夕的文坛相当寂寞。既反后七子复古主张,又矫公安派率意而行的竟陵派文学的崛起是这一时期突出的文学现象。其幽深孤峭的风格反映了改朝换代前夕那些自命清高的文人们普遍的茫然和无奈的心绪。与之成呼应之势的市民反暴政的戏曲文学凌厉而富有生气,并一直绵延至清代建立以后,与顾炎武、黄宗羲和王夫之三大思想家代表的济世文学,一批降清的士大夫文人如吴伟业者和李笠翁等人的闲适文学鼎立。可是这已不属本文所要讨论的问题了。

(原载《西北大学学报(哲学社会科学版)》2000 年第 1 期)

禅门心法——也谈《西游记》的主题

宗教主题说是《西游记》主题研究中久盛不衰的一种观点。可以说自有《西游记》以来，就有了这种说法。这不仅是因为作品写的是宗教题材，佛道二界中的几乎所有神灵都在作品中登场亮相，而且还在于作品中几乎不离声口地对宗教精神的宣扬。

一

流传最为广泛的是三教混一说。这种说法的代表人物是清人刘一明。他在《西游记原旨》中说："《西游》一记，阐三教一家之理，传性命双修之道。俗语常言中，暗藏天机；戏谑笑谈处，显露心法。悟之者在儒可以成圣，在释可以成佛，在道可以成仙。"①认为作品对儒、道、释三教都是肯定的。性命双修，儒家指修身养性，道教指内修外炼，释家指禅净双修。天机在儒指圣道，在道指仙界，在释指佛界。心法在儒家指养性，在道指炼性，在释指见性。反正，以后以宗教解说《西游》一书的，都不出这三种说法，只不过侧重点有所不同罢了。即便是承认宗教主题，也还大有问题。因为中国自汉代以后，向有三教论衡，一较短长的传统，何况各教之中宗派五花八门，莫衷一是。因此，解说者众说纷纭，说得个天花乱坠，令人眼花缭乱。

我只想从作品本身出发探讨作者的创作动机，亦即他想通过这个传统故事阐释一种什么思想。从作品的结构和作者多次自我表白可以看出，其主旨宣传

---

① 朱一玄、刘毓忱编：《西游记资料汇编》，天津：南开大学出版社2002年版，第342页。

佛教禅宗思想,是制伏心猿的过程。故事是个取经故事,这本身就决定了它的佛教性质。但是,作者在改编故事时,把主角从唐僧改变为孙悟空,并且把取经故事的结局由取回真经改为师徒四人成佛,故事在保留了原有的佛教性质的同时,其创作思想也相应演变为如何成佛的寓意。

作品提供的结论,是要驯伏心猿。作品中的心猿,无有例外,一概是指孙悟空。作者唯恐读者不明白,在回目中一而再、再而三地点出。如"心猿归正,六贼无踪","邪魔侵正法,意马忆心猿","外道施威欺正性,心猿获宝伏邪魔","心猿正处诸缘伏,劈破旁门见月明","心猿遭火败,木母被魔擒"①等十余处。而正是用他的接受改造、不断成熟象征成佛过程中的种种历程。心猿是个佛教术语,比喻攀缘外境、浮躁不安之心犹如猿猴。语出《维摩诘经》:"以难化之人,心如猿猴,故以若干种法,制御其心,乃可调伏。"②《西游记》正是用讲故事的方式来隐喻了这一过程,可以说是这句经文的形象化演绎,是禅宗"渐修顿悟"的注解。

禅宗自南宗流行以来,顿悟之说盛行。实则,无论顿渐,都不否定艰苦修持。如著名的日本禅学家铃木大拙说,一般人习禅,约需十年内方能进入悟境,而有的人则需要二十年以上。即便进入了悟的境界,仍需不断地修持③。无论是坐禅、读经还是看话头,其用心都是"安禅制毒龙",驯伏心猿,扫除魔障,即在佛教世界观的指导下,除去世俗生活中所形成的理性思维习惯和七情六欲,以心灵直接扪摸万物,进入物我无间无隔、自由无碍的精神境界,如此即为成佛。而且在明代以后,禅宗与净土宗往往并驾齐驱,为佛教信徒同时接受,称为禅净双修。如此,既可死后往生极乐世界,摆脱六道轮回,又可在世间立地成佛。作品显然是借用了佛教净土宗前往西天净土成佛这一教义,而表现出禅宗修行自省悟佛的宗旨。

当然,这不只是作者本人的表白,因为他的语言恍惚,三教之说均屡屡出现。所以我们更应从作品的艺术描写出发。可以明显感到,作品借用孙悟空这一艺

---

① 本文引用《西游记》,均出自吴承恩著,贾三强注:《西游记》,西安:太白文艺出版社 1995 年版。

② 《维摩诘所说经·香积佛品第十》,见《大正藏》第 14 册。

③ [日]铃木大拙著,葛兆光译:《通向禅学之路》,上海:上海古籍出版社 1989 年版,第 114 页。

术形象,反映了这个过程。

作品第一回的前半部分表现了孙悟空的自然状态,是石猴受天真地秀、日精月华而降生以及自然成长的过程。他终于入花果山水帘洞为王,与众猴无忧无虑地生活。这象征的是佛教所云的有情者的原生状态,虽与自然亲近无间,但是不自觉的,因此仍无法成佛,还会堕入六道轮回,这当然不是作者所要的。

从第一回后半至第七回,心猿入左道旁门,无法无天。孙悟空的求法,是不甘于轮回,想要不生不灭,与天地齐寿。此即作品中说的"道心开发",即开始有了追求正道的愿望。而他的启蒙教师须菩提祖师是个混合了佛道的人物。他问孙悟空学什么时说,"三百六十傍门,皆有正果。"傍门是道教术语,本义是说只有修炼金丹,全身保真是正道,而其他的法术都是傍门。而傍门是不能成正果的。孙悟空所学的七十二地煞变化,亦是其中之一。但是这位祖师却说傍门也能成正果,从而为后边的成佛埋下了伏笔。即禅家所谓"放下屠刀,立地成佛"意。看来这位祖师是有意识让孙猴走一段弯路,考验他。作品对此说得很清楚,祖师道:"你这去,定生不良,凭你怎么惹祸行凶,却不许说是我的徒弟。"这实际上象征着人欲修正道而误入歧途,这不仅是修道过程中很难避免的,而且是很有必要的。所以孙悟空此后的偷吃仙桃和大闹天宫,就是走火入魔后心性狂乱的表现。在如何救治方面佛道二教展开了竞争,道教虽说头一次通过二郎神擒获了心猿,但结果不仅没有降伏他,而且为他练就了火眼金睛,反而危害更烈。最后还是如来佛出面将其压在五指山下,才使其不能任意作怪。表现了佛法无边的威力。佛高于道。

书中的西天取经阶段则象征了抵御内心和外界的阻力的渐修过程。孙悟空终于皈依了佛法。但这只是一个开端,在佛教看来,能否成佛并不取决于信徒的主观愿望,而主要取决于其是否能够修行到底。决心修行者的内在动力是皈依佛法的巨大热情。在作品中,即是一定要前往西天,取到真经。在这过程中,当然不可能是一帆风顺的。佛教认为,妨碍信徒成佛的最大障碍就是所谓"魔障"。因此一定的规矩是不能缺少的,这即是仪轨,违反者即是佛教的叛逆者。各种戒条即是。故在作品中,就是紧箍咒。而各种妖魔鬼怪和艰难险阻所造成的九九八十一难,就是魔障。作品在写孙悟空刚从五指山下解脱出的一回的题目是"心猿归正,六贼无踪"。正,指的是佛教,这在作品中已经明确说明。而六贼在作品中是六个剪径的强人,分别叫眼看喜、耳听怒、鼻嗅爱、舌尝思、意见欲、身本忧。这是对佛教术语中六贼直接解说。佛教把六根(眼耳鼻舌身意)与六尘(色、声、香、味、触、法)相接而产生的欲望和因之而生的烦恼称为六贼。让孙悟空把他们统统打死。象征他皈依佛法的决心。此后孙悟空便在紧箍咒的制约下,一步步走向成熟,在取经的路上排除千难万险,战胜了所有的妖魔鬼怪,当然很多是借助于佛菩萨的法力才做到的。

在作品的最后一回,孙悟空终得正果,与师父师弟分别成为佛界的成员。这象征修行的完满成功,心猿已脱胎换骨。作品宣传的佛教主题,亦在此而得发明。

二

以上这种看法并非我的发明,可以说,在清代以后,认为《西游记》宣传佛教的大有人在,他们从各个角度,以各种方式反复阐说了这一点。虽然新中国成立以来研究者们多少忽视了这种传统见解,但我仍然不敢掠前人之美。问题是这种说法不能使人信服。这是因为作品中存在着种种复杂的,甚至是互相矛盾的说法。以至于有的学者干脆说:"《西游记》只是一部神话小说,而不是什么哲理、道德或政治的寓言。一般不怀偏见、不刻意穿凿的读者,也只是从其中得到一种娱乐性的、驰骋幻想与诙谐嘲戏的快感。"①

其一,关于佛教与儒家、道教的关系。

作品中有多处提及儒家和道教,并且都给予了正面的评价。其中最明显的是四十七回里,作者借孙悟空之口说:"也敬僧,也敬道,也养育人才。"作品中的须菩提祖师,本是佛教中的人物,是释迦牟尼佛的十大弟子之一,意译是善见、善现、空生等,以论证"诸法性空"而被称为"解空第一"。但是在作品中却被处理成为一个道教神仙,在开示孙悟空的过程中,使用的是禅宗的棒喝和机锋,传授的也是道教内丹理论和《黄庭经》。而安天大会上,佛教人物与道教神仙同会一堂。道教的地仙之祖也与佛教和尚拜为兄弟。这在今人看来不好理解,甚至有人认为这根本不是在宣扬什么三教合一,而是在拿三教开玩笑,纯属一种文字

---

① 章培恒、骆玉明主编:《中国文学史》第三卷,上海:复旦大学出版社1996年版,第272页。

游戏。

这种现象的出现，与明代，尤其是明代中后期思想界的特点有关。从宋代以后，中国的思想界就开始三教合流。这是因为，三教在较低层次方面有许多共同之处。例如，在道德伦理方面，明代后期的佛教大师们将佛教的五戒与儒家的五常比附，显得游刃有余。不杀为仁，不盗为义，不淫为礼，不饮酒为智，不妄语为信。除不饮酒为智略显牵强外，其余都算圆通。而在提高自身素质方面，都提倡修真养性，循序渐进，达到完人。甚至在哲学方面也有互相借鉴，道教的神仙世界和阴间，就与佛教有共同之处。而作品一开始就大讲邵雍的元会运世说，出自其《皇极经世书》，这部理学家的著作竟被收入《道藏·太玄部》中。所以《西游记》出现的这种种混同三教之处，实际上是一种在当时人看来非常自然的事情。

但是这并不能抹杀作品的主旨仍是宣扬佛教这一现象。三教根本的世界观和人生观是有差别的。在对世界的本体性认识方面，佛教是虚空观，四大皆空；道教是实实在在的仙界，而儒家则直面现实的人生。佛教的最高理想是涅槃成佛，道教是飞升成仙，而儒家是成为修身、齐家、治国、平天下的圣人。因此三教的关系类似于一个互有重合的三环型。尽管有相同之处，但毕竟也有本质性的区别。三家的信徒也因此而形成了分野。作品中虽然自道教始，但在降伏心猿时却见出了其十足的无能，而西天佛祖是法力无边的，把道教世界搅了个天翻地覆，让玉皇大帝徒唤奈何的心猿除了能在他的指际撒撒小便外，余者一筹莫展。作品始于道而终于佛，正隐喻着佛强于道的意义。特别值得注意的是孙悟空之名，除"孙"字寓意猢狲，这是天性，谁也没有办法改变之外，悟空之名确实是地地道道的佛教术语。他的归宿，也是佛教的"悟空"形式。而儒在作品中很少写到，这一方面是宗教题材本身的限制，而且也与明代中后期思想解放，理学受到强烈冲击，因而日渐衰落的历史事实相关。但理学基本的道德原则，特别是与佛教相同者，在作品中还是可以时时见到的。

其二，一些研究者特别不能认同《西游记》是宣传佛教的主题，其原因就在，作者写唐僧一行历尽千辛万苦才到了西天净土，结果却着实拿老佛爷开了个不大不小的玩笑。

在唐僧索求真经，佛祖吩咐两大弟子阿难和迦叶去经办，而这两位尊者却讨要人事，未果后便以无字经相送。孙悟空向佛祖告状后，佛祖竟说是他本人要求的，还说前曾将经卖得太贱，他批评说要让子孙后代没有饭吃。这确实是在嘲弄佛祖。并且将前边作为最大悬念的见真佛取真经荒诞化了。这种明目张胆的不敬佛祖,为反对《西游记》是宣传佛教的研究者提供了主要论据。实际上,这正是禅宗本色。铃木大拙认为,禅宗信徒之悟要具备四个条件:一是理论与实践的准备,二是解脱的强烈愿望,三是对于终极目的的不懈追求,四是百思不得其解的迫切感与危机感①。而唐僧一行去西天取经就是这样一种精神。但最后的开悟即达到一种新的精神境界亦即成佛却是抛弃了一切理性所要求的二元思维即是就是是,否就是否,而是心灵的无拘无束,没有一切障碍地直接与对象融为一体。在禅宗中,渐修是完全必要的,通过对佛典修习,在精神世界中逐步树立起佛的至高无上的地位。但这样做与禅宗的教旨有巨大而深刻的冲突。禅宗史上最重要的人物六祖慧能在逃亡过程中与所寄寓寺院的僧人关于幡动风动还是心动的讨论中就已经确立了这派最重要的"心生则种种法生,心灭则种种法灭"和"我心即佛"的教旨。这就要打破一切偶像迷信,包括佛祖。这实际上是完成从崇拜外在偶像到只承认自身体验超越性的巨大转变。对一般修行者来说,由自己亲手粉碎多年树立起来的顶礼膜拜的对象其难度可想而知。这是修禅过程中的最后一道,也是最大最艰难一道"魔障",并不是每个人都能轻而易举逾越的,即使是如著名的禅师香岩这样的机根锐利者也曾因这道魔障横亘心中,长期不得悟解,以至于绝望的发誓"此生不学佛法""免役心神"②。禅宗留下的数以百万字的所谓公案话头,说穿了就是用各种各样,甚至是荒唐怪诞如"棒喝"之类的方式帮助信徒逾越这道魔障。因此才有云门文偃针对佛祖降生时一手指天,一手指地说"天上地下,唯我独尊"时所说的惊世骇俗的"当时若我听见,一棒打杀与狗吃"的呵祖骂佛③。说佛祖菩萨达摩是干屎撅担粪汉老骚胡之类的话头,在禅宗的典籍中也不罕见。破除外在偶象本来就是佛教禅宗的基本要求,而作品中用佛祖开个不大不小的玩笑,我们又何必要大惊小怪呢? 前边的取经故事就是成佛的准备,而后边的"呵祖骂佛"就是让信徒跨越最后一道魔障的警示之词,这在禅宗那里本是极普通的一件事,十分常见,算不得什么怪事,绝不能因此而得出作品是否定佛教的结论。

其三,关于禅宗与个性解放的关系。

---

① 转引自葛兆光:《禅宗与中国文化》,上海:上海人民出版社1986年版,第182页。
② (宋)普济:《五灯会元》卷九,北京:中华书局1984年版,第536页。
③ (宋)普济:《五灯会元》卷十五,第924页。

有的研究者认为,孙悟空反对三界权威,具有"企求挣脱一切羁束,蔑视种种困难险阻,勇往直前地去实现自己愿望的自由思想和进取精神"①。如果我没有理解错,那么这显然是认为作品通过孙悟空来宣扬的个性解放的精神,而佛教培养的恰恰是与之格格不入的逆来顺受的奴性人格。对于作品中有某种个性解放的因素,我不持异议。但是切不可评价太高。

1. 这种宣传个性的思想与作品的母题有密切的关系

正如章培恒、骆玉明主编《中国文学史》所云,《西游记》由两个文学母题构成,一个是反抗现存秩序,争取自由的母题;二是历险记的母题。前一个母题包含个性解放思想自不待言,而后者仍隐含只有历尽艰险,方能达致自由幸福之境界也。故亦为自由主题。所以,不仅是《西游记》,而且是任何属于这两个母题的作品都必会包含个性自由的主题。换句话说,任何人写这样的文学母题,都会多少表现出这个主题,我们当然不能以这类作品的共性来取代《西游记》的个性。

2. 在理学占统治地位的宋明时期,大乘佛教本身相对于理学来说,就有更多的主张个性解放的因素

如讲大开方便法门和众生平等的原则,都远较理学僵硬的道德教条给人以更多的自由。何况作为大乘佛教门派之一的禅门心法本来就强调在禅悟之后个人体验的超越性,否认外在的偶像,反对对个人徜徉在佛界的精神自由的限制,其极端的表现甚至可以流入"狂禅"一路。宋代以后,特别是到了明清时代,这种狂禅,无论在现实生活中抑或文学作品中都不罕见,如李贽、济公之流。所以不能说作品中有某种程度的个性解放精神,就否认作品与佛教禅宗的联系。因此作品中有较以往文学作品为多的宣扬自由的思想亦属正常,不可本末倒置。本来自由成分是随当时的佛教思想,特别是禅宗思想而来的,但却反过来认为其是至上的,并用此作为作品不是宣传佛教的证据,就说不过去了。

3. 作品主张解放人性,但并不是彻底的自由,因为其最终归于佛理

作品的思想,有明确的指向性,即一直是把取得真经作为唯一的终极目标,而不是把人生的自由和个性的彻底解放作为目标。如果说在前七回这种个性的

---

① 吴圣昔:《西游记·孙悟空》,见《明清小说鉴赏辞典》,杭州:浙江古籍出版社1992年版,第346页。

张扬有着无所羁绊、摧枯拉朽的力量,那么在唐僧师徒踏上西天取经之路后,这种精神就让位于服从,为更高的人生目的而牺牲人的主体性。如果说作品真是宣扬个性解放的话,也不过是孙悟空在取经这个大前提下的"跪着造反"。这种情况我们中国人并不生疏。"文化大革命"初期时,整个民族都在"造反有理"的口号下,运用大鸣大放、大字报、大辩论为武器,自以为是地充分行使着民主权利。但任何过来人都知道,实际上却有着不敢越之半步的雷池,这就是个人崇拜和个人迷信。这种个性的张扬,与人的精神的真正解放,相差岂止是十万八千里!如此看来,作品争取到的自由,并非是人性的彻底解放,而只是佛教禅宗的大彻大悟的境界。说张扬个性是主题,这就将作品在表现主题过程中体现出来某种思想当作主题,未免以偏概全。

其四,关于作品主题的多义性。

虽然长篇小说主题的多义性是个普遍现象,但《西游记》评论中的见仁见智的分歧仍让人感到吃惊。作品在长期的发展过程中,有多个知名的和不知名的作者参与了创作,而他们都会选择自己所喜爱的题材,加入自己的思想倾向、感情认同和伦理评判。而到了最后定稿的天才作家那里,他不得不面对前人留下的这一大堆丰富而往往失之于庞杂的遗产。而他在表现自己的主体意识的时候,也就不能不留下众多前辈作家们给作品打下的各种各样的印记。批评家们不得不对这种复杂作出解释。慧立等为玄奘立传时,想的只是为佛教徒树立一个求法的榜样,《取经诗话》竭力宣扬佛祖的崇高无上,美化天竺佛国,向往求得正果,仍表现出了虔诚的佛教感情。但是在发展为俗讲、杂剧和平话时,道教人物和事件进入了这个故事。这是宋代以来三教混一的背景下一个不可避免的结果。鲁迅曾就此评论道:"奉道流羽客之隆重,极于宋宣和时,元虽归佛,亦甚崇道,其幻惑故遍行于人间。且历来三教之争,都无解决,互相容受,乃曰同源。"①在道教泛滥下,民间艺人和文人的再创作时,便大胆地将道教思想和故事加入了取经故事中。而作为中国传统文化的主流和影响最大的儒家思想,在取经故事的初期便进入了这个故事,并且不断发展。再加上禅门心法中破除一切偶像,只尊崇内心体验的超越性,对一切神圣事物的那种亦庄亦谐的嘲谑态度,把个严肃

---

① 鲁迅:《中国小说史略》,见《鲁迅全集》第 9 卷,北京:人民文学出版社 1980 年版,第 154 页。

的问题往往弄得表面上看来荒诞离奇,所以使阐释者常觉难以下手。另外,也由于故事本身包含着使读者有多方面审美接受的可能,比如三打白骨精,郭沫若认为"千刀当剐唐僧肉",而毛泽东则反驳道"僧是愚氓犹可训";甚至可能是同一个读者,在不同阅读心境下,也完全可能有多种不同理解。可见作品之所以出现这种现象,并非是由于作品本身缺乏艺术上的完满,作者写黏糊了,而是读者面对一个复杂的对象时,由于主客观多方面的因素的作用,为其题材内容、人物关系的复杂性所诱,而产生的迷惑心理所致。这些虽然都对作品的主题研究设置了障碍,但是我们经过以上的条分缕析,还是可以看出禅宗的主要影响。

说来说去,还是回到"禅门心法"一说的路上,清人这种说法甚多,但大都是片言只语,像我这样说得稍有次序者似不常见。不为敬重而守旧,不为标新而立异,本来就是治学的正确态度。而且,这种观点在新中国成立后还很少有人提出,说出来也不算没有一点意义。

明人谢肇淛在《五杂俎》中认为,《西游记》的主题有"至理存焉"①,同时的吴从先的《小窗自纪》则说,"《西游记》一部定性书","勘透方有分晓"。② 这类说法得到了鲁迅先生的认同,他说:"这本书的宗旨,议论纷纷。如果我们一定要问他的大旨,则我觉得明人谢肇淛所说的'《西游记》以猿为心之神,以猪为意之驰,其始之放纵,上天下地,莫能禁制,而归于紧箍一咒,能使心猿驯伏,至死靡他,盖亦求放心之喻'这几句话,已经很足以说尽了。"③除了没有说出佛教禅宗以外,其余的倒也算是"信哉斯言"了。

（原载《咸阳师范专科学校学报》1999 年第 4 期）

---

① 朱一玄、刘毓忱编:《西游记资料汇编》,第 315 页。
② 朱一玄、刘毓忱编:《西游记资料汇编》,第 317 页。
③ 鲁迅:《中国小说的历史变迁》,见《鲁迅全集》第 9 卷,第 324—325 页。

吴伟业仕清辨

吴伟业是明清之际的一位重要历史人物。他是这个时期的诗界之巨擘,在中国诗歌史上,也堪称大家。但从清代以来,对他降清之举的讨论一直是个焦点。近年来出版的几部较重要的《中国文学史》中,也涉及这个问题。一般认为他"不愿仕清而违心仕清,成了'两截人',丧失士大夫立身之本……"①对于吴伟业之节行有亏的问题,显然还可以更深入的探讨。

中国传统的儒家价值系统并没有为每个人在面临重大抉择时规定固定的行为模式,而大都是要个人依据自己对圣贤之训的理解,进行嫂溺援手之权。因此,与其说这种价值系统具有指向性,不如说具有参照性。因为从名义上看,虽然有忠孝节义、三纲五常等行为模式的规定,但当这些规定互相间一旦存在冲突,无法兼取时,却并无死硬的规定何者必先,而往往是各种选择都可以找到理论根据,如同"文革"时期打的"语录仗"。因此对每个人来说,在事变当头时作出的选择既能如己所欲,不管是主动的还是被动的,又能为众人广泛认同,往往是很困难的。因为相反的行为,完全可能得到同样或近似的评价。比如,面对的是暴君该怎么办? 一是龙逢、比干式的冒死苦谏,这当然是典范的行为模式;二是武力反抗,一般来说,这肯定会被视作十恶之首的谋大逆,是株连九族的重罪,但是商汤、周武式的吊民伐罪却受到儒家经典的高度肯定。按说前者更符合儒家的价值系统的要求,但后者的地位反较前者为高,称圣,而前者却只能称贤。再如贰臣问题。不食周粟的伯夷、叔齐固为楷模,但也没见人指责身历二主的齐相管仲。而相似的行为,也完全可能带来截然不同的评价。同是明臣而仕清者,于成龙为崇祯副贡,入清后顺治十八年四十五岁方谒选,入仕后曾参与平定吴三

---

① 袁行霈主编:《中国文学史》第四册,高等教育出版社 2014 年版,第 260 页。

桂与何士荣的反清斗争,因廉能被康熙称为"天下廉吏第一",却并未受到人们非议。近年播出的《一代廉吏于成龙》电视连续剧,颇受欢迎。而吴伟业与其行事相仿,却背上了千古罪人之名。可见评价时,后人多从前人、从权威,并无准绳。

但是这并非是无是非主义。儒家的义利观决定了评价是非的标准为非功利性的"大义"。何为大义? 大略两条:一为利国天下,若林则徐氏的"苟利国家生死以";一为克己复礼,若宋儒的"存天理,灭人欲"者。以前条衡量,晚明政治黑暗,腐败成风;内忧外患,接踵不断;天下大乱,民不聊生。而清人入关后,打着为明室复仇旗号,对明臣采取怀柔羁縻之策,恢复农业生产,除剃发易服较为暴烈,其余政策还算稳当。又平定了三王三藩之乱,故天下遂得安定。其治国颇见成效,如康熙年间我国人口上亿,至乾隆后期突破四亿。以旧时治国成败的最基本标准户口增减来衡量,可谓大治,与晚明民不聊生政治黑暗不可同日而语。而反清复明斗争之所以历半个世纪后消歇,归根到底是失去了民意基础。传统的夷夏之辨,虽也属儒家传统中受重视的一种价值,并有顾炎武氏的亡国亡天下论为之助澜,但两者发生价值冲突,鱼与熊掌不可兼得时,或有相当一部分人士会取前者。即认为与利国天下相比,夷夏之辨相对较为次要,若于成龙辈。这在周人代殷的过程中,同样可以看到。相对殷商,周人也属夷类,看一下春秋战国中原人对秦人之态度,便知此说信非虚言。而吕尚因纣无道而弃殷从周,也从来被作为美德传颂。故当时以钱谦益、龚芝麓为代表的一大批降清的明臣,未必对自己的良心没有交代。

当然吴伟业不属为天下计利而降清之例。据多种史料:他生性多虑,一生依违俯仰,总处于两难的选择中。正如一些研究者注意到的,其诗文中表现出的不忘旧主的大义(文格)与行为的归顺新朝的卑下(人格)适成对照,可谓行非所思。从其甲申国变时打算杀身以殉国,继仕南明弘光朝之行为,以及诗文中对旧朝故主的怀恋来看,其仕宦新朝与吕尚、于成龙辈所谓主动的"弃暗投明"之举自是不同。故促成此行为背后的动机当在其价值序列中居于"不贰臣"之先。应是他之"克己"所复之"礼",比之忠于旧朝故主更为重要。即是说他为了一个比传统的舍生取义更要紧的目的而苟活。可以肯定,不是贪生怕死。《清史稿·文苑传》谓:"性至孝,生际鼎革,有亲在,不能不依违顾恋。俯仰身世,每自伤也。"其里人程穆衡《娄东耆旧传》亦谓:"顺治中,当路疑其独高节全名者,强荐起之。两亲惧祸及门户，严装促应征。至京授秘书院侍讲、国子监祭酒。郁郁惨沮，触事伤怀。盖'乞活草间，所亏一死'之语，不啻数见也。"明言其死易生难，精神所在是孝养。在他价值的序列中，为明尽忠与为亲尽孝显然发生了冲突。尽忠死国，尽孝苟活，何者为先？中国古代尽管有忠孝难两全时尽忠为先之说，但亦有"百善孝为先"之说。《论语·子路篇第十三》孔子曾指责过儿子证明其父攘羊之罪的行为，认为应该子为父隐，这明显是将孝情置于国法之上。北宋时有"护法善神"之称的吕惠卿亲死，神宗夺情不许归乡服丧，此事便受到吕的政敌劾奏，谓其不孝。可见在儒家的价值系统中，孝有时是可以被放在忠之前的。以吴伟业至孝之性，国难当头未能赴死；而又在两亲强迫之下伪事新朝，谓其概出于此种考虑，当不为杜撰。而他为嗣母张氏服丧后，便不再出仕，亦可证其于忠有亏实在是为尽孝。其心中难言之隐，不为时人和后人之理解，又无法说出，心灵之痛苦，自是常人难以想见！弄清此点，对于知人论世，解读其诗其文大有裨益。《清史稿·文苑·吴伟业传》记其遗言："吾一生遭际，万事忧危，无一时一境不存艰苦。死后殓吾以僧装，葬我邓尉、灵岩之侧。坟前立一圆石，题曰'诗人吴梅村之墓'。勿起祠堂，勿乞铭。"闻其言者皆悲。有学者注意到这说明吴伟业以诗人自傲，诚然不错；但另一层意思本人似更强调，即"死去元知万事空"，一生功过，知我罪我，任由评说，一如武后之立无字碑者。亦是本人对自己一生行事俯仰左右的心理写照。

　　以此观之，实则吴伟业入清后一直生活在矛盾之中，为现实的伦理目标尽孝而放弃了为理想的伦理目标尽忠。从尽忠方面看待，固于节行有亏；而从尽孝方面着眼，却于节行无愧。因而他敢于在诗中更多宣泄其无法实现的理想，洋溢着正气，大约也因此并不觉得自己是小人。即便以儒家伦理衡量，其文格（多言尽忠）与人格（多行尽孝）虽有类的区别，而于德行却并无高下之分。

　　由此想到国内学界对清之代明的矛盾看法。一方面认为是中华民族大家庭内部的朝代更迭，甚至在学术文章中不得用"满清"二字；但另一方面，顾炎武的亡国亡天下论和同盟会的"驱逐鞑虏，恢复中华"又被作为民族精神宣扬。故使对吴伟业的评价也难于一致。本人无意于为吴伟业之仕清翻案。但是，充分认识他的独特性，既看出其人格与文格的不一，更看到两者之间的联系，或可多一些切合实际的理解。我以为无论历史研究还是文学研究，或者在此基础上的历史文学创作，应尽量还历史以本来的复杂面目。看到的问题多一些，不要轻言好坏之类的断语,进行道德上的审判,不要用一把尺子来衡量各异的历史人物。特别是对一些传统上被认为是负面的人物,少一些责难,多一些理解,对于在历史上为其准确地定位,总没什么坏处。

（作于 2001 年 11 月）

《谐铎》面面观

　　《谐铎》是清人沈起凤创作的一部文言短篇小说集。沈起凤,字桐威,号赟渔、红心词客,江苏吴县人。生于乾隆六年(1741),卒年不详。乾隆三十年(1768)中举,后屡试不第。曾当过安徽祁门县学教官,卒于京城。他创作的诗词、古文、戏曲和小说,在当时都享有盛名。乾隆南巡,官绅们献演的戏曲,大都是他所写。其作品大部分散佚,留传下来的有《报恩缘》、《才人福》、《文星榜》、《伏虎韬》四种传奇,以及《赟渔杂著》、《红心词》、《续谐铎》等,而流传最广的就是《谐铎》,共十二卷,计一百二十篇。

　　《谐铎》历年刊印的版本有:乾隆壬子刊巾箱本、同治五年刊本、光绪十七年上海广百宋斋铅印本、光绪二十一年上海书局石印本、光绪二十三年上海文蔚书局石印本、宣统元年上海锦文堂书店石印本、1922年上海会文堂铅印本、1923年上海梁溪图书馆铅印本、1929年上海书局石印本、1930年上海大中书局铅印本、1932年上海新文化出版社铅印本,另有花近楼丛书本、清代笔记丛刊本、笔记小说大观本,以及1985年人民文学出版社《中国小说史料丛书》本。

　　《谐铎》是受《聊斋》影响产生的作品。沈起凤在作品中写了大量耳闻目睹的奇闻逸事。虽有狐有鬼,亦真亦幻,但“其中记载,颇多征实”①。

　　作者的写作有明确的目的。《谐铎》的意思是借嬉笑谈事来行劝诫警世之实,铎是古时宣教政令时用以警众的大铃。作者很清楚,“史贵铎而不谐”,即虽有矫正不良世风的美好愿望,但由于不善于用使人喜闻乐见的方式,所以很难起到应有的作用;“而说部则谐而不铎”②,缺乏正确道德观念的指导,反而更会败

---

　　① 蒋瑞藻:《小说枝谈》卷下引《拊沙录》。
　　② 《谐铎·钱湘龄序》。

坏人心。所以两者应该结合，使"听其铎者但觉其谐，听其谐者并不觉其铎
也"①，在潜移默化中接受作者的道德观念。在具体叙写时，作者的这一意图可
以说是完满地实现了，这从作品的结构可以看出。每篇作品都是前边一段故事，
其后是以"铎曰"引发的议论。前之"谐"与后之"铎"的思想惊人地一致，议论
中的道德训诫往往正是故事的寓意。因此，中国古代，尤其晚明，小说家们经常
有的困惑，即既要坚持道德立场，又津津乐道地描写非道德的东西，两者出现巨
大的反差和矛盾，在《谐铎》中几乎是没有的。正因如此，鉴赏《谐铎》便可以从
鉴其"铎"而赏其"谐"入手。

作者长期漂泊在大江南北，接触到较为广泛的社会生活，这些在作品中有所
反映。但他是从特殊的角度，即"宋儒妙理"——理学的道德规范来评判种种现
实问题。

中国传统的封建道德观念是以儒家学说作为支柱的。而儒学作为一种社会
伦理学说，核心是维护社会整体的和谐稳定。有人把中国两千多年来的封建社
会只有改朝换代的循环而无历史意义上的进步，归咎于儒家学说，不是没有道
理。而作为一个恪守传统的儒生，作者正是以维护封建社会的稳定和谐作为出
发点和归宿，来架构其道德观的。

家庭是社会的缩影和细胞。家庭的稳定，关系到社会的稳定。作者把有关
家庭的道德，作为他整个道德观的基本构件。《谐铎》中有许多写男女之爱与婚
姻家庭的作品，系统地体现了作者维护家庭稳定，从而维护社会稳定的道德主
张。其主要着眼点，在于成人妇女与男子有某种相同的权利和义务。《营卒守
义》中的陆某在当营卒时，与相貌异常丑陋的婢女宠奴定亲，由于一度穷困潦
倒，未能迎娶。陆某后因武功屡屡升迁，当上神将，回归迎娶时，宠奴已成六十多
岁的老太婆。旁人劝他另谋新妇，他回答道："昔贱今贵，仆命即彼命也。至面
目可憎，仆初聘时，已详悉之。若一衰龄暮齿，则蹉跎之罪，应归于仆，又岂彼之
咎乎？"可谓义正词严。但是，陆某与宠奴的相互忠贞不渝，并非是伟大的爱情。
恰恰相反，只是一张毫无感情色彩的道德契约。双方一旦认可了这无形的契约，
便失去了自由，终生成为契约的奴隶。鲁迅在《二十四孝图》中将鬓发斑白的老
莱子为使老母开心而撒娇作痴称为"把肉麻当有趣"，而我们读到"结缡之夕，揭

---

① 《谐铎·殷星岩序》。

巾平视,象服珠冠,俨然命妇。及卸装就寝,数茎白发,髿髿复顶,自额及踵,略似人形而已"时,不禁会感到,这真是把残酷当正义。

作者称羡恪守封建道德的男女,必然要反对逾越男女之大防的行为。在封建社会中,男子通常是非正当性行为中主动的一方。所以,作者谴责的矛头也总是对着这种男子。《色戒》和《菜花三娘子》,都是写丈夫对妻子不忠,经常在外寻花问柳,因而其妻也如法炮制。作者认为,这种事之所以不可为之,是因为"淫人妻者,妻亦得淫人报",会造成家庭内外关系的紊乱,更何况"奸与杀近",给社会造成极大的威胁。值得注意的是,两位妻子都未因此而被休,一个是"归家后,与妻颇敦琴瑟。倡楼伎馆中,亦杳无某生迹矣";另一个是其丈夫说道:"此妇之不贞,亦上天所以报我也。汝请速归,仍完夫妇之好。"只要家庭恢复了正常,从而可以作为健康的细胞在社会肌体中发挥功能,即使违背了"饿死事小,失节事大"的信条也可以容忍。

但这绝不等于说作者认为妇女的贞节是无关紧要的。《两指题旌》赞美了一位年轻守寡,将独子抚育成进士的女子。这位女子一度被守节与欲望之间的冲突折磨得痛苦不堪,于是深夜去叩开借宿在家中的士子居室之门。遭到了士子的严词拒绝。她抢身欲入,士子急忙关门,夹疼了她的两指头。她回房后自省,"羞与愧并,急起引佩刀截其两指"。欲望被压抑了,自此她心如槁木,一心苦守。最终被官府旌立为节妇,予以表彰。作者并未将这位节妇写成"高、大、全"式的英雄人物,而是地地道道的一位"转变中的人物",因此可以认为,在作者看来,人的欲望有一定的合情性。实则有史以来,人们便生活在欲望与社会规范的冲突中,这并非弗洛伊德辈的发明,而是个基本事实。这两者大概数中国人概括得最好,曰"情"与"理",或曰"天理"与"人欲"。但在中国后期封建社会中,却解决得很差劲,要求什么"存天理,灭人欲",即以对个人欲望的扼杀来换取社会的稳定。然而,欲望既是人的本能,一味地压制又怎能完全做到?

所以,作者显然没有相信欲存天理,必灭人欲一套,而是努力寻找两者之间的最佳调适点,因而对妇女的守节问题采取了较为通达的态度。《节母死时箴》与上述故事基本相同。女主人公在欲火难禁时,也是悬崖勒马,终生苦守,终于得到节妇美名。但是她在临死时,却将一生因之产生的痛苦告白孙子和曾孙辈的媳妇,并留下遗嘱:"守寡指南,无勉强而行之也。"所以她"后世宗之繁衍,代有节妇,间亦有改适者"。正因她的家庭中实行了这种愿留愿走,悉听尊便的政策,所以"百余年来,闺门清白,从无中冓之事"。对个人欲望的过度压制,会产生相反作用,不利于家庭和社会的稳定。因此作者认为,卓文君与司马相如私奔者"至今犹有余臭"的事,责任在"卓王孙勒令守寡"。大约作者自己发现已经走得太远了,有"得罪名教"的嫌疑,于是赶紧辩白道:"昔范文正(仲淹)随母适朱,后长子纯祐卒,其媳亦再嫁王陶为妇。宋儒最讲礼法,何当时无一议其后者?"终因自以为与宋儒立场一致而心安理得。

在婚姻和家庭关系问题上,中国的封建传统保留最牢固。因此,作者在对现行的立法制度做了一些小修小补——可以预期,肯定会受到欢迎——之后,当然可以认为,他已经比较圆满地解决了"情"与"理"的冲突。平心而论,这在解决后期封建社会日益尖锐的婚姻家庭矛盾方面,不失为一味良药。但是当它在当时城市经济繁荣,商品经济的潮水汹涌而来时,列祖列宗给他的那套道德观念便不足应付了。

建立在小农自然经济基础上的中国传统的道德观,对商品经济是本能地加以排斥的。因为在商品化的社会中,真正的神明是万能而又万恶的金钱。在那里,君君、臣臣、父父、子子的纲常观念要退避三舍,是不吃香的。《鄙夫训世》中那个富翁,便清醒地看到了聚敛金钱与纲常名教之间这种你死我活的关系。他总结自己经商致富的经验时,便公然攻击"仁、义、礼、智、信"这五常:"仁为首恶,博施济众,尧舜犹病;我神前立誓,永不妄行一善,省却几多挥霍。匹夫仗义,破家倾产,亦复自苦;我见利则忘,落得一生享用。至礼尚往来,献缟赠纻,古人太不惮烦;我来而不往,先占人便宜一着。智慧为造物所忌,必至空乏;终身只需一味混沌,便可常保庸福。若千金一诺,更属无益;不妨口作慷慨,心存机械,俾天下知我失信,永无造门之请。"真是篇绝妙的《私有制宣言》。正因为他将纲常观念彻底打翻,因此才能从"挟千金至吴门作小经纪"的小贩,迅速成为"积资巨万"的富豪。要脸难得钱,要钱莫要脸,这便是商品化社会的法则。而商品经济发展到一定程度,便是封建社会的崩溃——至于当时在中国能否实现,那是另一回事。但对作者来说,这种可能性显然是存在的,因此,在《谐铎》中,有十分之一左右的篇目是诅咒金钱和商人的。《蜣螂城》是一篇讽刺性寓言。遍体喷香的书生荀某偶随商船出海到一岛,岛上充满臭气。而岛民铜臭翁等人却认为荀某臭不可闻。荀生来到了以粪涂墙、遍布蜣螂的城市,不慎跌入粪坑。经过这一番意外的洗礼,浑身气味改变,因而立即被岛民接纳。富商马某招他为婿,当他启程返乡时，又赠赤锦数锭。但荀某回乡后，却因为奇臭而受到家乡人的憎恶，最后怀抱金锭而终。通过这个书生被铜臭气熏染的故事，表达了他对金钱极度厌恶的心情。

金钱是丑恶的，追逐金钱当然是危险的。某奇客施绝计将一枚铜钱变成车轮大小，然后离开。一个无赖透过钱眼看到仙女们翩翩起舞的场面——可谓钱中自有颜如玉，不知不觉地将身子从钱眼中探过，至腰部时突然卡住。随后，钱便不断缩小。幸好奇客及时赶到，无赖才免于一死。作者借奇客之口向一切已钻或欲钻钱眼的人发出警告："廉为生门，财为死门。渠已从死门入，尚望从生门出耶？"

作者认为，商品经济的侵袭，应以传统的儒家道德与之对抗。首先应当修身养性，守身如玉，自觉抵制不良思想的腐蚀。《烧录成名》中的石韫玉，是作者崇拜的楷模。他"凡遇得罪名教之书"，皆"拉杂摧烧之"。甚至将老婆的金手镯卖掉，买来三百多部"前朝掌故，名士著述，不可訾议"的《四朝闻见录》烧掉，仅是因为其中收有"劾朱文公（熹）一疏"。

但是个人的作用毕竟有限，而更根本的办法是建立一支恪守传统的强大官员队伍。《道人神相》体现了经商致富与读书做官两者之间截然对立的关系，要求一切有为之士应放弃前者，选择后者。江阴某富翁四十余岁才得一子。相士称这个孩子将来会有官运，但必须以消财为代价。富翁精心培育孩子读书，遂耗尽家财在所不惜。后来儿子果真登榜。然而这个儿子并未如作者所希望的那样拯危继绝，而是居官半载，一病而亡。他一家也死于饥寒交迫中。这个故事的结局有很强的象征意义：靠读圣贤之书，经过科举成为有正统封建道德官员的道路，已很难走通。作者在故事最后打气的话："榜上名题，床头金尽"，"望子克家，宁甘破产，卒至填沟壑而不悔，翁亦人杰矣哉！"也徒然是精神胜利法而已。

正因如此，士子们不去读书求上进，而是钻进了钱眼，使得经商致富在与读书做官的人才争夺战中，不断扩大阵地。上述《蜣螂城》中荀生的变化还是个暗喻，而在《书神作祟》中，作者直接表示了他对这种状况的反感担心。某生因祖上世代业儒不能致富，便弃学经商。书神显圣，告诫他："若不早脱腰缠，则铜臭逼人，斯文沦丧，祸将及汝。"书生虽被书神作祟烧死，但作者的希望却没能在现实中取胜。

当然也有恪守传统道德的读书人渴望读书做官，作者便是其中之一。但由于种种原因,最主要的便是科举制的弊病,使他们的理想落空。作者揭露了科举场中的黑暗和做官途径的荒唐,从而导致官场腐败丛生的现象。

桃夭村是作者虚构的海外某地。那里"山列如屏,川澄若画。四围绝无城郭,有桃树数万株,环若郡治。时值仲春,香风飘拂,数万株含苞吐蕊,仿佛锦围绣幄,排列左右"。真是美若仙境的世外桃源。当地官府在这春暖花开之时,开女科场和男闱。女子"以面目定其高下",男子"试其文艺优劣,定为次序","然后合男女两案,以甲配甲,以乙配乙,故女貌男才,相当相对"。应该说,这是非常公平的科举方式。但结果却是女无貌者与男无才者当上了状元。原因是官府所贿,以钱多少定名次。这多少还有个名义上的考试,更有甚者,干脆直接以钱买官。《镜里人心》中的某富商之子,先天被铜臭之气迷塞七窍。虽经高手疗治,但"文字窍"却未能打开。因此,虽"聪慧胜于曩日,惟读书不能成诵"。而这个文盲,因其父"纳资捐职",竟然也当上高官,"以为布政司理问终"。

除了靠钱,便是靠门路,朝中有人好做官。甚至有时闹出令人啼笑皆非的滑稽剧。一个去某地主持考试的官员,临行前去问座师尚书有无需提拔者。尚书放屁抬身,考官疑其有密事相嘱,探身向前询问。尚书见状答道:"无它,下气通耳。"于是,一个卷子答得一塌糊涂,但姓名却是夏器通的生员便高中了(《泄气生员》)。

还有的干脆靠运气。一个官府的下役熟读了家中仅有的一二十页书,经多次对疑难问题对答如流,被上司当成饱学之士,"拔充礼书"。此公学问不大,但却深谙"权力不用,过时作废"之道,"不一年,致千金产"。所以作者借谋生之口叹道:"文人命运所到,享重福而邀厚名,皆此类也。"(《骡后谈书》)

官员的来源乌七八糟,官场自然清净不了。作者本指望靠它们恢复传统道德一统天下,遏止物欲横流的世风,但他们却偏偏在见钱眼开方面,与商人同流合污。《棺中鬼手》写了这样一个故事:某县典史死后,其棺与一些穷人之棺一起放在某寺院内。半夜三更,各棺内都伸出手来,向借宿在这里的人讨钱。众鬼均以一钱为满足,只有典史讨了数百文钱仍然不够。这正是贪官污吏们的写照。

还有一些官吏,只知一味阿谀奉承上司,以求得进身之阶。以至于乞丐为讨得财物欲学习谄媚之术,高官家里的客人成为最好的教师(《贫儿学谄》)。

作者在耳闻目睹了当时官场黑暗腐败的大量现象后,对整个官僚阶层可以说彻底失望了。以至于认为,关押在地狱中的恶鬼全部逃到人间,其中大部分当

了县令(《森罗殿点鬼》)。"牛信(权奸严嵩门下班头)之鬼益厉,化为千百万亿身,血食天下矣!"(《黑衣太仆》)

官场被无知无能、贪财好贿、阿谀好诣之辈把持,而作为维护传统道德的另一支生力军和官员后备军的"名士"队伍状况,也好不到哪里。他们浅薄无知,庸俗无聊,只会排斥异己,附庸风雅。《穷士扶乩》所写的那个马颠,"能诗,工辞曲",只因是个穷士,所以"饥躯潦倒,薄游于扬,以诗遍谒贵游,三载卒无所遇"。于是,他闯入一个名士荟萃的盛大宴会,诡称明代文豪康海的阴魂附身,借扶乩当场作诗。"诸名士齐声赞叹","席上互相夸奖,刺刺不休。且有引喉按拍,作曼声以哦者"。真是洋相百出。趁此机会,马颠拿出自己的诗稿,请诸名士过目。被诸名士嘲为"此穷儒酸馅耳,何足言诗!"后来发现他们赞不绝口的康海之诗"俨然在列",马上"默然不语,相顾色变"。正因如此,作者认为,名士之流与妓女是一路货色,靠沽名钓誉来混世。(《名妓沽名》)

因此,那些真有满腹诗书和济世之才的人报国无门,只能沉沦民间,如同《儒林外史》中的四大市井奇人与沈琼枝一样。他们中有的只能以渊博的学识作为乞讨的资本,靠给过路人讲解古书典故来换钱过活(《车前数典》),有的甚至沦为窃贼(《能诗贼》)。不能参加科举,因而也根本不可能进入各级权力结构的妇女中,也大有人才。叶佩纕才气横溢,妙语连珠,解"矮"会意委矢,应读如"射";而"射"系寸身,故应为"矮"。虽是戏语,但可见其智慧不凡(《虫书》)。

但是《儒林外史》中的四大市井奇人身上总还寄托着作者对黑暗人生的一线光明希望,而《谐铎》中才子才女们却回天乏术,不能挽狂澜于既倒,只能在穷愁潦倒中了此一生。正如叶佩纕十六岁夭折,其才华只能用在地府里吟诗作赋而已。作者在这些才子才女身上,显然寄托有自己怀才不遇的身世之感。

既然命运没有给作者以及同他一样的既恪守传统道德,又富有才华的人提供任何修补已经千疮百孔的社会的机会,使他们的社会理想无法实现,那么,就只能采取逃避态度来对付。这是人生的最大悲哀。当年孔子在到处碰壁后曾哀叹:"道不行,乘桴浮于海。"此时,作者选择的归宿是皈依宗教。不能兼济天下,只好独善其身。《谐铎》中有一些篇章带有自传性质,透露出他晚年信佛后的心境和思想。《脑后淫魔》写作者陷入宗教迷狂后产生的幻象。他入定后觉得脑后慧眼张开,化成一堆败纸散去。作者"归家后,烧其曲谱,不敢以歌场绮语,至疑生平之有遗行也"。而《葛九》和《娇娃归佛》所写的都是风尘女子。她们一朝回头,割断情丝恨缕,终身牢守青灯古佛,严持清规戒律,与世无争,心如死灰,只寄希望于西方净土。这无疑也是作者给那些与自己处境相同的知识分子指出的道路。

作者是个才华横溢的知识分子,所以写出的小说有很浓的书卷气。用纯熟的文言文,从容地创造出雅致的意趣,当然个别语涉淫秽的作品不在此列。阅读时,如在冬季漫天风雪的时候,坐在乡间瓦舍中的火炉边,聆听一位历经沧桑的老人娓娓讲述其生平经历和世相诸态,虽无海潮来去般的大张大弛,却如山涧流水清澈叮咚,令人赏心悦目。人们不一定接受他的道德观念,正如现代老年青年之间有代沟,但是不能不被饶有趣味的故事吸引。所以蒋瑞藻《小说考证》卷七引《青灯轩快谭》赞道:"《谐铎》一书,《聊斋》以外,罕有匹者。"这是作者自觉地遵守了古代文言小说的创作规律取得的成就。

在构思、情节和结构方面,所有人选作品都是有头有尾的完整故事,与《聊斋》中有许多三言两语的逸闻不同。因此《谐铎》更符合现代意义上的小说观念。作者遵循严格的顺叙模式,围绕一事,组织冲突,单线发展,首尾呼应,所以作品凝炼集中。其中的精彩之作,能在尺幅之内掀起波澜,扣人心弦。《奇婚》最能代表这方面的特色。作品以书生文登与岳父的冲突为主线,组织了一系列矛盾冲突,情节曲折,故事生动,引人入胜。

作者将创作的主要注意力集中在故事情节方面,因而不描写人物的心理活动,不刻意塑造人物形象。但在故事情节的进展中,经常根据人物的性格、职业、身份和特长,用白描手法进行外貌、行动和语言的摹写。寥寥数笔,活灵活现。而一些讽刺性人物写得尤为成功。

同是描写名妓,一个是"面粉斑斓,唇脂狼藉,累然硕腹,大如三石缸;大步而前,仿佛运粮河漕船过闸也"(《名妓沽名》)。另一个是"两鬓堆茉莉如雪,着蝉翼衫,左右袒露,红墙一抹;下曳冰绡裤,白足拖八寸许蝴蝶履。见客来,不甚酬接,摩两臂金条脱铮然作响"(《苏三》),都俗不可耐。但作者还是写出了两人的鲜明个性。前者依仗着自己"床席实工夫"名噪一时,所以目空一切,根本不屑于修饰装扮,而仍是来者如潮。后者则是凭姿色当上"文状元",身价随姿色而定,所以刻意修饰打扮;娼家是靠来客养活,因此虽自命清高,但又不得不挖空心思玩些小把戏来引人注意。

作者很善于根据人物的身份,设置一个最能表现其独特性的场景,让他展开行动,其个性特点自然凸显。

焦奇力大无穷。"一日入山,遇两虎率一小虎至。焦性起,连毙两虎,左右肩负之,而以小虎生擒而返。"但正是这个壮士,却被一只猫搞得焦头烂额:"倏有一猫,登筵攫食,腥汁淋漓满座上。焦以为主人之猫也,听其大嚼而去。主人曰:'邻家孽畜,可厌乃尔!'亡何,猫又来。焦急起奋拳击之,座上肴核尽倾碎,而猫已跃伏窗隅。焦怒,又逐击之,窗棂尽裂,猫一跃登屋角,目眈眈视焦。焦愈怒,张臂作擒缚状,而猫嗥然一声,曳尾徐步,过临墙而去。焦计无所施,面墙呆望而已。"(《壮士缚虎》)擒虎易如反掌,搏猫窘迫不堪,一个性格暴烈自负,而又头脑简单的人物形象,跃然纸上。

有时甚至采用夸张的手法突出所写人物的某些性格特色。有那么个县令见了上司是如此动作:"某(县令)投谒,禀见时,同僚俱在。某即于仪门唱名,膝行至堂上,叩头以千百计,额上磊块坟起若巨卵。叩毕,袖中出金珠,潜置座下,又匍匐不起。公(上司巡抚)有怒色。某仰首启白曰:'大人是卑职老子,卑职是大人儿子。不到处,训诲可也。'"(《怕婆县令》)虽说经过哈哈镜的折射,人的面貌外形有了变化,但其基本特点总还在。如果哈哈镜中完全是另一个陌生人,人们照时也不会"哈哈"了。

特别是在只用一两句话便能写活人物方面,作者的本领是惊人的。草鞋四相公强占了某民女,因此设酒宴庆贺。虽说他"锦袍乌帽,绝类贵官",却因脚穿草鞋受到了来客的羞辱。于是,他外出偷了一双靴子。作者这样写他得胜回朝:"曳吉莫靴,铿然而至;翘其足置女膝上,顾盼自豪。"一副小人得志,不知廉耻的嘴脸。

《谐铎》的语言成就也很突出,人物描写语言已如前述,这里再只谈其叙事与状物的语言。

叙事语言平实晓畅,显得从容不迫。如《赛齐妇》中写妻子尾随夜间外出的丈夫一段:"一夕,鲜衣华帽,轩然而出。妇蹑其后,见匆匆入一枯庙去。亡何,短衣草履,发挽作旋螺状,悄步而行。至僻巷,有墙壁颇峻,出斧凿丁丁半响,灰砖堕落如腐。俄成一穴,大仅如斗,某探首蛇行而进。妇急归,唤集婢媪,尽易男装,自乃高冠华服,伪作巡夜官;命婢媪取架上红帽戴之,并挟竹篦出门而去。至僻巷,伺于墙下。四更许,某从穴中出。众擒缚而前,俯伏不敢仰视。曳下责二十板,提裤而起。四围周视,而官役辈不知何往矣!"忽而夫,忽而妇;忽而家,忽而外。人物和地点来回变换，但叙事线索却一丝不乱，有条有理。虽不带感情色彩，而贬义自在其中。

作者擅长诗词的创作，所以在状物写景时，常有清新可喜之句。"时秋河亘天，露华满地，疏星明灭，隐红楼半角"（《十姨庙》），骈散相杂，写景如画，极富韵律美。曾孝廉夜投留智庙，步出门外，"见垂杨夹岸，长板红桥，斜横春水。旁杏花数十树，有翠鸟啁啾其上。曾踏桥度岸，见一家园门洞开。徐步而入，文窗窈窕，绣阁参差。循廊曲折，直达内寝。珠箔数重，琼钩斜卷。水晶屏后，设珊瑚床一具，海红帐垂垂未下。角枕锦衾，麝兰喷溢。左横梳妆小几，镜匣未收，粉奁半启。胆瓶内碧桃小瓣，妥落脂合旁。"（《梦中梦》）以曾孝廉的行动和目光所及为序，由远及近，从外而内，用充满诗意的语句，创造出恍若仙境的氛围，使人不得不叹服作者驱遣文字的功力。

正因作品在艺术上达到较高的水准，所以行世以后，雅俗共赏。吴梅就此评论说："生平著述，以《谐铎》一书最播人口，几妇孺皆知。"①

附录：《谐铎·奇婚》鉴赏

小说的发展，大体经历了三个阶段，即以讲故事为主的情节小说，以塑造典型为特征的人物小说和注重表现人物情绪的心理印象小说。沈起凤的《谐铎》，从总体上看，属于情节小说。而情节小说的主要特点，就是具有不同生活目的和个性的人物，围绕一定事件，从各自的立场出发，产生矛盾；这些矛盾的发展，形成小说的情节冲突。情节冲突应有这样一些条件：首先，其主题要有普遍意义，如生死、爱情等，这才可能引起广泛的共鸣；其次，线索要集中单纯，这才能使读者的注意力不被分散；再次，要强烈曲折，使读者始终有浓厚的阅读兴趣。《谐铎》中的《奇婚》，便充分体现出作者组织情节冲突的艺术才能。

作品写书生文登与其岳父围绕婚姻问题发生的一场生死冲突。

从男主人公浙江武康书生文登落笔，作品先作了三重铺垫交代。文登礼聘某女为妻，但未及嫁娶，对方便夭逝。他因而郁郁不乐，浪迹出游，意欲再觅佳

---

① 《赞渔四种曲跋》。

偶。小说一开始便交代了文登的生活目的,预示了情节冲突将朝着婚姻方向开展。同时也交代了文登文弱书生的身份。这是第一重铺垫。在凤阳,他遇到了一位道士。这位道士询问了文登何来何去后,以肯定的口气说:"此去东南十五里外往求之,必有所遇。"道士的出场,使作品变得扑朔迷离。在百姓眼中,道士中有神通广大、料事如神的仙人,也不乏招摇撞骗、胡言乱语之辈。他的神秘预见,是否灵验? 看来这"婚"不可不谓"奇"。这是第二重铺垫。在道士指出的那地方,正在演戏。文登看到一座红楼上的观戏者"粉光黛影,射人双目"。作品虽未正面描写女子的容貌,但从这令人不敢正视的描写,可见其勾魂摄魄的惊人艳美。以至于使文登"回旋顾盼,几难自主",流连忘返。至此,婚姻纠葛的另一方被引入,这是第三重铺垫。读者关心的是这对才子佳人将以怎样的方式来完成婚姻。

情节冲突却并没有在男女当事者之间开始,而是突生变故。"忽一人拍肩大喝曰:'何物痴儿,窥人闺阁?'生视之,岸然伟丈夫,竟拉其臂,强曳登堂。"一个彪形大汉突然登场。这时,双方道义与体力上的对比十分明显:一方是违背了"非礼勿视"圣人训诲的轻薄少年,一方是捍卫闺阁之风的正人君子;一方是手无缚鸡之力的文弱书生,一方是"岸然伟丈夫"。难怪文登未战先降,"两股战栗,变色欲走"。但转瞬间云开雾散,风平浪静。那壮汉破怒为笑:"实相告,楼头女子,即仆掌珠。君如闺中无妇,愿附婚姻。"原来壮汉是为女觅婿的父亲。方才的狂暴,仅是开个玩笑。这一张后的一弛,使双方第一回合的冲突,以出人意料的轻松方式缓解,这显然难以使企望在阅读中获得刺激性美感的读者满足。

因此,读者的关心不得不回到文登与女子的婚姻纠葛方面。并且,阅读的兴趣也减弱,看来这不过是一场才子佳人、夫唱妇随的传统戏。道士指教的伏笔也将要得到照应。但同时留下了一个悬念,为什么这位父亲在决定女儿的终身大事上如此轻率? 一无媒妁之言,二不问文登的身份和家庭,三迫不及待地当晚便要完婚。这绝不像一般父亲为女择婿的慎重。情节冲突如草蛇灰线,暂时隐伏不现,并非是彻底结束。

纠葛果真在文登与女子之间发生。当夜夫妻两人登床共寝,文登却发现女子突然消失,"唯绣枕横陈,半堆锦被"。次日破晓时,女子出现,但她对文登的盘诘却避而不答。晚间,文登在罗帐中"急捉其臂",但那女子却"如一团绛雪,飞堕巫山","悄然无迹"。这女子究竟是什么人,她的表现与其父的态度之间有什么关系？这父女俩葫芦里究竟是什么药？新的悬念更加重了已有悬念的强度。

这个谜团在女子之妹颖姑出现后才解开。她见文登是个老实本分的读书人，不由动了恻隐之心，告诉他说："吾家翁姥，专以左道劫人财物。将欲举事，必先杀一人祀神开路。往往悬姊为饵。名曰夫妇，而实一无所染。吾自有知识以来，见其出衽席而登俎上者，不知几千百儿郎矣！今夜明星烂时，殆将及汝！"直到这时，那女子的神秘活动以及其父的反常态度才真相大白。原来文登夫妻间的纠葛是文登与其妖人岳父之间冲突的另一表现形式。

读者的心中之石并没有落地。前边的悬念虽已解脱松落，但更强的悬念随之产生。文登能否避免那"几千百儿郎"的下场，逃出魔法高强的左道妖人今夜将下的毒手，这成为新的焦点。文登再三地"叩首乞援"，终于使颖姑不再犹豫，决意帮他脱难，告诉他唯一的出路：一定要争取到其姊的协助；并且代他设计了具体方案。先将褥底压的六甲符扔掉，使其姊不能靠它隐形遁身，然后趁机与她结成事实上的夫妻，再以夫妻情义来打动她，从而使她不能眼看丈夫遇害。这样自可免去灾难。颖姑的倒戈，是孤立无援的文登与阵容强大的妖人岳父冲突中取得的第一个实质性的胜利。他有了同盟军。

焦点再次集中到那女子身上。当晚，那女子失去了遁身符，没有走脱，只好与文登同床共寝。随后她答应了文登的请求："百年伉俪，万死相随，何待君言。"情节冲突发展到这里，文登阵营加入了一支有决定意义的生力军，与妖人岳父的力量对比发生了根本性的转变，可谓胜局在望。

但是双方决战怎样进行这一悬念，仍然吸引着读者。因为读者很清楚，虽说文登一方现在掌握着交战的主动权，而妖人岳父被蒙在鼓中，可是他毕竟神通广大，不仅文登不能与之相比，而且他的两个女儿也难于望其项背。因此文登一方的取胜绝不会是轻而易举的，还会有个艰苦的过程。那女子当然知道这一困难，所以让文登采取全身远害的对策。她将一只雄鸡系在杖头，让文登带上，趁夜深逃走。妖人岳父祭起飞剑追赶。作者用了寥寥数语，将冲突的高潮写得惊心动魄。在出逃的文登方面，"杖头鸡声大作，急委之于地，瞥白光下注，而鸡寂然无声矣"。而妖人岳父方面则是："亡何，电光一闪，铮然坠地，血涔涔斑痕犹湿也。"以鸡代人的障眼术果真成功了。情节冲突以文登胜利，妖人岳父失败暂告结束。

　　然而作品依然留下一连串悬念,文登的婚姻结局怎样,妖人岳父究竟有什么下场,颖姑的命运如何,以及那个曾做过预言的神秘道士到底是谁? 作者从容不迫地安排了作品的尾声,一一照应。那女子骑纸鹤飞来追上文登,"偕归故里"。颖姑趁父亲赴天魔会逃出投奔姐姐,也嫁给文登。那道士前来,被姐妹认出是其父之师。他告诉他们:"尔父学仙不成,流为左道。"因作恶多端,必有恶报,"因惜女子无辜,亦遭惨戮,故引文郎入幕,辗转相援"。而妖人岳父果然"为官军搜捕",落了个身首异处。

　　作品以文登与妖人岳父的冲突为主线,以文登与妻子的婚姻纠葛为补充,既主干突出,又枝繁叶茂,单纯而不单调,丰满而不芜杂。处处设伏,旋解旋见,节节互生,环环相扣,曲折迂回地将情节冲突推向高潮。

　　　　　　　(原载何满子、李时人主编:《明清小说鉴赏辞典》,浙江
　　　　　　古籍出版社 1992 年版)

四、凌濛初生平事迹及其佛教观

凌濛初是何年绝意仕进的

凌濛初绝意仕进,是他生平中的一大转折点,标志着他从受儒家精神影响,努力进取以建功立业的早年,转入消极隐退、大力从事文化事业的中壮年。《别驾初成(凌濛初字)公墓志铭》:"公试于浙,再中副车;改试南雍,又中副车;改试北雍,复中副车。乃作《绝交举子书》。为归隐计,将于杼山、戴山间营一精舍,以终老焉。"所以,搞清这个转折点的时间,对凌濛初研究有一定意义。

凌濛初绝意仕进究竟在哪一年?叶德均在《凌濛初事迹系年》一文中,列在天启三年44岁下,但又自注曰:"其四中副榜,亦不详为何年事。"日人荒木猛在《凌濛初的家系和他的生涯》一文中,将凌濛初生平划分为三个阶段:早年求学和科举(26岁前),中年致力于文化事业(27—54岁),晚年仕宦(55—65岁)。但早年与中年之交似有不当。

我认为,凌濛初绝意仕进当在万历末年或天启初年,即本人40岁左右时。其理由如下。

一、从凌濛初可能参加的科举时间看。明代乡试,定于子、卯、午、酉秋八月举行,万历庚子(1600)凌濛初"膳部捐官",此年乡试不可能参加。是年十二月父凌迪知卒,凌濛初服丧25个月,服除至万历癸卯秋,当参加乡试。万历乙巳年(1605),凌濛初生母蒋氏卒,次年万历丙午乡试居丧不赴。此后的万历己酉(1609)、壬子(1612)、乙卯(1615)的乡试,凌濛初都应当参加。但是,考虑到凌濛初"四中副车"是他参加乡试最低次数,他完全可能有一两次连副榜也未入,因此亦可能参加万历戊午(1618)和天启辛酉(1621)的乡试。这与第二条理由有关。

二、凌濛初从事刻书等文化事业应当是在他放弃科举以后,因为这以后他才可能有时间和精力。凌濛初癸卯(1603)曾与他所尊敬的忘年好友冯梦祯出游,携《东坡禅喜集》,各加评语于其上。随后,冯梦祯为此书作跋,希望凌濛初能对佛学作出贡献。但是,凌濛初对他在此书作的《跋》中说到书成在天启壬戌(1622),二书的付印在前一年:"天启辛酉,《东坡禅喜集》与《山谷禅喜集》并付之梓。"这只能说明凌濛初此时方有空闲和精力。另外,他彩印的《世说新语》成书时间,王重民在《中国善本书提要》卷一八〇中考为"应在万历末年矣",这也属于他早期所刻之书。

因此,我认为凌濛初绝意仕进应在万历末年或天启初年。最可能是天启辛酉(1621)参加最后一次乡试,时年 42 岁。

(原载《西北大学学报(哲学社会科学版)》1995 年第 2 期)

凌濛初晚年二事考

　　"二拍"(《拍案惊奇》、《二刻拍案惊奇》)的作者凌濛初,是我国文学史上杰出的白话短篇小说作家。但因其被认为晚年参与过镇压明末李自成等农民起义,故新中国成立以来一直为文学史家诟病,甚至影响到对其作品的评价①。所以弄清其晚年活动,对研究评价作家作品有重要意义。

　　研究凌濛初的生平,迄今已发现的最重要的文献当是《别驾初成公墓志铭》。②《墓志铭》作者郑龙采,与凌濛初同乡同时③,因此所言大体可信。但是对凌濛初晚年招降徐州地区民变首领陈小一和死于次年的甲申之乱两件重大事迹,由于发生在异乡,郑龙采仅凭他人事后追忆而记④,故颇有疏略错讹之处,但长期以来却被学术界作为信史。因而本文拟对此逐一考订。

一、招降陈小一

(一)陈小一其人及举事

　　《墓志铭》:"时有流寇陈小一,自号萧王,拥众数万,据有丰城,多储粮糗。其党扫地王等出入于山东傍郡及归德、萧、砀等地,沿河数百里受其绎骚,其渠魁

---

① 游国恩等:《中国文学史》第4册,北京:人民文学出版社2002年版,第965、996页;中国科学院文研所:《中国文学史》第3册,北京:人民文学出版社1962年版,第972、974页;胡士莹:《话本小说概论》赵景深《序》,北京:中华书局1980年版,下册,第462、467、474页。

② 全文见周绍良:《曲目丛拾》,见《学林漫录》第五集,北京:中华书局1982年版,第96—101页。

③ 温睿临:《南疆逸史》卷四十一《列传》第三十七《隐通》。

④ 见《墓志铭》。

三十六,分屯徐境。"

考诸记载明末徐州一带战乱的史书《明实录》、彭孙贻《平寇志》、吴伟业《绥寇纪略》、戴笠《怀陵流寇始终录》、计六奇《明季北略》、徐鼒《小腆纪年附考》,《(同治)徐州府志》和民国初年修《铜山县志》,均未见载有民变首领陈小一者。

1. 陈小一、扫地王其人。上述诸书均载徐州地区民变首领程继孔事。《绥寇纪略·补遗》下:"程肖予。肖予者,丰沛大盗也。"自注:"肖予名继孔,萧县健步也。"另,应喜臣《青燐屑》卷下:"乙酉(1645)元旦,兴平(高杰)至徐州,程肖宇率骁健之士六人以降。"自注:"肖宇,丰沛间大盗也。"①崇祯十五年(1643)闰十一月初二《兵部为塘报流寇过河事》:"赵家捲贼首程肖宇、张起龙共伙贼二千余人,本月十一日申时过河北。"②诸书所记,唯"予"、"宇"音同形异。陈小一当为程肖予(宇)之音讹。程肖予(宇)即程继孔。

扫地王。《(同治)徐州府志》卷五(下)引《明纪》:"崇祯九年正月壬申,闯贼合扫地王金梁等二十四营攻徐州不克。"扫地王是金梁。

2.程继孔领导民变事。程继孔行事,与《墓志铭》所言颇合。《青燐屑》卷下说他"聚众数千,攻掠无忌"。《绥寇纪略·补遗》下说他"自据所居之梧桐山为乱"。声势大盛后,予官兵以有力的打击。同书言:"程继孔、王道善、张方造三贼破萧县,焚徐州北关,归、永、宿、邳之间道梗数百里。指挥蔡应瑞、守备贾之禄、哨官李毓芳等以拒敌阵亡。"此事亦载于上引《兵部为塘报流寇过河书》:"(程肖宇等)遇徐州官兵打仗,杀伤中军守备贾(不知名),又杀伤营官姓蔡(不知名)。"《平寇志》卷七:"萧县城王道善、张方造、张凤梧破萧,焚徐北关;桃源贼程继孔、永城贼朱安世、燕青、反天王魏豹相煽于徐、宿、归、永间。"

综上所述,《墓志铭》所云陈小一,即程继孔。他是明末徐州地区民变的首领之一,在当地领导过声势浩大的反统治者的斗争,给当时的统治阶级造成极大威胁。

(二)招降程继孔

《墓志铭》:"会何公腾蛟奉命兵备淮徐,既莅任,即秣马厉兵。"受招抚,"陈

① 见《崇祯长编》。
② 郑天挺:《明末农民起义史料》,上海:开明书店 1952 年版,第 366 页。

小一、扫地王等率众来降"。

此事诸书均有记载。《(同治)徐州府志·官宦传》:"何腾蛟,浙江山阳人,崇祯十五年(按:当为十六年)为淮徐兵备佥事。时徐境土寇蜂起,张方造、王道善掠丰、沛,程继孔距萧之铙山,腾蛟至即率兵渡河攻剿,以次皆平。"《绥寇纪略·补遗》下:"崇祯十六年六月,署淮徐道右参议何腾蛟议讨之。徐州副将金声桓、游击刘世昌、守备卓圣,又归永将丁启光、丁启允、丁承烈等,皆以兵会。"《平寇志》卷七:"徐州副总兵金声桓讨萧、砀盗,平之","(声桓)会师分道进,继孔请降",遂"攻拔诸寨"。

可见,《墓志铭》所说以何腾蛟为首的官兵曾镇压了徐州地区的民变,陈小一(程继孔)降明确有其事。凌濛初亦参与了其事。

但是,《墓志铭》与诸书所载不同者,是招抚程继孔的人不一。另,《墓志铭》未言招降的具体日期。下面,就这两个问题考之。

1. 何人招降程继孔。《墓志铭》:"(凌)公曰:'贼已破胆矣。某请单骑诣陈小一营,谕以祸福,使早降。'……翌日,天甫明,单骑至丰,诣贼营……言辞侃切,晓以祸福。贼俛首感悟,稽首惟命"。招降者为凌濛初。

而诸书皆言招降者为何腾蛟。《(同治)徐州府志·官宦传》:"(何腾蛟)以继孔本萧民,与他盗异,单骑抵其巢,谕降之。"《绥寇纪略·补遗》下:"贼程继孔惧罪伪降,腾蛟姑许其请……单骑亲自其巢责旧皋过,令缚首恶王道善以自赎。"

当以何说为是?《墓志铭》作者郑龙采自谓:"归安郑龙采,为婺川令,道遇楚时,何腾蛟为楚抚军,以同举辛酉相友善,因就谒焉。谈及凌十九(濛初行十九)同破丰寇事,津津不置。既而伤其节烈,悼惋再三,继之以泣。"可见《墓志铭》所说来自当事人之一的何腾蛟,其可靠性断无可疑。因此,招降程继孔者当为凌濛初而非何腾蛟。

2. 招降为何日事。《墓志铭》言为甲申(1644)前一年,未言月、日。叶德均先生在《凌濛初事迹系年》一文中考定为崇祯十六年(1643),所说为是,但亦未言月、日。

此事发生于是年九月二十六日。《绥寇纪略·补遗》下言,腾蛟(当为濛初)"于九月二十六日单骑亲自其巢"。《平寇志》卷七言,金声桓于九月"会师分道进"时,程继孔请降,正式归降明军。《绥寇纪略·补遗》下"继孔果于十月初三日生执道善以降"。《平寇志》卷七亦言"攻拔诸寨"是十月癸亥(初三)事。虽说诸书中唯《绥寇纪略》载有招降的具体日期,但其平定诸股义军日期与《平寇志》无二,《平寇志》亦言请降事为九月,因此《绥寇纪略》所说的九月二十六日招抚继孔,是可信的。

二、凌濛初之死

《墓志铭》记凌氏死于李自成别部攻打徐州及邻近镇子房村的战斗中。所记甚详,并有明确日期甲申年正月十二日。这已经为研究者广泛采用。但是,此日期疑有误。拟考辨之。附考攻打房村者为何人,即凌濛初死于何人事。

(一)凌濛初之死日

《墓志铭》:"明年为甲申。正月,李自成僭大顺,势甚汹涌。忽初七夜,流寇来薄徐城,流一队掠房村。"并说"寇攻州城",势甚"猛锐"。可见这是一次较大规模的义军活动。

此事不可能发生于正月。理由如下:

1. 记载明末徐州一带民变和义军活动的诸史书,如《明实录》、《绥寇纪略》、《平寇志》等和地方志,特别是当时居住在这一带的文人的记载,如万寿祺和阎尔梅的《徐州二遗民集》、邓一飞的《淮城纪事》中,均未言甲申年正月这一带有较大规模农民起义军的活动。而这些书籍对明末这一带的民变和义军活动,记载颇为详细。因此不可能是疏略。

2. 从义军方面来看,正月不可能在这一带活动。正月初,李自成出兵北上,直指北京,倾全力推翻明王朝。诸史书没有任何有关李自成在上年底本年初曾遣一支较大规模的部队到淮、徐一带活动的记载。实际上李自成此时无暇亦无力顾及广大南方地区。

而本地民变,这一时期处于低潮。《绥寇纪略·补遗》下言,崇祯十六年十月何腾蛟平定这一带民变后,擢湖广巡抚。他"令继孔随之入楚","(继孔)坚拒不可,于是凤督马士英定计于十二月十八日命其副将杨振宗、庄朝梁同禁旅总兵马得功、参将王进功等共提兵五千从东南一路由宿州攻之徐州;副将金声桓统标中、左、右等营;游击刘世昌等共提兵三千,从西北一路由萧县攻之徐城。义勇亦领乡兵助战。二十四日,大会于南岳集。攻贼巢两昼夜。继孔大败,奔窜于方圆寺洞中。至二十九日始就执。甲申正月,凤督以槛车押至京师。"《明实录·毅宗实录》:"崇祯十六年十二月乙丑(初五),总督何腾蛟奏言,湖南永顺、保靖,黔南铜仁、黎平,西粤柳全其土司皆可用。"这些人开赴徐州一带,镇压程继孔再度领导的民变,"贵州镇草营参将梁胤林攻桃固山涧,擒贼首程继孔",于是"山寨悉平"。由此可见,崇祯十七年正月徐州一带没有可能有义军或民变,造成"攻州城"的"猛锐"声势,使乡保团练不敢"来援"。

3. 从明王朝在这一带的军事力量看,义军根本不可能有所活动。正月初,李自成出潼关,镇守晋南的明朝将领高杰兵败,大溃南下,大部到达徐州一带。《明实录·毅宗实录》:"崇祯十七年正月癸巳(初四),高杰南下,江北大震。"《平寇志》卷八:"大清顺治元年(1644)正月戊戌(初九),高杰溃兵南下,江北大震。"高杰号称拥兵四十万,除《明实录·毅宗实录》所说"高杰屯覃怀(今河南沁阳),有兵三万,马骡九千"外,大都到达徐州一带。

此后直到四月下旬,高杰兵屯徐州,此地亦无义军活动的可能。《明实录·毅宗实录》:"(正月二十六日,高杰)安其家口于徐州官厢。"《平寇志》卷八:"戊午(正月二十九日)士英遣副将庄朝梁防守徐州,令中军副守兵……赴徐安插高杰家口于关厢。"高杰安家于徐州,当以徐州为十分安全故。

二月,高杰到徐州。《平寇志》卷八:"二月辛未(十二日)庄朝梁纵高杰至徐州,士民惊扰。"《淮城纪事》:"三月初九日,黄得功、刘良佐、刘泽清、高杰四家兵皆南下……高杰兵在徐州。"《平寇志》卷八:"三月乙酉(二十一日)刘泽清兵顿宿迁,高杰兵顿徐州,连舟欲南下。"

至四月下旬,高杰兵才离徐州。《扬州变略》:"广昌(按,广昌[刘良佐]当为东平[刘泽清]之误)自宿迁南行,驻兵瓜州,而兴平(高杰)亦垂涎维扬之盛,尾刘而来。"[1]其具体时间是,《淮城纪事》:"四月二十四日,刘鹤洲(泽清)已至扬州。"《明季南略》:"四月二十八日乙酉,(高)杰围扬州,困之。"《平寇志》等书同此。

---

① 《东南纪略》,第127页。

四月下旬之前高杰重兵屯扎时,义军不能进入徐州一带活动,道理是很明显的。

凌濛初死在此后的五月。因载有凌濛初死期确日的文献,目前仅有《墓志铭》,因此不可能直接证明其死于五月。但可间接证明。

《墓志铭》关于凌濛初死日,有三个背景事件。其一是"寇迫徐城","攻州城",即攻打徐州事;其二,"先是,公与各村分署练习乡兵,相约贼攻一处,放鸽鸽为号,则近处来援;有大寇至,举烽燧,则各处来援",此即乡保团练事;其三,凌氏死后,农军攻破房村,"适淮抚军至,贼皆宵遁"。搞清这三件事发生的时间,凌氏之死日亦当自明。以下按时间顺序考之。

1. "分署练习乡兵",即组织团练事。《墓志铭》言凌氏死于此事之后。《南疆逸史·路振飞(即《墓志铭》所说"淮抚")传》:"甲申所在土崩,振飞……下团练之令,各乡民各摊长、副,随所长操演,保护乡井。"此事的具体日期,《淮城纪事》有记载:"三月二十七日,路抚台出示,会淮城有七十二坊,各集义兵若干,每家出一人、二人以四至五……日则团练,夜则鱼贯巡逻,以备非常。"《平寇志》卷十:"(三月二十七日)淮安巡抚路振飞闻京师告急,淮上义兵七十二坊,各以生员一人为之长,一人副之,自备刀仗、粮糗,各为操练,夜则番休巡徼,以备非常。"《墓志铭》所言分署团练事,当是奉路振飞令,时在三月二十七日之后。

2. 农军攻打徐州事。从四月下旬高杰离徐到五月中下旬南京福王(弘光帝)即位前后的约一月时间里,徐州一带无较大的官兵力量,农军此时进入这一带活动。

李自成入京后,曾遣兵南下到淮、徐一带催饷。《明季北略》卷二十:"四月初五壬戌,伪将董学礼,奉权将军命,率兵南下。"《平寇志》卷十:"(四月)伪制将军白邦政、伪巡漕户政府从事方允昌以兵二千索饷至淮上,见守御甚严,退屯宿迁。"从北京出发到淮、徐一带,大约需时二十天。今人柳义南先生《李自成纪年附考》言四月十八日董学礼等抵达山东省济宁府。南下至淮、徐,必在四月下旬。另,刘泽清四月下旬离宿迁,董等人入屯宿迁必在此后。

但是董学礼、白邦政和方允昌都未亲去徐州,去者是大顺淮徐防御史武愫。《平寇志》卷十一载武愫到徐州事颇详:"五月庚戌(二十三日),伪淮徐防御史武愫奉伪敕契过宿迁。伪官方允昌、白邦政、董学礼置酒留宴数日。辛亥(二十四日),愫借学礼兵千余人至沛县,声言提兵二十万取淮、扬。诸路分守。徐州副将刘世昌、高镇副将李有成弃徐走淮安。憘传檄徐州,取军民文册,期癸丑日(二十五)赴任。召州官吏出郭远迎。士民惊扰。举人阎尔梅毁其檄。"《怀陵流寇始终录》卷十八所载与此相同。文中日期多有错讹。(一)武憘五月二十三日到宿迁,留宴数日,如何可能在二十四日到达三百里外的徐州?(二)李自成三月十九日入京,三月二十九日消息已至淮安,而李自成四月三十日兵败出京,武憘二十多天后仍声言大兵将至,消息不会如此之慢。(三)最重要的,是身履其事的阎尔梅有详细的记载:"(四月)二十九日而憘至(沛)……五月初六日,(余)自微山贻憘以书"①。另,《淮城纪事》:"(四月二十九日)晚,军门忽集各社长议事,盖闻伪淮徐防御史武憘将到,欲共擒之也。"两位当事人的记载,当不会有误。故《平寇志》等书所说武憘五月二十三日到宿迁,实为四月二十三日之误。武憘借董学礼兵千余人护送去徐州、沛县一带。这股农军四月底以后在徐州一带活动,官军曾因此弃城而走。这与《墓志铭》所说正月初农军"攻州城",势"猛锐"事正相符合。

3. "淮抚"(路振飞)发兵克复徐州事。《墓志铭》言农军十三日破房村,淮抚援军至在此后不几日。《伪官入沛城纪事》②:"(武憘)五月十二日出巡丰县,十八日复归沛城,忽传官军已大破贼。贼西走。憘恐,于二十一日声言巡萧、砀,南行近徐州被擒。"《淮城纪事》:"五月二十四日河北人擒伪官武憘解到军门。"《平寇志》卷十一:"五月壬子(二十五日),巡抚振飞、巡按(王)燮、监军(高)歧凤、兵备(范)明珂,分布将领赵彪、张云冲、徐人杰沿途设备,潜约徐州卫指挥王文明内应,一时掩杀,擒憘以归徐州。"《怀陵流寇始终录》卷十八所载大体相同。按阎尔梅说,淮抚兵至徐州是十八至二十日间事,此恰与《墓志铭》十三日后不几日之说相合。

可见《墓志铭》所说凌濛初死于农军事,其时当为五月而非正月。致误原因,可能由于:凌氏家人和《墓志铭》撰者当时不在现场③;《墓志铭》撰写时间距凌氏之死较长,记忆不清④;或者其死讯在传抄中因"五"、"正"形近而讹。

---

① 《徐州二遗民集》卷十《伪官入沛城纪事》。
② 《徐州二遗民集》卷十《伪官入沛城纪事》。
③ 见《墓志铭》。
④ 见《墓志铭》。

（二）凌濛初死于谁领导的农军

《墓志铭》："初九日黎明,贼大呼曰:'我辈欲见凌公。'(公)在楼上叱之曰:'汝等欲说我降耶?诚目我为何如人!我岂鼠辈偷生比耶!'发鸟铳毙数人。贼大怒,攻之益急……(公)即呕血数升,谓众曰:'观贼呼我为凌公,彼有人心者。可扶我与贼面语。'乃呼贼语之曰:'我力已竭,明日死矣,万勿伤我百姓。'贼唯而退。……(公十二日卒)次日,贼入楼,见公面色如生,咸叹异之。遂示众曰,'我与凌公约,勿伤百姓。'乃斩一人,贯三人耳,余皆秋毫无犯。"

按铭文意,这个农军首领尊称凌濛初为"凌公",在凌濛初大骂甚至杀死手下数人后,仍能对凌濛初表示出相当大的敬意,信守与凌死前所订约言,因此,这个人必定受过凌氏之恩,或对凌氏生前在房村一带治理黄河善绩有相当了解,当为本地人无疑。而本地民变在前一年被官军"悉皆平定",其首领均被何腾蛟擒杀,活下来的重要人物仅有程继孔。我以为攻打房村者即程所率农军。《绥寇纪略·补遗》下载程继孔被押至北京后,"会国变,脱归徐州,再纠众为乱"。《平寇志》卷十一:"武愫赴徐州,土寇程继孔率其党卫之。"《怀陵流寇始终录》卷十八:"土贼程继孔与董学礼发兵千人从愫。"可证当时在徐州一带活动的本地农军为程继孔部。《墓志铭》所说"攻州城"者,当系学礼所部,而"流一队掠房村"者,当为继孔部。程继孔被凌濛初招降,方免于死,他当然同凌氏熟悉,对凌氏也很敬重。《墓志铭》所说"贼"首,当是程继孔本人。

由以上考述可见,凌濛初并未镇压过李自成起义。而他的主要对手程继孔,是个卖友求荣、反复无常的义军败类。

（原载《西北大学学报》1990 年第 3 期）

凌濛初之从佛与《硬勘案大儒争闲气》中的佛教平等观

《硬勘案大儒争闲气》是凌濛初《二刻拍案惊奇》中的一篇著名作品①。近年来出版的文学史中,曾有专门论述②。作品叙写大儒朱熹因挟嫌报复而制造冤案事。在朱学是官方意识形态的明代,作者敢于直截了当地将朱熹作为反面形象来描写,其勇气不能不令人钦敬。当然,认为作品"代表了晚明文人对作为官方学说的程朱理学的极大厌恶",这是不错的。但是如果说作品"把朱熹这位大儒描绘成十足的小人形象……它所直接攻击的对象,首先是当代(按:指晚明)的假道学"③,则与作品实际殊不相符。我认为,作者是通过对朱熹行为的批判,传达了与理学伦理观对立的大乘佛教的平等观。

一、凌濛初虔信佛教之证明

我曾就"二拍"中的佛教影响请教过国内一位国学界和佛学界的大师。承蒙先生复长信指教,谓凌濛初和"二拍"均未曾受到佛教影响。故不得不先写此一大段文字辨析。

明代诸帝,大都尚佛。明太祖朱元璋少时曾出家,故立国后对佛教甚为重

———————

① 本文引用"二拍",均见阎琦校注:《初刻拍案惊奇》、《二刻拍案惊奇》,西安:太白文艺出版社1995年版。

② 章培恒、骆玉明主编:《中国文学史》下卷,上海:复旦大学出版社1996年版,第337—338页。

③ 章培恒、骆玉明主编:《中国文学史》下卷,上海:复旦大学出版社1996年版,第337—338页。

视。《明史》卷一三九《李仕鲁传》谓:"帝自践祚后,颇好释氏教,诏征东南戒德僧,数建法会于蒋山。应对称旨者辄赐金襕袈裟,召入禁中,赐坐,与讲论。……诸僧怙宠者遂请为释氏创立职官。于是以先所置善世院为僧录司,设左右善世、左右阐教、左右讲经、觉义等官,皆高其品秩,道教亦然。度僧尼道士至逾数万。"①明朝历位皇帝,"虽间或也有限制佛教,沙汰僧尼,甚至像世宗那样崇道排佛的,但总的来说,多数是佞佛的"②。时风所及,"明代官僚士大夫受佛教影响依然很深,中后期参禅学佛也有所抬头"③。

凌濛初生于万历八年(1580)五月初七,卒于崇祯十七年(1644)五月十二日④,其时正当晚明。从总体趋势看,宋代以后日趋式微的佛教在这一时期中兴,在社会生活中发生了广泛影响,具有重要地位,朝野中外,信徒靡然向风。神宗虔信佛教,尝云:"朕惟佛氏之教,具在经典,用以化导善类,觉悟群迷,于护国佑民,不为无助。"⑤"本朝主上及东宫诸王降生,俱剃度童幼替身出家。"⑥神宗之母慈圣太后好佛,自号"九莲菩萨"⑦,"于京师内外,多置梵刹,动费巨万。帝亦助施无算"⑧。上有所好,下必效焉。而明代后期政治黑暗,权臣宦官交替当道,东厂锦衣卫特务横行,边患内乱不断,故使当时社会成员,尤其是文人们普遍对现实产生幻灭感,企图在宗教中寻求精神慰藉,寄希望于来生后世。而佛教正具有这样的功能。而晚明建立在工商业经济上的市民社会有较大发展,带来价值观的巨大变化。我曾说过,市民价值观从本质上说,与传统的产生于农业自然经济下的儒家价值观是对立的,不相容的。后者是建构于等级制度之上的以"礼治"为核心的一整套观念,其财富的分配原则亦以权势地位作为唯一依据;

---

① 影印清武英殿本《明史》,上海:上海古籍出版社1986年版。以下引用《明史》版本同。

② 郭朋:《明清佛教》,福州:福建人民出版社1982年版,第34页。

③ 任继愈总主编,杜继文主编:《佛教史》,北京:中国社会科学出版社1995年版,第513页。

④ 叶德均:《戏曲小说丛考》下编《凌濛初事迹系年》引《凌氏宗谱》,北京:中华书局1979年版;《学林漫录》第五集周绍良《曲目丛拾》所录《别驾初成公墓志铭》,北京:中华书局1982年版;贾三强:《凌濛初晚年二事考》,《西北大学学报》1990年第3期;[日]荒木猛:《凌濛初的家系とその生涯》,(日)《文化》1980第1、2期。

⑤ 明神宗万历十四年九月初一日《谕华严寺敕》。陈垣:《明季滇黔佛教考》卷二《藏经之遍布及僧徒撰述第七》,北京:中华书局1962年版。

⑥ 沈德符:《万历野获编》卷二七《释道·京师敕建寺》。

⑦ 《明史》卷一二〇《悼灵王慈焕传》。

⑧ 《明史》卷一一四《孝定李太后传》。

而前者的核心是利益驱动原则,说穿了就是现实的功利考虑,即追求财色欲望的最大满足。因此市民阶层的崛起,必定要带来价值观念的变化。当时的文学作品,尤其是通俗文学中出现了非道德化的倾向,尤以大量露骨的色情描写为其显著特色。元代中期以后,程朱理学成为中国社会占统治地位的价值观,这种以天理印证人间"君臣父子"关系神圣性的理论,过分强调天理与人欲的对立,要求"存天理,灭人欲",显然不仅市民阶层难以认同,而且具有启蒙意识的文人也越来越感到其不合情理。晚明反理学的哲学、伦理和文学思潮,从大的方面说,概基于此。而反理学必须手持利器。在时代没有也不可能提供近代西人启蒙思想之类理论时,拿来主义不失为便捷之路。而大乘佛教有关世俗生活的一些原则和行为规范,恰好可以为这些深受传统影响的文人提供一种既异于理学,又能够对市民阶层非道德化倾向起到有效约束作用的价值观体系。而当时最前卫的知识分子多为佛教信徒,并非偶然①。明代佛教四大高僧祩宏、真可、德清、智旭的活动期均在万历年间以后②,既是这时期佛教盛行的重要标志,也是其必然的结果。名僧们上谒朝廷,下导庶人,游走四方,从者如云。"天下名公、巨卿、长者、居士,泊诸善信,无论百千"③,则正是佛教倾动朝野,遍行天下的写照。凌濛初就生活在这样一种时代氛围中。

而他的亲友中信仰佛教者在在不少。从经历看,他与祖父凌约言相似之处甚多。同担任过低级官员,在任内都参与平息过民众暴动,同治理过河务,甚至在仕宦期间因有所建树而被称作"凌公"也相同。约言晚年"释畈","榜其居曰净因斋,自称净因居士"④。而其父凌迪知壮年仕宦,晚年"罢归闭户,著书林下",自号"兰雪居士","与其子润初、濛初自相师友"⑤。从"居士"名目看,或当亦信仰佛教。凌濛初友人可考者无几,但是有来往的汤显祖、袁中道和冯梦祯,均为佛教信仰者。汤显祖曾致信凌濛初,玩其语气,一是为答谢凌濛初所赠"大

---

① 李贽本人为佛教徒,汤显祖与真可(达观)之亦师亦友的关系,公安三袁被时人比之为马鸣、龙树,均是例证。见《明清佛教》《明史》卷二百二十二《耿定向传》、缘起工作室编《佛学大辞典》电脑单机版,以及徐朔方笺校《汤显祖全集》(北京古籍出版社 1999 年版)和《续藏经》第一辑第二编第三一套《紫柏尊者全集》中两人多通来往书札。

② 郭朋:《明清佛教》,第 176—290 页。

③ 广润《云栖本师行略》。《续藏经》卷《云栖法师行略·手著》第十三册。

④ 《(光绪)乌程县志》卷十四《人物》三。

⑤ 《(光绪)乌程县志》卷十四《人物》三。

制五种",二是为自己剧作音律的"自然而然"和"然而自然"辩护,反对吕玉绳妄加改篡《牡丹亭》①。袁中道《居游柿录》中记曾晤凌濛初事,看来两人相当熟稔②。汤显祖晚年归佛,是四大高僧之一真可的弟子与至交③。而时人论及公安三袁时说:"袁氏一门,向心净土"④,"兄举而弟扬之,诚儒家之无著、天亲,论部之马鸣、龙树"⑤。将袁氏兄弟与印度著名的佛学大师们相提并论。

而对他影响最大的友人无疑是冯梦祯。他曾任南京国子监祭酒,挂冠后拜真可为师,是万历年间著名的佛教居士⑥,也是著名的《径山藏》刊刻发起人之一。真可对其寄以重望:"此道荒凉东南已,知舍先生其谁哉!"⑦冯长凌三十二岁,早卒三十九年。冯梦祯在《快雪堂集》中多处说到两人相偕出游,吟诗唱和事。凌濛初生母蒋氏故,他专程从苏州家中前往乌程吊唁。两人堪称为忘年之交。其交往中与佛教有关的可考的事有两件。一是万历癸卯(1603)凌濛初携所编《东坡禅喜集》,与冯氏乘船游吴闾,"各加评语于上方"⑧,所写当是习禅体会;二是此后不久,凌濛初将此书"更为增定",冯氏写跋,热切希望凌濛初精进不止,"能加一则两则,便可穿佛鼻孔","吾老矣,愿以勉玄房"⑨,几乎将真可送自己的话又转赠给了凌濛初,可见对其佛学造诣之肯定。多年以后,在此书付诸枣梨时,凌濛初仍对冯氏的重望念念在兹,唏嘘不已,"迄今凡十九年矣。先生墓木已拱,而余亦镜有秋霜缕许矣!付厥一新,恍如昨游,为之慨然"⑩。

凌濛初的壮年归佛,不仅受环境影响,亦有着个人原因。其才学出众,广为人知。二十岁时上书国子监祭酒刘氏,"刘甚奇之"⑪。名流耿定向、耿定力兄弟

① 《汤显祖全集》第二册,第1442页《答凌初成》。

② 袁中道《游居柿录》卷三记万历己酉游金陵事:"珍珠桥晤湖州凌初成,见壁间挂刘松年画两人对弈,作沉思状,相叹以为人物之工如此,近世自文衡山以后,人物不可观矣。"转引自叶德均:《戏曲小说丛考》下册,第582页。

③ 钱谦益:《列朝诗集小传》下册,上海:上海古籍出版社1983年版,第563页;《紫柏尊者全集》卷二十三《与汤义仍》,见《续藏经》第一辑第二编第三十一套第五册。

④ 甘翼尔:《西方合论·卷首》,见《大正藏》卷四十七。

⑤ 周之夔:《重刻〈西方合论〉序》。

⑥ 《列朝诗集小传》下册,第620页。

⑦ 真可:《与冯开之》,见《紫柏尊者别集》卷三,《续藏经》第一辑第二编第三十二套第一册。

⑧ 《四库全书总目》卷一七四《集部·别集类存目》一《东坡禅喜集十四卷》。

⑨ 《快雪堂集》卷三十。

⑩ 《东坡禅喜集·跋》。

⑪ 《别驾初成公墓志铭》。

均甚赏识其才华,"一时公卿无不知有凌十九者"①。《墓志铭》的撰写者郑龙采亦称其为"学富五车,才高八斗"②;南明最有才干的政治家之一、湖广总督何腾蛟为凌濛初撰写的祭文中称:"文辞播宇宙,比眉山而多武略。"③认为其才学与苏氏三杰相仿佛。固然不能排除其中的谀墓成分,但至少可以说是凌濛初之才学曾被时人认同。其本应在科举道路上一帆风顺,但仅在乡试中便"四中副车"④。"为归隐计,将于杼山、戴山间营一精舍,以终老焉。作《杼山赋》、《戴山记》、《戴山诗》以见志。"⑤按,《杼山赋》应为《游杼山赋》⑥,是反映他这一时期思想的重要作品。其中说道:"宣洒何园,译彼梵言。华称弟子,初乘居焉。植夙慧于二氏,粉吾契于禅玄。弄音文于日种,探鸿蕊于墨园。……义取象于水莲,寄遐慕于复师。□□忘于法乘,时复露其念兹。尔乃情适于水,更欣得月。曾开竺语,一切交摄。"⑦可见其醉心于内典,忘情于禅机的神态。

还有证据说明凌濛初此后由儒入佛。佛教信徒往往把传播佛典当作莫大功德,亦是佛教徒的义务。凌濛初对此不遗余力。陶湘《陶氏涉园所辑书目》载有凌濛初校刊《圆觉经》二卷,王重民《中国善本书提要》述及凌濛初亲笔书写刻版的《维摩诘所说经》十四卷。这是一部卷帙颇繁的重要经典,仅阅读一过,笔者曾用数月,故可以想见他付出了何等精力。当有近乎迷狂的宗教热情的支持。书后附有《释迦如来成道记》,署名"佛弟子凌濛初书",可见他已俨然以佛门之徒自居了。中土影响最大的所谓《禅门三经》,他就刻印了两部。佛教的色空观

---

① 《别驾初成公墓志铭》。

② 《别驾初成公墓志铭》。

③ 《别驾初成公墓志铭》。

④ 《凌氏宗谱》卷二:"卒以数奇,四中副车。"见叶德均:《戏曲小说丛考》下册,第583页;《别驾初成公墓志铭》:"公试于浙,再中副车;改试南雍,又中副车;改试北雍,复中副车,乃作《绝交举子书》。"

⑤ 《东坡禅喜集·跋》。

⑥ 全文见《明清小说研究》2000年第3期。此为赵红娟《凌濛初〈游杼山赋〉管见》一文的"附录"。可参看该文对赋义的解说。

⑦ 此赋兼谈佛道。但谈佛教思想更多。引文中之"梵言"、"初乘"、"夙慧"、"日种"、"水莲"、"复师"、"法乘"、"水月"、"竺语"、"交摄",均为佛家习用语。"二氏"和"禅玄"指佛老;"日种"。释尊俗家五姓之一。释尊之祖称甘蔗王,相传其未经胎藏,乃由日照而生,故称日种。见《大日经疏卷》十六、《俱舍论光记》卷二十七;"复师"为华严宗之僧职。乃重复论述讲师之言说而使义理更明之僧。

显然最受其重视。在这两部佛经前,他都抄印了谢灵运的《维摩诘十譬赞》①。谢灵运所赞的是维摩诘宣扬四大皆空、诸法无我和人生无常时用的十个比喻,有"聚泡沫合"、"焰"、"芭蕉"等。而且他自号"即空观主",署在他所撰辑的多种书上,"二拍"即署此号,可见他对这一别号的钟爱。其含义,日人荒木猛氏言,出于《般若波罗蜜多心经》中的"空不异色,色不异空;空即是色,色即是空"②。另,《维摩诘所说经·入不二法门品》第九亦云:"色即是空,非色灭空,色性自空。"③

而大乘佛教之旨在"二拍"中多有所见,净土信仰似乎受到特别重视。《金光旧主谈旧迹》中的主人公冯京前世是西方极乐世界的一尊者④,因萌生思凡之心而入尘世,贵为宰相。一日梦游旧地,遇前生友人金光洞主。洞主大谈人间的虚妄苦难和西方极乐世界的尽善尽美。冯京醒后顿悟,从此"扶持佛教",终日念佛,终归"净土"。作者完全是从正面来对此事大加赞美,礼佛之心无一丝掩饰。净土信仰是晚明佛教中兴中最重要的一支。郭朋先生指出,明代四大高僧中的袾宏、德清和智旭三人都以净土信仰为主。"袁宏道的《西方合论》,也是明代净土宗的一部重要著作。"⑤当时佛学界对此书评价甚高,誉为"禅土合源,超绝乐邦诸典"⑥,可见其受重视之程度。联系到凌濛初与袁氏兄弟的交往,此篇作品真可谓师出有名,对当时的净土信仰的普及显然起了推波助澜的作用。

与此相关,"二拍"中还有一些作品宣传观音信仰。据佛典,观音菩萨是与西方弥陀四菩萨之最初法菩萨同体。显教以为西方极乐世界佛主阿弥陀佛之弟子,密教以为阿弥陀之化身。与大势至菩萨皆在阿弥陀佛之左右(观音左势至右),而赞其教化,故称弥陀之二胁士。亦属净土信仰中的重要角色。⑦《法华经·观世音菩萨普门品》和《无量寿经》和《大阿弥陀经》⑧,皆阐说观世音之利

---

① 严可均辑:《全上古三代秦汉三国六朝文》第三册《全宋文》卷三十三《谢灵运》。
② 参见任继愈总主编,杜继文主编:《佛教史》,有关部分;经文见《大正藏》卷八(四)第849页。
③ 《大正藏》卷十四(三)第551页。
④ 《初刻拍案惊奇》卷二十八。
⑤ 郭朋:《明清佛教》,第164页。
⑥ 如奇:《西方合论标注跋》,《大正藏》四十七卷,第388页。
⑦ 见《佛教大辞典》中相关辞条。
⑧ 《大正藏》第九册、第十二册。

益。据《法华经·普门品》之记述,当众生遭遇困难之时,只要诵念其名号,观世音菩萨即时观其音声,前往拯救。《大阿弥陀经》谓其可将信众度往净土,于七宝水池莲花中化生,永断轮回之苦。魏晋六朝时期,观世音信仰在我国社会开始盛行。明代以后,随着净土宗的盛行,观音信仰更加深入民心。"二拍"中亦有多处渲染了观音菩萨的无边法力,较著者有《盐官邑老魔魅色》和《酒下酒赵尼媪迷花》。前者述民女夜珠虔心礼观音,日夜口诵其法号,一日被老猴精以魔法摄去,欲强暴之,夜珠大呼观音,观音施法诛杀猴魔。此无疑是对《普门品》的宣讲。后者言佛教女居士贾秀才之妻巫氏去尼庵求签,市井无赖卜良买通庵主赵尼姑将其骗奸。观音于是托梦于贾秀才,指使其杀死赵尼姑师徒,嫁祸于卜良,使其被官府杖死。虽说大开杀戒,但"大士见机得杀"①,"(杀戒)大士有益便开"②,对观音大士来说,这实在算不了什么;而巫氏的失身,也因"菩萨睡眠为他所淫,毕竟不觉,理亦无犯"③。不仅佛菩萨具有无边法力,而且与佛教沾边的事物也都被作者涂上浓浓的神奇色彩。一部据传是白香山手抄的《金刚经》,不仅可以使寺僧逢凶化吉,遇难呈祥,而且脱落下来的一页所在"火光烛天",保存此页的老者也因此"罪孽尽消","延寿一纪"④。

佛教戒律也是作者宣传的重点。佛经说了"一切众生因杀故,现在获得恶色、恶力、恶名、短命","舍此身已,当堕地狱,多受苦恼饥渴"⑤,于是就有了屈突仲任以虐杀畜禽为乐,因而在地狱中被用秘木压榨的描绘。作者为此写了一首长诗,内云:"物命在世间,微分此灵蠢。一切有知觉,皆已具佛性。取彼痛苦身,供我口食用。我饱已觉膻,彼死痛犹在……"⑥简直可以当佛偈来读。而在《王大使威行部下》中⑦,作者直截了当地说:"天地间最重的是生命。佛说戒杀,还说杀一物要填还一命,何况同是生人,欺心故杀,岂得不报?"而这种佛教宝爱众生的思想,正是"二拍"中平等观的基础。

---

① 《菩萨戒义疏》卷下,见《大正藏》卷四十(三),第571页。
② 《菩萨戒本疏》卷上,见《大正藏》卷四十(三),第664页。
③ 《梵纲菩萨戒本疏》卷三,见《大正藏》卷四十(三),第622页。
④ 《进香客莽看金刚经》,见《二刻拍案惊奇》第一卷。
⑤ 《优婆塞戒经》卷三,见《大正藏》卷二十四(四),第1048页。
⑥ 《屈突仲任酷杀众生》,见《初刻拍案惊奇》卷三十七。
⑦ 《初刻拍案惊奇》卷三十。

二、"二拍"的价值观

　　研究者一般将以故事为结撰点而敷衍的叙事文学作品分成两大类,或为历史文学,或为传奇文学,视乎忠于史实的程度和虚构成分的多寡,虚构成分少者为历史文学,否则为传奇文学。故有七实三虚之类的说法。《三国演义》与《水浒传》是也。而更重要的是,忠于正史或经过考订过的史实者,被认为是历史文学,而以野史杂传或民间传说为本演述者,则一般被认为是传奇。马致远的《汉宫秋》所本是《后汉书·匈奴传》中的一段简略记载,他以此和一些民间传说为基础进行了再创作,并且将故事的结局做了改变,但在传统上仍被认为是历史剧;而白朴的《梧桐雨》则是以白居易《长恨歌》为素材,但正因其所本是所谓野史杂传之类,故亦被认为属于传奇剧一类。其实就对原著的忠实程度来看,后者还强于前者;换言之,就虚构的成分而言,前者多于后者。故对文学创作者来说,本无历史文学与传奇文学间的严格区分,同样在故事的基础上,通过想象来进行虚构,补充大量细节方能完成。

　　"二拍"中的绝大部分篇章皆有所本①,故作者虽以前人简略的记事为本,然敷衍成情节完整、人物生动的短篇小说,与独立构思完成者几无区别。尤其是从作者增添的大量文字中,与出处相较,更可看出其思想倾向。

　　"二拍"之创作有明确的扬善惩恶之企图。凌濛初明言,"近世承平日久,民佚志淫,一二轻薄恶少,初学拈笔,便思污蔑,广摭诬造,非荒诞不足信,则亵秽不忍闻,得罪名教,种业来生,莫此为甚"②;"是编主于劝诫"③;"意存劝诫,不为风

---

　　①　经多位学者考据,绝大多数篇章来源已可确定。有孙楷第:《三言二拍源流考》,见《北京图书馆馆刊》五卷二号,《今古奇观序附解题》,亚东图书馆排印本首;赵景深:《拍案惊奇的来源》,见《小说闲话》,《二刻拍案惊奇的来源和影响》,《小说论丛》;戴望舒补记两条,载民国三十年(1941)四月香港《星岛日报》之《俗文学》第十六期、第五期;[日]丰田穰:《明刊四十卷本〈拍案惊奇〉及〈水浒传评林〉完本之出现》考出四条,载《斯文杂志》第三十三卷;叶德均:《三言二拍来源考小补》,见《戏曲小说丛考》下册,第566—576页。而以胡士莹:《〈二拍〉故事的来源和影响》,见《话本小说概论》,北京:中华书局1980年版;谭正璧:《三言两拍资料》,上海:上海古籍出版社1980年版,甚为详备,后者尤堪称集大成者。

　　②　《拍案惊奇序》。

　　③　《拍案惊奇凡例》。

雅罪人,后先一指也"①。甚至在作品中也一样,"等听了的触着心里,把平日邪路念头化将转来,这个就是说书的一片道学心肠"②,连篇累牍,不胜枚举。本意是宣扬名教,但却在《硬勘案大儒争闲气》中将名教大师朱熹拉来大大地作践一番,看似矛盾,不合情理,但只要别将名教仅从字面上理解为指程朱理学,而视作作者心目中的正面的价值观与道德观的等义词,与释氏所言"善业"同义,庶可一通百通。

对于作品中表现出的反理学倾向,我不持异议。但如果认为作品是批判朱熹这位理学大师个人品行的恶劣,则我以为既错解了作者的本义,也降低了作品的思想方面具有的时代意义。应从作者的佛教价值观对人际关系认识与程朱理学巨大冲突角度切入,方可较为透彻地解读。

正话本出自《齐东野语》卷十七、卷二十和《夷坚志庚》卷十③。述朱熹任提举时处理的一桩案件。他听闻台州知府唐与正讥讽自己学问无根柢,便亲去台州,寻衅报复。以台州名妓严蕊与唐有染为借口,系严于狱,严刑拷打,欲使诬唐。严抵死不从。朱熹的形象甚为猥琐,为官报私仇的小人。《朱文公文集》卷十八有《按唐仲友第三状》,卷十九有《按唐仲友第四状》④,(清)王懋竑《朱子年谱》卷三上有《奏劾前知台州唐仲友不法》⑤。可见事出有因。

但是,凌濛初再创作时,虽说故事情节没有多少变化,但细细探求,作者刻画的朱熹形象有所不同,不再强调其褊狭和一己之私心,而是三番五次地指出他办错案是由于"执性"、"成心"、"偏执"之过。特别应注意入话与正话的联系。入话谓,一小户欲占大户之墓场,称其地原为己之所有,被大户侵占,兴讼于时任知县的朱熹。朱熹平素"专怪富豪大户欺侮百姓",抱着先入之见去实地勘查,果真挖出小户祖碑,遂断墓场归属。若干年后方知墓碑是小户事先埋入。此处之朱熹显然与官报私仇无涉,而是好心办了坏事。是因小户"晓得晦翁有此执性",故钻了空子。而作者明言,冤判严蕊一案与此一样,"只为朱晦翁还有一件,为着成心上边,硬断一事,屈了一个下贱妇人",完全是"成心不化,偏执之

① 《二刻拍案惊奇小引》。
② 《二刻拍案惊奇》卷十二。
③ 《三言两拍资料》该条。
④ 《四部丛刊初编》影明嘉靖本。
⑤ 《丛书集成初编·史地类》。

过"。可见作者要批判的是朱熹的"成心"、"执性"。

佛家于此称作"执性"、"执心"、"执见"。《中观论疏》卷一:"大明物病不出二种,一者执性,二者迷假。"①《广百论释》:"非唯空有,亦复空空,遍遣执心。"②《仁王护国般若经疏》卷三:"如是执见,是凡夫颠倒妄想非圣见也。"③谓人一旦有了僵化的认识模式,在观察事物时,为偏见所障,故所见颠倒歪曲,必非真实。而作者笔下的朱熹,恰如佛典所云。其以执见看待墓场之争中的大户和淫女严蕊,大户必定"欺侮百姓",妓女必定"下贱"无德,又怎可能有公道?

"成心"、"执性"属于认识范畴,而"偏执"则是行为表现。凌濛初是如此解释两者之间关系的:"一点成心入在肚里,把好事多错认了,就是圣贤,也要偏执起来,自以为是,却不知事体竟不是这样的了。""偏执"一词,亦出佛典。《求那跋摩偈》:"偏执有事非,达者无违诤。"④意谓人不明于诸法俱空,胶着于一事一物,就会迷失本性,产生事非纠纷,非通达者所为。《掌中论》释"妄执"时的比喻用在此处亦很恰当:"如于非远不分明处,唯见蛇绳相似之事,未能了彼差性,被惑乱故,定执为蛇……知由妄执诳乱生故,但是错解无有实事。"⑤以先入为主的僵化固定的认识模式往千姿万态的现实事物上硬套,自然便会发生偏差,得出与事实不相符合的结论。从入世的视角切入,显然可以认为,符合真理的认识只能从客观实际得来,对任何人和物都不应采取只执一端的做法,否则就会"偏执起来",错认蛇绳,把事情搞得一塌糊涂,不可收拾,更别说公平公正地处理案件了。朱老夫子在这方面狠狠地栽了一个大跟头。

由此可见,朱熹之错并非因为是"十足的小人",与个人品质恶劣没什么关系。恰恰相反,从作品描写的实际来看,还算个正派人。墓场之争中,他怀着为民申冤的良好动机,出以公心,毫无私心,亲履实地,根据所得到的第一手材料作出了是非判断。而他在严蕊事件前见到台州来的友人,首先关心的是下属唐与正的工作情况。在听到唐只知狎妓纵酒,不理公务,诽谤作为上司的他之后,才亲往调查。唐没有亲去迎接,更使他坚信了友人所言之不谬。而他展开调查,拘

---

① 《大正藏》卷四十二(三),第 6 页。
② 《大正藏》卷三十(一),第 219 页。
③ 《大正藏》卷三十三(二),第 268 页。
④ 《大正藏》卷五十(三),第 342 页。
⑤ 《大正藏》卷三十一(四),第 884 页。

拷涉案的娼妓,也符合旧时官员的工作程序。应该说,作者对朱熹本人并无成见:"道学的正派,莫如朱文公晦翁的,读书人那个不尊奉他,岂不是个大贤?"尊崇之情简直溢于言表。但这恰好说明了,作者是对事不对人,所要否定的,正是他的"正派"、"道学"的价值系统。作品中有个不引人注意的细节:作者将《齐东野语》里仅提了一下接替朱熹审理案件的"绍兴太守"敷衍开来,"那绍兴太守也是个讲学的",看到严蕊脚小手白,便一口咬定她"所以可恶",继续严刑拷打。这样一来,成心执性,偏执之过,就不再是朱熹个人的品性,而是一切正派的道学先生的通病。只要坚守道学的价值系统,朱熹所犯的过失,别人同样会犯,个人品质再好也没用。故曰:凌濛初不是通过揭露朱熹个人的恶劣品质来反理学,而是通过对理学的价值系统的否定来否定道学家们的作为。

似乎有必要对"成心"、"执性"的内容进行解析,即认识其体现出的价值系统的要义何在。中国古代思想史界对儒家社会政治学说的核心是礼治,大体上形成共识。而宋代理学家尤将人伦关系上升到宇宙本体的高度,认为人与人的关系与自然界万物一样,其尊卑贵贱是由先验的客体精神"理"(或称"天理")规定好了的。因此人只能是"顺理而行"、"安于义命"[1],履行社会给予的义务。已有学者注意到,儒家的礼治思想合于现代的系统论学说[2]。系统论有两个要点,一是将任何对象视为一个由若干子系统、亚子系统等要素按照有序原则组成系统结构。而儒家的礼治思想,将社会视作一个有序的结构,按照君臣父子,天道当然的原则构成,每个人都如同棋子,被摆在了特定的位置上。二是构成系统结构的每一要素,都要严格地服从系统整体功能的要求,其作用既不能发挥得不足,也不能过分,否则会造成系统的失衡甚至崩溃。儒家礼治的思想要求每个人都严格扮演社会分配的角色,不能做危及社会稳定的事。稳定是压倒一切的。而朱熹正是以此作为自己的指导思想。大户欺侮百姓已形成一时之风,任其蔓延发展,只能使社会出现不安定因素。而严蕊是妓女,还很标致,这种人的存在让道学家们看来,是对礼治社会的威胁。赌近盗,奸近杀。因而出于其有"执性"的价值系统,理学家们的"偏执"行为就有了必然性。不顾事实,一意孤行,固执己见如何可能避免!

---

① 侯外庐、邱汉生、张岂之主编:《宋明理学史》上卷,北京:人民出版社 1984 年版,第 29 页。

② 李泽厚:《秦汉思想简议》,见《中国古代思想史论》,合肥:安徽文艺出版社 1994 年版,第 136—176 页。

针对"成心"和"执性"，凌濛初提出了以"空虚"之心待人："人心最灵，专是那空虚的才有公道。""空虚"一词，先秦两汉典籍中就有，但是一般指有形之物的匮乏①。佛家用来指一种超物质的状态，称为"虚空"，以别于"空虚"，但还是就"空"和"虚"两字的本义使用，"虚无形质，空无障碍"②。《大乘义章》卷二："虚空有体有相。体则周遍；相则随色，彼此别异。"③即虚空可从内在的本体和外在的相状两方面去把握，本体虽无形无相，但是周遍于宇宙，无所不在；而相状则依大千世界林林总总的事物的存在而有着千差万别的具体形态。故佛教亦不否认人们客观存在形式的不同，如男女老少、贫富贵贱。但是，佛教更强调是以无差等的眼光，透过表面现象，看到事物浑一的本质。故《维摩诘所说经·入不二法门品》第九曰："若离一切数，则心如虚空。"④即不要执着于事物表面上的差别，而要看到其虚空的本质。以这种眼光来看待众生，便会"心行平等如虚空"⑤，人们之间的各种差别就会消失，所余只有众生平等的本性。这就是《法华义疏》卷十所谓："众生皆有一乘，同有佛性，并当作佛，不应慢之。"⑥不能有先入为主的成心执性，将人的品格的高下、行为的善恶与其出身、身份和地位机械地联系在一起。因此，"如来说法，浅深归于一道，不得执大呵小，执小呵大。"⑦人成佛的机根虽有利钝之别，但成佛的根据却无存亡之分。如果以人的地位高低作为大小，朱熹在墓场之争中是"执小呵大"，认为小民总是有理；而在严蕊一案中则是"执大呵小"，认为身担要职的自己不会出错。可以看出，说凌濛初的以空虚之心待人的说法，是从佛家虚空观派生出来的，当不属胡言乱语。

以空虚之心待人，就是以平等之心待人。以这个新的尺度来评价人品的高下和德行的优劣，并不在于谁是后期封建社会的圣人，谁是被侮辱与被损害的处于社会最底层的妓女，而只能以各人的行为作为唯一依据。作者正是以这个标准来处理严蕊和朱熹这两个艺术形象的。前者明明知道自己"身为贱伎，纵是

---

① 《孟子·尽心》下："不信仁贤，则国空虚"；《国语·吴语》："市无赤米，而囷鹿空虚"；《史记·汲黯传》："安国富民，使囷囷空虚"。

② 丁福保编：《佛学大辞典》下册，上海：上海书店1991年版，第2044页下。

③ 《续藏经》第二编第一套第四册，第365页。

④ 《大正藏》卷十四（三），第551页。

⑤ 《大正藏》卷十四（三），第537页。

⑥ 《大正藏》卷三十三（二），第597页。

⑦ 《大正藏》卷三十三（二），第597页。

与太守有奸,料然不到得死罪。招认有何大害",但她更知道无中生有诬陷他人来换得自己一时的安康,是极不义的行径,因此毅然拒绝道:"天下事真则是真,假则是假,岂可自惜微躯,信口妄言,以污士大夫?"作者笔下的这个下贱的妓女的人格,放射出炫人眼目的高尚光辉。作者在作品结束时,专为她赋长诗一首,"单说他的好处",其中一联是"贱质何妨轻一死,岂承浪语污君子"。相形之下,那位圣人因"成心不化,偏执之过",显得那样褊狭恶劣。

凌濛初对朱熹为政的否定蕴含着他对传统评价官员标准的否定。"宋代以后道德的要求压倒了一切,少问甚至不问行政才能和政绩如何,而多半以是否尽忠尽孝、廉洁奉公等道德品操作为官吏考核、升迁、评论的标准。"[1]可以说,朱熹是符合这一标准的,他的道德品操可谓端庄。但是以"空虚"之心待人的标准衡量,他在没有一点实据的情况下,仅凭一己之见,迫害他人,哪怕是"贱质",损害了每个人都应拥有的尊严和人格,因此作者不能不把他写成一个坏官。

与此针锋相对,作者搬出了一个"好官",即《夺风情村妇捐躯》中的林断事[2]。这个人的个人操守与朱圣人完全无法同日而语,以衙门的门子为娈童,并利用职权包庇其劣行。正好他碰上了一件棘手的案子,一名村妇杜氏在从娘家返回婆家的路上失踪,两家互讼,都是原告,也是被告。此妇途中遇雨,入寺躲避,被寺僧留下奸宿。杜氏偏爱徒弟,厌憎老僧,因此被杀。林断事受理此案后,明察暗访,用计骗出元凶,处以极刑。如仍以传统标准衡量,林断事个人品质恶劣,而他为之申冤者又是个咎由自取的荡妇,故无论如何不能算是好官。但作者却给他了极高评价:"都传说林公精明,能通天上,辨出无头公事,至今蜀中以为美谈。"从作者对这两个地位品质存在巨大差异的官员的评价,我们可以清楚地看出他评价官员的标准已大异于传统,即好官绝非道德上的完人,而是能以虚空之心待人,无成见地对待所有人,维护每个人正当的生存权利,只要其人不伤害其他社会成员。

言犹未尽,还想就这种平等观的性质再说几句。人类社会脱离蒙昧,进入文明时代以至于今,其平等观的发展也大体可分为三种形态。最低层面的是道德

---

[1] 李泽厚:《经世观念随笔》,见《中国古代思想史论》第 269 页。原注:参阅 C.K Yang, "Some Characteristics of Chinese Bureaucratic Behavior", 见 A.F Wright 编: *Confucianism in Action*, Stanford 1959。

[2] 《初刻拍案惊奇》卷二十六。

平等观。中国先秦的平等思想主要有儒墨两家。墨家主张兼爱,认为人们应无差别地互爱互助。这种原始的平等观因为缺乏生存的基础,没有能够充分地发展,影响不大。儒家的道德平等观是中国传统平等观的主流。其认为,由于人们的出身、身份、地位、经济条件和政治权力等存在差别,人们在人格和权利上当然就不可能平等。"无君子莫治野人,无野人莫养君子"①;"劳心者治人,劳力者治于人"②;"唯上智与下愚不移"③。人们之间当然存在着等级差别,并且这种等级差别是符合宇宙间普遍法则的,正所谓"天有十日,人有十等"④。但是儒家在坚持森严的等级制的同时,也承认人们之间有平等的关系,即著名的"人皆可以为尧舜"之说。李泽厚先生解释道:"理学讲的'人皆可以为尧舜',并不能完全等同于'人皆可以成佛'。在佛面前,人可以是平等的;在尧舜那里,世间却有尊卑等级、亲疏差别。理学所要捍卫的正是这个君臣父子的世上王朝。"说得甚好,但好像话没说完。儒家的"人皆可以为尧舜",实际上是讲道德上的平等。如果可以暂时更新一下概念,将儒家的等级制为核心的礼治思想称为"道",那么自觉的遵从这种"道"要求的行为模式就可称为"德"。在"道"方面,人是不可能平等的,但在"德"的方面不仅应该,也只能如此,却是完全平等的。如果所有的社会成员都谨守"道"对自己的阶层位置的规定以及行为的规范,不侵害他人的权益,就可成为尧舜那样的圣人。帝王谨守君德,勤政爱民,固可成明君贤主;民众敬上守法,安于命运则更可成为圣人完人。可见,"为尧舜"绝非指"皇帝轮流做,明年到我家",而是要人们效法尧舜之德,以使天下长治久安。如此而已,岂有它哉!

而最高层面的是权利平等观,此是现代社会通行的价值标准,"天赋人权"是其集中表述。认为每个人都享有与生俱来的各种平等的权利。然而在实际生活中,这种平等实难彻底实现,主要是经济上的不均之故。但无论如何,在现阶段,不失为各民族国家之最佳选择。

居于两者之间的是人格平等观,佛教平等观即此。佛教是在严格的种姓制度发生异变时的印度产生的。种姓制度下,婆罗门、刹帝利、吠舍和首陀罗之间

---

① 《孟子·滕文公章句》上。
② 《孟子·滕文公章句》上。
③ 《论语·阳货篇》第十七。
④ 《左传·昭公七年》。

的阶级划分是异常严格和神圣不变的。而佛教则对此持否定态度,《摩登伽经》卷上曰,"我今不见诸婆罗门与旃陀罗而有差别",四种姓"如一父母而生四子非可别姓"。① 但是在人们之间,各方面的不平等还是在普遍的社会现象的状态下,佛教毕竟不会、也不可能抹杀这种客观存在,因此,"这种不平等也只能是在精神上"②。佛国里有大佛小佛菩萨之分,僧团内也有等级高低之别,真可谓"相则随色,彼此别异"了。而在"二拍"中,作者也并非要完全实现人们之间权利完全平等。"二拍"中有一段"女权宣言"多次为研究者引用:"天下事有好些不平的所在。假如男人死了,女人再嫁,便道是失了节,玷了名,污了身子,是个行不得的事,万口訾议。及至男人家丧了妻子,却不凭他续弦再娶,置妾买婢,做出若干的勾当,把死的丢在脑后,不提起了,并没有人道他薄幸负心,做一场说话。"③但是话音未落,又赶紧补充说:"若是男子风月场中略行着脚,此是寻常勾当,难道就比了女人失节一般?"④说到底,男女在两性关系上,还是不可能做到权利平等的。明乎此,可以更深入地认识《硬勘案大儒争闲气》中宣扬的平等观之实质,为其历史意义定位。

(原载西北大学文学院编:《古代文学论集》,中国社会科学出版社 2002 年版)

---

① 《大正藏》卷二十一(二),第 402 页。
② 宫静:《早期佛教的社会作用》,见《中国佛学论文集》,第 409 页;任继愈等:《中国佛学论文集》,西安:陕西人民出版社 1984 年版。
③ 《满少卿负附饱扬》,见《二刻拍案惊奇》卷十一。
④ 《满少卿负附饱扬》,见《二刻拍案惊奇》卷十一。

凌濛初"二拍"中的因果报应观

凌濛初(1580—1644)是晚明著名的白话短篇小说作家。他中年虔信佛教，自号"即空观主人"，创作于这段时期的白话短篇小说集《拍案惊奇》和《二刻拍案惊奇》(简称"二拍")，受大乘佛教观念影响颇深。而在这两部短篇小说集中，因果报应思想亦相当浓厚，对其进行分析探讨，不仅有助于认识作家作品的思想内涵，而且由于这种以现实生活为取材对象的作品与社会生活的高度关联性，我们还可以对当时社会的这种文化现象有所了解。

一

学界多认为"二拍"是诲淫之作，无论对这种"诲淫"是正面还是负面评价。其实，作者有很强的道德救世意识和抱负，反复声明这是"二拍"的创作动机，"近世承平日久，民佚志淫，一二轻薄恶少，初学拈笔，便思污蔑，广摭诬造，非荒诞不足信，则亵秽不忍闻，得罪名教，种业来生，莫此为甚"①；"是编矢不为风雅罪人，故回中非无语涉风情，然止存其事之有者。蕴蕴数语，人自了了，绝不做肉麻秽口，伤风化，损元气。此自笔墨雅道当然，非迂腐道学态也"，"是编主于劝诫"②；"从来说的书，不过谈些风月，述些异闻，图个好听。最有益的，论些世情，说些因果，等听了的触着心里，把平日邪路念头化将转来，这个就是说书的一片

<hr />

① 《拍案惊奇序》，见凌濛初编撰，阎琦校注：《初刻拍案惊奇》，西安：太白文艺出版社1995年版。（以下凡引"二拍"版本同）
② 《拍案惊奇凡例》。

道学心肠"①;"使世有得吾说者,以为忠臣孝子无难,而不能者不至为宣淫而已矣"②。这些说法以往被人们视作是作者的故作掩饰,欲盖弥彰之语。但是,笔者研究之后发现,这些说法在作品中得到了印证,只不过是作者的道德出发点并非是当时主流价值观程朱理学,而是以晚明前卫文人通常认可的大乘佛教戒律为主,包容儒家道德观等在内的价值观③。这是我们在研究"二拍"时不可忽视的。

"二拍"价值系统的构成可分成三个板块,一是建立在佛教虚空观基础上的众生平等观;二是建立在大乘佛教戒律基础上的道德规范;三是以佛教因果报应说为核心的惩恶扬善的监督观。对于后者,以往人们多以"封建迷信"视之,近年来虽不再简单否定,但是研究并不充分。故本文将对此进行探讨。

一般说来,道德的基本原则和具体规范,只能给人们提供善恶是非的标准和行为准则,而要使人们遵守这些原则和规范,就需要强制性的力量提供保证。在旧时封建社会中,法律、官府和舆论起着维护实施道德的作用。在"二拍"中,这点体现得很不充分。这应是两个原因所致。

其一,凌濛初自称"佛弟子",而在其"四中副车"(举人试中副榜)后,产生出世之念,在从事刻书写作等文化事业时,也阅读和刻印了不少佛经。这都使他对佛教神学观念深信不疑。而又身处并不清净的现实社会之中,这种佛教的基本观念自然会进入他的价值系统中,成为他观察和解决社会问题的一种模式。其二,更重要的是,作者所处的晚明社会出现了非道德化倾向。官僚阶层腐败,而新生市民阶层中个人欲望的舒张,使"好货好色"成为一时风气。而旧有的法律等道德保障体系全面瘫痪,无法继续履行职能,也使得作者别无选择。

同时,在旧时民间,为善得福,做恶获殃的因果报应思想,被人们普遍接受,人们笃信因果报应往往更甚于畏惧官法与舆论。因果报应和天命惩扬,自然形成了精神上的强大威慑力。正因如此,作者以这种当时突出的社会心理作为依据,大量描写了人的善恶行为带来的相关报应,从而迫使人们诸善奉行,诸恶莫作,在现实中也有实现的可能,即选择了佛教中的因果报应思想作为实现道德的

---

① 《二刻拍案惊奇》第十二卷《硬勘案大儒争闲气,甘受刑侠女著芳名》,第211页。

② 睡乡居士《二刻拍案惊奇小引》转引作者语。

③ 贾三强:《凌濛初与"二拍"》,收入其《明清小说研究》,西安:西北大学出版社2008年版,第112—132页。

保障力量。但是严格地说,作品中的因果报应思想与佛教所云并非一致。佛教讲的因果报应,是指众生因身、口、意行为(业)的善恶,所导致果报(报)的好坏。按其基本教义,这种业报靠个体本身的因果联系实现,无须借助外界的力量。而在中土,为了使宣传对象即本国士庶容易接受,佛教的传法者往往将因果报应与原有的天命鬼神主宰的行为同报应相联系的观念融合起来。这也是宋代以后民间佛教的一大特点,"二拍"亦如此。这是我们在研究这个问题时需加注意的。

二

"二拍"中的因果报应,有两方面的功用。

首先是对官僚机构的整肃和制约。

从作品整体看,作者对封建官僚制度是不否定的。在中国封建社会的性质没有发生变化的前提下,封建官僚制度是唯一可行的政权形式。任何人都无法超越时代的限制建立截然不同的制度。作者思想中有在那个时代相当前卫的成分,但是远没有达到突破封建制度的高度。在作者头脑中,以皇帝为最高统治者的金字塔式的封建制度,仍具有神圣性,是不可动摇的。在《何道士因术成奸》中,他说道:"若是得了道术,辅佐朝廷……自然建功立业,传名后世"①。皇帝不能不要,辅佐明主可以流芳百世。自然皇帝手下的百司,也不可或缺。我曾做过统计,"二拍"中涉及官府断案的作品,几占全书的二分之一,写到的大部分官员都属中下层,其中相当一部分能够出以公心,秉公办事,严格执法。对这些官员在惩恶扬善,维护世道人心方面的作用,作者是赞赏的。《青楼市探人踪》中的石察院、谢廉访和两个承差,多方调查,终于查清了致仕官宦杨金宪杀死五人的命案,将其和帮凶处以极刑。② 作者对这类官员高度评价,说道:"舞文的滑吏,武断的土豪,自有刑宰主之。"③然而这只是作者对官僚制度和机构的一般认识,具体到他所处的时代,从朝廷到地方,横征暴敛,压榨百姓,徇私枉法,贪污贿赂之风大盛,官僚政治已高度腐败,因此作者的评价相当严苛。在《钱多处白丁横

---

① 《初刻拍案惊奇》,第 464 页。
② 《二刻拍案惊奇》,第 62—86 页。
③ 《初刻拍案惊奇》,第 62 页。

带》中,他借人物多保之口说:"而今的官,有好些难做。他们做得兴头的,多是有根基,有脚力,亲戚满朝,党羽四布,方能够根深蒂固,有得钱赚,越做越高。随你去剥削小民,贪污无耻,只要有使用,有人情,便是万年无事的。"①在这样的官场环境中,只有腐败之徒才能飞黄腾达,而正直清廉的官员一不注意,就会触到霉头。《李克让竟达空函》中的裴安卿是个仁慈的下层官员,因天气酷热,将囚徒散禁牢中。但是众囚徒却借机越狱,他也因此而被参革。作者就此议论道:"若是裴安卿是个贪赃刻薄、阿谀诌佞的,朝中还有人喜他。只为平素心性刚直,不肯趋奉权贵,况且一清如水,俸资之外,毫不苟取,那有钱财贿结势要?所以无一人与他辩冤。"②显然在作者看来,朝政已一塌糊涂,充斥朝廷的是一群贪财好利之徒,正直之士百无其一。

甚至对最高统治者皇帝,作者的非议也如鲠在喉,不吐不快。《唐明皇好道集奇人》中的唐玄宗,长期不理朝政,专好与一帮道士交往,醉心于种种神异之事,最终导致了安史之乱的爆发③。这一叙事有很强的现实针对性。明朝嘉靖皇帝与作品中玄宗的作为几无二致。《明史纪事本末》卷五十二载:"世宗清虚学道,不御万几,奸嵩专权二十余载。"万历皇帝也沉迷佛老,疏于政务。作者显然借唐朝旧事,讽当朝时政。《大明律》规定:"凡乐人搬做杂剧戏文,不许装扮历代帝王、忠臣、烈士、先贤神像,违者杖一百。"④同戏曲同属娱众性质的话本小说,也不例外。《大明律》是明代监生的必读书,凌濛初曾"游泮宫"、"补廪饩"、"膳部捐馆",修习举业,对此当心知肚明。其甘冒违法之险写作这个作品,当是对皇帝的昏庸已忍无可忍。由此亦可见朝政在作者眼中之不堪。

在整个统治集团已经腐朽的状况下,对其整治,使其恢复生机之方式,大略有两端。其一是依靠机制本身的修复能力。但是在作者眼中,这种路基本上走不通。"二拍"中写到的贪官近二十人,其中有见钱眼开,枉法屈判的州官⑤;有贪图稀世经卷,诬经主为盗的太守⑥;有乘亲家之危,骗走其赖以为生之钱的廉

---

① 《初刻拍案惊奇》,第334页。
② 《初刻拍案惊奇》,第301页。
③ 《初刻拍案惊奇》,第97—108页。
④ 王利器:《元明清三代禁毁小说戏曲史料》,上海:上海古籍出版社1981年版,第13页。
⑤ 《二刻拍案惊奇》卷十六《迟取券毛烈赖原钱,失还魂牙僧索剩命》,第277—290页。
⑥ 《二刻拍案惊奇》卷一《进香客莽看金刚经,出狱僧巧完法会分》,第1—17页。

访①。此类官员中,仅有《青楼市探人踪》中的杨金宪因"贪声大著",被"冠带闲住",革去现职,赃物分毫未追。作者对这种方式,看来极无信心。其二是依靠下层民众造反,对腐朽统治进行矫治。但这是作者无法接受的。在《何道士因术成奸》中,他说道:"悖逆之事,天道所忌……若是萌生了私意,打点起兵造反,不曾见有妖术成功的……不知这些无主意的愚人,住此清平世界,还要从着白莲教到处哨聚倡乱,死而无怨,却是为何。"②因此充满快意地叙写了官府镇压民间妇女唐赛儿领导的民变过程。由于对民变采取了敌视的立场,因此他自然不会赞同通过这种方式来改善统治秩序。

在虔信佛教的作者眼中,唯一的出路就在依靠超现实的天命鬼神主宰的因果报应了。天命鬼神可以根据各级统治者的行为,给予相应的报应。在现实世界中非为作歹,逃脱惩戒的统治者们,却无法逃脱因果报应。《迟取券毛烈赖原钱》中的毛烈,为了讹赖陈祈取赎所当田产的钱财,贿买了知县和县吏丘大,致使前去告状的陈祈不仅未能取赎,反而挨了二十竹篦的毒打。陈祈告至阴司,阴司判道:"县令听决不公,削去已后官爵。县吏丘大火焚其居,仍削阳寿一半。"作品中还写了一个很有意义的细节,陈祈与毛烈兴讼于阴司,毛烈将阳间官府用过的故伎重演,以陈祈空口无凭为由抵赖。阴司判官道,只看良心,无须执照。取镜照看,内有毛烈从陈祈手中接钱的情景,终于案情大白。作者借陈祈之口说:"阳间的官府要他做甚么!"阴间虽无阳间的法律,但却做到了"真个无私"③,对统治集团起到了真正的惩罚作用。

甚至最高统治者皇帝,也无法避开这种因果报应。《唐明皇好道集奇人》中,唐明皇多行不义,逼走仙人罗公远,公远给玄宗送来一包"蜀当归"。直到安史之乱平息,玄宗再次回到长安,方才悟出其中的真谛。如此一来,帝王的兴衰废替,也被纳入了因果报应的轨道。因果报应不会因为人们身份的差异而网开一面的。

其次是对民间非道德倾向的整肃。

这种非道德倾向的出现大体上有两大原因。一是在晚明时,与传统自然经

---

① 《二刻拍案惊奇》卷二十《贾廉访赝行府牒,商功父阴摄江巡》,第350—364页。
② 《初刻拍案惊奇》卷三十一《何道士因术成奸,周经历因奸破贼》,第464页。
③ 《二刻拍案惊奇》,第277—290页。

济下农业社会相对应的市民工商业社会崛起,相应地,其价值观也出现了新的异数,个体欲望膨胀。二是朝政黑暗,官僚阶层的腐败加剧。而两者的合力使"以渔猎女色为风流"成为一时之尚,对财色的无度追求成为通行的价值。作者虽对市民价值观如平等观念有肯定,但出于其传统文人和大乘佛教道德观的背景,在相当大程度上对社会的非道德倾向忧心忡忡,大有保留。此即适欲而不逾距

　　相当一部分涉法案件本身就具有道德的善恶属性,因此官府在相当大的范围内是可以处理的。但是在作品的叙写中,对于这种非道德倾向的整肃,官府能起到的作用微乎其微。虽然作者对当时官僚阶层的总体评价不高,但他笔下的下层官员相当一部分是清正的。可是,这些官员能做的事并不多,大体上是依据人情、王法和天理,对事实清楚的案件作出裁决,而对复杂疑难的案子大都一筹莫展。《伪汉裔夺妾山中》的汪秀才携爱妾游洞庭,其妾被强盗夺去。汪秀才去兵巡府报案,兵巡老爷有心发兵,但又想到"这不是好惹的",反劝汪秀才作罢。"二拍"中真正依赖官府自身能力查明的疑难案件,仅有《夺风情村妇捐躯》①和《青楼市探人踪》两起②。《王大使威行部下》中,作者说道:"杀人罪极重,但阳世间不曾败露,无人知道,哪里正得了许多法?尽有露了网的。"③对于类似杀人这种重罪,官府尚难施以身手,何况一般轻罪?而且进一步看,官僚机构在维护道德风尚方面,仅限于其与法律一致之处,而一些道德问题是法律鞭长莫及的,因此靠官僚机构整肃江河日下的道德风尚,对作者来说,显然不切实际。

　　作者再次将目光投射向宗教,把整肃社会的非道德倾向,限制人们对财色过度追求的希望,主要寄托在天命鬼神主宰的因果报应身上,认为只有上天鬼神等超现实力量,才是惩恶扬善的主要力量,能够对人间的善恶行为作出公正的评判,并给予相应的报应。在《恶船家计赚假尸银》中,作者议论道:"纵然官府不察,皇天自然鉴察,千奇百怪的巧,生出机会来,了此公案。所以说道:'人恶人怕天不怕,人善人欺天不欺。'又道是:'天网恢恢,疏而不漏。'"④《迟取券毛烈赖原钱》入话中,夏主簿与富户林氏共出本钱开店,本利却被林氏及其手下管账的八人讹去。夏主簿告官,官受林氏贿赂,反将夏主簿收监。夏染牢瘟惨死,在

---

① 《初刻拍案惊奇》,第385—400页。
② 《二刻拍案惊奇》,第62—86页。
③ 《初刻拍案惊奇》,第451页。
④ 《初刻拍案惊奇》,第147—148页。

阴间告了林氏。"才死得一月,林氏与这八个人,陆陆续续尽得暴病而死,眼见得是阴间状准了。"林氏欺心昧己,不择手段聚敛财富的做法,即使在一般商业社会中也触犯了人们道德的底线。官府在处理这类事时,或者是如本案中所为,受贿后反诬原告,颠倒黑白,或者是虽欲秉公处置,但因如林氏一类者"把簿籍尽情改造,数目字眼多换过了"的现实,无计可施,束手无策。因此作者寄希望于"阳世间有冤枉,阴世间再没有不明白的"。

这种因果报应,不只是具有取代官僚机构对人间涉法的非道德倾向作出判断,而且在维护一般道德风尚方面也发挥着不可取代的作用。一般来说,日常道德的维系,是靠业已形成的以公众心理为基础的社会舆论即"口碑"效应。但是在作者生活的时代,这种善恶是非标准,已悄然发生了许多改变,人们在判断是非时,往往有新的标准,以往不可接受的事物,现时可能会被当作正当的。舆论在一些情况下,不仅不能起到惩恶扬善的作用,反而在抑善扬恶。《乔兑换胡子宣淫》中写到了汉沔之俗,女子好游,人们会竞相评论女子的姿色。有色者的丈夫不但不生气,反而感到自豪。当地舆论中认为这是完全正当的。但是作者认为,正是这种风气造成了铁生和胡生互诱对方妻子的恶行。作者让入定的卧师对铁生宣布:铁生不肖,有死之理,但因祖上功德,留一命延嗣。胡生则"不受报于人间,必受罪于阴世"。此后,胡生和与他私通的铁生之妻狄氏,果然相继死去。作者特意加上了故事来源《觅灯因话》卷之二《卧法师入定录》中所没有的话:"汉沔之间,传将此事出去,晓得果报不虚。卧师又到处把定中所见劝人,变了风俗。"①因果报应对非道德化倾向的规范整肃,大大凌驾于舆论力量之上。

总之,只要与作者本人认可的道德观念相悖离的东西,就主要依靠天命鬼神主宰的因果报应来纠正。在作者心目中,这种力量可以起到移不良之风,易颓坏之俗的巨大作用。

(原载普慧编:《中国佛教文学研究》,中华书局 2012 年版)

---

① 《初刻拍案惊奇》,第 490—503 页。

五、《红楼梦》探析

论贾宝玉的双重异化

一

我历来主张,美学思想史和文学思想史不能仅从相关的理论著述中去寻找发掘,而是应将所有的相关文艺创作也纳入其中,从中探讨一个时期或一个时代的美学文学思想运行的轨迹及其各种构成。① 文学经典《红楼梦》问世不久,就成为一种文化现象,嘉庆时人吴云称"二十年来,士夫几于家有《红楼梦》一书",而与他同时的得舆更有"开谈不说《红楼梦》,读尽诗书是枉然"之说,并自注"此书脍炙人口"②。这样,作品中的主要人物贾宝玉负载的文化意义,理所当然地代表了当时人们,起码是文士们的一种认识。早在六十年前,王昆仑先生就说过:"作者以宝玉来反映贾氏家族的命运,反映许多女性的情感生活,反映当时贵族阶级优异青年的一种特殊的世界观。"③也许,在贾宝玉身上我们还可以发现有关人类精神世界的一些问题。对这种世界观进行深入的、多层面的解读,并且探索其意义,也应是美学文学思想史研究的题中应有之义。

贾宝玉是《红楼梦》的中心人物,是作品中的头号角色。王昆仑先生说:"他是一个真正的艺术典型……他是贾府的命脉,是恋爱故事的中心,也是人生哲学的说教者。和其他伟大作品中的某些主人翁一样,贾宝玉以许多方面、许多角度和一切不同的读者相接触,使人无从给他以简单肯定的说明。"④这个形象是中

---

① 贾三强:《略论明代文学思潮》,《西北大学学报(哲学社会科学版)》2000 年第 1 期。
② 一粟编:《古典文学研究资料·红楼梦卷》第二册,北京:中华书局 1963 年版,第 354 页。
③ 王昆仑:《红楼梦人物论》,北京:三联书店 1983 年版,第 231 页。
④ 王昆仑:《红楼梦人物论》,北京:三联书店 1983 年版,第 231 页。

国古代小说史上,真正可以称为摆脱了作者赋予的道德属性,不关善恶的人物。谁都无法否认,这个艺术典型是个复杂的多元的立体形象,因此给学者们留下了解读的广阔空间。

关于贾宝玉性格的基本属性六十多年来一直在讨论,但有个现象很有意思,与对其复杂的性格特点的分析形成鲜明对照的是,对这个人物形象基本倾向的认定却相对单纯得多①。从 20 世纪 40 年代以来,从文学文本研究这个人物的学者,大都用"叛逆性"对其基本属性作概括。1949 年以前,一般是将他置于当时社会的对立面,即他是社会的反抗者。金果曾说:"贾宝玉是他时代的叛逆者。"②王昆仑也说:"他以直感生活抗拒了他所处的时代。"③而 1949 年以后,相当长一段时间里,阶级和阶级分析的立场、观点和方法占据了中国大陆思想文化界的主导地位,因此学界用马克思主义的阶级和阶级斗争学说来为贾宝玉的叛逆性定位,使其具有了阶级属性。刘大杰先生提出"贾宝玉和林黛玉是一对在封建时代具有进步思想与叛逆精神的青年典型"④。随后李希凡、蓝翎更是将贾宝玉称为代表了"新的初步的民主主义的精神"⑤。这基本成为近 30 年间的定论。直到 20 世纪 80 年代,才有了一些不同的声音。起庸认为,贾宝玉够不上叛逆,因为叛逆"总得有点进步的政治理想,有点愤世嫉俗的行动,对于和他的自由倾向相抵触的事物敢于抗争的。宝玉却没有,最多只有一点内心不满和行动逃避而已"⑥。王蒙也认为,说宝玉是叛逆,评价太高,"他的一些行为如逃学、厌恶读经、不思功名进取,一是异性常情,二是贾府的潮流"⑦。

其实在我看来,这些争论的差别并不大。贾宝玉的与当时社会主流价值观念相悖的言行,是作品中的客观存在,对此恐怕无人可以否认,只不过是在如何确定其性质的属类和情节的轻重方面人们的认识有差别而已。其与常人相异的言行,有人认为已达到了叛逆所处的历史时代,即后期封建社会的高度,而有人

① 尤海燕:《20 世纪贾宝玉研究综述》,《河南教育学院学报(哲学社会科学版)》2003 年第 3 期。

② 《杂谈红楼梦》,桂林《野草》第 5 卷第 2 期,1943 年 1 月。

③ 王昆仑:《红楼梦人物论》,第 231 页。

④ 刘大杰:《贾宝玉和林黛玉的艺术形象》,《解放日报》1954 年 12 月 12 日。

⑤ 李希凡、蓝翎:《如何理解贾宝玉》,《光明日报》1955 年 3 月 20 日。

⑥ 起庸:《贾宝玉是叛逆吗》,《晋阳学刊》1981 年第 6 期。

⑦ 王蒙:《贾宝玉论》,《红楼梦学刊》1990 年第 2 期。

则认为只不过是个公子哥儿的任性胡为耳。还不仅于此,宝玉与当时社会的合流也显而易见,如对封建礼教的叛逆反抗并非是全方位的,而在相当多的情况下,也有合流,如孝悌等观念在宝玉头脑中的根深蒂固,在作品中随处可见。这也为人们对宝玉行为的定性,带来了讨论的歧义。虽说结论有别,但出自同样的比较狭隘的社会历史观却是一致的。今天,我们完全可以站在更高的立场,从更广阔的文化背景上来重新审视这位熟悉的陌生人。

《红楼梦》蕴含着两个既有联系也有冲突的价值系统,一个是作品的"终极价值",用禅家的话来说,可谓是"第一义"者,即作品中的佛教色空观。这不仅是因为作者本人明示的"因空见色,由色生情,随情入色,自色悟空"的题旨和脂砚斋对"瞬息间则又乐极悲生,人非物换,究竟是到头一梦,万境归空"旁所批的"四句乃一部总纲",而且还在于作品情节的走向和人物命运的归宿,也都坐实了这一主题。笔者有另文说明,不赘。① 而另一价值系统是以儒家理念为主的传统价值观。正如许多学者指出的,作者对此并不认同甚至公然反对。但是,似乎更应看到,作者曹雪芹对此观念的矛盾心态,明显有一种对宝玉的所作所为"悔其少作"的意思。

在我们用这两个价值系统对贾宝玉进行观照的时候,可能不得不引入异化的理论了。在今天,对"异化"一词的使用几乎到了泛滥的地步。但是,用这个词说明宝玉对社会的悖逆方面,仍有一种"天作之合"。词源的考察表明,"异化"的德文词 ent-fremdung 是英文词 alienation 的翻译,而 alienation 又源于拉丁文 alienatio。在神学和经院哲学中,拉丁文 alienatio 主要揭示两层意思,其中的一层是指圣灵在肉体化时,由于顾全人性而使神性丧失以及罪人与上帝疏远。② 哲学界认为,黑格尔对异化研究具有典范性,而他在《精神现象学》阐明的异化观,是他理论的重要组成部分。他理论的核心是"绝对理念",指作为一切存在的共同本质和根据的某种无限的、"客观的"、无人身的思想、理性或精神。自然、社会、人的思维是它的特殊存在的不同形态,是作为它的"异在"和从异在向自身回复的阶段。③ 即自然社会的诸种现象,都是绝对理念的异化产物,并且这些异在随着历史的发展,最终会与绝对理念同构。这一理论为我们解读贾宝玉

① 贾三强:《析红楼梦的宿命结构》,《西北大学学报(哲学社会科学版)》2003 年第 1 期。
② 光碟版《中国大百科全书·哲学》卷《异化》条,北京:中国大百科全书出版社 2011 年版。
③ 光碟版《中国大百科全书·哲学》卷,《绝对理念》条。

现象,似乎提供了另一把钥匙。即宝玉对所谓"终极价值"的异化。

而另一层意思更为复杂,较少上重异化的形而上的意味,但是与西方文艺复兴以来的人本异化论更为契合。在这里,异化已被明确规定为一种损害个人权利的否定活动,即指权利的放弃或转让。荷兰法学家 H. 格劳修斯(1583—1645)是用拉丁文 alienatio 这个概念说明权利转让的第一个人。T. 霍布斯和 J. 洛克虽然没有使用这个概念,但是他们用别的概念表达了与格劳修斯相同的思想。① 对这种异化作出系统说明的应是法国启蒙思想家 J.–J. 卢梭(1712—1778)。在他的社会契约学说中,异化除表达上述思想外,还包含有更深一层的含义。卢梭强调了人是生而自由平等的,这是天赋的权利,个人的权利和自由不能转让,其他人也无权占有或剥夺。"无论对于一个人对一个人,或者是一个人对全体人民,下列的说法都是毫无意义的:'我和你订立一个担负完全归你而利益完全归我的约定:只要我高兴的话,我就守约;而且只要我高兴的话,你也得守约。'"②除非在全民共同参与协商下形成的社会契约中,人们不得不放弃这种权利和自由,转让给代表他们的国家。卢梭还揭露了在这种转让中出现的弊病:人的社会活动及其产品变成异己的东西,转过来压迫人。在《爱弥儿》中,他以孩子的成长为例,指出人会变成自己制造物的奴隶③,也就是说,相对于社会规范,自由的人又会成为异在物,即发生异化,丧失自由。尤其是那种一旦被制定出来,便具有了独立意志的社会规范,这时,相对于自由的个人,它又成为一种神圣的存在,与上重异化中的上帝或绝对理念有类似之处,都是将自由人视为异化物,强迫其向自己回归。

这种异化说更少了前述者的唯灵唯心之色彩,而多了唯人唯物的成分。在《红楼梦》的写实层面,即形而下的层面中,体现得更为充分。如果说,上重异化是作者在经历了生平的种种变故,因而在创作《红楼梦》时以"到头一梦,万境归空"的心态审视世间万事万物,表现出了一种人算不如天算的无奈而又超然的心态,相对来说比较单纯;那么在这重异化的问题上,作者的内心世界中显然具有多种互相冲突的价值。而这种冲突,归根结蒂可以说是"社会契约"与"个人意志"之间的冲突。具体体现为社会主流价值迫使贾宝玉从人的自由本质出发

---

① 《古典文学研究资料·红楼梦卷》第二册,第 354 页。
② 卢梭著,何兆武译:《社会契约论》,北京:商务印书馆 2003 年版,第 5 页。
③ 卢梭著,李平沤译:《爱弥儿》,北京:商务印书馆 1999 年版。

的"恣情任性"进行趋己性的改变。

下文将对宝玉身上体现出的这两重异化进行分析说明。

二

第一重异化是贾宝玉对终极价值,亦即佛教的虚空寂然、无情无欲、无始无终、不生不灭的真如佛性的背离。"石头"在作品中有着至关重要的地位,这一点已有越来越多的学者予以了重视。石头及其肉身化的贾宝玉,无疑是《红楼梦》的中心和灵魂,是作品创作的基本出发点和归宿,也是作品情节过程的第一载体。王昆仑说:"《红楼梦》这部书所记载的就是这块石头的悲剧故事。"而近年来,石头所载负的终极价值,也引起了学界的重视。刘小枫先生对这个问题的讨论无疑可以拓展我们的视野。他认为,石头在作品中被赋予了本体论的意义,"已经被逍遥的清虚冷寂石化过了",是"理性无情"的,而它化成宝玉,就成为"补情"者①。而无论是石头还是宝玉,都是客体对象异化的产物。其实在我看来,石头固然重要,但在作品中并不具有真正的"终极价值"。这在作品中表现得相当明确。

在作品一开始,作者虚构了一段神话:

> 女娲氏炼石补天之时,于大荒山无稽崖炼成高十二丈、见方二十四丈大的顽石三万六千五百零一块。那娲皇只用了三万六千五百块,单单剩下一块未用,弃在青埂峰下。谁知此石自经锻炼之后,灵性已通,自去自来,可大可小。②

显而易见,终极价值的能指,并非是那块灵石,而是被三万六千五百块石头所补之天。如果说灵石乃至于整部作品的情节过程和人物命运正是对"因空见色"等四句的印证,那么,灵石并不代表整部作品起点和归宿的那个"空"。在这

① 刘小枫:《拯救与逍遥》,上海:上海人民出版社1987年版,第283—284页。
② 曹雪芹:《红楼梦》,西安:陕西人民出版社1974年版。本书所引《红楼梦》原文均出此本,不再出注。

里,只有"天",才是真正寂然不动,圆融自在,虚空常净的真如佛性。

在形而上的代表终极价值的娲皇所补之天到形而下的肉身化的贾宝玉之间,随着一步步地远离本体的异化,也是逐步具象化的过程,其间有不同的物性标志。因此,我们可将作品中的这一重的异化划分成三级两层,三级指最高一级的"天",第二级指有"情"之灵石,第三级指肉身的贾宝玉;而两层则是指处于一级和二级,二级与三级之间的转化地带。

最高一级"终极价值"体现者是被补之天,任何的异化都是以此作为出发点和最终的归宿的。而对其的第一重异化是那块来历不凡的石头。这个过程是逐步具象化的过程。

说石头是异化物,首先因为它是被弃之石。其被弃的事实本身就是对天所代表的本体异化了。所以说它对终极价值的异化在"无才可去补青天"而被弃时就已开始了。

第二是由弃石化成的灵石。它"因见众石俱得补天,独自己无才不得入选,遂自怨自愧,日夜悲哀"。弃石乃是寂然不动的,但是通灵以后,异在于真如佛性,成为有情,于是不免于烦恼。据《大般涅槃经》卷二十九、《有部毗奈耶》卷三十四、《大智度论》卷二十一等佛典,在佛教中,烦恼指有情(包括地狱、饿鬼、畜生、修罗、人类、天道等有情识之生物)之身心发生恼、乱、烦、惑、污等精神作用之总称。人类于意识或无意识间,为达到我欲、我执之目的,常沉沦于苦乐之境遇,而招致烦恼之束缚。在各种心的作用中,觉悟为佛教之最高目的;准此而言,妨碍实现觉悟之一切精神作用皆通称为烦恼。一般以贪、嗔、痴三惑为一切烦恼之根源,称作三毒、三垢。贪为渴取一切顺境;嗔对所遇逆境引起愤怒;痴是心智懵懂、不明事理、颠倒妄取、起诸邪行、残害身心,常使人沉沦于生死轮回。此三者能害众生,为恶之根源,故又称三不善根①。石头补天之欲,是为"贪",其渴取顺境;而因无才补天,自怨自愧则无疑属"嗔"了。虽说动了贪念,但究其本意,还是通过补天欲望的实现,来达到回归本体的追求,仍是尽快与本体重新同化的表现,与佛典上所说的俗界之因为各各常欲而生烦恼之心自是有别。

第三是灵石在逍遥自在地游玩中,回归终极价值之意逐步淡化,凡心渐次增

---

① 参见《佛光大词典》网络版相关辞条。

加，以成俗念。甄士隐梦中所见一僧对一道言：

> 当年这个石头，娲皇未用，自己却也落得个逍遥自在，各处去游玩。一日来到警幻仙子处，那仙子知他有些来历，因留他在赤霞宫中，名他为赤霞宫神瑛侍者。他却常驻在西方灵河岸上行走，看见那灵河岸上三生石畔有棵绛珠仙草，十分娇娜可爱，遂日以甘露灌溉，这绛珠草始得久延岁月。

在警幻仙子处当上了神瑛侍者，结识了绛珠仙草后，痴念便在不知不觉中潜入其心。见对方娇娜可爱，便日以甘露浇灌，则正属于起了"痴"爱之心后之所为。"恰近日神瑛侍者凡心偶炽，乘此昌明太平朝世，意欲下凡造历幻缘，已在警幻仙子处挂了号"，"因此一事，就勾出多少风流冤家都要下凡，造历幻缘"，不免要"枉入红尘若许年"[①]了。

第四是在一僧一道欲将其携往"昌明隆盛之邦、诗礼簪缨之族、花柳繁华之地、温柔富贵之乡那里去走一遭"后，便自然而然，随之而往，将成为俗世的一员了。刘小枫认为，宝玉由幻形入世，带来的不外是一个情痴情种，因此整部《红楼梦》不过是一部"情案"[②]；而叶嘉莹虽说也承认作品有出世的情绪，但更强调《红楼梦》是"一部发泄儿女真情的故事"，"整个小说创作的气息则仍是在感情的羁绊之中的"[③]。即由于作品浸淫于其中的强烈的"情痴"色彩，甚至否认了其内在的色空观念。这当然又不符合作品的实际了。显然，叶嘉莹对王国维先生的说法解读有偏差，王氏以叔本华之生活之欲为痛苦来解说《红楼梦》之旨有些片面，但大体不错，实则其本意还是回到了佛教之说上，情色在佛教中属"假有"，虽究其本质"人生是苦"，但并非是一定人生处处是痛苦，在假有层面上却有常乐者，属凡人的执迷不悟，认假为真，也因此而导致"烦恼"的产生。《红楼梦》中入世之情，当从这个立场上解读。作品的色空主题不仅是作者本人和脂砚斋反复申说的，而且也在情节的总体走向和主要人物命运的归宿中有鲜明的

---

① 邓遂夫校订：《脂砚斋重评石头记甲戌校本》，北京：作家出版社 2004 年版，第 86 页。

② 刘小枫：《拯救与逍遥》，第 282 页。

③ 《从王国维〈红楼梦评论〉之得失谈到〈红楼梦〉之文学成就及贾宝玉之感情心态》，见胡文彬、周雷编：《海外红学论集》，上海：上海古籍出版社 1982 年版，第 149 页。

体现,这是"林",而在具体叙写中体现出的对人生美好的情感灌注是"木",不能一叶障目,只见树木,不见森林。应将作者在创作中的情感活动与理智哲思上的认知结论区分开来,即虽说作者对世间之情有着深深的依恋,但更应看到他的色空观对情感的提摄和消解的作用。

这就进入了异化的第二个层面,即灵石的肉身化,其结局就是公子哥儿贾宝玉。从作品总体布局来说,贾宝玉的临世是对终极价值的异化,从具体的方面着眼,也是对那块肩负着"因空见色,自色悟情,随情入色,由色归空"使命的灵石的背逆。而如果说,《红楼梦》中,终极价值是至高无上、圆融自在的佛性,那么灵石肉体化而入世成为贾宝玉后的行为,则正是"由于顾全人性而使神性丧失以及罪人与上帝疏远"。这一点在作品中写得很清楚。贾府的盛极而衰是因为人们"顾全人性",陷入了七情六欲无法自拔。以"色空"观来看,这种疏远和背离的行为无疑是罪过。在作品中最突出的体现就是贾宝玉决心按照自己选择的生活方式,过着自由自在,不受约束的生活。而他的"神性丧失"并且背离宿命结构的企图,多次通过他对其魂灵所在的通灵宝玉的有意疏远甚至深恶痛绝表现出来。在作品中我们多次看到了他对脖子上挂的那块通灵宝玉的敌视,甚至不惜拉杂摧烧之的态度。黛玉投奔贾府,他演出了摔玉之举。"登时发作起狂病来,摘下那玉就狠命摔去,骂道:'什么罕物! 人的高下不识,还说灵不灵呢! 我也不要这劳什子! ……可知这不是个好东西!'"摔玉的直接原因,是因为他问黛玉有玉没有。而黛玉回答说:"我没有玉。你那玉也是件稀罕物儿,岂能人人皆有?"这实际上是在宝玉的价值系统中以黛玉为代表的曼妙的世间生活与以灵玉为象征的空幻的世外生活,即入世与出世之间的一次大冲突。他因为黛玉没有玉石,而且"家里的姐姐妹妹都没有,单我有",已经意识到"不是个好东西"的灵玉,会使自己与众不同,因而成为自己真正融入凡尘,享受世间生活的一大障碍。他深为这种妨碍自己尘世生活的危机而痛苦。而后来对通灵宝玉的敌视,则还是因为"说什么金玉良缘,我只要木石前盟",即对命运中安排的与宝钗的婚事的排斥。

在这个层面上,灵石已表面上退居后台,不动声色,但是对宝玉的命运和作品的情节归宿,则一直起着决定性的作用。

任何认为客体中存在着绝对的至上对象,无论其是神佛、绝对精神或客观规律,都会自然地推演出这样的结论,这种至上的对象的存在,是要通过中介才能为常人所认识到的。因此，就会有一批中介者出现，进行着各种布道或准布道，将终极价值昭示于世人①。基督教中的圣子耶稣，儒家中的"天不生仲尼，万古长如夜"的孔子，佛教中的佛菩萨，都属此类。"价值根源是无形的，不可见的，感性个体与无形的价值根源的交往，非得借助于一个半人半神的中介者"，"所有中介形象都有一个共同的特征，它既是现世世界之中的存在，又超逾了现世形态，涉足到另一个世界，因而它是使被中介的双方得以相互转换和结合的绝对条件。"②在《红楼梦》中，这一中介形象就是那一僧一道，他们是灵石的护卫加持者，也是宝玉的救助度脱者。而对灵石来说，他们的角色类于父亲或导师。在第一回中，灵石正是靠了他们大发慈悲，恩准乞求，才得以下凡入世的。而一旦灵石懈怠职守，他们就会及时出面，进行干预。赵姨娘出于恶毒的嫉妒和报复之心，勾结了马道婆，用魇魅之术，几乎置凤姐与宝玉于死地。贾府连两人的棺木都做齐了。而正当此时，癞僧跛道到来，对贾政说："那宝玉原是灵的，只因为声色货利所迷，故此不灵了。"将通灵宝玉拿在手中，持诵了一番后，"此物已灵"，凤姐宝玉之难遂得释解。佛教认为，有情之物所得的报应，完全由其身口意之业的善恶而定，即所谓种瓜得瓜，种豆得豆。而赵姨娘的行为，显然是用一种邪恶的力量从外部来改变灵石由情感色，由色悟空的趋势，因此便不能不受到纠正。而程高本的宝玉出家，写得颇具美感：漫天风雪中，宝玉一身猩红的大斗篷，在银光闪烁的雪地上，飘然而去。这一段虽未必合于曹雪芹原作，但想来不会差得太远。因据甲戌本所写，癞僧在欲携灵石入凡时曾说道："我如今大施佛法助你，助待劫终之日，复还本质。"又对跛道说："待这一干风流孽鬼下世已完，你我再去。"而那跛道也说："三劫后，我在北邙山等你，会齐了同往太虚幻境销号。"看来宝玉的出世与灵石的归去，仍是由此二公的度脱。

后四十回与曹雪芹的构思多有不合，著作权也尚有争议，但是一般认为，贾府"落了个白茫茫大地真干净"，宝玉"自色悟空"，出家为僧，灵石重又归于空寂的结局应该是没有问题的。异化的产物（异在）在尘世间经历了一番历练后，终究又与终极价值达到了同构。《红楼梦》中现实层面的贾府生活的方方面面，正是这种与上层的宿命结构相对应的"异在"；而其最终的衰败灭亡，也正是与形

---

① 刘小枫：《拯救与逍遥》第三章"走出劫难的世界"，第300页。
② 刘小枫：《拯救与逍遥》第三章"走出劫难的世界"，第300页。

而上的宿命结构的同构化。这注定了宝玉选择的以人欲为核心的自由自在生活方式,因为背离了宿命结构所要求的"色空",将会以溃落而告结束。刘小枫认为,《红楼梦》中的石头是个文化符号,代表了庄禅的"逍遥",入世之情受挫,行不通,便在出世中找寻逍遥了。这里也有两个误区:一是将石头作为"终极价值"显然不妥,在作品中石头相对于"天"已然是个异在了,它经历了异化,作为现象存在以及回归终极值,本身不具有终极至上意义;二是庄禅追求的是一种现世的人生态度,其终极价值的"自然",与现实的逍遥人生应该是一致的,因此特别强调现世即佛国,随缘任运的人生态度和返璞归真、闲云野鹤般的生活方式。这显然与作品的将空与色对立起来,以人世生活为过眼烟云,"那红尘中却有些乐事,但不能永远依恃……瞬息间则又乐极悲生,人非物换"表现出的对现世生活的否定,是不合的。

三

第二重异化要更为复杂,因其本身就存在着两层意思。卢梭并未否定上帝,但是他从马丁·路德在宗教改革中的理念出发,认为上帝将人应享有的权利赋予了人,这种权利的核心价值就是自由,而一般认为这个理论奠定了西方现代社会普适的价值观"天赋人权"的基础。而从这一观点出发,如果任何由人制定出的,本应适应和促进人的自由本质发展,却因其自身发生变化,反过来限制人的权利,强迫人的自由本质扭曲,都可称作是异化产物。而这种异在一旦成为社会通行的具有强制性质的"社会契约",也即是所有社会成员都必须服从的行为规范,又使得坚守自由意志的人成为相对于主流社会的异在,被主流社会视作是异化物,因而进行改造,以便向自己靠拢,以致弥同。显然在这种情况下,坚持自由理念的人又会被主流社会视作异化了。这层意思与上述的神学意义上的异化,有相通之处。用这种观点来观照贾宝玉,显然这两种意义都存在。一方面是宝玉坚持自己的自由理念,迫使社会规范作出让步;另一方面,又是社会强迫宝玉就范,使他认同主流社会的价值观。这样,我们就看到了在作品中,贾宝玉与社会主流价值观念的冲突,或者说是贾宝玉对社会敌意的反抗。

贾宝玉性格中的反抗精神,正如前述,在以往的研究中广受关注,已被重复了无数次,我在这方面没有什么新的见解,但是,仍然有进一步解析的必要。我觉得,应该将贾宝玉的性格分成三个层面来认识:一是其主要表现,这是尽人皆知的女儿情结;二是其精神核心,这是他的反抗性;三是其出发点或叫基本平台,这是他对自由的追求。三者之间的关系也很有意思,一般情况下,前两者是后者的生发,即无论是女儿情结还是反抗精神,都是其力图实现自由意志的产物,但是在有些情况下,三者之间又会发生冲突,甚至难以兼容。这就牵涉到了伦理学所说的"价值序列"问题。这时,几种互相冲突的价值会因人物的总体价值倾向,强分高下。我想集中探讨贾宝玉价值观内部的各种价值判断之间的关系如何,也即价值序列是如何排出高下的。

宝玉的基本价值,还是对作者曹雪芹创作动机最为了解的评论家脂砚斋看得最为清楚,他在第十九回"任性恣情"处夹批道:"四字更好,亦不涉于恶,亦不涉于淫,亦不涉于骄,不过一味任性耳。"①真是对宝玉处世为人的最好概括,强调的是宝玉性格的基点是对随心所欲的人身自由状态的追求,认为这才是宝玉最高的价值选择,才是价值中的价值,无疑居于他的价值序列的最高层位。这与卢梭所强调的自由是人的最根本的权利说,有异曲同工之妙。这已然具有了现代人的特征。因此可见,对贾宝玉的性格,用叛逆或者非叛逆引发出的善恶属性来定位,并且争论不休,并无多大意义,因为作者本人对这个人物的认识并非是从这个角度来切入的。

在宝玉的价值构成中,女儿情结占有最为显赫的地位。他对女儿的依恋是毋庸置疑的。如果单就描写的数量和篇幅来统计,肯定是描写他与女儿们的交往占了作品的大半。首先是通过冷子兴之口转述出的那篇著名的"女儿宣言":"女儿是水做的骨肉,男子是泥做的骨肉,见了女儿便觉清爽,见了男子便觉得浊臭逼人。"

当然,这种女儿情结并非与色情是等值的。这在第五回中警幻仙姑所训中已作了说明,宝玉的女儿情结是"意淫",只是"天分中生成一段痴情","可心会而不可口传,可神通而不能语达",并且明确指出,这与那些"悦容貌,喜歌舞,调笑无厌,云雨无时,恨不能天下美女供我片时之趣兴"的"皮肤滥淫之蠢物"是截然不同的。也就是说,这种"意淫"重视的精神上的依恋而非肉体上的占有。

---

① 朱一玄编:《红楼梦资料汇编》,天津:南开大学出版社 2001 年版,第 315 页。

女儿情结看似是宝玉的最高价值,是至高无上的。价值序列中同属肯定或否定的两个以上的价值发生冲突,两者无法兼顾,就要有所取舍,看到底是何者优先了。孟子早已发现了这个问题,将其概括成鱼与熊掌不可兼得的定律。排在前列的优先被取者,在价值序列中就居于更高的层位。在《红楼梦》中,可以找到支持上述宝玉的女儿情结至上的证据。这就是著名的"晴雯撕扇"一段情节。宝玉同许多人一样,有恋物之癖,晴雯失手摔折了他癖爱的扇子,他数说几句,并无深意,与家庭中夫妻间的偶然埋怨拌嘴不能说明夫妻关系不好的道理一样。但是晴雯的反应出乎意料地激烈:"二爷近来气大得很,行动就给脸子瞧……就是跌了扇子,算不得什么大事;先时候儿什么玻璃缸、玛瑙碗,不知弄坏了多少,也没见个大气儿,这会子一把扇子就这么着。何苦来呢!嫌我们就打发了我们,再挑好的使。好离好散的倒不好?"宝玉当时的反应是"气得浑身乱战",再加上后来袭人来劝架,晴雯连袭人也一并羞辱,更是火上添油,导致了宝玉非要当下就回王夫人,将晴雯逐出家门。这时,这段冲突性质已有了变化,就是宝玉自己的尊严与女儿情结何者为重了。一时大怒中的他,显然更看重的是前者。而特别是晴雯已经表示:"我多早晚闹着要去了?饶生了气,还拿话压派我。——只管去回,我一头碰死了,也不出这门儿。"这显然是已收回了上边的"打发了我们"的表态,暗示了愿与宝玉长相厮守在一起的愿望,也算是一种间接的道歉。按说宝玉应该就此住手,但他仍然不依不饶。这主要是他觉得自己的尊严并未得到充分的补偿,所以非要撵走晴雯不可。女儿情结在这一刻,被他丢得无影无踪。可是在丫环们的集体跪求下,他的态度出现了软化。而出去应酬了一会儿,晚间回来时,就演出了晴雯撕扇的喜剧,不仅拿出了一堆扇子让晴雯来撕,甚至为晴雯找出了撕扇的理由:"你爱这样,我爱那样,各有性情,比如那扇子,原是搧的,你要撕着玩儿,也可以使得。"这段谬论完全是为了自己找台阶下,以便安慰晴雯那白天受到伤害的心。冲突的最终结局,是宝玉的尊严退避三舍,来为自己的女儿情结让道。不仅如此,甚至在女儿情结与生命二者必居其一时,宝玉还是会取前者的。他在挨了贾政的棍棒,奄奄一息时,还念念不忘"我便为这些人死了,也是情愿的",确属肺腑之言。已将一种价值置于生命之上,无疑应是最高的了。

但是细加考察,情况并非如此简单。认定宝玉的价值序列中女儿情结是至高无上的,肯定是有问题的。在那段与史湘云之间著名的斗嘴中,宝玉的女儿情结受到了挑战。此事的起因是贾雨村来访，贾政让人来唤宝玉去会面。宝玉正和湘云聊天，又不得不去，所以老大不自在。湘云好意劝他道："读讲读讲那些仕途经济，也好将来应酬事务，日后也有个正经朋友。让你成年家只在我们队里，搅的出些什么来？"宝玉大觉逆耳，反唇相讥："姑娘请别的屋里坐坐罢，我这里仔细腌臜了你这样知经济的人！"袭人为了打破这种尴尬局面，让湘云有台阶可下，举出宝玉曾因此也让宝钗下不了台："幸而是宝姑娘，那要是林姑娘，不知又闹的怎么样，哭的怎么样呢！"宝玉道："林姑娘从来说过这些混账话吗？要是他也说过这些混账话，我早和他生分了。"

如果说，宝玉有着浓厚的女儿情结，那么，湘云和宝钗在其中占着极为特殊的地位，但如果她们要是劝他走被主流价值观充分肯定的传统文人士大夫的"仕途经济"道路，也会受到他的唾弃。在这里，宝玉还特别提到了黛玉，尽管黛玉在他心目中是女儿中的女儿，意淫中的至爱，但是只要与他的不走仕途经济之路的价值发生冲突，也一样会被弃之蔑如的。看来在宝玉的女儿情结与自由意志的追求发生冲突时，女儿情结又成了牺牲品。

中国的红学研究中，李希凡先生的观点是有代表性的。他曾说过，贾宝玉对封建贵族阶级摧残和蹂躏青年女奴的愤慨，对封建等级制度的不满，导致了他对一系列封建制度的怀疑和否定。因此批评传统儒家的那套所谓仕途经济学问，是"混账话"。即认为，贾宝玉的这段话证明了他的反封建礼教的意识，实际上，不如理解成他坚守独立自由的人格，坚持走自己选择的人生道路更符合事实。宝玉并不是如《水浒》中的李逵那样"兀自要和大宋王朝做个对头"，凡是封建礼教坚持的，他就要反对，而是根据己之所需，合者认同，不合则反，而且他的礼教观念，也并不算少。脂砚斋就注意到这一点，在作品中写到宝玉"又说只除'明明德'外无书，都是前人自己不能解圣人之书，便另出己意混编纂出来的"，批道："宝玉目中犹有'明明德'三字，心中犹有'圣人'二字；又素日皆作如是等语，宜乎人人谓之疯傻不肖。"①显然是在为贾宝玉抱不平。他的说法，在作品中还能找到实证。一般研究者认为，宝玉反对"文死谏，武死战"，实质上是反对礼教中的忠义观的。但在作品中，这一段原话是：

---

① 朱一玄编：《红楼梦资料汇编》，第317—318页。

　　宝玉听至浓快处,见他不说了,便笑道:"人谁不死? 只要死的好。那些须眉浊物只听见'文死谏''武死战'这二死是大丈夫的名节,便只管胡闹起来。那里知道有昏君,方有死谏之臣,只顾他邀名,猛拼一死,将来置君父于何地? 必定有刀兵,方有死战,他只顾图汗马之功,猛拼一死,将来弃国于何地?"袭人不等说完,便道:"古时候儿这些人,也因出于不得已他才死啊。"宝玉道:"那武将要是疏谋少略的,他自己无能,白送了性命,这难道也是不得已么? 那文官更不比武官了,他念两句书,记在心里,若朝廷少有瑕疵,他就胡弹乱谏,邀忠烈之名;倘有不合,浊气一涌,即时拼死,这难道也是不得已? 要知道那朝廷是受命于天,若非圣人,那天也断断不把这万几重任交代。可知那些死的,都是沽名钓誉,并不知君臣的大义。"

　　这并不是单纯否定为国尽忠,舍生取义精神的。宝玉认为,死谏的文臣是极自私的,只顾自己一死而成就的名节,为邀忠烈之名,却不顾国家(君父)的大利;而武臣的义务是保家卫国,在敌人当前时,却只顾自己逞强送命,取义成仁,这会使国家因失去卫国之人,陷入到危亡的境地。因此,知道君臣大义的文臣武将,不要首先考虑自己的万古流芳,而是要将"受命于天"的朝廷"万几重任"永世相传下去。所以,这段话其中贯穿的基本思想,还是强调要正确正当地效忠尽义于国家。这不正是所谓正儿八经的"仕途经济"吗? 可见,宝玉并不单纯反对"仕途经济",而只是强调自己不愿意走这条路,而如果别人愿意走这条路且走得正确无误,他还是完全肯定的。因此不要轻下断语说宝玉是反对仕途经济,而还是回到脂砚斋所肯定的"一味任性",即宝玉是在坚持个人的自由权利的解释,更合乎情理。还是那句老话:"走自己的路,别人由他去吧。"

　　行文至此,将匈牙利诗人裴多菲那首著名的小诗稍加改造,用来形容贾宝玉的价值序列,是再合适不过的:"生命诚可贵,女儿价更高。若为自由故,两者皆可抛!"自由信念和个体意志,才是宝玉的最高层位的价值。

　　要说贾宝玉"一味任性",也不全对,因为他的任性并不很彻底,还没有完全达到"一味"的地步。在作品中叙写的大多时候,他还只是个未成年人,"忠义"还谈不上,所以我也只能通过他对"孝悌"的态度来看看他与礼教的认同关系。许多研究者也都看出了这一点,但失之于一语带过,未作展开性的、分层面的分析。

他的孝悌观中,相当一部分是来自天性,或者说,这与他的任性恣情并不冲突。在作品中第三十七回,秋纹说:"我们宝二爷说声孝心一动,也孝敬到二十分:那日见园里桂花,折了两枝,原是要自己插瓶的,忽然想起来,说:'这是自己园里才开的新鲜花儿,不敢自己先玩。'巴巴儿地把那对瓶拿下来,亲自灌水插好了,叫个人拿着,亲自送一瓶进老太太,又进一瓶给太太。"如果说这也是他的礼教思想使然,确实有些牵强附会,毋宁说是来自于他先天的对亲手带大自己或关怀自己的年长女性即母性的依恋。所以,我们不止一次地看到宝玉依偎在王夫人怀里,猴在凤姐身上等亲情温馨的描写,还有在第四十回刘姥姥说笑话时,"宝玉滚到贾母怀里,贾母笑得搂着叫'心肝'"这样的天伦之乐。

但是,在王夫人将宝玉心爱的两位丫环金钏、晴雯致死,凤姐逼死了尤二姐,都令他至深悲愤,对这两位深深爱着他,他也深爱着对方的长者的做法,他是有反感的。但是,在孝道观与女儿情结的冲突中,我们看到的是女儿情结再次的牺牲,只不过这次不是出于他追求自由的意志,而是在封建义务观逼使下无奈的依从。最多不过是针对王善保家的之类帮凶,发发"毁谤奴之口,讨岂从宽?剖悍妇之心,忿犹未释"之类的腹诽。对"皮肤淫滥"的贾珍、贾琏,猥琐卑劣的贾环,他也从不加褒贬议论,无论是当面还是私下,甚至是林之孝家的、王善保家的这样年长的女仆,以及他的乳母李嬷嬷,在他们使他极不愉快时,他也只是当门背后的霸王,骂骂而已,当面还是要敬之若神明的。这些屈从,当然是来自后天的耳提面命之类的训导教化的结果。

在冷子兴演说荣国府时,我们就已知道,贾母对宝玉的"爱如珍宝",而后来又看到她如何一味溺爱,甚至纵容其逃学。但是,她对宝玉自小依照礼教的训练也是不能忽视的。第五十六回江南甄家来的四个女人见了宝玉,夸他性情好,贾母答道:"不知你我这样人家的孩子,凭他们有什么刁钻古怪的毛病,见了外人,必是要还出正经礼数来的。若他不还正经礼数,也断不容他刁钻去了。……若一味他只管没里没外,不给大人争光,凭他生的怎样,也是该打死的。"

一般研究者和读者在读到宝玉挨打一节时,只是片面地注意到了贾母对宝玉的回护,而实际上她还有与下狠手将宝玉朝死打的贾政的一致之处。她在得到消息到达现场,看到宝玉被打的惨状,果真是反应异常强烈。但是在贾政叩头请罪,再三解释后,作品写道:"贾母含泪说道:'儿子不好,原是要管的,不该打到这个分儿。'"对宝玉溺爱一点都不亚于老太太的王夫人,在看到儿子挨打后,也只是以自己只有这一个儿子可以延嗣养老,苦苦相劝,但也不得不承认,"宝玉虽然该打","老爷虽然应当管教儿子……必定苦苦的以他为法,我也不敢深劝"。而在后来,在贾母弃黛取钗,王夫人委意袭人,怒逐晴雯,她们对宝玉自由精神制约管束的严苛,并不逊色于贾政。黛玉和晴雯因之而死,对于宝玉心灵的戕害,甚至大于肉体在贾政棍下受到的伤害。看来在让宝玉回归社会主流价值观方面,他们并没有本质的区别,只不过有人唱红脸,有人唱黑脸而已。

宝玉虽说对主流社会的规范有种种妥协,但是归根到底,"任性恣情"是他生性中的基本追求,这并没有丧失。而这两者之间的冲突,与上重异化在宿命的牵引下,按部就班地自觉地向神性回归不同,宝玉并未妥协,而是采取了一种"时日曷丧,吾与汝偕亡"的立场。当然搏战的最终结局,在他清楚地意识到自己无法战胜主流社会的价值观以后,也走向了虚空。虽说八十回以后的部分,我们并不能一一俱知,但他的出家是不可否认的。最终,自由与限禁,没有胜利者,只有至高无上的空寂本体,才是君临一切的,才是最后的审判者和获胜者。

(原载《西部学刊》2017 年第 5 期)

论贾宝玉双重异化的文化意义

一

贾宝玉是曹雪芹笔下《红楼梦》的中心人物，在这个艺术形象身上，体现了双重异化的特质。第一重异化是人性对神性的背离，是贾宝玉对佛教色空观规定的宿命的反叛。第二重异化是贾宝玉从人的自由天性出发，悖逆封建社会的主流价值观念，并最终宁可出家而不与这种主流价值观念相妥协的异化行为。关于以上双重异化，拙作《论贾宝玉的双重异化》一文已有详细论述，本文仅对这种双重异化的文化意义作如下论述。

中国从西汉时"罢黜百家，独尊儒术"以降，儒家学说成为一种公认的"社会契约"。但问题是这种契约并非如卢梭所设想的那样，是全体社会成员平等协商，共同参与制定出来的，而是圣贤之所造，即是后代儒家信徒们津津乐道地传说的"周公制礼"、"孔子作《春秋》"、"圣人造乐"之类的准神话所传达的事相。占人口绝大多数的社会成员在这方面角色阙如。说到底，这种价值系统并非是由社会公众广泛参与，各抒己见达成共识的产物，而是一种统治者意志的体现，其中的民意成分大都被阉割掉了，而剩下的是统治者巩固其政治利益的考虑。而这种以圣贤之是非为是非的东西，却成为全体社会成员不得不信奉的准则。自西汉以后，中国的"社会契约"即主流社会的价值观念和典章制度，是要消弭个人意志，倡言统治者意志的儒家学说，是所谓农耕文明中，一小部分社会精英设计出来的，其要害在维护森严的等级制度，即所谓的"礼治天下"。而这种制度及其相应的观念，都在于消除泯灭个人的独立自主意识，完全成为主流社会所要求的齿轮和螺丝钉。这当然与个人自由的本性格格不入。

因此，"一味任性"的自由，只在理想中存在，而在现实世界中，人却不能不受到来自外界及在此基础上生成的各种因素的限禁，因此其对自由的追求是一个屡战屡败、屡败屡战的过程。而在《红楼梦》所描写的压制人性尤著的中国后期封建社会中，这种冲突来得分外强烈，集中体现在宝玉的身上。这就是他偏离了社会主流价值观念，与整个社会传统对于成功男性的认同和取向形成无法调和的矛盾冲突。在后期封建社会对于成功的男性的具体要求是，格物、致知、诚意、正心、修身、齐家、治国、平天下。其中格物、致知、诚意、正心、修身，是对于人们道德修养的要求，即从内心做起，努力提高个人的道德修养，入圣成贤，这通常被叫作"内圣"；而齐家、治国、平天下，则是对事功的要求，认为人们应按照儒家理想，努力成就一番事业，这通常被称为"外王"。而且这种要求，还要严格地遵循其前后次序，循序渐进。即从人格的修行做起，而最终实现裨益于社会的目的。而宝玉与这种社会的主流价值观念的格格不入，是显而易见的。

"不肖种种大承笞挞"看来是个偶然性的事件，但是集中体现了社会主流价值观念对离经叛道行为的深恶痛绝。其直接起因是，忠顺王府的管家来贾府找与宝玉交好的戏子琪官蒋玉菡，一口咬定是宝玉协助琪官逃走的，所以只向贾府索要。王府的地位高于贾府这样的公府，贾政当然知道这事的后果，然而这只是一方面。另一方面是，优伶在社会公众眼中，历来被视作下九流，与娼妓是一路。而儿子不听自己一向的教诲，"在外流荡优伶，表赠私物"，这当然是不能容忍的。而偏巧贾环又怀着不可告人的目的，诬告宝玉强奸金钏，造成对方不堪被辱，投井自尽。这是"在家荒疏学业，逼淫母婢"，更是不可容忍。因此必须活活打死，以免"酿到他弑父弑君"。这种出自于卫道者的心态，残暴到了何种地步！

没有民众广泛参与制定过程的"社会契约"，不要指望它会保障每个民众的利益。在朕即国家、朕即真理的时代，统治者如何会自觉重视普通人的权利？武则天被时人推为大慈大悲的弥勒出世，她欣然认可，但是对于自己杀人如麻之过，又何尝有过自责？因此，贾宝玉对这种社会契约发出了诅咒，认为见机劝导他回归社会主流价值的人是沽名钓誉，入了国贼禄鬼之流。也许鲁迅正是因此而发出感慨："悲凉之雾，遍被华林，然能呼吸领会者，唯宝玉而已。"如果把这理解成在社会主流价值观使人们都成为自由本质不自觉的异在时，只有宝玉是清醒者，又何尝不可？两千多年来的统治者，仁义道德并没有少讲，但是又有"多少罪恶，假汝之名盛行"！一旦社会公众丧失了制定社会契约的权力，这种后果是必然会出现的。

二

　　贾宝玉的异化也与清代前中期的社会环境有着不可分割的联系。康、雍、乾三世的文字狱之盛，号称史无前例。这对人自由意志的异化，不言自明。这方面的研究成果甚多。

　　清人尚雅之风，目前还似乎只是在词学研究中受到关注①，而从人的异化角度解读，还未见之。实际上，动物是无所谓雅俗的，只有人才会尚雅。而人在尚雅的追求中，失去的必然是自由的天性。蒙古人入主中原，带来的北方游牧民族的率真的天性，崇尚自然。雅致的汉民族的士大夫主流文学的诗文词，因而被戏曲小说取而代之。明初的朱元璋出身赤贫，故其作风一任天然，视任何刻意为雅的做法为寇雠，明令禁止。唐宋时中国的茶艺茶道现在只能在日本见到，就源于朱元璋诏令喝茶不许碾碎过筛，只能大叶泡之。清人入关后，似乎是刻意要抹杀自己来自白山黑水间的出身，不仅迅速汉化，而且崇尚雅致之风较唐宋人有过之而无不及。这也成为清代人们，尤其是上层社会人们的天性被异化的一个重要构成。在贾宝玉身上，这方面同样有着体现。他"素日本就懒与士大夫诸男人接谈，又最厌峨冠礼服贺吊往还等事"。套用宝玉的话："这'雅致'二字，真真把人茶毒了。"宝玉最称心如意、自由自在的时候，不是在秦可卿出殡路上拜见北静王，接过那串手戴的念珠，由贾政带着谢恩；也不是跟在贾政身后，在大观园题咏显示才华；而是闻林黛玉袖中之香，"将两只手呵了两口，便伸向黛玉胳肢窝内两胁下乱挠"，在碧痕打发他洗澡，两人打闹，"地下的水，淹着床腿子，连席子上都汪着水"的时候。在这种情况下，宝玉自由的天性才是毫无遮掩地舒展着，

---

　　① 章培恒、骆玉明主编《中国文学史》第三卷（上海：复旦大学出版社1996年版，第425页）谈到清词中兴的背景时说："对于性情收敛、爱好雅致趣味的清代文人来说，散曲的语言风格又显得不太适合了。"杨柏岭《词的雅化与尊词观念的演变》（《安徽师范大学学报》1999年第4期）："'作词欲雅'已是清人共识。"

才最像是自然而非社会异化过的人。近年来，西方后现代主义思潮盛行，随着后工业社会的来临，人们对传统的经典价值观厌倦，不屑一顾，不再愿意为所谓人类的使命承担义务，倾向于过着随心所欲，自由自适，无所谓目标的生活。以往的文明对人的异化逐渐被消解了。连一向温文尔雅的日本内阁大臣，也因节省能源的政策脱下西装穿上 T 恤去上班而大喊过瘾。西方一些国家甚至出现了所谓"天体"运动。不知宝玉泉下有知，该作何感想？

三

曹雪芹与贾宝玉的价值体系并不能等量齐观。新红学派总喜欢以"自传"的眼光将两人视为一体，但实际上，作者在作品中，通过主观的议论将自己与宝玉清楚地厘开。在作者眼中，宝玉是如此一个人物："行为偏僻性乖张，哪管世人诽谤。""天下无能第一，古今不肖无双。"这当然是作者从社会主流的价值观念评价的结果。《红楼梦》虽然没有作者序跋，但是其第一回有段作者自我肖像的描写，有类于序言，对于我们了解作者本人的思想很有用处。这段话概括了自己，或许也有宝玉，与主流社会价值观念冲突，即个人的追求与反抗。

> 自己又云："今风尘碌碌，一事无成，忽念及当日所有之女子，一一细考较去，觉其行止见识，皆出我之上。我堂堂须眉，诚不若彼之裙钗，我实愧则有余，悔又无益，大无可如何之日也。当此日，欲将已往所赖天恩祖德，锦衣纨绔之时，饫甘餍肥之日，背父兄教育之恩，负师友规训之德，以致今日一技无成，半生潦倒之罪，编述一集，以告天下，知我之负罪固多，然闺阁中历历有人，万不可因我之不肖，自护己短，一并使其泯灭也……"

这段话将两层意思说得相当周匝。一层是说他钟爱女性，喜其"行止见识"，因此要以这些女子为原型，为她们立传，使其不致"泯灭"；另一层是由于他本人曾对社会的主流价值观念采取敌意的立场态度，因而为社会所不容，遭致人生失败。这也正是警幻仙姑说贾宝玉"在闺阁中虽可为良友，却于世道中未免迂阔怪诡，百口嘲谤，万目睚眦"的意思。而如今成年以后，对这种"背父兄教育之恩,负师友规训之德"的"罪",颇有悔其少作之意。一方面,想生活在女儿国里,另一方面,又觉得这与圣人之训不合。这反映出文人士大夫在主流价值观念与内心向往着自由的、随心所欲生活之间挣扎的苦状。

这种矛盾的理念,在中国文人士大夫身上是其原有自的。起码从汉代以后,就始终有灵与肉的冲突。而在明清时代,人们受到的道德伦理方面的教育是以"存天理,灭人欲"作为评价体系的出发点的。宋儒说:"圣贤千言万语,只是教人明天理,灭人欲。"①而这样做的目的是"家可使得孝子,国可使得忠臣也"②。也就是说,人们必须克制自己的种种不当欲望,牺牲个人的权利,来保证社会的稳定,天下的和谐。曹雪芹的首鼠,是包括现代人在内的历代之人普遍面临的人生困境。

但是,如果换个角度,从个性自由是人类的最基本的权利的立场来看,贾宝玉的偏僻乖张也罢,曹雪芹的尴尬也罢,显然可以有另一种解释。人类具有追求自由的天性,渴望能够摆脱一切来自自然和社会的限禁,按照自己选定的生活方式和价值模式,随心所欲地享受生活的美好,无论是在物质生活层面还是在精神生活层面。

四

在社会主流价值观念强迫人的自由天性发生异化,而个人又不愿意妥协的情况下,逃往逍遥世界成了最终的选择。在曹雪芹写下"当此日,欲将已往所赖天恩祖德,锦衣纨绔之时,饫甘餍肥之日,背父兄教育之恩,负师友规训之德,以致今日一技无成、半生潦倒之罪编述一集,以告天下"时,作者的内心充满了愧悔,因为按照儒家也即主流价值观来评价善恶是非贤不肖,他显然是不够格的;但是他旋即又得到了解脱:"所以蓬牖茅椽,绳床瓦灶,并不足妨我襟怀;况那晨风夕月,阶柳庭花,更觉润人笔墨。"则明显是一派道家不以名物相累的逍遥自在的风骨。而现存下来有关史料所反映出的曹雪芹,与这段话中所述

① 朱熹:《朱子语类》卷十二。
② 李觏:《盱江集》卷十三。

是相符的。①

　　然而无论是对儒家伦理的认同,抑或对逍遥自在的道家世界的向往,在作品的实际描写中都基本没有出现,或者说是很不明显。社会主流力量是不可能对个人的反抗作出让步的,宝玉也无意对社会作出战略性的整体屈服,社会对个人的异化在他这里碰壁。最终他只能选择——逃避。因此,他的出家,反映了一种不得不然的无奈。事到如此,他还能怎么样呢?

　　灵石扮演的异化角色,随着贾宝玉的出家归空,又重归大荒山无稽崖青埂峰,终于走了一个还算圆的圈子,实现了"从异在向自身回复"。

　　据说,西方的后现代主义对老庄和禅宗颇为认同。现代人彷徨于理性与知性之间而产生的困惑,在宝玉的"回复"中,莫非也能找到解脱之道?

（原载《西部学刊》2017 年第 7 期）

---

　　① 敦诚《四松堂集》卷上《赠曹芹圃》:"满径蓬蒿老不华,举家食粥酒常赊。衡门僻巷愁今雨,废馆颓楼梦旧家。司业青钱留客醉,步兵白眼向人斜。阿谁买与猪肝食,日望西山餐暮霞。"敦敏《懋斋诗钞·赠芹圃》:"碧水青山曲径遐,薜萝门巷足烟霞。寻诗人去留僧舍,卖画钱来付酒家。燕市哭歌悲遇合,秦淮风月忆繁华。新愁旧恨知多少,一醉酕醄白眼斜。"张宜泉《春柳堂诗稿·题芹溪居士》:"爱将笔墨逞风流,庐结西郊别样幽。门外山川供绘画,堂前花鸟入吟讴。羹调未羡青莲宠,苑召难忘立本羞。借问古来谁得似? 野心应被白云留。"俱见周汝昌:《红楼梦新证》,北京:人民文学出版社 1976 年版,第 735—736 页。

析《红楼梦》的宿命结构

　　《红楼梦》的中心线索和基本内容是一块灵石的经历。早期的版本,无一例外地题名作《石头记》。在第一回中,作者曾讲述了反复权衡书名的过程。在将《石头记》改名为《情僧录》、《风月宝鉴》、《金陵十二钗》后,最终所用的书名仍然是《石头记》①。《红楼梦》在曹雪芹生前一直以《石头记》为名,可见作者对这个名称的情有独钟。应该说,就准确地反映全书的内容方面考虑,这个正名过程的结果是最合适不过的。"说来虽近荒唐,细玩颇有趣味",这块石头原本是女娲炼石补天时剩余的一块,因无材补天,"被那茫茫大士、渺渺真人携入红尘,引登彼岸",幻形入世为人身,经历了"一番家庭琐事,闺阁闲情,诗词谜语",后又返璞归真,回到青埂峰下,将所经所历记在本身之上。

　　围绕着灵石的经历,作品中存在着互相纠缠着的两个层面的描写:一个是形而上的宿命意志,它预示和规定着情节的走向和主要人物的命运;另一个则是形而下的层面,叙写了一个贵族大家庭内外发生的丰富的生活现象,它在冥冥中的宿命意志力量的控制下,自然而然地流向悲剧的结局。作品的这一特点,正如本文所论及的,脂砚斋就曾多次提示。而近年来也有多位学者指出。有的学者认为,作品中有两个世界:一是太虚幻境与其在人间的体现大观园;二是大观园外的俗世。杨义先生认为,《红楼梦》中的预言有显性的和隐性的,其特点是或正向,或反向,或多向②。章培恒先生等认为,"在这一切之上,又有一个影影绰绰

---

　　①　曹雪芹著,郭涵瀛校注:《红楼梦》,西安:太白文艺出版社1995年版。本文所引《红楼梦》原文均出此书,以下不再出注。
　　②　杨义:《中国古典小说史论·红楼梦:人书与天书的诗意融合·神话意象和预言叙事的多维性》,北京:中国社会科学出版社1995年版,第453—459页。

的神话世界,它不断暗示着'红楼梦'的宿命"①。但均未对此问题作更为深入的探讨。

形而上的宿命结构实际上由两种力量构成,第一种以灵石下凡的起点和归宿作为寄托,体现佛教色即是空的观念,主要起着引导作品的情节和中心人物宝玉归宿的作用。第二种力量是神秘的谶语,它有着魔幻的预言力量,如同一个能够预知未来的巫婆,会时不时地进入作品的现实世界,以种种不祥话语或怪诞事件,为整部作品蒙上迷离恍惚的雾霭。不仅决定着贾府的青年女子,特别是大观园中那些美丽的少女少妇无一例外走向悲惨的结局,而且也决定着贾府两大家庭的没落命运。

那块来历不同凡响的奇石让读者无法忘怀。虽说直接描写它的文字不算太多,但是在阅读过程中,读者会觉得它无时无处不在,一直在左右着全书情节的走向。在全书的第一回对它的出身来历作了交代。它的来头非比寻常,可谓从远古走来,本是女娲补天时剩下的一块彩石,后来得道成真。它"自经锻炼之后,灵性已通,自去自来,可大可小",有若干种变化。一种是能够记下自己在世上转胎生活经历的巨大石书,一种是能开口说话的灵石,一种是通灵宝玉,一种是成仙身的神瑛侍者。大体上可分成两类,恰好由那个抄写石上文字的道人的两个名号提示出。"空空"是由空到空,即石头"质本洁来还洁去",历练一番后重归为巨石,所不同者只是多了一篇文字;"情僧"则意味着灵石入凡后那一番充满七情六欲、悲欢离合的尘世生活。但最终也仍要"悟空"。二流合一,归本宿原。整个第一回都是在描写顽石。空空道人看到石上的文字并抄下后,"因空见色,由色生情,传情入色,自色悟空"。这十六个字,实际上概括了整部作品情节的基本走向。作品这个整体结构体现的佛教色空观念,是作者在进行总体构思时就已赋予了作品。对这一点,脂砚斋看得颇为清楚,他在甲戌本第一回顽石与僧道的对话"瞬息间则又乐极悲生,人非物换,究竟是到头一梦,万境归空"旁批道:"四句乃一部总纲"②,可谓深得作者文心。灵石在现实层面的叙写中,实际上以两种形态出现,一个是本身形态,即通灵宝玉,一个是肉身形态,即荣国

---

① 章培恒、骆玉明主编:《中国文学史》下册,上海:复旦大学出版社 1996 年版,第 552 页。
② 朱一玄编:《红楼梦资料汇编》,天津:南开大学出版社 2001 年版。本文所引脂批均出是书。

府公子哥贾宝玉。在贾宝玉降生时,与之俱来的是在他嘴里含着的那块通灵宝玉,这表明了将两者视为一体,让其间有着终生难舍难分的关系。但是细加考究,发现问题并非如此简单,因为两者并非是统一的,而经常呈现出分离甚至对抗的样态。与贾府中其他人,上至老祖宗贾母,下至丫环袭人、小厮焙茗将通灵宝玉视为宝玉的命根子不同,宝玉自己对之采取的是远称不上是"莫失莫忘"的态度,而经常甚至表现出深深的敌意,甚至不惜"拉杂摧烧之"。归根到底,两者的不同恰如那个目睹一切的道人的名号,前者以空复归空的态度,大彻大悟地君临于人间喜怒哀乐的生活之上,不动声色、不改初衷,坚定地走向结局;而后者却深陷情网,难以自拔。而作为作品基本线索的是"石头记",在灵石与宝玉两者中,前者才是说话算数的头号角色。

作品采用了"伪"第一人称的叙事模式,即整部作品都是出自灵石的口述。而作品中前台的主角贾宝玉的一生,只是女娲补天以来经历无数劫波的灵石那漫长生命中的短暂一瞬。灵石高高在上,冷静以至于近乎残酷地叙说着它的"亲见亲闻"。正如它第一回的自述:只是将其间"离合悲欢,兴衰际遇,俱是按迹循踪,不敢稍加穿凿,至失其真"地叙说一番。在现实生活的层面,灵石貌似没有生命,只是宝玉脖子上吊的一块饰物,但是,它有时也会顽强地显示自己的存在,告诉人们,它才是作品的主宰,而宝玉在它面前,只能算个配角。在为秦可卿送葬后,宝玉、秦钟和凤姐宿在馒头庵,晚间凤姐因怕人多失了通灵宝玉,等宝玉睡下后令人拿来塞在自己枕边,"却不知宝玉和秦钟如何算账,未见真切,此系疑案,不敢创纂"。这一段话,显然就是出自灵石之口。故事情节是跟着它的,而宝玉则无足轻重。

尽管灵石担负着作品情节"空—情—色—空"整体走向的使命,但是毕竟只是一块宝玉诞生时口中衔来,以后又成为颈上的挂饰,处境相当被动。兼之入世既久,在"情天恨海"中浸淫,难免会迷失方向,丧失本性,使情节人物迷误。因此,作品中专门设置癞僧跛道两位离奇的人物,为其护卫加持。这两位人物,神通广大,法力无边,可自由地来往于空与有之间。而对灵石来说,他们的角色类于父亲或导师。在第一回中,灵石正是靠了他们大发慈悲,恩准乞求,才得以下凡入世的。而一旦灵石懈怠职守,他们就会及时出面,进行干预。赵姨娘出于恶毒的嫉妒和报复之心,勾结了马道婆,用魔魅之术,几乎置凤姐与宝玉于死地。贾府连两人的棺木都做齐了。而正当此时,癞僧跛道到来,对贾政说:"那宝玉原是灵的,只因为声色货利所迷,故此不灵了。"将通灵宝玉拿在手中,持诵了一番后,"此物已灵",凤姐宝玉之难遂得释解。佛教认为,有情之物所得的报应,完全由其身口意之业的善恶而定,即所谓种瓜得瓜、种豆得豆。而赵姨娘的行为,显然是用一种邪恶的力量从外部来改变灵石由情感色、由色悟空的趋势,因此便不能不受到纠正。

但是这两位人物的使命不仅仅是护佑灵石。正如他们自己在第一回中说的:"何不也下世度脱几个,岂不是一场功德?"因此,除了与灵石有关外,他们在作品中出现,有时是正面点化陷于情海中人大彻大悟,看破红尘,遁入空门,如甄士隐、柳湘莲辈;有的是惩戒执迷不悟之辈,示欲之过,比如用风月宝鉴对付陷入对凤姐单恋的贾瑞。其中度化甄士隐是场重头戏。这一对出家人不仅通过托梦于甄将宝玉、黛玉的来历作了交代,而且还亲自现身,用偈语"惯养娇生笑你痴,菱花空对雪澌澌。好防佳节元宵后,便是烟消火灭时",对士隐失女事及香菱的命运作了暗示。但更重要的是跛道人的《好了歌》以及甄士隐的注解。没有任何一位《红楼梦》的研究者能够忽视这两段歌谣在作品中的极端重要性。其中包含了佛教的两个主要思想,即诸行无常与四大皆空。诸行无常指过去现在和未来诸三世中的万事万物处于流转不息、永远变转的生灭过程中。此即《涅槃经》十四所云:"诸行无常,是生灭法。"佛教主张世界万物与人之身体皆由地、水、火、风之四大和合而成,皆为妄相,若能了悟此四大本质亦为空假,终将归于空寂,而非"恒常不变"者,则亦可体悟万物皆无实体之谛理。又一般世人形容看破名利、世事,亦称四大皆空①。《好了歌》罗列了炎凉世态中人情冷暖变化的一些现象,而甄士隐之注解则更进一步洞察了一切事物都会盛极而衰或否极泰来,也都是过眼烟云,转瞬即逝,并且看穿了世人的荒唐之处在于"反认他乡是故乡"。他所说的故乡当然是佛教中的常乐我净的空寂境界。无怪乎跛道人认为他"解得切"。而甄士隐果真遁入宗教之门。这无疑是贯穿于《红楼梦》中的基本思想。纵观作品,癞僧跛道的多次出现,实际上起着强调这一主题的作用,使作品的走向不会脱离作者设定的归于空门。正像癞僧对着通灵宝玉所赋的偈语:"沉酣一梦终须醒,冤债偿清好散场。"对此,脂砚斋看得很清楚,批道:"通部中假借癞僧跛道二人,点明迷情幻海中有数之人也。"这也正可与第一回中"更

---

① 缘起工作室编电脑单机版《佛学大辞典》"四大皆空"条。

于篇中间用'梦''幻'等字,却是此书本旨"之说互相印证。而僧道二人无论是护佑灵石还是度脱世人,其承担的使命则都是一致的,即入于空门。

作品中的神秘谶言首先决定着大观园内外那些美丽聪明的少女少妇们的命运。她们受着冥冥中的无形之手的控制。无论她们如何动作,都无法摆脱悲剧命运,不可避免地走向毁灭的结局。这种结构是按照"伏笔—照应"式的关系,在作品中不停地互动。第五回的《金陵十二钗正册》、《副册》、《又副册》和《红楼梦曲》十二支中,预言了这些女子的命运和结局。太虚幻境处于"朱栏玉砌,绿树清溪,真是人迹不逢,飞尘罕到"的仙界之中,但是却阴森晦暗如同阴间冥世,"进入二层门内,只见两边配殿皆有匾额对联,一时看不尽许多,惟见几处写着的是'痴情司''结怨司''朝啼司''暮哭司''春感司''秋悲司'",殿内透出坟墓的气味,"进入门中,只见有十数个大橱,皆用封条封着",里边收藏着这些包孕贾府诸多女子命运的簿籍。而宝玉后来在那"画栋雕檐,珠帘绣幕,仙花馥郁,异草芬芳"之处,但是进入室内,却依然抑郁阴暗,喝"千红一窟(哭)"茶,饮"万艳同杯(悲)"酒,听着那"悲金悼玉的红楼梦"曲。而这些曲子重复了判词中对于人物的预言。这些判词和曲子中,只有《又副册》中的二首预言丫头中的晴雯和袭人,《副册》中的一首预言侍妾中的香菱,其余都涉及大观园内外的上层女性的命运,对金陵十二钗正册中的那些女主子们的结局作了预示。对于丫头侍妾,这种预言比较简单,因果关系比较直接。丫头晴雯是宝玉的大丫头之一,也是极少地在前八十回就完成叙写的重要人物之一。其判词是"霁月难逢,彩云易散,心比天高,身为下贱。风流灵巧招人怨。寿夭多因诽谤生,多情公子空牵念"。而这一谶言,不仅对晴雯的身世、性格特点作了铺垫,而且特别是与她因抄检大观园而被逐,死于非命,宝玉为作《芙蓉女儿诔》哭祭等,无不相合。袭人的判词是:"枉自温柔和顺,空云似桂如兰。堪羡优伶有福,谁知公子无缘。"而在薛蟠做生日时,优人蒋玉菡说酒令中有"女儿喜,灯花并头结双蕊"句,甲戌本脂批道:"佳谶也。"酒底生风的诗是"花气袭人知昼暖"。而此回中有宝玉与蒋玉菡互换系于腰间的汗巾,甲戌本此回末脂批道:"茜香罗暗系于袭人腰中,系伏线之文。"而蒋玉菡果真娶了袭人为妻。这些"伏笔—照应"的关系都相当清楚明白。

而对于那些正册和曲子中所言及的上层女性,这种"伏笔—照应"的关系就呈现出多重的复杂的样态。这十二个女主子是林黛玉、薛宝钗、贾元春、贾探春、史湘云、妙玉、贾迎春、贾惜春、王熙凤、巧姐、李纨和秦可卿。她们的命运与这些谶语间的关系,如同雾里看花,迷蒙一片。她们命运的谶语,也就不只局限于第五回中的判词与曲子,而其照应也不只是最后人物的结局,而是如行山阴道中,悬念层出不穷,不断地得到照应,但又旋解旋生。第一回中,甄士隐梦中见一僧一道谈论,绛珠仙草因受了赤霞宫神瑛侍者以甘露浇灌之恩,而食饮秘情果和灌愁水,"甚至五内郁结着一段缠绵不尽之意",将要下凡以还泪报恩,隐隐注定作品中将要发生一段缠绵悱恻的爱情,演出女主人公泪尽而亡悲剧。林黛玉初登贾府,便因宝玉摔玉而淌泪,便是还泪之始。紧接着,就是薛宝钗登场,"生得肌骨莹润,举止娴雅……较之乃兄,竟高十倍"。两人先后来到贾府,与男主人公贾宝玉应该有些瓜葛。第五回判词和曲子,将三人关系第一次作了暗示。判词是:"可叹停机德,堪怜咏絮才。玉带林中挂,金簪雪里埋。"这是对以后林、薛命运的预示,即都没有获得真正的人间幸福。曲子有两首。《终身误》:"都道是金玉良缘,俺只念木石前盟。空对着山中高士晶莹雪,终不忘世外仙姝寂寞林。叹人间美中不足今方信。纵然是齐眉举案,到底意难平。"《枉凝眉》:"一个是阆苑仙葩,一个是美玉无瑕。若说没奇缘,今生偏又遇着他;若说有奇缘,如何心事终虚话? 一个枉自嗟呀,一个空劳牵挂。一个是水中月,一个是镜中花。想眼中能有多少泪珠儿,怎禁得秋流到冬,春流到夏。"这是将判词中的概括暗示具体化了。《终身误》显然是从宝玉的角度来言说对与宝钗的金玉良缘和与黛玉的木石前盟的主观倾向,暗示了宝玉对黛玉的爱情,这段爱情的悲剧以及宝玉与宝钗的婚姻表面的美好和内里的失落。而《枉凝眉》则是站在旁观者的立场上,预言了两段感情的结果,都是最终一场空,并且明显地表示了对木石前盟的同情。"世外仙姝寂寞林"和"阆苑仙葩"又照应了第一回的绛珠仙草。这样,宝、黛、钗感情纠葛以及钗、黛的悲剧命运的总体走向就被规定下来。

而在其后,神秘的金饰多次出现。宝钗拥有的金锁上的"不离不弃,芳龄永继"与通灵宝玉上的"莫失莫忘,仙寿恒昌"明显是一对,又"是癞头和尚送的",而且还叮咛"等日后有玉的方可结为婚姻",既照应了前边的"金玉良缘",又伏下了后边二宝之婚,使其更有了现世的依据。一个是前生的约定,一个是今生的宿命。后者显然更有着不可抗拒的力量。而在清虚观打醮时宝玉又得了金麒麟,而史湘云也有类似的金麒麟,暗示着宝玉和湘云之间也会有一段感情的纠葛。

　　然而,这种谶言的伏笔和照应,更多体现于作品中那些大观园中女子们的诗歌里。第二十二回目中的下联即是"制灯谜贾政悲谶语"。回中宝玉和诸兄弟姐妹制谜,元春打爆竹,谜面有"一声震得人方恐,回首相看已成灰",将自己正显赫一时之际却遽然谢世的结局作了暗示。迎春打算盘中的"有功无运也难逢","只为阴阳数不通"之句,将自己因嫁与中山狼一样的丈夫,最终被摧残而死的结局也作了预言。探春打风筝绝句:"阶下儿童仰面时,清明装点最堪宜。游丝一断浑无力,莫向东风怨别离。"正呼应了第五回中判词的后两句"清明涕泣江边望,千里东风一梦遥",再次暗示了她将在清明时分离家远嫁,踏上不归之路的结局。黛玉打更香的律诗中有两句是"琴边衾里两无缘","煎心日日复年年",也暗示了她那耗尽生命然而永无着落的爱情。宝钗打竹夫人的绝句中有"梧桐叶落分离别,恩爱夫妻不到冬"之句,更是她那如电光一闪转瞬即逝的短暂爱情的写照。而在做这些诗谜的时候,她们还只是一些十二三岁的孩子,天真烂漫,还远不知今后人生路途的艰险。难怪贾政看了后,顿生"看来皆非福寿之辈"的不祥之兆,"甚觉烦闷,大有悲戚之感"。

　　作为女主人公的林黛玉,诗歌里的谶语在她身上用得最多,而这种回环重叠的"伏笔—照应"的关系,也表现得最为充分。在前八十回中,她重要的诗歌创作活动有四次。这几次创作的诗歌中,死亡的暗示是不变的主题,一次次的深化、明确、反复,引导着她走向悲剧的结局。《葬花词》道,"质本洁来还洁去,不教污淖陷渠沟",这是在咏落花,表示自己葬花的用心,但又何尝不是预示自己将以女儿之身归于未可知之处? 而"侬今葬花人笑痴,他年葬侬知是谁?"则由花及人,由花的死亡想到自己的死亡,并且表达出一种无人知赏、极度孤独的悲剧心态。"一朝春尽红颜老,花落人亡两不知","红颜"双关花与人,虽已预知自己的最终结局,但似乎还有可以终老闺阁之意。总之,表达出的更多的是对凶险前途捉摸不定的迷茫。而在大观园初结诗社众美咏海棠时,黛玉的诗作借物咏己,"月窟仙人缝缟袂,秋闺怨女拭啼痕。娇羞默默同谁诉,倦倚西风夜已昏"几句,除了第一句是暗示自身的来历,其余三句都是对自己现实处境和心理状态的描述,谶语的意味并不算浓。随后咏菊诗三首中的"满纸自怜题素怨,片言谁解诉秋心","孤标傲世偕谁隐,一样开花为底迟","醒时幽怨同谁诉,衰草寒烟无限情",也都只是感慨身世的不幸而已。第四十五回的《秋窗风雨夕》通篇是对风雨飘摇的惨淡秋色的咏叹,唯有最后两句"不知风雨几时休,已教泪洒窗纱湿",隐约流露出对于未来的不祥预感。

而第六十三回宝玉生日时众美掣签则是一大关目。每人掣得的花色、签名与签语皆与各人品性与命运关合。如宝钗的牡丹,签名"艳冠群芳"与签语"任是无情也动人",探春的红杏,签名"瑶池仙品"与签语"日边红杏倚云栽",李纨的老梅,签名"霜晓寒姿"与签语"竹篱茅舍自甘心",袭人的桃花,签名"武陵别景"与签语"桃红又见一年春"等。

> 黛玉默默的想道:"不知还有什么好的被我掣着方好。"一面伸手取了一根,只见上面画着一枝芙蓉花,题着"风露清愁"四字,那面一句旧诗,道是:"莫怨东风当自嗟。"……众人笑说:"这个好极,除了他,别人不配做芙蓉。"

黛玉对此并非游戏态度,而是看成关乎着前程的重大事件。而掣签的结果,无论黛玉还是众人都认可。众人眼中,风姿优雅的莲花与黛玉之姿,"风露清愁"所表现出的黛玉泪眼唏嘘之态,无疑是恰切的。而黛玉的认同还与莲花出污泥而不染,与她在葬花时的"不教污浊陷沟渠"所象征的自我高洁品格有内在的一致。而在场的人没有意识到"莫怨东风当自嗟"的象征意义。"东风"当指宿命中将宝玉与宝钗联结在一起的力量。第七十回中,宝钗的《临江仙·柳絮》词中,有"东风卷得均匀","好风凭借力,送我上青云"之句。所言之风,既可将宝钗送上青云,牢结金玉良缘,无法抗拒,那么,木石前盟中的绛珠,也只能认命,自嗟自叹了。其结局已从字里行间浮现出来。

在黛玉所作《五美吟》绝句中,这一意念得到了强化。如果说,《明妃》中的"绝艳惊人出汉宫,红颜命薄古今同",是在感慨自己的不幸处境,那么,《绿珠》中的"都缘顽福前生造,更有同归慰寂寥",朦胧地预示着两人今生已休,但他生可卜,同归天界,也是不幸之幸了。黛玉所作《桃花行》中,结尾两句"一声杜宇春归尽,寂寞帘栊空月痕",则很明显是象征着春色尽逝时自己的凋谢。而同回咏柳絮的《唐多令》,这种有关结局的谶语变成了"嫁与东风春不管,凭尔去,忍淹留",预示着自己注定要在众人冷落、满腔牵挂、孤苦伶仃中魂归离恨之天。中秋凹碧馆与湘云联诗中,"人向广寒奔,犯斗邀牛女",是对死后的虚泛悬想,而"冷月葬诗魂",则确然是对自己现世结局的冰冷预兆了。连湘云都说:"诗固新奇,只是太颓丧了些。你现病着,不该作此过于凄清奇谲之语。"这实际上已敲响了黛玉今生今世的丧钟。黛玉的这些诗词,好比是一曲《命运》交响曲,在主题旋律一遍遍的重复强化中,读者们似乎听到了厄运之神的脚步,在一声声倒计时般的默数中,悄悄地逼近了,黛玉的灭顶之灾行将来临。

而这种谶言的"伏笔—照应"的结构,不只是决定着少女少妇们的命运,而且无所不在地约制着贾府这个百年望族的命运。书中的贾府,如同被人施了梦魇,自始至终笼罩在"悲凉之雾,遍被华林"中,无可挽救地走向萧条没落。这种预兆有时候是明确的警示。宝玉梦入太虚幻境,警幻仙子对众仙姬说:"适从宁府经过,偶遇宁荣二公之灵,嘱吾云:'吾家自国朝定鼎以来,已历百年。奈运终数尽,不可挽回……'"为声威煊赫的贾府,指明了一条不归之路。而秦可卿临终前托梦于凤姐,更指出了这种结局的不可避免。她叮嘱道:"我们家赫赫扬扬,已将百载,一日倘或乐极生悲,若应了那句'树倒猢狲散'的俗语……"这还是或然的假设,而她唯恐凤姐不明白,在建议于祖茔处多置房地作为败落后的退步后,又干脆挑明了说:"真是烈火烹油,鲜花着锦之盛,要知道也不过是瞬息的繁荣,一时的欢乐,万不可忘了那'盛筵必散'的俗语……"不仅仅是对宁荣二公之灵预言的重复,而且更加重了其必然性。

更多的时候是通过一些包含着必然性的生活琐事来发出预告。前人注意到,《红楼梦》中的演戏是贾府人物及事件的"大过节、大关键",有重要的先兆性。元妃省亲,"点了四出戏,第一出《豪宴》,第二出《乞巧》,第三出《仙缘》,第四出《离魂》"。己卯本脂砚斋夹批道:"《一捧雪》中,伏贾家之败",显然指贾赦强夺石呆子扇、贾琏奸占尤二姐等招致抄家的不法之事;"《长生殿》中,伏元妃之死";"《邯郸梦》中,伏甄宝玉送玉";"《牡丹亭》中,伏黛玉死","所点之戏剧伏四事,乃通部书之大过节、大关键"。第二十九回,奉元妃之命,贾母率族人去清虚观打醮观戏。

贾珍上来回道:"神前拈了戏,头一本是《白蛇记》。"贾母便问:"是什么故事?"贾珍道:"汉高祖斩蛇起首的故事。""第二本是《满床笏》。"贾母点头道:"倒是第二本,也还罢了。神佛既这样,也只得如此。"又问:"第三本?"贾珍道:"第三本是《南柯梦》。"贾母听了,便不言语。

两次强调了这些戏目的选择是神佛的旨意。很明显,《白蛇记》中刘邦起家的故事影指宁荣二公的建功立业。而《满床笏》用《旧唐书·崔神庆传》之典。崔神庆之子琳等皆为大官,每岁时家宴,以一榻置笏,重叠于其上。这显然是指贾府多人袭爵当官。贾母也觉得这个戏太过张扬,所以用神佛之意开脱。但淳于梦入大槐安国历享荣华富贵的南柯一梦,又暗含了贾府无法摆脱的结局。怪不得"贾母听了,便不言语"。此时贾府这位"老祖宗"的心里,一定生出了不祥之感。她已经猜得,按照神佛的旨意。从祖宗起家,到子孙多人受荫及科举得官,最终毕竟会如梦一场,"落了片白茫茫大地真干净"。

甄士隐梦游太虚幻境,看到一副对联:"假作真时真亦假,无为有处有还无。"而这种亦真亦假,真假浑一是作者构思整部作品的重要原则。而在作品写实层面上的突出体现,应属甄贾二府和两个宝玉的描写了。假(贾)者真也,真(甄)者假也。甄府甄宝玉与贾府贾宝玉惊人地相似。在冷子兴与贾雨村演说贾、甄两个宝玉时就明言了这一点:他们出身于同等官宦贵族家庭,都是深受祖母溺爱,都不愿意走传统的读书成才做官之路,而特别是两人都是自幼异常喜爱女儿,一与她们在一起,就收起了种种"暴虐顽劣","其温厚和平,聪敏文雅,竟变了一个样子"。第五十六回甄府之人来贾府,不仅是通过他们之眼来印证两个宝玉外形神态甚至是生性的相同相似,而更重要的是让甄、贾宝玉在梦中相互进入对方的生活空间,形成不知周也梦蝶抑或蝶也梦周,真即是假,假即是真,真假莫辨的境界,将两人密切地关联起来。作者刻意描写两人生活环境以及本身的相像,并非是要强调甄、贾宝玉是一个人的两个化身,而是要在这种貌合神聚的类比中使甄宝玉成为贾宝玉的替身和影子,来预示将要发生在贾宝玉身边和身上的事件。果真,在第七十五回中,"抄报上甄家犯了罪,现今抄没家私,调取进京治罪"。作者在这一天,还特别安排了另一件贾府中的大事,即抄检大观园。这两件事同时发生,正好联手出演了贾府被抄的先声序幕。也难怪探春说道:"你们今日早起不是议论甄家,自己盼着好好的抄家,果然今日真抄了!咱们也渐渐的来了!"这成为《红楼梦》中最重要的谶语之一。贾府的被抄,遂成为不可避免的事情。

败象之更明显的流露是第二天的"开夜宴异兆发悲音"。

　　那天将有三更时分,贾珍酒已八分。大家正添衣喝茶,换盏更酌之际,忽听那边墙下有人长叹之声。大家明明听见，都毛发悚然。贾珍忙厉声叱问："谁在那边？"连问几声，无人答应。尤氏道："必是墙外边家里人，也未可知。"贾珍道："胡说，这墙四面皆无下人的房子，况且那边又紧靠着祠堂，焉得有人"？一语未了，只听得一阵风声，竟过墙去了。恍惚闻得祠堂内扇开阖之声，只觉得风气森森，比先更觉凄惨起来。看那月色时，也淡淡的，不似先前明朗。众人都觉毛发倒竖。

庚辰本脂砚斋夹批道："未写荣府庆中秋，却先写宁府开夜宴，未写荣府数尽，先写宁府异兆。盖宁乃家宅，凡有关于吉凶者故必先示之。且列祖祀此，岂无得而警乎？"这实际上开启了贾府之败的大幕，敲响了贾府的丧钟。短短一两天内，败象叠现，正与第五回宁荣二祖嘱警幻仙子的话语遥相呼应。显然，这是贾府的祖先已经忍无可忍，魂灵亲来警示子孙，不可避免的厄运，已经在浑然不觉中来到他们身边，要伺机兴风作浪了。时至于此，任何人都无力挽回这个百年望族树倒猢狲散的败亡结局了。

《红楼梦》中这个若隐若现的庞大的宿命结构，正似一只巨掌，不动声色，按部就班，按照既定的方针，一步步牵引着掌控着作品情节和人物走向毁灭，由色归空。这个过程的特征是由微而著，由晦到显，由小到大，由弱到强，这在阅读作品的过程中，任何读者都可明显感觉得到。

（原载《西北大学学报（哲学社会科学版）》2003 年第 1 期；《人大复印报刊资料·中国古代近代文学研究》2003 年第 6 期全文刊载）

《红楼梦》写实层面结构新说

一

《红楼梦》的中心线索和基本内容是一块灵石的经历。围绕着灵石的经历，作品中存在着犬牙交错、互相叠沓的两个层面的叙写：一个是形而上的宿命意志，它预示和规定着情节的走向和主要人物的命运；另一个则是形而下的层面，叙写了一个贵族大家庭内外发生的丰富的生活现象，它在冥冥中的宿命意志力量的控制下，自然而然地流向悲剧的结局。关于宿命结构的构成、形态、功能以及发展过程，笔者曾有专文论及，不赘。

前贤对《红楼梦》结构的研究，绝大多数集中于写实层面，在这方面成果相当深入。本文无意于对这些成果做全面总结。从脂砚斋开始的评点派，就相当注意《红楼梦》的结构，而且有些观点堪称是真知灼见①，但总体来说，不够系统深入，大都限于直观印象。20世纪40年代李辰冬先生的《红楼梦研究》对作品的结构作了较系统的论述，并命名为"海潮式"②。这是相当有见地的，但是对作品总体结构的分析尚欠全面细致。

20世纪60年代和80年代，对《红楼梦》的结构研究成果累累，尽管诸说有别。而新中国成立50年来关于《红楼梦》结构研究的成果，曹涛和郑铁

---

① 甲戌本第一回眉批："事则实事，然亦叙得有间架、有曲折、有顺逆、有映带、有隐有见、有正有闰……"第二回前总批："未写荣府正人，先写外戚，是由远及近，由小至大也……"见朱一玄编：《红楼梦资料汇编》，天津：南开大学出版社2001年版，第84页。以下引脂批均出是书。

② 李辰冬：《红楼梦的结构、风格和情感表现》，见郭豫适编：《〈红楼梦〉研究文选》，上海：华东师范大学出版社1988年版，第322页。

生分别作了总结①。前者认为有网状结构、波纹结构和立体式结构诸说,后者将主要论著的观点概括成:各种主线论,如宝黛爱情说、四大家族衰败过程说、两条主线说、宝玉叛道与贾政卫道说;网状结构论,以及在此基础上形成的织锦式网状艺术结构说等;对称结构论,如以阴阳象数观来解释作品的结构等。

　　近年来的研究,有立体化多元化的趋势。杨义、李庆先生注意到了小说写实层面之上有个神话世界在暗示着宿命,规定着作品中人物和事件的命运走向②。这对认识作品的写实描写层面的结构,是有重大意义的。

　　西方美学和文学研究方法的传入,对《红楼梦》结构的研究,也产生了一些影响。宋常立运用西方流行的符号美学考察了《红楼梦》的结构,认为作品中表层符号系统是石头等物,而深层意义则有宝玉其人,及其作品中隐含的哲学、社会学、伦理学意义③。张丽红则用结构主义的学说剖析作品,提出木石前盟与金玉良缘间的矛盾即玉石对立冲突是全书的最核心结构。而这种玉石冲突又是按时间顺序展开,通过四季循环将《红楼梦》的哲理提升到二律背反的人类悲剧命运的高度④。这些看法,无疑可以开拓我们的眼界,有助于我们从多个视角来全面认识《红楼梦》的复杂结构。但是用外国当代的美学、文艺学理论来分析中国古代小说的典范之作,总让人觉得隔了一层。

　　总体来说,这些结构研究都可被纳入一个总的结构模式中,即选择某一中心人物,或是某一中心事件作为点,以点运行的轨迹作为线,无论是单线复线还是多线,再以线的扩张作为面,将面的二维空间扩展到三维空间,就成了立体结构。其主要思路,是循着弄清作品点、线、面、体,并且解析三者或四者之间的关系这种模式而展开的。如胡念贻先生说:"《红楼梦》所表现的这样丰富的内容,是通过贾宝玉和林黛玉的恋爱悲剧把它贯穿起来的。""《红楼梦》所写的人物和事件,大体上没有越出荣国府和宁国府那样两个大家庭。"同时他还认为:"《红楼

---

① 曹涛:《试论〈红楼梦〉的结构艺术》,《红楼梦学刊》1998 年第 3 辑;郑铁生:《半个世纪关于〈红楼梦〉叙事结构研究的理性思考》,《红楼梦学刊》1999 年第 1 期。

② 杨义:《中国古典小说史论》,北京:中国社会科学出版社 1995 年版,第 453—459 页;章培恒、骆玉明主编:《中国文学史》下卷,上海:复旦大学出版社 1996 年版,第 552 页。

③ 宋常立:《〈红楼梦〉符号学分析小引》,《红楼梦学刊》1999 年第 2 辑。

④ 张丽红:《玉石冲突与四时转换——〈红楼梦〉结构论研究浅探》,《松辽学刊》2000 年第 4 期。

梦》的整个结构是写贾府由盛而衰。"①我不想跳出这种大的骨架模式,但是想在其内部的条分缕析中做些调整,以增加一些新的思路。

在分析《红楼梦》的结构时,应该不离这样一个基本事实:它是中国古典小说的巅峰之作,集中地体现了中国古典小说的特色,是中国古典情节小说向近现代人物小说转变的产物。分析问题时,应该严格从这个原点出发,注意其情节性和人物性的构成,并且探讨两者之间的千变万化的关系。几乎所有的研究者都注意到了作品兼具情节小说与人物小说的特性。李辰冬从一般人的阅读心理出发,注意到作品的情节性因素:"试问第一次读此书的,有几位是安心静气,从头至尾,一张也不跳,一句也不隔,而详细读完呢? 哪一个不是先要知道故事的大概,而第二三次才可详细读呢? 固然,中国长篇说部的回次接法,都是如此;但《红楼梦》的更较周密,运用更较得法。"②即是说,《红楼梦》是情节小说的集大成者。但另一点也必须承认,这就是许多学者注意到的,其他章回小说一般都能被说书人采用,而《红楼梦》却不能。这主要还是因为作者对人物的关注度增强,使情节性因素下降,故事的生动性和完整性受到一定影响,遂使爱听故事的听众读者难免有些失望。但人物获得了相对独立的意义之后,立体的特点因而更为凸显。正因为《红楼梦》是兼情节小说和人物小说特点而有之的作品,我们在分析其结构时,能否也从这两方面及其关系入手,来洞见作者的匠心?

其实曹雪芹已经将他的这种既写人又叙事的意图明确表现出来:"但书中所记何人何事?"写人是以历过一番梦幻的作者为中心,以其周围"当日所有之女子"、"半世亲见亲闻的几个女子"作为主要描写对象的人物群;而写事则是"观其事迹原委",写其"一事无成、半生潦倒之罪",即以个人与周围人的没落命运作为作品的故事情节。无疑,《红楼梦》结构的谜底,应该从其人物关系的静态构成与动态变化,以及由人物之间的纠葛冲突形成的故事情节中探寻。

---

① 胡念贻:《谈〈红楼梦〉的艺术结构》,转引自郭豫适编:《〈红楼梦〉研究文选》,上海:华东师范大学出版社 1988 年版,第 698—699 页。
② 李辰冬:《红楼梦的结构、风格和情感表现》,见郭豫适编:《〈红楼梦〉研究文选》。

二

作者曾在第一回中借他人之口,写了他反复权衡选择书名的过程,将《石头记》改成《情僧录》,又改成《风月宝鉴》,而再改为《金陵十二钗》,而最后仍是决定采用《石头记》,可见他对这个书名的情有独钟。而从准确地体现作品内容来说,这个名称是最合适不过的。"石头记"者,记石头也,即全书的内容是记述灵石的经历。而灵石在现实世界中的化身,就是宝玉。因此无论从哪个角度来看,他都是全书的一号主角。以宝玉为中心的人物结构图,颇似 20 世纪初英国物理学家卢瑟福建立的,后经丹麦物理学家玻尔等改进的原子结构的行星模型。宝玉正似居中的原子核,而其他人物则如同电子,但电子绕行原子核时并不像行星那样有着一成不变的轨道,而是具有波动性,与原子核的距离时远时近。

而既然称之为行星模型,则是说这个星系中,有处于核心的恒星,有环绕着它的、远近距离变动不定的行星,而且这些行星之间也在互相发生着作用,每个行星还分别有自己的卫星。这各种星体之间,存在着错综复杂的关系。毫无疑问,贾宝玉在这个结构中处于核心的地位,类于被行星环绕的恒星。一般来说,作品中的人物以与他的亲疏远近来决定其地位。就宿命层面来说,因癞僧跛道是将灵石带入尘世的先知先觉性的人物,故其地位尤为重要,他们负责引领作品完成"由色归空"的总体走向。而这种宿命结构在人间的异化,是一个贵族家族的生活,这才是作品的重心所在。所以,贾宝玉与这个家族内外形形色色人的关系,这些人物之间以及与他人的关系,是作品的重点描写对象,也构成了作品写实层面的基本结构。

贾宝玉与作品中人物的关系,明显可以分成若干层面。大的方面,以大观园内外划分。大观园是宝玉的精神家园,是他感情的寄托,是他最依恋和喜爱的地方。而在这里住的人,除他之外,都是女性。那些姑娘小姐们,都与他有着亲人或亲戚关系,而那些照顾他们的丫头们,也都是未婚的女性,因此,这些人也就成了他垂爱的对象。在这些关系中,木石前盟与金玉良缘是最基本的两对关系,因此黛钗两人与他构成了最近的一层关系圈。而其他的女孩子或者是他"意淫"的对象,或者与他有着亲密的血缘关系,这是较靠外围的一个关系圈子。而袭人则处于这两个关系圈之间。

另一个层面是那些跨于大观园内外的人物。这些人物主要是些女性的家长,有贾母、王夫人和凤姐等。宝玉自幼受到她们的疼爱,对她们也相当依恋,因此与她们的关系是浓厚的亲情。但是,也还有着受封建礼教所赋予的义务约束的一面,宝玉对他们的一些做法,如贾母为他择定宝钗为妻,王夫人间接害死晴雯和凤姐逼死尤二姐,尽管没有明确表示出不满,但内心的愤愤不平可以想见①。

而大观园外的贾府是第三个层面。宝玉与处在这个范围里人物的关系,大体可以分成两种。一种是没住在园中的贾府的那些年轻的女性或者类于女儿的男子,宝玉对他们也如同对其他女儿一样,视为水做的骨肉,有种亲近感。第二种人是他因为外在的礼教等规定,不得不与之维系着人伦关系的男性贵族或准贵族。从内心看,他对这些人都没有从感情上认同。有的出于敬畏。贾政是他的父亲,代表社会主流价值观念来使宝玉步入所谓"仕途经济",与他的理想格格不入,自然会遇到他强烈的排拒。宝玉对贾赦、贾琏、贾珍、贾蓉和薛蟠这类"皮肤滥淫之蠢物",则可称是鄙厌。他并不认同他们那种只以声色犬马之欢为追求的人生理念。但是却因为礼制之规定,对这些或畏或鄙的男主子,保持着严格的上下尊卑有序的关系。

还有一些人则处于最外圈,这就是贾府之外的人物,在作品里大都是招之即来,挥之即去。只有刘姥姥因与贾府的命运相关,所以描写稍多一些。而对这些人,宝玉有些是按兴趣,有些是按礼制,与其有着相应的关系。但毕竟隔得较远。

而这些除宝玉之外的人物,也分别成为整个结构中不可缺少的要素和网络节点,与其他人物有着各种各样的联系,构成全书的原子模型结构,一损而俱损。

作者正根据这样一个人物关系图作为整部作品的基本框架,以确定他在写作中的详略轻重,使作品结构了然有序,眉目清楚。

但是这种人物关系的图解仍偏重于静态的描述,而在实际描写中,正如原子结构内部各要素在不停运动一样,人物关系也总是处于变动之中,其远近亲疏的关系也随之发生着变化,这种变化着的关系正是作者着力描写的,因而形成其他人物往往会"喧宾夺主",在一时间里成为主角的情况。这正如李辰冬所说:

①　第六十九回:尤二姐死后,"宝玉一早过来,陪哭一场。"

"《红楼梦》固以宝玉为主人公,但叙事不一定以他为中枢。时而黛玉,时而宝钗,时而熙凤,时而雨村,时而贾母,时而贾政,时而薛蟠,并且正叙宝钗,忽联到湘云,又返到宝玉,再由宝玉又联至贾母。"①

这种相对次要的人物在一定时间和空间范围内成为主角,有这样几种情况:一是他们与居于中心的宝玉的关系密切起来,正如遥远的彗星也可能因靠近太阳而成为万众瞩目的对象。秦钟和刘姥姥进贾府和大观园就是这种情况。而随着他们远离宝玉的光芒,也就销声匿迹了。二是其他人物之间的矛盾纠葛在一定时段中成为主要描写对象,如王熙凤协理宁国府,自然其人就成为最引人注目的对象了。这如同太阳系中发生的小行星撞击木星之类的天文现象,一时成为众所关注的现象。三是两种情况兼而有之。非常次要的人物,因为进入宝玉的场界,同时又由于本身引发了情节冲突,成为重要的人物。使任何读者都难以忘怀的红楼二尤,就属于这种情况。

三

作品是部叙事文学的巨著,随着叙事的进展,人物关系在随时调整,作品的结构也相应发生着动态的变化。我之所以认为各种主线结构、网状结构和立体结构本质上并无二致,原因就在于都循着点、线、面、体之思路来言说其旨。换言之,言线者固要考虑到其线的轨迹和面的铺展,而言网者同样要考虑到主要线索的趋势和行迹,而并非是真如天罗地网,没有线之粗细、网眼大小之分。所以,在这方面我不持异议。

《红楼梦》的叙事结构是沿袭《金瓶梅》而来的。关于《金瓶梅》的基本结构,袁中道有"老儒无事,逐日记其家淫荡风月之事"之说②。用史书的体例来作说明,可说是以编年体为基础,而加上了纪事本末体记事完整的长处。以编年系日即时间的流逝作为结构的基本平台,写出一定空间范围内发生的具有情节性的事件。而对《红楼梦》也可作如是观。研究者不约而同地注意到作品中有着

---

① 李辰冬:《红楼梦的结构、风格和情感表现》,见郭豫适编:《〈红楼梦〉研究文选》。
② 袁中道:《游居柿录》卷九,文渊阁《四库全书》本。

四时代兴的时序系统,周汝昌先生甚至为作品编了年表,可见《红楼梦》的时序描写非常之精准。但《红楼梦》在情节的结撰方面,显然较之《金瓶梅》要精严得多。情节是人物之间对立冲突的过程,一个完整的情节,必然具有冲突产生、发展、高潮和结束的全过程。另外,必要的背景交代也是不可缺少的。《红楼梦》的主线是灵石及其化身贾宝玉的经历际遇的运行轨迹。它受着冥冥中宿命力量的决定,体现出"因空见色,由色生情,传情入色,自色悟空"的过程和归宿。而作品描述的写实层面的世俗生活则沿着三条贯穿作品首尾基本的情节线索展开的。其中最主要的情节线索是贾宝玉对社会的敌意反抗构成的作品的基本冲突,其反抗性的内在动力来源于社会主流价值观念与他"一味任性",追求自由愿望之间的冲突;而另两条主要的情节线索是二玉的木石前盟与二宝的金玉良缘之间的冲突,这一冲突以木石前盟毁灭的悲剧而告结束;以及荣宁二府力求长存的努力与来自家族内外的解构力量之间的冲突,即贾府由盛极而衰的变化过程。推动这个情节发展的潜在力量是"君子之泽,五世而斩"的新陈代谢规律,而具体表现是贾府后人不肖与社会力量之间的冲突。

宝玉的所作所为,将另外两大情节勾连起来,使得三大情节在发展中,时而齐头并进,时而合而为一,时而各走龙蛇,将家族内外的各种矛盾纠葛联系起来,呈现出了群峰奔簇式的结构样态。作品的总体走向就隐藏在这三大基本情节之中,宝玉的反抗以彻底的失败而告终,二玉之爱在二宝之婚面前最终化为乌有,而贾府两大家族也落了个白茫茫大地真干净。而这三大情节的最后解决,都统一于佛教的"诸色归空"。整部作品有主峰,而三条情节线索以及相应的情节单元也分别有重点,形成簇拥高峰的大大小小的山陵,使作品仪态万方,在貌似行云流水漫不经心的行文中,形成严谨有序的总体结构。正如金圣叹所说:"如一篇之势,前引后牵,一句之力,下推上挽。后首之发龙处,即是前首之结穴处;上文之纳流处,即是下文之兴波处。东穿西透,左顾右盼,究竟支分派别,而不离乎宗,非但逐道分拆不开,亦且逐语移置不得,惟达故极神变,亦惟达故极严整也。"①

作品第一回和第二回是总纲。第一回写了宿命结构对作品整体走向的规定,第二回是对现实中贾府的命运作了预言。第三回是个过渡,引出作品的女主

① 《金圣叹文集》,成都:巴蜀书社1997年版,第220页。

人公之一林黛玉,并开启了木石前盟在人间将要经历的悲剧。第四回和第五回是三大基本情节的开端。第四回中的有段护官符,非常重要:

> 贾不假,白玉为堂金作马。阿房宫,三百里,住不下金陵一个史。东海缺少白玉床,龙王来请金陵王。丰年好大雪,珍珠如土金如铁。

这段话不仅写出了官官相护的积弊,而且也揭示了作品中因"一荣俱荣,一损俱损"而出现的几大贵族家族总体没落的趋势。第五回则预言了贾宝玉的意淫在他未来生活中的地位,木石前盟和金玉良缘最终的结局,以及贾府里那些年轻女性的命运。

此后,三条情节线索同向发展。从第六回开始到十八回,是第一个情节单元。以家族的命运为主,宝玉的情爱为辅。贾瑞、秦氏姐弟连续三个年轻人的夭折,具有多方面的意义,但总的来说,都伏下贾府之败的不祥之兆。而秦氏之死是本单元的第一个情节高峰,更有着复杂的意义,既揭示了贾府之败的缘由,又预示了贾府之败的结局,同时又成为这个情节单元的最高峰——元春省亲的预演。元春省亲是这个钟鸣鼎食之家全盛时期的标志。然而物极必反,这也是贾府由盛而衰的分水岭。在这一单元还集中笔墨描写了"生于末世运偏消"的凤姐的不凡,与她害死贾瑞的狠毒,展示了她性格的多个层面。而贾宝玉的初试云雨、初会宝钗和结识秦钟,则是对他的女儿情结多方位的具体展示。

第十九回到第三十六回是第二个情节单元。宝玉的"一味任性"的敌意反抗意志和喜好女儿情结与以贾政为首的家族压迫之间的冲突上升为首要情节。主要通过描写宝玉与黛玉"静日玉生香"的爱情萌芽和之后的发展,与宝钗的"羞笼红麝串"的感情纠葛,还有因泛爱而生的琪官、金钏风波。后一个情节直接导致了宝玉被父亲痛殴,成为这个情节单元中最大的波澜。

而二玉之爱和贾府的命运变化在这一单元则成了陪衬。三十六回中宝玉因"独有黛玉自幼儿不曾劝他去立身扬名,所以深敬黛玉",他梦中喊出的"什么'金玉良缘'?我偏说'木石前盟'!"以及他看丫头写"蔷"字,因而"自此深悟人生情缘,各有分定",是他爱情专一于黛玉的开始。而贾府命运的演变,也仍在继续。这个家族中,既有贾琏那种私通仆妇的丑态,也有赵姨娘勾结马道婆用魔魇之术,使合宅不宁的闹剧,还有薛蟠附庸风雅的吟咏。而琪官和金钏事件,更使家族的颓势火上添油。

第三十七回到第五十六回是第三个情节单元。作者着重以宝玉在大观园中的穿梭,将其中女儿们各自的活动串了起来,成为有机的整体,展现了大观园内的女儿世界,以及这个世界与外界的关系。从贵族小姐到丫头使女,几乎全部登场。作者描写了她们的才情、她们的能干、她们的善良和她们的无奈。让读者感到,这些女子真可谓是"行止见识",不同凡响。对探春的描写是其中的重点,探春虽未能以文才取胜,但她的才干,无疑是令人生出"堂堂须眉,诚不如彼之裙钗"之慨。她的改革是这个单元的中心事件。从"偶结海棠社"始,探春的统人之才显露,而至兴利除宿弊时,大放异彩。宝玉与黛玉的爱情,也进入了平稳发展的阶段。

贾府的败象也在发展。男主子们的恶行日见昭彰。贾琏与仆妇的私通,造成对方身死;贾赦逼鸳鸯就范,在家里掀起轩然大波;薛蟠因调戏柳湘莲被暴打,更是一场闹剧;赵姨娘与亲生女儿探春的明争暗斗,也将内宅的重重矛盾展示出来;而第五十三回的乌进孝交租,则是这个贵族家族坐吃山空窘境的首次暴露;随后的"宁国府除夕祭宗祠",虽然还够气派,"花团锦簇,塞的无一些空地",但却远没有秦可卿出殡和元春省亲的那种气魄了。

第五十七回到第七十八回是第四个情节单元,也是前八十回的情节高潮。作品中的三大情节在这个单元中扭结得更加紧密,贾府的祸事和不祥纷至沓来,走向败落成为这个情节单元最显著的迹象。首先,贾府内的各种钩心斗角已经趋于白热化,而这种斗争甚至进入了人间仙境大观园中。为一瓶蔷薇硝,准主子赵姨娘可以与一群小丫头斗殴,而小丫头不仅没受责罚,赵姨娘反倒落了个不是。年长的女仆可以当着主子的面,打宝玉护着的丫头。虽说最后由于平儿出面,女仆认了不是,但是用平儿自己的话来说:"'得饶人处且饶人',得将就些。但只听见各屋里大小人等都作起反来,一处不了又一处,叫我不知管那一处是。"一派礼崩乐坏的混乱局面。连这位荣国府总管凤姐的助理,都焦头烂额,无法收拾了。终于,更糟的两件事出现了。一件是贾琏在国丧家丧期间,置国法孝情于不顾,偷娶了已有人家的尤二姐,而尤二姐又被嫉妒成性的凤姐逼死,这成为贾府最终被抄的一大罪名。另一事件则不仅事关贾府的命运,而且也决定了宝玉爱情悲剧的归宿。这就是抄检大观园。宝玉受到紫鹃说黛玉要回南方消息的刺激,突发狂痴症。这成了贾府那些女主子们的一块心病。从宝玉爱情立场观照，固然说明了他对爱情的专注无他，但是从家族利益角度考察，却是大不幸，因为任其发展下去对家族将有百弊而无一利。这不能不引起他们的高度警惕。自从宝玉挨打，袭人向王夫人进言，建议让宝玉搬出园子住，以免"二爷一生的声名品行，岂不都完了"起，王夫人就一直想对宝玉的身边人进行清理。这实际上是封建家长以社会主流价值观对后代包括自由恋爱在内的"一味任性"的规范。抄检大观园的直接起因看来是"绣春囊"事件，但其大背景却是一场追求自由的愿望与传统观念和势力的大比拼。其直接后果是造成了两个如花少女晴雯和司棋的惨死，而其深远影响，一是因"晴乃黛影"，所以这等于宣告了木石前盟的必然崩溃；二是成为贾府被抄的预演，正如探春所预言的，早上说甄家被抄，"咱们的也渐渐的来了"！

不管后四十回是否出自曹雪芹之手，但红学界普遍认为，其中必会包括这样一些大关目：四大家族的没落、二宝成婚与绛珠归天、贾府被抄和宝玉出家。而从今本一百二十回本的《红楼梦》来看，在这些大问题上，后四十回基本上是忠实于曹雪芹原意的。

这三大情节的发展统一于作者由色归空的总体构思，而作品中的那些看似漫不经心的穿插，又都隶属于三大情节。刘姥姥进荣国府妙趣横生，但是在作品群峰奔簇式的总体结构中，好似飞来峰，显得突兀旁出，与众不同，貌似闲笔。仔细分析，可以看出在结构上仍有其作用。一是她毕竟在贾府败落后，成为极少数帮助收拾烂摊子的人之一，所以在前边让她出场，埋下伏笔；二是作者有意识通过这个村妇之眼，写出贾府的奢靡，预示"满招损"的结局；三是让她与贾府的姑娘、贵妇等形成对比，使人物性格的侧面更多得到呈现。因此，这种飞来峰，与主峰仍是祖脉相通，岩基相连，而并非作品中的旁生枝蔓。而这种穿插经常出人意料地出现。贾赦强夺石呆子的古扇，就是在香菱趁薛蟠外出经商时，要搬进大观园中这段叙写中，突然通过平儿之口插入的，与前后的情节毫无关系，但谁也不能忽视其在作品结构中的作用。这些穿插成为群峰中的溪流、盆地和峡谷，将山峰装点得更加多姿多彩。

实则《红楼梦》这种结构的特点，李辰冬先生早就作过精彩的描述："读《红楼梦》的，因其结构的周密，错综的复杂，好像跳入大海一般，前后左右，波涛澎湃；且前起后拥，大浪伏小浪，小浪变大浪，也不知起于何地，止于何时，不禁兴茫茫沧海无边无际之叹！又好像入海潮正盛时的海水浴一般，每次，都带来一种抚慰与快感。且此浪未覆,他浪继起,使读者欲罢不能,非至筋疲力尽而后已。"①这与我说的群峰奔簇式的结构意思相仿佛。诚所谓如行山阴道中,美景层出不穷。

（原载《咸阳师范学院学报》2004 年第 3 期;《人大复印报刊资料·中国古代近代文学研究》2004 年第 10 期全文刊载）

---

① 李辰冬:《红楼梦的结构、风格和情感表现》,见郭豫适编:《〈红楼梦〉研究文选》。

不求善，唯求真——《红楼梦》的人物塑造原则探析

一

《红楼梦》之前中国古代长篇小说人物塑造的艺术，经过漫长发展，到了《红楼梦》，终于达到巅峰。

英国著名小说家佛斯特将小说中的人物形象分成了扁平的和圆形的两种。他认为，扁平的人物有时被称作类型或漫画人物，极端的形式中，依据一个单纯的理念或性质被创造出来，真正的这种人物可以用一个句子描述殆尽。这种人物的好处一是易于辨认，二是易于被读者记住。但是，扁平的人物在成就上无法与圆形的人物相提并论。一旦人物超过一种因素，就开始具有趋向圆形的弧线了。圆形的人物可以适合任何情节的要求，他生气勃勃，似欲振翅飞出书外。"一个圆形人物必能在令人信服的方式下给人以新奇之感。"①

中国古代长篇小说的人物塑造艺术的发展，可以分成几个阶段，分别以《三国演义》、《水浒传》、《金瓶梅》和《红楼梦》为代表，清晰地勾勒出作品中的人物从扁平型向球形演化的轨迹。

《三国演义》是典型的情节小说，作者以自己的道德观为标准，设定了正与反互相冲突的阵营与人物，他们由于性格和生活目的的不同，始终处于尖锐激烈的矛盾冲突中，使冲突由发生发展一直到高潮和解决，构成了贯穿全书的情节。情节始终是作者考虑的中心，人物的塑造处于相对次要的地位，从属于情节，招

---

① 佛斯特：《小说面面观》汉译本，广州：花城出版社 1981 年版，第 55—64 页。

之即来,挥之即去。作者在构思时,赋予人物更多的道德属性,或善或恶;同时也赋予他们一定的性格特殊性,如性烈如火、勇猛善战、智慧超人、忠厚诚信等。而有意识地让这些具有不同性格的人围绕着一个中心事件展开冲突,形成了全书行云流水一般的情节。但是,由于人物相对的次要,因此不可能不是类型化的人物。性格特色固然鲜明,如同剪纸般,却缺乏立体感。

《水浒传》仍不出情节小说一路,描写了一次下层民众反抗上层统治集团的武装起义发生发展到失败的完整过程。前七十回是描写出身不同,走上反抗道路的具体原因不同,人生目的和价值不同,特别是性格不同的英雄们,被逼上梁山的不同具体过程。这种千流万壑奔大海的特殊结构,就为它细致真切地描写各位好汉的性格,提供了一个广阔的大舞台。"鲁十回,武十回",作者从容地展开描写,塑造了一系列堪称典型的人物形象。但是与《三国演义》一样,《水浒传》仍不出情节小说一路,其主要内容是英雄们的传奇故事,因此作者在选择描写素材时,主要看其是否具有传奇色彩,尤其是是否与"逼上梁山"这一总情节有关,与此无关的都被省略。从总体上看,人物的塑造仍处于从属地位,人物的形象构成因素仍比较单纯,不具有球形的效果。

毫无疑问,《金瓶梅》在情节小说向人物小说的转变上具有里程碑式的意义。在这部伟大的作品中,凡人的日常生活首次成为长篇小说的主要内容。由于这样的日常生活较少具备情节性因素,因此,作品中开始出现了大量与情节无关,但是对于人物形象的塑造却是妙趣横生的细节描写,其人物形象已开始具备佛斯特所说的圆形特点。但是,作者对于人物的整体性的道德否定以及自然主义的创作方法,使人物寓有的道德意义过分明显,形象的刻画也失之于不够精致,甚至不够统一。

二

《红楼梦》在人物塑造方面,达到中国古代小说的顶峰,取得了巨大的成就。鲁迅先生认为,《红楼梦》的艺术成就,最突出地表现在人物塑造方面:"至于说到《红楼梦》的价值,可是在中国小说中实在是不可多得的。其要点在敢于如实描写,并无讳饰,和从前的小说叙好人完全是好,坏人完全是坏的,大不相同,所以其中所叙的人物都是真的人物。"①鲁迅先生实际上已概括出《红楼梦》人物塑造方面最突出的两条原则。

他所说突破了好人则全好，坏人则全坏的模式，实际上不太准确，因为正如前述，在《金瓶梅》和《儒林外史》中，这种模式已被突破。但是他的基本思路是对的，这就是《红楼梦》中的人物，已无法用单纯的道德律来衡量其善恶属性。还是用脂砚斋对贾宝玉的评价更为确切："亦不涉于恶，亦不涉于淫，亦不涉于骄。"一句话，"无关善恶"，精心刻画出人性的复杂多元性。

从道德出发评价人物的善恶美丑，是古典小说的基本特征之一。在进行任何一部小说创作时，作者都会根据自己的价值观念，对人物进行道德评判。而两千多年来，儒家思想始终占据统治地位，因此中国人形成了相同或相近的文化心理结构，具有相当一致的道德伦理观念，评判是非的标准也趋于一致，人们更多地注意到道德伦理普遍性，即时间的历久性和空间的广泛性，评价人物经常会有万古流芳，千古罪人，或好则大家共祝长生，坏则国人皆曰可杀。这就导致了在以往的叙事文学作品、戏曲小说中，作者的道德伦理评价趋于两极，即人物具有鲜明的善恶属性，甚至一举一动都被打上了道德的烙印，具有理想理念的色彩，而现实性相对较为贫乏，造成了文学作品中的人物的真实性较弱的通病。在此前的《金瓶梅》和《儒林外史》中，这种范型已被突破，但是人物的道德属性仍相当明显。而在《红楼梦》中，这种不着意人物道德属性的写法达到了新的高度。

作者在塑造人物时，采取了一种复合的评价模式。他并没有用善恶分明的道德模式给人物贴上标签。他评价人物，可以说是将两个层面、三种立场结合起来。

第一个层面，即第一种立场，来自作者的出世观，即佛教的色空观。作者本人的世界观，与佛教禅宗和庄子理念有一致之处，渴望能摆脱物质享受的束缚和儒家传统道德观念的约束，即便是落到"蓬牖茅椽，绳床瓦灶"的窘迫，也"并不足妨我襟怀"，进入一种人生自由逍遥的境界。

《红楼梦》中的色空观念，与他的这种生活方式有相通之处。他用色空观来认识和解释人生，认为只有到了这个层面，才是人生的最高和最终的归宿。这个

---

① 鲁迅：《中国小说的历史的变迁》，见《鲁迅全集》第 8 卷，北京：人民文学出版社 1956—1958 年版，第 350 页。

层面已摆脱了现实人生中的善恶是非的评价,真正达到了无是无非、无善无恶、大智大慧、自由无障的境界。这只有对人生有了透彻的了悟之后,才能达到。在作品里,只有癞僧、跛道、警幻仙子、甄士隐、贾惜春以及出家时的贾宝玉、柳湘莲等少数人物能参透玄关,真正达到这个境界。而这些人物,都有一种透脱超凡的特性。

第二个层面统辖于入世观,包括第二种和第三种立场。

第二种是作者本人对世俗生活的立场。这是有着道德倾向与善恶观念的,只不过他的道德立场不是单一的儒家观念。作者站在以儒家学说为主、也包括一般人所认可的社会主流价值观的立场上评价人们的作为,描写出人物的善恶是非属性。这在他的开场白中说得很清楚,一方面他认为"背父兄教育之恩,负师友规训之德"以致败家是一种罪过。但是作者的可贵之处在于他并没有将人物写得"全坏",而是往往会站在自然天性的角度赞美人物身上的人情人性,甚至这种人情人性往往盖过了儒家理念下的善恶判断。因此,在刻画人物时,这两种互有矛盾的道德评价标准都会发生作用,人物也就呈现出一种"有善也有恶、有美也有丑、有可爱的一面也有可憎的一面之真正的人生世相"①,或者写出反面人物的可亲可爱,正面人物的可厌可憎。

凤姐在作品中的一些行为,作者无疑认为是不能赞同的,比如她直接或间接地害死了张金哥和未婚夫、尤二姐,并且想害死尤二姐的未婚夫张华以灭口,还有她为一己之利不择手段地聚敛财富,这是贾府破败的直接原因之一。

宝钗在尤三姐自杀后对母亲说的话,会让很多读者反感。母亲薛姨妈说了三姐自杀、柳湘莲出家一事。

> 宝钗听了,并不在意,便说道:"俗语说得好:'天有不测风云,人有旦夕祸福。'这也是他们前生命定。前儿妈妈为他救了哥哥,商量着替他料理,如今死的死了,走的走了,依我说,也只好由他罢了。妈妈也不必为他们伤感了。"

---

① 叶嘉莹:《从王国维〈红楼梦评论〉之得失谈到〈红楼梦〉之文学成就及贾宝玉之感情心态》,见《海外红学论集》,上海:上海古籍出版社 1982 年版,第 148 页。

接下来话题一转，竟是建议薛姨妈请随哥哥薛蟠出行的伙计们吃饭，真让人为她的冷血扼腕。

但是我们在日常生活中，看到的更多的是凤姐对弟弟妹妹们颇具爱心。在为秦可卿出殡的路上，惦记着骑马的宝玉，怕他在郊外纵性不服家人，唯恐有闪失，忙叫他上了自己的车子。特别是她明知贾母和王夫人对宝玉婚事的态度，但仍想暗中成全金玉良缘，在这方面，她是贾府中女主子中唯一的一位。这恐怕不能只用她担心宝二奶奶是宝钗后，会分己权来解释。而宝钗的温婉娴雅，美貌端庄，读书知礼，才华过人，又让读者很难拒绝她的魅力。尤其是对宝玉，作者从理智上认为他的作为是败家之本，但又以满腔赞许之情写了他对女儿的泛爱和对礼教的反抗。

第三种立场就是贾宝玉的人物评价体系。这与作者本人的立场既有重合，也有错位，不能等量齐观。清代著名书画家赵之谦就对这种出自贾宝玉的评价体系有深刻的体认，他评论道："《红楼梦》，众人所着眼者，一林黛玉。自有此书，自有看此书者，皆若一律，最属怪事。……若认真题思，则全部《红楼梦》第一可杀者即林黛玉。……前夜梦中复与一人谈此书，争久不决。余忽大悟曰：'人人皆贾宝玉，故人人爱林黛玉。'谈者俯首遁去，余亦醒。此乃确论也。"[①]而贾宝玉作为作品中的核心人物，作品主要通过他的眼睛来看世界，通过他的头脑思索世事，通过他的嘴来议论人物，因此，读者会受到他的引导。

红学家们一般认为，作者本人就是贾宝玉的原型。这样，作者往往与贾宝玉的道德评价体系相通。贾宝玉认为："女儿是水做的骨肉，男子是泥做的骨肉。我见了女儿便清爽，见了男子便觉浊臭逼人。"他甚至把这种标准应用到其他人身上，周瑞家的等几个妇人赶司棋出大观园，被宝玉碰到，他恨道："奇怪，奇怪！怎么这些人只一嫁了汉子，染了男人的气味，就这样混账起来，比男人更可杀了！"而宝玉对女儿，还要看其与自己"一味任性"的契合多寡的程度，而区别对待。林妹妹因不说"混账话"，被他当作第一知己，将自己的爱情给予了她。

作者则在第一回中宣称："忽念及当日所有之女子，一一细考较去，觉其行止见识，皆出我之上。"这显然说明，作者与宝玉一样，都表现出了某种女性至上

---

① 一粟编：《古典文学研究资料汇编——红楼梦卷》第二册，北京：中华书局1963年版，第376页。

或女权主义的认识。作者对木石前盟,寄予了极大的同情,从人性的角度进行了讴歌。所以,二百多年来,打动了无数少男少女的心灵。因为作者在创作过程中,往往将自己本人对象化入作品中的人物,与人物难解难分,导致读者也被引入这种特定的心理状态,因此也与人物情同情、理同理,自然也就认同了人物的评价体系。可见贾宝玉的评价体系对读者发生了多么巨大的影响。

当然,作者与贾宝玉的评价体系之间也有区别,因为宝玉说的女儿是那种充满自然生机的天真烂漫的女儿。宝玉对一片天真烂漫的女儿,有着深深的好感,而对讲"仕途经济"的女儿,则觉得她们沾了些浊臭气,堕入了沽名钓誉、国贼禄蠹一类,变成他厌恶的对象。这种评价体系与社会主流价值观有着明显的差异。而作者又往往站在社会主流价值观的立场,他所说的"女子"也与宝玉有所不同。他认为,讲这些话的宝钗、湘云和袭人,都属于"行止见识"方面强于须眉的奇女子,高于"风尘碌碌,一事无成"的自己这样的事业失败者。由此可见,作者对宝玉的评价体系并未完全认同。因此他笔下的那些女儿,在讲人情世故,认同主流价值观,甚至在说"女子无才便是德"时,仍然有血有肉,美丽动人。

作者与宝玉评价不同,就使得尖酸刻薄、多愁善感的黛玉,在形象所蕴含的道德评价方面,并不比温柔敦厚、读书知礼的宝钗,天真烂漫、豪爽直率的湘云来得高大。后两者虽然没有赢得宝玉的爱情,但也很有读者缘。而因为讲了"仕途经济"而被宝玉说成是脏了他的地方的湘云,甚至比黛玉更受人们喜爱。正如薛瑞生先生所说:"两个多世纪以来,人们对《红楼梦》中的有些主要人物是褒贬难一,甚至是大相径庭的,例如对薛宝钗、林黛玉就是如此。然而却唯对史湘云独有所钟。"[①]显然,作者虽然在情感上与宝玉有共同的倾向,但对这些女子也不排斥,甚至在理智上还更认同,所以也完全是以正面的笔法来塑造她们的。平心而论,这些女儿们也都非常富于魅力,光彩夺目。

而这三种评价模式中,显然作者的那种既具有传统道德意义而又尊崇个人性情的评价体系占着主导地位,而这又与作者的佛教色空观和贾宝玉的尊崇"一味任性"的个性至上的价值观、女儿情结纠合在一起,就使得作品在评价人物时出现了双重以至多重标准,使作品中的人物难以用单纯的是非善恶标准来

---

① 薛瑞生:《红楼梦谫论·是真名士自风流——论史湘云》,西安:太白文艺出版社 1998 年版,第 429 页。

衡量。

当然，作品中这些具有多元的善恶属性的人物，还与读者的评价模式有关。作者笔下具有道德多重性的人物经过读者在阅读时的再创作，其道德属性会更加复杂化。这是因为，从历时角度看，善恶的标准并非是亘古不变的，时过境迁，有些善恶的标准会发生转变。而从空间范围着眼，读者的评价体系会因人而异。正如现实中没有两片完全一样的树叶，人们的世界观价值观人生观也会有个体的差异，因此对善恶的认知也会存在一些差异。即便是同一个读者，其阅读的感受也会发生变化，比如，男性少年时多喜欢黛玉，而成熟后则大都会转而认同宝钗。这样，读者完全可能有与作者不同的道德评价体系，当然会对作者赋予作品人物的道德属性有不同的认知。他们会依据自己对于善恶的理解，对作品的人物作出诠释，进行道德评价，得出不同结果。就是喜欢一般读者较为厌恶的凤姐，有的读者喜欢袭人而不太接受晴雯。但是，这种评价模式因受着作者评价模式的导向作用，还是很容易受到作者道德评价的左右，与作者的认识同构，这也是不能否认的。

这样，就使得作品从创作之始，其主要人物的描写就有了善恶判断多元化的写实倾向。只有从这一点出发，才能深入具体认识《红楼梦》人物描写的特点。

三

鲁迅先生说的第二个要点是，《红楼梦》敢于如实描写，并无讳饰，作品中所叙的人物都是真的人物。如果说，上述的要点作者主要着眼点在伦理学方面，这个要点作者的着眼点显然落到了创作方法，或者说是美学方面了。小说，尤其是古典小说，再现现实是其重要属性，因此其中的人物是否与生活吻合，是否真实，是衡量其是否成功的重要标准。虽说《红楼梦》中的很多人物是无法用明确的好坏标准来衡量，但是历来的读者，无不被其人物的生动鲜活所折服。这无疑是对中国古代小说创作方法的重大发展。

作品摆脱了概念化，从活生生的个体出发，写出人物的独特性。作者没有采用中国传统小说中先确定好道德或性格模式，再用人物来对这些理念进行诠释的做法。他在第一回的"引言"中说："况且那野史中，或讪谤君相，或贬人妻女，奸淫凶恶,不可胜数;更有一种风月笔墨,其淫秽污臭最易坏人子弟。至于才子佳人等书,则又开口'文君'满篇'子建',千部一腔,千人一面,且终不能不涉淫滥。"可见他对塑造人物中的公式化、程序化和模式化的深恶痛绝。而他针锋相对地提出了自己的创作原则,他要写的是"我这半世亲见亲闻的几个女子","观其事迹原委","其间离合悲欢,兴衰际遇,俱是按迹循踪,不敢稍加穿凿,至失其真"。这是作者为自己写人确定的写实原则。他要严格地从现实生活出发,根据一个个人物的不同个性,在作品中将他们重现出来,即便是对他们作出的道德评价,也不是源自作者先入为主的观念,而是依据他们各人本身的行为。作者对贾宝玉的评价,持有非常复杂的心理。在写下"无材可去补青天,枉入红尘若许年",以及在第一回对少不更事的愧悔时,我们都可看到他对贾宝玉生活方式的负面评价。他在道德观上,对贾宝玉这个人物并非持肯定的态度。但是在具体描写中,他对这个人物的所作所为的欣赏和喜爱,简直难以掩饰。在写凤姐时,我们同样看到了这种情况。这一是因为,作者在塑造人物时,没有单纯用是与非、善与恶等道德属性为人物定下框框,而是严格地从现实生活出发,注重写好写活每个人物,让人物活了起来。二是因为,在做任何事时,作品中的人物都有着自己的依据,而且这种依据都是从现实生活中来的。现实中的人物,属于一个个鲜明生动的个体,除了善恶的共性外,还具备了不同的个性特点。只要不刻意用先入为主的观念来桎梏他们,他们都会按照本身的生活和性格逻辑行动。这样,写出来的人物,无论是作者还是读者,无论是静态还是动态评价其形象时,都不仅会从道德立场出发,而且更会从美学立场感知,引起一系列复杂的审美心理活动,而不再是单纯的道德评价。因此对作品中的人物也会呈现出复杂的心理感受。这正是小说发展中必然会出现的现象,标志着小说创作的进步。

正因为作者刻意写出一个个不同的,具有个性的真实人物的创作意图,他自然会在参照和对比中凸显不同人物的差异。人物对比的写法在叙事文学中的意义在于,让所有的人物关系构成一个三维的立体坐标系,每个人物都处于坐标系上的某一点。人物互以其他人物作为参照物,在与前后左右上下的对比中,才能找到其准确的位置。《红楼梦》的作者深谙在对比中写人的奥妙,不仅能写出林妹妹与焦大之迥不相同的人物之间的差异,更能写出性格相似的人物之间的差异。他通常喜欢围绕着一个事件,写出各人的不同反应,使人物的神态性格毫发毕现。

刘姥姥二进大观园，在席间出洋相，高声说了"吃个老母猪，不回头"，引发一场热闹。

> 众人先还发怔，后来一想，上上下下都一齐哈哈大笑起来。湘云撑不住，一口茶都喷了出来。黛玉笑岔了气，伏着桌子只叫"哎哟"。宝玉滚到贾母怀里，贾母笑的搂着叫"心肝"。王夫人笑的用手指着凤姐儿，却说不出话来。薛姨妈也撑不住，口里的茶喷了探春一裙子。探春的茶碗都合在迎春身上。惜春离了座位，拉着他奶母，叫"揉揉肠子"。……独有凤姐、鸳鸯二人撑着，还只管让刘姥姥。

这段描写，历来为人称道，是《红楼梦》中最生动的场面之一。其妙尤在每人只用一两句话，便写出了人物各自的神态和性格。湘云平日无拘无束，连笑起来也是那样不拘形迹，一任天然，将口里的茶水直向外喷去。黛玉虽说也是大笑，但是其往日的矜持仍在，所以虽说笑得岔了气，但还是脸朝下伏在桌边，自得其乐，反正露齿也罢，不露齿也罢，没人能看得见。宝玉笑得坐不稳了，就势滚在从小把他当心尖宝贝的贾母怀里，连撒娇带依靠，一副小孩子的憨相。而王夫人、薛姨妈虽是亲姐妹，但表现大不相同。王夫人虽然事先毫不知情，但她一看就知道这是凤姐的恶作剧，想笑骂几句，无奈笑得说不出话，只好以指代骂；而薛姨妈虽与湘云一样，都是口中喷茶，但这是中年妇女的喷法，远不如湘云喷出的力度，与其说是喷，不如说是因笑嘴里含不住水，因此，只是向下吐到探春的裙子上。唯独两个罪魁祸首，事先策划这场闹剧的凤姐和鸳鸯，能稳得住，硬忍住笑，装作若无其事。

这一点可与《三国演义》和《水浒传》作个比较。

《三国演义》中，有意识地突出人物某方面的性格特征，在对比中使不同类型的性格具有浮雕般的效果。第六十七回，曹操率兵前往汉中讨伐张鲁。孙权乘虚来犯。张辽失守皖城，退守合淝。心中愁闷。

> 忽曹操差薛悌送木匣一个，上有操封，傍书云："贼来乃发。"是日报说孙权自引十万大军，来攻合淝。张辽便开匣视之，内书云："若孙权至，张、李二将军出战，乐将军守城。"张辽将教帖与李典、乐进观之。乐进曰："将

军之意若何?"张辽曰:"主公远征在外,吴兵以为破我必矣。今可发兵出迎,奋力与战,折其锋锐,以安众心。然后可守也。"李典素与张辽不睦,闻辽此言,默然不答。乐进见李典不语,便道:"贼众我寡,难以迎敌,不如坚守。"张辽曰:"公等皆是私意,不顾公事。吾今自出迎敌,决一死战。"便教左右备马。李典慨然而起曰:"将军如此,典岂敢以私憾而忘公事乎? 愿听指挥。"张辽大喜曰:"既曼成敢相助,来日引一军于逍遥津北埋伏,待吴兵杀过来,可先断小师桥,吾与乐文谦击之。"李典领命,自去点军埋伏。

在吴军大兵压境,生死存亡系于一线之紧迫情势下,张辽的大气磅礴,奋不顾身,智勇双全;李典的心胸狭隘,因私废公,但仍深明大义;乐进的小心谨慎,心细如发,善于察言观色。这些性格特色,被作者"提纯"后,异常鲜明地凸显出来,对比出类型化人物的区别。但是,失之于缺乏立体感。

《水浒传》第七十一回"英雄大聚义"中李逵、鲁智深和武松对招安口号,也有不同态度。

乐和唱这个词,正唱到"望天王降诏早招安",只见武松叫道:"今日也要招安,明日也要招安,冷了弟兄们的心!"黑旋风便睁圆怪眼,大叫道:"招安,招安! 招甚鸟安!"只一脚,把桌子踢起,撷做粉碎。……鲁智深便道:"只今满朝文武,俱是奸邪,蒙蔽圣聪,就比俺的直裰染做皂了,洗杀怎得干净。招安不济事! 便拜辞了。明日一个个各去寻趁罢。"

这三条好汉,性格类型相似,都是出身于下层武官的步军将领,都以武艺高强,敢作敢为,直爽暴烈著称,同时,都强烈反对宋江的招安政策。但是,短短几句话,形成了鲜明的对比:武松的心直口快,李逵的粗鲁直率,鲁智深激愤而不失理智深沉的个性特征,区别十分明显。这里,对比出的是个性化人物。然而,表现出来的仍是性格中的某方面的特征,仍显得不够丰满。

《红楼梦》中这个场面对比出的则是一个个具有鲜明生动,丰满具体的一个个个体化的人物,绝无类同。可见其描写人物较前取得的明显进步和发展。

在《红楼梦》中,有时这种人物对比还具有深刻的社会意义。在对色欲的追求方面,贾琏一点儿都不逊于乃父贾赦,堪称是一对色鬼父子。但是两人也有明显区别，贾赦的作为让人联想到传统叙事文学作品中的衙内公子，是靠权势霸道强占民女，最典型的例证就是强逼鸳鸯就范。但是贾琏则更多是靠本人的魅力、金钱，甚至是欺骗。他的奸情没有一次是靠威逼实现的，无论是娶尤二姐，还是与鲍二家的私通，都没有违反女性的意愿。因此，他与传统的花花太岁并不完全相同。贾赦更多的是"兽道"，而贾琏多少有了些"人道"。在强夺石呆子古扇事件中，父子两人发生了一场激烈的冲突。贾赦让贾琏去花钱买那些古扇，遭到石呆子拒绝，贾琏无奈，贾赦便天天骂他无能。后来终于靠着贾雨村巧取豪夺，扇子到手。贾赦责怪贾琏："人家怎么弄了来了？"贾琏回答道："为这点子小事，弄的人家倾家败产，也不算什么能为！"贾赦主要为此事，将贾琏打得头破血流。父子两人的这一场冲突，实际上围绕着人道立场。贾赦无疑代表了视民如草芥的封建主义观念，而贾琏的观念则已有了一丝人本的意味。因此，他对尤二姐的占有就不纯然只是兽性的满足。在尤二姐被凤姐逼死后，贾琏搂尸大哭不止。又准备按贾府小辈夫人之例，在铁槛寺停灵，择吉日破土而葬，并向凤姐要银子治办丧事。但是贾母听了凤姐谗言，发话道："信他胡说！谁家痨病死的孩子不烧了？也认真开丧破土起来！"凤姐因此只给二十几两银子，他伤心得哭个不停。如果他对尤二姐只有肉欲，而无一点仁爱之心，那么此时他正宠着父亲赐给的侍妾秋桐，对尤二姐的热乎劲儿已经消退，完全可以像贾母说的将尸身一烧了之。这种仁爱之心，多少具有了人道主义，这自然与贾赦不同。

当然，贾琏身上的这种人道理念并不强烈，甚至可以说与他那种"惟知以淫乐悦己"相比①，微不足道。但这无疑与宝玉的女儿情结一样，得到了作者的肯定。晚明文化中的人本思潮，在清代逐渐消退，但是其影响一直如暗潮奔涌，绵绵不绝。从作者的这些描写中，我们仍可以看出晚明进步思想家文学家那种为天地"大生"、"贵生"理想的影响。这种思想，代表了人类进步文化的结晶。

作者从求真的创作原则出发，对人物细腻的心理活动进行了刻画。在中国古代小说中，心理描写向来不受重视。在唐五代传奇之前，中国小说是文言短篇形式，其来源受史传文学影响至大。而史传文学由于其客观真实的叙述史实的性质，因此无法深入描写人物的心理活动。小说虽然不必忠于史实，但由于受史传文学的影响及其篇幅短小的制约，也很难在这方面有所作为。宋元话本是直

---

① 第四十四回宝玉内心评论贾琏语。

接面对听众讲述的故事底本,受着这种特殊要求的制约,也不可能有细致的心理描写,因为,一旦展开心理描写,势必要中止情节,降低听众的欣赏兴趣。明清章回小说由于篇幅的加长,心理描写有了一定的发展,但一般来说,呈现一种较为简单的因果关系。《水浒传》中鲁达拳打镇关西后,"寻思道:'俺只指望痛打这厮一顿,不想三拳真个打死了他。洒家须吃官司,又没人送饭,不如及早撒开。'"就算是相当长的心理描写了。而拟话本"三言"、"二拍"中,由于话本的案头化趋势的加强,心理描写又有了进一步的发展。《卖油郎独占花魁》中秦重偶见莘瑶琴后,有段非常细腻的心理活动,一会儿想要与她相亲近,一会儿又自惭形秽,最终打定主意,要攒十两银子,去亲近一回。这种心理活动,表现为选择的双向反复运动,肯定与否定交相占上风,最终一方压倒另一方。而且,这些描写的心理活动是理性的成分居多,人物总是要权衡利害,择利而从。而到了《红楼梦》,人物的心理活动已发展成为价值的多向复杂运动,各种选择纷呈,往往使人物陷入多重心理冲突之中,并且,心理活动中有了大量的非理性的情感活动。在宝玉说"林妹妹不说这些混账话,要说这话,我也和他生分了"时,黛玉正好走来:

> 黛玉听了这话,不觉又惊又喜,又悲又叹。所喜者:果然自己眼力不错,素日认他是个知己,果然是个知己;所惊者:他在人前一片私心称扬于我,其亲热厚密,竟不避嫌疑;所叹者:他既为我的知己,自然我亦可为你的知己,既你我为知己,又何必有"金玉"之论呢?既有"金玉"之论,也该你我有之,又何必来一宝钗呢?所悲者:父母早逝,虽有铭心刻骨之言,无人为我主张。况近日每觉神思恍惚,病已渐成,医者更云:"气弱血亏,恐致劳怯之症。"我虽为你的知己,但恐不能久待;你纵为我的知己,奈我薄命何!想到此间,不禁泪又下来。

这段心理描写有多方面的意义。首先,所描写的心理活动已不再是单向的或正反双向的运动,而是向多个方向展开。她的悲与喜属对立的情绪,为反向的运动;而惊与叹则互相以及与其他情绪反应构成了互补的关系。这样,其心理活动形成了互相交错,多向生发的样态。因而这种思维活动的展开,并非只是以往文学作品中单向或强调其冲突的性质,而更多的是互相补充。这种复杂的、多向的心理活动，在以往的文学作品中很少出现。其次，这种心理活动中情绪的因素占了非常重要的地位。她的惊、喜、悲、叹，固然是对宝玉所言四种情绪反应，但是她的所惊、所喜、所悲、所叹，虽然是以理性思维活动为主，却无疑有强烈的情绪掺杂于其中。而情绪活动本身则是人类心理活动的重要基础，也是其组成部分。最后，在心理活动中，"你""他"的交替使用，不能简单地视为只是人称的不同，而是随着人称的变化，心理活动的对象及方式也随之发生变化。在用"他"时，更多了一些客观的理性评述，而用"你"时，则变而为主观感情的倾诉。总之，这种心理活动的复杂多变，使心理描写中的非理性的成分大大增加，已经具备了一些现代"意识流"小说的特点。这无疑更符合人类心理活动的实际。

不求善，唯求真，成为《红楼梦》人物塑造艺术的重要原则和经验。

需要补充说明的是，这种圆形的立体的人物形象，只是在作品中的一部分人物，尤其是主要人物身上体现得充分，而相当一部分次要形象，仍属于性格特色相对比较单纯的扁平人物形象。但是回过头来说，有史以来，又有哪部长篇小说能做到个个人物都是立体的圆形形象呢？这正如佛斯特所说："小说家可以单独利用他（圆形人物），但大部分将他与扁平人物合用以收相辅相成之效，他并且使人物与作品的其他方面水乳交融，成为一和谐的整体。"①

（原载《咸阳师范学院学报》2008年第3期）

---

① 佛斯特：《小说面面观》汉译本，第64页。

六、地方文献整理述考

略论地方志在文史研究中的作用

以往文史研究中的很多问题,诸如政治、经济事件的来龙去脉,历史人物的生平活动,文学作品的系年等等,由于史料的缺乏,常常模糊不清。而随着各种新史料的不断出现和被利用,这些问题逐渐得到解决。近年来,笔者在研究中屡涉地方志,深感其在文史研究中有着其他文献不可取代的作用,故略加论述。

一

地方志可以修正和补充政治史和经济史的旧有记载,丰富我们对于历史发展多样性的认识。

我们以往对于历史的印象,大都来自正史的描述。从春秋时代以来,总体来看,记载历史的是一批批学问最好,并且人品高尚的学者,因此给我们留下了堪称世界之最的翔实且丰厚的史书文献。但是不可否认,这些记载也有明显的缺陷,除了任何学者都无法避免的错误之外,还有详于中而略于外,重主干而轻枝叶之弊,因此即便是孔子这样最优秀的史学家的成果《春秋》,也难免有"断烂朝报"之讥。

而地方志记载史事,因多属本地发生,且记述者往往是当事者,故其所述真实性较强,可以修补正史之缺讹,扩展我们对于历史真相的认识。

反抗朝廷官府的民变,历来是史家记述的重点,因为这关乎统治者地位的稳固性。因此中国的"农民起义史"是一门大学问。然而由于这些民变多发生于畿外各地,发生时往往会引起当地的动荡混乱,信息在传导过程中会发生偏转,因此史书记载中的农民起义也往往是简略扭曲且混乱的。但是,方志的编纂者因为身处当地,对相关的信息的掌握有得天独厚的优势,所记往往更为可信。

明代嘉靖五年的李福达借白莲教谋反案,是震动朝野的大事。与朝政关系之密切,朝臣受株连之众,均罕有其比者。始而定罪,继而翻案,时隔四十年后再度复审,再度翻案,其真相扑朔迷离。这也被称为"世庙大狱"。《明实录·世宗实录》卷六十六"嘉靖五年七月乙酉"条载是案之缘起:

> 都察院左都御史聂贤等言:山西太原府崞县人李福达,初以妖贼王良、李钺谋反事连坐,发戍山丹卫,逃还改名李五。清军御史勾发山海卫,复逃还,寓陕西洛川县,妄称弥勒佛教,诱惑愚众。县民惠庆、邱进禄辈俱往从之。福达以是居积致富,诳进禄等言:"我有大分,宜掌教天下。今暂还家。若等宜聚众俟我。"遂将家还山西。进禄等事觉,见捕急,遂聚众为乱,授官爵,杀伤吏民官兵。捕获,供称李五首谋。福达闻事发,复亡入五台县,易姓名曰张寅,往来山西徐沟县同戈镇。已,又挟重赀来京,窜入匠籍,以赀纳为山西太原卫指挥使。其子大仁、大义、大礼俱补匠役,诡能烧炼和药,往来武定侯郭勋家甚密。久之,踪迹顿露,乃回同戈镇。其雠薛良首发之。福达惧,复亡入京,官司捕得其子大义、大礼,案治之。福达窘,乃身自抵正,而赇求武定侯。郭勋书抵巡按御史马录,为之嘱免。录不从,竟拟福达谋反,妻子缘坐。臣等谨按,福达以妖术惑众,邵进禄等之反,实福达首谋,置之重典,厥罪允宜。但郭勋以勋戚世爵,乃交通逆贼,纳赇行嘱,法不可宥。请并逮治之。得旨令诛福达父子,并没入其财产,妻子为奴。郭勋令对状。勋具服谢罪。
>
> 上特宥之。给事中程略、刘琦、王科各言勋罪重,不宜赏。章下所司。

清谷应泰《明史纪事本末》卷五十六《李福达之狱》于此案的审理过程及后续发展有详细的记载①:

> 先后鞫讯者,代州知州杜蕙、胡伟,证之者李景全等。具狱上布政司李璋、按察司徐文华等,复上巡按御史张英,皆如讯。独巡抚毕昭谓:"福达果

---

① 《明史纪事本末》(下),商务印书馆 1935 年版,第 61—65 页。

张寅,为仇家诬证所致。"反其狱,以居民咸广等为证,坐良罪。狱未竟,昭乞侍养去。会御史马录按山西,复穷治之,传爰书如前讯。勋为遗书嘱免,录不从,拟福达谋反,妻子缘坐。飞章劾勋党逆贼,并上其手书。帝下之都察院,席书亦助勋为福达地。大理寺评事杜鸾上言劾勋及书,乞将二人先正国法,徐命多官集议福达之罪。不报。都察院覆奏李福达罪状,宜行山西抚、按官移狱三司会鞫。

据《明史纪事本末》,世宗皇帝初从群臣之议,锢狱待决,并诘责武定侯郭勋,令自输罪。然郭勋为了摆脱干系,多次指使他人作证或亲奏世宗,言李福达之冤,造成案件的一审再审。世宗一度欲自己亲审此案。郭勋甚至将此案与此前的"大礼议"案相联系。彼时世宗为封自己的生父兴献王朱祐杬为皇考献皇帝,与以杨廷和为代表的百官激烈冲突,唯有张璁、桂萼等少数大臣站在皇帝一边。有五品以下共一百三十四名官员被投入诏狱并受廷杖,其中十六位官员毙命。在张寅案发时,郭勋深知"大礼议"是嘉靖皇帝的心结,于是"乃与张璁、桂萼等合谋为蜚语,谓'廷臣内外交结,借事陷勋,渐及议礼诸臣,逞志自快。'帝深信其说,而外廷不知也"。这是造成案件长期往复不决的根本原因。

六年八月,世宗独断,以群臣"朋奸陷正",将主张严办郭勋的群臣逮系,"死棰楚狴犴者十余人,余戍边、削籍,流毒至四十余人。谪大理少卿徐文华、顾佖戍边。"

此后一直到四十年后的嘉靖四十五年,案情查证才有了进一步的结果。是年:

四川妖寇蔡伯贯反。已而就擒,鞫得以山西李同为师。四川抚、按官移文山西,捕同下狱。自吐为李午孙,大礼之子,世习白社妖教。假称唐裔当出驭世,惑民倡乱,与《大狱录》姓名无异。抚、按官论同坐斩,奉旨诛之。都御史庞尚鹏上言:"据李同之狱,福达之罪益彰。而当时流毒缙绅至四十余人,衣冠之祸,可谓烈矣。郭勋世受国恩,乃党逆寇,陷缙绅。而枢要之人,悉颐指气使,一至于是。万一阴蓄异谋,人人听命,为祸可忍言哉!乞将勋等官爵追夺,以垂鉴戒;马录等特加优异,以伸忠良之气。"穆宗从之,凡当时死事、谪戍者,皆得叙录,是狱始明。

这个案子之所以一波三折，真相莫辨，是因为有复杂的政治背景。单就案情来说相当单纯，只要弄清山西太原府崞县人张寅，是否为在雒川借白莲教造反的李福达李午（五）。如真系此人，便不存在其仇家薛良诬告之事。而乾隆《宜川县志》卷之八《艺文》下《记》有署名"明邑贡刘子诚、横州知州"者《关庙碑记》，于此事有记载：

> 当武宗末年，李午作难，以妖术陷雒川县。雒与宜川县邻，移师攻宜，势甚张。宜北门内庙壮缪遂显焉。贼薄城急，见红面巨人当门，无不胆落。午饶机智，先期逸，党胁尽剿。庙碑俨然可按也。先大人所目睹而口授之。

文后自注：

> 《记》内李午，即世庙大狱一案之张寅也。因争场打死人，逸出洛川县，以妖术煽惑。陷洛川，杀官劫库复，攻宜川。壮缪显灵，败绩而逃。午挟妖术不知何术，认为张皇后之侄①，改名张寅焉。及朝审，竟作张寅。当时讯官并各疏参，指李午者俱以无故，故入人死罪，遣戍八十余员，毙于杖下者大同巡按某及某某。洛川县民石文举与李午善，知之最真。逮至京师朝审，浑李午服科道衣同班走，文举又指曰："此李午也。"可谓真正无疑矣。世宗以独断为明，坐多官罪，李午脱然无事。《实录》见在，竟成铁案。所谓礼失当求之野者何在？但事甚野而鲜人知，终无野史可参考，故记之。第人卑言微，谁其信之？

方志中所载对史实的补充，一是说明了李午之变是在陕西宜川被平息的。至于关圣显灵，极可能是在官军强势追剿中，民变军中的讹言，后被认假为真；二是李午改名张寅，是为了借此时正受宠的张皇后之名张势；三是李午之被指认，虽《李福达之狱》中说到"众证李景全等共指福达"，但具体情况不详。此文之注

---

① 《明史》卷一百一十四《列传》第二《后妃传》二："废后张氏，世宗第二后也。初封顺妃。七年，陈皇后崩，遂立为后。是时帝方追古礼，令后率嫔御亲蚕北郊。又日率六宫听讲章圣《女训》于宫中。十三年正月废居别宫。十五年薨，丧葬仪视宣宗胡废后。"《明史》第十册，北京：中华书局1974年版，第3530—3531页。以下引用《明史》版本同。

中明言"洛川县民石文举与李午善,知之最真。逮至京师朝审,浑李午服科道衣同班走,文举又指曰:'此李午也。'可谓真正无疑矣。""《实录》见在,竟成铁案"之谓,似于嘉靖四十五年李午之案最终定谳知之未详。嘉庆《延安府志》卷七十七《文征》三《序传志铭》录明倪元璐《广西横州知州豫庵刘公墓志铭》,谓墓主刘子诚生于嘉靖乙卯(三十四年),卒崇祯甲戌(七年)。故文中言此事闻之于其父,是可信的。刘氏活动期距该案时隔不久,本人又身在李午民变所及之地,故其言颇可采信。

此《记》及注为李福达之狱中被害受惩的官员均属蒙冤,提供了补充证据。明世宗皇帝亲断的这一大案,是一大冤假错案。

经济史的研究,近年来也颇受重视。地方志中多有食货及相关的文献,可为此类研究提供丰富的第一手资料。

盐务是古代经济活动中的重要部分,既关乎国计,又关乎民生;既是国家巨额税收来源,又是百姓生活不可或缺的基本物资,故从西汉以来,我国一直实行食盐国家专营制度。这一政策的核心是国家组织生产并统一定价,由商家经特许后经营。因此很容易出现统治者借机搜括,奸商乘机渔利,造成以次充好、盐贵伤民等后果。私盐的存在,尽管造成了国家税收的流失,但是其质量由市场决定,且价格相对便宜,于民亦有利的一面。因此,如何在国家掌握食盐官营大方向的同时,在政策上作些调整,在国家指导下放开一些食盐经营,甚至在一部分地区,尤其是公盐难以供应的地区,将私盐纳入国家管理的渠道,于国家有利,于民生亦有益。

明代盐务,仍袭西汉以来之制,国家统一生产,由领有国颁盐引(凭证)的商家特许经营,交纳一定的税费。"煮海之利,历代皆官领之。太祖初起,即立盐法,置局设官,令商人贩鬻,二十取一,以资军饷。"[①]

明初北方边关因运力限制,粮食匮乏。朝廷采取了开中法,即让商户将官粮运抵边关,再付给其一定的盐引,去南方指定的地方提出食盐,以充运费。这样节省了大量的运力。开中法大致分为报中、守支、市易三步。报中指盐商主动申请参与运粮赴边关的系列行为,即依国家要求,将粮食运抵边地粮仓,换得指定盐场的盐引;守支指是盐商等候从盐场支取食盐;市易指将盐在规定地区出售。

---

① 《明史》卷八十《志》第五十六《食货》四《盐法》。《明史》第七册,第 1931 页。

这项政策初行时效果甚好。故《明史·食货志》四曰:"有明盐法,莫善于开中。"①其行既久,至明中期弊病丛生。嘉靖十三年,给事中管怀理上奏,将盐政之弊概括为六点:一是开中征取粮食的时机选择得不好,造成米价的上涨;二是报中往往被势豪大家垄断,使得其他商家很难参与;三是在开中过程中,官吏乘机盘剥渔利,使得输纳各环节出现问题;四是盐场不能及时兑现商家凭盐引支取的食盐,动辄需时数年;五是官盐定价太高,利润大都归于朝廷,因此造成销售困难,使商家无利可图甚至亏本;六是因此造成官盐的市易困难,而私盐便乘机泛滥。而有关部门为了解决官盐销售不畅问题,又设余盐,即国家规定额度之外所产之盐,作为正盐的补充。余盐不参与开中,商人可以从盐场购买后直接销售,获利丰厚,而国家的财政收入也大大增加②。但是这也造成国家对盐务管理难度的加大,使得私盐问题凸显。因此朝廷又不得不加裁制。

> 至二十年,帝以变乱盐法由余盐,敕罢之。淮、浙、长芦悉复旧法,夹带者割没入官,应变卖者以时估为准。御史吴琼又请各边中盐者皆输本色。然令甫下,吏部尚书许赞即请复开余盐以足边用。户部覆从之,余盐复行矣。③

然而这样的政策,助长私盐的泛滥,使国家收入大量流失。因此,有识之士纷纷建言献策,力图解决盐政之弊。嘉庆《延安府志》卷七十四《条议》录明代张錬《盐法议》。据雍正《陕西通志》卷六十《人物》六《直谏·明》谓,张錬字伯纯,武功人,嘉靖甲辰(二十三年)进士,以行人选刑科给谏。疏奏无所忌,以忤权要,被廷杖,几死。故其在朝正是上述盐弊丛生之时。其《议》曰:

> 夫食盐,山泽自然之利天下,所以养民也。上古无征,近古薄征以佐国用,要在先不病民而后利国为可贵耳。关中食盐,一出于河东,一出于花马

---

① 《明史》第七册,第1935页。
② 《明史》第七册,第1941页。
③ 《明史》第七册,第1941—1942页。

池，一出于灵州，一出于西章①。去三辅绝远，专供灵、夏、洮、岷西北兵民之用，无容议矣。花马池盐，北供延、庆、平三府，宁、榆二镇，南与河东盐并行于三辅间。河东盐上下公行，谓之官盐；花马池盐私者贸易，谓之私盐。民间便于私盐，不便于官盐者，百年于兹矣。

必欲行河东官盐，其弊有四：盖行盐郡县，各有分界，所司徒知纸上陈迹，河东盐行三省，不可越缩。若究其实，在山西、河南未知何如，其在关中，自长安以西，河东美盐，绝迹不至。间有至者，皆泥滓苦恶，中人不以入口，惟耕夫寡妇黾勉食之，计其所售无几也。名虽谓行，其实未尝行之：一也；往来商人，虑恶盐不售，告发郡县，使所在辇运外加样盐，包封计之，及以给民。封者自佳，辇者自恶。唱户分盐，畏如饮鸩；计账征价，峻于正税。今虽暂止，既为故事，恐不能已：二也；商人卖盐与贩夫，随以小票，盐尽票不收毁，官盐不至西路，则无票，无票则通责店肆。负贩细人，请东路自买未毁之票缴官，公人亦幸免责，不问由来，互相欺抵：三也；贾买票日久，奸人依式私制盗卖，侥幸者冒利，败露者破家，虽有防禁，迄今未已：四也。

必欲禁花马池私盐，其弊有五：关中民贫，衣食驱遣，赋税催切，馨家所有走北地贩盐，冀佽斗升之利。一为公人所获，则身入陷阱，家计尽空：一也；贫人既为囚絷，内无供馈，冬月多毙于狱。考驿递囚，贩盐徒居半，死者又居强半。民命可恤：二也；小贩惧捕，结聚大伙经山溪要隘。偶遇公人，势强则抵敌，势弱则冒险奔迸，投崖落涧，人畜死伤涂地：三也；公人与有力惯贩者交关，终岁不捕，反为盗护，惟单弱贫癃者捕之。或以升斗恶盐，强入路人筐袋，执以报功，使无辜受害：四也；众役工食，悉有定例，惟巡捕工食，私帮公费，岁增十倍，官吏比销，徒御劳悴，动经时月，候文旷职，旅食空囊，或罚或贷，俱为无补：五也。

夫物力不齐，物之情也；好美恶恶，趋利就便，民之情也；所欲与聚，所恶勿施，衰多益寡，因俗成务，司国计者之情也。以物力言，河东旧商带支坐困，新商超纳无几，浇晒徒劳，增课未减，公私俱称歉矣。河东一池虽差大，供三省则不足；花马二池虽差小，供三郡二镇则有余：自然之势也。以人情

① 西章：其地未见载史籍。《明史·食货志》四谓："陕西灵州有大小盐池，又有漳县盐井、西和盐井。"《明史》，第1933页。据此，西章或当为西和、漳县合称。

言,河东盐百方督之使行,至以泥沙勒售,假票甘罪,而终不能行;花马池盐百方禁之使不得行,至于比屋破产,接踵丧生,而终不能禁者:民之大欲大恶,不可强也。以国计,河东岁课,一十九万有奇;花马二池,岁课不盈数千。河东盐一引三钱有奇,二池盐一石六分有奇。如是相悬者,意河东与天下六运,自祖宗朝俱有定额,由来久远;二池迫近塞垣,弃取不时,故课亦微妙。后来因循取足,原辨而止耳。夫河东盐既不能及远,二池盐卒不能禁,民间又不可一日无盐,而盗买盗卖,终非常理。今当直开二池盐禁,使西凤汉中,沛然通行。计三府所当常食河东盐一十二万有奇,岁课即照河东,责三府代办,以其事权统归河东巡盐御史,则达观无异,督禁有程,两地岁征,四镇年例,保无纤爽,而关中可少事矣。夫居害者择其寡,兴利者取其多。傥今不弛二池盐,禁则愚民被逮供馈为费,罪赎为费,奸人骗诈为费,兵民岁增工食为费,官吏比销为费:一切显隐猥杂,不可会计,财足抵河东、花马二池正课出,于千疮百痛,徒然费之,而下残民命,上损国体,又余殃也。傥今一弛二池之禁,则愚民被逮供馈可省,罪赎可省,奸人骗诈可省,岁增工食可省,官吏比销可省,一切显隐猥杂,不可会计,财足抵河东、花马二池正课出,于不识不知,漠然省之。而下活民命,上全国体,又余福也。夫人情不甚远,比闻盐法侍御,皆一时英硕、表表长者。使其闻见悉如关中人,习知其利病,则亦何惮而不为良处哉。但其受命而来也,惟以行官盐禁私盐为职,而反是则骇矣。地非素履,事未前闻,虽圣人有所不知者,何可遽望改易其常耶?虽然,安国家,利百姓,大夫出疆义也。究理从长,议政从便,人心不昧,因革有时,此又关斯民之幸不幸也。

此文对于明代中期盐务乃至中国古代经济史研究的意义在于:

第一,指出官盐经营之弊。据《明史·食货志》四,明代各盐场所产盐,只能在指定地区销售。"河东(解州)盐行陕西之西安、汉中、延安、凤翔四府,河南之归德、怀庆、河南、汝宁、南阳五府及汝州,山西之平阳、潞安二府,泽、沁、辽三州。地有两见者,盐得兼行。隆庆中,延安改食灵州池盐。""(灵州、漳县、西和)盐行陕西之巩昌、临洮二府及河州。岁解宁夏、延绥、固原饷银三万六千余两。"据此《议》言,只由河东供应关中地区的食盐,有诸多弊病。一是因河东盐供不应求,使盐价腾贵,以次充好,官盐销售不畅,民怨沸腾,滋生出不愿经营官盐,伪造许可证书等弄虚作假的违法行为;二是盐是民生必需的物资,官盐不行,必然导致私盐交易活跃。这种违法犯罪行为受到严格限制,从事私盐运输经营者不惜铤而走险,往往会付出惨重代价等。而缉查私盐的成本甚高,官吏不堪其苦;三是挫伤盐商经营的积极性。旧商守支即等待以盐引支取食盐的时间过长,因而造成经营困难;四是食盐经营不善,使国家应有的税费收入大量流失。

第二,提出了应对之道。既然河东之盐无法满足关中之需,不如将关中私盐的产地花马池的禁采令弛放,将该池规定为关中盐的供应地,纳入官盐系统。这样,以往因规定河东盐为关中食盐唯一供应地带来的各种弊病均可迎刃而解,"下活民命,上全国体,又余福也",是件利国利民的大好事。

第三,特别重要的是,他看出了市场这只看不见的手在资源配置方面的重要作用。"物力不齐,物之情也;好美恶恶,趋利就便,民之情也。"即一时一地商品的短缺,这是很自然的,无法避免;而百姓喜欢物美价廉的商品,商人的逐利就便,这是人之常情,无法改变。因此,造成了"民间便于私盐,不便于官盐"的普遍的违法现象。主政者不应对此严加约制,而应因势利导,即"所欲与聚,所恶勿施,衰多益寡,因俗成务,司国计者之情也"。总之,要顺应民情物情,而不要与之相忤。他说的是盐务政策,但至今看来,对于发展市场经济,仍具一般意义。

但是朝廷看来并未采纳张錬的建议:

> 三十九年,帝欲整盐法,乃命副都御史鄢懋卿总理淮、浙、山东、长芦盐法。懋卿,严嵩党也,苞苴无虚日。两淮额盐银六十一万有奇,自设工本盐,增九十万,懋卿复增之,遂满百万。半年一解。又搜括四司残盐,共得银几二百万,一时诩为奇功。乃立克限法,每卒一人,季限获私盐有定数;不及数,辄削其人雇役钱。逯卒经岁有不得支一钱者,乃共为私贩,以牟大利,甚至劫估舶,诬以盐盗而执之,流毒遍海滨矣。嵩失势,巡盐御史徐爌言:"两淮盐法,曰常股,曰存积,曰水乡,共七十万引有奇。引二百斤,纳银八分。永乐以后,引纳粟二斗五升,下场关支,四散发卖,商人之利亦什五焉。近年,正盐之外,加以余盐;余盐之外,又加工本;工本不足,乃有添单;添单不足,又加添引。懋卿趋利目前,不顾其后,是误国乱政之尤者。方今灾荒迭告,盐场淹没,若欲取盈百万,必至逃亡。弦急欲绝,不棘于此。"于是悉罢

懋卿所增者。①

鄢懋卿以堵代疏盐务政策的失败,更反衬出张镰的远见卓识。

二

历史人物的行年与作品系年是对其研究的基础。近年来,学界有多种文学编年史问世,学者称便,帮助颇大。然其撰作,须基于人物和作品较为详细的编年。且传记类的研究,也必须具有其作品较为精密的编年,方才能够有准确把握。而方志中此类记载往往可补其他史料的不足。

王安石《慈溪县学记》是体现王安石早年教育思想的一篇重要文章②。庆历四年,范仲淹、富弼等推行"新政"以富国强兵,兴学是其重要组成部分。庆历四年十一月宋仁宗下诏兴学:"诸路州府军监,并各立学,及置县学。"③从此天下郡县办学之风大行。庆历新政的主要目标是整顿吏治,故培养人才成为要务。而此《记》中对于学校教育重要性的强调,如行政宣教之"天下不可一日而无政教,故学不可一日而亡于天下",对于天下太平之"二帝三王所以治天下,而立学之本意也",以及对以学生规模作为立学标准的不以为然,都在他日后的变法活动中可以看到。其变法将人才的培养放在突出的位置,"太学三舍法"和"贡举法"都与培养人才学校教育密切相关。因此弄清其撰作的相对准确的时间,对于王安石研究是有意义的。

然此《记》的系年,众说纷纭。文中提供了一些线索,然语焉不详。其曰:"今刘君在中言于州,使民出钱,将修而作之。未及为而去,时庆历某年也。后林君肇至……即因民钱作孔子庙,如今之所云。而治其四旁为学舍,讲堂其中,帅县之弟子,起先生杜君醇为之师,而兴于学。"其撰作时间,据文中所言,一是

---

① 《明史·食货志》四,第 1943 页。

② 高海夫主编:《唐宋八大家文钞校注集评·临川文钞》,西安:三秦出版社 1996 年版,第 3133—3139 页。

③ (宋)李焘撰,(清)黄以周等辑补:《续资治通鉴长编》卷一百五十三,上海古籍出版社 1986 年版,第 1418 页。

在庆历某年刘在中离任,林肇继任后不久;二是与延杜醇为学师前后。

王安石有《请杜醇先生入县学书》,文中言:"某得县于此逾年矣,方因孔子庙为学,以教养县子弟。"杜醇其人,据宋罗浚《宝庆四明志》卷八《郡志》八《叙人》上载:"慈溪人,经明行修,不求闻达。庆历中,县令林肇一新乡校,请公为之师,不可。王文公安石再为林作《师说》以勉之。至今与杨公适并祠于县学。"慈溪县,在今浙江,与王安石曾任县令之鄞县为邻。王安石为鄞令的时间,据清顾栋高谓在庆历七年(1047)至皇祐元年(1049)间①。"得县逾年"而请杜醇入县学,则《请杜醇先生入县学书》作于庆历八年。《记》或当作于同时。

然顾氏系《记》于庆历七年四月,未言何据。李德身系于皇祐元年,云:"慈溪属明州,与鄞县相邻。此文记慈溪县长官林肇兴学经过,与《谢林肇长官启》同为知鄞时作。"②

今据明天启《慈溪县志》,二说皆误。该《志》卷二《儒学》谓:"庆历八年,令林肇徙今址,起乡先生杜醇为之师,鄞令王安石为之记。"其下注云:"旧《志》云,王安石起杜醇为师者。《林公传》,王自为鄞起之学,其后亦林公事。荆公《记》可据。"所言甚明,王安石在鄞立学后,林肇即于慈溪立学。二事同在庆历八年。故此《记》必作于是年。王安石时年三十岁。

方志中可以利用的此类记载实在不少,值得充分发掘。

三

近人所修的中国古代文学史对主要史实沿革的描述,多根据正史中《文苑传》、《艺文志》或名人所编撰的集子的序言之类的撰述,铺排而成。前人所见的资料较今人为富,且修史或编集之文士多属鸿儒硕卿,故其概括有着相当的代表性。但由于出于一人或数人之手,难免也有以偏概全甚或错谬。而地方志中,尤其是涉及明清以后部分,相关记载对于文学史常可起到补充说明或是纠正缺失的作用。

---

① (清)顾栋高:《王荆国文公年谱》,见裴汝诚点校:《王安石年谱三种》,北京:中华书局1994年版,第36—40页。

② 李德身:《王安石诗文系年》,西安:陕西人民教育出版社1987年版,第60页。

张廷玉等著《明史》卷二百八十五《列传》第一百七十三《文苑》概述了明初的文学状况：

> 明初文学之士承元季虞、柳、黄、吴之后，师友讲贯，学有本原。宋濂、王祎、方孝孺以文雄，高、杨、张、徐、刘基、袁凯以诗著，其他胜代遗逸，风流标映，不可指数。盖蔚然称盛已。①

文字虽简略，然其大端俱备。一是说明明初文学一时称盛，诗文俱佳；二是明言明初文学承自元末。元末理学大盛，故明初沿之，使得文学中有浓厚理学气氛；三是精当地评论了明初文学代表性作家的成就。笔者所见陕西地方志材料，可与此互佐。康熙《蒲城县志》卷四《艺文》下《诗》录邑人赵晋追和元翰林学士虞集《王氏孝义》诗。虞诗云：

> 阴阴槐柳荫韦村，中有乌头孝义门。耕织事均家益瞻②，缌麻亲尽义弥敦。蜜蜂日暖开窗户，慈竹春深长子孙。先世此邦尝赐履，为歌遗俗却销魂。

虞集（1272—1348），即上引《明史·文苑传》所云元季之"虞"，为元文学家、教育家、理学家。字伯生，号道园。追慕北宋理学家邵雍，故名其斋为"邵庵"，人称其为"邵庵先生"。《道园遗稿》所收此诗之题为"奉元王氏孝义"。奉元，即元代奉元路，明初改为西安府，即今陕西西安。

赵晋《又歌》：

> 君不见，缌服亲尽犹同炊，扬氏敦仁不指疵；又不见，一门九世同辔怡，张公节义各唐隋。史编烂烂星日垂，天子临幸尝顾绥。金源南北共纷披，天纲欲绝人纪隳。寒飙冽冽水凝澌，有人独屋藏春熙。纠宗联戚良日规，帝衷不为俗所移。凛然千钧引一丝，终期宇宙廓垣夷。我复古唐轶黄牺，包罗万

---

① 《明史》卷二百八十五，中华书局 1974 年版。
② 瞻，据《道园遗稿》（四库本）卷三《奉元王氏孝义》，为"赡"，是。

象撤藩篱。仁雨义风日洒吹,完其苦窳淳其漓。灵光巍巍不少歇,更以肯构培崇基。素业六传唯谨持,紫荆花满春风枝。金闺通籍仕日滋,扶摇九万控天逵。昆季和鸣如埙篪,绶若若兮甲累累。东阡南陌或耘籽,牙签插架盈书诗。田园膏腴稼若茨,仓曰千斯箱万斯。纺绩均劳谁忍私,衣食礼节秩尊卑。春秋报祀恒多仪,牺牲肥腯羞甘饴。倾囊倒囷怜岁饥,茕独赉予洽恩慈。恭文蔼蔼众所窥,允矣郡邑之蓍龟。女抱孤节侔共姬,妇殉夫死志罔亏。孝友岂特一家推,令闻远彻宸难知。明诏下褒式群黎,乌头双表揭门楣。墓祀丽牲穹有碑,翰林妙笔太史辞。籝金遗子良多痴,操戈入室人伊谁。狗乳鸡哺非祥祺,鹝鹡鸰鸰鸰今其时。谆也温淳金玉姿,汪汪可涵千顷陂。冠巍峨兮佩陆离,刿章新荐郡庠师。安于之才能有为,紫垣乌府胥称宜。诒则明经析群疑,谨则振武先骙驰。碧梧翠竹光葳蕤,轩户相望化日迟。渥洼神种尽骅骝,森然足见称家儿。福祉康宁天所僖,善述善继其在兹。庆源可鉴储清漪,余波浩浩春无涯。

诗中所言王氏一门节义事迹大都无可确考,故为其笺注颇难。然其大端可以略知。诗中王氏,指陕西蒲城义门王氏。其始祖为五代时期著名孝子王显政。其后孝义之人辈出,元延祐间曾被朝廷题匾"蒲城孝义之家",列入国史,并得到县令"王氏孝悌,以兴民让"的表彰。虞集赋诗褒扬之。传世有欧阳玄撰文、危素书写《义门王氏先茔碑》,元代御立、危素书写、赵期颐篆额的《蒲城王氏祠堂碑铭》①。此即诗中所言"明诏下褒式群黎,乌头双表揭门楣。墓祀丽牲穹有碑,翰林妙笔太史辞"。诗中所云韦村,又作苇村,即现在的蒲城县上王乡东苇村,至今仍有王氏后人居焉。

《蒲城县志》卷二《人物》上《征召·赵晋传》:

赵晋,一名寅,字孟旸,质子,贤相乡人。元末举进士,授耀州判官,以诖坐免,隐居山南。与冯翊尚士行、渭南石相元等,乐道讲学,为关中学者所宗。后诖白,起为应奉翰林文字,不就。洪武初,设科主陕西试,名闻于朝,

---

① 二碑现存蒲城县博物馆。

征为太子文学。每春宫进讲毕,必召至别殿,坐语从容。字而不名。十一年赐安车还乡。

《志》卷二《人物》上《乡贤·元》:

> 王理,贤相乡孝义里人。其家七世同居。延祐、天历中,两旌其门。学士虞集有诗美之。见《乡贤》。按理父行五人,生理兄弟十四人,子侄二十七人。先茔二顷。有欧阳玄碑铭,危素书。

乾隆《蒲城县志》卷九《人物志》一《孝义·明·王嗣业传》言:"蒲以处士从祀乡贤者二人,元末王理,今则嗣业云。"

康熙《志·人物·乡贤·元》:

> 王玘,理从弟,仕延安府总管府知事。王琦,理从弟,尝辟吐蕃宣慰使司椽,未就。王玮,理从弟,累官至宣政院经历。

此正关照诗中"金闺通籍仕日滋,扶摇九万控天逵。昆季和鸣如埙箎,绶若若兮甲累累"之语。

《志》卷一《陵墓·仕宦节烈》:

> 元敕七世同居王理墓,在县东北三十里韦村;明太子文学、元进士赵晋墓在韦村。

由此可见,赵晋与王氏同乡同里,故对其家事迹颇为熟知。诗中列举王氏一门孝义事,正是在元代后期得到大力旌表的。元末明初文学思潮,笔者曾著文论及。其时作品多慷慨浩歌,壮怀激烈。明初朱元璋大倡程朱理学,与元一脉相承,而汉人亦有将此作为民族文化复兴之用意,其文化渗入甚深,故赵晋诗中言教色彩浓郁。而诗风一气流转,大气磅礴,与此时刘基、高启的歌行体颇为类似,正可印证上引《明史·文苑传》所言之不谬。此诗当作于明代初年作者由南京返乡之后,理由有二:一是诗中言"一门九世同欢怡",王理因七世同居受旌在元延祐天历年间,当公历 1314—1330 年。而此后逾两世,约四五十年。二是高启有《登金陵雨花台望大江》诗曰:"我生逢圣人起南国,祸乱初平事休息。从今四海永为家,不用长江限南北。"而此诗则曰:"凛然千钧引一丝,终期宇宙廓垣夷。我复古唐轶黄牺,包罗万象撤藩篱。"用语何其相似! 都写于明朝定鼎之后。作者明初曾入南京仕宦,颇受太祖推重,或当与刘、高诸子有文字之交。与其说是赵晋受高启影响,毋宁说是所处的共同历史和文化背景使然。元末明初,陕西传统文学颇为不彰,这类作品的存在,更显弥足珍贵。

(原载《古籍整理研究学刊》2009 年第 4 期)

《陕西古代文献集成》编纂手记

《陕西古代文献集成》是陕西省 1949 年以来实施的最大的古籍整理项目。项目预期分成两个阶段,分别在本省第十二个五年规划(2011—2015)和第十三个五年规划(2016—2020)期间启动并完成。课题的任务是,将历史遗留下来,而又没有经今人整理过,或虽经今人整理,但是整理本仍有改善空间,并且具有较高历史和文化价值的典籍,整理成为点校本或注释本,以供中等以上文化程度的人们阅读。工程浩大,任务繁重,时间紧迫,要求很高,需要课题组织者和参与者付出很大的努力,将这项世纪工程做好,不仅为当代,也要为后世贡献一份宝贵的精神遗产。

一、课题缘起

中国历史上凡是经济繁荣、民众生活较为富庶安泰时,执政者往往会把精力和财力投入到文化建设上来。宋初的四部大书《太平御览》、《太平广记》、《文苑英华》、《册府元龟》,明初的《永乐大典》,清代康熙乾隆年间的《古今图书集成》和《四库全书》等,无不基于这种背景。这就是所谓"盛世修书"的传统。

我国 20 世纪 70 年代末改革开放以来,陕西省长期在全国经济发展水平方面居于中游甚至偏下,上一辈学者欲整理陕西古代文献者不乏其人,但是都因所需巨资无法筹措而望洋兴叹。西北大学文学院的学者在 21 世纪初就曾提出过编纂《陕西乡贤文集丛书》和《陕西方志丛书》整理本的设想,但是由于投资巨大,耗时甚多而未能得到有关方面的响应,不得不暂时作罢。

国家实施西部大开发的战略,提出将西安市建成国际性大都会的设想。陕西省人民政府根据古长安是十三朝古都，陕西省是中华民族的发祥地之一的地缘优势，不失时机地提出了要将陕西省建设成中国的文化大省和文化强省的战略目标。较之十几年前，陕西省的综合经济实力有了较大的提升。近年来陕西省在文化遗址的修复和文物保护方面，采取了大力度的措施，恢复和整修了相当多的文物古迹，例如日前已列入世界遗产名录的汉长安城未央宫遗址、唐长安城大明宫遗址，以及汉昆明池遗址公园、汉城湖公园、唐芙蓉园、曲江遗址公园等；文物的修复保护也取得很大成就，秦始皇陵兵马俑的彩绘保护、古代纸质文献的修复保护等，这些成就赢得了举世瞩目。但是这些成果，主要是从空间上展现文物和遗址的形貌，而这些文化遗产内在的精神支撑，也就是其产生的时代、背景、存在、湮毁等丰富的文化信息，更要依靠文献的记述。正如笔者在一篇文章中所说："历史上的文明，文物只是一端，而文献则构成另外一极。无文物则不睹其容，无文献则不知其故。文物为体，文献则为神，着此一睛，则飞龙在天。"更何况有些精神遗产是地面文物所无法负载的。例如，宋代以后，理学成为中国官方的主要意识形态，而陕西关中理学即关学是其重要的组成部分。关学的代表人物张载、萧斔、马理、吕柟、冯从吾、康乃心、李颙、李因笃、王心敬等人的著作，不仅是陕西省的珍贵文化遗产，也是中华民族的精神财富。张载"为天地立心，为生民立命，为往圣继绝学，为万世开太平"的豪言，成为世世代代有志之士的座右铭。而这些遗产，也到了抢救的时刻了。如《康乃心全集》目前只有中国社科院图书馆收藏的一套手抄本，各种意外，都可能使其永远失去。

2005 年，笔者在一次学术会议上见到山东大学古籍所所长郑杰文教授。郑教授建议说，山东和陕西堪称是中国古代文献的渊薮，山东省已决定整理出版《山东文献集成》，陕西省理应启动类似项目。确实如此，单就经典性的古代文献，山东有《论语》、《孟子》，陕西则有《周易》、《周礼》、《史记》、《汉书》，《诗经》和《尚书》中亦有相当篇目与陕西有关。

有鉴于此，我们认为编纂一套能比较全面反映陕西省古代文化辉煌成就的大型丛书的时机已经成熟，并且刻不容缓。2011 年初，我们通过陕西省人民政府参事室向省政府提出建议：抓住当前有利时机，倾省内外可以利用的学术资源，尽速启动，用 10 年左右的时间编纂一套全面反映陕西古代文献成就的大型丛书《陕西古代文献集成》。

陕西省人民政府主要领导迅速作出批示："对我省历史上形成的，目前又没有被整理出版的典籍,应下力气投入,以传承历史文化和文明。"

省政府要求,项目必须经过详细论证。因此,分别由西北大学和陕西省社科院古籍整理研究所提出了两套方案,西北大学的方案是整理 1000 种左右的典籍,约需投入 5000 万元;古籍所的方案是整理 300 种左右的典籍,先期完成 150 种左右,约需投入 1000 万元。前者称为"大方案",后者称为"小方案"。经过以著名古籍整理专家周天游教授为主任的陕西省古籍整理规划出版领导小组专家委员会的两次开会研究论证,决定将两套方案同时上报,请省政府定夺。省政府决定,按小方案执行。陕西省发展和改革委员会和财政厅对这项工作非常重视,拨出专项资金 1000 万元,并立项为陕西省"十二五"重大古籍整理项目。目前,二期的 160 余种亦立项为"十三五"重大古籍整理项目,省政府续拨 1000 万元予以支持。

二、精心组织

立项已经完成,下来是将项目面临的各种问题逐一研究,有条不紊地具体落到实处。

1. 成立《陕西古代文献集成》编辑修纂工作班子。一是编修委员会,由陕西省省长任主任,中共陕西省委常委兼省委宣传部部长和主管文化的副省长任副组长,各主要参与单位的领导任成员;二是成立专家委员会,由陕西省古籍整理保护出版工作领导小组(以下简称"省古籍整理领导小组")专家委员会代行职责;三是成立编纂委员会,设在项目直接承担者西北大学,负责项目的编纂实施工作。由一批在国内享有盛誉的专家担任顾问,同时由一批以陕西省内为主的年富力强的古代文献学者担任委员会成员。项目的主持人和首席专家为笔者。编纂委员会还确定了一期工程的具体进展计划。并且提出,这一项目在省古籍整理领导小组统一领导下实施开展,省古籍整理出版办公室负责项目的总体协调和日常行政事务工作,负责协调各有关单位的协调沟通,督促检查项目的进展情况和经费使用情况。西北大学为项目的第一承担单位,负责项目的具体组织和实施。为落实这些要求,省古籍整理领导小组于 2012 年 9 月下发文件,通知到了各相关单位。

西北大学还在项目主持人所在的文学院成立了重大项目管理办公室,从办公场所、人员配备方面提供了必要条件,使项目顺利启动。

2. 确定子课题。按照省政府有关文件,我们决定先整理一批没有经过近人整理,或虽有近人整理本,但整理本存在较多问题的典籍。为了有利于今人阅读,特别是有利于省内各级官员阅读,以便使这些文化资源成为今天的经济建设、精神文明建设、社会建设和环境建设的有用信息,我们决定不采用国内有些省市采取的古籍影印的方式,而是采用古籍点校本,并用繁体字横排本的形式,这样既尊重了古代文献的原有形式,又便于今人的阅读。既然确定为目前只做尚未有近人整理本的陕西古代典籍,课题组经过反复研究论证,确定下来 330 多个子课题,依传统古籍分类法,分成经史子集四部。按前后两期实施,"十二五"期间先行完成 160 余个子课题。专家委员会专门组织会议,对这些子课题和承担者的确定进行了认真的评审。

3. 开展项目的招标工作。根据专家委员会的建议,对于子课题的承担,我们决定采用招标制和委托制结合的办法,以招标制为主,而无人投标或投标者明显不合要求者,再采用委托专家承担的方法。省古籍整理小组在 2012 年 9 月下发文件,公开向省内征集一期工程的 151 个子课题的承担者。以省内高校和古籍整理部门为主。学者踊跃申报,经编纂委员会初审,决定将 74 位学者申报的117 项子课题交付专家委员会审查。2013 年元月,专家委员会审定 107 项子课题合格。入选者绝大多数是近年来从事文献研究已有成就的中青年学者,有一部分已对所申报的子课题有了相当深入的研究。对于无人申报或申报者不合要求的课题,还有专业性太强如农学和中医药方面的子课题,我们采取委托相关的具有高水平的专家承担的方式。经过调整和补充,现在一期工程已在着手进行的子课题有 160 余项,拟结集 50 册,其中 70% 以上的子课题已结题,首批成果40 余项已结集 10 册,正式出版。感谢在座的一些专家,专程赴陕参加《集成》的首发式。这些成果,已经呈交会上展示。今年,我们计划再出版 30 册。稿件基本已经收齐,正在加紧做审稿和出版工作。

4. 多次召开相关会议,进行学术交流,互促互进,并及时解决实际问题。在项目规划时,我们就提出了课题进行中,每年召开一次学术研讨会,一次行政事务会的设想。前者主要交流课题研究中的学术问题,后者主要针对项目进行中出现的各种事务性问题,及时加以解决。2013 年 3 月,东亚汉学研究学会(秘书处设日本长崎大学）、西北大学文学院和陕西省社会科学院古籍整理研究所联合举办，西北大学文学院承办了"陕西地方文献国际学术研讨会"。与会专家学者50余人，分别来自日本、中国大陆和台湾地区，共提交论文41篇。论文专业性强，水平高，围绕陕西古籍整理与校勘、古代文献编年、宗教文献的文学阐释、陕西地方方言、域外汉学的开拓与发展等学术问题，进行了深入的交流。会议期间，还举行了"陕西古代文献"课题开题报告会。由笔者介绍项目的立项和准备工作，省古籍办副主任吴敏霞研究员发表了讲话。与会专家一致认为项目具有重大的文化意义，并且对项目的各方面问题提出了许多好的意见和建议。对于这次会议，《中国社会科学报》2013年3月4日曾专发消息《"陕西古代文献集成"项目启动》予以报导。会议论文由东亚汉学研究学会会刊《东亚汉学研究》出版特别号《"陕西地方文献国际学术研讨会"论文集》（国际刊号ISSN 2185-999X）悉数发表。

2014年6月，西北大学文学院和陕西省社科院古籍所举办了"第二届陕西地方文献学术研讨会"，会议的参加者全部是项目的承担者，各位学者专家对自己承担课题中的学术问题做了归纳研究，发表的论文有很强的现实针对性。对于项目的深入开展和将项目做成高质量的学术成果，可谓是一次高调的集结号。会议论文集由商务印书馆承印出版。

行政事务会议也力争开成办实事，解决实际问题，不务空谈的交流会。虽然我们已给各位课题承担者发了《工作手册》，专门规定了体例，但是在实际操作中却产生了一系列问题。于是2013年10月召开的行政事务会议，专就体例不一展开了研讨。集思广益，将各位专家学者的意见建议分门别类做了梳理，又重新修订了《工作手册》，大家反映良好。此后，关于体例问题的意见已很少出现。

根据实际需要，从事编修编纂的单位建立了畅通的渠道，问题一发生，就做出快速反应，及时沟通，及时解决。2015年末，省政府主管文化的副省长过问了项目的进展，明确表示，这个项目是省上亲自抓的重大文化项目，也是新中国成立以来投资最多的软文化工程，受到省委、省政府主要领导的关注，必须抓紧抓好。为此，陕西省社科院、陕西省古籍整理办公室、陕西省古籍整理委会员专家委员会、西北大学四家的领导和项目主持人开会，对当前面临的问题一一过滤，采取相应对策。如稿件完成后的审阅、成书的分集等具体问题都涉及，并且有了明确的应对之策。

5. 利用电子信息时代的优势,建立随时应答的动态管理模式。项目日常的工作人员现有 6 人,其中 3 人为在校博士生,1 人为已出站的博士后。他们利用年轻上进、电子信息技术较为精通的优势,提出很多很好的建议。例如建立了全员的电子通信网,随时随地都可与各位项目承担者进行联系,实现无纸交流,无纸办公。并且建立了联络群,可以随时发布各种信息,对各种问题进行及时应答。具有普遍性的问题,还可由专门或专业人士进行解答。

最近,我们正在建设的"陕西古代文献集成"信息终端,已安装调试成功,现在正进行后期的一些修补,计划逐步将一些共享的资源录入,建成课题组的大数据库、大信息库。这个终端的建成,必将为课题的开展起到重要的促进作用。

三、成果喜人

按照课题规划,"十二五"规划期间完成 160 余子课题,将结集为 50 册书籍。经过努力,2016 年可完成近 130 种,将结集为近 40 册,并已与出版方进行了充分的沟通。

现在,我们一方面督促课题承担者尽快交稿,一方面要组织审稿。经陕西省古籍办协调,决定由省古籍整理领导小组的专家委员会组成审稿小组。下一步的审稿工作将是紧张繁重的。

从目前提交的稿件看,质量大都令人满意。有些整理成果,还具有相当高的学术价值。

1. 精心撰写点校前言和凡例。我们要求,点校前言要交代作者、著述及版本、学术或文学成就、点校特点等,不拘一格,但必须包括以上主要信息。试举李廷训《醯鸡吟》中整理者关于李庭训生平的考证:

> 《醯鸡吟》是晚明人李廷训创作的一部诗集。有关李廷训的生平资料甚少,《明史》等正史上无传,虽于地方志上有一些记载,但都语焉不详,倒是在其诗集中留存了不少的原始材料,将外证与内证结合起来进行考察,还是可以能够大致勾勒出李廷训的主要事迹。

> 明隆庆五年刻万历三十五年增修本《保定府志》卷八记载:"李廷训,固

原州人，由进士升南京户部主事。"乾隆《甘肃通志》卷三二所载"乙酉科"举人有："李廷训，固原人。"案"乙酉"即万历十三年（1585）。又卷三三所载"乙未科"进士有："李廷训，固原人。"案"乙未"即万历二十三年（1595）。《醽鸡吟》卷首《醽鸡吟自叙》自署："关中六盘山人"云云。案"六盘山"位于明代平凉府固原境。卷二《经金佛峡》题下自注："余幼时赴平凉"云云，《济泾行》题下自注："时余以忧归也。丙午"案"忧"即指丁忧，在任官员回乡为父母守丧。"丙午"即万历三十四年（1606）。诗中有句曰："溯泾流兮望崆峒"云云。按"泾流"指源出于六盘山的泾水，"崆峒"即崆峒山，为六盘山的古称，均处于明代平凉府固原州境。据此种种可知，李廷训原籍为明代固原人，即今宁夏固原人。案"李廷训"一作"李庭训"，见《雍正河南通志》卷九"归德府·宁陵县"条所载，乾隆三十四年抄本《庄浪志略》卷二十所收《署篆静宁州别驾王公德政碑记》一文的署名。以及下文所引者。又据《乾隆西安府志》卷四二《选举志》载"万历二十三年乙未朱之蕃榜"进士有："李廷训，三原人。"又卷四三《选举志》载"万历十三年乙酉科"举人有："李廷训，三原人。"《雍正陕西通志》卷三一、卷三二所载者亦同。《雍正河南通志》卷三三记载："李廷训，陕西三原人，进士。"乾隆四十八年刻本《三原县志》卷六记载："乙酉科，李庭训。""乙未科，李庭训。"而《醽鸡吟》卷八《壬辰银夏之乱周将军手刃刘酋功居其首》题下自注："……戊午，偶访余于三原，故有赠别之句，以志余意焉。"案"戊午"，即万历四十六年（1618）。同卷《渭原道中》首联曰："家山西万里，匹马向三原。"卷十三《陈幼白学使校士三原》首联曰："三辅人文挟策来，代天哲匠持闱裁。"可知李廷训晚年又移家定居于三原，即今陕西三原。而据卷十三《瓮园记》诗序曰："癸丑夏，余卜郊西南隅隙地，构筑一室，题曰'瓮园'，以艰于水也。……区区五亩之宅，亭榭外所植花卉几何，窃取陶公涉园成趣之意，故谬以八景题之。"按"癸丑"，即万历四十一年（1613）。知其定居三原当在此前后。

整理者主要根据地方志和作品内证等有限数据，将李廷训的生平做了最大限度的勾勒复原，使我们对这位极少为人所知四百年前乡先贤的生平事迹，有了比较清晰的了解。

毕沅是乾嘉学派中的领军人物之一，且长期任陕甘总督和陕西巡抚等职，位高权重，其言颇为世人所重。《关中金石记》是其呕心沥血之作，清人评价甚高。钱大昕《序》谓："斯记自关内、山南、河西、陇右，悉著于录，而且征引之博，辨析之精，沿波而讨源，推十以合一，虽曰尝鼎一脔，而经史之实学寓焉。大昕于兹事，笃嗜有年，尝恨见闻浅尠，读公新制，如获异珍。"然其中亦有一些讹误。整理者据实考之正之，如《芮定公碑》条：

> 永徽元年六月立，李义府撰文，正书，无姓名，在醴泉西谷村。
>
> 芮定公者，豆卢宽也。《唐书·钦望传》，祖宽，高祖初擢殿中监。子怀让，尚万春公主。贞观中迁礼部尚书、左卫大将军、芮国公，卒赠特进、并州都督，谥曰定。此碑额题曰"唐故特进芮国公"，与史所称正合。文甚泐，赵氏《金石目录》以为义府所撰，当无误也。
>
> 豆卢氏，本慕容之后，有名苌者，于魏封北地王，始赐此姓。《元和姓纂》云，慕容连，北地王之后。

整理者对此作了考辨：

> 首先，此条节引《旧唐书》不当，致文意不清。《旧唐书·豆卢钦望传》原文为："祖宽……高祖定关中……累授殿中监，仍诏其子怀让尚万春公主……贞观中历迁礼部尚书、左卫大将军，封芮国公。永徽元年卒，赠特进、并州都督，陪葬昭陵，谥曰定。""贞观中"云云乃指豆卢宽，非其子怀让。
>
> 其次关于北地王的考述有误。其一，关于北地王，据《晋书》、《北史》、《隋书》等先后有后燕慕容精和南燕慕容钟，豆卢氏为何者之后，史书记载多有牴牾之处，无从确考，岑仲勉《元和姓纂四校记》"豆卢"条有详细辨析，可参看。另，史书记载尚有一北地王后汉刘谌，与豆卢氏无关。其二，据《北史·豆卢宁传》，豆卢宁"父苌，魏柔玄镇将，有威重，见称于时。武成中，以宁勋追赠柱国、大将军、少保、涪郡公。"无封北地王事。其三，据史书记载，后燕亡后，公卿多归北魏。而豆卢氏来源，据《北史·豆卢宁传》，豆卢宁"高祖胜，以燕皇始初归魏，授长乐郡守，赐姓豆卢氏。或云北人谓归义为豆卢，因氏焉。又云避难改焉，未详孰是。"三种说法各异，但都与燕灭于魏这一历史背景有关，当非毕沅所说始于"有名苌者，于魏封北地王"。

其四,说"慕容连,北地王之后"亦为舛讹。考《元和姓纂》"慕容"、"豆卢"条,无慕容连其人。而"豆卢"条云:"本姓慕容,燕王庞弟、西平王慕容运孙北地王精之后。入魏,北人谓'归义'为'豆卢',道武因赐姓豆卢氏。精生犹丑,犹丑曾孙苌、永思、宁。宁生绩……永思生通,通生宽,唐礼部尚书芮定公。宽生承业、怀让。"与"连"字形近者只有"运"字,然运非北地王之后,却是始封北地王者慕容精的祖父,"连"或为"运"之讹。

而这类点校前言,不啻是精严的学术论文。也确有整理者在学术刊物或学术会议上将其作为论文发表,引发了学界的关注和兴趣。

2. 标点要一再推敲,力争不出错误。有些甚至经整理者与审稿者的多次往复商量,方才最后确定。康海《对山集》的整理者是位青年学者,其点校整理颇具功力,但偶有不妥之处。如《明故承事郎辉县知县李君墓志铭》之铭文曰:"华山之麓,其坟穹然。是惟君宅,行义不爽。俾艰厥嗣,天亦允惑。子德孔庄,子行弗长。子名则扬,视履罔斁。天乎何忌? 永兹千世。"审稿者改为:"华山之麓,其坟穹然,是惟君宅。行义不爽,俾艰厥嗣,天亦允惑。子德孔庄,子行弗长,子名则扬。视履罔斁,天乎何忌? 永兹千世。"整理者始则表示不解,审稿者说明,不要机械地认为这种四言之文必是两两成句,而还要看文义,特别是此类文字通常有韵,故还要看其韵脚。这就使得整理者心服口服,并且从中学到了古籍整理的一些知识。

3. 采用按语形式说明难点和纠正谬误。有的课题承担者提出,有些原著中有明显讹误,但限于主要做点校整理本的体例,无法用笺注的方式加以纠正。但若不予指出改正,会影响读者阅读,甚至以讹传讹。我们认为,这次大规模的古籍整理工作,首先就是要让今天的大专毕业水平以上的读者能读懂理解,因此建议,采用变通方式,可以在校记中用加按语的方式解决。而且古人著作中亦有此例。《对山集·奉直大夫通州知州张君墓志铭》,整理者句读为:"若审编之公惟醴泉解理常与君不避豪右",句意殊为难解。故审稿者建议改为:"若审编之公,惟醴泉解理常与君不避豪右",并在校记中酌加按语:"解理常,按《(乾隆)醴泉县志》卷八《闻人》:'解经,字履常,成化十六年乡试第一……历官户部郎中、盐运司同运。'当系此人。然未详'理''履'孰是。"既以他书校勘,指出"理"或作"履",同时又说明了墓主与解氏在审核编制人丁赋役等方面不畏豪强之事,使文义豁然开朗。

毕沅《关中金石记·绎山碑》条云："李斯篆,在西安府学。"指北宋徐铉摹本刻石在西安府学(今西安碑林)。此条对碑中的"攸"字作了考证:

> "攸"作"攸",《说文解字》曰:"攸,行水也,从攴、人[一],水省[二]。"秦刻石作"汸"。今此作"攸",盖用水省之意,优于许,而与"汸"则不相合矣。

文义相当佶屈古奥,故需略加说明。整理者的校记为:

> [一]"人",此前脱一"从"字。见(汉)许慎撰、(清)段玉裁注《说文解字注》第 124 页,上海古籍出版社 1988 年版。以下引《说文解字》俱出此书。
>
> [二]"水省",按段注曰:"《卫风》传:'浟浟,流貌是也。作浟者,俗变也。'"据此,"攸"字亦写作"浟"。许慎所谓"水省",即谓省去"氵"字旁。此则与毕沅所谓用"攸"代"汸"是"用水省"之义,并谓此用法优于许慎之义有异。

经过校记[二]的说明,文义就相当明白了。

4. 对少数校注本要求重在笺证。这类整理本很少,主要是一些博硕士生的论文。既然已经做成校注本,我们也择其善者采入丛书。其花费的精力与学术之水平也达到相当的程度。王庭譔《松门稿校注》是一篇硕士论文,作者在读博期间又用了很多精力加以修订,几乎对每一篇诗文中的典故都做了笺证。可见其用心之勤之苦。《送理斋徐公参藩河南序(代)》,整理者"解题"谓:

> 此序为王庭譔代他人所作。理斋徐公,当为徐三畏。徐三畏(?—1608),字子敬,直隶任丘人。万历五年(1577)进士。初授绛县令。万历六年(1578)为扶风县令。万历十一年(1583)擢户科给事中。万历十二年(1584)出为陕西按察佥事。万历十六年(1588)二月,升河南参议,领河内、武陟、沁河诸卫黄河堤坝修筑工程。是年十二月,升河南副使,备兵磁州。万历十八年(1590)七月,升陕西右参政。寻为左参政。万历二十一年闰十

一月,为陕西按察使。万历二十六年(1598)七月为右佥都御史,巡抚甘肃。万历二十九年(1601)七月,升兵部右侍郎。万历三十三年(1605)十一月,加兵部尚书。十二月,以兵部尚书兼右副都御使总督陕西三边军务粮饷。万历三十五年(1607)八月加太子太保。万历三十六年(1608)九月卒于官(参阅明张溶《明神宗显皇帝实录》、清宋世荦嘉庆《扶风县志》、清胡延光绪《绛县志》)。此序当作于万历十六年(1588)二月左右徐三畏赴河南参议任之前。其时王庭谟以告病归里,离京近一年。

中壮年文献学专家学者在课题进行中起到了中流砥柱的作用。而在收获课题成果的同时,又看到陕西省新一代文献学人才的茁壮成长,还有什么比这样的事更让人高兴?

(原载贾三强主编:《陕西古代文献研究》第一辑,商务印书馆 2016 年版)

张治道《嘉靖集》诗歌系年

明代正德嘉靖年间，从陕西发源的文学复古运动，终于发展为影响全国的"前七子"现象，成为明代第一场全国范围内的文学运动，声势浩大。对此，万斯同在其《明史·文苑传》中做了描述：

> 关中自李梦阳、康海、王九思后，作者迭兴，若吕柟、马理、韩邦奇、邦靖、马汝骥、胡缵宗、赵时春、王维桢、杨爵辈，彬彬质有其文，而治道辈鼓吹之，一时号为极盛。

其中提到的"治道"，即明长安人张治道。这是一个在正德嘉靖间在陕西文学运动中起过重要作用的人物。可以说，没有他的鼓吹发动，穿针引线，嘉靖年间的陕西文学运动是不可想象的。明焦竑《国朝献征录》卷四十七《刑部》四收录乔世宁撰《刑部主事太微张公治道墓志铭》，对其生平和文学活动做了述要：

> 嘉靖丙辰，太微张公卒……公名治道，字孟独，尝游终南山，登太微峰，乐之，用后意常在太微，遂自号太微山人。上世故长安人，国初徙杜陵。长公者始徙城中……公儿戏时，即能为群儿长，能督约群儿……正德癸酉（1513）举于乡，甲戌（1514）登进士第，授长垣令。中科道选征入会，都御史怒公不面辞，辄论公任情法过严，乃仅授刑部主事，人咸为绌之。公与部僚薛蕙、刘储秀、胡侍约为诗会，并以诗名都下，称西翰林。然公意不乐于官矣，会又梦其母病，乃即上书引疾归①。归二年，当考察期，御史又拾摄都御

---

① 按，张治道何年辞官归乡，其自言不一。《嘉靖集自序》谓："余自正德戊寅（1518）谢病归"，《明吏部员外郎左（思忠）君墓志铭》云："己卯（1519），余亦以比部谢病归。"当以何者为是？后者引文前有"（左思忠）丁丑，又不第，归关中"，后有"是时，石皋（思忠号）读书鉴山"诸语，味其文义，显然前者指于京师辞官事，而后者言其归至乡后事，由京至乡跨年也。

史言,论公落职,人亦为公绌之。公自以志业不伸,遂弃官不就,乃一意读书为文章,尤好杜工部诗与秦汉之文。其始诗学杜,拟为之。久之,句意体裁无弗杜者;文复气雄语质,当于事实,即不定拟秦汉何人,然唐以下无师焉。与王检讨(九思)、康修撰(海)一见语合,乃数与纵论诗文,又数与遨游终南鄠杜间,遇山水胜处,辄命酒,歌吟赋诗立就。或语及古今天人之际至浩渺阆肆,时人莫测也……年甫三十余而归,比卒,时年七十岁矣。家居几四十年,竟以一主事终身……所著《太微前集》、《后集》、《嘉靖集》、《少陵志》、《长垣志》凡数十卷,诸时事边情,里俗吏治,具见其中。①

依上所述,则张治道生于明成化二十三年丁未(1487),卒于嘉靖丙辰(1556)。其所撰诗文集有《太微前集》、《太微后集》和《嘉靖集》三种,惜乎前二种余未之见也,故本文仅就《嘉靖集》所收诗文,做一系年。

《嘉靖集》共八卷,卷一收赋七篇,卷二至卷五收诗共六百六十三首,卷六至卷八收文四十七篇,《拾遗》收文一篇。诗未按古今体、五七言,全为混编,且前后大体按四时之序周而复始,文亦未按内容分类,亦注明写作时间者均有前后顺序,故可推知其为依时序而编排。

其写作之始,集前刘储秀"序言":

> 嘉靖辛卯(1531),《太微诗集》若干卷,巡抚刘松石命工刊之,对山康翰林尝序诸简端,称其上薄风骚,下追汉魏云云。越庚子(1540),郡伯魏少颍续刊《后集》,并检讨王渼陂序,俱传诸海内,脍炙人口久矣。今岁壬子(1552),方伯孔文谷又索其近作,捐俸入梓,仍自序焉,且发前人所未发,已尽见其平生矣。

据此,则是集所收,应起于庚子(1540)或次年辛丑(1541),讫至壬子(1542)。然依次排序,却有不然,因其中或有明言年份者,或有本人或友人事迹斑斑可考者,或史所明载公共事件者与此序不一,故本文综合诸因素,对《嘉靖集》中有绝对或相对时日可考者加以系年。集中多有错简、前后相窜者,本文亦

---

① 《续修四库全书·史部》五二七册,上海:上海古籍出版社 2002 年版,第 477—478 页。

系于可确考之处,或当跨年跨月亦不之顾也。

嘉靖十八年己亥(1539),五十三岁。

春二月。

《二月二日宴韩野塘于造物亭,亭上有三老画图,是日余初度》。诗云:"仲春二月雪模糊","是日正值余初度"。

夏五月。

《喜雨行》。诗云:"二麦将成,治屋未了","田间麦穗如龙爪"。

《仲夏望夜对月》。从诗题可见作于五月十五日。

夏秋之交。

《喜雨》。诗云:"已知禾黍润,不谓岁年丰。"依关中节气,当作于秋播之后不久。

秋七月。

《三移亭歌》。诗云:"黄菊未绽水红开,螅蛄已老蟋蟀唱。"菊花含苞,蟋蟀已鸣,正当初秋时分。

九月。

《席上送杨虞坡还朝二首》。此诗原系于是年冬岁末,因其作于秋季,故前移。

《明文海》卷四百四十九录张四维《光禄大夫、柱国、少师兼太子太师、吏部尚书、赠太傅、谥襄毅虞坡杨公行状》:"公讳博,字惟约,号虞坡,姓杨氏,系出弘农之华阴国。"

此诗系为杨博随大学士翟銮巡九边事毕还京途经关中而作。《明史》卷十七《本纪》第十七《世宗》一:"十八年春二月壬寅,起翟銮为兵部尚书兼右都御史,充行边使。"杨博随行事,《杨公行状》有载:"会肃皇帝南狩承天,起大学士翟文懿公銮为行边使,大赍将士。文懿荐公参幕府。"其返经关中,康海曾面晤之,作《送虞坡杨子行边北还序》:"今年春二月,天子方南狩观卜显陵,起相国石门公往视九边,布政令,敷恩泽。石门公以赞贰上请命司马大夫虞坡子往焉。由宣大而西至甘肃,冒暑隆,历嶔嵩,凡七阅月而九边视毕。"①故此诗亦云:"万里风

---

① 《对山集》卷三,《文渊阁四库全书》本。

尘色,百年廊庙情。将同黄阁老,一一报承明。"即谓巡边事已,将随翟銮返京复命。黄阁,王应麟《困学纪闻》卷十八云:"门下省,开元曰黄门省,故云黄阁。"亦泛指唐代宰相理政之处中书门下。岑参《奉和杜相公初发京城作》:"按节辞黄阁,登坛恋赤墀。"张子容《赠司勋萧郎中》:"作相开黄阁,为郎奏赤墀。"黄阁老,即宰相之谓。杜甫《送卢十四弟侍御护韦尚书灵榇归上都》中说:"动询黄阁老,肯虑白登闻?"何焯《义门读书记》卷五十六谓:"黄阁老,谓郭尚父。"郭尚父即郭子仪,至德元年为兵部尚书、同中书门下平章事。明代黄阁老指内阁大学士。翟銮此时为兵部尚书入阁,故此诗用杜诗之典。

诗中明言:"暂留旌节驻,同醉菊花前。"正与康海所云二月出京,历七月而还事相合。故作于是年九月无疑。

冬。

《晚岁》。诗云:"晚岁愁何急,冬宵梦不成。"

《双柏为夏本元赋》。诗云:"声起蛟龙斗,天寒鸟雀经。"

《对山过留饮索赋》。诗云:"数有长安信,经冬始一过。"

腊月。

《腊月十八游春作》。

嘉靖十九年庚子(1540),五十四岁。

春二月。

《二月三日王中谷庄候送袁贞白,中谷赋题此。此庄旧长安洞,张三峰隐处》。

夏秋间。

《送刘远夫先生四川巡抚二首》。雍正《四川通志》卷六《名宦》:"刘大谟,字远夫,仪封人,进士。嘉靖十九年以右佥都御史巡抚四川,秉心诚明,谙于戎律,政暇征贤,搜辑古志,川中文献颇赖以传。"

《送何宪副升江西大参二首》。何宪副,谓何鳌。王世贞《弇山堂别集》卷五十《刑部尚书表》:"何鳌,浙江山阴人,正德丁丑进士。嘉靖三十一年任,三十五年致仕。"雍正《陕西通志》卷二十二《职官》三《明·(按察)副使》:"何鳌,浙江山阴人,潼关兵备道。"《陕西通志》卷十四《城池·华州·潼关县城池》:"嘉靖十八年兵备道何鳌重建南北水关。"康熙《潼关卫志》卷之中《职官》第五："何鳌，浙江绍兴山阴人。由进士。建南北水关，物料夫役，檄各州县协济，备极经营，一年始成，潼人赖之。祀名宦。旧《志》载公《修南北水关记》。"雍正《江西通志》卷四十七《秩官·明·左布政使》："何鳌，字巨卿，浙江山阴人。进士。历升刑部尚书。"同卷《左参政》："何鳌，见前。"均为嘉靖年间任。大参，即参政的别称。何鳌由陕西按察副使晋江西左参政，张治道作诗送别。

其人嘉靖十八年尚任陕西按察副使、潼关兵备道。

秋。

《南川雨霁》。诗云："三川景色望偏嘉，十里秋光晚更赊。"

九月。

《九日大风雨登楼作》。诗云："风雨重阳日，悲凉独掩门……紫插萸房少，黄簪菊芷繁。"

《武功答对山卧病，九日风雨，柬诸公作》。此诗原系于《饮菊边》诗之后，因该诗有"节后"云云，故将此作前移。诗云："病逢九日情难遣，兴阻登山恼未休……愁边鸿雁来何急，酒畔黄花强自酬。"

《饮菊边》。诗云："节后看愈丽，霜前赏不迟。"

冬。

《乔子靖自南都回，谓余曰："南祭酒崔后渠先生谓余曰：'余慕张太微，思得巡抚关中一见，今不得为巡抚，见无日矣。'"余闻而感焉。闻其没，作诗以伤之》。诗云："一朝闻讣音，感邀泪沾膺。"与题中"闻其没"二句并味之，似作于其没后不久。崔后渠，即崔铣，字子钟，一字仲凫，号后渠，河南安阳人。《明史》卷二百八十二《列传》第一百七十《儒林·崔铣传》："铣举弘治十八年进士……（嘉靖）十五年用荐起少詹事，兼侍读学士，擢南京礼部右侍郎。未几疾作，复致仕。卒赠礼部尚书，谥文敏。"黄宗羲《明儒学案》卷四十八《诸儒学案中》二《文敏崔后渠先生铣》："家居十六年，以皇太子立，选宫僚，起少詹事，兼侍读学士。转南礼部右侍郎。入贺圣节，过家疾作而卒，（嘉靖）辛丑岁也。年六十四。"圣节，谓皇帝诞辰。嘉靖皇帝生于正德二年八月，崔铣入京朝贺，当在此月，死讯传至关中，当在是年，姑系之冬季。

嘉靖二十年辛丑（1541），五十五岁。

春正月。

《元夜七五宅饮罢赴少华宴》。元夜为正月初一元旦之夜。

《送陈九峻赴京》。诗云："祖筵倾别酒，春色伴行台。到日梅花开，逢人好寄来。"为早春之景。

二月。

《山居得薛西原书兼寄〈约言〉》。终南山早春甚为寒冷，尤不适老人居住。治道是年五十五岁。诗云："倦依青云啸，真堪物外心。"当为仲春时令。薛蕙《考功集·附录》有王廷《吏部考功郎中西原薛先生行状》："先生姓薛氏，讳蕙，字君采，西原其号也，晚年又自号大宁居士。所著有《约言》、《西原集》、《老子集解》行于世，《大宁斋日录》、《五经杂录》凡若干卷藏于家。"

《夜坐》。诗云："露气沾衣润，池亭入夜凉。"合仲春之景物。

《哭对山先生》。《明文海》卷四百三十三有张治道《翰林院修撰对山康先生状》："嘉靖庚子十二月十四日，前翰林院修撰对山康先生卒。二十四日，其弟南川君稍录其行实以书抵余，请为先生状……先生讳海，字德涵，别号对山，又号浒西山人。其先河南固始人……先生厄塞不遇，终老以殁也。距生成化乙未六月二十日享年六十有六。"诗云："讵意公早亡，闻之涕沾衣……回首太白峰，精魂返故居。洒泪不能休，含哀问里胥：但收平生稿，谁问封禅书。"味其诗意，为事后追忆。尤有问里胥之举，必是赴武功康海家吊唁时作。故系之于本年无谬。

《哭薛西原》。诗云："九峻都下来，为报西原殁。闻之不及哀，相顾发骇愕……前日寄书来，字划有剥落。固知筋力衰，尚疑精神错。"《薛先生行状》，王廷自谓作于（嘉靖）辛丑岁四月望日。其文云："先生于去年冬忽感疾，比至后渐瘥。今年正月一日至六日，体复如常。越明日，谓家人曰'备后事'，比九日夜四鼓，据几端坐而逝。"

春夏之际。

《送张伯始赴京兼讯李中麓太仆》。《陕西通志》卷五十七下《人物》三《廉能》下《明》："张铸，字伯始，武功人，嘉靖中进士。"李开先，号中麓子。《明史》卷二百八十七《列传》一百七十五《文苑》三《陈束传》附："李开先，字伯华，章邱人,束同年进士,官至太常少卿。性好蓄书,李氏藏书之名闻天下。"

夏四月。

《夏日园中》。诗云:"葵榴萱芷各争妍,石竹花开色更鲜。不是炎风吹永昼,只疑人在艳阳天。"百花争艳,炎风吹拂,全为初夏之景。

《送侯大参升山东方伯》。侯大参谓侯纶。字廷言,山西太原人。正德六年辛未进士,官至兵部左侍郎。《陕西通志》卷二十二《职官》三《明·左参政》列其人之名。雍正《山东通志》卷二十五之一《职官志》嘉靖年间任左布政使者中有"侯纶,又右布政使,太原人"。

《月夜董生弹琴》。诗云:"清光忽堕地,月华满眼前。潇洒董逸人,衣露挥朱琴。"清气逼人,为初夏之时。

五六月间。

《送洪洋中丞游天池二首》。其一云:"赤日离尘境,表山入梵宫。"其二云:"空林多虎豹,盛夏有风雷。"中丞,为明清人对巡抚的尊称。清·梁钜《称谓录·巡抚》:"明正统十四年,命监察院右金都御史邹来学巡抚顺天、永平二府……今巡抚之称中丞,盖沿于此。"时任陕西巡抚者为赵廷瑞。《陕西通志》卷五十一《名宦》二《节镇》下:"赵廷瑞,字信臣,开州人,进士。嘉靖己亥(十八年)巡抚陕西。"《陕西通志》卷二十二《职官》三《明·巡抚陕西都御史》:"赵廷瑞,北直开州人,嘉靖十八年。路迎,山东汶上人,嘉靖二十二年。"明陆深《俨山集》卷三十九《序》三《光禄卿洪洋赵公让荫序》:"时光禄寺卿洪洋赵公信臣上言,臣廷瑞年四十有八,尚未有子。"

《夏日同诸友兴善寺避暑》。诗云:"盛夏禅林自有风,仙轮空带赤霞红。"

秋七月。

《秋夕感赋》。诗云:"乘凉坐池馆,零露惊秋夕。况闻蟋蟀鸣,使我百感集。"

《许伯诚宅饯陈九嶷太仆》。诗云:"晓日开芳晏,凉天减郁蒸。"为初秋之感。

九月。

《九日宿牛头寺》。诗云:"鹿苑树层层,蜂台九日登……菊花何处有,把酒问山僧。"

《重阳无菊,是时桃杏花遍开》。诗云:"桃杏秋来放,梨花开满枝。"

《贾内相宅观芙蓉》。诗云："露濯丹葩彩,霜翻群叶檠。菊花虽共赏,羡尔独峥嵘。"既已降霜,当为深秋。

冬十月。

《送对山葬作》。王九思《渼陂续集》卷中《明翰林院修撰、儒林郎康公神道之碑》:"乃嘉靖庚子十二月　日病终正寝……公卒之明年辛丑十月某日,合葬尚安人于城南纸坊祖茔。"

《楼观》。即楼观台,在盩厔县。当作于送葬康海返归长安途中。

嘉靖二十一年壬寅（1542）,五十六岁。

春正月。

《春日南川》。诗云:"朝霞晴荡墅,春色昼浮山。"

《人日》。旧俗以正月初七为人日。

二月。

《春游》。诗云:"载酒寻春春兴饶,春游只恐过春朝。无边花隐千家屋,不断人行杨柳条。"全为仲春景色。

《仲春二十九日雪霁入城》。诗云:"桃花一路发,野水万家明。"

三月。

《送魏西安升湖广宪副》。诗云:"灞岸柳条生别愁,洞庭春水接行舟。"《陕西通志》卷二十二《职官》三《明·西安知府》云:"魏廷萱,河南许州人。"乾隆《西安府志》卷二十四《职官志·明·西安府知府》所云同此。乾隆《湖广通志》卷二十八《职官志·明官制·提刑按察副使》亦同。魏西安者,当指此公。其任职时间失载,然可大体推知。《陕西通志》与《西安府志》云继任者为吴孟祺。《陕西通志》卷十五《公署·西安府·知府署》云:"(嘉靖)二十四年,知府吴孟祺分建廨舍,中判二区,缭垣分坊,门径殊轨,丞御其东,倅处其西。"故魏廷萱于是年离任,事属自然。

《雨中》。诗云:"风前燕逐梨花落,水面鱼吞柳絮沉。"关中一带梨花凋落,柳絮翻飞,为暮春时令。

《送魏西安》。与前《送魏西安升湖广宪副》作于同时。

夏。

《祭杜祠罢宴余凤栖别业》、《散后同蒋西峰游牛头寺》写于同时。后诗云："炎风不到清凉地,赤日迥怜尘土中。"当作于盛夏。凤栖别业,在今西安市城南约二十里。《陕西通志》卷九《山川》二《西安府长安县》:"'凤栖原,在县南少陵原北。'《贾志》'少陵西北三十里皆此原。'《长安志》'柳宗元《为伯姊志》曰:葬于万年之凤栖原。'《雍大记》:'万年故城在县东北。'汉神爵四年,凤凰十一集杜陵,故名。在唐为安化里,其东南有鲍陂。《县志》"

《入城柬底河曲兼致谢恩》。诗云:"碑榜终年恨未成,偶闻方伯重含情。"底河曲,底蕴,河南考城人。《陕西通志》卷二十二《职官》三《明·左布政使》条收载其人。乾隆《甘肃通志》卷二十七《职官·明·巡抚甘肃都御史》同。故下有《送底河曲巡抚甘肃》诗。明凌迪知《万姓统谱》卷七十四:"底蕴。字汝章,考城人。正德进士,知安庆府。刚直有守,莅政明决。终兵部右侍郎、右都御史。"黄虞稷《千顷堂书目》卷三十《表奏类》:"底蕴《河曲谏稿》二卷。文安人,正德甲戌进士,巡抚甘肃、副都御史。"考城今属河南,文安今属河北。考之雍正《河南通志》卷四十五《选举》二《进士》,正德甲戌唐皋榜有"底缊,考城人,都御史";雍正《畿辅通志》卷六十二《进士》同榜有:"底蕴,文安人,巡抚。"二者当为一人,不详何故见于两地。与张治道进士同年,同为三甲,治道为十九名,底蕴为二十七名[①],二人相识相知,故有"碑榜"二句。

《山亭北望》。诗云:"柳围沙岸蒲围塘,竹碧梧青山阁凉。"作于盛夏。

《送底河曲巡抚甘肃》。

秋。

《池上二绝》。其一云:"桥压池塘水压天,星河倒影波光连。风吹水面苹萍破,露出金鱼对对鲜。"其二云:"花林竹树鸟声幽,日与高朋乐宴游。"全写秋景秋兴。

八月。

《出城抵南川作》。诗云:"登稼喜秋成,展眺欣秋爽。旭烟稍侵林,丰露犹在莽……叹世偕孔观,悲秋同宋想。"写仲秋景色与感慨。

《仲秋不见月》。诗云:"坐久浑忘风露冷,满林木叶下寒声。"

《柬杨员外》。诗云:"鹫岭千寻阁,终南万仞山。相携一登眺,秋色共

---

① 潘荣胜主编:《明清进士录》,北京:中华书局2006年版,第314、317页。

开颜。"

九月。

《九日同诸君子雁塔登高》。诗云："重阳何处可攀跻,十里蜂台四望低。"

《登罢二首柬画田、西陂》。与上首作于同时。诗云："萸房菊芷称时鲜,九日登高插满筵。"

《之鄠观石桥成柬渼陂》。此作原列上年末《楼观》之后。据诗意移置于此。诗云："访鄠观桥促吹笙,桥成来往利人行……文章已许中丞记,翰苑还须太史名。"《嘉靖集》卷六有《创修涝河西五眼石桥记》："嘉靖己亥,鄠人王太史渼陂先生痛有司坐视之愆,悯鄠人蹈溺之苦,乃奋然作兴……工兴于庚子,成于壬寅,凡三越岁……嘉靖癸卯四月记。"文中谓鄠县西街民雷舟等来求记,故治道写记时并未亲临。此诗为是年冬目睹石桥时作。诗中明言桥"成于壬寅",并言己已承许巡抚作文纪事,必作于次年四月之前。诗云"今过涛奔稳入城",当为秋日水涨之时,故系于是年秋季。

嘉靖二十二年癸卯(**1543**),五十七岁。

春正月。

《许少华病起初度,作此柬上》。诗云："病起逢初度,开筵值早春。"焦竑《国朝献征录》卷六十二《都察院》九《巡抚》收乔世宁撰《都察院右副都御史许公宗鲁墓志铭》谓,许宗鲁,字伯诚,号少华,咸宁人。生弘治庚戌,正德丁丑进士,卒于嘉靖己未,时年七十。

二月。

《五十七初度答诸友》。张治道生于成化二十三年丁未二月初三,是年五十七岁。

《箜篌行并序》。序云："嘉靖癸卯春,余方宴客西园,有少年自京师来,以箜篌谒余。"诗云："春日西园客满堂,开堂坐饮黄金觞。"

三月。

《春日往南川》。诗云："少陵原与凤栖连,丽日和风花满川。春到园亭堪种竹,水添沙槛可栽莲。"繁花似锦,种竹栽莲,是为暮春。

《小桃》。诗云："小桃惟让梅先放,一树当檐芷乱垂。"

夏四月。

《雨闷兼忧边事》。诗云:"孟夏浮云万顷阴,横天冻雨失川岑。"明言初夏。《明史》卷十八《本纪》第十八《世宗》二:"(嘉靖)二十二年,是春谙达屡入塞。"

《将往南川》与《抵山下》,二首当为组诗。前首云:"明日卷书山下去,白云让我卧床头。"后首抵山下时所见为:"春花烂漫柳依依,春水浮空失钓矶。"

五月。

《喜楼前竹盛生》。诗云:"几年种竹长修篁,今岁新抽十丈长。"正是盛夏之景。

秋七月。

《七夕会饮感赋》。诗云:"七夕天风雨乍收,半规云影露花浮。"

八月。

《喜内弟卞子心至二首》。诗云:"昔别冬将至,今来秋雨生。"关中秋雨,一般始于农历八月。

《雨中旸谷过》。诗云:"秋来正寂寞,况复雨相侵。"旸谷,即董旸谷。其人不详。

《秋虫》。诗云:"秋虫满院飞,秋意落山扉。病叶凋寒露,青林荡晚晖。"

《同曹尧我、刘西陂宴雍氏庄》。诗云:"孤云远向青山直,灌水时闻黄鸟迁。"候鸟南飞,已是仲秋。曹尧我不详。刘西陂,即刘储秀。明冯从吾《少墟集》卷十七《传·尚书刘公》:"公名储秀,字士奇,别号西陂,咸宁人。举弘治甲子乡试,登正德甲戌进士……嘉靖癸未,以文望分校礼闱,所取多名士。时同舍郎薛蕙、张治道辈,与公俱以诗名当时,有西翰林之称……优游田里者十有一载卒,年七十六。"

《中秋夜月》。自注:"先日许少华、董旸谷相约同赏,至夜各以事妨。余于西园独赏赋此。"

《秋日郊行》。诗云:"金气犹未肃,高风忽尔吹。园林谢昔荣,卉草何糜糜。"秋风未寒,树木已凋,仍为仲秋之景。

九月。

《之徐洞仙庄宴集》。诗云:"鸿雁过时木叶下,菊花开处酒杯持。"时近重阳。

《送文应治之什邡令》。诗云:"三秋风雨真难别,万里音书好寄将。"明言已是暮秋。

《九日柬少华》。诗云:"今日重阳日,高台谁与登。"

《再作》。诗云:"年年九日多风雨,今岁重阳始放晴。"

《送郑直庵方伯病还》。郑直庵,郑气。明凌迪知《古今万姓统谱》卷一百七《明·去声》二十四《敬字》:"郑气,字浩然,静海人。正德甲戌进士,历布政。"雍正《畿辅通志》卷六十二《进士》"正德甲戌科唐皋榜":"郑气,静海人,布政。"《陕西通志》卷二十二《职官》三《明·右布政使》:"郑气,北直静海人。"另有一左布政使郑国仕,然任职时间不在此时。方伯为明清人对布政使之称。

《随云总兵猎》。出猎时在秋冬之际。云总兵,其人不详。康海《对山集》卷四《云将军哀挽录序》:"云将军者,今陕西教指挥同知洮岷参将云公德敷之父也……往者初遇德敷,见其人燕颔猿臂英然,非所恒睹。"云总兵当系德敷,惜乎其人失考。

冬十二月。

《赏梅同姚韦西、刘西陂、董旸谷作》。诗云:"西园有梅树,腊月尽开花。"

（原载刘跃进主编:《中华文学史料》第三辑,西北大学出版社 2012 年版）

张治道嘉靖二十三年诗作考论

笔者曾撰《张治道〈嘉靖集〉诗歌系年》一文,已考其嘉靖十八年己亥(1539)至嘉靖二十二年癸卯(1543)之作。本文仅就嘉靖二十三年甲辰(1544)部分诗作系年及所涉之人与事杂考之。

春季

《送李伯会左使入蜀》。诗作于何时不详,原在卷三之首,其后方为嘉靖二十三年诸作。姑系于是年岁首。雍正《陕西通志》卷二十二《职官》三《明·左布政使》条中唯李蓁时代相当。其人为河南祥符人。雍正《河南通志》卷四十五《选举》二《进士》条谓其嘉靖十四年乙未进士。诗云:"兹去无烦宣室诏,春来惟听上林莺。"作于春季。

《送扶风杨生应贡》与《送刘约庵会试》。前诗云:"南图久矣困迟回,北上还惊老俊才。"言杨生北上入京应贡举。《明史》卷七十七《志》第四十六《选举》二:"辰、戌、丑、未年会试。会试以二月,皆初九日为第一场,又三日为第二场,又三日为第三场。"是年甲辰,正当开科。春正月过年期间出发上路。

《人日感赋》。诗云:"四海共人日,边隅尚甲兵。"《明史》卷十八《本纪》第十八《世宗》二:"二十二年冬十月朵颜入寇,杀守备陈舜","二十三年春正月丙寅,谙达犯黄崖口。"

《海居为翁东厓乃翁赋》。诗云:"万里烟波接钓台,三辰楼阁郁崔嵬。"写海景。翁东厓,名万达,东厓为其号。《明史》卷一百九十八《列传》第八十六:"翁万达,字仁夫,揭阳人,嘉靖五年进士……历陕西左右布政使。(嘉靖)二十三年,擢右副都御史,巡抚陕西。寻进兵部右侍郎兼右金都御史,代翟鹏总督宣大、山西、保定军务。"此诗为献于其父者。因其家居广东东部之揭阳,地近南海,故有"海居"之说。

《正月二十四日将陪东厓中丞游天池,前夜宿牛头寺》。《陕西通志》卷二十二《职官》三《明·巡抚陕西都御史》:"翁万达,广东揭阳人,嘉靖二十三年。柯相,南直贵池人,嘉靖二十三年。"中丞,为明清人对巡抚之尊称。清梁钜《称谓录·巡抚》:"明正统十四年,命监察院右金都御史邹来学巡抚顺天、永平二府……今巡抚之称中丞,盖沿于此。"嘉靖二十三年,翁万达升陕西巡抚,此前任陕西右、左布政使,自非中丞可称。旋于是年为柯相所代,离陕之大同任总督。故此诗只可能作于嘉靖二十三年甲辰。天池,在今陕西西安翠华山巅。

《送路巡抚北村祀吴岳》。乾隆《山东通志》卷二十八之三《人物》三《明》:"路迎,字宾旸,汶上人,正德戊辰进士……升兵部尚书,乞归。"《陕西通志》卷二十二《职官》三《明·巡抚陕西都御史》:"路迎,山东汶上人,嘉靖二十二年。"次年嘉靖二十三年为翁万达所代。路姓巡抚只此一人,又当其时,故必为此公。翁氏任巡抚,在是年春正月,祀吴岳当为路氏离任前之举。吴岳,即吴山,位于今陕西宝鸡市陈仓区新街镇内。

《送长安王明府考绩北上》。诗云:"考绩三年上,贤声万里扬……落日青山迥,春风汉殿香。"当写于春季。据清嘉庆《长安县志》卷八《职官表·明》,嘉靖时任知县者有:"王学柳,泽州人,进士。"《山西通志》卷六十八《科目》四《明》"嘉靖二十年辛丑科沈坤榜"有:"王学柳,泽州人,松江府同知。"《明史》卷七十《志》第四十六《选举》二:"二三甲考选庶吉士者,皆为翰林官,其他或授给事、御史、主事、中书行人、评事、太常、国子博士,或授府推官、知州、知县等官。"故王学柳任长安县令,当为初任官职,三年期满考绩。《明史》卷七十二《志》第四十八《职官》:"考功掌官吏考课黜陟之事,以赞尚书。凡内外官给,由三年初考,六年再考,并引请九年通考。"应在是年。

夏季

《三善诗》。

诗序云:"六泉先生以公务行县,回走谓余曰:兹行也得三善焉!曰:何三善?公曰:见终南,获时雨,表董墓。"六泉先生,实时任西安知府者吴孟祺也。

《明嘉靖七年戊子科山东乡试题名录》:"第三名:吴梦祺,字符寿,号六泉,三十一岁,宁阳县人,嘉靖己丑科进士。"①乾隆《山东通志》卷二十八之三《人物》三《明代》:"吴孟祺,字符寿,宁阳人,嘉靖己丑进士。"乾隆《西安府志》卷二十四《职官志·明·西安府知府》:"吴孟祺,山东宁阳人。"其《刻对山集后序》署:"嘉靖二十四年秋七月朔日东郡六泉吴孟祺识。"②

《获时雨》云:"云汉为灾,民其瘁矣。我行我祷,心如醉矣。冻雨自天,忽如赍矣。"《嘉靖集》卷六《六泉先生祷雨有感诗序》:"成化甲辰,关中称大旱,至于今传焉。今岁复值甲辰,民甚恐,而五月至六月,果不雨。郊隧生尘,民嗷嗷焉。"故必作于是年夏。

《表董墓》云:"猗嗟董子,道其精矣。不知其墓,乃在城矣。维荒维凉,谁其营矣。兹行有获,我其成矣。"按,董子墓即董仲舒墓下马陵。作诗之时,距正德初年王云凤、马能政等建董祠已近四十年矣,故有"维荒维凉,谁其营矣"之叹③。

《吴六泉太守祷雨有感》。诗云:"兴禋才旦暮,沛泽已江湖。禾黍三农望,神明万姓呼。"《六泉先生祷雨有感诗序》:"郊隧生尘,谷苗将杭,民嗷嗷焉。曰:是将成化之凶邪?而西安守六泉吴先生又重忧焉。乃不问诸人,不谋诸左右,竭诚祷于神。祷才二日,天果大雨,地脉沾足,禾黍获苏。"与上组诗作于同时。

秋季

《七月七日管宪长初度》。诗云:"年年逢此夕,岁岁庆生朝。海上青鸾驾,云间乌鹊桥。"管宪长,即管怀理。《陕西通志》卷二十二《职官》三《明·按察使》:"管怀理,山东临邑人。"明代按察使中管姓者唯此一人。《明史》卷四十七《食货》一、《御定资治通鉴纲目三编》卷二十等谓,嘉靖十三年、十四年,给事中管怀理曾就盐务、仓储等数次上奏。字一初,山东临邑人,进士。

《哭汝修康少参》。有小序:"汝修为鄠县令,余往复王太史宅,接遇甚厚。见其器度,以为台辅不足量也。而今乃卒于少参。惜哉!情见乎诗。"诗云:"忽

① 按,此为山东省图书馆馆藏山东地方史志文献。
② 嘉靖二十四年吴孟祺刻《对山集》,收入《四库全书存目丛书·集部》第五十二册。
③ 贾三强:《明代西安下马陵方位变迁考——兼论董仲舒墓所在地之争》,《中国历史地理论丛》2012年第3期。

闻客死商州道,可叹人生天地间。"康天爵,字汝修。明凌迪之《古今万姓统谱》卷五十二:"康天爵,字汝修,临汾人。嘉靖癸未进士,历布政司参议。"雍正《山西通志》卷六十八《科目》四"嘉靖二年癸未科姚涞榜":"康天爵,临汾人,陕西参议。"明杨一清《关中奏议》卷十六有其嘉靖四年所上《一为举劾有司官员事》,云:"鄠县知县康天爵,官有循良之风,民歌清净之治。"《陕西通志》卷二十七《学校》:"(鄠县学)嘉靖六年知县康天爵、崇祯十一年知县张宗孟重修。"诗写于何时不详,姑依原集之次第,系之于此。

冬季

《寄周总兵彦章》。诗云:"安危共伏英雄力,西北全资保障功。当道豺狼憎气节,九重明圣识精忠。"《明史》卷二百十一《列传》第九十九《周尚文传》:"周尚文,字彦章,西安后卫人。幼读书粗晓大义,多谋略,精骑射……嘉靖二十一年,严嵩为礼部尚书,子世蕃官后府都事,骄蹇,尚文面叱,将劾奏之。嵩谢,得免。调世蕃治中,以避尚文。衔次骨。其秋,以总兵官镇大同……济农数万骑犯前卫,尚文与战黑山,杀其子玛哈岱,追至凉城,斩获多。进右都督。"《明史》卷十八《本纪》第十八《世宗》二:"二十三年秋七月,谙达犯大同。总兵官周尚文战于黑山,败之。"与诗中所言合辙。

《闻都下兴隆、海印二寺毁》。诗云:"兴隆连禁苑,海印接宫墙。自谓千秋远,谁言一旦荒。"明俞汝楫编《礼部志稿》卷三十四《祠祭司职掌·清理寺观》:"嘉靖十四年,大兴隆寺毁令永不许复,并大慈恩寺一应修斋俱革……二十二年令毁大慈恩寺。"《钦定日下旧闻考》卷五十四《城市》:"原大慈恩寺在府西海子上,旧名海印寺,宣德四年重建。《明一统志》""原海子桥北旧有海印寺,宣德间重建改名慈恩,今废为厂。《长安客话》"故此诗撰作不早于嘉靖二十二年。

《嘉靖集》依年排序,每年最后数首多为无内证可究其季节月份者。此可能为作者编集时无法追忆撰作时间,亦可能为冬季关中气候寒冷,人多蜗居室内,故此时多写内心活动也。故二首系于冬季。

(原载日本《东亚汉学研究》2012 年第 2 号)

清雍正《陕西通志·经籍》著录文集订误

明清时修《陕西通志》见于著录者凡6种：嘉靖《雍大记》36卷，明代何景明纂；嘉靖《陕西通志》40卷，明代赵廷瑞修，马理纂；万历《陕西通志》35卷首1卷，明代李思孝修，冯从吾等纂；康熙《陕西通志》32卷首3卷，清代贾汉复修，李楷纂；康熙《陕西通志》32卷首1卷图1卷，清代贾汉复修，韩奕续修，王功成、吕和钟等续纂；雍正《陕西通志》100卷首1卷。① 雍正《志》乾隆时被收入《四库全书》，提要云：

> 陕西旧《通志》为康熙中巡抚贾汉复所修，当时皆称其简当。而阅时既久，因革损益颇不相同。雍正七年，敕各省大吏纂辑《通志》，陕西督抚以其事属之粮储道沈青崖，青崖因据汉复旧本，参以明代马、冯二家之书，斟酌增删，厘成百卷，分为三十二类。雍正十二年，于义等始表上之。陕西省治本汉唐旧都，故记载较多。如《三辅黄图》、《长安志》皆前人所称善本，而卷帙既繁，异同亦夥，至其隶辖支郡，若绥、葭、凤、兴之类，则又地近边隅，志乘荒略，不免沿习传讹。是编订古证今，详略悉当，视他志之扯捋附会者较为胜之。书中间有案语，以参考同异，亦均典核可取云。②

因而颇为人重，常为后来言陕事者所引据。近因考述历代陕人文集，发现其中舛误甚夥，兹擿数条，略分类例，考辨于此。

---

① 中国科学院北京天文台主编：《中国地方志联合目录》，北京：中华书局1986年版，第161页。按尚著录道光《陕西志辑要》6卷首1卷，因与以上通志不同，兹不及。

② 永瑢等编：《四库全书总目提要》，北京：中华书局1965年版。

一、作者误

1.《黄门书者假史王商赋》13 篇。杜陵人。

原引《前汉书》卷 30《艺文志》："《黄门书者假史王商赋》13 篇。"《册府元龟》卷 8 第 137："王商为黄门书者假史,有赋十三篇。"

按:此条有误。《前汉书》卷 82《王商史丹傅喜传》："王商,字子威,涿郡蠡吾人也,徙杜陵。商父武、武兄无故,皆以宣帝舅封。无故为平昌侯,武为乐昌侯……元帝时,至右将军、光禄大夫。"此王商官至丞相,且仕历未任黄门书者假史。同书卷 25 下《郊祀志》下有右将军王商与博士师丹、议郎翟方进等 50 人引《礼记》论祭天地事,同书卷 70《陈汤传》谓"宜勿县车骑将军许嘉、右将军王商以为'春秋夹谷之会,优施笑君,孔子诛之'"事。清人齐召南《考证》曰:"右将军王商:按此乐昌侯王商以右将军后为丞相,自有列传,非王凤弟成都侯王商也。"①

《汉书》卷 68《霍光传》:"上乃使黄门画者画周公负成王朝诸侯以赐光。"颜师古注曰:"黄门之署,职任亲近以供天子百物在焉,故亦有画工。"可知此黄门书者职级甚低。故作赋者断非丞相王商。同书卷 25 下《郊祀志》下云:"成都侯王商为大司马、卫将军辅政。"同书卷 19 齐召南《考证》引许应元曰:"两王商,一昌乐侯、宣帝舅王武之子,为丞相;一成都侯、孝元皇后之弟,代王音为大司马者也。"成都侯王商为魏郡元城(今河北大名东)人,故亦非杜陵之黄门书者假史王商。

2.《韦温集》10 卷。万年人,官吏部侍郎。

　　温字弘育。日诵书数千言,十一举两经及第。(《唐书》本传)

按:此条有误。新 、旧《唐书》本传皆未言及其有集,《旧唐书·经籍志》、《新唐书·艺文志》亦未见录其集。《通志》卷 69《艺文略·别集》三有"《抚军中兵参

---

① 班固:《前汉书》,上海:上海古籍出版社、上海书店 1986 年版。

军韦温集》十卷",然置于南朝梁之目下。新、旧《唐书》本传言唐之韦温宦历时，未言曾任"抚军中兵参军"。此官仅见于南朝宋、齐、梁时，唐时未设。梁时韦温失考。

3.《韦鼎诗》1卷。京兆人。

按：此条有误。《隋书》卷78《列传·艺术》有传，谓其字超盛，京兆杜陵人，仕陈，曾聘周。入隋拜上仪同三司，除光州刺史。善相术。唯未言其著述，《隋书·经籍志》亦未录其作。唐代欧阳询《艺文类聚》卷92《鸟部》下："陈聘使韦鼎《在长安听百舌诗》曰：'万里风烟异，一鸟忽相惊。那能对远客，还作故乡声'。"为其仅存之诗。

宋代王尧臣《崇文总目》卷12："《韦鼎诗集》一卷，阙。"《宋史》卷280《艺文志》："《韦鼎诗》一卷。"其前后所录者，多为晚唐五代时人。《全唐诗》卷740有小传："韦鼎，湖南人，与廖匡图俱知名，诗一卷，今存一首。"即所收之《赠廖凝》①。《唐才子传》卷7："廖图（当为'廖匡图'），字赞禹，虔州虔化人。文学博赡，为时辈所服。湖南马氏辟致幕下，奏授天策府学士，与同时刘昭禹、李宏皋、徐仲雅、蔡昆、韦鼎、释虚中，俱以文藻知名，赓倡迭和。""湖南马氏"指晚唐五代之湖南节度使马殷，《旧五代史》谓："既封楚王，仍请依唐诸王行台故事，置诸天官幕府，有文苑学士之号。"宋代柳开《河东集》卷14《宋故前摄大名府户曹参军柳公墓志铭》谓："广顺（951—954）中，诗者韦鼎来自衡山，从之游。"

故可知此"有诗一卷"之韦鼎为五代时湖南人，与隋时之杜陵韦鼎断非一人。《陕西通志》沿《崇文总目》和《宋史·艺文志》而未加辨审致误。

4.《卫紫岚奏疏》1卷。巡抚真定韩城卫桢国撰。

序曰："崇祯十四年，紫岚以推官考选召对。谓：'平寇为足国第一义。'迨巡视真定诸郡，视国如家，视民如子。每起一草，声泪俱下，读至'夜有鬼哭，昼无人行'之语，聂夷中之诗、郑监门之图，不足云矣。而其大者，在以无逸是图进君德，以用贤养民规辅臣。若夫纠劾悍帅，控制骄兵，痛陈俵马津米之害，皆关彼时政务之大。字字从忠孝血性中流出，不袭古人纸上陈言。"（本书《魏裔介序》）

---

① 上海古籍出版社1986年影印康熙扬州诗局本。

按：奏"平寇为足国第一义"、巡抚真定、纠劾悍帅控制骄兵、痛陈俵马津米之害诸事，均为卫桢固所为。《东林列传》卷7《明卫景瑗传》附《族子桢固传》：

> 桢固，字屏君，景瑗族子也。少负气，喜谈兵，留心民事。举崇祯七年进士，授开封府推官。桢固与族父景瑗皆以是官起家，又皆在河南，其声名亦相埒，人尤异之。时流贼剽掠往来无常，村民扶携奔走数十里，不得至城邑，多及于难。因议筑西关城处之。间以事经南阳、汝宁、河南诸府，皆量其地宜城者，劝民加筑，且出俸金助之。既成，民呼为"卫公城"。又举城守事宜十三则奏记上官。上官奇其材，有警檄，桢固与谋。即戎服据鞍，一日夜行数百里，按视城垒，修备御。所过扼塞险易，悉识之。以故贼不能犯。崇祯十四年，用卓异征召，对中左门。力言："今天下民穷，半以兵，半以岁。诸臣惟戮力剿寇，寇平则无杀掠之，则时和；时和，则年丰；年丰，则用足。是故平寇为足国第一要务。"擢云南道监察御史。……其明年出，巡按畿南真定等郡。数请蠲逋赋，恤饥馑；又请正骄兵悍帅之罪，请革津辽米豆及俵马之害。又数檄沿河诸州县安辑河南民避寇至者，凡全活数十万人。事闻，再留巡按一年。十七年春，李自成陷河东诸郡，渐逼京师。李建泰督师御之。上命凌駉与桢固监其军，割京营兵三百人隶之。桢固行至真定，闻昌平失守，焚十二陵享殿。欲还军救援，有旨命固守良乡、涿州。既而京师陷，疾趋保定，挟一参将行至大石桥，遇贼数万骑。与战，射伤贼帅，贼少却。已，复益兵围之。桢固突围出，跃入井，水浅不得死，为贼所执。初，贼伪相牛金星，故中州举人，桢固理汴时发其恶，幽桢固于狱，欲杀之。会自成兵败西奔，脱走入五台山，作绝命词而死。

乾隆《韩城县志》卷6《闻人·贤良·明卫桢固传》节录此传。唯言"贼败，公不知所终"。

同书卷14《艺文·著述》："卫桢固《奏疏》、《城守事宜》。"《四库全书总目》卷56《史部》十二《诏令奏议类·存目》："《真定奏疏》一卷、《附刻》一卷，陕西巡抚采进本，明卫桢固撰。桢固号紫岚，韩城人。崇祯甲戌进士，历官云南道监察御史。此乃其巡按真定时所上疏稿也。凡二十六篇，其论劾白广恩淫掠及领兵官潘凤阁擅责县官诸疏，明季军政之不修，可以概见一二。其子执蒲跋而刻之。执蒲字禹涛。"

以上故可知,"国"当为"固"字之误。

二、籍贯误

1.《何妥文集》10 卷。西城人,官国子祭酒。

按:《北史》卷 82《列传·儒林》下本传:"何妥,字栖凤,西城人也。父细脚胡,通商入蜀,遂家郫县。事梁武陵王纪,主知金帛,因致巨富,号为'西州大贾'。"《隋书》卷 75《列传·儒林》本传亦谓其为"西城人"。然谓其父名"细胡"。

其集被收入陕《志》,当因误系何妥乡贯。西城在今陕西南部汉水流域,汉时西城为汉中郡属县。《汉书》卷 28《地理志》云,汉中郡属县有西城,应劭注曰:"《世本》,妫虚在西北,舜之居。"《水经注》卷 27:"汉水又东径妫虚滩。《世本》曰:舜居妫内,在汉中西城县。或言妫墟在西北,舜所居也。或作姚墟。故后或姓姚,或姓妫,妫、姚之异,事安未知所从。余按应劭之言,是地于西城为西北也。"南北朝迄隋,治在今安康。《魏书》卷 160 下《地形志》二下:"东恒农郡(太和中置)。领县六:西城,二汉属汉中,晋属,魏兴后属。"《隋书》卷 29《志》第 24《地理》上:"西城郡。梁置梁州,寻改曰南梁州。西魏改置东梁州,寻改为金州,置总管府。开皇初府废。"

然此不足为据。何妥为中古时期中亚粟特裔,即其时汉籍习称"昭武九姓"之何国人,"西城"当系"西域"之形讹。[1]

2.《龙溪诗集》。参政合阳支渭兴撰。

按:作者乡籍诸说不一。明代李贤等撰《明一统志》卷 69:"支渭兴,长宁人,至顺初进士。累官至中奉大夫、四川行省参政。善属文,别号龙溪。所著有诗集行于世。"明代曹学佺《蜀中广记》卷 99《著作记》第 9《集部》:"《宠溪诗集》,元支渭兴著。长宁人。至顺间仕四川行省参政。宠溪,其别号也。"《千顷堂书目》

---

① 中华书局点校本《北史》校勘记曰:"《通志》卷一七四《何妥传》'城'作'域'。按何妥先世当为西域何国人,疑《通志》是。"

卷29《补·元》:"支渭龙兴《隆溪诗集》。四川长宁人,至顺初进士,官四川行省参政。"清乾隆《云南通志》卷19《名宦》:"支渭兴,字文举,郃阳人。文宗至顺庚午进士,为云南行省考试官,道便留云南。屡进宣慰副都元帅。有惠政,能文章,所著诗集行于世。"清《御选宋金元明四朝诗·元诗·姓名爵里》二《诸家姓名爵里》:"支渭兴,字文举,郃阳人,一云长宁人。至顺中进士,至正中累官云南廉访迁副使,以四川行省参政致仕。有《龙溪诗集》。"

或曰长宁人,或曰郃阳人。长宁,北宋政和四年(1114)置长宁军,治所在今四川长宁县南双河镇,元泰定二年(1325)改为长宁州,明洪武五年(1372)降为县。郃阳,县名,即今陕西郃阳。

谓支氏为"郃阳"人,当因支姓郡望属之。宋代李石《方舟集》卷15《支兴道墓志铭》:"《日中状》云:'其先出郃阳。'"宋代谢维新《古今合璧事类备要·续集》卷20《类姓门》:"支,郃阳,徵音。"明代王世贞《弇州四部稿·续稿》卷119《文部·累封奉直大夫礼部精膳员外郎思吾支公暨配李宜人合葬志铭》:"按《状》:支之先自后稷。汉有郃阳侯者,以战功显,始有支姓。"郃,系"郃"之误书。《史记》卷160《吴王濞列传》:"高帝已定天下。七年,立刘仲为代王。而匈奴攻代,刘仲不能坚守,弃国亡间,行走雒阳,自归天子。天子为骨肉故,不忍致法,废以为郃阳侯。司马贞索隐:'《地理志》:冯翊县名,在郃水之阳,音郃。'张守节正义:'郃阳故城在同州河西县南三十里。'"

故应为长宁人。

3.《谷口山房诗集》。朝邑李念慈撰。

> 序曰:"屺瞻,秦人也。自秦之晋,南游江淮,所遇山川景物,寄兴属怀,情随景移。观其羁旅无聊不平之作,盖秦风而兼乎吴楚者耶。"(本书《施闰章序》)

按:言其乡籍有误。李念慈为泾阳人,见下引《陕西通志·人物》、《泾阳县志·列传》及《四库全书总目提要·谷口山房诗集》。且康熙《朝邑县后志·选举·科贡表》及《人物·乡献》均未收有李念慈者。

《陕西通志》卷63《人物·儒林·本朝》:"李念慈,字劬庵,泾阳人。顺治戊戌进士,初授推官,改知县。缘遭赋事罢归。康熙十三年滇逆作乱,大兵驻荆襄。

念慈捧檄入楚,以攒运有劳,再补天门知县。十七年,举博学宏词科,复报罢,遂绝意仕进。念慈好吟咏,诗酒唱酬。一时诸名士皆倾倒。所历幕府,争延礼为上客。挥毫泼墨洒如也。少拂意,立去之。著有《谷口集》。"宣统《泾阳县志》卷12《列传·仕宦·国朝》:"李念慈,字屺瞻,顺治戊戌进士。初任河间司理,改授新城知县。值河水决后,田多被湮,民苦赋。念慈不事征比,甘以催科无术报罢,民藉以少安。丁艰。后补景陵,应博学宏词科,不与选,即高尚不任。性嗜游览,足迹遍天下。所交皆海内知名士。善写山水,诗文入古。所著《谷口山房集》行世。"

故其为泾阳人。

三、时代误

《杜寿域词》1 卷。京兆杜安世撰。

陈氏曰:"京兆杜安世寿域撰。未详其人。"(《文献通考》)

按:杜安世为宋人,《通志》阑入唐集,失当。辑本《直斋书录解题》卷21《歌词类》:"《杜寿域词》1 卷。京兆杜安世寿域撰。未详其人,词亦不工。"

《四库全书总目》卷 200《集部·词曲类·存目》:"《寿域词》一卷,安徽巡抚采进本,宋杜安世撰。安世字寿域,京兆人。黄升《花庵词选》又谓名寿域,字安世。未知孰是。《书录解题》载《寿域词》一卷。其事迹本末陈振孙已谓未详。《集》内各调皆不载原题,无可参考。观振孙列之张先词后,欧阳修词前,则北宋人也。振孙称其'词不甚工',今核《集》中所载八十六阕,往往失之浅俗,字句尤多凑泊。即所载《折红梅》一词,毛晋《跋》指为吴感作者,通体皆剽窃柳永《望梅词》,未可谓之佳制。振孙之言非过。至《菩萨蛮》第二首,乃南唐李后主词。《凤衔杯》第二首,乃晏殊词,惟结句增一'空'字为小异。晋皆未注。晋所称《诉衷情》一首见于《花庵词选》者,仅附载《跋》中,亦未补入《集》内。字句讹脱,尤不一而足。首尾仅二十余纸,舛谬不可胜乙。晋殆亦忽视其词,漫不一校耶?"

其词袭用李后主、柳永、晏殊之作,故为北宋人无疑。

四、书名误

《行义集》10卷。武功苏鹗撰。

按:此条有误。考苏氏并无《行义集》见诸史乘,当为《演义》之误书。其致误之因,盖为袭用明康海撰《武功县志》卷3《人物志》第六:"苏鹗,未详其行事。崔豹《古今注》云'有《行义集》十卷'。"今本《古今注》无此语。五代马缟撰《中华古今注》,多引豹文,然亦未见《行义集》之说。"行义"当为"衍义"之误,"衍"通"演"。

又此书不应入"集类",因其非诗文集。《新唐书》卷59《艺文志·子录·小说家类》:"苏鹗《演义》十卷,又《杜阳杂编》三卷。字德祥,光启中进士第。"辑本《直斋书录解题》卷10《杂家类》:"《苏氏演义》十卷。唐光启进士、武功苏鹗德祥撰。此数书者,皆考究书传,订正名物,辨正讹谬,有益见闻。尤梁溪以家藏本刻之当涂。"《宋史》卷220《艺文志·经类·经解类》:"苏鹗《演义》十卷。"又卷250《艺文志·子类·杂家类》:"苏鹗《演义》十卷。"

《四库全书总目》卷118《子部·杂家类》:

> 《苏氏演义》二卷,永乐大典本,唐苏鹗撰。鹗字德祥,武功人,宰相颋之族也。光启中登进士第,仕履无考。尝撰《杜阳杂编》,世有传本。此书久佚,今始据《永乐大典》所引,裒辑成编。《杂编》特小说家言,此书则于典制、名物,具有考证。书中所言与世传魏崔豹《古今注》、马缟《中华古今注》多相出入,已考正于《古今注》条下。然非《永乐大典》幸而仅存,则豹书之伪,犹可考见;缟书之剿袭,竟无由证明。此固宜亟为表章以明真赝。况今所存诸条为二书所未刺取者,尚居强半,训诂典核,皆资博识。陈振孙《书录解题》称其考究书传,订正名物,辨证讹谬,可与李涪《刊误》、李济翁《资暇集》、丘光庭《兼明书》并驱,良非溢美,尤不可不特录存之,以备参稽也。原书十卷,今掇拾放佚所得仅此。古书亡失,愈远愈稀,片羽吉光,弥足珍贵,是固不以多寡论矣。

同卷:"《古今注》三卷,附《中华古今注》三卷……考《太平御览》所引书名,有豹书而无缟书,《文献通考·杂家类》又只有缟书而无豹书,知豹书久亡,缟书晚出,后人摭其中魏以前事,赝为豹作。又检校《永乐大典》所载苏鹗《演义》,与二书相同者十之五六,则不特豹书出于依托,即缟书亦不免于剿袭。特以相传既久,姑存以备一家耳。"若康海所见《古今注》内言及《行(衍)义集》,或为崔著袭用苏作之证。历来目录之作,皆入此书杂家或小说家,其不为别集甚明。

五、义例误

《赵壹集》2 卷。汉阳西县人。

赵壹,字符叔。著赋、颂、箴、诔、书、论,及杂文 16 篇。(《后汉书》本传)

按:《后(续)汉书》卷 33《郡国志》:"鄣河关,故属金城。积石山在西南,河水出汉阳郡。"刘昭注:"武帝置为天水,永平十七年更名。在雒阳西二千里。《秦州记》曰:'中平五年分置南安郡。'《献帝起居注》曰:'初平四年十二月,已分汉阳上郡为永阳,以乡亭为属县。'"据复旦大学历史地理研究所编《中国历史地名辞典》,汉阳西县在今甘肃天水市西南[①],其在《陕西通志》成书之清雍正时不属陕西,依本书义例如明李梦阳之《崆峒集》皆摈弃不录,故此亦不当阑入。

明清时方志的纂修,成为地方官的一般政事,据上引《四库提要》,雍正《陕西通志》即为奉敕而作之所谓官修书。此类志既奉敕而纂,往往能调动地方大量文化资源,且保证财力、物力供给,特别是可以集中当地群彦集群完成,故在保留地方文献方面功莫大焉,其存留的文化信息,有无可取代的作用。因之成为今日学者研究相关问题时不可或缺的取材来源。然修书因奉命而作,常敷衍塞责,加之成于众手,与其事者水平参差,往往存在失于照应、考订粗疏等多种弊端。

---

① 复旦大学历史地理研究所编:《中国历史地名辞典》,南昌:江西教育出版社 1988 年版,第279 页。

此《志》既为官修,不可避免犯有此类书的通病,上文所举错讹类例其实常见于历代官修书目。隋唐以降传统的文官选拔制度、明清时科举制的高度成熟及其强大影响,造成士人读书科举几成唯一出路,而大量士人并不能如愿步入仕途,落第者往往居留乡里,从事书院教习、课馆等地方的文化教育之类事宜。此外,一些中第者由于官场的失意或个人的价值取向,也会采取回归家乡或隐居不出的方式,成为地方上文化事业的参与者。当时方志修纂的经常化,地方官常常征召当地的在籍士人,他们因此成为修志的一支主要力量。然而这些人士,除少数人外,大多文化学术修养有所不足,尤其是文化相对落后地区,因此一般方志的修纂水平很难保证,比之御制、御撰之类的官修书,更有明显的差距,故其中舛讹更加普遍,也有更多未加详细辨析,甚至口耳相传,无可取证的记载。故方志材料的引据,更须慎而又慎。

方志言地方史事既往往详于他书,其史料价值又较高,一些地区为推动当地旅游文化发展,大打古迹牌、名人牌,大挖当地的所谓文化资源,方志往往成为直接的依据,如今历史名人有多处出生地、活动地和墓葬,往往与此有关。出身西域粟特的何细脚胡、何妥父子,虽然了不相干,安康市却作为当地名人而大事宣传,这类现象不能不引起注意。

（原载《陕西师范大学学报》2008 年第 5 期,第二作者为贾二强）

清雍正《陕西通志·经籍》
所收东汉魏晋南北朝别集考述

余有志于《陕西乡贤文集》编纂事久矣。今以清雍正年间刘於义、史贻直、硕色等纂修《陕西通志》卷七十五《经籍》第二《集类》所收集部书目为的,溯源沿流,逐一考述其真伪存佚。与之相关的经、史、子部著述,亦酌加涉及。书籍存世情况,主要依据《中国丛书综录》(上海古籍出版社 1986 年版,以下简称《丛》)、《中国丛书广录》(湖北人民出版社 1999 年版,以下简称《广》)、《中国古籍善本书目》(上海古籍出版社 1993 年版,以下简称《善》)、《稿本中国古籍善本书目书名索引》(齐鲁书社 2003 年版,以下简称《稿》),以及国图联机公共检索系统(以下简称"国图")。此几种目录,统称为"诸目"。

1.《梁鸿集》二卷平陵逸士

鸿博览,无不通,而不为章句。入霸陵山中,咏《诗》、《书》,弹琴以自娱。仰慕前世高士,而为四皓以来二十四人作颂,过京师作《五噫之歌》。适吴,潜闲著书十余篇。《后汉书》本传

贾按:《隋书·经籍》四"后汉徐令《班彪集》二卷"下附注:"梁有后汉处士《梁鸿集》二卷,亡。"《旧唐书·经籍志》下、《新唐书·艺文志》:"《梁鸿集》二卷。"诸书均失载。《后汉书》本传:"因东出关,过京师,作《五噫之歌》曰:'陟彼北芒兮噫,顾览帝京兮噫,宫室崔嵬兮噫,人之劬劳兮噫,辽辽未央兮噫。'又去适吴,将行,作诗曰:'逝旧邦兮遐征,将遥集兮东南,心惙怛兮伤悴,志菲菲兮升降。欲乘策兮纵迈,疾吾俗兮作谗。竞举枉兮措直,咸先佞兮唲㘈。固靡惭兮独建,冀异州兮尚贤。聊逍摇兮遨嬉,缵仲尼兮周流。倪云睹兮我悦,遂舍车兮即

浮。过季札兮延陵,求鲁连兮海隅。虽不察兮光貌,幸神灵兮与休。惟季春兮华阜,麦含含兮方秀。哀茂时兮逾迈,愍芳香兮日臭悼。吾心兮不获,长委结兮焉究。口嚣嚣兮余讪,嗟悢悢兮谁留。'初鸿友人京兆高恢,少好老子,隐于华阴山中。及鸿东游思恢,作诗曰:'鸟嘤嘤兮友之期,念高子兮仆怀思,想念恢兮爰集。'"

2.《冯衍集》五卷京兆杜陵人

衍幼有奇才,所著赋、诔、铭、说、《问交》、《德诰》、《慎情》、书记说、自序、官录说、策五十篇。肃宗甚爱其人。《后汉书》本传

贾按:《隋书·经籍》四:"后汉司隶从事《冯衍集》五卷。"《旧唐书·经籍志》下、《新唐书·艺文志》:"《冯衍集》五卷。"《丛》:《冯曲阳集》一卷。有《汉魏六朝百三家集》本;(民国)张鹏一校补本,收于《关陇丛书》。《广》:《冯曲阳集》二卷、《附录》一卷,收于明张燮编《七十二家集》;《冯曲阳集》,收于张鹏一编《汉四家集》。

3.《王隆集》二卷冯翊云阳人,官新汲令

王隆能文章,所著诗、赋、铭、书凡二十六篇。《后汉书》本传

贾按:《隋书·经籍》四"后汉徐令《班彪集》二卷"下附注:"梁有《王隆集》二卷,亡。"《通志·艺文略》:"《王隆集》二卷。"《玉海·艺文》:"《王隆集》二卷。"原注:《唐志》:《王文山集》。《丛》:《汉官解诂》一卷,汉胡广注本,有清孙星衍与黄奭辑本,分别收入《平津馆丛书》、《后知不足斋丛书》第七函、《知服斋丛书》第一集、《丛书集成初编·社会科学类》、《四部备要·史部政书·汉官六种》,及《汉学堂丛书·子史钩沉·史部职官类》、《黄氏逸书考·子史钩沉》。

4.《杜笃集》一卷杜陵人,官车骑从事

笃博学,不修小节。所著赋、诔、吊、书、赞、《七言》、《女诫》及杂文十八篇。

（贾按：本传此句后有"又著《明世论》十五篇"）《后汉书》本传贾按：《隋书·经籍》四："后汉车骑从事《杜笃集》一卷。"《旧唐书·经籍志》下、《新唐书·艺文志》："《杜笃集》五卷。"《通志·艺文略》："车骑从事《杜笃集》五卷。"《玉海·艺文》："《杜笃集》一卷。"原注："唐五卷。"诸目均失载。

5.《班彪集》三卷安陵人，拜徐令

彪才高而好述作，所著赋、论、书、记、奏事合九篇。《后汉书》本传

贾按：《隋书·经籍》四："后汉徐令《班彪集》二卷。"原注："梁五卷。"《旧唐书·经籍》下："《班彪集》二卷。"《新唐书·艺文志》："《班彪集》三卷。"《通志·艺文略》："徐令《班彪集》五卷。"《玉海·艺文》："《班彪集》三卷。"《丛》：《叔皮集》，收于《关陇丛书·扶风班氏佚书》。

6.《傅毅集》五卷茂陵人，官车骑司马

贾按：《隋书·经籍》四："汉车骑司马《傅毅集》二卷。"原注："梁五卷。"《旧唐书·经籍志》下、《新唐书·艺文志》："《傅毅集》五卷。"《通志·艺文略》："车骑司马《傅毅集》二卷。"《玉海·艺文》："《傅毅集》二卷。"原注："梁五卷、唐五卷。"《后汉书》本传："永平中，于平陵习章句，因作《迪志诗》曰：'咨尔庶士，迨时斯勖。日月逾迈，岂云旋复！哀我经营，旅力靡及。在兹弱寇，靡所庶立。于赫我祖，显于殷国。二迹阿衡，克光其则。武丁兴商，伊宗皇士。爰作股肱，万邦是纪。奕世载德，迄我显考。保膺淑懿，缵修其道。汉之中叶，俊乂式序，秩彼殷宗，光此勋绪。伊余小子，秽陋靡逮。惧我世烈，自兹以坠。谁能革浊，清我濯溉？谁能昭暗，启我童昧？先人有训，我讯我诰。训我嘉务，诲我博学。爰率朋友，寻此旧则。契阔夙夜，庶不懈忒。秩秩大猷，纪纲庶式。匪勤匪昭，匪壹匪测。农夫不怠，越有黍稷。谁能云作，考之居息？二事败业，多疾我力。如彼遵衢，则罔所极。二志靡成，聿劳我心。如彼兼听，则溷于音。于戏君子，无恒自逸。徂年如流，鲜兹暇日。行迈屡税，胡能有迄。密勿朝夕，聿同始卒。'……毅以显宗求贤不笃，士多隐处，故作《七激》以为讽。……毅追美孝明皇帝功德最盛，而庙颂未立，乃依《清庙》作《显宗颂》十篇奏之。"《丛》：《傅司马集》，收于《关陇丛书》；清傅以礼辑《傅兰台集》，收于《傅氏家书》。《广》：《傅司马集》，收于张鹏一编《汉四家集》。

7.《神雀赋》一卷 傅毅撰

毅博学,习章句,肃宗召文学之士,以毅为兰台令史。文雅显于朝廷,著诗、赋、诔、颂、祝文、《七激》、连珠凡二十八篇。《后汉书》本传

贾按:《隋书·经籍》四、《通志·艺文略》:"《神雀赋》一卷。后汉傅毅撰。"《玉海》卷一百九十九《祥瑞》:"《论衡》:'永平中,神爵群集。孝明诏上颂,百官颂上,文皆比瓦石。唯班固、贾逵、傅毅、杨终、侯讽五颂金玉。孝明览焉。'《隋志》:'傅毅《神雀赋》一卷。'"

8.《班固集》十七卷 安陵人,官元武司马

贾按:《隋书·经籍》四:"后汉大将军护军司马《班固集》十七卷。"《旧唐书·经籍志》下、《新唐书·艺文志》:"《班固集》十卷。"《通志·艺文略》:"大将军护军司马《班固集》十七卷。"《玉海·艺文·别集》:"《班固集》十七卷。"原注:"唐十卷。"《丛》:《班兰台集》一卷,收于《汉魏六朝百三家集》;《兰台集》一卷,收于《关陇丛书·扶风班氏佚书》;《班兰台集》,收于《增定汉魏六朝别解·集部》;《班孟坚集》三卷,收于《汉魏六朝名家集初刻》。另有《周易班氏义》、《周礼班氏义》、《仪礼班氏义》、《白虎通德论》、《汉书》、《校正古今人表》、《汉武帝内传外传》、《汉武故事》、《汉武事略》。《广》:《班兰台集》四卷、《附录》一卷,收于《七十二家集》;《班孟坚文抄》一卷,收于明李宾辑《八代文抄》,汉班固、晋陆机、明刘基等撰《合刻连珠》三卷,收于明天启武林坊刻本《合诸名家批点诸子全书》。另有《白虎通》、《汉书》等多种,不赘。《后汉书》有传。

9.《离骚叙赞》三篇 班固撰

固九岁能属文,诵诗赋。长,博贯载籍,九流百家之言,无不穷究。所著《典引》、《宾戏》、《应讥》、诗、赋、铭、诔、颂、书、文、记、论议、六言,在者凡四十一篇。《后汉书》本传

贾按:《后汉书》本传录《典引篇》,曰:"固又作《典引篇》,述叙汉德。以为相如《封禅》,靡而不典;扬雄《美新》,典而不实:盖自谓得其致焉。"

10.《曹大家集》二卷_{扶风曹世叔妻班昭撰}

贾按：《隋书·经籍》四"汉成帝《班婕妤集》一卷"附注："梁有《班昭集》三卷，亡。"《旧唐书·经籍》下、《新唐书·艺文志》、《通志·艺文略》："《曹大家集》二卷。"《丛》：《曹大家集》一卷，收于《关陇丛书·扶风班氏佚书》。另有《为兄上书》、《女诫》。《广》：《女孝经》一卷。《艺文类聚》卷九十二《鸟部》下："后汉曹大家《大雀赋》曰：大家同产兄、西域都护、定远侯班超献《大雀诏》，令大家作赋，曰：'嘉大雀之所集，生昆仑之灵邱。同小名而大异，乃凤皇之匹畴。怀有德而归义，故翔万里而来游。集帝庭而止息，乐和气而优游。上下协而相亲，听《雅》、《颂》之雍雍。自东西与南北，咸思服而来同。'"《太平御览》卷九百二十二《羽族部》九："曹大家集兄超为西域都护，献《大雀诏》，大家作《颂》。"

11. 班固《幽通赋》一卷_{班昭注}

班彪女名昭，博学高才，有节行法度。和帝令皇后、诸贵人师事焉，号曰"大家"。所著赋、颂、铭、诔、问、注、哀辞、书、论、上疏、遗令凡十六篇，子妇丁氏为撰集之。《后汉书》本传

贾按：《文选》卷十四有《班孟坚幽通赋》，为曹大家注。

12.《贾逵集》二卷_{平陵人，官侍中}

逵作诗、颂、诔、书、连珠、酒令凡九篇。《后汉书》本传

贾按：《隋书·经籍》四："后汉侍中《贾逵集》一卷。"原注："梁二卷。"《旧唐书·经籍》下、《新唐书·艺文志》："侍中《贾逵集》一卷"。《通志·艺文略》："侍中《贾逵集》一卷。"《玉海·艺文·别集》："《贾逵集》一卷。"原注："梁二卷、唐二卷。"《丛》：《周易贾氏义》、《古文尚书训》、《书古文训》、《尚书古文同异》、《毛诗贾氏义》、《周礼贾氏解诂》、《春秋左氏传解诂》、《春秋左氏长经章句》、《春秋三家经本训诂》、《国语注》。《后汉书》本传："作《左氏条例》二十一篇。……尤明《左氏传》、《国语》，为之《解诂》五十一篇，永平中，上疏献之。……时，有神雀集宫殿官府，冠羽有五采色。帝异之，以问临邑侯刘复，复不

能对,荐逵博物多识。帝乃召见逵,问之。对曰:'昔武王终父之业,鹭鹭在岐;宣帝威怀戎狄,神雀仍集。此胡降之征也。'帝勅兰台给笔札,使作《神雀颂》。……逵数为帝言《古文尚书》与经传《尔雅》诂训相应,诏令撰《欧阳》、《大小夏侯尚书古文》同异。逵集为三卷,帝善之。复令撰《齐》、《鲁》、《韩诗》与《毛氏》异同。并作《周官解故》。……逵所著经传义诂及论难百余万言,又作诗、颂、诔、书、连珠、酒令凡九篇,学者宗之,后世称为通儒。"

13.《苏顺集》二卷霸陵人,官郎中

顺,和安间以才学见称,隐处求道。所著赋、论、诔、哀辞、杂文凡十六篇。《后汉书》本传

贾按:《旧唐书·经籍》下、《新唐书·艺文志》、《玉海·艺文·别集》:"《苏顺集》二卷。"诸目均失载。

14.《诔书论》四篇扶风曹众撰

三辅多士,扶风曹众伯师,有才名,著诔、书、论四篇。《后汉书·苏顺传》

贾按:诸书均失载。《后汉书·苏顺传》附《曹众传》,唐章怀太子李贤注:"《三辅决录注》曰:'众与乡里苏孺文、窦伯向、马季长并游宦,唯众不遇,以寿终于家。'"

15.《窦章集》二卷平陵人,官大鸿胪

章好学,有文章,与马融、崔瑗同好,更相推荐。《后汉书》本传

贾按:《隋书·经籍》四"后汉校书郎《刘騊駼集》一卷"附注:"梁有大鸿胪《窦章集》二卷,亡。"《旧唐书·经籍》下、《新唐书·艺文志》、《通志·艺文略》、《玉海·艺文·别集》:"《窦章集》二卷。"诸目均失载。

16.《马融集》五卷茂陵人,官南郡太守

融才高博洽,不拘儒者之节。(贾按:本传此处有"著《三传异同说》,注《孝经》、《论语》、《诗》、《易》、《三礼》、《尚书》、《列女传》、《老子》、《淮南子》、《离骚》"句),所著赋、颂、碑、诔、书、记、表奏、七言、琴歌、对策、遗令,凡二十一篇。

《后汉书》本传

贾按:《隋书·经籍》四:"后汉南郡太守《马融集》九卷。"《旧唐书·经籍》下、《新唐书·艺文志》:"《马融集》五卷。"《通志·艺文略》:"南郡太守《马融集》九卷。"《玉海·艺文·别集》:"《马融集》九卷。"附注:"唐五卷。"《丛》:《东汉马季长集》一卷,收入《汉魏百三名家集》。另有《周易传》、《尚书注》、《毛诗马氏注》、《周官传》、《丧服经传》、《礼记马氏注》、《春秋三传异同说》、《论语马氏训说》、《马融注论语》、《孝经马氏注》、《尚书中侯马注》、《忠经》。

17.《李固集》十卷南郑人,官太尉

固好学,究览坟籍,结交英贤有志之士。为太尉参录尚书事。所著章、表、奏、议、教令、对策、记、铭,凡十一篇。弟子赵承等共论固言迹,以为《德行》一篇。《后汉书》本传

贾按:《隋书·经籍》四:"后汉司空《李固集》十二卷。"附注:"梁十卷。"《旧唐书·经籍》下、《新唐书·艺文志》:"《李固集》十卷。"《通志·艺文略》:"司空《李固集》十二卷。"《玉海·艺文·别集》:"《李固集》十二卷。"附注:"梁十卷、唐十卷。"诸目均失载。本传有对策、奏记、书数通。

18.《厄屯歌》二十二(贾按:诸本皆为"三")**章**太常长陵赵岐传

中常侍唐衡兄玹为京兆虎牙都尉,岐数为贬议,玹深毒恨。延熹元年玹为京兆尹,岐惧祸,逃难四方,匿姓名卖饼北海市中。时安丘孙嵩年二十余,游市见岐,察非常人,载以俱归。嵩先入,白母曰:"出行,乃得死友。"迎入上堂,觞之极欢。藏岐腹壁中数年。岐作《厄屯歌》二十二章。《后汉书》本传

贾按:《丛》:《赵太常集》一卷,收于《关陇丛书》;《广》:《赵太常集》,收于《汉四家集》。另有《孟子》(注)、《孟子章指、篇叙》、《三辅决录》。

19.《拟前代连珠书》四十章赵岐传

贾按:《后汉书》本传李贤注:"《决录注》曰:'是时纲维不摄,阉竖专权。岐拟前代连珠之书四十章上之,留中不出。'"

20.《张奂集》二卷酒泉人，徙华阴

奂所著铭、颂、书、教诫、述志、对策、章表，二十四篇。《后汉书》本传

贾按：《隋书·经籍》四"汉京兆尹《延笃集》一卷"附注："梁有太常卿《张奂集》二卷，录一卷，亡。"《旧唐书·经籍》下、《新唐书·艺文志》、《玉海·艺文·别集》："《张奂集》二卷。"《丛》：《张太常集》一卷，收于《二酉堂丛书》。

21.《赵壹集》二卷汉阳西县人

赵壹，字符叔。著赋、颂、箴、诔、书、论，及杂文十六篇。《后汉书》本传

贾按：《隋书·经籍》四"汉京兆尹《延笃集》一卷"附注："梁有上计《赵壹集》二卷，录一卷，亡。"《旧唐书·经籍》下、《新唐书·艺文志》、《玉海·艺文·别集》："《赵壹集》二卷。"《通志·艺文略》："《赵壹集》一卷。"《丛》：《赵计吏集》一卷，收于《关陇丛书》；《非草书》一卷，(清)王仁俊辑，收于《玉函山房辑佚书续编·经编小学类》。《广》：《赵上计集》，收于《汉四家集》。

22.《杨修集》二卷华阴人，官丞相主簿

修，字德祖。好学，有俊才。所著赋、颂、碑、赞、诗、哀辞、表、记、书，凡十五篇。《后汉书》本传

贾按：《隋书·经籍》四："后汉丞相主簿《杨修集》一卷。"附注："梁二卷，录一卷。"《旧唐书·经籍》下、《新唐书·艺文志》："《杨修集》二卷。"《通志·艺文略》："丞相主簿《杨修集》二卷。"诸目均失载。

23.《韦诞集》三卷三国京兆人，仕魏光禄大夫

诞字仲将，有文才，善属辞章，善书，有名。《文章叙录》

贾按：《旧唐书·经籍》下、《新唐书·艺文志》："《韦诞集》三卷。"《通志·艺文略》："《光禄大夫韦诞集》三卷。"《丛》有《笔墨法》一卷，(清)王仁俊辑，收

于《玉函山房辑佚丛书续编·经编小学类》。《三国志·魏志·刘劭传》裴松之注引《文章叙录》曰:"诞字仲将,太仆端之子。有文才,善属辞章。建安中,为郡上计吏,特拜郎中,稍迁侍中、中书监,以光禄大夫逊位,年七十五卒于家。初,邯郸淳、卫觊及诞并善书,有名。"

24.《傅巽集》二卷北地泥阳人,仕魏侍中尚书

贾按:《旧唐书·经籍》下、《新唐书·艺文志》:"《傅巽集》二卷。"《通志·艺文略》:"《尚书傅巽集》二卷。"诸书均失载。"国图":《三傅集》一卷、补一卷,汉傅幹、魏傅巽、魏傅嘏撰,张鹏一辑;收于《北地傅氏遗书》。《三国志·魏志·刘表传》裴松之注:"傅子曰:巽字公悌,瓌伟博达,有知人鉴。辟公府,拜尚书郎,后客荆州,以说刘琮之功,赐爵关内侯。文帝时为侍中,大和中卒。巽在荆州,目庞统为半英雄,谓裴潜终以清行显。统遂附刘备,见待次于诸葛亮;潜位至尚书令,并有名德。及在魏朝,魏讽以才智闻,巽谓之必反,卒如其言。"

25.《傅嘏集》二卷北地泥阳人,仕魏尚书仆射

贾按:《旧唐书·经籍》下、《新唐书·艺文志》:"《傅嘏集》二卷。"诸书均失载。国图:《三傅集》一卷、补一卷,汉傅幹、魏傅巽、魏傅嘏撰,张鹏一辑;收于《北地傅氏遗书》。傅巽之侄。《三国志·魏志》有传。

26.《傅玄集》五十卷晋北地泥阳人,官司隶校尉

玄博学,善属文,虽显贵而著述不废,文集行于世。《晋书》本传

贾按:《隋书·经籍》四:"晋司隶校尉《傅玄集》十五卷。"附注:"梁五十卷,录一卷,亡。"《旧唐书·经籍》下、《新唐书·艺文志》:"《傅玄集》五十卷。"《宋史》卷二百八《艺文》七:"《傅玄集》一卷。"宋尤袤《遂初堂书目》有《傅玄集》(不分卷)。南朝鲍照《鲍明远集》(《四库》本)卷八《拟松柏篇·序》:"余患脚上气四十余日,知旧先借《傅玄集》,以余病剧,遂见还。开秩适见乐府诗《龟鹤篇》。于危病中见长逝词,恻然酸怀。抱如此重病,弥时不差,呼吸乏喘,举目悲矣。火药间缺而拟之。"《丛》:《傅鹑觚集》一卷,收于《汉魏六朝百三家集》;《鹑觚集》二卷,收于《关陇丛书·北地傅氏遗书》;《晋司隶校尉傅玄集》三卷,收于《观古堂所著书》第二集、《郋园先生全书》;《傅鹑觚

集》四卷,收于《傅氏家书》;清吴汝纶评选《傅鹑觚集选》一卷,收于《汉魏六朝百三家集选》。《广》:《傅鹑觚集》六卷,收于明张燮编《七十二家集》。国图:清史定远、方浚师集《傅鹑觚集》五卷。另,诸书、国图均载《傅子》一卷乃至五卷,有清钱熙祚、孙星华、钱保唐、傅以礼、王仁俊,民国叶德辉、张鹏一等多种辑本。

27.《杜预集》二十卷 杜陵人,官征南将军

预博学,多通明于兴废之道。后为司隶校尉,加位特进。《晋书》本传

贾按:《隋书·经籍》四:"晋征南将军《杜预集》十八卷。"《旧唐书·经籍》下、《新唐书·艺文志》:"《杜预集》二十卷。"《通志·艺文略》:"《征南将军杜预集》二十卷。"《丛》:《晋杜征南集》一卷,收于《汉魏六朝百三名家集》;《杜征南集》,收于《增定汉魏六朝别解·集部》;清吴汝纶评选《杜征南集选》一卷。"诸目"载有《春秋左传注》、《丧服要集》、《春秋长历》、《春秋地名》、《春秋释例》等。

28.《挚虞集》十六卷 长安人,官秘书监、卫尉卿

虞少事皇甫谧,才学博通,著述不倦。《晋书》本传

贾按:《隋书·经籍》四:"晋太常卿《挚虞集》九卷"。附注:"梁十卷、《录》一卷。"《旧唐书·经籍》下:"《挚虞集》二卷。"《新唐书·艺文志》:"《挚虞集》十卷。"《通志·艺文略》:"《太常卿挚虞集》十卷。"《丛》:《晋挚太常集》一卷,收于《汉魏六朝百三名家集》;《挚太常文集》一卷,收于《关陇丛书·挚太常遗书》、《关中丛书》第四集《挚太常遗书》。《挚太常遗书》,民国张鹏一辑。另有《三辅决录注》、《决疑要注》、《畿服经》。

29.《流别集》三十卷 挚虞撰

虞撰《古今文章类聚》,区分为三十卷,名曰《流别集》,各为之论,辞理恰当,为世所重。《晋书》本传建安之后,辞赋转繁,众家之集,日以滋广。晋代挚虞苦览者之劳倦,于是采摛孔翠,芟剪繁芜,自诗赋下,各为条贯,合而编之,谓为《流

别》。《隋书·经籍志》

贾按:《隋书·经籍》四:"《文章流别集》四十一卷、《文章流别志论》二卷。"附注:"梁六十卷、《志》二卷、《论》二卷。挚虞撰。"《旧唐书·经籍》下:"《文章流别集》三十卷。挚虞撰。"《新唐书·艺文志》:"《挚虞文章流别集》三十卷。"《通志·艺文略》:"《文章流别集》六十卷。挚虞集。"《丛》:《文章流别》一卷,收于《增定汉魏六朝别解·子部》;《文章流别志论》一卷、《附》一卷。

30.《傅咸集》三十卷 北地泥阳人,官司隶校尉

咸好属文论,虽绮丽不足,而言成规鉴。颍川庾纯常叹曰:"长虞之文,近乎诗人之作矣。"《晋书》本传

贾按:《隋书·经籍》四:"晋司隶校尉《傅咸集》十七卷。"附注:"梁三十卷,录一卷。"《旧唐书·经籍》下、《新唐书·艺文志》:"《傅咸集》三十卷。"《丛》:《傅中丞集》一卷,收于《汉魏六朝百三名家集》、《傅氏家书》;《中丞集》一卷,收于《关陇丛书·北地傅氏遗书》;清吴汝纶评选《傅中丞集选》一卷。《广》:《傅中丞集》四卷、《附录》一卷,收于《七十二家集》。

31.《文章驳论》 中书监泥阳傅祗撰

祗早知名,以才识明练称。著《文章驳论》十余万言。《晋书》本传

贾按:据《晋书》本传,祗为嘏之子。

32.《傅畅集》五卷 北地泥阳人,官秘书丞

贾按:《隋书·经籍》四:"晋秘书丞《傅畅集》五卷。"附注:"梁有《录》一卷。"《旧唐书·经籍》下、《新唐书·艺文志》:"《傅畅集》五卷。"《通志·艺文略》:"《秘书丞傅畅集》五卷。"诸书、国图均失载。又:《晋书》本传:"畅字世道。……年未弱冠,甚有重名。以选入侍讲东宫,为秘书丞,寻没于石勒,勒以为大将军右司马。谙识朝仪,恒居机密,勒甚重之。作《晋诸公叙赞》二十二卷,又为《公卿故事》九卷。咸和五年卒。"《隋书·经籍》二:"《晋诸公赞》二十一卷,晋秘书监傅畅撰";"《晋公卿礼秩故事》九卷,傅畅撰。"《丛》、"国图":《晋诸公

传》、《晋公卿礼秩故事》有数种清人辑本。

33.《织锦回文诗》一卷<small>苻秦扶风窦滔妻武功苏蕙作</small>

《记》曰："滔镇襄阳,断其音问。苏氏悔恨自伤,因织锦回文。五采相宣,莹心耀目。其锦纵横八寸,题诗二百余首,计八百余言,纵横反复,皆成章句。其文点画无缺,才情之妙,超古迈今,名曰《璇玑图》。苏氏笑而谓人曰:'徘徊宛转,自成文章,非我佳人,莫之能解。'遂赍致襄阳。滔省览锦字,感其妙绝,因具车徒,盛礼邀迎苏氏,归于襄阳,恩好愈笃。"<small>天后《织锦回文记》</small>

贾按:《晋书》卷九十六《列女传·窦滔妻苏氏》:"窦滔妻苏氏,始平人也,名蕙,字若兰,善属文。滔苻坚时为秦州刺史,被徙流沙。苏氏思之,织锦为《回文旋图诗》以赠。滔宛转循环以读之,词甚凄婉,凡八百四十字。文多不录。"《四库全书总目提要·璇玑图诗读法》考之甚详:"苏蕙织锦回文,古今传为佳话。刘勰《文心雕龙》称:'回文所兴,道原为始。'则齐梁之际尚未见其图,此图及唐则天皇后序,均莫知所从来。考《晋书·列女传》载,苻坚秦州刺史窦滔有罪,徙流沙,其妻苏蕙织锦。湖北巡抚采进本为《回文旋图诗》,无滔镇襄阳及赵阳台谗间事。又考《晋书·孝武帝纪》称,太元四年,苻丕陷襄阳;《苻坚载记》称,以其中垒梁成为南中郎将、都督荆扬州诸军事、荆州刺史、领护南蛮校尉,配兵一万镇襄阳。亦不言窦滔,与《序》所言,全然乖异。《序》末称如意元年五月一日,是时《晋书》久成,不应矛盾至此。又其文萎弱亦不类初唐文体,疑后人依托。然《晋书》称,其《图》凡八百四十字,纵横宛转以读之,文多不录,则唐初实有是《图》。又李善注江淹《别赋》,引《织锦回文诗序》曰:'窦滔秦州被徙沙漠,其妻苏氏。秦州临去别苏,誓不再娶。至沙漠,更娶妇。苏氏织锦端中,作此《回文诗》以赠之。苻国时人也。'其说亦与《晋书》合,益知《诗》真而《序》伪。考黄庭坚诗已用'连波悔过,阳台暮雨'事,其伪当在宋以前也。《序》称,其锦纵广八寸,题诗二百余首,计八百余言,纵横反复,皆成章句。黄伯思《东观余论》谓:'其《图》本五色相宣,因以别三五七言之异,后人流传,不复施采,故迷其句读。'又谓:'尝于王晋玉家得唐申诫之释,而后晓然。'今诫本已不传。僧起宗以意推求,得三、四、五、六、七言诗三千七百五十二首,分为七图。万民更为寻绎,又于第二图内增立一图,并增读其诗至四千二百六首,合起宗所读共成七千九百五十八首。合两家之图,辑为此编。夫但求协韵成句,而不问义之如何,辗转钩连,旁行斜上,原可愈增愈多,然必以为若兰本意如斯,则未之能信,存以为艺林之玩可矣。起宗不知何许人,王士禛《居易录》载赵孟頫妻管道升《璇玑图真迹》,已称起宗道人云云,则其人当在宋元间也。"宋桑世昌编《回文类聚》卷一:"苏蕙《织锦回文》,及今已久。所以欲见其彩色宛然,一如蕙之手著者,甚为难得。八月廿日驾幸翠微殿赏桂,诏令赋诗。见御案所置一幅,五色相宜,读之易明,因照式记之,以志不忘。至道元年十一月六日广慧夫人书。"宋黄伯思《东观余论》卷下《跋织锦回文图后》:"苏蕙《织锦回文诗》,所传旧矣。故少常沈公复传其画,繇是若兰之才益著。然其诗回旋书之,读者惟晓外绕七言,至其中方则漫,弗可考矣。若沈公之博,亦谓辞句脱略,读不成文。殊不知此诗织成,本五色相宜,因以别三、四、五、七言之异。后人流传不复施采,故迷其句读,非辞句之脱略也。政和初,予在洛阳,于居士王晋玉许,得唐程士南效此诗,并申诚之释,而后晓然。是诗之初不舛脱,盖沈公未尝见此本耳。然申诚所释,但依士南之设色,其七言数火,其色反黄;四言数金,其色反绿;于五行为弗类。意苏氏诗图之色为不尔。今因冠诗于画,遂别而正之,三、四、五、七言之诗,各随其行而为之色。观者见其色,则诗之言数可知已。至于士南之文,既有释者,则赋采自从其旧,而并录于卷首。云国初钱镇州惟治,尝有宝子垂绥连环之诗,亦锦文之遗范,而世罕传。故聊附卷左,以资书隽言,鯖之余味焉。七年九月二十七日会稽黄某长孺父于山阳衮华堂书。"据此,则《璇玑图》初以色彩区格诗体矣,后因漫漶而其色失传。

34.《回文诗》八卷苏蕙撰

贾按:未见著述。宋李昉等编《文苑英华》卷八百三十四《杂记》收武后撰《苏氏织锦回文记》曰:"苏氏著文词五千余言,属隋季丧乱,文字散落,追求不获。而《锦字回文》盛见传。"

35.《韦瞻集》十卷雍州秀才

贾按:《通志·艺文略》:"雍州秀才《韦瞻集》十卷。"列于南朝齐时。诸目均失载。

(原载《文献的考证与诠释——海峡两岸中国古典文献学国际学术研讨会论文集》,上海古籍出版社 2006 年版)

清雍正《陕西通志·经籍》
所收隋唐五代集考述（上）

　　本文所涉之古人目录著作，俱见文中所引。而利用今人之目录有中国国家图书馆联机公共目录查询系统（简称"国图"）、《中国丛书综录》①（简称《综录》）、《中国丛书广录》②（简称《广录》）、《中国古籍善本书目》③（简称《书目》）、《稿本中国古籍善本书名索引》④（简称《索引》）。以上诸目录，文中合称"诸目"。

　　一、《隋炀帝集》五十五卷

　　贾按：《隋书》卷三十五《志》第三十《经籍》四："《炀帝集》五十五卷⑤。"《旧唐书》卷四十七《经籍志》第二十七《经籍》下："《隋炀帝集》三十卷。"《新唐书》卷六十《艺文志》第五十："《隋炀帝集》五十卷。"郑樵《通志》卷七十《艺文略》第八《别集》四："《隋炀帝集》五十五卷。""国图"有《隋炀帝集》八卷、《附录》一卷，明张燮编《七十二家集》天启崇祯间刻本。《综录》录有《隋炀帝集》一卷，《六朝诗集》本、《汉魏百三名家集》本；《隋炀帝集》五卷，《汉魏六朝名家集初刻》本；《隋炀帝集选》一卷，清吴汝纶评选本。清严可均辑《全汉三国晋南北朝诗·全隋诗》（以下简称《全隋诗》）录诗四十首。严可均辑《全隋文》收文四卷。

---

① 上海图书馆编，上海：上海古籍出版社1986年版。
② 阳海清编撰，武汉：湖北人民出版社1999年版。
③ 中国古籍善本书目编辑委员会编，上海：上海古籍出版社1998年版。
④ 天津图书馆编，济南：齐鲁书社2003年版。
⑤ 《文渊阁四库全书》本，以下未列版本者同此。

二、《文章总集》五千卷 炀帝勑选

隋炀帝命虞世南等四十人选文章,自《楚词》迄大业,共为一部五千卷,名《文章总集》,又择能书二千人为御书生,分番抄书。《珍珠船》

贾按:宋曾慥《类说》卷六引《南部烟花记》:"帝命虞世南等四十人选文章,自《楚词》迄大业,共为一部五千卷,号《文章总集》,又择能书二千人为御书生,分番抄书。"宋王应麟《玉海》卷五十四《艺文·总集文章》:"隋虞世南等四十人选文章,自《楚词》迄大业,为五千卷,号《文章总集》。""诸目"均未收录。

三、《杨素集》十卷 华阴人,官太尉

素好学研精不倦,多所通涉,善属文,工草隶。尝以五言诗七百字赠番州刺史薛道衡,词气宏拔,风韵秀上,为一时盛作。有集十卷。《隋书》本传

贾按:《隋书》卷三十五《志》第三十《经籍》四、《通志》卷七十《艺文略》第八《别集》四:"《太尉杨素集》十卷。""诸目"均未收录。《全隋诗》录诗五题二十首,《全隋文》收文七篇。

四、《何妥文集》十卷 西城人,官国子祭酒

贾按:《北史》卷八十二《列传》第七十《儒林》下本传:"何妥,字栖凤,西城人也①。父细脚胡,通商入蜀,遂家郫县。事梁武陵王纪,主知金帛,因致巨富,号为'西州大贾'……撰《周易讲疏》三卷、《孝经义疏》二卷、《庄子义疏》四卷,与沉重等撰《三十六科鬼神感应等大义》九卷、《封禅书》一卷、《乐要》一卷、《文集》十卷,并行于世。"

《隋书》卷三十五《志》第三十《经籍》四:"《国子祭酒何妥集》十卷。"《综录》收有清马国翰辑《周易何氏讲疏》、清黄奭辑《周易讲疏》一卷。"诸目"均未

---

① 《隋书》卷七十五《列传》第四十《儒林》本传亦谓其为"西城人"。然《通志》卷一百七十四本传作:"西域人"。按:据复旦大学历史地理研究所编:《中国历史地名辞典》(南昌:江西教育出版社1988年版)第280页:"西城,一作西山城。在今新疆和田县境(一说在今和田县南,一说在今和田县北,一说在今和田县南)。原于阗国建都于此。"故无论西城抑或西域,均非秦人,且《北史》等明言其父为"细脚胡""西州大贾",故此则不当阑入。

收录有其《文集》。《全隋诗》收诗六首,《全隋文》收文五篇。

五、《韦鼎诗》一卷 京兆人

贾按:此则有误。韦鼎,《隋书》有传,谓其字超盛,京兆杜陵人,仕陈,曾聘周。入隋拜上仪同三司,除光州刺史。善相术。唯未言有著述耳,《隋书·经籍志》亦未录其作。唐欧阳询《艺文类聚》卷九十二《鸟部》下:"陈聘使韦鼎《在长安听百舌诗》曰:'万里风烟异,一鸟忽相惊。那能对远客,还作故乡声。'为其仅存之诗。

宋王尧臣《崇文总目》卷十二:"《韦鼎诗集》一卷,阙。"《宋史》卷二百八《艺文志》第一百六十一《艺文》七:"《韦鼎诗》一卷。"其前后所录者,多为晚唐五代时人。《全唐诗》卷七百四十有小传:"韦鼎,湖南人,与廖匡图俱知名,诗一卷,今存一首。"即所收之《赠廖凝》①。《唐才子传》卷七:"廖图(当为'廖匡图'),字赞禹,虔州虔化人。文学博赡,为时辈所服。湖南马氏辟致幕下,奏授天策府学士,与同时刘昭禹、李宏皋、徐仲雅、蔡昆、韦鼎、释虚中,俱以文藻知名,赓倡迭和。""湖南马氏"指晚唐五代之湖南节度使马殷,旧《五代史》谓:"既封楚王,仍请依唐诸王行台故事,置诸天官幕府,有文苑学士之号。"宋柳开《河东集》卷十四《宋故前摄大名府户曹参军柳公墓志铭》谓:"广顺(951—954)中,诗者韦鼎来自衡山,从之游。"故可知此"有诗一卷"之韦鼎为五代时湖南人,与隋时之杜陵韦鼎断非一人。《陕西通志》沿《崇文总目》和《宋史·艺文志》而未加辨审致误。

六、《太宗集》三卷

陈氏曰:"唐太宗皇帝《本集》四十卷,《馆阁书目》但有诗一卷,六十九首而已。今此本第一卷赋四篇、诗六十五首,后二卷为碑铭书诏之属,而讹谬颇多。世所传太宗之文见于石刻者,如《帝京篇》、《秋日效庾信体诗》、《三藏圣教序》皆不在。又《晋书〈纪传论〉》称'制曰'者四,皆太宗御制也。今独载宣武二《纪论》,而陆机王羲之《传论》不预焉。宣纪《论》复重出,其他亦多有非太宗文杂厕其中者,非善本也。"《文献通考》

---

① 上海:上海古籍出版社影康熙扬州诗局本 1986 年版,第 1848 页下。

　　贾按：所引"陈氏曰"语见宋陈振孙《直斋书录解题》卷十六。《旧唐书》卷四十七《经籍志》第二十七《经籍》下："《太宗文皇帝集》三十卷。"《崇文书目》卷十一："《唐太宗集》一卷。"《新唐书》卷六十《艺文志》第五十："《太宗集》四十卷。"《通志》卷七十《艺文略》第八《别集》四："《唐太宗集》四十卷。"宋尤袤《遂初堂书目》："《唐太宗集》。"《直斋书录解题》卷十六："《唐太宗集》三卷。"元马端临《文献通考》卷二百三十一《经籍考》五十八："《唐太宗集》三卷。"《宋史》卷二百八《艺文志》第一百六十一《艺文》七："《唐太宗诗》一卷。"《全唐诗》收诗一卷，贾二强教授以为，其所用底稿为明隆庆前后刘溥卿刻《初唐诗纪》本①。"国图"：明刊铜活字印本《唐太宗皇帝集》二卷；《唐太宗全集》，东京：1941 年兴文社影印本第四版。《综录》：《太宗集》二卷，《唐人集》本；《唐太宗文皇帝集》一卷，《唐百家诗·初唐二十一家》本。《书目》、《索引》有《唐太宗集》二卷，清胡介祉谷园刻本。今人整理本有：吴云、冀宇编辑校注《唐太宗集》，西安：陕西人民出版社 1986 年版；吴云、冀宇《唐太宗全集校注》，天津：天津古籍出版社 2004年版；韩理洲《唐太宗诗文编年笺注》，西安：陕西人民出版社 2004 年版。

　　七、《高宗集》八十六卷

　　贾按：《旧唐书》卷四十七《经籍志》第二十七《经籍》下："《高宗大帝集》八十六卷。"《新唐书》卷六十《艺文志》第五十、《通志》卷七十《艺文略》第八《别集》四："《高宗集》八十六卷。"《全唐诗》卷二《高宗皇帝小传》："集八十六卷，今失传。"录其诗八首，亦出自《初唐诗纪》本；《全唐文》收文五卷。今人韩理洲有《唐高宗武则天集辑校编年》（已完稿，待出版）。

　　八、《垂拱集》一百卷、《金轮集》十卷俱则天皇后武氏撰

　　贾按：《旧唐书》卷四十七《经籍志》第二十七《经籍》下："《垂拱集》一百卷、《金轮集》十卷，天后撰。"《新唐书》卷六十《艺文志》第五十："武后《垂拱集》一百卷、又《金轮集》十卷。"《通志》卷七十《艺文略》第八《别集》四："《武后垂拱集》一百卷、《武后金轮集》十卷。"宣和甲辰（六年，1124）建安刘麟撰《元氏长庆集·原序》云："《新唐书·艺文志》载其当时君臣所撰著文集篇目甚多，《太宗集》四十卷至《武后垂拱集》一百卷，今皆弗传。"可见北宋末年其集世已罕有。

_____

　　① 《〈全唐诗稿本〉采用唐集考略》，见陕西师范大学古籍整理研究所编：《古典文献研究集林》第三集，西安：陕西师范大学出版社 1995 年版，第 275—276 页。

《宋史》卷二百八《艺文志》第一百六十一《艺文》七:"则天《中兴集》十卷,又《别集》一卷①。"《全唐诗》卷五《则天皇后小传》:"有《垂拱集》百卷、《金轮集》六卷,今存诗四十六篇。"《全唐文》收文跨四卷(卷九十六后半至卷九十八前半)。

九、《中宗集》四十卷

贾按:《旧唐书》卷四十七《经籍志》第二十七《经籍》下:"《中宗皇帝集》四十卷。"《新唐书》卷六十《艺文志》第五十、《通志》卷七十《艺文略》第八《别集》四:"《中宗集》四十卷。""诸目"均失载。《全唐诗》卷二《中宗皇帝小传》:"帝有所感,即赋诗,学士皆属和焉。集四十卷,失传。今存诗及联句诗七首。"《全唐文》收文两卷。

十、《睿宗集》十卷

贾按:《旧唐书》卷四十七《经籍志》第二十七《经籍》下:"《睿宗皇帝集》十卷。"《新唐书》卷六十《艺文志》第五十、《通志》卷七十《艺文略》第八《别集》四:"《睿宗集》十卷。""诸目"均失载。《全唐诗》存诗一首,《全唐文》收文两卷。

十一、《玄宗集》卷亡

张说曰:"艺总六经,汉光之学也;文通三变,魏祖之才也;缘情定制,五礼之本也;洞音度曲,六乐之宗也;圣于翰墨,仓颉之妙也。"《玉海》

贾按:所引张说之语,出自《张燕公集》卷十一《开元正历握乾符颂》。《新唐书》卷六十《艺文志》第五十:"《玄宗集》……卷亡。"《通志》卷七十《艺文略》第八《别集》四:"《明皇集》,卷亡。"《遂初堂书目》有《明皇集》(未分卷)。宋王应麟《玉海》卷五十四《艺文·总集文章·唐三类集录》:"别集自荀况至卢藏用七百三十六家七百五十部七千六百六十八卷,《玄宗集》至《郑宽百道判》不著录四百六家五千十二卷。"《宋史》卷二百八《艺文志》第一百六十一《艺文》七:"《玄宗诗》一卷。"《综录》:《玄宗集》二卷,《唐人集》本;《唐玄宗皇帝集》二卷,《唐百家诗·盛唐十一家》本。《全唐诗》存诗一卷,《全唐文》收文二十二卷。

---

① 《宋史·艺文志》此则置于唐五代集之末,宋集之首。然天后撰《中兴集》,于史无载,姑置于此,待考。

十二、《德宗御集》卷亡

刘禹锡曰:"贞元中,天子之文章焕乎垂光,庆霄在上,万物五色。"《旧纪》:"天才秀茂,文思雕华。洒翰金銮,无愧淮南之作;属辞铅椠,何惭陇底之书。文雅中兴,夐高前代。"《玉海》

贾按:所引之语,见于《刘宾客文集》卷十九《唐故衡州刺史吕君集序》:"初,贞元中,天子之文章焕乎垂光,庆霄在上,万物五色。天下文人,为气所召,其生乃蕃。灵芝蓂莆,与百果齐坼,然煌煌翘翘,出乎其类,终为伟人者几希矣。"《旧唐书》卷十三《德宗纪》下:"史臣曰:德宗皇帝,初总万机,励精治道……加以天才秀茂,文思雕华。洒翰金銮,无愧淮南之作;属辞铅椠,何惭陇底之书。文雅中兴,夐高前代。二南三祖,岂盛于兹。"《新唐书》卷六十《艺文志》第五十、《通志》卷七十《艺文略》第八《别集》四:"《德宗集》,卷亡。""诸目"均失载。《全唐诗》卷四《德宗皇帝小传》:"文集不传。今存诗十五首。"《全唐文》收文六卷。

十三、《窦威集》十卷 岐州人,官内史令

威字文蔚,贯览群家言。世胄子弟多喜武力,威独尚文,诸兄诋为"书痴"。高祖入关,典礼湮缺,威多识朝廷故事,乃裁定制度。帝曰:"今之叔孙通也。"《唐书》本传

贾按:引语出自《新唐书》卷九十五《窦威传》。《旧唐书》卷六十一本传:"有文集十卷。"《新唐书》卷六十《艺文志》第五十、《通志》卷七十《艺文略》第八《别集》四:"《窦威集》十卷。""诸目"均失载。《全唐诗》卷三十存诗《出塞曲》一首。

十四、《杨师道集》十卷 华阴人,官工部尚书

师道,清警,有才思,善草隶,工诗。每与名士燕集,歌咏自适。帝见其诗,为撷讽嗟赏。后赐宴,帝曰:"闻公每酣赏,捉笔赋诗,如宿构者,试之。"师道再拜,少选辄成,无所窜定,一坐嗟伏。《唐书》本传

贾按:引语出自《新唐书》卷一百本传,多有删改。《旧唐书》卷四十七《经籍志》第二十七《经籍》下、《新唐书》卷六十《艺文志》第五十:"《杨师道集》十卷。"《综录》:《杨师道集》一卷,《唐百家诗·初唐二十一家》本。《广录》:《杨师道集》一卷,明刻《唐五十家集》本。《全唐诗》卷三十四《杨师道小传》:"集十卷,今编诗一卷。"《全唐文》卷一百五十六收《听歌管赋》一篇。

十五、颜之推《稽圣赋》一卷岐阳李淳风注

贾按:《旧唐书》卷七十九本传:"李淳风,岐州雍人也……所撰《典章文物志》《乙巳占》《秘阁录》,并演《齐人要术》等凡十余部。"《崇文书目》卷十二:"《稽圣赋》一卷。"《新唐书》卷六十《艺文志》第五十:"李淳风注颜之推《稽圣赋》一卷。"《通志》卷七十《艺文略》第八《别集》四:"颜之推《稽圣赋》一卷,李淳风注。"《直斋书录解题》卷十六:"《稽圣赋》三卷。北齐黄门侍郎琅邪颜之推撰,其孙师古注。盖拟《天问》而作。《中兴书目》称李淳风注。"宋王应麟《玉海》卷五十四《艺文·总集文章·唐七十五家总集》:"自李淳风注颜之推《稽圣赋》至林逢《续掌记略》,文史自刘子玄《史通》至孙合《文格》不著录二十三部一百七十九卷。"《宋史》卷二百八《艺文志》第一百六十一《艺文》七:"颜之推《稽圣赋》一卷。"《稽圣赋》并淳风注,今佚,其中部分为人引用之文字散见诸书。

十六、《袁朗集》十四卷长安人,官给事中

贾按:《旧唐书》卷一百九十上本传:"袁朗,雍州长安人……朗勤学好属文,在陈释褐秘书郎,甚为尚书令江总所重。尝制《千字诗》,当时以为盛作。陈后主闻而召入禁中,使为《月赋》,朗染翰立成……有文集十四卷。"《旧唐书》卷四十七《经籍志》第二十七《经籍下》:"《袁朗集》(此处脱'十'字)四卷。"《新唐书》卷六十《艺文志》第五十、《通志》卷七十《艺文略》第八《别集》四:"《袁朗集》十四卷。""诸目"均失载。《全唐诗》卷三十《袁朗小传》:"集十四卷。今存诗四首。"

《旧唐书》卷一百八十八《赵弘智传》:"武德初,大理卿郎楚之应诏举之,授詹事府主簿,又预修六代史。初,与秘书丞令狐德棻、齐王文学袁朗等十数人同修《艺文类聚》。"《新唐书》卷五十九《艺文志》第四十九:"欧阳询《艺文类聚》一百卷。"附注:"令狐德棻、袁朗、赵弘智等同修。"

十七、《于志宁集》四十卷高陵人,封燕国公

贾按:《旧唐书》卷七十八本传:"于志宁,雍州高陵人……志宁以承乾数亏

礼度,志在匡救,撰《谏苑》二十卷讽之。太宗大悦……前后预撰格式律令、五经义疏及修礼修史等功,赏赐不可胜计。有集二十卷。"《旧唐书》卷四十七《经籍志》第二十七《经籍》下、《新唐书》卷六十《艺文志》第五十、《通志》卷七十《艺文略》第八《别集》四:"《于志宁集》四十卷。""诸目"均失载。《全唐诗》卷三十三《于志宁小传》:"集四十卷,今存诗一首。"《全唐文》卷一百四十四、卷一百四十五收文两卷。

十八、《续文选》十三卷弘文馆学士、华阴孟利贞撰

贾按:《旧唐书》卷一百九十上《列传》第一百四十《文苑》上本传:"孟利贞者,华州华阴人也……利贞初为太子司议郎,中宗在东宫,深惧之。受诏与少师许敬宗、崇贤馆学士郭瑜、顾胤、董思恭等撰《瑶山玉彩》五百卷……又撰《续文选》十三卷。"《新唐书》卷五十九《艺文志》第四十九:"孟利贞《碧玉芳林》四百五十卷、《玉藻琼林》一百卷。"《新唐书》卷六十《艺文志》第五十:"孟利贞《续文选》十三卷。"《通志》卷七十《艺文略》第八《别集》四:"《续文选》十三卷,唐孟利正集。"《玉海》卷五十四《艺文·总集文章》:"《唐志》:孟利贞《续文选》十一卷。"其书不传。

十九、《颜师古集》六十卷万年人,官秘书监

师古字籍,其少博览,精训故学,善属文。《唐书》本传

贾按:引语出自《新唐书》卷一百九十八《列传》第一百二十三《儒学》上。"训故学",《新唐书》作"故训学"。《旧唐书》卷七十三《列传》第二十三:"颜籀,字师古,雍州万年人,齐黄门侍郎之推孙也……师古少传家业,博览群书,尤精诂训,善属文……有集六十卷。其所注《汉书》及《急就章》,大行于世。"《旧唐书》卷四十七《经籍志》第二十七《经籍》下:"《颜师古集》四十卷。"《新唐书》卷六十《艺文志》第五十、《通志》卷七十《艺文略》第八《别集》四:"《颜师古集》六十卷。""诸目"均失载。《全唐诗》卷三十《颜师古小传》:"集六十卷。存诗一首。"《全唐文》卷一百四十七至一百四十八收文二十三篇。

二十、《令狐德棻集》三十卷华原人

贾按:《旧唐书》卷七十三《列传》第二十三本传:"令狐德棻,宜州华原人……贞观三年,太宗复敕修撰,乃令德棻与秘书郎岑文本修《周史》……以修

贞观十三年以后《实录》功，赐物四百段……寻又撰高宗实录三十卷……德棻暮年，尤勤于著述，国家凡有修撰，无不参预。"《新唐书》卷六十《艺文志》第五十、《通志》卷七十《艺文略》第八《别集》四："《令狐德棻集》三十卷。""诸目"均失载。《全唐诗》卷三十三《令狐德棻小传》："集三十卷。今存诗一首。"《全唐文》卷一百三十七收文五篇。

二十一、《萧德言集》三十卷长安人

贾按：《旧唐书》卷一百八十九上《列传》第一百三十九《儒学》上："萧德言，雍州长安人……德言博涉经史，尤精《春秋左氏传》，好属文……德言晚年尤笃志于学，自昼达夜，略无休倦……文集三十卷。"《旧唐书》卷四十七《经籍志》第二十七《经籍》下："《萧德言集》三十卷。"《新唐书》卷六十《艺文志》第五十、《通志》卷七十《艺文略》第八《别集》四："《萧德言集》二十卷。""诸目"均失载。《全唐诗》卷三十八《萧德言小传》："集三十卷。今存诗一首。"

二十二、《盈川集》二十卷盈川令、华阴杨炯撰

晁氏曰："唐杨炯，华阴人。显庆六年举神童，授校书郎，终婺州盈川令。炯博学善属文，与王勃、卢照邻、骆宾王以文辞齐名海内，称王、杨、卢、骆四才子，亦曰'四杰'。炯自谓：'吾愧在卢前，耻居王后。'张说曰：'盈川文如县河，酌之不竭。耻王后，信；愧卢前，谦也。'集本三十卷，今多逸亡。"《读书志》

贾按：《旧唐书》卷一百九十上《列传》第一百四十《文苑》上本传："杨炯，华阴人……炯幼聪敏博学，善属文……文集三十卷。"《旧唐书》卷四十七《经籍志》第二十七《经籍》下："《杨炯集》三十卷。"《崇文书目》卷十一："《盈川集》二十卷。"《新唐书》卷六十《艺文志》第五十、《通志》卷七十《艺文略》第八《别集》四："杨炯《盈川集》三十卷。"《遂初堂书目》："《杨炯集》"。《宋史》卷二百八《艺文志》第一百六十一《艺文》七："《杨炯集》二十卷，又《拾遗》四卷。"清王士禛《居易录》卷二十三录有天一阁藏本《杨炯集》。《四库全书总目》卷一百四十九《集部》二《别集类》二："《盈川集》十卷，《附录》一卷，唐杨炯撰。《唐书·文苑传》称其文集本三十卷，晁公武《读书志》仅著录二十卷，云今多亡逸，是宋代已非完本。然其本今亦不传，此乃明万历中龙游童佩从诸书裒集诠次成编，并以本传及赠答之文、评论之语别为《附录》一卷，皇甫汸为之序。凡赋八首、诗三十

四首、杂文三十九首。"《综录》:《杨炯集》二卷,《唐人集》本、《唐百家诗·初唐二十一家》本、《唐十二家诗》本、《前唐十二家诗》本、《唐人五十家小集》本;《杨炯集》一卷,《唐十二名家诗》本;《盈川集》十卷、《附录》一卷,《四库全书·集部别集类》本,摘藻堂《四库全书荟要·集部》本;《杨炯文集》七卷,《初唐四杰文集》本、《四部备要》本;《杨盈川集》十三卷、《附录》一卷,《初唐四子集》本。《广录》:《杨盈川文抄》一卷,《八代文抄》本;《杨盈川集》七卷,《艺苑丛钞》;《杨炯诗集》一卷,《唐四杰集》本;《杨炯集》二卷,《唐十二家诗本》。徐明霞点校《卢照邻集·杨炯集》,中华书局 1980 年版。

二十三、《李适集》十卷万年人,官工部侍郎

贾按:《旧唐书》卷一百九十中《列传》第一百四十《文苑》中本传:"李适者,雍州万年人……睿宗时,天台道士司马承祯被征至京师。及还,适赠诗,序其高尚之致,其词甚美。当时朝廷之士,无不属和,凡三百余人。徐彦伯编而叙之,谓之《白云记》,颇传于代。"《新唐书》卷二百二《列传》第一百二十七《文艺》中:"李适字子至,京兆万年人。"《旧唐书》卷四十七《经籍志》第二十七《经籍》下:"《李适集》二十卷。"《新唐书》卷六十《艺文志》第五十、《通志》卷七十《艺文略》第八《别集》四:"《李适集》十卷。"《全唐诗》卷七十存诗一卷。

二十四、《苏瓌集》十卷武功人,官左仆射

贾按:《旧唐书》卷八十八《列传》第三十七本传:"苏瓌,字昌容,京兆武功人。"《旧唐书》卷四十七《经籍志》第二十七《经籍》下、《新唐书》卷六十《艺文志》第五十、《通志》卷七十《艺文略》第八《别集》四:"《苏瓌集》十卷。""诸目"均失载。《全唐诗》卷四十六《苏瓌小传》:"集十卷。今存诗二首。"《全唐文》卷一百六十八收文两篇。

二十五、《颜元孙集》三十卷万年人

贾按:《新唐书》卷一百九十二《列传》第一百一十七《忠义》中《颜杲卿》传:"颜杲卿,字昕,与真卿同五世祖,以文儒世家。父元孙有名垂拱间,为濠州刺史。"宋陈思《书小史》:"颜元孙,字聿修,昭甫之子。少孤,养于舅殷仲容家,尤善草隶。仲容以能书为天下所宗,人造请者笺盈几,辄令代遣,得者欣然,莫之能辨。玄宗出诸家书迹数十枚,曰:'闻公能书,可为定其真伪。'公分别以进,玄宗大悦,赐笺藤、笔墨、衣服等物。著《干禄字书》行于世。"《干禄字书》有多种版本传世。此书初由元孙之侄颜真卿于唐代宗大历九年(774)书勒于湖州。《居易

录》卷二十三："颜文忠公书《禄字书》碑，在蜀潼川州，唐梓州也。建昌道佥事宗人省斋（曰曾）摹揭相寄，字尚完好。首云：'朝议大夫、滁沂濠三州刺史、上柱国、赠秘书监颜元孙撰，第十三侄男、金紫光禄大夫、行湖州刺史、上柱国、鲁郡开国公真卿书。'"《新唐书》卷六十《艺文志》第五十、《通志》卷七十《艺文略》第八《别集》四："《颜元孙集》三十卷。""诸目"均失载。全唐文卷二百二收其《干禄字书序》。

二十六、《姚璹集》七卷万年人，官尚书

璹字令璋，少力学，才辩拨迈。《唐书》本传

贾按：《旧唐书》卷八十九《列传》第三十九本传："姚璹，字令璋，散骑常侍思廉之孙也……长寿二年，迁文昌左丞、同凤阁鸾台平章事……乃表请，仗下所言军国政要，宰相一人专知撰录，号为《时政记》，每月封送史馆。宰相之撰《时政记》自璹始也。"《新唐书》卷六十《艺文志》第五十、《通志》卷七十《艺文略》第八《别集》四："《姚璹集》七卷。""诸目"均失载。

二十七、《苏许公集》二十卷名颋，武功人，封许国公

晁氏曰："唐苏颋，廷硕也，武功人。颋幼敏悟，一览五千言，辄覆（诵）。景龙后，与张说以文章显，时号'燕许'。李德裕谓：'近世诏诰，惟颋序事外为文章。'韩休为《序》。集本四十六卷，今亡其半矣。"《读书志》

贾按：《旧唐书》卷八十八《列传》第三十七《苏瑰传》附《苏颋传》："瑰子颋，少有俊才，一览千言……"《新唐书》卷一百二十五列传五十《苏瑰传》附《苏颋传》："自景龙后，与张说以文章显，称望略等，故时号'燕、许大手笔'。帝爱其文，曰：'卿所为诏令，别录副本，署"臣某撰"，朕当留中。'后遂为故事。其后李德裕著论曰：'近世诏诰，惟颋叙事外自为文章'云。"《郡斋读书志》卷四上："苏颋《许公集》二十卷。右唐苏颋，廷硕也，武功人。调露二年进士，贤良方正异等。除左司率府胄曹。玄宗时，中书舍人、知制诰。开元四年，同紫微黄门平章事。颋幼敏悟，一览五千言，辄覆（诵）。景龙后，与张说以文章显，时号'燕许'。李德裕谓：'近世诏诰，唯颋叙事外为文章。'韩休为《序》，集本四十六卷，今亡其

半矣。"《遂初堂书目》："《苏颋集》。"《通志》卷七十《艺文略》第八《别集》四、《宋史》卷二百八《艺文志》第一百六十一《艺文》七："《苏颋集》三十卷。""国图"：《苏许公文集》十二卷、《卷首》一卷、《附录》一卷，清道光二十三年刻本；《苏许公诗集》三卷，明刻《唐百家诗》本；《苏许公诗集》一卷，清初抄本。《综录》：《苏廷硕》集二卷，《唐人集》本、《唐百家诗·初唐二十一家》本、《唐诗二十六家诗》本。《广录》：《苏颋诗集》一卷，（明）万历刻《十家唐诗》本、《十家唐诗》增刻本；《苏许公诗集》一卷，清初抄《百家唐诗》本。《全唐诗》卷七十三《苏颋小传》："集三十卷。今编诗二卷。"《全唐文》卷二百五十至二百五十八收文九卷。有今人陈钧《苏颋诗文集编年考校》，太原：山西古籍出版社2001年版。

二十八、《乔知之集》一卷 冯翊人，官右侍郎

陈氏曰："唐右侍郎乔知之，天授中为酷吏所陷死。《集》中有《绿珠怨》，盖其所由以致祸也。"《文献通考》

贾按：《旧唐书》卷一百九十中《列传》第一百四十中《文苑》中本传："乔知之，同州冯翊人也……知之与弟侃、备并以文词知名，知之尤称俊才，所作篇咏时人多讽诵之……知之有侍婢曰'窈娘'，美丽善歌舞，为武承嗣所夺。知之怨惜，因作《绿珠篇》以寄情，密送与婢，婢感愤自杀。承嗣大怒，因讽酷吏，罗织诛之。"《新唐书》卷四《本纪》第四《则天顺圣皇后纪》："天授元年（690）八月壬戌（十九日），杀将军阿史那惠、右司郎中乔知之。"《资治通鉴》卷二百六《唐纪》二十二《则天顺圣皇后》中之下："神功元年（697）五月癸卯（初八）。右司郎中、冯翊乔知之有美妾曰'碧玉'，知之为之不昏。武承嗣藉以教诸姬，遂留不还。知之作《绿珠怨》以寄之，碧玉赴井死。承嗣得诗于裙带，大怒，讽酷吏罗告，族之。"《旧唐书》卷四十七《经籍志》第二十七《经籍》下、《通志》卷七十《艺文略》第八《别集》四："《乔知之集》二十卷。"《直斋书录解题》卷十九："《乔知之集》一卷。唐右司郎乔知之撰。天授中为酷吏所陷，死。《集》中有《绿珠怨》，盖其所由以致祸也。""国图"：《唐乔知之诗集》一卷，明嘉靖刻《唐百家诗·初唐二十一家》本。《全唐诗》卷八十一存诗一卷。

二十九、《乔备集》六卷 冯翊人，知之弟

贾按：《旧唐书》卷一百九十中《列传》第一百四十中《文苑》中《乔知之传》

附《乔备传》:"备,预修《三教珠英》,长安中卒于襄阳令。"《旧唐书》卷四十七《经籍志》第二十七《经籍》下、《新唐书》卷六十《艺文志》第五十、《通志》卷七十《艺文略》第八《别集》四:"《乔备集》六卷。""诸目"均失载。《全唐诗》卷八十一《乔备小传》:"集六卷。今存诗二首。"

三十、《苑咸集》卷亡

京兆人,开元末上书,拜司经校书、中书舍人,贬汉东郡司户参军,复起为舍人、永阳太守。《唐书·艺文志》

贾按:引文出自《新唐书》卷六十《艺文志》第五十。《旧唐书》卷一百六《列传》第五十六《李林甫传》:"林甫恃其早达,舆马被服颇极鲜华。自无学术,仅能秉笔。有才名于时者,尤忌之。而郭慎微、苑咸文士之阘茸者,代为题尺。"《新唐书》卷二百二十三上《列传》第一百四十八上《奸臣·李林甫传》:"林甫无学术,发言陋鄙,闻者窃笑。善苑咸、郭慎微,使主书记。"清赵殿成《王右丞集笺注》卷十有王维《苑舍人能书梵字,兼达梵音,皆曲尽其妙,戏为之赠》诗,及苑咸答诗。颜真卿《刑部侍郎赠右仆射孙文公集序》:"公(孙逖)之除庶子也,苑咸草诏曰:'西掖掌纶,朝推无对。'议者以为知言。"①《通志》卷七十《艺文略》第八《别集》四:"《苑咸集》一卷。李林甫撰。"《崇文总目》卷十二:"《苑咸集》一卷。阙。""诸目"均失载。《全唐诗》卷一百二十九《苑咸小传》:"苑咸,成都人……诗二首。"《全唐文》卷三百三十三收文十四篇,多为代李林甫笔。

三十一、《苏源明前集》三十卷 武功人,官秘书少监

源明工文辞,有名。天宝间雅善杜甫、郑虔。《唐书》本传

贾按:《新唐书》卷二百二《列传》第一百二十七《文艺》中本传:"苏源明,京兆武功人,初名预,字弱夫……源明雅善杜甫、郑虔,其最称者元结、梁肃。"韩愈《送孟东野序》:"唐之有天下,陈子昂、苏源明、元结、李白、杜甫、李观,皆以其所能鸣。"《新唐书》卷六十《艺文志》第五十:"《苏源明前集》三十卷。"《通志》卷

---

① (宋)李昉等编:《文苑英华》卷七百二《文集》四。

七十《艺文略》第八《别集》四："《苏源明前集》二十卷。""诸目"均失载。《全唐诗》卷二百五十五存诗二首。《全唐文》卷三百七十三收文五篇。

三十二、《元载集》十卷岐山人

贾按：《旧唐书》卷一百十八《列传》第六十八本传："元载，凤翔岐山人也……载自幼嗜学，好属文，性敏惠，博览子史，尤学道书……大历十二年三月庚辰，仗下后，上御延英殿，命左金吾大将军吴溱收载、（王）缙于政事堂……勅曰：'中书侍郎、同中书门下平章事元载，性颇奸回，迹非正直……纳受赃私，贸鬻官秩。凶妻忍害，暴子侵牟，曾不提防，恣其凌虐……宜赐自尽。'"《新唐书》卷六十《艺文志》第五十、《通志》卷七十《艺文略》第八《别集》四："《元载集》十卷。""诸目"均失载。《全唐诗》卷一百二十一《元载小传》："集十卷。今存诗一首。"《全唐文》卷三百六十九收文六篇。

三十三、《剑南集》节度、华阴严武撰

贾按：《旧唐书》卷一百十七《列传》第六十七本传："严武，中书侍郎挺之子也……读书不究精义，涉猎而已……前后在蜀累年，肆志逞欲，恣行猛政……性本狂荡，视事多率胸臆，虽慈母言不之顾。"未见有其《剑南集》之记载，未详何据。"国图"：《严武集》一卷，明嘉靖刻《唐人诗》本。《综录》：《严武集》一卷，《唐百家诗·盛唐二十一家》本、《唐诗二十六家》本。《广录》：《严武集》一卷，清初抄《唐诗二十家》本、明刻《唐五十家集》本。《全唐诗》卷二百六十一存诗六首。

三十四、《颜真卿文》一卷万年人

晁氏曰："真卿博学，工辞章。进士登制科，代宗时为太子太师。使李希烈，为希烈所害。世谓真卿忤杨国忠、李辅国、元载、杨炎、卢杞，拒安禄山、李希烈废斥者以至于死而不自悔，天下一人而已。学问、文章，往往杂于神仙、浮屠之说，不皆合于理，而所为乃尔者，盖天性然也。"《读书志》陈氏曰："真卿，之推五世孙、师古曾侄孙。按《馆阁书目》，嘉祐中宋敏求惜其文不传，乃集其刻于金石者，为十五卷。今本《序》文，刘敞所作，乃云吴兴沈侯编辑，而著沈之名。刘（按'留'之误）元刚刻于永嘉，为《后序》，则云'刘原父所序，即宋次道集其刻于金石者也'，又不知何据？元刚复为之《年谱》，益以《拾遗》一卷，多世所传帖语，且以《行状》、《碑传》为《附录》。鲁公之裔孙裕，自五代时官温州，与其弟纶、祥，皆

徒居永嘉乐清。本朝世复其家，且时褒录其子孙，有登科者。"《文献通考》

　　贾按：《旧唐书》卷一百二十八《列传》第七十八本传："颜真卿，字清臣，琅邪临沂人也……真卿少勤学业，有词藻，尤工书。"宋王溥《唐会要》卷七十六《贡举》中《制举科》："天宝元年，文辞秀逸科：崔明允、颜真卿及第。"《郡斋读书志》卷四上、《文献通考》卷二百三十一《经籍考》五十八《集·别集》："《颜真卿文》一卷。"《直斋书录解题》卷十六《别集类》上："《颜鲁公集》十五卷、《补遗》一卷、《附录》一卷。"《宋史》卷二百八《艺文志》第一百六十一《艺文》七："《颜真卿集》十五卷。"《文渊阁书目》卷二《日字号第二橱书目》："《颜鲁公文集》一部六册、《颜鲁公文集》一部四册。"《四库全书总目》卷一百四十九《集部》二《别集类》二："《颜鲁公集》十五卷、《补遗》一卷、《年谱》一卷、《附录》一卷副都御史黄登贤家藏本。唐颜真卿撰。真卿事迹，具《唐书》本传。其《集》见于《艺文志》者，有《吴兴集》十卷、又《庐州集》十卷、《临川集》十卷，至北宋皆亡。有吴兴沈氏者，采掇遗佚，编为十五卷，刘敞为之《序》，但称'沈侯'而不著名字。嘉祐中，又有宋敏求编本，亦十五卷，见《馆阁书目》，江休复《嘉祐杂志》极称其采录之博。至南宋时，又多漫漶不完。嘉定间，留元刚守永嘉，得敏求残本十二卷，失其三卷，乃以所见真卿文，别为《补遗》，并撰次《年谱》附之，自为《后序》。后人复即元刚之本，分为十五卷，以符沈、宋二本之原数。沿及明代，留本亦不甚传。今世所行，乃万历中真卿裔孙允祚所刊，脱漏舛错，尽失其旧。独此本为锡山安国所刻，虽已分十五卷，然犹元刚原本也。真卿大节，炳著史册，而文章典博庄重，亦称其为人。《集》中《庙享议》等篇，说礼尤为精审。特收拾于散佚之余，即元刚所编，亦不免缺略。今考其遗文之见于石刻者，往往为元刚所未收，谨详加搜辑得：《殷府君夫人颜氏碑铭》一首、《尉迟回庙碑铭》一首、《太尉宋文贞公神道碑侧记》一首、《赠秘书少监颜君庙碑裨侧记碑额阴记》各一首、《竹山连句诗》一首、《奉使蔡州书》一首，皆有碑帖现存；又《政和公主碑》残文、《颜元孙墓志》残文二篇，见《江氏笔录》；《陶公栗里诗》见《困学纪闻》。今俱采出，增入《补遗》卷内。至留元刚所录《禘祫议》，其文既与《庙享议》复见，而篇末'时议者举然'云云，乃《新唐书·陈京传》叙事之辞，亦非真卿本文，又《干禄字书序》乃颜元孙作，真卿特书之刻石，元刚遂以为真卿文亦为舛误，今并从刊削焉。后附《年谱》一卷，旧亦题'元刚作'，而《谱》中所列诗文诸目，多《集》中所无，疑亦元刚因旧本增辑也。元刚,字茂潜,丞相留正之子,官终起居舍人。""国图":《鲁公文集》十五卷,明万历刻本。《综录》:《颜鲁公诗集》一卷,《唐百家诗·盛唐十一家》本;《颜鲁公文集》三十卷、《补遗》一卷,《三长物斋丛书》本、《四部备要·集部唐别集》本;《颜鲁公集》十五卷、《补遗》一卷、《附录》一卷,《四库全书·集部别集类》本、《四部丛刊·集部》本;《文忠集》十六卷,《武英殿聚珍版书(木活字)·集部》本;《文忠集》十六卷、《拾遗》四卷,《武英殿聚珍版书(福建、广雅书局)·集部》本、《丛书集成初编·文学类》本;《颜鲁公文集》十四卷,《乾坤正气集》本。《广录》:《颜鲁公文集》二十卷,明万历刻《颜氏传书》本;《颜鲁公文集选》一卷,明崇祯刻《古文正集·二集》本;《颜鲁公诗集》一卷,明刻《唐五十家集》本。《书目》、《索引》:《颜鲁公文集》十五卷、《补遗》一卷、《年谱》一卷,明嘉靖二年安国安氏馆刻本及安氏馆铜活字本、明万历十七年刘思诚刻本、明万历二十四年颜胤祚刻本、明抄本、清嘉庆七年颜崇槼刻本、清抄本。《全唐诗》卷一百五十二存诗一卷。《全唐文》卷三百三十六至三百四十四收文九卷。

三十五、《吴兴集》十卷、《临川集》十卷、《卢陵集》十卷俱颜真卿撰

贾按:《新唐书》卷六十《艺文志》第五十:"颜真卿《吴兴集》十卷,又《庐陵集》十卷、《临川集》十卷、《归崇敬集》二十卷。"《通志》卷七十《艺文略》第八《别集》四:"颜真卿《吴兴集》十卷,又《庐陵集》十卷,又《临川集》十卷,《归崇敬集》二十卷。"

三十六、《于邵集》四十卷万年人,历官侍郎

贾按:《旧唐书》卷一百三十七《列传》第八十七本传:"于邵,字相门,其先家于代,今为京兆万年人……邵天宝末进士登科,书判超绝,授崇文馆校书郎……当时大诏令皆出于邵……有集四十卷。"《新唐书》卷二百三《列传》第一百二十八《文艺》下本传:"朝有大典册,必出其手。"《新唐书》卷六十《艺文志》第五十、《通志》卷七十《艺文略》第八:"《于邵集》四十卷。""诸目"均失载。《全唐诗》二百五十二存《乐章》五首。《全唐文》卷四百二十三至四百二十九收文七卷。

三十七、《王氏神道铭》二十卷广州都督、咸阳王方庆撰

贾按:《旧唐书》卷八十九《列传》第三十九本传:"王方庆,雍州咸阳人也……方庆博学,好著述,所撰杂书凡二百余卷。尤精'三礼',好事者多询访之,每所酬答,咸有典据,故时人编次,名曰《杂礼答问》。聚书甚多,不减秘阁;至于图画,亦多异本。诸子莫能守其业,卒后寻亦散亡。"《新唐书》卷一百十六

《列传》第四十一《王綝传》:“王綝,字方庆,以字显。其先自丹阳徙雍咸阳。”《新唐书》卷六十《艺文志》第五十:“王方庆《王氏神道铭》二十卷。”《通志》卷七十《艺文略》第八《碑碣》:“《王氏神道碑》二十卷。唐王方庆集。”“诸目”均失载。《四库全书总目》卷五十八《史部》十四《传记类》二:“《魏郑公谏录》五卷,浙江鲍士恭家藏本。唐王方庆撰。方庆名綝,以字行。其先自丹阳徙咸阳,武后时官至鸾台侍郎、同凤阁鸾台平章事,终于太子左庶子,封石泉县公,谥曰‘贞’。事迹具《新唐书》本传。此书前题‘尚书吏部郎中’,盖高宗时所居官,本传不载,史文脱略也。《传》称方庆博学,练朝章,著书二百余篇,此乃所录《魏征事迹》,《唐书·艺文志》以为《魏征谏事》,司马光《通鉴书目》以为《魏元成故事》,标题互异。惟洪迈《容斋随笔》作《魏郑公谏录》,与此相合。方庆在武后时,尝以言悟主。召还庐陵后,建言不斥‘太子’名,以示复位之渐,皆人所难能。盖亦思以伉直自见者。故于征谏争之语,摭录最详。司马光《通鉴》所记征事,多以是书为依据。其未经采录者,亦皆确实可信,足与正史相参证。元至顺中,翟思忠又尝作《续录》二卷,世罕流传。明苏州彭年采《通鉴》、《唐书》,补为一卷。今思忠所《续录》二卷,已于《永乐大典》内裒辑成《编年书》。寥寥数条,殊为赘设,今故删年所补,不复附缀此书之末焉。”

三十八、《窦拾遗集》一卷左拾遗、扶风窦叔向撰

陈氏曰:“唐左拾遗、扶风窦叔向撰,包何为序。群、庠、牟、巩,皆其子也。”《文献通考》

贾按:《旧唐书》卷一百五十五《列传》第一百五《窦群传》:“父叔向,以工诗称代宗朝,官至左拾遗。”《唐才子传》卷三:“窦叔向,字遗直,扶风平陵人也。有卓绝之行。登第于大历初,远振佳名,为文物冠冕。诗法谨严,又非常格,名流才子多仰飙尘。少与常衮同灯火,及衮相,引擢左拾遗、内供奉。衮坐贬,亦出为溧水令。卒赠工部尚书。五子:常、牟、群、庠、巩,俱能诗,咄咄有跨灶之誉,当时美之。《艺文志》载《叔向集》七卷,今存诗甚寡,盖零落久矣。”《新唐书》卷六十《艺文志》第五十:“《窦叔向集》七卷。字遗直,与常衮善。衮为相,用为左拾遗、内供奉。及贬,亦出溧水令。”《通志》卷七十《艺文略》第八《别集》四:“《窦叔向集》七卷。”宋洪迈《容斋随笔·四笔·目录》卷六:“《窦叔向诗》,不存。《窦氏

联珠·序》云：五窦之父叔向，当代宗朝，善五言诗，名冠流辈。时属正懿皇后山陵，上注意哀挽，实时进三章。内考首出，传诸人口。有'命妇羞苹叶，都人插柰花''禁兵环素帟，宫女哭寒云'之句，可谓佳唱。而略无一首存于今。荆公《百家诗选》亦无之，是可惜也。予尝得故吴良嗣家所抄唐诗，仅有叔向六篇，皆奇作。念其不传于世，今悉录之。《夏夜宿表兄话旧》云：……《秋砧送包大夫》云……《春日早朝应制》云……《过檐石湖》云……《正懿挽歌》二首云……第三篇亡。叔向，字遗直。仕至左拾遗，出为溧水令。《唐书》亦称其以诗自名云。"《遂初堂书目·别集类》："《窦叔向》。"《直斋书录解题》卷十九《诗集类》上："《窦拾遗集》一卷。唐左拾遗、扶风窦叔向撰，包何为序。案：《窦叔向集》，包何为之序。原本作'包行'，误，今改正。群、常、牟、庠、巩，皆其子也。"《宋史》卷二百八《艺文志》第一百六十一《艺文》七："《窦叔向诗》一卷。""国图"：窦叔向等《中唐六窦诗》，明末清初贞隐堂刻本。《广录》：《窦叔向诗》一卷，清初抄《百家唐诗》本、清康熙贞隐堂刻《中晚唐诗·中唐十卷》本；《中唐窦叔向诗》一卷，清康熙半亩园刻《中晚唐诗纪》本。《全唐诗》卷二百七十一《窦叔向小传》："叔向工五言，名冠时辈。集七卷，今存诗九首。"

三十九、《李泌集》二十卷京兆人，封邺县侯

《序》曰："邺侯李泌，字长源，七岁见丞相始兴张公九龄，张骇其聪异，授以属辞之要，许以辅相之业。泊始兴殁不六十载，公果至宰相，封侯。有文集二十卷。其习嘉遯，则有沧浪紫府之诗；其在王廷，则有君臣赓载之歌。或依隐以玩世，或主文以谲谏，步骤六义，发扬时风。观其辞者，有以见上之任人、始兴之知人者已。凡诗三百篇，志、表、记、赞、序、议、述又百有二十，其五十篇缺，独著其目云。"本书梁肃《序》

贾按：《序》语见宋姚铉编《唐文粹》卷九十一梁肃《唐丞相邺侯李泌文集序》。《旧唐书》卷一百三十《列传》第八十本传："李泌，字长源，其先辽东襄平人……今居京兆……少聪敏，博涉经史，精究《易象》，善属文，尤工于诗……泌放旷敏辩，好大言，自出入中禁，累为权幸忌嫉，恒由智免，终以言论纵横上悟圣主，以跻相位。有文集二十卷。"《新唐书》卷六十《艺文志》第五十、《通志》卷七十《艺文略》第八《别集》四："《李泌集》二十卷。""诸目"均失载。《全唐诗》卷

一百九《李泌小传》："集二十卷,今存诗四首。"《全唐文》卷三百七十八收文两篇。

四十、《龙池集》百三十篇左拾遗蔡孚献

开元二年六月,左拾遗蔡孚献《龙池》,集王公卿士以上,凡百三十篇,请付太常寺,其词合音律者为《龙池乐章》,以歌圣德,从之。初帝在藩,与宋王等居于兴庆里,时人谓为五王子宅。及景龙末,宅内神池涌出,汛滟清莹,流之不竭,中有龟龙游焉。故群臣歌之。《册府元龟》

贾按:宋王溥《唐会要》卷二十二《龙池坛》:"开元二年闰二月,诏令祀龙池。六月四日,右拾遗蔡孚献《龙池篇》,公卿以下一百三十篇。太常寺考其词合音律者为《龙池篇乐章》,共录十首。"《唐文粹》卷十收《享龙池乐章》十首,作者分别为:姚崇、蔡孚、沈佺期、卢怀慎、姜皎、崔日用、苏颋、李乂、姜晞、裴璀。《全唐诗》卷七十五存孚诗二首。《全唐文》卷三百四收其文一篇。

四十一、《李岘诗》一卷京兆人,官户部侍郎

贾按:《旧唐书》卷一百十二《列传》第六十二《李峘传》:"李峘,太宗第三子吴王恪之孙。恪第三子琨生信安王祎,祎生三子:峘、峄、岘。"所附《李岘传》:"岘乐善下士,少有吏干,以门荫入仕。"《遂初堂书目·别集类》:"《李岘》。"《宋史》卷二百八《艺文志》第一百六十一《艺文》七:"《李岘诗》一卷。""诸目"均失载。《全唐诗》卷二百一十五《李岘小传》:"集一卷。今存诗一首。"《全唐文》卷三百七十二收文一篇。

四十二、吴筠《宗玄先生集》十卷华阴人

《序》曰:先生讳筠,字贞节,华阴人。生年十五,笃志于道,隐于南阳。天宝初,玄缥鹤版征至京师,请度为道士。宅于嵩丘十三年,诏入大同殿,又诏居翰林。累章乞还,以禽鱼自况,薮泽为乐,得请。未几,盗泉污于三川,羽衣虚舟,泛然东下,栖匡庐,登会稽,浮□(贾按:据《文苑英华》七百四《中岳宗元先生吴尊师集序》,此为"剡"字)河,息天柱,隐机埋照,顺吾灵龟,有时放言,以畅天理,且以园公歌咏于紫芝,弘景怡说于白云。故属词之中,尤工比兴。观其自古王化诗与大雅吟、步虚词、游仙杂感之作,或遐想理古,以哀世道,或磅礴万象,用宜环

枢。稽性命之纪，达人事之变，大率以啬神挫锐为本，至于奇采逸响，琅琅然若驾云墩而凌倒影，昆阆松乔，森然在目。门弟子有邵冀元者，自先生化去二十五年，类其文章，请传永久。其有遥迁卓诡之论，犹不列于此编。本书权德舆《序》

贾按：《旧唐书》卷一百九十二《列传》第一百四十二《隐逸》本传："吴筠，鲁中之儒士也。少通经，善属文。举进士不第，性高洁，不奈流俗，乃入嵩山，依潘师正为道士，传正一之法……尝于天台、剡中往来，与诗人李白、孔巢父诗篇酬和，逍遥泉石，人多从之。竟终于越中。文集二十卷……所著文赋，深诋释氏，亦为通人所讥。然词理宏通，文彩焕发，每制一篇，人皆传写，虽李白之放荡，杜甫之壮丽，能兼之者，其唯筠乎？"《新唐书》卷一百九十六《列传》第一百二十一《隐逸》本传："吴筠，字贞节，华州华阴人。通经谊，美文辞。"《崇文总目》卷十一《别集类》："《吴筠集》五卷，阙。"《新唐书》卷六十《艺文志》第五十、《通志》卷七十《艺文略》第八《别集》四："道士《吴筠集》十卷。"《郡斋读书志》卷四上："《吴均集》三卷。右梁吴均，叔宰（贾按：据《梁书》卷四十九《列传》第四十三《文学》上本传、《南史》卷七十二《列传》第六十二《文学》本传，'叔宰'为'叔庠'）也。史称均博学才俊，体清拔，有古气，好事效之，谓'吴均体'。有集二十卷，唐世搜求，止得十卷，文亡其七矣。旧题误曰'吴筠'，筠乃唐人，此诗殊不类，而其中有赠周兴嗣、柳贞阳辈诗，固已知其非筠。又有萧子云《赠吴朝请入东诗》，盖在武帝时为奉朝请，则知为均也无疑矣。萧子云诗八、萧子显、朱异平、均、王僧孺诗各一，附。颜之推讥《均集》中有《破镜赋》，今亦亡之。"《郡斋读书后志》卷二《别集类》："吴筠《宗玄先生集》十卷。右唐吴筠撰，前有权德舆《序》。"《宋史》卷二百八《艺文志》第一百六十一《艺文》七："吴筠（一作均）集》十一卷。"《四库全书总目》卷一百四十九《集部》二《别集类》二："《宗元集》三卷，附录《玄纲论》一卷、《内丹九章经》一卷，浙江巡抚采进本。唐吴筠撰。筠字贞节，华阴人，隐于南阳。天宝中，召至京师，请为道士，居嵩山，复求还茅山。东游会稽，往来天台、剡中，与李白、孔巢父酬唱。大历中卒，弟子私谥曰'宗玄先生'。新、旧《唐书》皆载《隐逸传》。此本为浙江鲍氏'知不足斋'所抄，末有《跋》，云收入《道藏》中，世无别本。然《文献通考》云，吴筠《宗玄先生集》十卷，前有权德舆《序》，列于《别集》诸人之次，则当时非无传本。此跋题戊申岁，不著年号，疑作于《通考》前也。卷首权德舆《序》称，太原王颜类遗文为三十卷，后又有《吴尊师传》,亦德舆撰,乃言文集二十卷,均与《文献通考》称十卷者不合。考德舆《序》称四百五十篇,而此本合诗、赋、论仅一百十九篇,则非完书矣。又《旧书》筠本传云'鲁中儒士也',《新书》本传云'华州华阴人',德舆《序》称'华阴人',而《传》又云'鲁儒士'。《序》称'受正一法于冯尊师,上距陶弘景五传',《传》又云'受正一法于潘体玄,'乃冯之师,亦相乖剌。考《旧书·李白传》称,'天宝初,客游会稽,与道士吴筠隐于剡中';而《传》乃言'禄山将乱,求还茅山。既而中原大乱,江淮多盗,乃东游会稽,与诗人李白、孔巢父诗篇酬和',不知天宝乱后,白已因永王璘事流夜郎矣,安能与筠同隐? 此《传》殆出于依托。《序》又称筠'卒于大历十三年,卒后二十五岁,乃序此集'。其年为贞元十九年,德舆于贞元十七年知礼部贡举,明年真拜侍郎,故是年作《序》,系衔云'礼部侍郎',其文与史合。而《金丹九章经》前又载筠《自序》一篇,题'元和戊戌年作'。戊戌乃元和十三年,距所谓先生化去之年又隔四十年,后且云'元和中游淮西,遇王师讨蔡贼吴元济,避乱东岳,遇李谪仙,授以《内丹九章经》',殆似呓语。然则此《序》与《传》同一伪撰矣! 据新旧《书》,皆有'《元纲》三篇'语,则卷末所附《元纲论》三篇,自属筠作。至《内丹九章经》,核之以《序》,伪妄显然,以流传已久,姑并录之,而辨其抵牾如右。""国图":《宗玄先生文集》三卷,明抄本、明正统十年刻本、清抄本、民国四明张氏约园抄本。《综录》:《宗玄先生文集》三卷,《道藏(正统本、景正统本)·太玄部》;《宗玄集》,《四库全书·集部别集类》本。《广录》:《宗玄先生文集》三卷,明毛氏汲古阁刻《道藏八种》本、清赵之玉星凤阁抄《唐宋元三朝名贤小集》本。《书目》、《索引》:《宗玄先生文集》三卷、《玄纲论》一卷、《南统大君内丹九章经》一卷,明抄本;《宗玄先生文集》三卷,清抄本、清翁同龢跋抄本。《全唐诗》卷八百五十三《吴筠小传》:"集十卷。今编诗一卷。"《全唐文》卷九百二十五、九百二十六收文两卷。

四十三、《韦苏州集》十卷苏州刺史、京兆韦应物撰

陈氏曰:"唐韦应物,京兆人。天宝时为三卫,后作洛阳丞,京兆府功曹,知滁、江二州。召还,或媢其进,媒蘗之,出为苏州刺史。诗律自沈、宋以后,日益靡嫚,锼章刻句,揣合浮切。虽音韵谐婉,属对丽密,而闲雅平淡之气不存矣。独应物之诗驰骤建安以还,得其风格云。韩子苍曰:'苏州少以三卫郎事玄宗,豪纵不羁。玄宗崩,始折节务读书,故其《逢杨开府诗》曰:"少事武皇帝,无赖恃恩

私。身作里中横，家藏亡命儿。朝持樗蒲局，暮窃东邻姬。司隶不敢捕，立在白玉墀。一字都不识，饮酒肆顽痴"云云。然余观其人，为性高洁，鲜食寡欲，所居扫地焚香而坐，与豪纵者不类。其诗清深妙丽，虽唐诗人之盛，亦少其比，又岂似晚节把笔学为者？岂苏州《自序》之过欤？'徐师川云：'韦苏州，诗人多言其古淡，乃是不知言。自李杜以后，古人诗法尽废，惟苏州有六朝风致，最为流丽。'"《文献通考》

　　贾按：《崇文总目》卷十二《别集》三："《韦应物诗》十卷。"《郡斋读书志》卷四上："《韦应物集》十卷。右唐韦应物，京兆人，天宝时为三卫。周道遥公銮之后，左仆射扶阳公待贾生令仪，令仪生銮，銮生应物。永泰中，任洛阳丞、京兆府功曹。大历十四年自鄠县制除栎阳令，称疾辞归。建中二年，授比部郎中，守滁州。居顷之，改江州。召还，擢左司郎中，或媒其进，媒糵之，出为苏州刺史。性高洁，鲜食寡欲，所居焚香除地而坐。诗律自沈宋以后，日益靡漫，镂章刻句，揣合浮切，音韵谐婉，属对丽密，而娴雅平淡之气不在矣。独应物之诗，驰骤建安以还，得其风格云。"《直斋书录解题》卷十九《诗集类》上："《韦苏州集》十卷。"《四库全书总目》卷一百四十九《集部》二《别集类》二："《韦苏州集》十卷，江苏巡抚采进本。唐韦应物撰。应物京兆人，新、旧《唐书》俱无传。宋姚宽《西溪丛话》载吴兴沈作喆为作《补传》，称应物少游太学，当开元天宝间，充宿卫，扈从游幸，颇任侠负气。兵乱后，流落失职，乃更折节读书，由京兆功曹累官至苏州刺史、太仆少卿兼御史中丞，为诸道盐铁转运、江淮留后。年九十余，不知其所终。先是，嘉祐中，王钦臣校定其《集》，有《序》一首，述应物事迹，与《补传》皆合，惟云以《集》中及时人所称，推其仕宦本末，疑止于苏州刺史。考《刘禹锡集》有《苏州举韦中丞自代状》，则钦臣为疏略矣。《李观集》有《上应物书》，深言其褊躁。而李肇《国史补》云：应物性高洁，鲜食寡欲，所居焚香扫地而坐。二说颇异。盖狷洁之过，每伤峭刻，亦事理所兼有也。其诗七言不如五言，近体不如古体，五言、古体源出于陶，而镕化于三谢，故真而不朴，华而不绮，但以为步趋柴桑，未为得实，如'乔木生夏凉，流云吐华月'，陶诗安有是格耶？此本为康熙中，项絪以宋椠翻雕，即钦臣所校定。首赋、次杂拟、次燕集、次寄赠、次送别、次酬答、次逢遇、次怀思、次行旅、次感叹、次登眺、次游览、次杂兴、次歌行，凡为类十四、为篇五百七十一。《原序》乃云分类十五，殊不可解。然字画精好，远胜毛氏所刻《四家诗》本，故今据以著录。其毛本所载《拾遗》数首，真伪莫决，亦不复补入焉。"清乾隆勅撰《钦定天禄琳琅书目》卷六《元版集部》："《韦苏州集》一函五册。唐韦应物著，十卷。前宋王钦臣《序》，元沈明远补撰《传》。马端临《文献通考》载《韦苏州集》十卷，未及作《序》之人。考《宋史》，王钦臣，字仲至，应天宋城人，洙之子，用荫入官。文彦博荐试学士院，赐进士及第，历集贤殿修撰、知和州。徙饶州，斥提举太平观。徽宗立，复待制、知成德军，卒。钦臣性嗜古，藏书数万卷，手自雠正，世称善本。沈明远，元人，史无传。考顾瑛《玉山名胜集》载，明远，吴兴人，精隶法。玉山草堂、春晖楼、绿波亭诸额，皆其所书。又称其与顾德辉同时。按德辉之子元臣于太祖至元之季，为水军副都万户。则明远为元初人无疑。此书当属钦臣所订，而明远重刻于元初者。故橅印精好，与宋椠犹不相远。"其集传世甚夥，仅据《书目》所载较重要者：《韦苏州集》十卷、《拾遗》一卷，宋乾道七年平江府学刻递修本、宋刻本、宋刻元修本、清影宋抄本、宋刘辰翁校注明弘治四年张习刻本，及明清刻本抄本二十余种；《韦苏州集》十卷，宋刻元修清季振宜、劳健题款本、宋刻清丁丙跋本(存四卷)等。今人整理本有：陶敏、王友胜校注《韦应物集校注》，上海：上海古籍出版社 1998 年版；孙望编著《韦应物诗集系年校笺》，北京：中华书局 2002 年版。

四十四、《李约诗》一卷唐宗室，官协律郎

贾按：《资治通鉴》卷二百三十六《唐纪》五十二《德宗神武圣文皇帝》十一："约，勉之子也。李勉历事肃、代、德三朝，贞元中为相"《唐才子传》卷四："李约，字存博，汧公李勉之子也。元和中，仕为兵部员外郎，与主客员外张谂极相知，每单枕静言，达旦不寐。常赠韦况曰：'我有心中事，不向韦郎说。秋夜洛阳城，明月照张八。'性清洁寡欲，一生不近粉黛，博古探奇。初，汧公海内名臣，多蓄古今玩器，约愈好之。所居轩屏几案，必置古铜、怪石、法书、名画，皆历代所宝。座间悉雅士，清谈终日，弹琴煮茗，心略不及尘事也。尝使江南，于海门山得双峰石及绿石琴，并为好事者传阅。然亦寓意，未尝戛然寡情，豪夺恠与。复嗜茶，与陆羽、张又新论水品特详。曾授客煎茶法曰：'茶须暖火炙，活火煎，当使汤无妄沸。始则鱼目散布，微微有声；中则四畔泉涌，累累然；终则腾波鼓浪，水汽全消。此老汤之法。固须活火，香味俱真矣。时知音者赏之。有诗集。后弃官终隐，又著《东杓引谱》一卷，今传。'"《宋史》卷二百八《艺文志》第一百六十一《艺文》七："《李约诗》一卷"。"诸目"均失载。《全唐诗》卷三百九存诗十首。《全唐

文》卷五百十四收文两篇。

四十五、《司空文明集》三卷 名曙,京兆人,官虞部郎中

陈氏曰:"唐虞部郎中、京兆司空曙文明撰,别本一卷,才数篇。"《文献通考》

贾按:《唐才子传》卷三:"司空曙,字文明,广平人也。磊落有奇才。韦皋节度剑南,辟致幕府。授洛阳主簿,未几,迁长林县丞。累官左拾遗,终水部郎中。与李约员外至交。性耿介,不干权要,家无甔石,宴如也。尝病中不给,遣其爱姬。亦尝流寓长沙,迁谪江右。多结契。《双林暗伤流景寄陳上人》诗云:'欲就东林寄一身,尚怜儿女未成人。柴门客去残阳在,药圃虫喧秋雨频。近水方同梅市隐,曝衣多笑阮家贫。深山兰若何时到,羡与闲云作四邻。'闲园即事,高兴可知。属调幽闲,终篇调畅。如新花笑日,不容重染。锵锵美誉,不亦宜哉! 有诗集二卷,今传于世。"《新唐书》卷六十《艺文志》第五十:"《司空曙诗集》二卷。"《崇文总目》卷十二《别集》三、《通志》卷七十《艺文略》第八《别集》四:"《司空曙诗》二卷。"《遂初堂书目·别集类》:"《司空曙》。"《直斋书录解题》卷十九《诗集类》上:"《司空文明集》二卷。""国图":《唐司空文明诗集》三卷,明抄《唐四十七家诗》本、明抄《唐四十四家诗》本;《司空曙集》二卷,明铜活字印本;《唐司空水部集》二卷、《拾遗》一卷,清初抄《百家唐诗》本。《综录》:《唐司空文明诗集》三卷,《唐百家诗·中唐二十一家》本、《唐诗百名家全集》本;《司空曙集》二卷,《唐人集》本、《唐人小集》本、《唐诗二十六家》本;《唐司空文明诗集》二卷,《唐五十家小集》本。《广录》:《唐司空文明诗集》,明嘉靖刻《唐百三名家诗》本;《司空曙集》二卷,清初抄《唐诗二十家》本;《唐司空曙诗集》七卷,明正德刻《唐大历十才子诗集》本。《全唐诗》卷二百九十二《司空曙小传》:"诗格清华,为大历十才子之一。集三卷。今编诗二卷。"

四十六、《李程表状》一卷 唐宗室、宰相

贾按:《旧唐书》卷一百六十七《列传》第一百十七本传:"李程,字表臣,陇西人……程艺学优深,然性放荡,不修仪检,滑稽好戏,而居师长之地,物议轻之。"《新唐书》卷一百三十一《列传》第五十六《宗室宰相》本传:"程为人辩给多智,然简傲无仪检。虽在华密,而无重望,最为帝所遇,尝曰:'高飞之翮,长者在前。卿朝廷羽翮也。'"《崇文总目》卷十二《别集》六、《新唐书》卷六十《艺文志》第五十、《通志》卷七十《艺文略》第八《表章》、《宋史》卷二百八《艺文志》第一百六十一《艺文》七:"《李程表状》一卷。""诸目"均失载。

四十七、《李程集》一卷

李程,擢进士宏辞。赋日五色,造语警拔,士流推之。《唐书》本传

贾按:《遂初堂书目·别集类》:"《李程》。"《宋史》卷二百八《艺文志》第一百六十一《艺文》七:"《李程集》一卷。""诸目"均失载。《全唐诗》卷三百六十八存诗五首。《全唐文》卷六百二十二收文一卷二十六篇,二十五篇为赋体,即有《日五色赋》。

四十八、《窦常集》十八卷 京兆人,官国子祭酒

常字中行,大历中及进士第,不肯调,客广陵,多所著论。杜佑镇淮南,署为参谋,历朗、夔、江、抚四州刺史,国子祭酒。《唐书》本传

贾按:《窦氏联珠集》卷一唐褚藏言《故国子祭酒致仕赠太子少保府君诗并传》:"府君讳常,字中行,扶风平陵人也……皇考叔向,仕至左拾遗,赠尚书右仆射……府君大历十四年举进士……厥后载罹家祸,因卜居广陵之柳杨西偏,流泉种竹,隐几著书者又十载。繇擢第至释褐,凡二十年……有文一十八卷。"《旧唐书》卷一百五十五《列传》第一百五《窦群传》:"兄常,字中行,大历十四年登进士第,居广陵之柳杨,结庐种树,不求苟进,以讲学著书为事,凡二十年不出。贞元十四年镇州节度使王武俊闻其贤,遣人致聘,辟为掌书记,不就。其年杜佑镇淮南,奏授校书郎,为节度参谋。元和六年自湖南判官入为侍御史,转水部员外郎,出为朗州刺史。历固陵、浔阳、临川三郡守。入为国子祭酒,求致仕。宝历元年卒,时年七十。"《新唐书》卷六十《艺文志》第五十、《通志》卷七十《艺文略》第八《别集》四:"《窦常集》十八卷。""国图":《中唐窦常诗》,明末清初贞隐堂刻《中晚唐诗·中唐六窦诗》本、清康熙刻《中晚唐诗纪》本;《窦常集》,清康熙刻《中晚唐诗纪》五十一卷本。《广录》:《窦常诗》一卷,清康熙贞隐堂刻《中晚唐诗·中唐》十卷本;《中唐窦常诗》一卷,清康熙半亩园刻《中晚唐诗纪》本。《全唐诗》卷二百七十一《窦常小传》:"集十八卷。今存诗二十六首。"

四十九、《南薰集》三卷窦常撰

晁氏曰："唐窦常撰。集韩翃至皎然三十人，约三百六十篇，凡三卷。其《序》云：'欲勒上、中、下，则近于褒贬；题一、二、三，则有等差。故以西掖、南宫、外台为目，人各系名系赞。'"《读书志》

贾按：《崇文总目》卷十一《总集类》："《南薰集》三卷。"《新唐书》卷六十《艺文志》第五十、《宋史》卷二百九《艺文志》第一百六十二《艺文》八："窦常《南薰集》三卷。"《通志》卷七十《艺文略》第八《诗总集》："《南薰集》三卷。唐窦常集。"《郡斋读书志》卷四下《总集类》："《南薰集》三卷。"《唐才子传》卷三："常集十八卷。及撰韩翃至皎然三十人诗合三百五十篇为《南薰集》，各系以赞，为三卷，今并传焉。"

五十、《窦巩诗》一卷京兆人

贾按：《窦氏联珠集》卷二褚藏言《故国子司业赠给事中扶风窦府君诗》："府君讳巩，字友封。家世所传，载于首序。府君元和二年举进士，与今东都留守、左仆射孙公简、故吏部侍郎、兴元节度使王公源中、中书舍人崔公咸、制诰李公正封同年上第。府君世传五言诗，颇得其妙……故相左辖元稹观察浙东，固请公副戎，分实旧交，辞不能免，遂除秘书少监兼中丞，加金紫。无何，元公下世，公亦北归，道途遘疾，迨至辇下，告终于崇德里之私第，享年六十。公温仁华茂，风韵峭逸。遇境必言诗，言之必破的。佳句不泯，传于人间。文集散落，未暇编录。"《旧唐书》卷一百六十六《列传》第一百十六《元稹传》："改授越州刺史，兼御史大夫、浙东观察使。会稽山水奇秀，稹所辟幕职，皆当时文士。而镜湖秦望之游，月三四焉，而讽咏诗什，动盈卷帙。副使窦巩，海内诗名，与稹酬唱最多，至今称兰亭绝唱。"《旧唐书》卷一百五十五《列传》第一百五《窦群传》附传："巩能五言诗，昆仲之间，与牟诗俱为时所赏。重性温雅，多不能持论，士友言议之际，吻动而不发。白居易等目为'嗫嚅翁'。终于鄂渚，时年六十。"《遂初堂书目·别集类》："《窦巩》。"《宋史》卷二百八《艺文志》第一百六十一《艺文》七："《窦巩诗》一卷。""国图"：《中唐窦巩诗》，明末清初贞隐堂刻《中晚唐诗·中唐六窦诗》本、清康熙刻《中晚唐诗纪》本；《窦巩诗》一卷，清康熙刻《中晚唐诗》五十一卷本。《广录》：《窦巩诗》一卷，清康熙贞隐堂刻《中晚唐诗·中唐》十卷本；《中唐窦巩诗》一卷,清康熙半亩园刻《中晚唐诗纪》本。《全唐诗》卷二百七十一《窦巩小传》:"诗三十九首。"

五十一、《窦氏联珠集》五卷窦常与弟牟、群、庠、巩撰

陈氏曰:"唐褚藏言所《序》,窦氏兄弟五人诗,各有《小序》。曰:国子祭酒常,中行;国子司业牟,贻周;容管经略群,丹列;婺州刺史庠,胄卿;武昌节度使巩,友封:皆拾遗叔向子也。五人惟群以处士荐入谏省,庠以辟举,余皆进士科。"容斋洪氏《随笔》曰:"《窦氏联珠序》云:五窦之父叔向,当代宗朝,善五言诗,名冠流辈。时属正懿皇后山陵,上注意哀挽,实时进三章,内考首出,传诸人口。有'命妇羞苹叶,都人插柰花''禁兵环素帟,宫女哭寒云'之句,可谓佳唱,而略无一首存于今。《荆公百家诗选》亦无之,是可惜也。予尝得故吴良嗣家所抄唐诗,仅有叔向六篇,皆奇作。念其不传于世,今悉录之。叔向字遗直,仕至左拾遗,出为溧水令。《唐书》亦称其以诗自名云。"《文献通考》

贾按:《新唐书》卷六十《艺文志》第五十:"《窦氏联珠集》五卷。窦群、常、牟、庠、巩。"《直斋书录解题》卷十五《总集类》:"《窦氏联珠集》五卷。"《宋史》卷二百九《艺文志》第一百六十二《艺文》八:"《窦氏连珠集》一卷。"《钦定四库全书总目》卷一百八十六《集部》三十九《总集类》一:"《窦氏联珠集》五卷。两江总督采进本。唐西江褚藏言所辑窦常、窦牟、窦群、窦庠、窦巩兄弟五人之诗。人为一卷,每卷各有《小序》,详其始末。常字中行,官国子祭酒;牟字贻周,官国子司业;群字丹列,官容管经略;庠字胄卿,官婺州刺史;巩字友封,官秘书少监:皆拾遗叔向之子。群、庠以荐辟,余皆进士科。叔向有集一卷,常有集十八卷,见《唐书·艺文志》,今并不传。此集五卷,《唐志》亦著录,而宋时传本颇稀,故刘克庄《后村诗话》称'惜未见《联珠集》'。此本为毛晋汲古阁所刊,末有张昭《跋》,署'戊戌岁',晋高祖天福三年也。又有和岘《跋》及和嵘题字,署'甲子岁',为宋太祖乾德二年。岘,凝之子;嵘,岘之弟。岘《跋》称借抄于致政大夫,即张昭也。又有淳熙戊戌王崧《跋》,亦称世少其本。今刊诸公府,盖抄写流传至南宋,始有蕲州雕板耳。最后为毛晋《跋》,引洪迈《容斋随笔》及计有功《唐诗纪事》,附载叔向诗九篇,又补巩诗六篇不载于此集者。褚藏言《序》称:牟、群、庠、巩之集并未遑编录,盖遗篇散见者也。又称:手录《唐书》列传于后,而此本

无之,殆偶佚耶?《集》中附载杨凭、韩愈、韦执谊、李益、武元衡、韦贯之、刘伯翁、韦渠牟、元稹、白居易、裴度、令狐楚诸诗,盖《谢朓集》中附载王融之例。庠诗一首,常诗一首,亦附载《牟集》之中,不入本集,盖古人倡和,意皆相答,不似后来之泛应,必聚而观之,乃互见作者之意。是亦编次之不苟耳。"《钦定天禄琳琅书目》卷十《明版集部》:"《窦氏联珠集》一函一册。唐窦常、窦牟、窦群、窦庠、窦巩著。五卷前载《唐书·窦群本传》,五人诗前各有《小序》,后宋张昭《识语》并诗,次宋和岘《记》,岘弟嵘署名,又《识语》一篇,姓氏阙考。《窦氏联珠集》,宋时刻本原已盛行,洪迈《容斋随笔》及陈振孙《书录解题》,俱详其始末焉。振孙谓:'唐褚藏言所《序》,窦氏兄弟五人诗各有《小序》。此书《小序》具存而不署褚氏之名,盖明人翻刻时偶佚之也。又考陈氏《书录解题》作五卷,而《宋史·艺文志》止作一卷,似有互异。今观书中五人之诗,系各为一卷而不标五卷之名,故《宋史》所载,遂指为一卷书。末《识语》题'淳熙五年',谓'家藏和岘所校《五窦诗》,世少其本,因刊诸公府,以永其传'。今《识语》署名处已为书贾割补,不知何人所作。窥其意,特恐作于明人,不得充宋椠,遂为私汰,而不知其本淳熙五年,固宋人非明人也。书首之载《窦群》本传,以《唐书》此传虽止为群立,而兄弟五人《序》中并见其略,因存之以考行第。常字中行,国子祭酒;牟字贻周,国子司业;群字丹列,容管经略;庠字胄卿,婺州刺史;巩字友封,武昌节度。俱详见本传及《小序》。考《宋史》,张昭字潜夫,本名昭远,避溪祖讳,止称昭。世居濮州范县,仕汉至检校礼部尚书。入周封舒国公。宋初拜吏部尚书,进封郑国公,改封陈国公。和岘字晦仁,浚仪人,晋宰相和凝子,仕宋至主客郎中判太常寺,兼礼仪既事。岘弟嵘,《宋史》无传。"

此集版本甚多,见于《书目》①者有:《窦氏联珠集》五卷,宋淳熙五年王崧刻本、明影宋刻蓝印本、缪氏艺风堂影宋抄本、明毛氏汲古阁抄本、明末毛氏汲古阁刻《唐人四集》本、清抄本(清齐如南校并《跋》)、清许水镐家抄本、清袁氏贞节堂抄本、清抄本(清丁丙《跋》)等。

迩来学界古诗文补充、补遗之风甚盛。关乎隋唐者有:韩理洲《全隋文补遗》(西安:三秦出版社 2004 年版)、吴钢主编《全唐文补遗》一至八辑(西安:三秦出版社 1994—2005 年版)、陈尚君辑校《全唐文补编》全三册(北京:中华书局

---

① 《集部》中,第 1856 页。

2005 年版）、陈尚君辑校《全唐诗补编》全三册（北京：中华书局 1992 年版）、隋唐五代墓志汇编总编辑委员会编《隋唐五代墓志汇编》三十册（天津：天津古籍出版社 1991—1992 年版）、周绍良编《唐代墓志汇编》上下册（上海：上海古籍出版社 1992 年版）、周绍良、赵超主编《唐代墓志汇编续集》（上海：上海古籍出版社，2001 年版）、毛汉光编图文对照本《唐代墓志铭汇编附考》十八册（中央研究院历史语言研究所 1984—1994 年版）。凡整理隋唐诗文别集者亦当据之而补入。

（原载周德良主编：《古典文献的考证与诠释——第 11 届社会与文化国际学术研讨会论文集》，台湾学生书局 2006 年版）

严如熤《三省山内风土杂识》述考

清人严如熤(1759—1826),学识渊博,除潜心经学外,还研究天文、兵法,尤其留心西北和少数民族地区的政治、经济、民生、抚绥等事务。

严如熤一生宦历始于陕西,终于陕西。尤为关注山地及少数民族地区的安危治乱,并于此做了深入的学习、实地调查和研究。

其所撰《三省山内风土杂识》,记述清代中叶陕川鄂三省交界地区的山川形势、道路物产和风俗民情。所谓三省指川陕鄂三省交界处之山地,相当于今之四川、重庆北部、陕西南部与湖北西北山区,即地理上所称的秦巴山地。其行政区域主要包括清代陕西的汉中府、兴安府、商州,四川的保宁府、绥定府、夔州,湖北的郧阳府、宜昌府。

严如熤撰作此书的时代,正是康乾盛世仍处于夕阳残照、余晖满地之时,但距引发"五千年未有之变局"的鸦片战争,只有三十多年了。此时貌似强大的清帝国,正如小说《红楼梦》中的名言:"外边的架子虽未倒,内囊却也尽上来了。"作为一个接受传统教育,且具有抱负的旧文人,在这表面繁荣实则内忧外患丛生的时代,他修齐治平的理想被强烈激发,聚焦于他任职的虽然地理上是中国的中心,但实际上类同于边境的山高谷深、民生困窘、变乱丛生的秦巴山地,潜心研究在这种历来号称难治地区如何安民驭民的办法,以使动乱弭于未生,消于既萌。这对于整个大清帝国的长治久安,无疑具有特别重要的意义。《三省山内风土杂识》就是他的一些想法的体现。而在后来的《三省边防备览》中,他将这些想法做了扩展深化,成为洋洋巨著。

虽然严如熤自称"此编多马上所得,未有体制",但实际上还是有着较强的内在逻辑和较严谨的结构。最早刊本是作者年富力强,刚写完不久即刊印的嘉庆长沙刊本。因此,可以说是直接体现了作者的意图。作者利用自己的天文学

331

知识,用天文上的分星对应地上的分野,将所写的秦巴山地中的陕西商州、汉中、兴安,四川的夔州、绥定和湖北的郧阳等府州的地理位置做了概括的说明。这即是严如熤所说的山内地区。

全书虽未分卷,但正值其半有一分页处,将全书分成上下两卷,故亦可称为卷上和卷下。卷上写山内各地的山川形势、道路里程、地理特点、土物特产等。大体上是以所任职的洵阳为中心,先介绍邻近地区,再陕西山内其他地区,次及四川、湖北。作者曾下大工夫对这些地方进行了考察,不能亲身前去之地,或是派遣自己的两个志同道合的助手前去考察,或是询之于商旅和土著,加之书前录有他亲自绘制的《三省山内简明地图》,因此给人以形象具体,要言不烦,言中肯綮之感。这是以前这样写大范围地理类的著述很难做到的。在所写内容方面,重在道路,不仅详述里程,而尤在路途之宽狭险夷、上下难易、民情匪情等,可见他之关注点在于道路于民生,如货物之交流、民众之往来、文化之传布、军队之行动等。

> 保宁府,古巴子国,距成都六百二十里,为川北重镇。东界太平,西界梓橦,南界西充,北界陕西宁羌。栈道千里,当雍梁之冲,所谓'剑关重开蜀北门'也。水流湍激,山势嵯峨,故一路号称天险。府东北四百里为通江县,古宕渠地,与陕西宁远厅接界。北三百里为南江县,亦宕渠地,与陕西定远、城固、南郑均接界。两县均无城廓,县治毁于贼。邑各有大石寨,倚山阻水,环绕十数里,天险可守。百姓屯聚其间,官弁即侨居其间,就近抚驭。蜀山陡起陡落,山麓稍平,有溪泉浇溉,便成水田。二邑亦颇产谷,然长林深箐,动辄数百里,啯教各匪,易于伏匿,防检不可少疏。
>
> 通江之竹峪关,与陕西定远厅之九元关,相距六十里。川陕客民挟赍货贸易者,往往取道于此。山高三十里,上多青楓树林,蒙密幽深,往时亦有匪徒伏道攫取货物。上有关帝庙,为川北、陕安两处会哨弹压之处。滋事后,贼匪出没其间,行旅稀少。近于竹溪关筑堡一座,安设守备营。陕省如再加防维,则路途无阻矣。

书中严如熤已详述若此,但由于还要涉及除道路之外的各种地理人事,并非仅述道路之作,故仍有言犹未尽之感。在书成之后不久,他又专著《三省山内道路考》一书①，对秦巴山区的道路做了进一步的考察和评述。足见他对山内道路之重视。

卷下写三省山内的水流，山民状况如来源、组织、生产、生活、民风等。严如熤一生致力于山地和少数民族地区的社会研究，其目的与历代各级统治者一样，首要关注的是如何有利于民生，以避免出现民变民乱。卷下可以说都是围绕着这个问题在做文章。考察河流时，他逐一分析了山内的汉江、嘉陵江和岷江。他继承了《水经注》的传统，对各水系的走向里程细加描述，但是他更注意到这些江河以及支流的通航情况，因为这关系到民生问题。即便是一些江河的支流，他在考察时也对这一问题尤其关注。

> 渠水，源出陕西之定远厅大巴山，下至巴州东南分为三流，而中央横贯，势若"巴"字，名曰巴江，又称字水。合源出广元县通平镇之清水江、源出通江县之宕水龙滩水，由金华山西斜注东南。有通川江者，发源达州之万顷池，自东注之江，南下渠县之东，又为渠江，纳渠县之白水溪、大竹县之东流溪、广安州之翁水，至合州之渠口，合于嘉陵江。此水舟楫直通巴州，其分支别派，间亦可泛轻舸。

> 开江，源出新宁县雾山，坎流而下，南入开县，合源出达万顷池之清江、源出高梁山之垫江，俱下云阳，入于岷江。此水虽蟠折山谷中，而小舟尚可运载。

秦巴山地自明末张献忠之变后，人口锐减，形成地广人稀的局面。"土著之民无多，其承纳之国课不过几钱几分，领地辄广数里。至离县窎远者，一纸执照之内，跨山逾岭，常数十里矣"。而山间物产丰富，盆地坝地星罗棋布，山地亦多有土沃耕作之处，因此常有山外失地少地农民进山从事各种劳作以谋生计，这些人不似平原地区居民集中居住易于管理，而是散布山间，治理难于达致，在面临

---

① 此书甚为罕见，北大辛德勇教授收藏一部。其谓："书中汉中府下记云：'南郑县，嘉庆十三年奏将宁陕总兵移驻汉中，与兵备道同城。'故此书撰著时间应略晚于《三省风土杂识》，大概是嘉庆十三年稍后写成。"见其《〈三省山内道路考〉的发现及其价值——并论严如熤之入仕与相关著述产生的因缘》，收入北京大学国学院办《版本目录学研究》第五辑，北京：北京大学出版社2014年版。

各种天灾人祸时,难以抗拒,便容易走极端,成为动乱之因。更有些人本身素质低下,不事生产,蓄意作乱,利用山区地理条件打家劫舍或反抗官府,官军限于各种条件,难以剿灭。因此,如何理民,一直是萦绕严如熤心头的大问题。他亲自考察,具有了不同于官府传统的认识。山地居民利用秦巴山地的丰富资源,在山里开办了诸多的四厂,即冶铁厂、煤厂、造纸厂和木耳厂。以往官府认为,这类厂子少则雇佣数十人,多则数百人,为了护厂,多有武装。因此一旦滋事,很难平息,因此想方设法加以限制。而严如熤则认为,这类厂子,厂主投入巨额资金,工人也有较为丰厚的收入,因此对于厂子有很强的责任心。加之工人强壮,武器亦较精良,因此对付流贼,往往有很强的实力。从实际出发,不应限制,而应加强组织,既使其成为山民可靠的生活来源,削弱民变的社会根源,又可使其成为维护山内地区治安的力量。

对于匪乱,严如熤的最主要应付之道是坚壁清野,团练乡兵。他建议应在山内广筑堡寨,高壁坚墙。流匪来时,其人少则固守村寨抗击,其人众则等待援兵。官军与流匪作战,多因粮草不济而无法追击,严如熤建议在多匪患之地的堡寨中可预为囤积粮草,需用时随时取用,军队剿匪行动自然快速高效。甚至在如何训练山民方面,他也屡有奇思妙想。例如山民居住分散,人少力单,处于劣势,故不敢也不应用短兵器相搏。因此,不用训练其刀枪武艺,只训练其射箭和抛石,特别是后者。定期比赛,技佳者奖励。路遇流匪,随地取石作战,不利时则利用熟悉地形之特长,上山隐遁。他称之为"没羽箭"。山内地区,盗匪来去无踪,坚守城垣是可行的防卫之法。然而守兵是大问题,一无人员,二无经费。当时山内各县极其贫困,年度征收的赋税仅数百数千两白银。严如熤提出,可团练乡勇解决。大城一百五六十人,小城一百来人,足敷使用。平时一月操练两天,其余时间在家从事生产。每人每月补贴一两银子。所需银两,从罚没的罪犯财产中支出。凡此可靠有用的奇思妙想,书中屡屡见之。

正因他在治理秦巴山地方面的创造性思路及其显著政绩,道光六年,皇帝召见了他,为他的所作所为而动容。①

光绪末年的胡思敬在收《杂识》入其《问影楼舆地丛书》时,在所撰题跋中称

---

① (清)魏源:《陕西按察使赠布政使严公神道碑铭》,见《魏源全集》第十二册《古微堂外集》卷四,长沙:岳麓书社 2004 年版,第 222 页。

严如熤《三省边防备览》一书"辞甚宏括",认为《备览》的"规划要略"已具于《杂识》。可见这部书在他研究秦巴山地系列著作中的奠基作用。

《三省山内风土杂识》撰著时间和初刊时间,书中可以发现线索。其《自序》谓:"后承乏洵阳、定远,洵邻郧阳,定连川北。每因团练搜捕至边,得与川楚父老相问劳,得其山川之幽险、民间之疾苦,盖耳熟焉。"可见序成于严如熤履定远同知任相当时日之后。履任事如上所述,在嘉庆八年。而书中还可找到一些内证:"定远厅……嘉庆八年奏将山内地方分设抚民同知。厅治在固乡营";"嘉庆九年,方抚军奏移姚家坝巡检,安设渔肚坝、简池坝巡检,安设黎坝"。可见书必成于嘉庆九年之后。辛德勇认为此书作于嘉庆十年至十二年之间。其云藏有此书原刻本,认为:

> 斟酌其行文语气以及在道光元二之间始写作《三省边防备览》的情况,此书必撰著于嘉庆年间。今检其原刻本"宁"字俱未回避道光皇帝的名讳,可以进一步证明此书付梓尚在道光年间以前。惟胡思敬在清朝末年声称"据先生自序,此书成于嘉庆十年",民国时鹿辉世起草的《续修四库库全书总目提要》书稿,述及此书,竟然略不翻检一页原文,即草率迻录胡思敬的跋语,胡乱说什么"今据如熤自序云此书成于嘉庆十年"。严如熤的自序全文如上所示,末尾亦仅仅署有"溆浦严如熤炳文氏著"九字,并没有直接谈及撰著时间问题。不过严氏在自序中叙其官职,仅及出任定远厅同知事,而此事据陶澍所撰墓志铭,乃在嘉庆八年八月,《国朝耆献类征》载录的国史本传则记此事于嘉庆九年,严氏旋即于嘉庆十年丁母忧去职,至十二年始服阕归官。所以,胡思敬很可能是据此作出的推断。我以为若是根据这些情况来推断《三省山内风土杂识》的写作和刊刻时间,则更有可能是在严如熤居家守孝的嘉庆十年至十二年之间,因为他到陕南后一直政事繁重,只有这时他才能稍得闲暇,专心从事著述。①

此推测相当有说服力。又,长沙本中作者夹有小注,如"九里岗、琉璃沟(安

---

① 见辛德勇:《〈三省山内道路考〉的发现及其价值——并论严如熤之入仕与相关著述产生的因缘》。

康),判官岭、仙人碥(洵阳),梅花铺、鸡上架(镇安)"等,然而在问影楼本及以下诸本"西乡营设于定远未分之先"段后,多出小注"十三年西乡游击移安定远",显系问影楼本编者胡思敬所补加。此则可能从侧面证明严如熤此书之作于嘉庆十三年西乡游击移治之前。但是书中首次二次出现地名"宁陕厅",均作"五郎厅"①。按,清乾隆四十八年(1783),以长安、盩厔、洋县、石泉、镇安五县之边地置五郎厅,治在焦家堡(今老城城北),四十九年,迁老城。嘉庆五年(1800)改名宁陕厅。先直隶陕西省,后分别改隶汉中府、兴安府。按说严如熤撰作此书时,"五郎厅"改名"宁陕厅"已多年,他不太可能不知此事。故此处称"五郎"显系沿袭旧名。而晚清胡思敬录编此书时,将"五郎厅"改为"宁陕厅",堪称更为严谨。

辛德勇在其上引文中插入所藏的部分书影。《中国风土志丛刊》亦收录《三省山内风土杂识》②,书名下注"版存长沙城八角亭马丰裕店",故该《丛刊》编者称其为"清长沙刊本"。笔者将此本相关书叶与辛氏藏本书影细加比对,可以确定二者为同刻。应依辛氏所断,为嘉庆时刊印。此本虽略有错误,但因其为目前所见之最早版本,其在该书版本史上,占有首要地位。

光绪三十四年(1908),《杂识》被胡思敬收入《问影楼舆地丛书》第一集,书牌谓"光绪戊申仿聚珍版印于京师"。"聚珍版"即活字本。清乾隆三十八年(1773)修《四库全书》时,因种类繁多,耗费巨大,主管刻书事务的大臣金简乃建议刻制枣木活字摆印其中之善本书籍。乾隆准其所请,因"活字"不雅,特钦改为"聚珍"。并制成大小活字二十五万余个,时人称便。所印之书称为《武英殿聚珍版丛书》。此后苏州、杭州等地曾据以翻刻。所印图书,版式多为半页九行二十一字。而问影楼本版式为半页十二行三十字,故《问影楼舆地丛书》所谓"仿聚珍版",仅为活字排印之谓也。胡思敬,字漱唐,一字笑缘,晚号退庐居士。江西宜丰县新昌镇人。生于清同治八年(1869)。光绪十九年(1893)中举,二十一年二甲二十一名进士,选翰林院庶吉士。二十四年散馆,改吏部考功司主事。宣统元年(1909)补辽沈道监察御史,转掌广东道监察御史。③ 所辑《问影楼舆地

---

① 问影楼本后文提及此地名,均作"五郎"。

② 2003 年广陵书社据加利福尼亚大学馆藏影印成《中国风土志丛刊》,所录《三省山内风土杂识》收录于第二十四册,第 208—222 页。

③ 雷鸣:《胡思敬年谱》,南昌大学硕士学位论文,2007 年。

丛书》十五种四十四卷刊印时,胡思敬正在清廷吏部考功司任上,故称其"印于京师"。正因其任官京师,得地利之便,得查阅多种图书、清廷所藏档案文献,以及得之于饱学之士,故对长沙本多有匡正。如长沙本谓"留坝之马道",问影楼本改作"褒城之马道"。考道光《留坝厅志》,其南境止于武关驿,而马道更在其南。道光《褒城县志》卷一述县域,有马道在北栈,距城九十里之说。可见长沙本之误。又如长沙本言魏延欲出子午峪袭长安之不易,谓魏军"尚有渭河用之"。而实则长安在渭河之南,出子午峪至长安,不渡渭水。故问影楼本径改此句为"距长安虽不远"。长沙本云,四川南江县北与陕西定远、城固、南郑接界,而问影楼本改作南江与宁羌、褒城、南郑接界。考诸道光《续修宁羌州志》、道光《褒城县志》、乾隆《南郑县志》、民国《续修南郑县志》,问影楼本之说正确。再如,竹溪、竹山均为鄂西北郧阳府属县。长沙本作:"竹溪距府一百六十里,竹山距府三百八十里。"问影楼本改作:"竹溪距府三百二十里,竹山距府一百八十里。"貌似二本皆有错谬,因从地图上看,竹山距府城较竹溪的直线距离近约四分之一,二县治距府城路程相差并未有一倍之多。但是竹溪距府城要翻过多重山岭,而竹山却是顺堵河直下,路程当然要便捷得多。故当从问影楼本。凡此均可见胡思敬氏纠谬时用心之苦之细。然百密一疏,亦未能免。如长沙本谓湖北竹山县境有"斗河",问影楼本径改作"斗堵河"。误。按,同治《竹山县志》卷五:"合邑之水至堵口入汉,统云堵河。"《县志》引《明史》:"堵水源出陕西平利县界,东流入汉水。"又引《水经注》:"堵水出建平郡界故亭谷,东历新城郡,又东北径上庸郡。至流注于汉处,谓之堵口。"此段文字后有修《志》者小注:"今俗名陡河口。"据《中国历史地图集·清》标注,清名"堵河",今名"陡河"。按,"斗""陡"同音,当地方言"堵"读如"斗"、"陡"。故长沙本音不误,若改为"堵"亦不误,"斗堵"不确。或"堵"字原为胡思敬所加小注,刊印时误阑入正文。但瑕不掩瑜,问影楼本的文献价值应予高度肯定。且问影楼本编排整齐,字迹清晰。因此自从其面世后,各丛书收录《杂识》,多依此本。

1935—1937年,商务印书馆陆续出版了由王云五主编《丛书集成初编》,自谓《杂识》一书,"本馆据问影楼舆地丛书本排印"。

民国二十四年(1935),邵力子治陕,为弘扬文化,命宋联奎等人校勘,陕西通志馆排印,遂成《关中丛书》。该书收集上自汉唐,下迄近代(民国时期)的陕西籍人之著作,或外省籍的文人有关关中地区历史、地理、文化等方面的代表性著作,共八集五十四种。《杂识》收录在第三集,书后附有问影楼本之跋,新增长安宋联奎、蒲城王健、南郑林朝元合署之跋。此本以问影楼本为底本,纠正了几处错误。如邓艾入蜀所走为"阴平道",长沙刊本、问影楼本、丛书集成本皆误为"平阴道"①,此本据实改正;问影楼本将"梓潼"写作"梓橦",梓橦为山名,梓潼为地名,按文义应为地名,即梓潼县,此本亦予正之。关中丛书本问世后,其他丛书收录《杂识》,多采此本。如 1990 年,《中国西北文献丛书》第四辑,收录像印之关中丛书本《杂识》;2002 年,徐丽华主编《中国少数民族古籍集成》第六十五册,亦收录该书复印件。此亦可见其影响之大。

此次整理,以清《问影楼舆地丛书》本为底本,以清长沙刊本、民国《丛书集成初编》本和民国《关中丛书》本为参校本。晚出诸本之异于底本者,多系事出有因,故原则上出校。亦有个别处难以确定,如诸本皆言:"西安之咸阳、蓝田、盩厔、鄠县,凤翔之宝鸡、郿县均在山外,而县辖地方往往错入山内。盩厔、咸阳,往时所辖入山至二三百里。"按,咸阳南有鄠县、长安,不与南山相接。故疑为"咸宁"之误。然未敢径改,仍依其旧。

(原载《东亚汉学研究》2016 年 2 月,第二作者为李雪峰)

---

① (晋)陈寿:《三国志·魏书·邓艾传》:"艾自阴平道行无人之地七百余里。"

七、长安学与长安文化

长安学、长安文学和民族文学——
《长安文化与民族文学研究》"序言"

陕西师范大学博士生导师黎羌教授(本名李强)大著《长安文化与民族文学研究》出版发行,这是"长安学"研究中有意义、有价值的学术成果。

"长安学"是近年兴起的一门热门学科。顾名思义,长安学研究的对象是"长安",更准确地说是"古长安"。一般来说,"长安"概念很明确,即以汉唐时代为主的京城长安地域。但细究起来,这种说法有问题:难道不以长安命名的前后时代的这一地域就不算数了吗? 再进一步追究,也应该把与之密切相关的历史事实所发生的地域周纳于内。例如,西北师范大学赵逵夫教授曾指出,研究长安,不提长安建都之始的西周沣镐是说不过去的。沣镐建都之前,周人曾都西岐;而再往前,周人则起源于今甘肃天水一带。当然,主流学界仍认为,起源于西岐的周人活动范围至于甘肃东南部。无论如何,不将研究视野拓展至这一带是不行的。可见,"关陇一体化",古已有之。这正如研究中国当代北京的政局,总要提"庐山会议"或"北戴河会议"一样。

"长安"不仅是个地理学名词,更是个文化概念。道理很明白,三家村私塾冬烘先生如果把李白的"长安不见使人愁",杜甫的"遥怜小儿女,未解忆长安",尤其是辛弃疾的"西北望长安,可怜无数山",这些名句中的"长安",仅仅注解为"长安,城之谓也",我们会满足吗? 故不妨将长安放在大的文化地理范畴中来认识,应该以汉、唐地理上的长安城为中心,将与之相关的时间和空间范围中的事物及其体现出的文化意义以学理绾合起来,结撰成一幅幅多姿多彩的长卷,庶几不负长安这一中华民族光荣与梦想之象征也。

"长安学"之名出现相当晚近,诚如黎羌教授在大著"导论"所言,是新世纪开始以后,以至于有媒体用了"催生"这一词。但这并不等于说古代没有关于长安的学问。同任何一个学科一样,这门学问应包括两个大的部分:一是基本材料,二是学术义理。西周甲骨文与《尚书·禹贡》中"黑水、西河惟雍州。弱水既西,泾属渭汭,漆沮既从,沣水攸同。荆、岐既旅,终南、惇物,至于鸟鼠。原隰底绩,至于猪野。三危既宅,三苗丕叙。厥土惟黄壤,厥田惟上上,厥赋中下。厥贡惟球、琳、琅玕。浮于积石,至于龙门、西河,会于渭汭"之类的记载,应是这门学问的源头。

汉代班固《西都赋》、张衡《西京赋》,东晋葛洪《西京杂记》、无名氏《三辅黄图》等,唐代韦述《两京新记》等,宋代宋敏求《长安志》、程大昌《雍录》等,一直到清代毕沅《关中胜迹图志》、严长明《西安府志》和徐松《唐两京城坊考》等所记述与考订的大量史实,都是古代长安研究中的卓然不群者。而近现代以来的长安学,万紫千红斗芳菲,涉及哲学、史学、文学、中外关系学、天文学、地理学、环境学、动物学,植物学、农学、矿产矿物学、交通学等,几乎无法一一枚举。中国西部大开发的背景,更有将古代、当代和未来的长安学打通的大趋势。北京大学荣新江教授麾下有"长安学讲习班",不仅热衷于文献的考索,而且注重实地的考察。学界置身于此门学科的研究者,亦大有人。陕西文史馆利用地处古长安之便,集四方贤才编辑"长安学书",将研究长安的学术论著汇聚成帙,达百余卷之巨。第一编八卷已经出版,包括综论、政治、经济、文学、艺术、宗教、历史、地理、法门寺文化等,第二编十二卷也行将面世。此等气象,令吾等秦人神往且神旺之。

黎羌教授的《长安文化与民族文学研究》是此丛书的荦荦大端。其所涵容,较之上述长安学似更有延伸处。文学本身就是"精骛八极,神游万仞",其思之几近无涯,研究者亦不得已而随之。而其继承和影响所及,也往往具有更大的时空范围。举例来说,宋元南戏和北杂剧发端于浙江温州和"两河"地区(今山西、河北交界一带),似与长安无关,但以长安为主要流行地的西汉百戏与唐戏弄无疑是其先声序幕。唐传奇代表作之一《李娃传》的前身是唐代长安流行的《一枝花话》,著名诗人元稹称其讲述一遍至少需七八个小时,可见其已完全具备后来讲史等话本的规模。一般公认,宋代在中原一带流行的话本是后世白话小说的直接源头,而唐代流行的这类"说话"与话本的血缘关系毋庸置疑。"长安文学"对后世之影响能不谓巨大且深远欤?

近来有人指出,一种文明一旦成为强势文明,就会产生较大范围的辐射场,对其他文明产生吸引效应,乃至或多或少趋同于己。往昔汉唐中华文明对于西域、高丽、日本,今日欧美文明对世界其他国家和民族产生影响,都属这种现象。毫无疑问,在中华五千年文明史中,华夏族的文学在中国大地上,始终处于核心主流地位。但是,这块土地上的少数民族文学也构成了中华文学斑斓的色块。而如何将中国包括汉民族和各少数民族的文学融会贯通,形成一种大中华民族的文学,已成为学界关注的大问题之一。黎羌教授在本书的"导论"中引用了杨义先生关于重绘中国文学地图的构想:"把56个民族的文学现象,放在一幅巨大的中国文学地图中重绘,才能全面而真实地还原出赤橙黄绿青蓝紫的夺目光彩,才能全面而真实地还原出中华民族元气淋漓的创造能力。"这是一个需要大智慧、大学问、大胆略才能开创并一步步前进的重大课题。

一言以蔽之,眼界宜大。要放眼于大长安、大长安学、大长安文学、大中华民族文学。今人应该超越古人。两千多年前长安城中的大文学家司马相如,睹富丽之宫室,临迥望之广场,游百里之上林,观千峰之终南,遥想西域之大苑和东海之蓬莱,发出"赋家之心,包括宇宙,总览人物,斯乃得之于内,不可得而传"的豪言。黎羌教授研究中外戏剧、宗教文化和中国少数民族文学艺术硕果累累,近年来颇为关注长安文化,具备了多重学术背景,有志于将长安文化与中国各民族文学打通研究,致力于将杨义先生重绘中国文学地图的设想变成具体学术成果。

眼前的这部大作,是黎羌教授扎实工作的果实。眼界阔大,涉猎富赡,是我拜读后的印象。他生活在"文章西汉两司马"生活过的长安沃土上,其亦得赋家之心耶?

(原载黎羌:《长安文化与民族文学研究》,商务印书馆2015年版)

汉唐长安的表演艺术

一

随着汉唐盛世的出现,中国的音乐、舞蹈和其他表演艺术,也如同阳春三月的大地,一派百花齐放、欣欣向荣的景色。长安是当时中国政治、经济和文化的中心,也是各种表演艺术的渊薮。

汉代和唐代有很多相似之处。在他们之前,都有一个短命的王朝用武力统一了长期处于分裂战乱的中华大地,建立了伟大的帝国。而这两个王朝前期,都产生过极具雄才大略的皇帝,励精图治;在立朝几十年后,分别出现了"文景之治"、"汉武盛世"和"贞观之治"、"开元盛世"。伴随着国家的强盛,这两个王朝开始用战争的或和平的手段向外扩张,尤其是向西方扩张,打开了东西方之间的门户,拓通了举世闻名的"丝绸之路"。而在这两个王朝的后期,政治混乱,宦官专权;地方势力割据一方,威胁中央政权,最终造成了汉唐王朝的灭亡。

汉唐的强盛国势对音乐、舞蹈和其他表演艺术产生了重要影响。国家的昌盛和社会的繁荣使得人口大量增加,加上生产工具的改进,于是相当一部分人能够部分或全部摆脱简单的物质产品生产,转而从事精神产品生产,这就为音乐、舞蹈和其他表演艺术的发展,准备了一支创作者和演出者队伍;而这两者在中国古代,往往是兼于一身的。生活的相对富裕,也使人们有条件来欣赏表演艺术。尤其是农村剩余劳动力大批拥入城市,造成了密集的城市人口,而这正是民间表演艺术生存和发展的最佳环境。国家的统一和与西域的频繁来往,促使各地、各民族以及各国文化之间的交流。多种多样的文化融入中华民族的文化之中,就像千万条江河汇入浩瀚的大海,使汉唐的表演艺术呈现出涵纳百汇、仪态万方的气象。

各种艺术形式一经产生,便具有相对的稳定性,与政治形势并不存在一一对应的关系。换句话说,稳定的艺术形式不一定随国势的变化而变化。汉唐后期的衰落对各种表演艺术没有产生多少消极影响;在有些方面,甚至还有促进作用,比如,皇帝逐渐失去政治权力,无所事事,反而迫使他们深居简出,沉溺于声色享受,而宫廷内的各种表演艺术因此精益求精,更臻于完善。毫无疑问,这种发展会对民间表演艺术发生重大的积极影响。汉唐后期各种表演艺术的盛况,在当时的文学作品中有出色的描写;也可以从东汉画像砖上和敦煌壁画中得到印证。

当然,汉唐表演艺术的繁荣是当时社会政治、经济、文化等各种因素及其自身发展规律共同作用的结果,这是一种非常复杂的过程。我们在这里只是选择了一些最显而易见的因素略加叙述。

注意到汉唐表演艺术的共性不等于要抹杀它们各自的独特之处。从整体上看,汉代表演艺术呈现出的是恢宏的气势,似乎是汉武帝时"汉将辞家破残贼",四处炫耀武功;而唐代表演艺术显示出的是纷繁的色调,犹如是唐玄宗时"万国衣冠拜冕旒",令人眼花缭乱。

二

中国的表演艺术源远流长。同其他民族一样,中国的表演艺术在初始阶段,奏乐、唱歌、舞蹈和技击是结合在一起,密不可分的。《乐府诗集·北齐南郊乐歌·昭夏乐》称这种现象是"载歌且舞"。先民们敲打、吹奏者各种乐器,唱着歌曲,跳着舞蹈,再现生活的场面,表达对生活的热爱、对幸福的祈盼、对神灵的虔敬和对魔鬼的诅咒。战国时期的古书《吕氏春秋》中说:"葛天氏之乐,三人操牛尾,投足以歌《八阕》。"葛天氏是传说中的帝王,八阕是八首歌的意思。近年来出土的一些新石器时期的文物中,对先民们载歌载舞的场面,有生动的描绘。到了汉代,表演艺术发展到一个新的阶段。汉武帝时,中国与各国政治、经济和文化的交往,东边到达日本、朝鲜,南边到达南海诸国,西边到达西域各地、身毒(今印度)乃至遥远的奄蔡(在里海西北)、条支(安息属国,在波斯湾西北)以及黎轩(又称"大秦",指罗马帝国)诸国。随着疆域的扩展和对外交往的增加,各个民族的优秀表演艺术纷纷传入长安。张骞出使西域,带回了西方乐舞;安息(今伊朗)、掸国(今缅甸)都曾派出歌舞杂技团来长安演出。东汉著名史学家、文学家班固的《东都赋》曾记载了各国各民族音乐舞蹈传入中国的情况:"四夷间奏,罔不具集。"①他说的是东都洛阳,西京长安的盛况,应该有过之而无不及。他还在《白虎通义·礼义篇》中具体描述说:"东夷之乐持矛舞,南夷之乐持羽舞,西夷之乐持戟舞,北夷之乐持干舞。"从大量出土的汉代画像石可以看出,这些舞蹈当时在汉地,已经相当普遍了。

图1 河南南阳汉画像石

图2 江苏沛县栖山汉画像石

而早已在民间流行的表演艺术,这时也盛况空前,比较有代表性的一种舞蹈是"长袖舞"。这种舞蹈有时有两名女子对舞,有时有一名女子领舞,一名男子

---

① 《昭明文选》卷一。

伴舞。女子对舞时,两人动作整齐,挥动着长长的袖子,扭动着纤细的腰肢,移动着轻盈的脚步,飘飘欲飞,就像美丽的仙女来到人间。男女共舞时,女子头戴键帽,下穿短裙,紧束腰身,高高跃起;而与他对舞的那个男子,则一手护着头,一手护着腰,身体尽量向后倾斜,做出一副害怕的样子。两人的表演幽默风趣,想来旁边的观众也一定在哈哈大笑吧!

图3 河南南阳画像石

宫廷表演艺术中,音乐的成分似乎更浓厚一些。西汉时成立了乐府,隶属于少府,汉武帝时达到全盛,有千人之多。卓越的音乐家李延年任协律都尉。乐府的主要职责是为祭祀、宴集以及军事编写音乐,收集整理改编民歌的曲词,等等。当时,乐府曾经创作改编了大量的音乐作品。三国时魏国的孙谚在《琵琶赋》中记载:

> 延年度曲,六弹俱成。绌邪在正,疏密有程;离而不散,满而不盈;沉而不重,浮而不轻。绵驹遗讴:《岱宗》、《梁父》、《淮南》、《广陵》、《郢都》、《激楚》。每至曲终歌阕,乱以众契。上下奔骛,鹿奋猛厉,波腾雨注,飘飞电逝。

"六弹",指的是六支琴曲。"绵驹遗讴",大约是古代传下来的歌曲。《岱宗》和《梁父》显然流传在相当于今山东省一带,《淮南》和《广陵》是淮河以南和长江下游的民歌,而《郢都》和《激楚》则是长江中游楚国一代的民歌。这些乐曲高亢激越,凌厉奋发,可以使听众如醉如痴,手舞足蹈。这些古曲大都久已失传,所幸的是《广陵散》,历经沧桑,相传至今。虽然以非当日面目,但仍可领略到其在汉时的风采。仅从出土的画像石和各种文字记载就可看到,汉代的音乐、舞蹈和其他表演艺术,数以百计。

各种各样的表演艺术互相影响,融会贯通,使表演艺术的综合性越来越强,规模越来越大,于是,汉代最有代表性的一种表演艺术"角抵妙戏"终于出现了。角抵,意思是表演者互相竞技。这是一种大型的综合表演节目,包括歌舞、角力和杂技等。东汉著名的科学家、文学家张衡在《西京赋》中完整的记述了在长安广场上演出时的精彩场面①。整个演出分为五场,名称分别为《百戏》、《总会仙倡》、《曼延之戏》、《东海黄公》和《侲僮程材》。每场又分成许多小节目。

> 临迥望之广场,程角抵之妙戏。乌获扛鼎,都卢寻橦。冲狭燕濯,胸突铦锋。跳丸剑之挥霍,走索上而相逢。华岳峨峨,冈峦参差。神木灵草,朱实离离。总会仙倡,戏豹舞罴。白虎鼓瑟,苍龙吹篪。女娥坐而长歌,声清畅而委蛇。洪涯立而指麾,被毛羽之襳襹。度曲未终,云起雪飞。初若飘飘,后遂霏霏。复陆重阁,转石成雷。礔砺激而增响,磅礚象乎天威。巨兽百寻,是为曼延。神山崔巍,欻从背见。熊虎升而挐攫,猿狖超而高援。怪兽陆梁,大雀踆踆。白象行孕,垂鼻辚囷。海鳞变而成龙,状蜿蜿以蝹蝹。含利颬颬,化为仙车。骊驾四鹿,芝盖九葩。蟾蜍与龟,水人弄蛇。奇幻倏忽,易貌分形。吞刀吐火,云雾杳冥。画地成川,流渭通泾。东海黄公,赤刀粤祝。冀厌白虎,卒不能救。挟邪作蛊,于是不售。尔乃建戏车,树修旃。侲僮程材,上下翩翻。突倒投而跟絓,譬陨绝而复联。百马同辔,骋足并驰。橦末之伎,态不可弥。弯弓射乎西羌,又顾发乎鲜卑。

第一场《百戏》是杂技表演。第一个节目是《乌获扛鼎》。乌获是中国古代传说中的大力士,鼎是一种很重的煮食物的铜器。一个强壮的男人,扮成乌获,把鼎扔上扔下,博得一阵阵喝彩。现在中国杂技中的"坛技",可能就是从此时传下来的。接下来是《都卢寻橦》。都卢是古代南海中的一个国家,大概是因为那里的人经常上树采集香蕉、椰子的缘故,所以盛行一种爬杆的游戏。这个节目就是模仿都卢国人,爬上高高的竹竿。紧接着是《冲狭燕濯》。据《昭明文选》李善注,冲狭是用席子卷成筒,从外向内插上矛尖,演员从中间钻过。这很像今天的钻钢圈。燕濯是在前边放一盘水,演员坐在后方,张臂纵身一跃,用脚轻轻掠过

水面,再坐回原地,如同燕子擦水而过。《胸突铦锋》是表演者俯卧在枪尖上旋转;《跳丸跳剑》是艺人一手把球或剑抛向空中,另一手接住,一个人最多可以同时抛接七个球或七把剑;《走索》则类似于今天的走钢丝。

图4　河南南阳汉画像石

《总会仙倡》是表现神仙生活的歌舞。传说中神仙生活的华山(在今陕西)峰峦起伏,高耸入云。山上树木葱郁,仙草如茵,红色的美果挂满枝头。神仙们从四面八方赶来参加盛会。它们戏耍着豹子,逗弄着熊罴;白虎为他们弹琴,苍龙为他们吹笙。传说中舜帝的两个妃子娥皇和女英也来了,她们坐下来,唱起动人的歌曲,响遍行云。上古时代的名演员洪崖站在场地中央,指挥调度着各路神仙和灵兽们前进后退……这是一个多么美妙的神仙境界!

就在仙乐仍然缭绕不觉,余音在耳的时候,突然天气大变,《曼延之戏》开始了。曼延有两个意思:一是形容巨兽的又长又大,一是形容鱼龙的变化。总之,是一种由人扮演的兽舞。阴云密布,天上落下星星点点的雪花,随后越下越大,变成了鹅毛大雪。轰轰的雷声响起来,好比是乱石崩云,令人惊心动魄。这时,巨大的野兽出场了。一只熊和一只虎相继登上高山,在山上展开你死我活的搏斗。它们刚刚退场,一群蹦蹦跳跳的猿猴争先恐后地攀上山,抢仙果吃。一只怪兽过来,东张西望,左右徘徊,把一只大鸟吓得四处躲藏。一头巨象摇摇摆摆上来,它一边用长鼻子轻轻抚摸身边的小象,一边任由它黏在自己肚皮底下吃奶。一条大鱼,甩甩尾巴,一翻身变成了一条长龙,蜿蜒舞动。凶猛的含利兽张了张大嘴,摇身一变,就成了一辆装饰华丽的仙车,四支鹿拉着它飞奔。象征着长寿的千年蟾蜍和万年乌龟慢慢腾腾地爬过来,给观众带来一片喜庆气氛。这一场的压轴戏是《水人弄蛇》。从汉画像石可以看出这个舞蹈的面目。两个人手执利斧,模仿着水下的动作。翻江倒海,与一条巨蟒周旋搏斗,波涛汹涌,浪花飞溅。演员们不停地更换服装道具,场面层出不穷,变幻莫测。

下面是《东海黄公》,汉代刘歆(一说晋代葛洪)的《西京杂记》中记载了这个故事。秦代东海郡有个人名叫黄公,身怀绝技,能够降服猛虎。后来年龄大了,又饮酒过度,因而法术失灵,反被老虎吃掉。而三辅(今陕西关中)的百姓便根据这件事编成了一个小戏。至今陕西周至民间逢年过节时,还有人在演出这个节目。《西京赋》以夸张的手法描绘了当时演出时的情况:东海黄公登场,他先是吞刀吐火,使场上笼罩在一片茫茫的烟雾中,然后挥手在大地上开出川道,疏通了泾河和渭河(均在陕西境)。接着,他舞动着红光闪闪的宝刀,口中念念有词,企图借助法术制服迎面扑来的虎,结果却丧命虎口。这真是一

图 5　山东临沂县汉画像石

幕出色的讽刺喜剧。一个能够呼风唤雨、强大无比的人物,雄赳赳、气昂昂地出场,本应无往不胜,但结局却出人意料。这种强烈的戏剧性一定会让在场的观众捧腹大笑的。

　　最后的一场是《侲僮程材》。这是一种大型杂技,与开场的《百戏》可谓遥相呼应,但场面却壮观得多。数不清的骏马拉着数不清的戏车,每辆车都竖立着高高的橦竿,竿顶上有一个小平台,侲僮(小男孩)一会儿攀上小平台用手倒立,一会儿飞身跃上旁边的另一根橦竿,一会儿又在橦竿上扎的橦竿上单足倒挂,弯弓射箭。广场街道上人山人海,举头仰望,突然,一个小男孩失手从竿顶上掉下,惹得人们一片惊呼。可是他一伸猿臂,抓住横杆,在上边荡起了秋千。现在,陕西关中农村在过春节时还有"闹社火"的习俗,与此一脉相承,但已远不如当年壮观了。

当然,汉代的表演艺术远不止这些,宫廷歌舞、少数民族歌舞同样是多姿多彩,美不胜收。这里限于篇幅,无法一一介绍了。

三

在唐代,各种表演艺术进一步发展,出现了一些新的趋向。虽然中国传统的表演艺术讲究综合性——直至今天仍然如此,但这种总体上的特点,与某些表演艺术注重其自身规律,或者从其他表演艺术中分离出来,并不矛盾;前者如喜剧的代言性,后者如音乐摆脱舞蹈,成为一门独立的艺术。唐代人崔令钦的《教坊记》是一部专门记载当时国都长安主管乐舞的机构"教坊"情况的著作,其中说道,"右(教坊)多善歌,左多工舞",这可以说是对唐代长安各种表演艺术已开始具有自身特点的原始记录。另外值得注意的是,汉代"罢黜百家,独尊儒术",实行比较严苛的文化专制政策,因而对外来艺术有个明显的加工改造过程,以使其中国化;而唐人则具有一种宽容开放的心态,思想上和宗教上儒、释、道三教并重,对各种外来文化采取兼收并蓄的坦然态度,所以在吸收外来表演艺术时,更注重保留其"原汁原味",使这些异族文化的精华能够以本来面貌出现在中国土地上,有些甚至流传了数百年之久。异族乐舞对唐代的乐舞影响极深,几乎到了无孔不入的地步。与汉代以道具或装饰为异族乐舞命名,有意无意地削弱其地域民族色彩的做法不同,唐代则主要以原产地来为异族乐舞命名。唐代宫廷乐舞统称"十部乐",即由十部分组成,其中只有"燕乐"和"清乐"是汉族原有的乐舞,而其他如"西凉乐"、"天竺乐"、"高丽乐"、"龟兹乐"和"疏勒乐"等,都是异族乐舞。

唐代小型舞蹈分为"健舞"和"软舞",从名称就可以看出,这是根据表演风格划分的,前者粗犷健朗,豪迈奔放;而后者则柔婉明快,轻松活泼。著名诗人杜甫的《观公孙大娘弟子舞剑器行》中的《剑器舞》,就是健舞有代表性的作品之一。

这种舞蹈是由河西地区(今甘肃、青海一带)传入中原的。教坊艺伎、女舞蹈家公孙大娘的表演,可称是出神入化。她一舞剑器,四方倾动,观者如潮。

图 6 日本存《信西古乐图》

图 7 日本存《信西古乐图》

> 观者如山色沮丧,天地为之久低昂。
>
> 㸌如羿射九日落,矫如群帝骖龙翔。
>
> 来如雷霆收震怒,罢如江海凝清光。

剑器银光闪耀,如同传说中古代的英雄后羿弯弓射日,九颗太阳纷纷坠地,晃得人睁不开眼睛;又好比天上的群帝乘着龙拉的车子疾驰,矫健无比。起势时,震耳欲聋的前奏鼓点骤然停歇,好似雷霆收起了怒火;收式时,手中的宝剑徐徐落下,恰像大江大海上平静下来的波光。围观的人们个个被震慑得面无人色,连长天和大地也上下摇荡,互换位置。杜甫在这首诗中说,著名书法家张旭正是看了公孙大娘的舞蹈后,才写出了那一手龙飞凤舞的狂草的。

　　与健舞相比,当时的人们似乎更喜欢软舞,也许身材丰满的女子那婀娜的舞姿,更能体现出唐代那宽宏大量、无拘无束的时代精神。《胡旋舞》是最受人们喜爱的一种软舞,在唐代几百年间,盛行不衰。这种舞蹈原产于中亚,相当于今

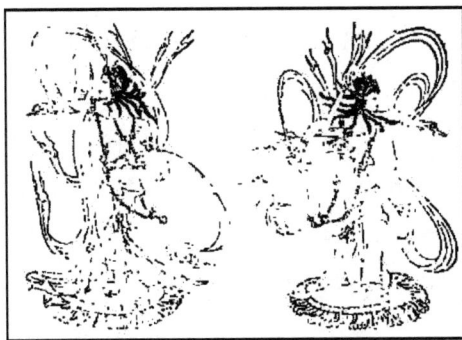

图8　据甘肃敦煌唐代壁画描摹

乌兹别克一带。这是一种以旋转为主要动作的舞蹈,有一人独舞或两人对舞。唐代有一些著名的诗人如白居易、元稹等,都写过赞美这种舞蹈的诗篇。边塞诗人岑参的《田使君美人舞如莲花北鋋歌》,写得尤其精彩。

> 美人舞如莲花旋,世人有眼应未见。
> 高唐满地红毹氍,试舞一曲天下无。
> 此曲胡人传入汉,诸客见之惊且叹。
> 慢脸娇娥纤复秾,轻罗金缕花葱茏。
> 回裾转袖若飞雪,左鋋右鋋生旋风。
> 琵琶横笛和未匝,花门山头黄云合。
> 忽作出塞入塞声,白草胡沙寒飒飒。
> 翻身入破如有神,前见后见回回新。
> 始知诸曲不可比,《采莲》、《落梅》徒聒耳!
> 世人学舞只是舞,姿态岂能得如此。

堂中铺了一块大大的红地毯,美丽的姑娘身穿用金线绣满花朵的罗衣,翩翩起舞。随着舞姿的变幻,她拿轻软的衣襟长袖,像雪花一样,漫天飘洒。伴奏的琵

琶、横笛一曲未终,门外山头黄云四合;接着又奏出充满异域风情的曲调,一时间寒风大作,枯草瑟瑟,沙土飞扬。姑娘舞蹈的节奏也忽然加快,像陀螺似的旋转,不时地停下,用各种优美的姿势亮相造型。时人感慨道,中原那些迂徐缓慢的《采莲》、《落梅》等舞蹈,哪能同它相比!这种舞蹈在长安显然也非常流行。据史书记载,"安史之乱"的罪魁祸首安禄山就曾在宫中为唐玄宗和杨贵妃跳过这种舞,虽然他大腹便便,走路都要人扶持,但一跳起《胡旋舞》,却能像旋风那样转个不停①。

现在已知的唐代大型乐舞是《教坊记》所载的四十六部"大曲"。这是一种集奏乐、唱歌和跳舞为一体的表演艺术形式。它们都是由三个乐章,即散序、中序和舞遍组成的。散序以器乐演奏为主,中序主要是唱歌,而舞遍则以舞蹈为主,节奏也越来越快。其中最重要的部分是舞遍。《霓裳羽衣曲》是大曲中最著名的一部。正因为舞蹈在大曲中的重要地位,所以白居易在《长恨歌》中又将它称为"霓裳羽衣舞"。它的乐曲是唐明皇在汉地原有音乐的基础上,吸收了古代印度的《婆罗门曲》创作的。"霓裳"是指彩虹般美丽的裙子;"羽衣"是传说中神仙穿着的衣服,用仙鹤等鸟的羽毛制成。从名称就可看出,这是模仿仙女生活的舞蹈。它既可独舞(最著名的演员就要数杨贵妃了),又可由宫女们群舞,最多时可达几百人。表演者的璎珞珠珮闪动发光,叮当作响。正在人们眼花缭乱、目不暇接的时候,演出戛然而止,就像美丽的凤凰从天上落下,收拢了翅膀。整个舞蹈,给人一种恍若仙境的感觉。

当时音乐的歌唱和演奏,同样达到了很高水平。唐代段安节的《乐府杂录》已经系统地总结了发声方法。他认为,优秀的歌唱家要学会控制和运用呼吸;先在腹部运足气息,然后使气上升到喉部,再发出高低不同的字音。只有这样,才能具有震动山岳、响遏行云的歌声。他举例说,宫里有个名叫许永新的女歌手,她只要一开口,广场上成千上万喧闹的人们,顿时鸦雀无声,都沉浸在她那美妙的歌声中。而乐器的演奏,更是出神入化。琵琶在唐代,已经成为最重要的乐器之一。贞元年间(785—805),长安的东市与西市之间举行音乐比赛,东市推出了有"琵琶第一手"美称的康昆仑,在自己一方的彩楼上弹了一曲《羽调绿腰》,众人一片喝彩。这时,西市的彩楼上出现了一位妙龄女郎。她换了一个音调,仍

---

① 见新、旧《唐书·安禄山传》、《资治通鉴·唐纪》。

图 9　日本存《信西古乐图》

然弹这支曲子,声音像雷鸣一般轰隆作响,直达天际。康昆仑佩服得五体投地,当下就要拜这位女郎为师。结果这位女郎是和尚段善本装扮的①。由此可以看出,琵琶在当时人们音乐生活中的地位。

　　说起琵琶,稍微熟悉唐代音乐的人都不能不想到白居易的名作《琵琶行》。在他笔下,那未曾"名属教坊第一部",而今却成为"天涯沦落人"的艺伎,在浔阳(今江西九江)的长江船上弹起了琵琶。她弹大弦时,如同急风暴雨,铺天盖地;用小弦时,如同窃窃私语,婉转缠绵;而杂用大弦和小弦时,就像大大小小的珍珠,纷纷落入玉石的盘中。一会儿是黄莺啾啾叫着从花丛中穿过,一会儿又是泉水在冰雪下艰涩的流动。终于,泉水彻底冻结了,琵琶声停止了。这时,听众却觉得一种暗暗的悲情从心中涌起,虽然没有任何声响,但音乐的震撼力,却比任何时候都更强烈!琵琶声骤然震响,就像银瓶破碎,水花四溅,又像铁骑突出,刀枪铿锵。曲终时,艺伎在琵琶的四条弦上,用拨子拦腰一划,好似撕裂了绸缎。周围密密麻麻的船只上,悄无声响,只见江心中一轮惨白的月影。而在她述说了自己的身世之后,再次奏起了琵琶。这次与前边的乐曲不同,只听得一阵急似一阵。在座的人都掩面落泪,而被贬官在此的作者,更是泪湿衣襟。这位艺伎弹奏的曲子,显然是在教坊里学会的。白居易是位写实的诗人,虽然诗篇想象丰富,但是都有现实根据。而浪漫的诗人李贺《李凭箜篌引》描写了李凭在长安城中演奏箜篌,就更加奇瑰绚丽。

———————————

①　《乐府杂录》。

图10　日本存《信西古乐图》

　　吴丝蜀桐张高秋，空山凝云颓不流。

　　江娥啼竹素女愁，李凭中国弹箜篌。

　　昆山玉碎凤凰叫，芙蓉泣露香兰笑。

　　十二门前融冷光，二十三丝动紫皇。

　　女娲炼石补天处，石破天惊逗秋雨。

　　梦入神山教神妪，老鱼跳波瘦蛟舞。

　　吴质不眠倚桂树，露脚斜飞湿寒兔。

　　乐声响起，好像昆仑山上的玉石碎裂，凤凰鸣叫；荷花哭泣，露水就是泪珠，而兰花却香气四溢，笑声不断。一曲终了，女娲炼石补天的地方，石头裂开，连天地也吃惊不已，秋雨因此而从天缝漏下，洒向大地。月宫中的仙人吴刚，彻夜不眠地倾耳聆听，甚至露水打湿了脚边的玉兔都没觉察到。诗人的联想是多么大胆奇特！

　　中国古典戏剧在唐代走上自我发展的道路。此前表演是歌、舞、乐混同在一起的，其中虽也有一些代言性的角色表演，但只不过是一些戏剧因素，最多只能说是戏剧的萌芽状态而已。而唐代出现的《参军戏》，却是一种较原始的戏剧。因为他不但有演员装扮的角色，而且有了一定的故事情节。"参军"是官职名称，起自东汉末年。由此可知，这是一种讽刺贪官的戏剧。它的起源有两种说法:一种是东汉和帝(89—105)时。《乐府杂录》谓:"开元中,黄幡绰、张野狐弄《参军》。始自后汉馆陶令石耽。耽有脏犯,和帝惜其才,免罪。每宴乐,即令衣白夹衫,命优伶戏弄,为之经年,乃放。后为'参军',误也。"另一种是后赵石勒(319—333)时。《太平御览》引《赵书》云:石勒参军周延为馆陶令,因贪污黄绢数万匹而被关进监狱,后来得到赦免。石勒为教育其他官员,每次设宴时,都要让艺人们表演这个故事。一个艺人扎着头巾,穿着黄绢单衣。另一个艺人问他:"你是什么人,怎么跑到我们这些艺人中间来了?"对方回答:"我本是馆陶县令",用手抖抖黄衣服,"因为这个才到了你们中间"。观众哈哈大笑。唐代开元(713—741)年间宫廷里出现了《参军戏》。演出的情况大概是,有两个角色出场,一个人扮演官员,呆头呆脑;另一个诙谐机智。官员是被愚弄对象。这很像现在的化妆相声或小品。发展到后来,角色不再限于二人,题材也不限于讽刺贪官,而另有轻松滑稽的内容充实进来。总之,故事情节越来越完整,规模也越来越大,为宋元成熟的戏剧——杂剧和南戏,奠定了坚实的基础。

综上所述,汉唐时代的长安,不仅是当时中国表演艺术的中心,而且也是世界表演艺术的中心之一。总结继承以唐表演艺术这份珍贵的文化遗产,可以为今天文学艺术的百花园里,增添一些鲜艳芬芳的花朵。近年来,已经有些艺术家做了一些工作,可喜可贺。通过对汉唐长安乐舞的进一步研究整理,必将有更多重新开放的鲜花出现在世人面前,为西安这座历史文化名城增添风采。

(原载《西安音乐学院学报》1996 年第 2 期)

词与三秦和长安文化

从古至今,在人们眼中,三秦和长安永远是个象征,时代不同,解读有异。这在历朝历代文人咏三秦和长安的丰富多彩的词作中,清晰可见。

词是中唐以后蓬勃发展的新文学样式。与诗歌句式基本整齐划一不同,词大都是"长短句",这是因为它要配合多种多样的乐曲演唱的缘故。因为最初是民间歌楼舞榭产生出的,因此与诗具有广阔的抒写领域不同,词域较窄,多写男欢女爱和离愁别恨,其风格也多为柔婉清艳或凄丽哀怨。这种风格上的特点,正好可以与三秦和长安文明的没落关联起来。

中华帝国到了盛唐时代,达到了巅峰。以"安史之乱"为界,开始走下坡路。与汉唐盛世荣辱与共的三秦和长安文明在整个中华文明中的地位,也开始衰落,逐步边缘化。

三秦地区,是中华文明的主要发源地。从西周到唐代,除了动荡不安和战乱频仍的时代外,长安以及附近一直是中国的政治和文化的中心,是有着必然性的。左山右河,位置适中,进退可据,物候宜农,都为它的核心地位提供了有力的支撑。但是其关中地区相对狭小,特别是南北朝后南方经济的发展,以及丝绸之路在盛唐以后的中断,使"天下之中,四方入贡道里均"以洛阳为中心的中原地区的区位优势凸显,中国政治、经济、文化的中心的东移南下,便成为不可避免的趋势。长安无论在区位优势方面还是社会作用方面,风光不再,是历史的必然。

"安史之乱"后,唐代的长安,多次沦为烽火相连的战场,"国破山河在,城春草木深",到了晚唐僖宗从成都避黄巢之乱回到长安时,已经是"荆棘满城,狐兔纵横"了。曾经灿烂无比的大唐之日,此时已经"夕阳无限好,只是近黄昏",渐渐变成了天边一缕血色凄艳的晚霞。

因此,梦回大唐成为中晚唐以后三秦和长安文化的重要主题。它代表了昔日的光荣和梦想,代表了中国人永恒的大一统理念,也代表了朝野人士到普通民众对安宁、富庶生活的追求。在晚唐词作中,李晔的《菩萨蛮》具有象征意义。李晔就是唐昭宗。他生逢乱世,在继位后,政令基本不出长安,但是据史书,他"体貌明粹,饶有英气",发誓要"恢张旧业,号令天下",复兴大唐王朝。当时左右政局的有三股政治势力:一是朝廷中的宦官集团;二是地方上的藩镇,一般都是武将出身,杀伐成性,且有问鼎之心;三是有着较为成熟的政治才能的高级朝臣,但大都束手束脚,一筹难展。唐昭宗欲依靠这部分人实现他的梦想,除掉宦官,平息藩镇。在"外患已成,内无贤佐"的形势下,唐昭宗一意孤行,急进冒失,轻开讨伐河东李克用战端而失利,更使唐王朝的处境雪上加霜。当然,更深层的背景是由于大唐帝国的颓势已成,任何人都无法挽回。因此,他的努力充满悲剧性。乾宁三年(896),凤翔陇右节度使李茂贞借口诛除朝廷中的奸臣而起兵,攻犯长安。唐昭宗无奈东逃,去太原投奔他曾发兵讨伐过的河东节度使李克用。但是半路上却被李茂贞的盟友华州刺史韩建挟持往华州,被幽禁了将近三年,期间皇室宗亲覃王嗣周、延王戒丕、通王滋、沂王禋、彭王惕、丹王允及韶王、陈王、韩王、济王、睦王等11人被杀。[菩萨蛮]"登楼遥望秦宫殿,茫茫只见双飞燕。渭水一条流,千山与万丘。 远烟笼碧树,陌上行人去。安得有英雄,迎归大内中。"这首词写于乾宁四年(897)七月甲戌(初一)。唐昭宗登上了华州的齐云楼,向西北方向眺望长安,满目青山苍翠欲滴,茫茫渭水从西边天际飘来,双双燕子比翼齐飞,而长安城却遥不可见,一时百感交集,情不能已,于是写下了《菩萨蛮》词二首,这首是其一。他出长安时,身边只带随从兵一千余人,而且还被韩建严加看管。他再回长安,似乎是一个泡影。因此他感慨道:"安得有英雄,迎归大内中!"这已成为一个奋发有为的唐朝皇帝的可怜梦想。

而这个梦想居然有实现的一天。可惜他不是英雄,迎接他回长安的更不是。乾宁五年,朱温占据了唐朝东都洛阳,西边的藩镇感到威胁迫在眉睫,李茂贞、李克用和韩建决定联手对付,觉得昭宗还有利用价值,便允许他返回长安。但他回到长安,并没有看到大唐帝国的复兴。宦官们拥立太子即位,罢黜了他,并把他关进了他最喜欢住的少阳院,还把门锁都用铁汁灌死,连每天的饭食都是从墙上挖的小洞中递进去。后来他又被凤翔陇右节度使李茂贞带往凤翔,想要挟天子以令诸侯。解救他出来的是朱温,但朱温并非是出于对大唐王朝的忠心。天复四年(904)正月,朱温将唐昭宗带往汴梁,沿途杀害了他所有的随从。这年八月,朱温又令人杀死了唐昭宗。由于朱温忙于战事,没有及时代唐自立,但一般史学家认为,从昭宗被朱温带离长安的那一刻,大唐王朝实际上已灭亡了。此后的帝国之都已是"长安寂寂今何有,废市荒街麦苗秀"(韦庄),"试上含元殿基望,秋风秋草正离离"(杨玢)。大唐之日,完全沉沦在地平线之下了。时隔一千一百年后重读唐昭宗这首词,我们还是可以感受到其中深重历史内容的压抑和长安文明在下坠中的挣扎,堪称挽歌绝唱。

梦回大唐,也成为以后各代中国人的遐想。这样,词中的意象和主题,在后世的词作中,多有重复。康与之是宋代南渡前后的词人,因依附秦桧,受后人诟病,但是其《诉衷情令·长安怀古》中流露出的亡国之恨,却不能不说是真实感人的:"君莫上,古原头。泪难收。夕阳西下,塞雁南飞,渭水东流。"他与唐昭宗所处的历史背景相同,都面临着已然无法改变的朝代更替,而且都对旧朝充满眷恋。如此,有相同的感慨当然不足为奇了。

"香草"、"美人"寓有家国之恨,从《楚辞》以来,就成为中国文学的一大传统。而"别是一家"的词的婉约风格,与此正好相应。元代词人刘将孙在写到长安时,看来只是抒写离愁别恨,但是"便天还知道,和天也老。独出携盘谁送客,刘郎陵上烟迷草。悄渭城、已远月荒凉,波声小。"词中用了李贺《金铜仙人辞汉歌》的诗意。李诗原有序:"魏明帝青龙元年八月,诏宫官牵车,西取汉孝武捧露盘仙人,欲立置前殿。宫官既拆盘,仙人临载,乃潸然泪下。"铜人辞汉,尚知落泪,而自己作为宋末进士,在故国已经覆亡的时候,追忆往事:汉唐盛世,在他眼中,已如渐行渐远的长安城,渭水波声消歇,汉时明月沉没。其感慨之深,何以限之!

除了对汉唐盛世的叹惋之外,宋代以后咏长安的词作,还有三类重复出现的主题。

对汉唐长安豪奢的伤逝,虽然不属强音,但也不绝如缕。宋代初年,社会承平富庶,官僚文人在词作中浅斟低唱,顾影徘徊。汉唐长安文明中那种歌舞升平,丽人意态,五陵走马,少年缠头,与眼前长安的残墙断壁、败殿颓宫的对比,无不引发他们无限的遐想和感伤。北宋初年的著名词人柳永在《少年游》中叹道:"归云一去无踪迹,何处是前期? 狎兴生疏,酒徒萧索,不似少年时。"连他这样以风流不羁著称的才子,面对长安的破败萧索,也丝毫提不起狂欢的兴致。而太平宰相晏殊的赠歌伎的词作中也难抑哀苦之情:"若有知音见采,不辞遍唱《阳春》。一曲当筵落泪,重淹罗巾。"《阳春白雪》,曲高和寡。对方因遇上了自己这样的知音,施展平生所学,一曲一曲接唱,但换来的不是喝彩,而是浸透罗巾的滚滚泪水。悲凉的眼前景物与多愁善感的情绪相遇,产生出的自然是这种凄婉哀绝的叹息。

北宋中后期,与盛唐风度恰成对照的孱弱国势,使这时期的文人陷入深重的危机感,这也因而激发出他们的热情。一向以雄大奔放的关中文化中,产生出了大理学家张载。他有一种包囊宇宙的宏阔抱负,说出了"为天地立心,为生民立命,为往圣继绝学,为万世开太平"的豪言,成为关中文化对中华文明所贡献出的最著名的精神遗产之一。而在这种执着信念的背后,是对于拯亡继危的理性思索。因此,总结帝国的衰落,成为文人们的重大承担和自觉意识。这在词作中也透露出来。物极必反、乐极生悲的转折点"安史之乱"蕴含的意义,引发他们的探索。北宋初年的李冠在过骊山时写下了《六州歌头》。与白居易的《长恨歌》相类,分成前后两个主题,一是极写杨贵妃的"妖丽"惑主,造成"惊烽燧,千万骑,拥雕戈"的兵荒马乱;一是对李杨之爱的深切同情。而大文豪苏轼的看法,无疑加深了一层,他在《华清引·感旧》中,则是看到了唐明皇骄奢淫逸的生活"五家车马如水,珠玑满路旁",与后来悲剧的因果关系。南北宋之交的抗金英雄李纲在《雨霖铃·明皇幸西蜀》中则刻意强调了杨贵妃的悲剧是由君主与军士的不和造成的:"金舆还幸匆匆速,奈六军不发人争目。"这有着特定的时代背景,也可以说浓缩了他的遭遇。北宋末年,金人兵临北宋首都开封城下。李纲率领开封军民坚守城池,亲自登城督战,击退金兵。可是,因坚决反对向金割地求和,他却被宋钦宗罢官。靖康元年五月,他出任河东、河北宣抚使,但又事事受到节制,无带兵作战之权,因而愤而辞职,但又被加上"专主战议,丧师费财"的罪名,一贬再贬。北宋灭亡后,朝廷欲利用李纲的名望,起用他为尚书右仆射兼中书侍郎(右相)。然而,他反对投降,主张坚决抗金,为宋高宗和一些重臣不容,任相仅七十五天,就被驱逐出朝,先贬鄂州(今湖北武汉市武昌),接着流放到海南岛。他深知在大敌当前时君臣不得的难处,因而才有感而发。

后人继续着他们的思索。清人曹贞吉进入潼关时,脑海中浮现的还是"渔阳鼙鼓,响入华清"的历史,他看到眼前的天险,不由想到,"自古王公设险,终难恃,带砺之形"。堡垒的攻破,从来是由于内部出了问题。而今人张伯驹以另一种口吻来阐释骊山下的这段历史,明确地说道:"蛾眉非误国,鸳鸯知倚傍,未解司晨。"在他看来,女人误国纯属前人的诬谤。

在国家陆沉、民族危难的关头,曾经作为中华帝国心脏的长安,往往成为抗敌御侮的精神源泉。爱国词人辛弃疾的词中,多次出现"长安",他把这当作时刻等待光复的中国北方大地的指代。因此,"西北望长安,可怜无数山",是他一生眼中和心中的持续动作。伟大的爱国诗人陆游壮年时,曾经深入到抗金前线—今陕西宝鸡市南的大散关一带,距他心目中故国的象征—长安已是咫尺之遥。可惜这一步他永远无法迈过,因此这段生活成了终生的骄傲和痛楚。长安及附近的景物,在他笔下是那样的清晰可见而又遥不可及:"灞桥烟柳,曲江池馆,应待人来"(《秋波媚·七月十六晚登高兴亭望长安南山》),"云外华山千仞,依旧无人问。"他垂死时叮咛儿子所说的"王师北定中原日,家祭无忘告乃翁",祭告中的中原景物,一定也包括灞桥、曲江和华岳吧!

而一到民族危难时刻,三秦和长安往往成为召唤人们的凝聚力。元好问生活在金元之交,对于金代的灭亡,痛彻肌骨。这里收入的《木兰花慢》,从其中写到的"兴亡事,天也老,尽消沉,不尽古今愁"可以品味出,是作于金代灭亡之后。虽写于孟津(在今河南),但却是将长安作为心灵的家园。"风声习气想风流,终拟觅菟裘。待射虎南山,短衣匹马,腾踏清秋。"真可谓是豪气直薄云天!只可惜,最终还是落到"只问寒沙过雁,几番王粲登楼"。落得个泪流满面,心事浩茫;亡国之痛,永无休歇。三秦和长安一带给他的就是这样一种激奋和哀痛交集的复杂感受。现代抗日战争期间,这种情形也一再出现。中国共产党领导人之一的谢觉哉,在拜谒黄帝陵时写下了"玄黄涿鹿尚余威,不是穷才念祖,祖武依稀"这样的战斗号角。大画家张大千在华岳顶上登高临远时,思绪万端,吟出"蓟北兵戈添鬼哭,江南儿女教人忆。渐莽然,暮霭上空悬,龙潭黑"。这种括国土于一怀,哀斯民之多艰的情愫,感人至深。

中华人民共和国成立以来,更多的新的文学艺术样式的出现,使词这种对于格律有严苛的要求,且作者、受众均有极大限制的文艺样式,同其他相类的文艺样式一样衰落下去,因此其艺术性从整体来看,同全盛时期已无法相提并论。但是,词域显然更扩大了,词人们多已不再视三秦和长安为悲哀的寓体,而是看到了这块古老苍茫且日新月异的土地包含信息的多样性。没有改变的是,他们仍然认为,这块土地,代表着中国的强大和未来。俱往矣!在经济学家厉以宁的眼中,"星移物换,大浪淘沙急。千亩粮田春色好,旧景何须寻觅。"关中有粮仓之谓,农业有国本之名。大地一片明媚,三秦大地欣欣向荣,这是新生。词学家夏承焘先生则笑论历史:"风浩荡,劫苍茫,旁观莫笑客郎当。贾生涕泪无挥处,要上潼关看夕阳。"西汉政论家、文学家贾谊曾为当时的政事痛哭流涕,若他活到今日,已无泪可洒。登上古潼关城楼,看到的是"莫道桑榆晚,为霞尚满天"。古老的三秦和长安,必将重放异彩,在中华民族的伟大复兴中挺起铁的脊梁!

（原载朱鸿主编:《秦地起国风——古今诗文中的陕西》,西北大学出版社 2011 年版）

明代西安下马陵方位变迁考——
兼论董仲舒墓所在地之争

凡对中国古代文学略有知识的人,几乎无不知道"下马陵"。这缘于唐代大诗人白居易的名作《琵琶行》中"自言本是京城女,家在虾蟆陵下住"。因此虾蟆陵引起历代人们的兴趣。一般解释"虾蟆陵"是"下马陵"之音讹,因西汉大儒董仲舒之墓在此,所以人们路过时要下马以示敬仰。

据蒋纪新先生言,董仲舒墓在今兴平、西安之下马陵二处,皆为明人伪造:一处为陕西巡抚王珝于正德元年(1506)于原址筑墓并建董祠,一处为嘉靖巡抚赵廷锡(当为"瑞",系沿雍正《陕西通志》之误)于嘉靖二十一年(1542)所筑,即今西安市和平门内西侧今之董仲舒墓①。其说多为舛误,今详加考辨。

一、明代正德以前下马陵在今西安城外东南

下马陵方位何在,自唐代以来至明代正德年间,并无疑义。其址在今西安城外东南沙坡,具体地点是西安交通大学东门内。宋宋敏求《长安志》卷十一谓:"虾蟆陵在县南六里。韦述《西京记》:'本董仲舒墓。'"韦述是盛唐时人,上距西汉董仲舒约八百余年,所说又为其亲眼所见,故当无可疑。其后中唐时李肇《唐国史

---

① 参见记者张平阳,实习生聂英明、侯波:《董仲舒之墓究竟在哪里》,《西安日报》2004 年 8 月 9 日。又据蒋纪新言,今之下马陵与董子祠为明嘉靖二十一年(1542),兵部侍郎兼陕西巡按都御史赵廷锡(瑞)下令把城南六里外的董子祠搬进城内,移建在今和平门附近的位置,并在这座董子祠后为其造墓。明嘉靖二十七年(1548),钦差总兵张光宇为这座董子祠后的董仲舒墓一本正经立了墓碑。从此,明代陕西、西安方志全都改口。

补》又云："旧说董仲舒墓,门人过皆下马,故谓之下马陵。后人语讹为虾蟆陵。"《长安志》卷九云："(常乐)坊内街之东有大冢,亦呼为虾蟆陵。"县南六里之说受到元代骆天骧的支持,其《类编长安志》卷八《虾蟆陵》载:"本下马陵。新说曰,兴庆池南胭脂坡大道东有虾蟆陵。《琵琶行》云:'家在虾蟆陵下住',下马陵也。"

　　由于年深日远,这里的下马陵在明代中期已经圮坏。近日笔者赴和平门内下马陵考察,发现明正嘉年间人张治道撰、许宗鲁书《碑记》一通,文字基本完好,对城南下马陵言之甚详:

　　　　今府台东南胭脂坡,去汉长安故城二十里,武帝幸芙蓉苑过此下马,而一时文士罔不下马焉。故则当时冢墓必高大,地必宽敞,祠宇必宏丽。而今皆毁圮亡矣,独其墓在卑污窊注之处,牛羊刍牧荒草中。题曰"仲舒之墓",而"仲"字没其半。后居民利其地,毁而藏矣。

弘治正德年间,官民联合对此处董墓作了修护。《碑记》曰:

　　　　前弘治时,提学副使王公云凤□□民并学官诸生,亲诣其地,相其处,将欲封其墓,建祠树碑以表。虽板畚未兴,而规划已定。未几,各追谊淑士,以仁礼化俗,以节爱齐政,以敬事鬼神,三载之间,人和神悦,俗美化行,虽古之循良无以此。仰而叹,俯而思曰:先生汉大儒也! 当诗书焚弃之后,黄老纵横驰骋之际,乃能下帷,发愤续孔孟,先生之力也。今幸得其墓,可忍而不为之表邪? 矧当时天子下马,学士奔趋,其敬畏尊礼如此,则士马能政有暇日,遂属焉。而马君仰承休美,殚厥心力,先封其冢墓,次缮其垣墙,又次移其祠宇,又次□足瞻足仰。闻者悦,过者叹,观者惊眺跽拜,突然知有先生墓也。马君以余曾纪先生墓于杜碑,乃□有余年也。自有我旦振耀彰显如此,是不亦有待也邪?

张治道《嘉靖集》(明嘉靖三十一年刊本)卷四有《春日谒董祠漫赋:一记虎谷兴作之诚,一记晏老景仰之敬》诗,其一曰:"正德龙兴第一春,曾闻虎谷荐青萍。"虎谷为建祠者之一提学王云凤之号①。青萍系用宝剑代指权威者,此指董

---

①　《明史》卷九十九《志》第七十五《艺文》四《集类》三:"王云凤《虎谷集》二十一卷。"

仲舒。可见正德元年,王云凤曾为修建董墓董祠而尽力。而后得马能政等人之助,完成这一工程。正德元年张二十岁,又为当地人,所言王云凤于是年倡言修祠事,应该不存在疑问。

张治道另有《表董墓》诗,言及这处董墓后来的凄凉:

> 猗嗟董子,道其精矣。不知其墓,乃在城矣。维荒维凉,谁其营矣。兹行有获,我其成矣。①

此诗写于嘉靖二十三年(1544),上距筑墓修祠不足四十年耳,已颓败如此。这是因为"不知其墓,乃在城矣"。正是因为董墓被改在西安城里,才造成城外胭脂坡处下马陵的门前冷落车马稀,无人经管,这是后话。他对此处是真实的董仲舒墓做了辩护:

> 彼谓董墓在兴庆池,盖指城东兴庆池而言也。不知城东非兴庆池,本名景隆池,又名隆庆池,又名九龙池,去西安十五里,武则天后始兴。此处无有所谓董子墓,亦无有所谓胭脂坡者,《一统志》与《长安伍福志》,正指城南五里兴庆池,在狗脊岭下,此处有胭脂坡、翡翠坡,即今董墓也。②

近年来,有关此处下马陵的调查发掘取得进展。西安交通大学孙民柱先生于此研究较多。他认为,《长安志》所谓"(虾蟆陵)在县南六里",这里的县,当指古时的万年县,后称咸宁县。在1955年交通大学校址地形图上,校南区有一东西长约600米、南北宽约240米的小原地带。在其东端曾有一大土包,其海拔高度为437.69米。这一坡地古称"胭脂坡",宋以后叫"沙坡"。此处距万年县故址的直线距离也正好是3000米,即六里路。《长安志》卷九记述:"(常乐)坊内街之东有大冢,亦呼为虾蟆陵。"这与《类编长安志》记载:"兴庆池南胭脂坡大道东有虾蟆陵"是一致的。西安交通大学校园正坐落在唐兴庆宫之南、常乐与道政二坊的旧址上。据当地老农回忆:从前,沙坡村西有一高坡,坡上曾有一大

---

① 《嘉靖集》卷三。
② 《下马陵辨》,《嘉靖集》卷六。

冢,其位置就在交大校医院南侧,为唐长安城常乐坊内十字大街的东边。此正与史籍中所说"坊内街之东"、"胭脂坡大道东"完全一致。1998 年 10 月 25 日,西安交通大学在校医院南侧修建浴池时,发现一座砖砌古墓,其墓坐北朝南,深9.24 米,墓室南北进深 6.3 米,东西 2.32 米,高约 2.7 米。按形制为一中型汉墓。墓已多次被盗,未发现有价值的文物。其方位与老农回忆的大冢、校地形图上的大土包完全重合。这应是旧说中的下马陵。①

二、明代嘉靖年间下马陵改于城内始末

明代嘉靖年间以后,人们普遍认为今之西安市和平门内西侧董子祠之后的大墓为下马陵。雍正《陕西通志》卷二十八《祠祀》一《寺观》附《西安府·咸宁县》所言甚明:"董子祠,在学宫后,嘉靖二十一年侍郎赵廷锡(按,当为'瑞')改建,有尚书唐龙、侍郎吕柟碑。《马志》今在城东,祀汉儒董仲舒。祠后有墓。"所叙与今之和平门内董子祠布局完全一致。人多以为此处最早是嘉靖二十一年所建,蒋纪新即如此。实则,正德至嘉靖时此地已有当地巡抚等人所立的董祠。明代唐龙《董子祠记》云:

> (董子)没,葬于兴庆池之南,而今墓土隆而不陷,宿草萋萋……正德中,中侍守兹土者铢求民货,华其私室。既中侍叱去,室固在也。府学生请于执事君子曰:"仲舒承秦绝学之后,讲论六经,统一学者,即伊吕圣人之耦,无以加焉。其自胶西而还,家于斯,葬于斯,长子孙于斯,神濯濯焉而灵也。祠宇不设,则何依焉?中侍私室,实浚民而为之也,乞改为祠。"巡抚中丞大夫王珝、巡按御史喻茂坚曰"其如议",乃命有司洒扫涂塈,立像于中,命之曰"董子祠"。②

然此处所说者仅为立祠,并无一字及于封墓。并且仍明言墓在"兴庆池之

---

① 孙民柱:《白居易与交大虾蟆陵》,《西安交通大学学报(社会科学版)》1999 年第 2 期;孙民柱:《董仲舒墓址辨惑》,《中国历史地理论丛》2000 年第 3 期。

② 唐龙:《渔石集》,清同治退补斋本卷一。

南"。王玼、喻茂坚二人俱可考知。《大清一统志》卷十四《永平府二·名宦·明》:"王玼,字汝温,永平卫人。弘治进士……终兵部右侍郎。"《陕西通志》卷二十二《职官三·明·巡抚陕西都御史》:"王玼,北直永平人。"明李贤等《明一统志》卷六十九《重庆府·人物·本朝》:"喻茂坚,荣昌人,正德辛未进士,授铜陵知县,擢御史,巡历有声。出守真定河间,政成,升贵州参政、福建按察使、浙陕左右布政使,陕右副都御史。"

张治道说到有位号滦江的陕西巡抚曾经修建过这里的董子祠,但是同样没有提及这位巡抚封董墓的事。其《碑记》曰:

> 嘉靖甲申(三年,1524),巡抚、当时亦未有以墓告滦江公者,人至于今议之,以为祠可建而墓不可封邪。刳其碑赘具先生之事,刳启圣祠建于其前,而先生祠幽于其后,而当时苟且将就,权应时命。不思一祠而两具神位揆之前,不惟先生之神安,而启圣之灵亦安矣。是举也,可谓举前代之所未举,补滦江之所未是,夫岂寻在,人心未尝一日无也。

由此段文字可见,巡抚滦江公本意是借中侍之室改建董祠,然实际形成的格局是,庭院前部是启圣祠,院中原有一墓,而墓后是董子祠。因"未有以墓告滦江公",故其建祠之举亦被误解为同时封墓。从此此墓便被认作董仲舒墓。张治道对此大为不满,认为应该将"启圣之灵"与"先生之神"同供置于前边祠中,如此可"补滦江之所未是"。原因很简单,多建董祠宣扬其学是好事,然董墓却只能有一处,且此处之墓确实不是董墓,故"祠可建而墓不可封"。其《下马陵辨》曰:

> 又曰今省城即奉元之旧,说者以城中儒学东者为董墓,误而又误矣。不知当时奉元城规模甚小,止于干河,今其岸犹在也。此时儒学,今咸宁县西养济院是也。此时"董墓"正在城外,至我朝大其城始圈入城内矣。彼徒知今日学东不宜有墓,而不知当时亦且无学,又何误焉!

今之和平门内下马陵西二里之碑林,明时为西安府学,其东依次相邻者为文庙和咸宁县学①。依张治道说,学府东侧原有墓,或指为董陵。当时已有人疑此说不当,曰"今日学东不宜有墓"。其实,造成事实上封墓的正是巡抚滦江公。他在墓周建了董祠,人们自然会以为此处之墓为董墓。滦江公其人可考。明康海《对山集》卷九《五言古诗·赠滦江公十首》,诗前有小序:

> 滦江公巡抚关陕三年矣。政通而人和,道真而履固,不隐谤,不易行,有仲尼在鲁,子产相郑之风焉。予自壬午(嘉靖元年,1522)春遇公于长安,时予卧疾……今年秋,公擢南京卿,戒行有日。

可知其任陕西巡抚时为嘉靖元年至三年。明王世贞《弇山堂别集》卷六十《卿贰表·南京大理寺卿》云:"王珝,直隶滦州人,由进士(嘉靖)三年任。"与上引康海所云滦江公嘉靖三年秋擢南京卿者若合符节。其号既为"滦江",必与直隶滦河有关。滦州,即今河北滦县,正在滦河岸边。旧时自号,亦常以故乡名胜为之。康海《对山集》卷五《春雨亭记》云:"嘉靖癸未(二年,1523)夏四月,滦江公巡抚过鄂,访渼陂于衍庆之堂……滦江名珝,字汝温,永平人②;渼陂名九思,字敬夫,鄂人:皆姓王氏。"故滦江公正是王珝。

另一建祠人物为喻茂坚,其在陕西任职亦在正德末至嘉靖初年。《明一统志》卷三十三《西安府下·名宦·本朝》:"喻茂坚,正德中巡按陕西,劾总兵之不法者,竟枭示三镇。"明杨一清《关中奏议》卷十一《一为急缺边方兵备官员事》:"嘉靖元年三月,内蒙巡按陕西监察御史喻茂坚、许翔凤案验为边军聚众杀害抚臣,劫库放囚,抢夺军器,烧毁衙门等事节奏。"雍正《江西通志》卷六十八《人物三·南昌府三·明》云:"喻茂坚,字汝砺,丰城人,四川荣昌县籍。正德进士……嘉靖初巡按陕西,发总兵李隆嗾戍卒杀巡抚许铭状……"其任陕西巡按御史在正德末至嘉靖初年。故其与王珝建董祠事,只能在嘉靖初年。

张治道《碑记》中所云:"嘉靖甲申(三年,1524)巡抚、当时亦未有以墓告滦江公者,人至于今议之,以为祠可建而墓不可封邪",是董祠建成于嘉靖三年的铁证。其地则在今西安城内之下马陵。从此,此地被称作董子祠、下马陵。城南

---

① 史念海主编:《西安历史地图集》,西安:西安地图出版社1996年版,第119页。
② 雍正《畿辅通志》卷十三《建置沿革》:"滦州……元属永平路,明初以州治义丰县,省入属永平府。"

六里处已存在一千六百余年之下马陵渐为人遗忘。

赵廷瑞曾于嘉靖二十一年(1542)改扩建学宫之东城内下马陵,后人不知此前曾有王玙和喻茂坚建祠事,于是误认为董祠董墓是赵廷瑞首建者,与事实明显不符。

三、董仲舒墓所在地之争评议

主董仲舒墓在兴平之说,古已有之。据嘉庆《咸宁县志》卷十四《陵墓志·江都相董仲舒墓》下所加按语:

> 按下马陵,宋敏求《志》明言在县南六里,李好古《长安图》下马陵与胭脂、翡翠二坡俱在城外,是元以前无以下马陵在城中者。其说创于明人,后人因之,而城南之迹转晦。宋《志》又言长乐坊有大冢,俗误以为董仲舒墓,亦曰虾蟆陵。长乐坊当今东郭门南地,是唐宋时已有两下马陵,而今所传下马陵尚不在此。名贤冢墓谈故实者往往强为附合。观《寰宇记》,董仲舒墓在兴平,及《通许志》、《渭南志》皆有仲舒墓可见。今城南之墓即不可考,明以来即令后裔于此守墓,且为立祠,相承已久,未可凿空旁求。故仍录旧文而附辨于此。犹文王陵实在长安,而宋以来皆祀于咸阳。圣贤祠祀非可臆改也。

此段所述有误。宋《志》所言长乐坊大冢亦曰下马陵者,就是胭脂坡处之董墓,如前所说之地处常乐坊内街之东。并非"唐宋时已有两下马陵"。

而力挺董墓在长安者也很多。张治道《下马陵辨》云:

> 又云董仲舒者终于家,墓不在长安。不知终于家者,终于茂陵之家,非广川之家也。《汉书》云仲舒家居,朝廷有大议,时时使使者及廷尉张汤就其家问之,则仲舒家在茂陵明矣。若在广川之家,安有时时使廷尉至广川问之之理耶?又曰家徙茂陵,亦不在长安,谓长安有墓者,非也。不知茂陵在兴平县,而葬在长安亦何所疑!兴平去长安才一百五十里尔。如司马迁亦

居茂陵而葬韩城,相去四百里,亦非耶?且汉时京官罢官,朝廷敬重者,多徙居五陵,不令回籍,如周仁徙阳陵;田千秋,齐人,徙长陵;魏相,定陶人,徙平陵;萧望之东海人,尹翁卿河东人,徙居杜陵,则其墓皆在长安。徙居京师,皆非死后徙也。则董仲舒徙在生前明矣,则其卒在长安又明矣。又曰人臣之墓而云天子下马,且称曰陵,皆说之不通者也。不思武帝好名好文之主,其素又重仲舒之为人,过其墓下马,又何所疑!下马事史志内明载,而非后人捏造之言。其称为陵,非朝廷称之,又非词臣文士称之,盖民间见朝廷敬重如此,又见当时冢墓高大壮丽,私相称呼,亦有此理。如今丙吉墓在城南,亦有称丙吉墓,亦有称丙吉陵,例亦如此,未为不通也。

两种说法,皆语气决绝,不容置辩。董仲舒墓在兴平之说,今日似为主流。如孙民柱《董仲舒墓址辨惑》说:"20世纪八九十年代以来,学术界支持'兴平董墓'说者日益增多。"但其根据一是董仲舒家于茂陵,故死后当葬于居家附近。但这并不能驳倒张治道所持的论点。二是汉武帝于陵前下马事,出自《长安志》引《国史补》。然今本《国史补》明言是董仲舒门人过之下马,方谓之下马陵,与汉武帝无关。不知《长安志》为何引为"李肇《国史补》曰:'昔汉武帝幸芙蓉园,即秦之宜春苑也,每至此墓下马,时人谓之下马陵。'"若纯属宋敏求据己意所加,则无讨论必要;然宋敏求若有他本,今人仅据部分史实认为汉武帝对董仲舒之说不感兴趣,故不会为其下马,论据也显单薄。董仲舒"罢黜百家,独尊儒术"之说,正是在汉武帝时成为主流文化。对这样一位精神导师型的人物,在其死后,路过其墓下马,并非令君主蒙羞,反而体现出其对文化文人的尊重。三是这种说法大晚于长安下马陵说,首次提出为北宋乐史之《太平寰宇记》。据南宋谢维新《古今合璧事类备要前集》卷六十七《墓地门》引《西京杂记》:"胶西相董仲舒坟,在长安。人为致敬,过者必下马,名下马陵,后人语讹为虾蟆,非是。"①《西京杂记》作者,一说为西汉刘歆(约前50—23),一说为东晋葛洪(284—364或343),一说为南朝梁吴均(469—520),一说作者不详。然《隋书·经籍志》已著录,则南北朝以前成书无疑。四是董墓不能称"陵",张治道驳之甚为有力,无须

---

① 《四库全书总目提要·古今合璧事类备要》条谓此书:"皆根柢古籍,原原本本。而所采究皆宋以前书,多今日所未见。"

赘言。

至于张治道所言,固然雄辩有力,但均属类比推理而非因果推论,在逻辑学上不属充足理由。诚所谓"此一时也,彼一时也"。故也不能坐实城南六里之下马陵确为董仲舒墓。

何况中国古代向有所谓衣冠冢之习,故除非兴平墓里出土遗骸,并经 DNA 与董氏后人比对相符,否则此事永无定论。

综上所述,南北朝以前人已认为今西安城外东南沙坡的汉墓为董仲舒墓,称为下马陵,相沿不改。明代中期其墓埋没,正德初年提学王云凤等募民重修,居功甚伟者为士人马能政。然嘉靖三年(1524),陕西高官王珝、喻茂坚在今之和平门内下马陵处设董祠,有人将其处之墓附会为董墓。从此城南六里处下马陵渐次销声匿迹,湮没无闻。

今和平门内下马陵处有文管人员所立石碑,其云:"昔汉武帝每幸芙蓉苑,至董仲舒墓下马,故世人称之谓'下马陵'。明正德时陕西巡抚王珝修建陵园,称为'董子祠'。"据本文考证,显有不当。建议改为:"据传昔汉武帝幸芙蓉苑,至董仲舒墓下马,故世人称为'下马陵'。其地在今城外东南沙坡。明嘉靖三年,陕西巡抚王珝在此设董子祠,有人将此处原有之墓附会为下马陵。东南城外下马陵之名渐次为人遗忘。"

(原载《中国历史地理论丛》2012 年第 3 期)

后　记

年过花甲,在古代也算是过了下寿之线的人了。回首往事的时候越来越多,而对年轻时朝思暮想欲做的事也常常一笑付之。例如,某出版社打算约我做个一直想做而没能措手的大型古籍的笺证,我一笑推拖了,知道答应下来八成也完成不了。

一辈子经历复杂而又单纯,仅就后一点说,从1983年入西北大学,一直没挪窝,直到现在,后半生也算是从一而终了。进入晚年,总想仔细想想这些年都干了些什么,于是就有了这个集子。从零星发表的文字中挑出来一些自以为还看得过去者,放在一起出版。虽然远称不上字字珠玑,但敝帚自珍的心理还是免不了的。文字就在那里,读者们自己研判,我写黏乎了,在这里再概括说明也没用;如果尚属明白,那我就更不用多言了。

原先起名为《楩梓集》,没有什么别的用意,只是因为近年来多次登终南山天子峪,而这个山口明清时一直叫楩梓峪,近人读音转了。有着大量唐代名碑的百塔寺就在沟口,可惜已毁于近现代各种事变。再又想到,楩梓是栋梁之材,用来作书名显然有自炫嫌疑,旋即借用它近旁的一座也多次登临的名山"嘉午台"之名,叫《嘉午集》。但出版方认为,学术论文集还是径呼其名的好,于是我只好放弃附庸风雅的念想,还是老老实实地改成现在的名儿。

我常对从我游学的学子们说:"任何人都只能做现在可以做到的事情,不要想在学术上毕其功于一役。你把学问做完了,后代的人干什么?"用来自况也颇合适。

相交近半世纪的老友葛岩教授拨冗惠赐美序,说任何感谢的话都显多余。

是为后记。

责任编辑：洪　琼

图书在版编目（CIP）数据

古代文学与文献论考/贾三强 著. —北京：人民出版社，2022.6
ISBN 978－7－01－024401－3

Ⅰ.①古…　Ⅱ.①贾…　Ⅲ.①中国文学-古典文学研究　Ⅳ.①I206.2

中国版本图书馆 CIP 数据核字（2022）第 008007 号

古代文学与文献论考
GUDAI WENXUE YU WENXIAN LUNKAO

贾三强　著

人民出版社 出版发行
（100706　北京市东城区隆福寺街 99 号）

北京汇林印务有限公司印刷　新华书店经销

2022 年 6 月第 1 版　2022 年 6 月北京第 1 次印刷
开本：710 毫米×1000 毫米 1/16　印张：24
字数：400 千字

ISBN 978－7－01－024401－3　定价：99.00 元

邮购地址　100706　北京市东城区隆福寺街 99 号
人民东方图书销售中心　电话（010）65250042　65289539